PETER DEMPF
Die Herrin der Farben

Weitere Titel des Autors

Der Teufelsvogel des Salomon Idler
Mir ist so federleicht ums Herz
Der Traum von Eldorado
Die Botschaft der Novizin
Die Sterndeuterin
Das Amulett der Fuggerin
Fürstin der Bettler
Herrin der Schmuggler
Die Brunnenmeisterin
Die Tochter des Klosterschmieds
Das Gold der Fugger
Die Geliebte des Kaisers
Das Haus der Fugger
Die Magd der Fugger

Über den Autor

Peter Dempf, geboren 1959 in Augsburg, studierte Germanistik und Geschichte und unterrichtet heute an einem Gymnasium. Der mit mehreren Literaturpreisen ausgezeichnete Autor schreibt neben Romanen und Sachbüchern auch Theaterstücke, Drehbücher, Rundfunkbeiträge und Erzählungen. Bekannt wurde er aber vor allem durch seine historischen Romane. Peter Dempf lebt und arbeitet in Augsburg, wo auch viele seiner Romane spielen.

Peter Dempf

Die Herrin der Farben

Historischer Roman

lübbe

Dieser Titel ist auch als E-Book erschienen.

Die Bastei Lübbe AG verfolgt eine nachhaltige Buchproduktion. Wir verwenden Papiere aus nachhaltiger Forstwirtschaft und verzichten darauf, Bücher einzeln in Folie zu verpacken. Wir stellen unsere Bücher in Deutschland und Europa (EU) her und arbeiten mit den Druckereien kontinuierlich an einer positiven Ökobilanz.

Originalausgabe

Dieses Werk wurde vermittelt durch die AVA international GmbH
Autoren und Verlagsagentur, München
www.ava-international.de

Copyright © 2023 by Bastei Lübbe AG, Köln
Textredaktion: Dr. Ulrike Brandt-Schwarze, Bonn
Einband-/Umschlagmotive: © akg-images; © Richard Jenkins Photography;
© shutterstock: enterphoto | brichuas | Lukasz Szwaj
Umschlaggestaltung: Birgit Gitschier, Augsburg
Satz: two-up, Düsseldorf
Gesetzt aus der Caslon
Druck und Verarbeitung: GGP Media GmbH, Pößneck
Printed in Germany

ISBN 978-3-404-18864-2

1 3 5 4 2

Sie finden uns im Internet unter luebbe.de
Bitte beachten Sie auch: lesejury.de

»Diese Welt hat schon immer den Männern gehört, alle Gründe aber, die man dafür angeführt hat, erscheinen uns unzureichend.«
SIMONE DE BEAUVOIR

Inhalt

Die wichtigsten Figuren der Handlung 8

Prolog 11

BUCH I   Die Faszination der Farben 19

BUCH II   Weiß und Schwarz 157

BUCH III Der Kampf um die Fabrique 285

BUCH IV   Das Blau des Himmels 407

Nachwort und Dank 502

Glossar 509

Die wichtigsten Figuren der Handlung

Die *Kursivsetzungen* verweisen auf historische Personen.

Anna Barbara Koppmair
Johann Gignoux, ihr Mann
Felicitas, ihre Tochter
Johann Friedrich, ihr Sohn

Die Familie Koppmair

Anna Barbara »Anba« Koppmair
Andreas Koppmair, Goldschlager, ihr Vater
Maria Barbara, ihre Mutter
Rosina Catharina, die jüngere Schwester
Susanna Regina, eine weitere jüngere Schwester
Sabina Barbara, Annas jüngste Schwester
Elsbeth, Annas Magd

Georg Gottlieb Deisch, Susannas Ehemann, Chirurg und Bader

Die Familie Jean François Gignoux

Jean François Gignoux, Formschneider und Kattundrucker
Felicitas Gignoux, geb. Steberin, seine Ehefrau
Anton Christoph, sein älterer Sohn
Johann Friedrich, sein jüngerer Sohn

Rosina Kurtz, Antons Frau
Meister Hallbacher, Vorarbeiter in der Fabrique

Johann Heinrich Schüle, Textilhändler, später Erfinder und
  Manufakturbesitzer
Catharina, seine Frau

Melchior Gräz, Drucker bei Gignoux, später bei Schüle

Georg Christoph Gleich, Kaufmann

Benedikt Adam Liebert Edler von Liebenhofen, Bankier
Johann Conrad Schwarz, Bankier
Carl Heinrich Bayersdorf, Kaufmann
Ulrich Schwenck, Obermeister der Weber
Hans Kenlin, Mitglied der Weberdeputation

Prolog

AUGSBURG, FRÜHJAHR 1733

Wieder lag ein Blatt auf dem Tisch, wieder waren da diese beiden geheimnisvollen Zeichen, blau, auf rotem Grund. Anna Barbara sah sich kurz um. Ihr Vater drehte ihr gerade den Rücken zu. Rasch beugte sie sich über das Papier und überlegte sich, wie das Zeichen auszurichten war. Lag es, stand es aufrecht oder auf dem Kopf?

»Papa?«, begann sie und räusperte sich, als sie bemerkte, dass ihr Vater sie nicht beachtete. »Herr Papa, was sind das für Zeichen auf diesem Blatt?«

Andreas Koppmair wirbelte herum, runzelte die Stirn und nahm es an sich.

»Das ist nur etwas für Erwachsene. Nichts für Kinder und schon gar nichts für kleine Mädchen.«

»Aber...«, wollte Anna widersprechen, doch ihr Vater hob nur den Zeigefinger. Damit war jegliches Gespräch unterbunden.

Sie ärgerte sich und lief ihm nach. Er war in den Nebenraum gegangen. Dort hämmerten drei Quetschen gleichzeitig und machten einen unvorstellbaren Lärm. Die Schläge der Hämmer gingen durch den Körper hindurch, und selbst ihr Herz versuchte, sich an den Takt anzupassen.

»Heimer!«, machte Vater Koppmair den Gesellen auf sich aufmerksam. »Nimm das, und leg es beiseite. Meine Tochter darf nicht wissen, dass es sich um ein großes E und ein kleines e handelt. Das ist nichts für Mädchen.«

Ihr Vater musste fast brüllen, um verstanden zu werden. Heimer nickte nur und verdrehte die Augen.

Doch Anna hatte genau gehört, was ihr Vater geschrien hatte. Sie drückte sich an die Türzarge und lugte um die Ecke, damit sie mitbekam, wo der Geselle das Blatt versteckte. Heimer packte den Zettel unter die Lederbücher, in denen die Goldblätter verwahrt wurden, die später noch unter die Quetschen kommen würden.

Anna wusste, er würde noch bis Mittag an den Hämmern stehen und dann mit ihrem Vater und Meister Gignoux zum Mittagessen in die nächste Wirtschaft gehen. Wenn sie es geschickt anstellte, hätte sie ausreichend Zeit, das Blatt abzuschreiben. Bereits in Gedanken überlegte sie sich, wie die Zeichen ausgesehen hatten, und suchte in der ganzen Wohnung nach ihnen. Sie fand sie auf einer Flasche in der Küche im Gewürzregal: »E« war das erste Zeichen darauf.

Sie holte die Flasche vom Regal, öffnete sie und roch daran: Essig. Hatte der Vater nicht gesagt, sie solle nicht wissen, dass das ein großes »E« sei?

»E, e, e, e wie Essig«, wiederholte sie immer wieder. Sie stellte sich das Bild des Zeichens im Kopf vor und verglich es mit dem auf dem Steinkrug. Jetzt wusste sie, wie es gestellt wurde: die Bögen nach links, die Öffnungen nach rechts. Sie presste die Lippen aufeinander. Weder waren diese Zeichen nichts für Mädchen noch war sie zu klein dafür. Sie war immerhin acht Jahre alt.

Sie suchte weiter und fand in der Stube die Bibel, die der Vater jeden Morgen aufschlug, um daraus einen Satz laut vorzulesen, der ihm und der Familie als Motto für den Tag diente.

Was hatte er heute früh vorgetragen? Aus dem Evangelium des Matthäus? Matthäus 13, Vers 3. »Und er redete vieles zu ihnen in Gleichnissen und sprach: Siehe, es ging ein Sämann aus zu säen«, murmelte sie vor sich hin. Die Seite lag noch ebenso offen da wie heute Vormittag. Ein Einmerker zeigte, wo das Evangelium begann. Dort musste ein »E« zu finden sein. Und im Text selbst auch jede Menge.

Anna zog einen Stuhl heran, kniete sich auf die Sitzfläche und beugte sich über den Text.

Das Wummern der Hämmer war zwar in der Küche weniger zu hören, zu spüren war es jedoch überall bis unter das Dach. Es begleitete sie, seit sie denken konnte.

Die Seite war voller »E« und »e«, aber nur an einer Stelle tauchte das kleine »e« dreimal hintereinander auf, nur unterbrochen von jeweils einem anderen Zeichen: »er redet«. Sie merkte sich die Aussprache: »r«, »d«, »t«.

Pah! Nichts für kleine Mädchen. Dass sie nicht lachte. Sie musste nur genau aufpassen, dann würde sie bald alles verstehen, was dort stand.

Schließlich blätterte sie zurück und suchte das Anfangskapitel. Das große »E« stach ihr sofort in die Augen. »Evangelium nach Matthäus«, murmelte sie vor sich hin. Sie versuchte, sich das Wort »Evangelium« einzuprägen.

Sorgfältig legte Anna den Einmerker ein und blätterte zum Spruch des Tages zurück. Langsam kletterte sie vom Stuhl.

Als sie sich zur Tür wandte, stand dort ihr Vater, groß und mit auf dem Rücken verschränkten Händen. Im Lärm der Quetschen hatte sie ihn nicht kommen hören. Er sah sie mit gerunzelter Stirn an, sagte aber kein Wort.

Anna schluckte.

»Was machst du da, Anba?«, fragte ihr Vater, aber seine Stimme klang nicht verärgert, sondern lediglich neugierig, auch weil er sie zärtlich mit ihrem Kosenamen Anba für Anna Barbara ansprach.

»Ich …«, versuchte Anna sich eine Geschichte zurechtzulegen. »Ich wollte nur sehen … ob das Buch auch zu mir …« Sie verhaspelte sich, und ihr Vater unterband alles weitere Gestotter mit dem Heben des Zeigefingers.

Anna war ihm unendlich dankbar dafür, denn so verhinderte er, dass sie ihn anschwindeln musste. Wenn sie etwas nicht wollte, dann war es lügen.

»Komm her!«, sagte der Vater und breitete seine Arme aus.

Erleichtert lief sie auf ihn zu, und Andreas Koppmair tat etwas, was Anna noch bei keinem anderen Vater gegenüber seinen Kindern gesehen hatte, auch nicht bei François Gignoux, mit dem die Familie befreundet war und der zwei Söhne hatte und gleich gegenüber wohnte. Er nahm sie in die Arme, hob sie hoch und drückte sie an sich.

»Mein Mädchen«, sagte er und küsste sie auf die Stirn. »Was wird nur aus dir werden?«

Anna streckte sich und drückte sich etwas ab. Ernst sah sie ihm ins Gesicht. »Eine Mutter natürlich.«

Zuerst musste der Goldschlagermeister lachen, doch dann wurde er ernst. »Vermutlich, Anba, nein, sicher sogar. Aber das, lass dir gesagt sein, ist nicht alles auf der Welt. Wenn es auch mehr ist, als wir Mannsbilder zustande bringen.«

Er ließ sie ab und strubbelte ihr durchs Haar, was sie zu einem schrillen Kreischen veranlasste.

»Meine Frisur!«, beschwerte sie sich.

Sie genoss diese kleinen Liebkosungen des Vaters und wusste, wie selten sie bei anderen waren, zum Beispiel bei Johann und Anton. Auch wenn Vater Gignoux nicht streng war und seine Jungen kaum schlug.

Sie winkte ihrem Vater, als sie den Raum verließ und zurückblickte. Dabei wunderte sie sich, wie verträumt er im Türrahmen stand und ihr nachblickte. Aber sie hatte jetzt anderes zu tun, als darüber nachzudenken. Sie musste ihren Schwestern erzählen, was sie entdeckt hatte, und sie musste üben.

Im hinteren Garten hatte sie ein Beet angelegt, das vor allem eines enthielt: Sand. Dorthin war sie unterwegs. Sie lief so schnell, dass ihre blonden Locken flogen.

Dass keine ihrer Schwestern zu sehen war, störte sie nicht. Spätestens wenn sie im gemeinsamen Bett lägen, hätten sie Zeit genug, sich flüsternd den Tag zu erzählen, bis ihre Eltern kämen und Nachtruhe verlangten.

Sie kniete sich vor dem Beet nieder, glättete das Sandbett mit einem Holzspatel und begann zu üben. Sie schrieb die Buchstaben, die sie gesehen hatte, in den Sand, korrigierte, begann erneut und übte so lange, bis sie das Gefühl hatte, die Buchstaben zu beherrschen. Dann dachte sie an die Wörter, die sie gesehen hatte, und schrieb *Evangileun, er* und *redete*, wischte sie wieder aus und malte sie von Neuem in den feuchten Sand.

»Oh, da übt schon wieder jemand.«

Anna erschrak derart, dass der Holzstab, den sie verwendete, quer über das Beet fuhr und alle ihre Übungen beschädigte.

Anton sah auf sie hinunter. Er war der älteste Spross des Formschneiders und Kattundruckers Gignoux, schon beinahe erwachsen. Er ging bei seinem Vater in die Lehre, war groß und schlaksig und hatte tiefblaue Augen.

Annas Herz schlug wie wild.

Anton hockte auf der kleinen Mauer, die beide Grundstücke voneinander trennte. Er betrachtete ihre ungelenken Versuche und schüttelte den Kopf.

»Du wirst nie schreiben lernen. Mädchen können das nicht!«, sagte er und grinste bis über beide Ohren. Er tippte an seinen Kopf. »Sie haben ein zu kleines Gehirn. Und auch sonst sind sie nicht dafür geschaffen.« Er musterte sie unverschämt von oben bis unten.

»Woher willst du das wissen? Du kannst doch selber nicht schreiben«, zischte sie. »Außerdem … außerdem …« Sie wusste nicht weiter.

Anton sprang zu ihr herunter und forderte mit einer herrischen Geste den Holzstab. Dann korrigierte er das Wort »Evangelium«, weil sie »e« und »i« vertauscht und bei »m« einen Bogen weggelassen hatte.

»Das zum Thema, ich kann nicht schreiben«, sagte er und drehte sich weg. Hocherhobenen Hauptes stolzierte er davon, setzte seinen Schuh in eine Lücke der Mauer und war auf der anderen Seite, bevor sie auch nur eine Antwort parat hatte.

Annas Augen schwammen in Tränen. Warum musste er sie immer so behandeln? Was hatte sie ihm getan?

»Er meint es sicher nicht so«, sagte eine andere Stimme über ihr.

Anna musste ihre Tränen hinunterschlucken und sich kurz übers Gesicht wischen, bevor sie hochschauen konnte. Auf der Mauer hockte Johann, Antons jüngerer Bruder.

»Wo kommst du her?«, fragte sie.

Johann begutachtete die Schreibübungen und nickte. Ohne sich zu Anna umzudrehen, deutete er mit dem Daumen hinter sich in den Garten seines Elternhauses. »Von da.«

Sie verdrehte die Augen. »Das denk ich mir«, sagte sie schnippisch. »Warum fragst du dann?«

Johann war der jüngste Gignoux-Spross und nur ein Jahr älter als sie.

»Warum sagt Anton immer so blöde Sachen?«, fragte Anna.

»Du schreibst schon ziemlich gut«, antwortete Johann. »Aber du musst auf Papier üben, nicht im Sand.«

Er kramte in seinem Hemd und zog daraus zwei gefaltete Papierstreifen hervor.

»Versuch es damit. Die Tinte machst du aus Spucke und Ruß. Federkiele findest du überall. Zum Üben genügen Hühnerfedern.«

Anna wusste genau, woher das feine Seidenpapier stammte. Man legte es unter frisch bestrichene Druckmodeln, damit sie keine fremde Farbe annahmen, wenn man sie ablegte.

»Du hast das Papier geklaut«, sagte sie forsch.

»Iwo. Es lag am Boden. Es ist außerdem verdreckt, und man kann es nicht mehr benutzen. Mein Vater hätte es zerknüllt und verbrannt. Das kann er ja immer noch, wenn du es beschrieben hast. Aber zum Üben ist es vortrefflich.«

Er reichte ihr die beiden Bögen, und Anna griff zu.

Ihre Blicke trafen sich, und Johanns dunkle Augen saugten sich an denen von Anna fest. Er lächelte sie von oben an. Schließlich kramte er in seiner Hosentasche und zog eine Hühnerfeder hervor, etwas zerzaust und oben geknickt, aber sonst funktionstüchtig.

»Zeig mir, was du geschrieben hast, wenn du fertig bist«, sagte er.

Anna knickste, nahm auch die Feder an sich, drehte sich um und rannte davon.

Sie mochte Johann, und sie mochte auch, wie er sie ansah. Es war ein Blick wie ein Sommertag, voller Sanftheit und Wärme – und doch kribbelte etwas in ihr, wenn er sie so betrachtete, was sie noch nicht einzuordnen wusste. Aber sie ahnte, dass sie sich damit noch nicht intensiver beschäftigen konnte und wollte.

Sein Blick verfolgte sie und berührte ihren Rücken, und bevor sie sich dessen bewusstwurde, drehte sie sich um und warf Johann, der noch immer auf der Mauer hockte wie ein Eichhörnchen, einen Handkuss zu. Er löste ein Grinsen im Gesicht des Jungen aus, das auch Anna glücklich machte.

Sie stürmte in die Küche und setzte sich an den Tisch.

Ihre Mutter war damit beschäftigt, das Mittagessen zuzubereiten. Annas nur etwas über ein Jahr jüngere Schwester Susanna stand an der Anrichte, schnitt Zwiebeln und beachtete sie nicht.

»Du bist ja ganz außer Atem, Kind«, tadelte die Mutter sie. »Komm erst einmal zur Ruhe. Was ist denn los?«

Immer wenn sie ihrer Mutter gegenübersaß, hatte Anna das Gefühl, als würde diese in sie hineinschauen können. Sie wusste, wann Anna schwindelte, wann sie traurig oder wütend war, wann sie Kummer hatte. Als würde es auf ihrer Stirn geschrieben stehen.

»Hat Anton dich wieder geärgert?«

Jetzt auch wieder. Woher wusste sie das nur?

»Ich will schreiben und lesen lernen!«, entfuhr es ihr.

Anna hatte erwartet, ihre Mutter aufspringen und die Hände über den Kopf zusammenschlagen zu sehen, stattdessen flog nur ein kurzer Schatten über ihr Gesicht.

»Warum willst du so was können?«

Die Frage kam von Susanna, die sie aus den Augenwinkeln beobachtete.

»Weil ich es lernen *kann!*«, erwiderte Anna. »Ich habe ein mindestens so großes Gehirn wie Anton oder Johann!«, setzte sie mürrisch hinzu. »Vielleicht sogar größer!«

»Was?«, fragte ihre Mutter nach, und jetzt klang sie etwas belustigt.

Auch Susanna prustete los und musste das Zwiebelschneiden unterbrechen, was Anna dazu veranlasste die Arme vor der Brust zu verschränken.

»Anton sagt, mein Gehirn wäre zu klein und auch sonst wäre ich als Mädchen nicht geeignet …«

»Unsinn«, unterbrach ihre Mutter sie schroff. »Wir Frauen können alles. Wir müssen es nur wollen. Sogar mehr. Oder hast du schon einen Mann gesehen, der ein Kind austrägt?«

Anna schüttelte den Kopf.

»Und das mit dem Gehirn prüfen wir nach. Zum Wochenende werde ich Hirn kaufen. Einmal vom Schaf, einmal vom Bock, dann schauen wir uns an, wie groß die Unterschiede sind. Das von Anton könnten wir auch nehmen, aber dann müsste ich deines danebenlegen – du könntest dann aber nicht mehr sehen, welches Gehirn größer ist. Also nehmen wir nur Schaf und Bock.«

Alle drei brachen in Gelächter aus.

Schließlich legte Anna das Papier auf den Tisch.

»Darf ich etwas Ruß aus dem Herd nehmen?«, fragte sie und legte die Feder daneben.

Ihre Mutter runzelte kurz die Stirn. »Wenn du danach Rüben putzt!«

Anna nickte eifrig. Sie holte sich eine kleine Schale und einen Löffel, mit dem sie etwas Ruß von den Schamottesteinen des Herdes schabte und in die Schale gab. Sie spuckte mehrmals auf den Ruß, rührte ihn zu einem Brei und begann zu schreiben. Es war nicht perfekt, aber die »E«s gelangen – und zuletzt schrieb sie *Evangelium*, wobei sie die Fehler korrigierte, die sie im Sandbett noch gemacht hatte.

Als sie fertig war, glühten ihre Wangen, ihre rechte Hand krampfte, und sie hatte das Gefühl, ihre Zungenspitze völlig zerkaut zu haben. Aber auf dem Blatt stand deutlich *Evangelium*.

Ihre Mutter drehte sich zu ihr um, als sie das Blatt stolz in die Höhe hob.

»Was soll nur aus dir werden, Kind?«, fragte sie, und in ihrer Stimme schwangen Stolz und Sorge mit.

BUCH I

DIE FASZINATION DER FARBEN

SOMMER 1740 – JUNI 1748

I

SOMMER 1740

»Du musst aufpassen, dass dir der Kopf nicht platzt!«, rief ihr Jonas über die Straße hinweg zu.

»Lesen macht hässlich!«, schrie ihr Michl, der Färbersprössling, hinterher und drehte ihr dabei eine Nase.

Die beiden Jungs saßen auf einer der Urintonnen, die vor der Werkstatt ihres Vaters aufgestellt waren. Sie hatten den Deckel aufgesetzt. Durch ihre löchrige Kleidung spitzten weiße Hautstellen.

»Jedenfalls stinke ich nicht so wie ihr!«, murmelte sie.

Anna hob den Kopf und stolzierte an den Jungen vorbei, ohne sie zu beachten. Sollten sie nur spotten.

»Du wirst noch als alte Jungfer enden!«, rief ihr Jonas nach. »Und deine Brüste werden flach sein wie die Seiten von Büchern!«

Er zischelte wie eine Schlange, weil ihm vorn bereits zwei Zähne fehlten. Die Jungs johlten über ihren Witz.

Anna schüttelte die Haare, die ihr wie mattes Gold über den Rücken fielen. Über dieses dumme Geschwätz und die Anzüglichkeiten konnte sie nur lachen. Sie bemerkte sehr wohl, wie ihr die jungen Männer neuerdings hinterhersahen. Sie bemerkte auch, wie sie absichtlich die Straßenseite wechselten, um an ihr vorüberzukommen und sie zu grüßen. Sie bemerkte, wie sie sich aufplusterten wie die Hähne, um ihre Aufmerksamkeit zu wecken.

Sie presste die beiden Bücher an ihre Brust. Das eine war eine Geschichte über einen unmöglichen Menschen, genannt Till Ulenspiegel, illustriert mit Holzschnitten. Sie hatte es aus der Bibliothek von Pfarrer Michlberger entleihen dürfen. Das andere war eine kurze Schrift über Farben. Sie würde es Johann zeigen.

Beide Bände trug sie wie Schätze vor sich her. Sie konnte es kaum erwarten, die Seiten aufzuschlagen und darin zu blättern, zu lesen, sich die Wörter zu eigen zu machen.

Sie ertappte sich selbst manchmal dabei, wie sie überlegte, ob all das Wissen, das in diesen vielen Büchern steckte, das Gehirn verstopfen und ihr so schaden könnte. Dann wieder hielt sie das alles für Unsinn. Männerköpfe wurden auch nicht verstopft. Warum sollte es bei Frauen anders sein?

Sie vernahm das Hämmern der Quetschen, die so regelmäßig schlugen wie ihr Puls, sobald sie in den Hinteren Lech einbog. Das Haus atmete diese Schläge, die nur des Nachts aussetzten und den Ohren wie dem Körper Ruhe gönnten.

Sie schlüpfte ins Haus, lief hinaus in den Garten und setzte sich an den kleinen Tisch, der jetzt dort stand, wo noch vor ein paar Jahren ihre Sandtafel gewesen war, schlug das Buch über Ulenspiegel auf und begann, sich darin zu vertiefen.

»Anba!«, rief ihr Vater, kaum dass sie die ersten Zeilen entziffert hatte, was schwer genug war, denn der Druck war alt und die Sprache, in der die Geschichte geschrieben war, eher ungewöhnlich. Sie musste sich konzentrieren und wollte nicht gestört werden.

»Bist du schon wieder am Lesen? Ich hätte es dir doch nicht erlauben sollen«, sagte er mit gespielter Entrüstung.

»Papa?«, fragte Anna. Sie wusste, dass sie etwas ungeduldig klang. Sie wusste aber auch, was es bedeutete, nicht nur sticken und häkeln zu müssen.

»Lauf zu den Gignoux' hinüber, und sag ihnen, dass wir heute gegen Abend gern kommen würden.« Er sah Anna an und seufzte. »Sag ihnen auch, ich werde meine älteste Tochter mitbringen. Sie soll endlich einmal aus dem Haus kommen.«

Anna schluckte. Wie oft hatte sie hinter der Mauer gestanden und den Gesprächen gelauscht, die aus dem Garten dahinter zu ihr herüberdrangen. Ihr Nachbar, der Kattundrucker Jean Gignoux, war ein bekannter Mann in der Stadt. Er versammelte Menschen um sich, die offen redeten und ebenso offen Kritik übten. Er war ein Erneuerer, der auch nicht davor zurückschreckte, sich mit den mächtigen Zünften anzulegen und bei der Weberdeputation für seine Ideen zu kämpfen.

Sie schlug das Buch zu, klemmte sich das Farbenbuch unter den Arm und rannte los.

»Anba!«, rief ihr der Vater nach. »Denk dran, du bist kein Wildfang, sondern langsam eine Dame, die sich zu benehmen wissen muss! Wenn ich anderes höre, musst du zu Hause bleiben. Ich will mich nicht blamieren.«

Im Vorbeihuschen am Vater nickte sie. Zuerst brachte sie ihren *Ulenspiegel* ins Zimmer. Dafür musste sie das Schlafzimmer der Eltern durchqueren.

Sie öffnete kurz das Fenster und gab einen Pfiff von sich, wartete, bis sich drüben ein Fenster öffnete, und deutete einfach nach unten. Der Junge von gegenüber nickte. Sie sprang die Treppen hinunter und fuhr sich mit der Hand durchs Haar.

Sie musste über eine kleine Brücke gehen. Links neben ihr schaufelte ein Wasserrad und trieb die drei Hämmer der Quetschen im Haus an. Selbst auf der Treppe spürte man das Zittern ihrer Schläge.

Erst als sie auf die Gasse hinaustrat, verlangsamte sie ihren Schritt. Sie ging nach Norden, den Hinteren Lech entlang, bog um die Ecke und lief nach Süden zurück.

Vor dem Haus der Familie Gignoux blieb sie stehen. Der pastellfarbene Anstrich gefiel ihr außerordentlich. Er war schöner als das graue Mauerwerk ihres eigenen Hauses, von dem immer wieder der Putz abfiel. Das läge an den Hämmern, erklärte ihr Vater immer. Die Quetschen würden den Putz lockern, egal, was er anstellen würde. Er ließ in regelmäßigen Abständen den abgebröckelten Lehmputz erneuern, das war dann alles. Angestrichen oder gar bunt bemalt wurde das Haus nicht mehr.

Anna seufzte. Sie ging mit für eine junge Dame angemessen langsamen Schritten auf das Gignoux-Haus zu. Bevor sie den Klopfer betätigen konnte, wurde die Tür aufgerissen, und Johann stand vor ihr.

»Was gibt es?«

Anna spürte, wie sie rot wurde, wie der Hals und die Wangen zu feuern begannen, als sie Johann sah. »Ich ... soll ... ich muss zu deinem Herrn Vater. Mein Herr Papa schickt mich.«

»Oh«, machte Johann und versuchte eine Verbeugung, bei der er den rechten Fuß so weit nach hinten zog, dass er beinahe das Gleichgewicht verlor. »Dann ist das der offizielle Besuch einer jungen Dame. Solltet Ihr aber in Heiratsabsichten zu meinem Herrn Papa wollen, muss ich Euch leider kundtun, er ist schon verheiratet. Es wäre nur noch die Stelle einer Mätre...«

Weiter kam er nicht, denn Anna gab ihm einen Stoß in die Seite, dass er gegen die Tür stolperte, weil seine Beine völlig verdreht waren.

»Filou!«, sagte Anna schnippisch und segelte mit erhobenem Haupt an ihm vorbei ins Innere.

»Lasst mich Euch wenigstens ankündigen, Mademoiselle!«, bat Johann gestelzt und wollte an ihr vorbeiwischen. Doch er hatte nicht mit Anna gerechnet. Als er sich an ihr vorbeidrückte, stellte sie ihm ein Bein. Er stolperte in die Stube hinein und konnte seinen Sturz nur dadurch verhindern, dass er sich an einer Stuhllehne festklammerte. Damit hätte er beinahe den Stuhl umgestoßen.

»Das Frauenzimmer Koppmair!«, verkündete er lachend.

Anna war in der Türöffnung stehen geblieben, knickste artig und schaute jedem der dort am Mittagstisch Sitzenden in die Augen, wie es sich gehörte. Dass sie Johann gerade noch das Bein gestellt hatte, sah man ihr nicht an. Allerdings runzelte Jean François Gignoux, der am hinteren Kopfende saß, die Stirn ob des Verhaltens seines Sohnes.

»Johann«, zischte er.

Doch der Bursche konnte nicht an sich halten und prustete vor Lachen.

»Ich hoffe, ich störe das Mittagsmahl nicht«, begann Anna und ignorierte Johann völlig. »Und wenn es so sein sollte, tut es mir außerordentlich leid, und ich erbitte Eure Verzeihung.« Sie knickste ein weiteres Mal vor dem Hausherrn. »Mein Herr Vater schickt mich, Meister Gignoux.«

»Aber ... aber ... Mir tut es leid, dass dieser Tölpel von Sohn Euch so angekündigt hat, Mademoiselle Koppmair!« Er sprach mit einem französischen Singsang, den er wohl nie würde ablegen können. Anna gefielen die besonderen Betonungen und das Weiche des Klangs.

Er stand auf. Der Tuchdrucker war ein kleiner, drahtiger Mann, dessen Energie aber für zwei reichte und der mit seiner Präsenz den

Raum ausfüllte, als stünden fünf Männer darin. Mit einer galanten Handbewegung lud er Anna in die Stube und wischte seinem Jüngsten nebenbei eins über den Hinterkopf.

»Tretet ein. Wollt Ihr eine Limonade? Meine Frau hat eben eine Zitrone ...«

Er winkte seiner Gattin zu. Madame Gignoux huschte in die Küche hinaus und holte einen weiteren Becher, in den sie umgehend etwas von dem Zitronenwasser füllte. Der Duft hing im ganzen Raum wie ein Parfumtuch.

»Mein Herr Vater lässt ausrichten ...«, begann Anna und trat wie zufällig Johann, der sich auf den Stuhl gesetzt hatte, auf die Zehen. Unter ihrem Rock war das nicht zu sehen. Johann schnappte nach Luft. Sie lächelte verbindlich und schaute Meister Gignoux an. »Er lässt ausrichten, er käme gern zu Eurer Soiree. Er würde nebst seiner Gattin auch gern die Tochter mitbringen, wenn es Euch recht ist.«

Gignoux strahlte. Seine Frau stellte Anna den Becher Zitronenwasser hin.

Vielleicht hatte er gesehen, wie Johann die Qual seiner Zehen dadurch zu mildern versuchte, indem er ihr in den Rücken boxte.

»Setzt Euch, Mademoiselle Koppmair.« Und dann siegte die Neugier. »Darf ich fragen, was Ihr da unter Eurer Achsel für ein Buch verbergt?«

Jetzt erst wurde Anna wieder bewusst, dass sie das Buch mitgenommen hatte.

»Eine Lehre, wie man Farben mischt, auf dem Tuch aufbringt und dort fixiert.«

Die Brauen des Tuchdruckers hoben sich. »Ihr interessiert Euch für das Tuchdruckgewerbe?«, fragte er erstaunt.

»Ich liebe Farben«, antwortete sie. Während sie antwortete, nahm sie Platz und nippte an dem Zitronenwasser. Es war herrlich bitter und zugleich erfrischend süß. »Mich interessiert, wie Ihr diese auf den Tüchern festhalten könnt.«

Noch bevor Meister Gignoux antworten konnte, war Johann aufgesprungen.

»Darf ich es ihr zeigen?«, fragte er unaufgefordert. Weil der Vater gleich neben ihm stand, empfing er erneut einen Schlag gegen den Hinterkopf.

»Ich habe doch gar nichts gemacht«, maulte er und grinste Anna schelmisch an.

Diese bemerkte, wie Johanns Mutter aus der Küche hereinkam und zwischen ihr und Johann hin und her blickte, als fühle sie nicht nur diese Verbindung, sondern auch etwas anderes.

»Darf ich es mir ansehen?«, fragte der Textildrucker mit seinem weichen Akzent und streckte die Hand nach dem Buch aus.

»Natürlich.« Anna reichte ihm das Buch, und er begann darin zu blättern.

»Eine Niederschrift des Kattundrucks nach englisch-holländischer Manier und die Technik des Krapprot-Färbens von Georg Neuhofer«, flüsterte er ehrfürchtig. »Der Goldschlager und Kattundrucker mit seinen Fabriken hier unten im Lechviertel. Vor fünf Jahren ist er verstorben. Sein Sohn führt jetzt die Geschäfte weiter.« Dann musterte er Anna, als müsse er erst verstehen, was sie damit bezweckte. Schließlich waren die Neuhofers seine stärksten Konkurrenten.

Unbefangen strahlte sie ihn an.

»Woher hast du das Buch?«

Er verfiel in den persönlichen Ton des Nachbarn, was Anna lieber war als das Gestelzte, dieses Höfisch-Höfliche.

»Geliehen«, sagte sie nur. »Von Pfarrer Michlberger. Ich muss es ihm wiedergeben. Bald.«

»Wenn ich es den Nachmittag über behalten darf, geb ich es dir am Abend zurück.« Er hob fragend die Augenbrauen, und Anna nickte. »Ich freue mich darauf«, fuhr er fort, »dich und deine Eltern begrüßen zu dürfen.«

2

SOMMER 1740

Johann versuchte immer wieder, nach ihrer Hand zu greifen, aber Anna entzog sie ihm. Nicht schnell und entschieden, als wolle sie das nicht, aber doch deutlich. Wer sie zufällig sah, sollte nicht den Eindruck gewinnen, sie wären ein Paar. Diesen Anschein musste sie vermeiden. Schließlich hatte sie als Tochter eines bekannten Goldschlagers einen Ruf zu verlieren.

Sie hielten ihre Gesichter in die Sonne und schlossen die Augen. Per Zuruf leiteten sie sich gegenseitig blind durch die Straßen. Dabei schlenderten sie die Schlossermauer entlang, durchquerten das Barfüßer Tor und gingen in die Jakober Vorstadt hinein nach Osten, um an der Kirche St. Jakob scharf nach Norden abzubiegen und am Theater vorbei zum Pulvergässchen zu gelangen.

Je näher sie der Färberei und Druckerei kamen, desto stechender wurde der Geruch.

»Puh, langsam brauche ich deine Führung nicht mehr«, beschwerte sich Anna und hielt sich die Nase zu. »Ich kann meiner Nase folgen.«

»Es mag stinken, dafür kann ich dir ein Wunder zeigen«, sagte Johann ernst. »Ein wirkliches Wunder.«

Anna wusste zwar, dass die Familie Gignoux eigene Fabrikräume hinzugekauft hatte, aber sie hatte sie noch nie gesehen. Sie hätte nicht einmal gewusst, wo sie hätte suchen sollen.

»Sag mal, stimmt es, dass dein Herr Vater sich mit der Färberzunft angelegt hat?«

Johann wurde ernst. Wieder suchten seine Finger nach den ihren. Diesmal zog Anna sie nicht sofort zurück, sondern drückte Johanns Hand zuerst leicht.

»Angeblich haben sie zehn Jahre lang darüber gestritten, ob wir einen eigenen Färber beschäftigen dürfen. Ich war noch zu jung, als es damit angefangen hat, aber ich habe die Beschimpfungen und Drohungen erlebt, wenn die Tucherer vor unserem Haus aufmarschiert sind. Da wird einem ganz schön mulmig.«

Es waren zwei weitläufige Gebäude mit kleinen Fenstern unter der Traufe, auf die sie zugingen.

Johann lief voraus, als könne er es nicht erwarten, ihr das Wunder zu zeigen.

»Komm«, trieb er sie an. »Nicht so langsam!«

Doch Anna rümpfte die Nase. Es stank schlimmer als die beiden Färberjungen Michl und Jonas zusammen. Ihr wurde übel.

Zwei mächtige Wasserräder forderten ihre Aufmerksamkeit. Sie ließen das Wasser des Stadtbachs schäumen. Ihre gewaltigen Antriebswellen führten ins Innere der Gebäude. Es rumpelte und rauschte, und für einen Moment nahm das den Geruch aus der Luft.

Der kehrte allerdings zurück, als Johann die Tür zum ersten Gebäude öffnete. Es war ein Holzbau, der sich den Stadtbach entlang erstreckte und auf einem Steinfundament aufsaß. Nur Oberlichter ließen Helligkeit herein.

Johann deutete auf die Öffnungen.

»Damit die Sonne die Farben nicht sofort wieder ausbleicht«, erklärte er.

Offenbar kannte man den jungen Gignoux. Die Arbeiterinnen nickten ihm zu, andere lächelten ihn nur an, konzentriert auf das, was sie taten.

»Wir mussten eine Bleiche dazukaufen«, sagte Johann fachmännisch, als wäre er bereits der Inhaber der Färberei. »Man braucht Stoff, der gleichmäßig weiß ist, damit die Farben durchkommen. Sonst wird das Tuch fleckig.«

Anna hielt sich die Nase zu. Der Geruch war so scharf, dass es ihr beinahe die Luft nahm. Jeder Atemzug stach in die Lungen.

»Wolltest du mir zeigen, wie man hier überlebt?«, fragte sie bissig.

Johann grinste schief. Er packte ihr Handgelenk und zog sie tiefer in die Baracke hinein. »Du musst darauf achten, nirgends anzuecken, sonst bringst du die Farbe nie wieder aus dem Kleid heraus.«

Das sagte er ihr ja früh. Sie raffte den Rock etwas und ließ sich mitziehen. Irgendwann blieb er vor einem Bottich stehen. Er starrte auf die grünliche Brühe, als gäbe es dort etwas Besonderes zu sehen.

»Schwimmen hier Frösche drin, weil du diese Brühe so anstarrst? Kommen sie und bringen dir einen goldenen Ball?« Anna gluckste vor Vergnügen, obwohl von dem Bottich ein fauliger Geruch nach vergorenen Pflanzen und Schimmel ausging.

Ohne aufzusehen, sagte Johann: »Viel besser«, sagte er, ohne aufzusehen. Er winkte einen der Gesellen heran. »Wie lange müssen die Tücher noch einfärben?«, fragte er ihn.

Der Junge, der sicher noch nicht zwanzig war, legte den Kopf in den Nacken, als suche er unter der Decke der Holzbaracke etwas. »Wir sind gleich so weit!«

Anna kam das komisch vor, bis sie bemerkte, dass der Bursche durch die obere Fensteröffnung nach draußen auf die Uhr von St. Max geschaut hatte. Als die Glocke die zweite Nachmittagsstunde einläutete, holte der Geselle eine Kelle und einen Galgen. Er bedeutete den beiden Neugierigen, sie sollten zurücktreten, da es jetzt spritzen würde.

Er tauchte das Paddel in die Suppe und angelte sich ein Tuchende. Das holte er aus dem Brei und legte es über den hölzernen Galgen. Zweimal wiederholte er die Prozedur, bis drei Tücher über der Querstange hingen. Schließlich nahm er eine Kette, zog daran – und die Tücher wurden aus dem Brei geholt und schwebten zum Abtropfen über dem Bottich.

»Ach. Und das ist jetzt das Wunder? Schwebende schmutzig grüne Tücher?«

Johann wiegte den Kopf. »Das müsste eigentlich ausreichen, um ein Mädchen zu beeindrucken. Findest du nicht?«, fragte er und trat einen Schritt beiseite.

Anna folgte ihm und wandte den Tüchern den Rücken zu. »Johann Friedrich Gignoux! Verdirb es dir nicht mit mir. Ich kann schneller lesen und schneller rennen als du. Und im Kopfrechnen schlage ich dich, ohne mich auch nur anstrengen zu müssen.«

Johann tat, als würde er die Vorwürfe erst durchdenken müssen. Er wiegte den Kopf. »Also, wenn du in all den Dingen so blind bist wie beim Erkennen der Farbe, dann ...«

»Willst du damit sagen, ich könne keine Farben erkennen?«

»Ja. Will ich. Welche Farbe hatte das Tuch eben?«, fragte er und tat unschuldig.

»Grünschlammgelb!«, zischte Anna. »Glaubst du, ich bin blind?«

Sie hatte nicht erwartet, dass Johann sie plötzlich so anfuhr. »Na, ich weiß nicht. Sag du's mir.«

Er deutete hinter sie auf die Tücher, denen sie den Rücken zugekehrt hatte. Sie drehte sich um und schimpfte: »Sie sind grünschlammgelb, so wahr ich Anna ...«

Sie stockte. Zwar hingen die Tücher noch immer an der Galgenstange und tropften ab. Aber sie waren nicht mehr grünlich. Ein leichtes Blau hatte sich gebildet, das mit jedem Moment dunkler und kräftiger wurde. Es war ein Blau, das einem den Atem nahm.

»Hab ich zu viel versprochen? Ist das ein blaues Wunder?«

Johann war nahe an sie herangetreten. Anna konnte seinen Atem in ihrem Nacken spüren. Es kitzelte nicht nur. Sie fühlte, wie ein Schauder sie überlief. Am liebsten hätte sie sich an ihn gedrückt, aber das ziemte sich nicht.

Auch der Geselle schaute dem Wunder der Blaufärbung zu.

»Wie geht das?«, fragte sie. »Hat der Kerl die Tücher ausgetauscht?« Sie drehte sich auf dem Absatz zu Johann um, und ihr Gesicht war jetzt dem seinen sehr nahe. Näher als es schicklich war. »Vielleicht trittst du einen Schritt zurück«, sagte sie leise. »Es wirkt sonst etwas ... kompromittierend.«

Johann zuckte zusammen und stolperte dann ein kleines Stück rückwärts. Er lächelte verträumt.

»Du hast so schöne Härchen auf der Oberlippe«, sagte er mit einer Stimme, die von einem anderen Stern zu kommen schien.

Anna sah ihn entsetzt an. All ihre Begeisterung, all ihre Neugier, all ihre Zuneigung war mit einem Mal wie weggeblasen. Sie runzelte die Stirn. Ihre Augenbrauen schlossen sich zu einer geraden Linie über den Augen.

»Johann Friedrich Gignoux«, platzte es aus ihr heraus. »Man sagt einer Frau nicht, dass sie Härchen auf der Oberlippe hat! Egal, wie viele Wunder man ihr zuvor gezeigt hat!«

3

SOMMER 1740

Die Mutter musste Anna ein neues Kleid geben. Natürlich hatte sie sich in der Druckerei den Rock beschmutzt. Tropfen der gelblichgrünen Flüssigkeit waren auf den Stoff geraten – und jetzt sah man darauf lauter blaue Flecken.

Maria Koppmair hatte nur den Kopf geschüttelt, aber merkwürdigerweise nichts gesagt. Als wäre das alles unwichtig.

Anna war für den Abend ausstaffiert worden. Sie fühlte sich wie für eine Verkaufsschau hergerichtet, mit dem Unterschied, dass das Vieh, das man anbot, ihren Namen trug.

»Hört mal«, fuhr sie die Mutter entschieden an. »Ich komme mir bald vor wie eine ausgestopfte Gans.«

Maria Koppmair musterte sie. Sie musste sich drehen. Und die Mutter lächelte verträumt. »Keine Gans, Kind. Ein junger Schwan.«

So ganz unrecht hatte sie damit nicht. Die Mutter hatte ihr die Brust mit kleinen Kissen ausstaffieren müssen. Ihr gefiel auch nicht, dass das wenige, was sie besaß, beinahe gewaltsam nach oben gedrückt wurde. Es tat weh und war unbequem. Hinzu kam, dass sie kaum Luft bekam. Ihre Mutter hatte darauf bestanden, das Kleid eng zu schnüren. Zwar brauchte sie noch kein Mieder, aber die Taille war wie mit einem Harnisch zusammengepresst. So hätte sie jedem Schwertangriff sorglos standhalten können.

In ihre Haare waren echte Blumen eingesteckt, und aus dem Schmuckkästchen der Mutter wurde ein Haarreif herausgekramt, von dem Anna gar nicht gewusst hatte, dass er existierte. Sogar ein goldenes Kettchen mit einer roten Koralle als Stein legte sie ihr um den Hals.

»Soll ich wirklich verkauft werden?«, keuchte Anna. Sie atmete schnappend mit kurzen Stößen und hatte ständig das Gefühl, gleich in Ohnmacht zu fallen. Ihre Schwester Susanna hatte eine Bemerkung in dieser Richtung gemacht und dabei gekichert, was sie völlig verunsichert hatte.

»Kindchen. Du bist fünfzehn Jahre alt. In dem Alter tragen andere Frauen bereits ihr zweites Kind unter dem Herzen«, sagte ihre Mutter im Plauderton, als gelte es zu klären, dass es dieses Mal ernst war.

»Es wird doch nur eine Einladung mit Gesprächen. Mehr nicht – oder etwa doch?«

Ihre Mutter schüttelte den Kopf.

Als der Vater anklopfte und das Zimmer betrat, blieb er stehen.

»Meine beste Arbeit in der Auslage!«, murmelte er bewundernd und erntete sogleich den Protest seiner Tochter.

»Ich bin keine Ware!«, schimpfte Anna.

Im Hintergrund schlug die Domglocke.

»Wir sind schon spät«, drängte der Vater und zog beide Frauen an sich. »Na. Zwei Juwelen an meiner Seite.« Sie stiegen die Treppe hinab. Ihr Vater rief noch in den Raum, in dem die Quetschen-Hämmer gerade entkoppelt wurden: »Macht Schluss für heute. Für jeden ein Bier auf meine Rechnung.«

Die Gesellen beeilten sich, den Anordnungen des Meisters nachzukommen.

Ihr Vater nahm die Lederbücher entgegen, in denen das Gold zu hauchfeinen Plättchen gehämmert wurde, und sperrte sie in eine Truhe, die fest am Boden verankert war. Massive Eisenbänder umschlossen sie, und ein unüberwindbares Schloss sicherte den Inhalt vor begehrlichen Händen.

Seit Anna denken konnte, war das der Abschluss des Tagwerks: Der Vater steckte den Schlüssel ins Schloss, entriegelte einen geheimen Stift und öffnete den Deckel. Die drei Bücher mit den etwa fünfzig Goldfolien kamen zu den übrigen Wertsachen. Schließlich klappte er die Truhe zu, hängte den Schlüssel wieder an den Gürtel und gab den Frauen das Zeichen mitzukommen.

Drei Laternen zeigten ihnen den Weg, obwohl es noch taghell war. Anna spürte, wie ihr die Röte den Hals hinaufkroch.

Ob Johann auch da sein würde? Anton war noch auf der Walz. Erst in einem halben Jahr wurde er zurückerwartet.

»Wen hat Monsieur Gignoux noch eingeladen?«, wagte sie ihre Mutter zu fragen, die sich am Arm ihres Mannes eingehängt hatte.

Maria Koppmair schritt die wenigen Meter von ihrem Zuhause bis zum Gignoux-Haus wie eine Adlige, fand Anna. Schlank und feingliedrig, wie sie war, machte sie eine beeindruckende Figur. Allerdings kämpfte auch sie mit der Luft und bat ihren Gatten, etwas langsamer zu gehen.

»Wenn ich noch langsamer gehe, bleibe ich stehen«, maulte der. Doch dann wandte er sich an seine Tochter. »Ein junger Kaufmann aus Straßburg soll kommen. Johann Heinrich Schüle. Zwanzig erst, aber ganz schön forsch. Er kauft hier in Augsburg Tuche ein, und ...« Koppmair senkte die Stimme. »... er hat Verbindungen, um an indisches Zitz zu gelangen. Das ist feiner gewebt als das Augsburger Tuch – und doch billiger.«

Langsam begriff Anna, woher der Wind wehte.

»Auch Caspar Walter«, flüsterte der Vater weiter. »Der Brunnenmeister, der demnächst zum Augsburger Stadtbrunnenmeister erhoben werden soll. Vorgeschlagen dafür ist er. Allerdings ist er schon verheiratet. Auch der Händler Elias Hayum hat zugesagt. Und der Landkartenstecher Tobias Conrad Lotter und seine junge Gattin wollen ebenfalls kommen.«

Von Walter hatte sie gehört. Von seinen Bemühungen um die Wasserversorgung der Stadt. Anna hoffte nur, dass sie alle ihre Frauen mitbrächten, damit die Gespräche wenigstens einigermaßen anregend wären. Und sie hoffte, Johann zu sehen.

Sie brauchten nicht zu klopfen. Die Tür stand offen, und Gignoux' Frau Felicitas winkte sie herein.

»Walter ist schon da«, flüsterte sie, während sie an ihr vorbei nach hinten gingen. »Und Schüle auch. Ein fescher Mann. Und Lotter auch.« Ihre Augen glänzten.

Sie mussten drei Stufen nach unten gehen, unter das Niveau der Straße. Im Raum links standen die Webstühle, die Johanns Vater noch immer betreiben ließ. Rechts ging es in den ersten Stock hinauf und in den Salon. Es war eine schmale, steile Treppe, die sie nacheinander betraten. Von Johann war nichts zu sehen. Selbst die wenigen Stufen in den ersten Stock ließen Anna außer Atem kommen, und sie taumelte leicht. Doch da war hinter ihr jemand, der ihr ans Gesäß griff und sie stützte. Hätte sie scharf einatmen können, hätte sie es getan.

»Fallt mir nicht, Jungfer Anna«, säuselte Johanns Stimme hinter ihr und drückte sie weiter hoch.

Der Rock und die Unterröcke sowie ihre Schnürung machten es ihr unmöglich, sich umzudrehen. »Finger weg!«, zischte sie.

Sofort war ihre Mutter hellhörig.

»Anna Barbara, was gibt es da?«, fragte sie scharf.

»Nichts«, schwindelte Anna, obwohl Johann noch immer seine flache Hand an ihrem Gesäß hatte und sie nach oben schob. »Ich wäre nur beinahe gestürzt.«

»Um Gottes willen, Kind«, seufzte Maria Koppmair. Doch der Bass des Hausherrn Gignoux, der sie oben überschwänglich begrüßte, ließ sie den Vorfall offenbar schnell vergessen.

»Lieber Koppmair, meine liebe Maria!«, rief Jean François Gignoux mit seiner singenden Betonung und den im Hals kratzenden Endungen. »Ich freue mich so. Kommt mit in den Salon.« Er wollte sich schon umwenden und vorausgehen, als er Anna entdeckte. »Oh – und wer ist diese Orchidee in unserem Haus? Ihr seht bezaubernd aus, Mademoiselle Koppmair.«

Anna sah sich gezwungen zu lächeln, obwohl sie sich am liebsten ihre Kleidung vom Leib gerissen hätte und davongelaufen wäre. Sie konnte kein Wort sagen, so sehr musste sie um Luft ringen. Vor ihren Augen flimmerte es leicht – nur eines spürte sie deutlich. Die Hand war ebenso verschwunden wie Johann.

Ihr Vater und ihre Mutter ließen sich in den Salon führen, der das ganze obere Stockwerk umfasste. Für einen Model-Formschneider wie Gignoux war es ein stattlicher Raum.

»Dahinten, dieser kleine Mann, mit den nahe zusammenstehenden Augen, das ist Tobias Lotter«, flüsterte ihr die Mutter zu. »Seine Frau ist eine Augenweide. An ihr könntest du dir ein Beispiel nehmen.«

Den Raum und das Gespräch beherrschte allerdings ein großer, schmaler Mann. Er hatte eine hohe Stirn, aber eine ebenso hohe Stimme, die nicht so recht zu ihm passen wollte. Die Perücke war ihm leicht in den Nacken gerutscht, was die Denkerstirn betonte. Seine Nase war energisch steil und spitz.

Ein junger Geck in bunter Kleidung stand neben ihm und schien seinen Ausführungen zu lauschen.

»Und stellen Sie sich vor, Monsieur Schüle. Wenn in diesem Becken ein Problem entsteht und man rasch hinaufmuss, dann muss der Aufsteigende warten, bis der Absteigende unten angekommen ist. Das verzögert alles. Ich werde eine zweite Treppe bauen müssen.«

Annas Blick wurde langsam wieder klar, und sie konnte dem Gespräch folgen, ohne das Gefühl zu haben, im Nebel zu stochern.

Natürlich unterhielten sich die Männer und Frauen über das, was sie antrieb, was sie tagsüber beschäftigte. Caspar Walter über das Wasser und die Wasserversorgung, ihr Vater über das Goldschlagen und Gignoux über die Stoffveredelung. Aber wer war dieser Schüle?

»Was treibt Euch in unsere Gefilde, Monsieur Schüle? Sollte ein junger Mann wie Ihr nicht nach London unterwegs sein, oder nach Rom?«, fragte sie ihn unumwunden, als der Brunnenmeister einmal Luft holen musste.

Mit einem galanten Kopfnicken wandte sich der Geck ihr zu. In seinen Augen blitzte für einen kurzen Moment Dankbarkeit auf, wohl weil sie den Redefluss des Brunnenmeisters unterbrochen hatte.

»Tuche«, sagte der junge Mann. »Augsburg ist eine Textilstadt und produziert Baumwolltücher. Ich bin Kaufmann und handle mit Tuchen. Ein Hundsfott, der Böses dabei denkt. Ich will mich hier umschauen, ob es sich lohnt, mit den Zünftlern ins Geschäft zu kommen.«

»Da muss ich Euch leider enttäuschen, Schüle«, lachte Walter. »Die Zünfte mögen es nicht, wenn jemand von außen hereinschneit und sich an den Stoffen einheimischer Zünfte versucht.«

Jetzt lachte Schüle offen – und Anna fand dieses Lachen durchaus ansprechend.

»Ihr klingt nicht danach, als wäret Ihr in unseren Gefilden aufgewachsen, Monsieur Schüle«, hauchte Anna. Das Kleid verwehrte es ihr sogar, der Stimme Druck zu verleihen.

»Ihr habt ein feines Ohr, Mademoiselle. Ich komme aus Künzelsau, habe aber in der Textilstadt Straßburg und in Kaufbeuren südlich von Augsburg gelernt. Was dort möglich ist, sollte in Augsburg nicht unmöglich sein.«

Er strahlte sie regelrecht an. Und für einen Moment verdrängte Anna den Gedanken an Johann.

»Wenn die Zünfte nicht verkaufen wollen, werdet Ihr Euch die Zähne ausbeißen«, tönte der Hausherr, bevor er sich wieder unter die Gäste mischte.

»Oh, dann eröffne ich eben meine eigene Stoffdruckerei!«, verkündete Schüle.

Plötzlich war es still im Raum. Man hörte nur noch das Rascheln der Kleider und das schwere Atmen der Frauen. Anna bemerkte es sofort. Nur dieser Schüle schien für den Umschwung der Stimmung kein Gespür zu haben. Er lachte, als hätte er einen besonders guten Witz gemacht.

»Ihr solltet eine Wendeltreppe bauen lassen, bei der man gleichzeitig hinauf- und hinunterkommt, ohne sich gegenseitig auf die Füße zu treten, Herr Walter. Eine doppelte Wendeltreppe sozusagen«, warf Anna ein, um das peinliche Schweigen zu beenden.

Alle schauten sie an. Caspar Walter schlug sich zuerst auf die Schenkel, dann gegen die Stirn.

»Warum fällt mir so etwas nicht ein?«, rief er.

Die Gespräche begannen wieder, als hätte es die Bemerkung Schüles nie gegeben.

Anna lächelte nur und wandte sich an den Kattunhändler. »Woher kommt Ihr, sagtet Ihr?«

»Aus Künzelsau«, sagte er. »Im Württembergischen«, setzte er sofort hinzu, als er Annas gerunzelte Brauen bemerkte. »Aber Mademoiselle Koppmair. Ihr bekommt ja Falten, wenn Ihr Eure Brauen so zusammenschiebt.«

»Und dort sind die Zünfte nicht so rigoros wie in Augsburg?«

Jetzt war es an Schüle, die Stirn zu runzeln. Er drehte sich ihr ganz zu, was das Gespräch mit Caspar Walter beendete. Dieser ging hinüber zum Hausherrn.

Anna wusste, dass es jetzt Gesprächsstoff genug geben würde.

»Wie meint Ihr das?«, fragte der junge Geck.

Sie fand seinen Mund ein wenig zu breit, als dass er ansprechend gewirkt hätte. Das gab dem ganzen Aussehen etwas Überhebliches. Sein Rüschenhemd bauschte sich und stellte die Brust heraus.

»Hier in Augsburg kämpfen die Formschneider gegen die Zünfte an, wenn sie einen Färbermeister einstellen wollen.« Anna senkte die Stimme. »Der Hausherr musste sich erst einmal mit den Zünften auseinandersetzen, bevor sie ihm einen solchen genehmigten. Es hat elf Jahre gedauert, bis er eine Bleiche, eine Färberei und eine Druckerei für Textilien unter einen Hut gebracht hat. Dass ihm die Weber nicht nachts aufgelauert und ihn erschlagen haben, ist wohl der reine Zufall.« Sie lächelte ihn an, als hätte sie ihm gerade kein Lehrstück über die Augsburger Wirtschaftsverhältnisse geliefert.

Schüle aber war bleich geworden. Rasch sah er sich um. Die Gäste im Hause Gignoux steckten die Köpfe zusammen – und langsam schien er zu begreifen, was er mit seiner Bemerkung ausgelöst hatte.

»Da habe ich wohl in ein Wespennest gestochen!«, murmelte er.

Anna legte nur den Kopf schief, sagte aber nichts, während er sich langsam wieder fing.

»Ihr scheint – verzeiht mir die Bemerkung – als Mademoiselle ziemlich gut informiert zu sein«, setzte er hinzu. »Obwohl Ihr noch … sehr jung seid.«

Die letzte Bemerkung gab ihr einen Stich. Sie stimmte zwar, aber es aus dem Mund dieses Gecken zu hören, der nur wenig älter war als sie, schmerzte.

»Seid Ihr für eine Textildruckerei nicht auch noch – zu unerfahren?«, konterte sie. Ihr Lächeln wurde eine Spur eisiger. »Immerhin seid Ihr ein …«, sie stockte, um das, was sie sagen wollte, zu unterstreichen, »… ein Nichts, während Gignoux die bedeutendste Textildruckerei der Reichsstadt führt. Ach, was sag ich: im süddeutschen Raum. Keiner kann ihm das Wasser reichen.«

Schüle stutzte kurz, dann strich er sich verlegen über die Rüschen seines Hemdes. »Jetzt bin ich wohl in den nächsten Fettnapf getreten«, sagte er ehrlich verlegen. »Obwohl Ihr mir geholfen habt.«

Mit einem maliziösen Lächeln und gespitztem Mund wandte sich Anna um und ging davon.

Für eine kurze Zeit stand er allein da, bis der Hausherr darauf aufmerksam wurde und den Gast wieder zurück in die Gruppe führte.

Annas Mutter warf ihr einen Blick zu, der alles bedeuten konnte, aber durch die hochgezogenen Augenbrauen eine klare Botschaft enthielt: »Warum hast du den jungen Mann stehen lassen?«

Sie zuckte nur mit den Schultern und deutete auf ihren Bauch. Die Schnürung, malte sie lautlos mit ihrem Mund und verdrehte die Augen. Sie bekam keine Luft – und wer keine Luft bekam, konnte keine Konversation betreiben.

4

SOMMER 1740

Johann stand über ihr auf der Mauer und blickte wütend auf sie herab. Er stemmte die Hände in die Hüften. »Du hast ihn angehimmelt, als wäre er ein Gott! Musste das sein?«, herrschte er sie an.

Anna genoss seine Anschuldigungen. Seine Augen glühten vor Zorn, und seine Kiefer mahlten, als müsse er jedes Wort erst hervorkauen. Sie harkte das kleine Stück Erde weiter, das ihnen als Garten diente, ohne sich viel um ihn zu kümmern.

Sie hatte ein helles Kleid angezogen, das luftig und frisch war und nach Lavendelseife roch. Es passte zwar nicht zu ihrer Arbeit, aber der ging sie nur nach, weil sie gehört hatte, wie Johann auf die Mauer geklettert war. In ihrer Schürze steckte ein Buch, das sie gern gelesen hätte.

Mit einem Satz sprang Johann neben sie, und Anna tat so, als würde sie erschrecken. Dabei hatte sie gehofft, dass er zu ihr herunterkäme.

»Er wollte doch nur wissen, wie es um die Textilgeschäfte in der Stadt steht«, sagte sie unschuldig und lächelte innerlich. »Außerdem: Du warst es, der sich den ganzen Abend nicht hat blicken lassen. Mit wem hätte ich denn sonst reden sollen? Mit Caspar Walter? Über seine Wendeltreppe, die er jetzt bauen will, nachdem ich ihm die Idee dafür geliefert habe? Ich bitte dich!«

Johanns Zorn schmolz mit jedem Satz, den sie sagte. Schließlich stimmte es ja.

»Du hast mir nur in den ersten Stock geholfen – und dich dabei ziemlich ungebührlich benommen, Gignoux, wenn ich dich daran erinnern darf!« Sie sprach ihn mit seinem Nachnamen an, um ihn zu ärgern.

Johann verzog das Gesicht zu einem Grinsen, offenbar bei dem Gedanken daran, wie er ihr ans Gesäß gegriffen hatte. Er verschränkte die Arme hinter dem Rücken wie ein Alter und lief um sie herum. »Jemand musste ja nach den Bottichen schauen. Nach den Farben. Sie dürfen nämlich keinen Moment aus den Augen gelassen werden.«

»Lüg mich nicht an«, herrschte sie ihn an. »Dazu bist du ein zu schlechter Schwindler. Ich weiß nicht, was dich abgehalten hat, aber ...«

Weiter kam sie nicht. Johann baute sich vor ihr auf. »Also gut. Es war mir verboten«, sagte er geradeheraus. »Ich durfte nicht. Es war mir verboten.«

Jetzt erst schaute Anna auf. Sie stellte die Harke auf und stützte sich darauf. »Warum das? Oder willst du mich wieder veralbern?« Sie sah ihm prüfend in die Augen. Doch diesmal schien es die Wahrheit zu sein.

»Du solltest dich ... Ich sollte nicht ...«

Anna schnaubte. Warum mussten Jungs nur immer herumstottern, wenn es um Gefühle ging? Zwar ahnte sie bereits, was der Grund gewesen sein könnte, doch sie wollte es aus seinem Mund hören.

»So!«, sagte sie und legte ihm eine Hand auf die Brust. »Du atmest jetzt ganz langsam. Dann schaust du mir in die Augen, denkst an das, was du mir sagen willst, und dann lässt du es Wort für Wort heraus. Langsam und überlegt.«

Zuerst runzelte Johann die Stirn. »Was soll das?«, fauchte er sie an. »Ich bin kein kleines Kind mehr!«

»Ach ja? Und warum stotterst du nur herum, statt mir ins Gesicht zu sagen, was du denkst?«

Verlegen blickte Johann auf seine Schuhe. »Weil du ein Mädchen bist ... Und weil ich dir nicht wehtun möchte«, sagte er schnell und leise.

Kurz sah sich Anna um, ob sie auch niemand beobachtete. Dann trat sie einen Schritt vor und gab ihm einen Kuss auf die Wange. »Das war schön gesagt«, flüsterte sie.

Johann lief über und über rot an. »Sie wollten dich mit dem Kerl aus ... aus ... mit dem Tuchhändler verkuppeln. Ich hätte dabei nur gestört und dabei vielleicht Unsinn gemacht. Womöglich hätten sie sich auch nur über Antons Walz unterhalten. Deshalb hat Vater es mir verboten, beim Empfang und beim Essen dabei zu sein.«

Jetzt war es heraus, und Johanns Kopf hatte eine noch rötere Farbe angenommen.

Anna, deren Hand immer noch auf seiner Brust lag, hob diese und strich ihm zärtlich übers Kinn. »Danke, Johann«, sagte sie. »Ich wusste es. Aber ich freue mich, dass du es mir noch einmal bestätigt hast. Geh jetzt. Ich muss mit meinem Vater reden.«

Johanns Augen weiteten sich. »Aber ... aber das kannst du nicht. Wenn er Widerworte hört, wird er dich aus Augsburg wegschicken und ... und wir ... ich ... vielleicht sehen wir uns nie wieder.«

Jetzt lächelte Anna. »Unsinn«, sagte sie. »Wenn ich jemals einen Ehemann haben will, dann so einen wie meinen Vater. Er ist weitsichtig und voller Verständnis.«

Sie raffte den Rock und stapfte in Richtung Haus. In Gedanken malte sie sich aus, wie Johann dastand, mit hängenden Schultern und gesenktem Kopf. Wie er ihr nachlauschte, ihrem raschelnden Kleid hinterherhorchte und sich schließlich aus dem Staub machte. Sie wollte sich nicht umdrehen und konnte aber nicht umhin, als sie die Tür aufdrückte, einen kurzen Blick zurückzuwerfen.

Johann stand da, die Arme vor der Brust verschränkt, den Blick ihr zugewandt und den Kopf schüttelnd. Offenbar konnte er nicht verstehen, was sie da tat – und doch hatte er sie nicht zurückgehalten. Ein Lächeln huschte ihr über die Lippen.

Mit dem Ruf »Papa!« betrat sie das Haus. »Papa!«

Sie musste ihn nicht lange suchen. Er stand in seinem Kontor und prüfte die Lederbücher. In ein Auge hatte er eine Lupe geklemmt, mit der er die Feinheit der Goldfolien kontrollierte. Offenbar war er zufrieden mit dem, was er sah.

Während in einem Auge noch die Lupe klemmte, musterte er mit dem anderen seine Tochter. Anna wusste, wie vernarrt er in sie war.

»Papa!«, stieß sie dennoch hervor und ließ das höfliche »Herr« dabei weg. Eigentlich eine Unziemlichkeit, die ihr die erhobene Augenbraue des Vaters bescherte.

»Du störst!«, sagte er nur knapp.

»Herr Papa. Ich muss mit Euch reden.«

»Ach ja«, antwortete er nur und widmete sich wieder seiner Prüfung. »Dann musst du warten. Ich muss dieses Buch examinieren, bevor die Folien in Papier gelegt werden können.«

»Es muss jetzt sein. Sofort!«

Sie wusste, er konnte ihr solche Dringlichkeiten nicht abschlagen. Dazu war sein Wesen zu weich, die Liebe zu Frau und Tochter zu groß. Aber er musste den Hausherrn spielen. Demonstrativ verärgert klappte er das Lederbuch zu, legte es weg und nahm die Lupe aus dem Auge. Dann stützte er sich mit beiden Händen auf das Pult ab. Mit einer Stirn, die sich in unzählige Falten warf, wandte er sich ihr zu.

»Also. Ich habe nicht ewig Zeit, Tochter. Die Eskapaden meiner Frauen, die sich in ihren hübschen Köpfen bilden, muss ich mit mehr Arbeit ausgleichen. Also, was bedrückt dich, Kind?«

Anna spitzte die Lippen. Wenn er sie Kind nannte, wollte er klarstellen, welches Verhältnis zwischen ihnen herrschte. Sie konnte ihn bitten, aber nichts fordern.

»Ich komme nicht mit einem unsinnigen Wunsch meines hübschen Köpfchens«, gab sie spöttisch zurück. »Mein Wunsch ist … mein Leben.«

Ihr Vater sah sie verständnislos an. Er blieb stumm, was Anna ihm hoch anrechnete. Er ließ die Mitglieder seiner Familie immer ausreden, bevor er antwortete und eine Entscheidung traf.

»Ich möchte selbst entscheiden dürfen, welchen Mann ich heirate. Etwas wie gestern, dass ich einem Mann vorgeführt werde wie ein Rassepferd, will ich nicht mehr über mich ergehen lassen. Dann gehe ich lieber in ein … ein …« Sie hätte gern Kloster gesagt, aber das war für eine Protestantin nicht möglich. Also ließ sie die Folgerung einfach offen. Sollte er denken, was er wollte.

Ihr Vater sah sie einfach nur an. In seinen Gesichtszügen war keine Verärgerung zu lesen, auch keine Ablehnung, sondern nur ein Staunen. Und die Mimik veränderte sich, wie sich das Aprilwetter wandelte. »Was habe ich da nur für eine Tochter großgezogen?«, murmelte er.

Anna atmete durch. Sie wusste sehr wohl, was ihre Forderung bedeutete. Keine junge Frau in der Nachbarschaft, ja, in der gesamten Stadt suchte sich ihren Bräutigam selbst aus. Das war Aufgabe der Eltern, und als Tochter hatte man sich zu fügen. Vater und Mutter wussten, welche Voraussetzungen nötig waren, klärten die Umstände, die Mitgift, die Versorgung. Eine Tochter musste gehorchen. Je angesehener die Familie war, desto umsichtiger wurde dabei vorgegangen. Schließlich war es eine Entscheidung auf Lebenszeit. Da hatten solche unsinnigen Gefühle wie Liebe oder Zuneigung hintanzustehen. Heirat war eine Geschäftsbeziehung.

All das spiegelte sich im Gesicht ihres Vaters.

Je länger seine Antwort auf sich warten ließ, desto mulmiger wurde es Anna. Schließlich musste er sich ja auch mit der Mutter absprechen. Sie hatte in Sachen Heirat und Versorgung der Tochter ein gewichtiges Wort mitzureden.

Sie sah, wie ihr Vater den Mund öffnete, um etwas zu sagen, ihn aber sofort wieder schloss. Offenbar wollte er nichts Unsinniges von sich geben, also schwieg er lieber. Zwei Falten bildeten sich über der Nasenwurzel senkrecht zu den Stirnfalten.

In Annas Augen traten Tränen. Stumm und entscheidungslos hatte sie den Vater nur selten erlebt. Er war ein Mann, der wusste, was er wollte, und sich für seine Verfügungen auch vor der Familie weder rechtfertigen musste noch schämte. Diese fiel ihm schwer, so schwer, dass er die Tränen seiner Tochter zwar bemerkte, doch ob sie seine Entscheidung beeinflussen würden, konnte Anna nicht mit Sicherheit sagen.

»Raus jetzt!«, herrschte er sie an. »Ich sagte schon, du störst. Wir sprechen beim Abendbrot darüber. Und glaube nicht, dass du das Recht hast, irgendwelche Forderungen zu stellen!«

Energisch klemmte er sich die Lupe wieder ins Auge und konzentrierte sich auf seine Arbeit. »Mach die Tür sanft zu. Du weißt, der Luftzug kann die Goldfolien beschädigen!«

Annas Unterlippe zitterte vor Unwillen und Enttäuschung. Dennoch schlich sie aus dem Raum und ließ die Tür leise ins Schloss fallen, obwohl sie diese am liebsten mit all der Kraft ihrer Enttäuschung zugeschlagen hätte, was ihr Vater sicher befürchtet hatte.

5

SEPTEMBER 1740

Johann drehte sich ein letztes Mal um. Er suchte das Dunkel des Tordurchgangs ab, ob sich nicht doch das Blitzen eines weißen Kleides zeigte. Aber die wenigen hellen Stellen waren die blanken Waffen der Stadtwache.

Es war einfach zu früh. Er hätte später loslaufen sollen. Nicht schon um sechs Uhr, sondern um zehn oder elf Uhr. Das hätte sie vielleicht geschafft.

Die Luft um diese Zeit war noch kühl, und ihn fröstelte. Er zog seinen Mantel enger, drehte sich nach Westen und stapfte los.

Er hätte mit der Postkutsche fahren können, aber der Vater hatte ihm gesagt, dass ein richtiger Handwerker die Straße unter die Füße nahm und nicht unter die Räder. Die nächsten beiden Tage würde er es aushalten. Bis Ulm war es so weit nicht. Aber nach einem halben Jahr sollte er weiterziehen bis nach Straßburg und in die Niederlande, um dort das Stoffdrucken und Formschneiden von der Pike auf zu erlernen, sich das Färben beibringen zu lassen, und wenn er dafür nach London oder Paris musste. Drei Jahre waren eingeplant. Drei Jahre, in denen er Anna nicht sehen würde. Jahre, in denen sie zu einer Frau heranwachsen und ihn möglicherweise vergessen würde, wie sie ihn jetzt schon vergaß.

Vorgestern noch hatten sie sich verabredet. Heimlich. Sie diesseits der Mauer, er jenseits der Mauer. Im Laufe der Jahre hatten sie einen Stein in der Mauer gelockert, den er herauszog, wenn sie sich unauffällig treffen wollten.

Johann seufzte. Seit dem Auftritt Annas bei ihrem Vater, von dessen Staunen und seiner Verärgerung sie ihm noch am selben Tag erzählt hatte, war ihnen der Umgang miteinander verboten worden.

Er habe keinen guten Einfluss auf die Tochter des Goldschlagers, hatte ihm sein Vater mit dem Gürtel eingebläut.

Gestern noch hatten sie sich über die Fenster ihrer Zimmer, die einander genau gegenüberlagen, mit Zeichen verständigt, ohne dass ihre Geschwister sie wie sonst gestört hatten – Anna hatte ihm zu verstehen gegeben, dass sie am Gögginger Tor auf ihn warten würde. Ihm war das Herz beinahe übergegangen, als sie ihm das signalisiert hatte.

Und heute? Heute war er eine halbe Stunde vor dem Tor auf und ab gegangen und hatte sich schließlich aus der Stadt gestohlen, ohne sie wiederzusehen.

Johann lief in Richtung Pfersee zum Wertachübergang, einem schmalen Steg für Fußgänger. Das war kürzer und kostengünstiger als der Weg über die Brücke beim Wertachbruckertor.

Das Gras war saftig grün. Regenschauer und Winde hatten den Herbst eingeblasen. Pfützen ließen ihn hin und her springen, und nur die hoch gelegenen Stellen im Auwald waren so trocken, als hätte sie nie ein Tropfen Wasser berührt.

Missmutig und lustlos stapfte er dahin. Seine Gedanken kreisten um Anna. Er versuchte, sich ihr Gesicht ins Gedächtnis zu rufen, und seufzte, da es ihm nur unzureichend gelang. Warum hatte sie ihn sitzen lassen? War ihre Mutter dahintergekommen? Hatte sie das Mädchen zurückgehalten?

Er kickte Steine aus dem Weg, sodass sie über die Pfützen hinwegsprangen wie junge Hasen, und vergrub die Hände in den Taschen seines Mantels.

Wenn er nicht so ein verdammter Feigling gewesen wäre, hätte er gestern noch versuchen können, sie zu treffen. Nach dem Kirchgang. Aber er hatte sich eingeredet, ihr zu schaden – was einfach nur dumm gewesen war.

Ein Geräusch ließ ihn hochfahren. Im Auwald waren immer Schmuggler unterwegs, die alles Mögliche aus der Markgrafschaft Burgau in die Stadt schafften, von der Holzkohle über Webstoffe bis hin zu Eisen und Edelmetallen. Sie waren nicht ungefährlich. Er duckte sich und spähte umher.

Nicht weit vor sich entdeckte er den Steg, der über die Wertach führte. Wagen nahmen normalerweise die Furt, doch die war derzeit nicht zu befahren. Die Wertach war nach den letzten Regenfällen angeschwollen, und braune Wassermassen schossen unter dem schmalen Brettergestell hindurch.

Nahe der Brücke blitzte mit einem Mal ein heller Fleck im Grün der Aue auf. Kein Sonnenstrahl, keine Spiegelung auf Wasser oder auf frischen Blättern, sondern ein Weiß, das so sanft und dennoch strahlend war, dass es sich in das Auwaldflimmern nicht einfügte.

Auf seinem Weg zum Steg würde er unweigerlich daran vorüberkommen, und Johann überlegte, ob er nicht einen Umweg nehmen sollte. Aber dann dachte er daran, wie lange er wohl unterwegs sein würde, wenn er vor jedem hellen Flecken in der Landschaft Reißaus nahm. Er drückte den Rücken durch, packte seinen Wanderstab fester und schritt auf die Stelle zu.

Keine hundert Schritte davon entfernt trat eine Gestalt aus dem Gebüsch, die ihn kurz stocken ließ. Doch dann gab es kein Halten mehr. Er rannte, rannte auf Anna zu, die sich etwas verlegen mitten auf den Weg gestellt hatte. Sie trug ein weißes Kleid. Ihr Gesicht wurde von der Morgensonne beleuchtet, ihre blonden Haare standen wie ein goldener Kranz um den Kopf, nein, lagen im Sonnenfeuer.

»Ich dachte schon, du kommst nicht mehr!«, begrüßte sie ihn vorwurfsvoll, aber mit einem Lächeln, das ihm den Atem nahm.

»Und ich habe geglaubt ... dachte ... gewartet am Tor ...«, keuchte er seine Geschichte hervor, musste sich aber auf seinen Stab stützen, damit er sich aufrecht halten konnte.

Sie sah ihn mit spöttisch zusammengekniffenen Augen an. »Dass ihr Männer keine ganzen Sätze von euch geben könnt«, schmunzelte sie und schüttelte tadelnd den Kopf. »Man muss sich wundern.«

»Entschuldige«, keuchte Johann noch immer, bekam aber langsam wieder Luft. »Mein Säckel ist zu schwer. Ich muss mich erst dran gewöhnen.«

Zwar strahlte Anna ihn an, aber er bemerkte dennoch die Traurigkeit in ihren Augen.

»Warum bist du gerade heute fort?«, fragte sie.

»Der Vater wollte es so«, antwortete er verlegen und sah zu Boden. Dann hob er kurz entschlossen den Blick und erwiderte den ihren. »Du siehst aus wie eine Margerite am Wegrain. Wunderschön.«

Von Anna kam kein Zeichen, ob ihr das Kompliment gefallen hatte. Schon beschlich ihn das Gefühl, er habe etwas Falsches, Ungebührliches gesagt.

»Ich meine, das Kleid, es steht dir wunderbar«, setzte er hastig hinzu und beobachtete ihre Augen, ihre Wangen. Und dann sah er es. Es war ein Lächeln, das sich langsam von den Mundwinkeln aus über die Wangen bis in die Augen zog.

»Ach, Johann«, seufzte Anna. »Warum sagst du so was erst jetzt?«

Johann, der bislang steif dagestanden hatte, legte sein Bündel ab und kramte in der Tasche seines Wamses. Er holte ein zerknittertes Päckchen hervor, das in die Innenfläche seiner Hand passte.

»Ich wollte es dir am Tor geben, Anna«, sagte er, verlegen auf das zerdrückte Etwas blickend. »Aber du ... du warst nicht da.« Mit einem Ruck hielt er es ihr hin. »Alles Gute zum Geburtstag.«

Die Überraschung war ihm offensichtlich geglückt. Anna strahlte ihn an, sodass neben ihrem Haar auch das Gesicht leuchtete. Johann versuchte, sich dieses Bild ins Gedächtnis einzuprägen, denn er würde dieses Lächeln drei Jahre lang nicht mehr sehen.

»Du hast daran gedacht?«, flüsterte sie.

»Ja. Mein Vater wollte nicht, dass ich zu deinem Geburtstag noch in der Stadt bin. Ich ... ich habe es selbst gemacht. Für dich.« Er räusperte sich. »Auch wenn es etwas ... etwas zerdrückt aussieht. Den Inhalt kann man nicht zerdrücken.«

Vorsichtig nahm sie ihm das Päckchen aus der Hand. Ein Strahlen ging von ihr aus, das ihn schmerzte. Sie wickelte den Tuchfetzen, in das es verschnürt war, ab, der etwa so groß war wie die Schnupftücher ihres Vaters. Es war mit einem blauen Rand eingefasst. In der Mitte prangte eine Sonnenblume. Deren Blätter bildeten die Buchstaben »A« und »B« für »Anna Barbara«.

Johann sah, wie Anna Tränen in die Augen schossen.

»Gefällt es dir nicht?«, fragte er erschrocken. »Ich mach dir auch etwas anders.«

Doch da hatte sie ihn schon umarmt und drückte ihren Kopf an seinen Hals.

»Es ist wunderschön!«, wisperte sie. »Vielen Dank, Johann. Ich hab schon gedacht, du hättest meinen Geburtstag vergessen.«

Und dann geschah etwas, womit er nicht gerechnet hätte. Anna drückte ihn sanft von sich weg, sodass sie sich in die Augen sehen konnten, und dann küsste sie ihn lange auf den Mund.

Es war der erste Kuss, den er nicht von seiner Mutter bekam.

»Das hast du verdient«, sagte sie, als sie von ihm abließ. Sie standen so eng beieinander, wie es nur Liebende vermochten. Er spürte ihren Körper, ihre Wärme und ihr Zittern in seinen Armen.

Johann war völlig verwirrt. Er hatte nicht erwartet, sie hier zu treffen. Er hatte nicht erwartet, einen Kuss von ihr zu bekommen. Er hatte nicht erwartet, dass er ihre Nähe so sehr genießen und gleichzeitig vermissen würde.

»Was jetzt?«, fragte er, und die Frage erschien ihm töricht. Am liebsten hätte er sie wieder zurückgenommen und wäre einfach stumm geblieben.

»Jetzt? Wir müssen Abschied nehmen. Du musst nach Ulm oder Ravensburg. Ich bleibe zu Hause.«

»Aber ...«, wollte Johann einwerfen. Doch Anna legte ihm einen Finger auf den Mund, den er sogleich küsste.

»Du wirst viele Mädchen kennenlernen«, sagte sie, ohne ihn anzusehen. »Küss sie ruhig. Aber denk daran, ich warte hier auf dich. Drei Jahre lang. Wenn du nach drei Jahren nicht wieder hier bist, werde ich dem Rat meiner Eltern folgen und heiraten. Aber so lange bist du der einzige Mann in meinem Herzen, Johann Friedrich Gignoux.«

Sie hob ihren Blick und sah ihn an. Im Blau ihrer Augen leuchtete ein Stern, der dem seiner Sonnenblume ähnelte. Die dunkle Pupille schien ihn einzuziehen. Er wollte etwas erwidern, doch dann berührten sich ihre Lippen erneut. Diesmal war er darauf vorbereitet und erwiderte den Kuss intensiv, wenn er auch noch nicht genau wusste, was alles zu tun war. Er schmeckte ihre Lippen, die leicht süß waren, so als hätte sie diese mit Honig eingerieben.

Als sie sich voneinander trennten, weil Johann das Gepolter von Leuten hörte, die, aus Pfersee kommend, die Brücke überquerten, wusste er, was er zu sagen hatte. »Ich komme zurück, Anna. In drei Jahren.«

Erwartet hatte er eine freudigere Reaktion als die, die er erlebte. Ihr Mund verzog sich schmerzhaft. Sie nahm ihn an der Hand und zog ihn hinter sich her ins Dickicht des Gebüschs.

»Sie müssen uns nicht sehen«, flüsterte sie, als sie weit genug vom Weg entfernt waren. Dann legte sie eine Hand auf seine Brust. »Versprich nichts, was du möglicherweise nicht halten kannst. Womöglich verliebst du dich in eine schöne Webertochter. Vielleicht wirst du aufgehalten, weil du eine Technik kennenlernst, die dir nützt. Es kann sein, dass du irgendwo krank in einem Hospital liegst und fiebernd nach mir rufst. Keiner kann das wissen. Du am allerwenigsten.«

»Aber ...«, versuchte er zu widersprechen, »du hast mir doch versprochen, auf mich zu ...«

Sie legte ihm wieder einen Finger auf den Mund. Die Gruppe Bauern kam eben an ihrem Versteck vorbei. Die Männer und Frauen unterhielten sich laut und warfen sich zotige Bemerkungen zu.

Einer der jungen Männer wollte seine Begleiterin veranlassen, mit ihr in die Büsche zu verschwinden, was diese empört ablehnte. Allerdings hörte man aus dem Widerspruch heraus, dass sie auf dem abendlichen Rückweg dafür durchaus bereit wäre. Die Bauern hatten trotz der Lasten, die sie in ihren Hucken auf dem Rücken trugen, ihren Spaß.

Johann hatte die ganze Zeit über den Finger Annas am Mund behalten und mit Küssen bedeckt. Sie hatte sich eng an ihn gedrückt, und die Wärme, die ihre Körper verströmte, betörte ihn.

Erst als die Gruppe vorübergezogen war, antwortete sie. »Ich habe dir nur versprochen, drei Jahre lang nicht zu heiraten. Mehr nicht«, korrigierte Anna ihn. »Wenn du in dieser Zeit zurückkommst, bin ich da, wie du gegangen bist. Dann können wir schauen, inwiefern wir uns verändert haben. Und ob du mich noch willst.«

Johann musste schlucken. Sie war so viel verständiger als er.

»Du bist und bleibst mein Engel!«, erwiderte er.

»Ach ja? Aber denk daran. Wenn du nicht kommst, dann heirate ich deinen Bruder Anton. Gignoux ist Gignoux!«

Johann erschrak. Er nahm sie bei den Schultern und drückte sie von sich weg.

»Das tust du nicht!«, forderte er energisch.

Anna lächelte. »Bist du etwa eifersüchtig? Das ist gut. Das tue ich natürlich nicht – sofern du zurückkommst. Verlass dich aber nicht darauf. Und jetzt ...« Sie küsste ihn leidenschaftlich. »Das soll dir als Erinnerung dienen. Ich muss zurück, bevor meine Mutter Wind davon bekommt, dass ich ausgerissen bin.«

Er nahm sie ein letztes Mal in den Arm, spürte ihrem Körper nach, der so weiblich weich war, sog ihren Geruch ein, der ihn an einen Sommermorgen erinnerte. Dann ließen sie voneinander ab, und Anna zog ihn hinter sich her aus den Büschen.

Sie stellte sich noch kurz vor ihn hin, küsste ihn rasch ein letztes Mal, dann drehte sie sich um und lief zurück zum Gögginger Tor. Johann sah ihr hinterher, versuchte, sich das Wehen ihres Kleides, ihren Gang, das Flattern der Haare und den Geschmack ihrer Küsse und ihren Geruch zu merken.

Als er sie nicht mehr sehen konnte, drehte er sich um und ging zu dem Wertachsteg. Als er die leicht marode Holzbrücke betrat, fiel ihm zum ersten Mal auf, wie schwankend und unsicher der Weg war, den er jetzt beschritt. Anna hatte recht. Womöglich würde er tatsächlich nicht mehr zurückkehren, denn die Untiefen waren tückisch, und die Straße war voll davon.

6

SIEBEN MONATE SPÄTER · MAI 1741

Anna hielt Anton Gignoux das Tuch hin und entfaltete es. Die Sonnenblume wehte im Maiwind vor seiner Nase. Sie liefen zum Oblattertor hinunter und zur Pulvergasse kurz vor dem Tor. Sie hatte darauf bestanden, Johanns älteren Bruder Anton zu begleiten.

»Ist das von Johann?«, fragte er misstrauisch.

Anna zuckte nur mit dem Schultern. Sie wollte nicht lügen, wollte ihm aber auch nicht die Wahrheit sagen.

»Ich will wissen, wie es ihm geht. Nur das interessiert mich.«

Anton Christoph war drei Jahre älter als Johann und kurz vor dessen Abreise wieder aus der Ferne zurückgekehrt. Er war kleiner als sein Bruder, aber stämmiger, und ihm spross bereits ein Bart. Auch er hatte die künstlerische Ader seines Vaters geerbt.

»Was soll das? Du bist ein Mädchen!«, spottete er.

»Und du kannst einem Mädchen nichts beibringen? Wie soll das dann bei einem Jungen, bei einem Lehrling, gehen?«, feixte sie zurück. Sie hoffte, dass ihn ihr Spott anstachelte und nicht abschreckte. »Die Farben, sie sind so ... so wundervoll.«

Anton nahm ihr das Tuch aus der Hand, rieb es zwischen den Fingern und roch daran.

»Die Farben müssen noch fixiert werden, sonst waschen sie sich aus. Kein billiges Tuch, Baumwolle, aber billige Farben und schlechte Fixierung. Da war kein Könner am Werk.«

Anna biss sich auf die Lippen, um nicht scharf zu antworten.

Er hielt das Tuch gegen das Licht.

»Das ist reine Baumwolle. Nicht das hier in Augsburg ...« Er hielt inne und sah sich verstohlen um. Dann senkte er die Stimme. »Das hier in Augsburg verpflichtende Mischgewebe aus Baumwolle und Leinen.« Er spuckte auf den Boden. »An Leinen bleibt keine der leuchtenden Farben hängen. Es ist ausgesprochen schwer zu färben. Dafür halten die wenigen Farben an Leinen besser.« Anton gab ihr das Tuchstück wieder zurück. »Baumwolle ist da anders. Man kann mehr mit ihr anfangen. Man kann sie bedrucken. Farbig bedrucken. Mit bunten Blumenmustern – wenn man weiß, wie es geht.«

Anna blieb abrupt stehen. Anton rannte, als gelte es, die Zeit einzuholen.

»Ich möchte es lernen«, rief sie ihm hinterher.

Auch Anton blieb stehen, aber nur aus Höflichkeit. Offenbar trieb ihn etwas in die Färberei am Oberen Graben. »Was? Du willst das Färben oder Drucken lernen? Als Frau?« Er schüttelte den Kopf. »Was für ein Unsinn. Weißt du eigentlich, was ich unternehmen musste, um das zu können, was ich jetzt beherrsche?«

Anna lief langsam auf Anton zu. »Nein. Weiß ich nicht. Erzähl es mir, aber schau dir zuvor das Muster an.«

Ungeniert schob sie eine Hand in ihren Brustausschnitt, bis sie bemerkte, wie Antons Blicke ihr folgten.

»Dreh dich um, Ferkel!«, herrschte sie ihn an.

Doch Anton dachte keinen Moment daran. Anna zog ein Blatt Papier aus ihrem Ausschnitt.

»Kannst du das Muster drucken?«, fragte sie und reichte ihm das gefaltete Papier.

Anton nahm es und roch daran.

»Du musst es auffalten«, schalt sie ihn. »Und mit den Augen betrachten. Mit der Nase wirst du nichts sehen.«

Ein schwer zu deutender Blick traf sie, und ihr wurde es etwas schwummrig. Anton war älter, hatte bereits Erfahrung mit Frauen. Wusste, was sich zwischen den Geschlechtern abspielte. Ihre Mutter hatte sie kürzlich beiseitegezogen und ihr erklärt, wie unschicklich der Umgang mit Anton Gignoux sei. Man könne ja meinen, sie würde sich anbieten, so wie sie hinter dem jungen Mann herscharwenzle. All das schoss Anna durch den Kopf, als sich Anton das Blatt an die Nase hielt, daran roch, es aber nicht auffaltete.

»Muss ich dir zeigen, wie das geht?«, provozierte sie ihn.

Anton zeigte sich hochmütig und überlegen, öffnete langsam das Blatt und schloss die Augen, um den Duft genüsslich einzuatmen.

»Es hilft, dabei die Augen aufzumachen«, spottete Anna.

Anton seufzte. Endlich faltete er das Blatt ganz auf, hielt es in einem Abstand von sich weg, um es betrachten zu können – und stutzte.

»Wer hat das gemalt?«, fragte er und runzelte die Stirn.

»Ich«, sagte Anna. Sie hatte die Form der Sonnenblume aufgegriffen, die Johann für sie gedruckt hatte, sie aber abgewandelt, vor allem die Blütenblätter deutlicher gemalt sowie Blüte und Blatt so gedreht, dass sie ineinander verwunden waren. Angepasst hatte sie das Bild an ein Holzmodel, das als Druckvorlage dienen konnte.

Plötzlich sah Anton sie mit anderen Augen an.

»Wer hat dir das Modelmalen beigebracht?«, fragte er erstaunt. »Oder hat es jemand anderer für dich gemalt?«

»Wer sticken kann, kann auch Model bemalen«, entgegnete sie. »Das ist einfach.«

Sie würde es sich nicht gefallen lassen, als Dummchen behandelt zu werden. Nicht von Anton Gignoux.

Doch der achtete nicht mehr auf sie. Er drehte das Blatt hin und her, schloss ein Auge, kniff das andere leicht zusammen, betrachtete die Zeichnung erneut und nickte dann. »Komm mit!«, sagte er beiläufig.

»Was hast du vor?«

Anton musterte sie, wie er das Blatt gemustert hatte, mit einem geschlossenen und einem halb geöffneten Auge. Dabei ließ er den Blick über ihren Körper gleiten, als müsse er ihre Qualitäten begutachten.

»Wenn ich das Blatt als Model umsetzen lasse, was bekomme ich von dir dafür?«

Die Frage war eindeutig und das Ansinnen auch. Offenbar hatte er während seiner drei Jahre in der Fremde gelernt, dass Wünsche Gefälligkeiten nach sich zogen. Aber das wollte Anna nicht. Vor allem nicht diese.

»Wovon redest du?«, sagte sie so leise, dass nur Anton sie hören konnte.

»Ich habe gehört, du wärst Johann nachgelaufen und mit ihm in die Büsche verschwunden. Grinsend zeigte Anton ringsum. »Auch hier gibt es ausreichend Buschwerk.«

Anna schluckte. Also hatte sie beide an der Brücke doch jemand beobachtet, den sie selbst nicht bemerkt hatten. Kaum hatte Anton dies gesagt, spürte sie Johanns Kuss auf ihren Lippen.

»Wer sagt das?«

»Die Spatzen pfeifen es von den Dächern.« Er grinste anzüglich.

»Dann waren diese Spatzen entweder blind, oder sie haben jemand anderen gesehen«, verteidigte sie sich.

Anton lief weiter und ließ sie einfach stehen. Er hielt das Blatt mit spitzen Fingern am ausgestreckten Arm in die Luft.

»Dann eben nicht!«, verkündete er und ließ los. Es flatterte vom Wind getragen über die Straße und in Richtung Graben.

Anna entfuhr ein spitzer Schrei. Sie rannte dem Blatt hinterher, das vom Wind weitergeweht wurde. Sie befürchtete, es würde in dem Stadtgraben landen. Doch so weit kam es nicht. Sie fing ihre Zeichnung nicht mehr in der Luft, sondern musste sie vom Boden auflesen. Gott sei Dank war es trocken. Als sie aufsah und die Zeichnung wieder wegstecken wollte, stand Anton direkt vor ihr.

»Was?«, fragte er nur.

»Nichts!«, antwortete Anna Barbara forsch. »Du bist ein Scheusal, Anton Gignoux!«

»Aber, aber. Was verlange ich denn schon? Nichts, was du nicht geben könntest.«

Er starrte unverhohlen auf ihre Brüste, die mehr mit Stoff gepolstert als von der Natur gewölbt waren. Sie entschied sich dazu, sich nicht wegzudrehen oder gar umzukehren. Wenn er denn unbedingt wollte, dann würde sie ihn mit denselben Waffen schlagen müssen.

»Was würde dein Herr Vater dazu sagen, wenn er von deinem Ansinnen erführe?«, setzte sie in unschuldigem Ton hinzu. »Oder gar dein neuer Augenstern. Du wirbst doch um die hübsche –«

»Halt den Mund!«, zischte er sie an. Doch dann umspielte ein Lächeln seinen Mund. »Meinen Bruder wird es freuen zu hören, wie du ihm die Treue hältst.«

Anna wurde hellhörig. »Hat Johann geschrieben? Was sagt er? Denkt er …« Weiter wollte sie nicht gehen.

»Er denkt an dich, Anna. Sei unbesorgt. Gib mir das Blatt. Ich werde versuchen, es umzusetzen. Ein gewisses Talent kann man dir nicht absprechen.« Er wedelte ungeduldig mit der Hand.

Was sie von diesem Stimmungsumschwung halten sollte, wusste Anna nicht recht. Hatte er ihr etwas vorgespielt, um sie zu prüfen? Hatte er gehofft, ihre Verteidigung gegen seine Anzüglichkeiten würde fallen und er käme ans Ziel? Sollte er ihr im Namen des Bruders auf den Zahn fühlen und diesem berichten, wenn sie nachgeben würde?

Sie war verwirrt – und reichte ihm den gefalteten Bogen. Ohne ein weiteres Wort folgte sie ihm bis zur Pulvergasse hinab.

Sie trat hinter Anton in die Formschneiderei ein. Es stank erbärmlich.

Ein Klopfen erfüllte den Raum. Vier Männer saßen an Schnitzbänken und hatten Modeln vor sich eingeklemmt. Die Füße standen auf den Zangen und hielten die Modeln fest. Mit ernsten Gesichtern beschnitzten sie die Holzklötze.

Anna Barbara hatte die Modelschnitzerei noch nie betreten. Fasziniert betrachtete sie die Männer, die mit scharfen Stemmeisen geschickt Späne aus dem Holz herauslösten und so Formen entstehen ließen.

»Du kannst den Mund wieder zumachen. Nicht dass dir ein Holzspan zwischen die Zähne gerät.« Anton lachte.

»Wie weich das Holz ist«, sagte Anna.

»Weich? Mitnichten. Wir arbeiten mit Birnbaumholz in Dreischichtverleimung. Sonst werden die Modeln zu schwer.« Er nahm eine offensichtlich gebrochene Model zur Hand und zeigte ihr die Bruchstelle. »Zuunterst liegt eine Schicht Birnbaumholz. In sie wird die Form eingeschnitten oder eingeklopft, weil das Holz feinfasrig und damit gut zu bearbeiten ist. Darüber folgt Lindenholz, damit die Model nicht zu schwer ausfällt. Schließlich wird erneut Birnbaum aufgeleimt. Die Leimblöcke siehst du dahinten.« Er deutete an das andere Ende des Werkraums, in dem einige Kinder Knochenleim auf die Hölzer auftrugen und diese aufeinanderlegten. Danach kamen sie in eine Art Kelterpresse, wo man sie unter Druck miteinander verband. Von dort stammte auch der Gestank. In einem Topf kochte offenbar Knochenleim langsam vor sich hin.

Anton schnippte einem der Männer, der seine Arbeit sofort liegen ließ und auf ihn zueilte.

»Köhler, könnt Ihr das umsetzen?«, fragte er unumwunden. Er reichte ihm Annas Blatt.

Der Mann drehte das Blatt einige Male um seine Achse. »Es ist keine Zeichnung von Euch, junger Herr.«

»Woher wollt Ihr das wissen, Köhler?«

»Ihr habt einen anderen Strich, eine andere Art, die Modeln zu gestalten. Das hier ist feiner. Ich würde sogar behaupten wollen, es sei gefälliger, weiblicher.«

Jetzt musste Anton lachen und wandte sich an Anna, die bislang nur dagestanden hatte und die Arbeit der Männer bewunderte. »Ihr seht, Mademoiselle Koppmair, unsere Formschneider haben nicht nur ein gutes Auge, sie haben auch einen Sinn für Formen. Weiblicher. Sehr interessant. Wollt Ihr damit sagen …«

»… die Sonnenblumen könnten ein gut verkäufliches Motiv für

unseren Direktdruck werden. Stellt Euch gelbe Blumen auf blauem Grund vor. Als textile Tapete. Ein wundervolles Motiv. Eine ausgezeichnete Idee, junger Herr.«

Anton schaute erstaunt zwischen seinem Formschneider und Anna hin und her. »Ihr glaubt also, die Form würde sich beim Blaudruck ebenso bewähren wie beim Direktdruck?«

Der Formschneider nickte heftig. »Selten so eine klare Form gesehen. Da hat jemand ein Händchen.«

»Also gut. Formt mir ein Model. Wie lange braucht Ihr?«, fragte Anton.

»Nur in Holz oder auch mit Messingschlingen? Letzteres Model könnte ich bis Ende der Woche fertigstellen.«

»Ich lass Euch freie Hand, Köhler.«

Anton drehte sich zu Anna um und winkte ihr, ihm zu folgen. Stumm ging er durch den Raum und öffnete eine Tür am anderen Ende. Es war ein Durchgang zu Färberei. Hier hatte sie mit Johann schon das »blaue Wunder« erlebt.

»Sag mir, was dir besser gefallen würde, Anna. Das blau eingefärbte Tuch mit einer goldfarbenen Sonnenblume oder ein lindbraun belassenes Tuch mit einer eher ins Rötlich-Gelbe spielenden Blume? Blaufärberei oder Direktdruck?«

Sie sah ihn an und konnte sich auf diesen Sinneswandel immer noch keinen Reim machen.

»Beides«, forderte sie keck. »Und dann vergleichen wir.«

»Beides also!« Anton nickte. »Dein Wunsch sei mir Befehl.«

7

JUNI 1741

Die Tage dehnten sich endlos und waren mit Licht und Wärme gesättigt. Am liebsten wäre Anna nackt durch die Gassen der Stadt gelaufen, hätte es sich geziemt. Jedes Stück Stoff auf dem Leib störte und war im Nu schweißdurchtränkt. Sie freute sich auf die Einladung am Abend, draußen vor der Mauer, im Schaur'schen Garten. Sie würde Anton wiedersehen, der sich seit ihrer kleinen Unstimmigkeit rargemacht hatte. Die Gignoux' waren natürlich ebenso eingeladen wie ihre Eltern. Auch Schüle sollte kommen, hatte Antons Mutter ihr versichert. Immer wieder kam er in die Stadt, kaufte en gros Tuche auf und machte sich so zu einem beliebten Geschäftspartner der Weber, nicht aber der örtlichen Kattundrucker. Diese hatten nach so einer Einkaufstour des Künzelsauer Kaufmanns von seinem Geschäftsgebaren die Nase gestrichen voll. Er sei rücksichtslos, hieß es, kaufe den Markt leer und hinterlasse nur Scherben.

Anna wusste, dass es nicht ganz so war. Sie hatte seine Taktik längst durchschaut, auch wenn sie von seinen Geschäften nur durch Hörensagen erfuhr. Der einzige Unterschied zwischen Johann Heinrich Schüle und den Augsburger Kaufleuten war, dass Schüle kaufte und sofort zahlte, während die Augsburger Kaufleute in ihrer Sicherheit, vor Ort zu sein und jederzeit den günstigsten und billigsten Kaufzeitpunkt abwarten zu können, nur orderten und dann nicht alles abnahmen, sondern sich nur die besten Stücke aussuchten. Da war es nur verständlich, wenn die Weber den Spatz in der Hand nahmen und nicht auf die Taube auf dem Dach hofften.

Anna blickte nach draußen, über den Hof hinweg zum Zimmer von Johann, der nun seit fast einem Jahr fort war. Es war dunkel. Eine leere Fensterhöhle in der Fassade des Hauses. Zwei Briefe hatte er geschrieben. Nicht an sie, sondern an seine Familie, was sie etwas ärgerte.

Sie schlüpfte in das Kleid, das sie sich für dieses Fest selbst geschneidert hatte: Es war hell, hatte einen rosafarbenen Grundton, und darauf prangten dunkelgelbe Sonnenblumen. Ihre Sonnenblumen. Anton hatte ihr den Stoff überlassen. Eine halbe Bahn. Sie hatte sich daraus ohne Wissen der Mutter ein Kleid gefertigt. Nur ihr Vater war eingeweiht.

Sie drehte sich vor dem halbhohen Spiegel, dass der Rock flog. Das Kleid war luftig, leicht und machte sie selbst zu einer Blume innerhalb eines Sonnenblumenfelds. Sie war zufrieden.

Schon vorab hatte ihre Mutter gefragt, ob sie denn nicht den einen oder anderen Jüngling einladen solle.

»Untersteht Euch!«, hatte Anna sie in die Schranken gewiesen.

»Dann bleib eben allein«, hatte die Mutter gemurrt.

Sie würde sich heute wundern. Wenn sie, Anna Barbara, nicht der Mittelpunkt dieses Sommerfestes wurde, dann musste sie an ihrer Einschätzung der Welt zweifeln.

Nur vor dem Weg zum Fest hatte sie Angst. Es war kein weiter Weg zu Fuß vor die Stadt, hinaus aus dem Schwibbogentor und die Straße entlang bis zum Schaur'schen Garten. Sie wollte ein Cape umlegen, um das Kleid so spät wie möglich zu offenbaren. Aber vor der Tür herrschte eine sengende Hitze, und Anna befürchtete, das Kleid könnte nicht nur völlig durchgeschwitzt sein, sondern auch die Farben könnten sich bis dahin aufgelöst haben.

Nur im Kleid wollte sie aber nicht auf die Straße. Sie drehte sich noch einmal vor dem Spiegel. Die Farben blitzten selbst im Dunkeln.

Sie hörte jemanden die Treppe heraufkommen. Rasch nahm sie ihr Cape und hüllte sich darin ein. Nur der Kopf blieb frei. Tatsächlich klopfte es kurz darauf an der Tür, und ihre Mutter betrat den Raum. Sie schnupperte, konnte aber nur den Geruch nach Lavendel wahrnehmen. Mehr brauchte sie nicht. Ein kleines Fläschchen Veilchenduft hatte sie in ihrem Handtäschchen verstaut. Es würde rechtzeitig zum Einsatz kommen.

»Kind, du wirst unten erwartet«, verkündete die Mutter nicht ohne Stolz in der Stimme.

Anna hob nur die Augenbrauen. »Wer soll mich erwarten?«

»Ein Einspänner, und auf dem Kutschbock sitzt Anton Gignoux. Er sagt, er habe die Erlaubnis, dich zum Ball zu fahren.«

Anna schnaubte kurz. Es hörte sich an wie das Drohen der Stiere auf der Weide. Doch bevor sie etwas erwiderte, ergriff sie die Gelegenheit. »Ich hatte ihn gebeten. Es ist etwas mühsam, auf diesen unbefestigten Wegen zum Schaur'schen Garten zu gelangen. Sagt ihm bitte, ich komme gleich.«

Jetzt stemmte ihre Frau Mutter die Hände in die Hüften. »Bin ich deine Zofe? Das sagst du ihm besser selbst. Und beeil dich!«

Anna besah sich im Spiegel. Im Grunde war sie bereit. Sie hoffte nur, dass die Schminke hielt und nicht alles durch das Schwitzen aufgelöst wurde.

Sie griff sich ihre Tasche und drängte sich an der Mutter vorbei.

»Mir lässt du die Möglichkeit nicht, dir einen Mann vorzustellen. Und selbst schwirrst du um den Sohn unseres Nachbarn herum wie eine Motte ums Licht? Sei vorsichtig, Kind. Verschwende dich nicht.«

Während Anna versuchte, beim Hinabgehen über die schmale Treppe nicht zu stürzen, rief sie der Mutter über die Schulter zu. »Ach, Frau Mama, könnt Ihr denn an nichts anderes mehr denken?«

Obwohl der Abstieg ausreichend Lärm machte und sie so nicht mehr hören konnte, was ihre Mutter antwortete, wusste sie den Inhalt auswendig: Langsam werde es Zeit, die Anträge der jungen Männer zu prüfen; sie werde mit jedem Tag älter; Mädchen müssten unter die Haube, bevor sie welkten; und zuletzt kam wie ein Sahnehäubchen immer der Hinweis, eine sichere Versorgung sei das Allerwichtigste im Leben einer Frau … neben Kindern.

Mit dem Verlassen des Hauses schüttelte sie auch all diese Gedanken ab wie Schneeflocken auf der Kleidung. Anton saß auf einem Einspänner und forderte sie mit einer Bewegung seines Kopfes auf, hinten Platz zu nehmen. Doch die Hälfte des Gefährts wurde von einem Kontrabass eingenommen.

Anna überlegte kurz, ob sie nicht zu ihm auf den Kutschbock klettern sollte, doch dann verwarf sie diesen Gedanken als zu forsch. Was die Leute denken würden? Wobei ihr die Leute egal gewesen wären, nicht aber Johann.

Wo er sich wohl herumtrieb? In Antwerpen, Gent, oder befand er sich bereits in London? Sie hatte bei Tobias Conrad Lotter eine Karte einsehen dürfen, auf der diese Insel zu sehen war, dieses Britannien. Lotter gehörte auch zu den abendlichen Gesellschaften bei den Gignoux'. Er arbeitete als Landkartenstecher bei Matthäus Seutter, dem berühmten Kartenmacher. So hatte sie ihn kennengelernt – und er war keine Gefahr für sie, denn er hatte letztes Jahr die Tochter Seutters geheiratet und würde die Kartendruckerei übernehmen. Immer wenn sie von Johann hörte, wo er sich aufhielt, ging sie zu Lotter und ließ sich den Ort zeigen. So fühlte sie sich mit ihm verbunden.

»Hast du Nachricht von deinem Bruder?«, fragte sie Anton, während sie in den offenen Wagen kletterte und sich neben das Instrument quetschte. Sie schloss den Verschlag.

Er hatte sich zu ihr umgedreht und sah mit einem halben Auge zu, wie sie sich einrichtete, ohne das Kleid zu sehr zu verdrücken oder das Instrument zu beschädigen.

»Du hast eine wenig charmante Art, dich dankbar zu zeigen, Koppmairin«, schmollte der Wagenlenker. »Ich hole dich ab, und du willst etwas von meinem Bruder wissen.«

Anna deutete auf den Kontrabass. »Du hast mich nur abgeholt, weil das Instrument in den Schaur'schen Garten gebracht werden muss und du ihn in dieser Hitze nicht schleppen wolltest. Aber du brauchtest jemanden, das Instrument festzuhalten, damit es nicht vom Wagen fällt. Wir sind also quitt, Anton Gignoux.«

Anton ließ den Zügel schnalzen, und das Pferd setzte sich in Bewegung. Der Kontrabass hätte Anna bei der ruckartigen Bewegung des Anfahrens beinahe erschlagen. Sie konnte ihn eben noch festhalten, bevor er ihre Frisur zerstörte.

»Du verblüffst mich immer wieder, meine liebe Anna. Deine Einsichten sind so messerscharf wie dein Verstand. Mich wundert, welchen Narren mein Bruder an dir gefressen hat.«

Das Gefährt ruckelte und schaukelte auf dem Pflaster aus Lechkieseln. Außerdem machten die eisenbeschlagenen Reifen in der engen Gasse einen Heidenlärm, sodass man sich innerhalb der Mauern nicht unterhalten konnte. Gern hätte sie Johanns Bruder etwas erwidert, doch es lohnte sich nicht. Erst als sie über die Brücke am Schwibbogentor rollten und auf weicheren Boden trafen, hätte sie etwas sagen können, aber ihr Zorn war verraucht, und sie war damit beschäftigt, das Instrument zu halten.

»Du spielst heute Abend?«, rief sie nach vorn.

»Sonst hätte ich den Kontrabass nicht mitgenommen!«, antwortete Anton ebenso schreiend.

Je näher sie dem Schaur'schen Garten kamen, desto deutlicher wurde der Geruch. Die Familie war bekannt für ihre Arzneien, vor allem für den »Schaurbalsam«, ein Geheimmittel, das gegen Reißen ebenso wirkte wie gegen Entzündungen, Schwellungen und unter der Hand sogar als Mittel gepriesen wurde, bei innerer Anwendung Schwangerschaften zu verhindern. Aber das wusste sie nur aus den Gesprächen der Mägde am Brunnen. Jetzt stieg ihr der Duft von Alkohol und Ölen in die Nase. Stechend und scharf zuerst, doch nach einiger Gewöhnung wohlriechend und sanft. Vermutlich war dies der Grund, warum der Drogist seine Produktion nicht am Metzgplatz betrieb, sondern vor den Toren der Stadt. Der Garten selbst war ein Hort der Ruhe. Ein Teil war als Wandelgarten mit Brunnenanlage ausgestaltet, im anderen reihten sich Beete an Beete, in denen der Drogist alle Arten von Würz- und Heilkräutern kultivierte. Das Lusthaus dort war ein Kleinod. Sogar einen eigenen Wasserturm mit Schaufelrad hatte er bauen lassen, um den Brunnen betreiben zu können.

Es war Zeit, an ihren Auftritt zu denken, als sie zum Tor hineinfuhren und die offene Kutsche vor dem Gartenhaus hielt.

Anton sprang vom Kutschbock und befreite Anna zuerst einmal von dem Instrument.

»Ich hoffe, er war dir kein unangenehmer Gefährte«, sagte er. Sie antwortete mit einem säuerlichen Schnauben.

Dann umrundete er die Kutsche, öffnete den Verschlag und reichte Anna die Hand.

Die Gäste standen im Freien rund um den Eingang des Gartenhauses. Diener servierten Erfrischungen und kleine Happen. Aller Augen waren auf die Neuankömmlinge gerichtet, wie Anna zufrieden bemerkte. Der Kontrabass hatte eine zusätzliche Aufmerksamkeit verursacht. Dafür war sie Anton dankbar.

Sie entschloss sich, sofort zu handeln. Sie reichte Anton ihre Hand und streifte gleichzeitig das Cape ab. Dann stand sie auf. Sie verharrte einen Augenblick und ließ sich schließlich aus der Kutsche helfen.

Selbst Anton blieb der Mund offen stehen.

»Eine Sonne steigt zu uns irdischen Wesen hernieder!«, flüsterte er.

Kaum hatte Anna den kiesigen Boden betreten, empfing sie Applaus.

8

JUNI 1741

Ihre Mutter nahm sie beiseite und fuhr sie an: »Was ist dir nur eingefallen, Kind? Die Weiber zerreißen sich die Mäuler über deinen Auftritt.«

Anna drehte sich leicht und musterte sie kokett. Maria Koppmair war mit der Geburt der Kinder etwas fülliger geworden. Der Stoff spannte – und er entsprach zwar der Mode in Augsburg, wirkte aber etwas aus der Zeit gefallen.

Ein in Form einer Vase zugeschnittenes Gebüsch verbarg sie vor den Blicken der Gesellschaft. Sie standen sich nahe gegenüber.

»Gefällt dir das Kleid nicht?«, fragte Anna im unschuldigsten Ton, den sie zustande brachte. »Du wolltest mich doch immer verkuppeln. Und jetzt habe ich dir eine Vorlage gegeben, die kein Junggeselle in der Stadt mehr übersehen kann.«

Die Sonne versank langsam hinter dem Horizont, obwohl es noch taghell war. Der Garten lag im Osten der Stadt und unterhalb der Hochterrasse. Die Strahlen verschwanden, aber Annas Sonnenblumen leuchteten weiter und blitzten bei jeder Bewegung.

»Das ist doch nicht die Frage. Dein ganzes Auftreten wirkt …«

Anna unterbrach ihre Mutter und versuchte einen versöhnlichen Abschluss des Satzes: »… wie eine Ankündigung des Sommers?«

»Nein, Herrgott noch mal. Wie das Kokettieren einer … einer der leichten Damen!«, zischte ihre Mutter. »Willst du so in Erinnerung bleiben? Niemand wird dich nehmen, wenn sie glauben, du bietest dich an.«

Anna trat einen Schritt zurück. Sie war aufgebracht. »Warum sagst du so etwas? Reut es dich, eine Tochter zur Welt gebracht zu haben?«

Im selben Augenblick kam ihr Vater um die Ecke. Ob er wusste, was die Mutter ihr vorwarf, konnte Anna seinem Mienenspiel nicht entnehmen. Aber er selbst lächelte seine beiden Frauen an und schloss sie in den Arm.

»Du zerdrückst mir die Frisur«, schimpfte die Mutter, während Anna selbst sich die Umarmung gefallen ließ.

»Weißt du eigentlich, meine Tochter, dass dich alle Männer hier bewundern? Wie ein Blatt aus meinen Folienbüchern, formschön und teuer«, feixte er. »Geh und amüsiere dich!«, bat er. »Ich muss mit deiner Mutter etwas bereden.«

Er strahlte Anna an, als sei er selbst in sie verliebt.

»Ich hoffe, es geht nicht um mich«, erwiderte Anna und runzelte die Stirn. »Dann wäre ich nämlich gern dabei.«

»Iwo«, flötete der Vater, und Anna spürte genau, dass er sie mit derselben Eleganz belog, mit der er sie eben begrüßt und gelobt hatte. Ich werde ihn zur Rede stellen müssen, dachte sie.

Doch für heute wollte sie keine Wolken über ihrem Kopf dulden, obwohl ein Blick in den Himmel verriet, dass dieser Wunsch wohl ein solcher bleiben würde. Mit dem Entzünden der Kerzen zog der Himmel sich mit schweren Regenwolken zu. Am Morgen waren sie noch als einzelne weiße Flecken über den Himmel geschwebt, aber schon gegen Nachmittag hatten sie sich untereinander verbunden, und von Stunde zu Stunde türmten sie sich höher auf. In den düsteren Ballungen, die an den Rändern beinahe schneeweiß hochschossen, flackerte es grünlich, und die Unterseiten färbten sich dunkel.

»Anton«, rief Anna dem ältesten Gignoux-Spross zu, den sie vor sich flanieren sah. Eine dunkelhaarige Schöne hatte sich bei ihm eingehängt. Sie trug ein Kleid aus dunkler Baumwolle, die beinahe ins Lilafarbene changierte. Der Schnitt folgte der Mode von Annas Mutter, nur dass er bei der jungen Frau nicht auftrug, sondern luftig wehte. Schon als Anton ihr den Kopf zuwandte, wusste Anna, dass sie störte.

»Vergib mir, Anton. Ich suche mir jemand anderen zum Tanzen!«, winkte sie ab, war aber enttäuscht. Sie hatte nicht erwartet, dass er sich so schnell um einen Ersatz für sie selbst kümmerte.

Sie lief in Richtung Haus. Dort spielte Musik, und auf dem Kiesweg hatte man einen Tanzboden gezimmert, auf dem eine Reihe von Pärchen ihre Schreittänze vollführten.

Es gab Anna einen Stich ins Herz, denn sie hätte zu gern mit Johann hier getanzt, ihm in die Augen geblickt und sich von ihm führen lassen. Zumindest für die Zeit des Tanzes.

»Jungfer Koppmair, wenn ich mich nicht ganz täusche.«

Sie drehte sich um und erkannte an den eng zusammenstehenden Augen den Landkartenstecher Lotter. Neben ihm stand Johann Heinrich Schüle. Anna lächelte und wandte sich Lotter zu.

»Wie weit seid Ihr mit Eurem Atlas *Asia Minor?*«, fragte sie und drehte sich so, dass sie Schüle nur eine Schulter zuwandte. Sie wollte mit ihm nichts zu tun haben.

»Ich fürchte, das wird noch einige Jahre dauern. Ich entwickle selbst einige Blätter neu. Dazu muss ich mich durch etliche Reiseberichte arbeiten, um verlässliche Daten zu erhalten.«

Er holte Luft, um fortzufahren, doch Schüle unterbrach ihn abrupt. »Meister Lotter, wie könnt Ihr von Kartenblättern reden, wenn die schönste Blume des heutigen Tages neben Euch steht. Ich glaube gar, die unzweifelhafte Schönheit Eurer Frau macht Euch blind für die Anmut solcher ... Sonnenblumengewächse.«

Schüle verbeugte sich galant vor Anna.

»Ihr übertreibt, Herr Schüle. Wie immer«, kommentierte sie die kurze Rede. »Ich sehe, Ihr seid wieder in Augsburg, um Tuche aufzukaufen.«

Ein Donner rollte über die Lechauen hinweg und ließ die Zwerchfelle mitschwingen. Alles sah hoch zum Firmament – und so mancher Besucher tat das Grummeln ab als einen höchstens vorübergehenden Unmut der Natur.

»Iwo. Ich bin sozusagen in pädagogischer Absicht hier. Ich erziehe die Augsburger Weber. Kein Mensch will mehr die Barchentweberei mit Leinen. Stattdessen sollen sie Baumwolle verarbeiten. Der Markt braucht die Baumwolle, also müssen die Weber liefern.« Er beugte sich zu Anna hinunter und flüsterte. »Sonst wird es hier alsbald keine Weber mehr geben.« Laut fragte er: »Wollt Ihr tanzen, Mademoiselle?«, und griff nach ihrer Hand.

Anna wollte nichts lieber als ebendas. Aber nicht mit Schüle. Doch Lotter hatte sich zu seiner Frau gewandt und diese aufgefordert. Offenbar war sie froh über seine Bitte, denn sie löste sich umgehend aus einer Traube junger Damen und eilte auf ihn zu.

Wie die jungen Rehe sprangen sie auf die Tanzfläche, und die Musiker, die schon in einen gewissen Trott verfallen waren, begannen frischer und munterer aufzuspielen. Schüle erwies sich als ausgezeichneter Tänzer, der sich elegant bewegte und Anna aufmerksam leitete.

»Hattet Ihr Glück mit Eurer Pädagogik?«, fragte sie.

»Mit meiner Hartnäckigkeit wäre wohl das bessere Wort. Und ja, das habe ich. Aber ich brauche noch etwas anderes. Der reine Stoff interessiert mich längst nicht mehr.«

Sie blickte zu ihm hoch und konnte feststellen, wie er sie musterte, als sei sie eine Ware in der Auslage eines Handwerkers. Sie hob erstaunt eine Augenbraue, doch Schüle schien das entweder nicht aufzufallen, oder es war ihm einerlei.

»Woher habt Ihr diesen Kleiderstoff, Mademoiselle Koppmair? Der Stoffdruck ist außerordentlich. Wenn Ihr mir das verratet, dann habt Ihr einen Wunsch frei.«

Schüle ging forsch auf sein Ziel zu, bemerkte Anna, während sie sich drehte, von ihm wegbewegte und wieder auf ihn zuschritt wie die Wellen, die auf den Strand des Meeres aufliefen. Davon hatte sie nämlich schon gelesen.

»Es ist mein Stoff, es sind meine Blumen, und es sind meine Farben.«

Sie strahlte ihn an, las jedoch in seinen Augen ein Unverständnis, das sie zornig machte.

»Die Farben stehen Euch ausgezeichnet«, fuhr er fort. »Aber ich möchte gern wissen, wer den Stoff bedruckt und wer die Zeichnungen für die Modeln angefertigt hat.«

Anna legte den Kopf schief und sah ihn schräg von unten an. »Habt Ihr eben nicht zugehört?«, fragte sie freundlich, aber mit einem Unterton, der ihn aufhorchen und die Stirn runzeln ließ.

»Natürlich. Wo denkt Ihr hin, meine Liebe. Meine Aufmerksamkeit gehört immer den Schönen dieser Welt.« Er griff nach ihrer Hand und hob sie zu einem Kuss an seine Lippen.

»Nun, werter Herr Schüle. Dann habe ich Euch bereits alles gesagt, was Ihr wissen wolltet.« Sie strahlte ihn an und ließ ihn auf der Tanzfläche stehen.

Wieder rollte ein Grummeln über den Eserwall heran und in die Lechebene hinein. Anna blickte hoch und sah sich hochschiebende Wolkenbänke, die aus Westen heranrückten und deren schwarze Unterseiten auszufransen begannen. Wind kam auf, bauschte einmal ihr Kleid und drückte es ein andermal eng an ihren Körper.

Die Besucher des Gartenfestes tuschelten miteinander und bewegten sich alle in Richtung des Hauptgebäudes. Wieder andere suchten die Destillerie auf, die sich im Norden des Geländes anschloss. Dort wurden die Salben und Alkohole hergestellt, die Schaur verkaufte.

Übergangslos rauschte eine Wasserwand aus dicken Tropfen heran, als würde ein Vorhang über das Land gelegt. Anna konnte im Regenschleier das Hauptgebäude nicht mehr sehen. Im Nu war sie klatschnass. Das Kleid, das sich eben noch im Wind gebauscht hatte, klebte an ihr wie eine zweite Haut. Sie hörte ein Rauschen und dazwischen die spitzen Schreie der Frauen und das dunklere Schimpfen der Männer. Was sie noch trauriger stimmte, war der Umstand, dass das Regenwasser begann, die Farbe aus manchen Kleidungsstoffen auszuwaschen. Einige der Damen sahen aus, als hätte man eben einen Farbeimer über sie ausgegossen. Vor allem die Farben Rot und Grün waren nicht beständig und verliefen. Anna wollte sich nicht ausmalen, wie die Haut der Damen danach aussah.

Ihr eigenes Kleid blieb stabil. Die Farben hielten. Die leichte rötliche Grundfarbe hatte den Stoff durchtränkt und war von ihr durch Bügeln fest mit dem Stoff verbunden worden. Die gelben Sonnenblumenaufdrucke mit den blauen Rändern waren schwieriger zu gestalten gewesen. Anton hatte ihr versichert, dass die gummierte gelbe Farbe, die er hatte auftragen lassen, dem Wasser widerstehen würde. Das Blau als Boden- und Himmelsschlieren hielt ebenso sicher bei Handwäsche. Nur kochen durfte man die Kleidung nicht.

»Hierher, Anna!«, rief ihr jemand zu.

Erst jetzt wurde ihr bewusst, dass sie mitten auf der Wiese verharrt und den fliehenden Damen und Herren zugesehen hatte. Ganz in Gedanken versunken, die in sie gesickert waren wie die nur oberflächlich fixierten Farben der Stoffe.

Blitze zuckten über den Himmel, und der Donner hörte sich an wie kurz nacheinander ausgeführte, harte Schläge, die sie jedes Mal zusammenzucken ließen. Anton und seine neue Eroberung standen unter einem der wenigen alten Bäume, die im modernen Garten belassen worden waren. Er winkte sie zu sich her.

»Nicht unter die Bäume!«, rief sie zurück und rannte in die andere Richtung, zu einem auf einer Seite offenen Schuppen, in dem Schubkarren und Schaufeln lagerten.

Und dann winkte sie den beiden, sich zu beeilen. Sie deutete auf die Blitzbündel, die wie zu Beginn des Jüngsten Tages durch die heraneilenden Gewitterwolken zuckten.

Offenbar musste sich Anton mit seiner neuen Flamme besprechen. Schließlich begann er die endlose Reihe seines Rockes aufzuknöpfen. Es dauerte eine kleine Ewigkeit, in der Blitze und Donner zu einer einzigen Folge von Schlägen verschmolzen und bis in den Bauch hinein spürbar wurden. Die Härchen am Körper begannen sich aufzustellen, so geladen war die Luft.

Anton warf seinen Rock über das Mädchen, das kurz aufschrie, weil dabei ihre Frisur zerdrückt wurde. Sie hielt jedoch das Kleidungsstück fest. Mit seinen kräftigen Händen packte er sie, lud sie sich auf und rannte über das Rasenstück bis zu Anna.

Kaum waren sie unter dem Dach des Schuppens in Sicherheit, als ein gewaltiger Schlag die Luft zerriss. Der alte Baum spaltete sich in zwei Hälften, von denen eine langsam in ihre Richtung kippte, ohne sie jedoch zu gefährden. Ein Geruch nach verbranntem Holz und

Schwefel verbreitete sich. Anna spürte, wie ein Prickeln ihren Körper durchlief und sich die Haare weiter aufstellten. Überall an ihrem Körper, was zu einem Kitzeln unter den Armen und zwischen den Beinen führte. Am deutlichsten aber fiel es bei den Frisuren auf. Die nicht gefassten Haare stellten sich senkrecht zum Körper und ließen sich nicht wieder glätten.

»Das ist gerade noch einmal gut gegangen«, sagte Anton mit einem erleichterten Seufzen zu Anna hin und nickte dankbar.

Seine neue Freundin vergaß alle Etikette, schmiegte sich an ihn und barg ihren Kopf an seiner Schulter. Anton legte den Arm um sie. Anna beneidete das Mädchen, dessen Namen sie nicht einmal kannte, um diese Fürsorge und dachte an Johann.

9

EIN HALBES JAHR SPÄTER · JANUAR 1742

In dicke Decken gehüllt saß Anna in einem Schlitten. Ihre Nase fühlte sich an, als wäre sie kurz vor dem Abfallen, und ihre Hände waren so rot, als hätte sie den Tag über in der Krapprotfärberei gearbeitet. Sie versuchte die Felldecke höher zu ziehen, doch dann lägen die Zehen frei – und wenn sie etwas nicht gebrauchen konnte, war es eine Entzündung der Blase durch zu Eis gefrorene Zehen.

Warum hatte sie sich das nur angetan? Eine simple Frage, auf die eine simple Antwort passte: aus Freundschaft zu Rosina Kurtz. Diese hatte sie gebeten, als Anstandsdame mitzufahren, sonst hätten ihre Eltern diese Kutschfahrt niemals erlaubt.

Rosina saß ihr gegenüber, ebenfalls eingehüllt in eine Felldecke. Doch während Anna fror, glühten Rosinas Wangen, denn neben ihr saß ihr Verlobter Anton Christoph Gignoux und strahlte sie an.

Die Laternen für die Nachtfahrt schaukelten am Schlitten. Der Kutscher starrte stur geradeaus, und Anna versuchte ebenfalls wegzusehen.

Sie wollte gar nicht wissen, wohin sich die Hände der beiden unter der Felldecke bewegten. Jedenfalls passte kein Blatt zwischen die beiden Körper.

Ob Eltern, die solchen Ausfahrten zustimmten, nicht wussten, was dabei geschah? Oder wollten sie es womöglich gar nicht wissen?

Rosina kicherte in einem fort, und Anton hauchte ihr ein Liebeswort nach dem anderen ins Ohr. Wenn er noch lange so weitermachte, musste es bald verstopfen, und Rosina wäre taub.

Irgendwann zwischen Haunstetten und Königsbrunn hatten die beiden offenbar genug voneinander, oder es war ihnen aufgefallen, dass noch eine dritte Person mit in der Kutsche saß.

»Beinahe hätte ich es vergessen, Anna«, begann Anton. »Johann hat mir geschrieben. Und diesmal soll ich dir den Brief weiterreichen. Ich habe ihn nicht gelesen.«

Anton kramte in seinem Rock, zog aus dessen Tiefen ein immer noch versiegeltes Schreiben hervor und hielt es ihr hin. Anna fühlte trotz der Kälte, wie bei dem Gedanken an Johann die Schmetterlinge in ihrem Bauch zu tanzen begannen. Mit eisstarren Fingern versuchte sie, den Brief zu fassen. Doch es gelang ihr erst nach dem dritten Mal, und auch da rutschte er ihr aus der Hand und flatterte davon, blieb aber an ihrem Hals hängen. Mit einer klatschenden Bewegung presste sie das Schreiben gegen ihre Körper.

Warum schrieb Johann an sie? War irgendetwas geschehen, das es notwendig machte, sie darüber in Kenntnis zu setzen? Hatte er womöglich geheiratet und gab sie mit diesem Schreiben frei?

Sie war sich unschlüssig darüber, ob sie den Brief gleich öffnen oder ihn mit nach Hause nehmen sollte, um ihn im Stillen zu lesen. Jetzt musste sie jedenfalls zugreifen, damit er nicht einfach im Schneeweiß des Winters verschwand.

Ihre Fingernägel krallten sich in das Papier, damit es nicht wegfliegen konnte, und sie betrachtete das Siegel genauer. Es war ein einfaches Zeichen. Aber es war eine Sonnenblume, die in das rötliche Wachs gedrückt worden war.

Sie beschloss, ihn zu lesen, aber der Schlitten war nicht der richtige

Ort. Einmal war es zu dunkel. Zum anderen würde sie den Brief nicht halten können, so klamm wie ihre Finger waren – und dann wollte sie den beiden Turteltäubchen auch keinen Einblick in ihre Gefühle geben. Sie steckte das Papier in ihren Ausschnitt und erschauderte, als das eisige Siegel ihre Haut berührte.

Johann war jetzt anderthalb Jahre auf der Walz. Anderthalb Jahre, in denen er ihr keinen einzigen persönlichen Brief geschrieben hatte, sondern nur immer als Anhang an die Familienschreiben Grüße ausrichten ließ. Das beunruhigte sie. Etwas musste vorgefallen sein, und sie grübelte darüber nach, was es sein mochte.

Der Schlitten wendete, und sie machten sich auf den Rückweg. Die Welt war voller Dunkelheit um sie her. Leichter Schneefall hinderte das Mondlicht daran, sich über die Winterwelt zu ergießen und alles in einen milchigen Schein zu tauchen. Stattdessen warfen nur die Laternen rechts und links des Schlittens spärliches Licht. Anna wunderte sich, wie der Kutscher überhaupt seinen Weg fand, vermutete jedoch, dass er sich auf seine Pferde verließ.

Von der Stadt herüber klangen die Glocken vom Dom, von St. Ulrich und St. Moritz. Die Bischofskirche war immer die Erste, die die Zeit angab, dann folgten die anderen je nach ihrer Bedeutung in der Stadt, St. Moritz war die Letzte. Als besäßen die Kaufleute und Handwerker in der Stadt eine eigene Zeitrechnung.

»Willst du nicht wissen, was er schreibt?«, fragte Anton unvermittelt und riss Anna aus ihren Gedanken.

Sie schüttelte den Kopf, fühlte aber sofort das Briefpapier mit seinem harten Siegel auf der Haut. »Ich brauche Licht und Ruhe. Beides habe ich hier nicht.«

Rosina kicherte leise vor sich hin. Sie und Anton waren ein Paar, das durchaus zusammenpasste – und sie schienen sich tatsächlich zu lieben. Sie gönnte dem kreativen Geist Anton dieses kleine Glück, beneidete ihn aber gleichzeitig darum. Warum war Johann gegangen, statt um ihre Hand anzuhalten und sie zu freien?

»Glaubt Ihr an schlechte Nachrichten, Anton?«, fragte Rosina besorgt.

Er lächelte verlegen. Anna musterte ihn. Wusste er womöglich mehr, als er verriet?

»Was hat er dir denn geschrieben, Anton?«, hakte sie nach und ließ ihn dabei nicht aus den Augen. Er schien sich etwas in die Enge gedrängt zu fühlen. »Sag schon. Was?«

Anton zögerte und wand sich, bevor er mit der Wahrheit herausrückte. »Er will…«, begann er und stockte.

Anna blieb beinahe das Herz stehen. Was wollte er, das so wichtig war, ihr einen Brief zu schreiben?

»Er will, wie damals Neuhofer, in die Niederlande weiterziehen. Dort möchte er den neuen Blaudruck studieren. Erst danach will er wiederkommen. In einem oder in zwei Jahren. Später also, als er es dir versprochen hat.«

Bei den letzten Worten war er immer leiser geworden.

Anna suchte in Antons Gesicht nach Anzeichen einer Lüge, fand aber nichts. Der Fahrtwind trieb die Schneeflocken bei der Rückfahrt den beiden Verliebten ins Gesicht. Allein deshalb zogen sie sich mehr und mehr unter ihre Felldecken zurück, bis sie kaum mehr darunter zu sehen waren. Nur die beiden Haarschöpfe, die miteinander verschmolzen, zeigten an, wie eng sie sich aneinanderschmiegten.

Anna entfuhr ein Seufzer. Wie nahe sich die beiden waren, während Johann so weit von ihr weg war – und sich immer weiter von ihr entfernte. Zwei Jahre, nicht mehr nur anderthalb. Das tat weh.

Das Rattern der Kufen, als sie über die Holzbrücke beim Haunstetter Tor in die Stadt zurückfanden, ließ sie wieder aufschrecken.

»Was ist an der Blaudruckerei noch so neu?«, fragte sie Anton, als ihr einfiel, was in der Stadt über das Verfahren hinter vorgehaltener Hand gesagt wurde. »Hat nicht Georg Neuhofer das Druckverfahren aus den Niederlanden hierhergeholt?«

Anton schälte den Kopf aus dem Fell. Sein Mund und seine Wangen waren über und über mit Puder und Rouge bedeckt, als hätte er versucht, Rosina mit Haut und Haaren zu verspeisen.

Unwillkürlich stahl sich ein Lächeln auf ihre Lippen ob der Leidenschaft, die sich hier so offensichtlich zeigte.

»Er hat es gestohlen«, korrigierte er sie. »Aber nicht alles. Nur das, was ihm die Tuchdrucker in den Niederlanden offenbart hatten. Aber Porzellandruck ist – verzeih mir die Wortwahl – unmodern geworden. Man will mehr Farbe, bessere Farben. Und Johann will lernen, wie die indischen Zitze hergestellt werden. Niemand will mehr die harte Barchentware mit ihren Leinenfäden. Baumwolltuche mit Mehrfarbendruck sind gefragt, wie sie aus Indien importiert werden. Also will er das von Grund auf lernen.«

Anna lächelte, obwohl es ihr innerlich das Herz zerriss. Von vorn anfangen hieß, weitere zwei Jahre zu warten. Ob sie das ihren Eltern würde beibringen können? Sie würde eine alte Jungfer sein mit ihren dann zwanzig oder einundzwanzig Jahren. Ob er sie dann noch zur Frau nehmen würde?

Wenn sie an ihre Eltern dachte, an das Ehepaar Gignoux oder gar an den Augsburger Brunnenmeister Caspar Walter. Alle hatten sie jüngere Frauen geheiratet, zum Teil erheblich jüngere Frauen. Warum sollte sich Johann anders verhalten?

Der Schlitten hielt vor dem Haus von Antons Verlobter. Anton half Rosina und Anna dabei, sich aus den Felldecken zu schälen, und sie stiegen aus. Im Licht der blakenden Laternen musterte Anna noch einmal Rosinas Gesicht, beseitigte mit Spucke und etwas Schneewasser verräterische Stellen, zog ihren Rock zurecht und klopfte dann energisch gegen das Tor.

Als hätte die Mutter die ganze Zeit ihrer Abwesenheit dahinter gewartet, wurde das Tor aufgezogen, und die alte Kurtzin erschien. Sie blickte Anna mürrisch an, nickte Anton zu und zog mit bitterer Miene Rosina ins Haus. Das Tor schlug Anna vor der Nase zu.

»Na, danke«, murmelte diese.

»Soll ich dich nach Hause bringen?«, fragte Anton zumindest höflicherweise, doch Anna schüttelte den Kopf.

»Ich komme zurecht. Ich muss nachdenken«, murmelte sie.

Es waren noch zwei Querstraßen bis zu ihrem Elternhaus. Sie wollte den Weg und die Zeit nutzen, um darüber nachzudenken, ob sie tatsächlich auf ein Phantom warten sollte. Johann würde nicht in knapp anderthalb Jahren, sondern erst in zwei oder gar später wieder in seiner Heimatstadt eintreffen. Bis dahin wäre viel Wasser den Lech hinabgeflossen, und die Welt hätte sich einige Male um sich selbst gedreht.

Sie biss die Zähne zusammen und stapfte durch den mittlerweile wadenhohen Schnee, in dessen weiße Decke die Nachttöpfe und Tiere der Stadt ihre braunen und gelblichen Flecken hinterlassen hatten. Wie die Farbenwelt der Tuche, sagte sie sich. Ebenso wenig ansprechend in ihrer monotonen Farbigkeit. Nein. Moderne Tuche mussten bunter werden. Mehr Farben auf einem Tuch, drei, vier, fünf Mischfarben und damit ganz neue Kreationen.

Beinahe wäre sie an ihrem Haus vorbeigelaufen. Nur der Hammer, der urplötzlich aussetzte, riss sie aus ihren Gedanken.

Als sie die Klinke zu ihrem Elternhaus niederdrückte, hatte sie sich entschieden. Sie würde warten, endgültig, auch wenn sie damit riskierte, als alte Jungfer zu sterben und zusehen zu müssen, wie Johann mit einer jüngeren Frau ein Kind nach dem anderen bekam, während sie vertrocknete.

Ein paar Tränen stahlen sich auf ihre Wangen, aber sie schob die Feuchtigkeit auf den immer noch fallenden Schnee, der die Welt langsam in seinen eisigen Griff nahm. Nur der Brief an ihrer Brust fühlte sich warm an, und sie drückte beide Hände dagegen, ohne zu wissen, ob sie ihn je öffnen würde.

10

ANDERTHALB JAHRE SPÄTER · SOMMER 1743

Die Stimmung war angespannt. Sie saßen um den Tisch in der guten Stube und hielten ihre Stickrahmen ins Licht, ohne ein Wort zu sagen, ohne sich anzusehen. Die beiden kleinen Fenster spendeten gerade so viel Licht, dass sie den Faden erkennen konnte. Henriette Grabmaier, Auguste Volkers, Margarete Kopp, Karolina Vogler und Anna Barbara Koppmair trafen sich regelmäßig zum Sticken an jedem Mittwoch in der Familie eines anderen Mädchens. Auch die jüngeren Schwestern Annas, Susanna, Regina und Sabina, waren manchmal mit dabei, wenn sie bei ihr zu Hause zusammenkamen. Sie saßen auf schmalen Stühlen, über die ihre Röcke hinausfluteten, die Stickrahmen auf den Schößen, die Nadeln im Kissen am Daumen und die Fäden auf einem Holz aufgerollt.

Anna presste die Lippen aufeinander. Sie war die Älteste der kleinen Tafelrunde, wie sie die Zusammenkünfte nannten. Waren die Treffen meist ein fröhliches Geplauder junger Mädchen, herrschte heute eine eher unterkühlte Stimmung.

»Jetzt sag schon«, drängte Henriette. »Worauf wartest du? Soll ein Prinz auf einem weißen Pferd an eurem Anwesen vorbeigeritten kommen und um deine Hand anhalten, Anna?«

Anna schwieg beharrlich.

»Also *ich* heirate noch diesen Herbst«, platzte Margarete heraus. »Johann hat mir einen Heiratsantrag gemacht. Außerdem ...«, sie senkte die Stimme zu einem Flüstern. »Außerdem sollten wir uns beeilen.« Sie legte die Hand auf ihren Bauch.

Erschrocken blickten die jungen Frauen hoch und sahen Margarete an. Die blickte zurück, presste die Lippen aufeinander und prustete dann einfach los.

»Jedenfalls glaubt er das.«

Eine kleine Pause entstand, bis die Gruppe laut loslachte. Bis auf Anna. Sie blieb stumm sitzen und hatte ihr Stickwerk auf den Schoß gelegt. Sie griff sich eine der kleinen Teetassen und führte sie zum Mund, mit abstehendem kleinen Finger, wie sie es bei den Treffen im Hause Gignoux den Damen abgeschaut hatte.

»Könnt ihr Gänse denn an nichts anderes denken als an eure Nester und an die Eier, die ihr dort hineinlegen werdet?«, murrte sie und stellte die Tasse zurück.

»Du bist nur neidisch, weil dich keiner mehr fragt. »Wie alt bist du jetzt?«, gab Auguste zurück.

Anna sah in die Runde und musterte jedes einzelne der Mädchen. Karolina war die Jüngste, kaum sechzehn Jahre alt. Alle anderen waren siebzehn, bis auf sie. Sie war mittlerweile achtzehn und wurde im Herbst sogar schon neunzehn.

Johann hatte sich nach dem Brief nicht mehr gemeldet. Seit einem halben Jahr hatten weder sie noch seine Eltern eine Nachricht von ihm erhalten. Wenn sie bis Martini nichts mehr von ihm hörten, musste sie annehmen, er sei für sie verloren, habe geheiratet, sei erkrankt oder gar verstorben. Der Tod war ein allgegenwärtiger Reisebegleiter, der allzu oft unverhofft zuschlug. Mit allem konnte man rechnen, sich auf alles vorbereiten, mit ihm und auf ihn nicht. Ihn musste man gewähren lassen.

»Ich bin achtzehn«, sagte sie mit fester Stimme. »Der Richtige wird schon irgendwann kommen.«

»Wenn du dich da nicht täuschst. Männer wollen junge und gesunde Frauen. Keine überständigen.«

Plötzlich war es so still im Raum, dass man eine Stecknadel hätte fallen hören können. Niemand wagte es auch nur zu atmen. Was Auguste da gesagt hatte, war beleidigend und hatte durchaus die Kraft, diese kleine Runde zu sprengen.

Anna nahm ruhig ihre Stickarbeit wieder auf und hielt den Rahmen ins Licht, um besser sehen zu können.

»Dann solltest du dich beeilen, Auguste, bevor du vertrocknest«, sagte sie ruhig, ohne aufzusehen. »Ist nicht dein letzter Freier von seinem Verlobungsversprechen zurückgetreten – oder irre ich mich da? Erklär uns doch mal, warum.«

War es zuvor still gewesen, wurde es jetzt so eisig, als hätte der Winter frühzeitig Einzug gehalten. Aus den Augenwinkeln konnte Anna erkennen, wie sich Augustes Augen mit Wasser füllten.

Jedermann wusste, dass die Begutachtung der Familie Volkers durch den zukünftigen Ehemann der Familie von Stetten ablehnend ausgefallen war. Es wäre ein Abstieg gewesen, und so tat man die Beziehung, die wohl weiter gegangen war als nur bis zu einer kleinen Liebelei, als Liaison ab, als Verirrung eines Adelssprosses mit einer Bürgerlichen. Augustes Ruf war dennoch zerstört. Jedenfalls, bis die Mitgift durch den Vater erhöht werden konnte.

Anna wandte sich dem nächsten Mädchen zu. »Ach, Margarete. Ich muss dir gratulieren. Johann ist doch der Sohn des Stadtpflegers Holzapfel, nicht wahr? Eine wunderbare Beziehung.«

Margarete strahlte über beide Wangen und dankte ihr mit einem Kopfnicken. Die Stimmung schien sich zu lösen. Die Mädchen unterhielten sich wieder miteinander, schnatterten wie die Gänse, durcheinander und über Kreuz. Man fragte, wo denn der Antrag stattgefunden habe, wie sie sich kennengelernt hatten, welches Verlobungsgeschenk sie erhalten habe, und wollte unbedingt wissen, wie sie auf den Umstand gekommen sei, sich als Schwangere auszugeben.

Doch dann teilte Anna erneut aus.

»Gestern habe ich ihn aus dem Grauen Adler stürzen sehen. Sternhagelvoll. Und vorgestern ebenfalls – und ich könnte sogar vorhersagen, dass er morgen und die Woche darauf ebenfalls betrunken aus dem Gasthaus stolpert.« Sie legte ihre Stickerei vorsichtig in den Schoß und sah Margarete direkt an. »Kannst du mir das erklären? Kann es sein, dass er gar nicht mitbekommen hat, wie er dich angeblich geschwängert hat?« Sie wartete eine Antwort nicht ab. »Man sagt, er liebe den Wein mehr als seine Eltern und versaufe deshalb schon jetzt ihr Erbe. Aber das ist natürlich nur so ein Gerücht.«

Margarete starrte sie an, als habe sie den Gottseibeiuns gesehen.

»Ich mache mir ehrlich Sorgen«, sagte Anna beschwichtigend. Ihr Mund lächelte, aber ihre Augen blickten kalt. Sie hatte sich die Sticheleien der Freundinnen lange genug angehört.

»Wie gesagt: Du bist nur neidisch, weil sich niemand um eine ältliche Jungfer schert!«, zischte Auguste. Sie setzte einen wütenden Stich. »Warum müssen wir uns eigentlich streiten?«, fragte sie und schaute die anderen an.

Mit ihrem Stickrahmen zeigte Henriette auf Anna. »Weil sie etwas Besseres sein möchte. Sie liest. Sie arbeitet bei den Gignoux' mit. Sie färbt. Habt ihr euch ihre Hände schon mal angesehen? Das Blau oder Gelb hat sich in den Falten richtig festgesetzt. Eine schrundige Haut, als hätte sie die Krätze. Dauernd steckt sie ihre Nase in Bücher. Sie fängt schon an zu schielen deswegen.«

Ruckartig hob sie das Kinn, und ihr Mund wurde zu einer kleinen schrumpeligen Öffnung. Anna sah in die Runde. Vermutlich war es genau das, was sie von den anderen unterschied, nicht das Alter, nicht die Ablehnung von Anträgen. Sie konnte lesen.

Sie blickte zu dem Vertiko ihr gegenüber. Auf dem Bord standen vier Bücher, die sie alle mindestens viermal gelesen hatte. Grimmelshausens *Simplicissimus*, ein dickes Werk, das ihr die Röte ins Gesicht trieb, ein Buch von Christian Wolff, das sie einem reisenden Buchhändler abgeschwatzt hatte, *Vernünfftige Gedancken von den Kräfften des menschlichen Verstandes und ihrem richtigen Gebrauche in Erkäntnis der Wahrheit*, Gryphius mit seinen Gedichten und der *Till Ulenspiegel*. Diese verrückte Geschichte kannte Anna schon lange, seit ihr Pfarrer Michlberger damals das Buch ausgeliehen hatte. Dann hatte ihr der Vater eines Tages ein eigenes Exemplar mitgebracht.

Von Henriette wusste sie, dass sie das Lesen nicht beherrschte. Auch Auguste konnte weder lesen noch schreiben. Allein Margarete vermochte ihren Namen zu kritzeln und einfache Bibelstellen vor sich hin zu stottern. Warum auch? Sie alle würden Haushalten vorstehen, Kinder bekommen und großziehen, ihren Männern beiwohnen, für sie kochen, putzen, waschen, schrubben. Wenn sie es gut trafen, dann konnten sie die harten Arbeiten an Hausmädchen abgeben. Aber nicht allen würde es finanziell gut genug gehen. Keine der Frauen konnte rechnen. Jedenfalls wenn es über die Preise auf dem Markt und die Anzahl ihrer Finger hinausging.

Hübsch mussten sie sein, willig und bereit, ein halbes Dutzend Kinder in die Welt zu setzen. Und wenn sie an einem der kleinen Wesen starben, weil sie ausgelaugt waren, sich eine Vergiftung holten oder einfach im Wochenbett verbluteten, wurden sie durch jüngere Frauen ersetzt.

Man brauchte sie allenfalls als Schaustücke bei Bällen. Sie wurden bewundert und verschafften ihren Männern dadurch Zugang zu den Bewunderern. Manchmal ging es sogar so weit, wusste sie aus Erzählungen, dass ihre Männer sie für einen beruflichen Kontakt, für einen Auftrag, für ein Geschäft ausliehen, wenn es sie weiterbrachte.

Dennoch durfte sie diesen Zirkel nicht aufgeben oder gar sprengen. Er war alles, was sie derzeit hatte, und eine gewisse Absicherung für die Zukunft. Wenn Johann nicht wiederkehrte, würde sie dasselbe Schicksal ereilen wie die anderen Mädchen. Dann waren sie wieder wichtig. Mit Männern durfte sie sich nämlich nicht sehen lassen, ohne dass Gerüchte entstanden, und andere Frauen in ihrem Alter und mit ihren Problemen standen nicht zur Verfügung. Man musste sich austauschen, Frauenprobleme bereden, einfach nur über Belangloses plaudern, Gerüchte ausstreuen und über andere lästern.

Anna seufzte. »Also gut«, begann sie, und sofort hellte sich die Stimmung auf. Zwar sah keines der Mädchen zu ihr her, und alle taten so, als hätte dieser Seufzer keinerlei Bedeutung, aber alle warteten gespannt auf das, was damit angekündigt wurde. »Ich wollte es geheim halten, aber bei euch ... bei euch neugierigen Schnepfen gelingt es mir einfach nicht.«

Mit einem Rascheln ließen alle ihre Strickarbeiten sinken.

»Ihr müsst mir aber versprechen, den Mund zu halten. Nichts davon darf nach außen dringen!«, schärfte sie der kleinen Gemeinschaft ein. Natürlich wusste sie, dass all diese Schwüre nicht den Atem der Zustimmung wert waren, mit dem sie besiegelt wurden. Wenn die Mädchen ihre Stickrunde verlassen würden, war das Gerücht auch in der Welt, und schon zwei Tage darauf konnte es geschehen, dass sich jemand im Vertrauen an sie wandte und ihr die Geschichte haarklein erzählte, die in der Runde und mit höchstem Stillschweigen verbreitet worden war.

»Jetzt sag schon«, drängte Auguste.

Anna beugte sich über den Tisch und senkte die Stimme. »Johann Friedrich Schüle will ganz nach Augsburg ziehen«, begann sie und sah zuerst einmal in völlig ratlose Gesichter.

»Was soll das? Wer ist Schüle?«, fragte Margarete, der einfachste Geist ihrer Runde.

»Er kauft Tuche ein«, erklärte Anna. »Tausende Tuche – und er lässt sie einfärben. Das Kleid, das du trägst, mit diesem blau-weißen Porzellanmuster, das stammt von Schüle.«

Sie spürte, wie die ansteigende Spannung die Luft zwischen den jungen Frauen knistern ließ. Weder interessierte sie dieser Schüle noch woher die Tuche kamen, sondern nur, was dieser Schüle mit Anna zu tun hatte.

Sie waren so leicht zu lenken, diese jungen Frauen. Anna hätte sich gern stärkere Geister, kritischere Freundinnen und widerständigere Frauen gewünscht. Doch der Wunsch war das eine, die Realität das andere.

»Er ist jung und mittlerweile durchaus vermögend«, ließ sie die Geschichte weiter tropfen.

Sie nahm ihre Stickarbeit wieder zur Hand und fädelte eine neue Farbe ein. Blau diesmal, und als sie den ersten Durchstich machte, tat sie so, als habe sie sich gestochen. Sie nahm den angeblich blutenden Finger in den Mund. So musste sie nicht weitererzählen und konnte die Spannung halten. Sie schmeckte das Metallische der Farben, mit denen sie in Berührung kam. Am liebsten hätte sie ausgespuckt, aber das tat man als junge Frau nicht.

Mit einem gewissen Ekel und einem dadurch verzogenen Mund wirkte ihre kleine Finte mehr als echt.

»Also, du weißt, wie man etwas spannend macht, Anna«, rief Henriette, die langsam ungeduldig wurde.

»Ich habe ihn letztens wieder auf einer kleinen Gartengesellschaft getroffen«, schwadronierte sie und flunkerte dabei ein wenig. »Er hat mir gesagt, er würde sich eine Manufaktur aufbauen und – statt indischen Kattun zu importieren – Augsburger Kattun aufkaufen und ihn veredeln wollen.«

Die jungen Frauen rutschten vor Aufregung auf ihren Stühlen hin und her. Alles interessierte sie, nur nicht Schüles wirtschaftliche Pläne.

»Das freut uns ja«, drängte Auguste. »Aber was hat es mit dir zu tun?«

»Nun, Schüle braucht Textildrucker. Und hier in Augsburg gibt es davon reichlich.«

Wieder verdrehen alle die Augen. Anna wich ihren Fragen aus. Es war ein Spiel. Sie wussten es. Sie konnte es eine Zeitlang spielen, aber irgendwann musste sie mit der Wahrheit herausrücken.

»Wir haben jetzt lange genug gewartet, Anna. Spann uns nicht auf die Folter«, flehte Karolina, die Stillste von allen. Ihre Augen hatten die perfekte Mandelform, die sich Anna selbst immer gewünscht hatte. Doch ihre eigenen Augen waren rund wie Murmeln, und im Alter würden sich wie bei ihrer Mutter schwere Lider darüberschieben.

»Er hat sich um mich bemüht und um meine Hand angehalten«, sagte sie beiläufig.

Jetzt starrten sie alle an, als wäre sie eben aus dem Himmel herab in dieses Zimmer gefallen.

Sie hatte gerade erwähnt, dass sich ein vermögender Kaufmann um sie beworben habe. Ein Tuchhändler, dessen Arbeit weit über die Stadt hinaus bekannt war und der in den nächsten Jahren zu einem der bedeutendsten Fabrikanten und Manufakturbesitzern werden konnte – wenn alles seinen Gang ging.

Die Spöttereien verstummten. Alle sahen Anna mit offenem Mund an.

»Und? Hast du angenommen?«, fragte Auguste. Ihr stockte kurz die Stimme. »Also ich …«

»Nein!«, unterbrach Anna die junge Frau und beobachtete, wie sich deren Kinn nach unten bewegte und einen offenen Mund mit schlechten Zähnen offenbarte.

»Hast du soeben Nein gesagt?«, fragte Karoline nach.

Anna genoss die Unsicherheit und Verblüffung, die sich langsam auf den Gesichtern ihrer Freundinnen abzeichnete. Dass er sie gar nicht gefragt hatte, ließ sie außen vor. Aber er hatte ihr Komplimente gemacht und war um sie herumgetanzt wie ein Gockel, der eine Henne besteigen will.

Sie hatte ihn wie im letzten Jahr abgewiesen, doch sie wusste, dass ihr das nicht mehr oft gelingen würde.

»Ich werde mit Eurem Herrn Vater sprechen«, hatte er ihr spielerisch gedroht – und Anna hatte es als das begriffen, was es war: als einen Hinweis darauf, dass er an ihr interessiert war.

Derzeit war sie nur deshalb sicher vor ihm, weil er sich noch nicht in Augsburg niedergelassen hatte. Sollte er hier Besitz erwerben – und das hatte er nach seinen Äußerungen ihr gegenüber vor –, dann würde es eng für sie werden. Johanns Vater schimpfte bereits wie ein Rohrspatz über die Konkurrenz des Künzelsauers, der ihm immer mehr Tuch wegkaufte, und die Weber im Rat der Stadt hätten ihm am liebsten sofort einen Platz auf dem Lechfeld angeboten, damit er dort seine Textilmanufaktur eröffnete. In den Augen ihres Vaters aber war er ein Schwiegersohn in spe. Ihn band nur noch das Versprechen, das er ihr am Ende doch gegeben hatte, sie selbst entscheiden zu lassen.

»Erzähl!«, drängte Henriette, und alle rutschten näher an den Tisch heran. »Lass dich nicht immer so bitten. Das ist ja nicht auszuhalten«, säuselte sie, und die anderen jungen Frauen nickten.

Anna seufzte und dachte an Johann. Wenn er sich nicht bald meldete, würde sie Johann Heinrich Schüle in die engere Wahl ziehen. Er war charmant und geradlinig, allerdings auch skrupellos, wie sie schon festgestellt hatte. Seiner Politik, den Webern die Tücher abzukaufen und sie damit dem Drucker Gignoux wegzunehmen, lag ein Plan zugrunde – und wenn ihre Freundinnen ihn auch nicht verstanden, sie hatte ihn durchschaut.

»Also …«, begann sie und schmiedete eine Geschichte aus dem letzten Sommerfest und dem Zusammentreffen im Schaur'schen Garten.

II

EIN HALBES JAHR SPÄTER · FRÜHJAHR 1744

Winter, Sommer, Winter, Frühjahr. Der Wechsel der Jahreszeiten ließ die Natur welken, aufblühen, sterben und wieder ausschlagen. Nur Anna selbst fühlte, wie sie langsam immer weiter abstarb. Sie suchte nach diesem Gefühl von Sehnsucht und Zuneigung, das sie über die letzten zwei Jahre aufrechterhalten hatte. Es verflog, verschwand, verdampfte, verdunstete wie eine flüchtige Chemikalie.

Sie wollte zumindest dort sein, wo Johann ihr das Geheimnis der Farben offenbart hatte, um sich an ihn zu erinnern, obwohl sie sich sein Gesicht nicht mehr vor Augen rufen konnte.

Sie hatte herausgefunden, wie Farben sich entwickeln ließen. Man verwendete Pflanzen oder zerquetschte Tiere, um bestimmte Töne herzustellen. Blau wurde aus dem Färberwaid gewonnen, der in den Sumpfgebieten südlich von Augsburg geerntet wurde. In einem komplizierten Verfahren aus Zerquetschen, Gärung, Zusatz von faulendem Urin und Pottasche wurde daraus eine satte Tönung. Krapprot wurde aus den Wurzeln der Färberröte gemahlen, vor allem aber aus Schildläusen, die man zuvor getrocknet hatte. Das Rot musste angerieben werden. Grün konnte aus einer Vielzahl von Pflanzen hergestellt werden. Für Gelb brauchte man die Galle von Ochsen oder Kälbern, die man mit kostbaren pflanzlichen Substanzen wie Safran vermengte.

All das hatte sie gelernt, all das gemischt und gemixt. Dabei hatte sie ein Händchen entwickelt für Formen. Wenn man mit Wachs oder Papp Stellen auf einem Gewebe abdichtete und das Tuch dann färbte, blieben weiße Leerstellen zurück, die man anderweitig einfärben konnte, indem man sie entweder mit der Hand bemalte, bedruckte oder erneut einem Farbbad unterwarf. Ihre Kenntnisse wurden tiefer und klarer, ihre Hände dabei schmutziger und je nach ihrem derzeitigen Interesse rot, blau oder grün eingefärbt.

Anton sah ihr manchmal über die Schulter, gab ihr Hinweise oder ließ sich das eine oder andere erklären. Über drei Jahre, nachdem Johann ihr das Wunder der Farben gezeigt hatte, hätte sie jede Meisterprüfung als Färber bestanden und konnte mitreden, wenn die Gesellen in der Gignoux'schen Manufaktur einen Ton anrührten.

Zwei Schwächen ließen sich aber noch nicht recht beseitigen: Die eine war die Unterschiedlichkeit der Farben. Kein Tuch glich dem anderen. Färbte man blau ein, erhielt man fünf verschiedene Töne bei beinahe ein und demselben Tuch. Zum anderen war immer noch das Fixieren der Farben auf dem Tuch ein Problem. Stofftapeten blieben so lange farbig, solange sie nicht mit Wasser oder Licht in Berührung kamen.

Alles hatte sie ausprobiert: bügeln, in Essig einlegen, in die Sonne legen, heiß waschen, plätten. Alles das wirkte natürlich, aber es fixierte nicht auf Dauer. Die Röcke bleichten rasch aus, die Hemden verloren ihre Farbmuster, die Tapeten leierten aus und wurden blass.

Sie stand vor ihrem Tisch in der Färberei und testete weitere Flüssigkeiten.

Als sich ein Schatten über den Tisch legte, schrak sie auf.

»Darf ich fragen, was Ihr da tut?«

Sie kannte den Mann nicht, der sie ansprach. Anton hatte neue Färber und Drucker eingestellt. Diesem war sie noch nie begegnet.

»Ich versuche herauszufinden, wie man Farben dauerhaft an den Stoff bindet.«

Der Mann trat einen Schritt näher und blickte ihr über die Schulter. »Das ist doch keine Arbeit für eine Frau.«

Sein Alter konnte sie schlecht schätzen. Er war vielleicht Mitte zwanzig. Die Haare auf der Stirn und am Hinterkopf hatten sich bereits vollständig verabschiedet und eine Art Tonsur hinterlassen. Dafür trug er den Rest schulterlang.

»Woher wollt Ihr das wissen, Mann? Oder seid Ihr gar eine Frau?«, antwortete sie spöttisch.

Er verzog unwillig den Mund. Widerspruch war er offenbar nicht gewohnt. »Schert euch weg, das ist mein Färbetisch, ich muss arbeiten.«

Jetzt wurde Anna langsam ungeduldig. Was war das für ein Kerl, der sie hier verscheuchen wollte?

»Wisst Ihr, was Ihr da sagt?«, fragte sie schärfer, als sie es gewöhnlich tat.

»Ich weiß genau, was ich hier tue. Ich muss die Modeln vorbereiten – und dabei stört Ihr.«

»Seid Ihr dessen so sicher?«, fragte Anna und drehte sich ihm ganz zu. »Wie heißt Ihr eigentlich?«

Der Kerl überragte sie um gut einen Kopf. Er war stämmig, und die Narben auf den Handrücken zeigten Anna, dass er keiner Schlägerei aus dem Weg ging.

»Ich heiße Anna Barbara Koppmair!«, setzte sie hinzu und versuchte, mit ihrem Namen zu beeindrucken.

Doch der Drucker hatte offenbar noch nie etwas von ihr gehört. Er trat ganz an sie heran und nahm ihr Kinn in seine Hand. »Man sollte so junge Dinger nicht so spät allein in einer Manufaktur beschäftigen. Man weiß nie, was passieren kann.« Er entblößte eine Reihe lückenhafter Zähne.

Anna versuchte, ihr Kinn aus seinem Griff zu befreien, doch der Mann war stark. Zu stark für sie. Er kam noch einen Schritt näher. Seine schweißige Ausdünstung stieg ihr in die Nase.

»Gefall ich dir vielleicht nicht?«, knurrte er.

»Mir würde es genügen, Euren Namen zu erfahren.«

Der Kerl lachte und griff im selben Moment an ihre Brust. Anna zuckte zusammen.

»Du wirst dich auch so an mich erinnern, Mädchen!«, flüsterte er, und seine Zunge leckte ihr über Mund und Nase.

Erschrocken und angewidert drehte sich Anna weg, um ihm zu entkommen. Doch er hatte es offenbar erwartet. Mit dem anderen Arm umfasste er sie. Jetzt stand er hinter ihr und drückte seinen Unterleib an sie.

Anna erstarrte. Panisch sah sie sich um. Es war schon so spät, dass niemand mehr in der Manufaktur arbeitete. Sie waren allein, was dem Mann offenbar den Mut gab, mehr von ihr zu fordern.

Wieder versuchte sie, sich aus seinem Klammergriff zu befreien, doch die Muskeln, die er ausgebildet hatte, weil er seine Modeln über Stunden hin auf seine Tücher drückte, waren den ihren weit überlegen. Wie ein Schraubstock hielt er sie fest – und mittlerweile spürte sie auch, dass ihm das Spaß machte und ihn erregte.

Anna begann zu schreien und um sich zu schlagen. Aber das stachelte ihn nur noch mehr an. Er drückte sie nach vorn, ließ ihr Kinn los und schob ihren Rock hoch.

Sie trug keine Unterkleidung. Sie spürte, wie er sein Verlangen hart und steif an ihr rieb. Schließlich begann er, an seiner Hosenfalle zu nesteln, um seine Männlichkeit zu befreien.

Anna musste schlucken. Sie war mittlerweile heiser. Mit aller Gewalt schlug sie um sich und versuchte nach hinten zu treten. Offenbar erwischte sie sein Schienbein. Der Drucker zuckte, und sein Griff lockerte sich etwas. Anna wand sich und erwischte einen Finger. Mit aller Gewalt biss sie hinein. Er schrie auf und gab sie frei.

In dem Moment öffnete sich die Tür zur Manufaktur.

»Anna?«, rief eine Stimme, die sie kannte.

»Anton? Hilfe!« Anna keuchte, weil ihr Mund voller Blut war.

Sie hörte jemanden rennen.

»Wo bist du?«

»Hier!«, schluchzte Anna.

Dann traf sie eine Maulschelle, die sie Sterne sehen ließ.

»Halt's Maul, Weib!«, fauchte der Kerl.

Anna bemerkte, wie ihr die Sinne zu schwinden begannen, wie sich die Stoffdruckerei in Schlieren und Nebel aufzulösen begann. Sie vernahm ein Gespräch, das sich so unwirklich anhörte, dass sie nur schluchzen und weinen konnte, ohne in die Realität zurückfinden zu können.

»Ich wollte ihr zur Hand gehen. Da hat sie mich gebissen. Ich weiß auch nicht, warum. Seht her. Sie hat mir beinahe den Daumen abgebissen.«

Der Drucker beschuldigte sie. Anna wollte etwas sagen, aber irgendwie reagierte ihr Mund nicht so recht, ihre Sinne wollten nicht zu einer Sprache finden. Jemand berührte sie an der Schulter. Unwillkürlich begann sie zu schreien, schlug um sich, wollte nicht angefasst werden.

Sie war zu Boden geglitten. Das Kleid war verrutscht. Sie spürte Luft an den Waden, an ihren Schenkeln.

Sie hörte, wie Anton laut wurde, konnte aber nicht verstehen, was er sagte, weil jeder Ton in ihren Ohren ein Pfeifen auslöste, das ihr ins Hirn stach. Sie versuchte es abzuschütteln, doch die Bewegung des Kopfes verstärkte das Pfeifen, bis es ihren ganzen Schädel ausfüllte und sie die Hände an die Ohren pressen ließ.

Sie hörte, wie Dinge umgeworfen wurden, vernahm Schreie und wütend ausgestoßene Worte, während sie versuchte, sich wieder aufzurichten und einen klaren Blick zu bekommen. Doch der Schleier vor ihren Augen blieb, als hätte er ihren Blick verklebt. Mühsam zog sie sich an der Werkbank hoch, versuchte zu stehen, bemerkte, dass ihr Gesäß bloß lag, und versuchte, ihr Kleid, den Kittel, den sie über dem Kleid getragen hatte, herunterzustreifen. Sie schwankte, musste sich festhalten. Die Welt war nicht mehr sicher, gab unter ihr nach, und plötzlich packte sie jemand um die Taille. Sie wehrte sich, konnte aber der Kraft nichts entgegensetzen. Sie wurde mitgeschleift und hörte, wie eine Tür geöffnet wurde. Dann legte man sie auf eine Pritsche, auf ein Bett – und schließlich gab ihr Kopf nach. Das schrille Pfeifen steigerte sich zu einem Staccato hoher Töne, die ihr eine Tür in eine andere Welt brannten und sie hinüberschoben.

Kurz bevor ihr Körper gefühllos wurde und ihre Sinne schwanden, legte sich etwas Kühlendes über ihr Gesicht. Das Pfeifen wurde dunkler und trat in den Hintergrund.

Es war ein Lappen. Sie spürte und hörte, wie er ihr vom Gesicht genommen, ausgewaschen wieder aufgelegt wurde. Langsam begann sie sich zu entspannen. Niemand berührte sie. Niemand vergriff sich an ihr. Niemand trieb seine Lust zwischen ihre Beine. Es gab nur diesen Lappen, der sanft auf ihr Gesicht gelegt und wieder abgenommen wurde.

Langsam kehrte das Gefühl für ihren Körper zurück. Ihr rasendes Atmen beruhigte sich. Sie konnte schlucken, auch wenn der Speichel eine raue Kehle hinunterfloss. Nur den Geruch dieses Mannes wurde sie nicht los. Er hing in ihrer Nase wie eine Drohung und führte sofort wieder zu einer Attacke, die sie nicht beeinflussen konnte. Plötzlich bäumte sie sich auf, schrie, weinte – und nur das kühlende Tuch beruhigte sie langsam wieder.

Wie lange sie dazu gebraucht hatte, wusste sie nicht mehr. Schließlich versuchte sie, die Augen aufzuschlagen. Das gelang ihr nur mit dem linken Auge. Das rechte ließ sich nicht öffnen.

Ihr Erschrecken war tief. Hatte sie das Auge verloren? Hatte der

Kerl es ihr ausgeschlagen? Sie erinnerte sich an die Ohrfeige, an den Schmerz, an das, was er gesagt hatte.

Sie setzte sich auf. Sofort erfasste sie ein Schwindel und warf sie zurück auf das Kissen, rau und hart.

»Was ist passiert?«, wollte sie fragen, aber nur ein Krächzen kam über ihre Lippen.

»Ruhig!«, sagte eine Stimme. »Bleib liegen!«

Sie horchte auf diese Stimme, auf diesen Ton. Wer war das? Erneut erfasste sie eine unbestimmte Angst, eine Furcht vor dem Fremden, der sie bedrängt hatte.

»Was ist …«, begann sie wieder, doch diesmal spürte sie, wie jemand sie sanft auf das Bett niederdrückte.

War das der Kerl? War es Anton? Die Erkenntnis, dass es sich um einen Fremden, womöglich den Fremden handelte, ließ ihr Herz rasen.

»Alles wird gut, Anna!«, sagte die Stimme.

Der Klang kam ihr bekannt vor. Die Wörter hatten einen spitzen Nachklang, der sie zusammenzucken ließ und von dem sie glaubte, er wollte in einen Dauerton umschlagen. Doch er klang ab, beruhigte sich.

So lag sie eine ganze Weile, reglos, aber angespannt, bis sie bemerkte, wie die Person, die regelmäßig das Tuch wechselte, mit ihr zu sprechen begann. Zuerst vernahm sie das Gerede nur als Hintergrundgeräusch, als Rauschen, bis es immer mehr an Klarheit gewann und letztlich in sinnvollen Sätzen in ihre Ohren drang. Da erzählte jemand von Ravensburg und den Niederlanden, von Antwerpen, London und Ulm.

Mit einem Mal richtete sich Anna auf, öffnete ihr unverletztes Auge und blickte sich um.

Sie musste schlucken, als sie das Gesicht sah. So schmal und mit einem dunklen Bart umrahmt, mit Augen, die sie hell und klar ansahen, und einem Blick, der so liebevoll warm auf ihr ruhte, dass ihre Wahrnehmung sofort hinter einem Tränenschleier verschwand.

Nur mühsam gelang es ihr, einen Namen auszusprechen.

12

FRÜHJAHR 1744

Die Tür wurde aufgerissen, und der Drucker stand auf der Türschwelle. Sein Gesicht war zerschrammt, das Hemd zerrissen, und seine linke Hand blutete stark.

»Du willst sie wohl für dich allein haben? Aber das geht so nicht. Sie gehört mir!«

Anna schrie auf. Die Erscheinung war wie die eines Höllentieres, mit gefletschten Zähnen und rot unterlaufenen Augen.

»Johann, bitte hilf mir«, versuchte sie zu sagen, doch ihr Kinn gehorchte ihr nicht, ihre Zunge war geschwollen, und sie lallte nur.

»Was willst du, Kerl?«, fragte ihr Retter leise und stand auf.

Er war immer noch der schmale, hochgewachsene Junge, der er bei seinem Abschied gewesen war. Nur seine Bewegungen verrieten eine Geschmeidigkeit und Kraft, die er sich auf seinen Wanderungen angeeignet hatte. Offenbar war es ein raues Leben gewesen, denn er schien es gewohnt zu sein, sich gegen solche Angriffe zu wehren.

Johann ballte nur die Fäuste, ließ aber die Arme unten. Er reagierte völlig ruhig, und ebenso selbstsicher und gelassen trat er dem Modeldrucker entgegen.

Mit ihrem einen Auge konnte Anna erkennen, wie der Kerl an der Tür unsicher wurde.

»Weißt du, mit wem du es zu tun hast, Drucker?«, fragte Johann ruhig. »Ich an deiner Stelle würde jetzt mein Säcklein schnüren und aus der Stadt verschwinden, solange das noch möglich ist.« Sie spürte, wie er bitter lächelte. »Wenn ich nämlich Zeit finde – und glaub mir, Kerl, ich finde Zeit –, lass ich dich von der Stadtwache holen. Zumindest das, was von dir noch übrig ist. Also?«

Er trat einen Schritt auf den Mann zu, der nicht zurückwich. Er war zwar kleiner, aber dafür breiter und kräftiger als Johann. Bei einem Kampf Mann gegen Mann würde Johann sicher den Kürzeren ziehen. Im Gegensatz zu Johann besaß er jedoch nicht dessen Selbstsicherheit.

»Wer wirst du schon sein?«, knurrte der Drucker. »Ein Schwätzer, der es auf mein Mädchen abgesehen hat. Das kann ich leider nicht zulassen.«

Er entblößte mit einem Grinsen seine lückenhafte Zahnreihe. Vorn fehlten oben und unten die Schneidezähne, allesamt vermutlich ausgeschlagen.

»Dann will ich dich einmal aufklären«, versprach Johann. »Ich bin der Bruder des Manufakturbetreibers, der dich eingestellt hat.«

Langsam spannte sich Johanns Körper, als erwarte er einen Angriff.

»Ach ja. Und ich bin der Kaiser von China. Was sagst du dazu?« Das Zahnlückengrinsen wurde breiter.

»Es ist ein Fehler, mir nicht zu glauben«, sagte Johann leichthin. »Nicht wahr, Anton?« Er blickte an dem Mann vorbei zu dem, der dort stand.

Kurz wurde der Drucker unsicher und sah sich um. In dem Augenblick schnellte Johann nach vorn, in kurzen Abständen schlugen die Fäuste in Gesicht und Magen ein. Ein dumpfes Stöhnen drang aus dem Mund des Mannes, und er sackte lautlos zusammen, das Gesicht schmerzverzerrt.

Johann schüttelte die Fäuste und wandte sich an Anna. »Ich glaube, er hat vorerst genug. Kannst du gehen?«

Anna wollte aufstehen, aber der Schwindel ließ sie zurücksinken.

»Darf ich dir helfen?«, fragte er zögernd.

Sie nickte, rutschte an den Rand der Pritsche und streckte die Hand nach ihm aus. Er griff danach und zog sie hoch. Wankend stand sie vor ihm.

»Das sollten wir noch richten«, sagte er und zupfte an ihrem Rock herum, bis dieser wieder die Beine bedeckte. Dann musterte er sie. »Dein Gesicht sieht schlimm aus.«

Sie deutete auf den am Boden liegenden Modeldrucker, der leise stöhnte. Blut lief ihm aus der Nase.

»Du meinst, er sähe schlimmer aus? Kann sein. Aber er wird sich erholen. Komm.«

Seine Hände schlossen sich um die ihren, und er führte sie aus dem Raum. Dabei musste sie über den Mann am Boden steigen. Sie überlegte zuerst, ob sie vorsichtig sein sollte, doch dann trat sie ihm bewusst auf die Hand und in die Weichteile, dass er jammernd aufschrie.

»Nur eine kleine Strafe für das, was du mir angetan hast, Kerl!«, flüsterte sie. Gut war, dass niemand verstand, was sie da vor sich hin lallte.

Sie wollte Johann so viel fragen. Wo er gewesen war, was er erlebt hatte, wie es ihm ergangen war – warum er jetzt schon wieder zurück sei. Zwar hatte sie etliches schon vernommen, aber in einer Art Dämmerzustand. Sie wollte es bewusst hören, bewusst miterleben. Doch dafür musste sie sprechen können. Ihre geschwollene Zunge und die feuernde Wange sowie die innen von den Zähnen aufgeschlitzte Mundhöhle verweigerten den Dienst.

»Du kannst nicht nach Hause laufen«, sagte Johann. »Also brauchen wir eine Kutsche.« Er sah sich um. Auf dem Oberen Graben herrschte wenig Verkehr, Kutschen waren keine zu sehen. »Noch besser wäre eine Sänfte.«

Er schob Anna auf eine der Bänke, die am Stadtbach standen und auf denen die Arbeiter in aller Herrgottsfrüh auf den Beginn ihrer Schicht warteten. Johanns Vater hatte sie dort aufstellen lassen, weil viele der Arbeiter von weit her kamen und oft schon Stunden unterwegs waren. So konnten sie wenigstens vor Arbeitsbeginn in Ruhe etwas essen.

Es waren einfache Holzbänke ohne Lehne, deren Sitzflächen feucht waren vom Regen der letzten Tage. Aber Anna beschwerte sich nicht. Sie war froh, sich hinsetzen und den Kopf in die Hände stützen zu können.

Johann richtete sich auf und sah die Straße entlang. Er pfiff einem Jungen, der Steine in den nassen Graben warf, offenbar um den Biber zu ärgern, der darin schwamm.

Anna konnte sehen, wie sich der Junge mit langsamen Schritten und großer Vorsicht näherte. Er hielt den Kopf gesenkt, beobachtete aber alles haargenau. Seine Augen flitzten misstrauisch zwischen ihr und Johann hin und her. Sein Gesichtsausdruck zeigte Furcht.

»Komm her, Bursche. Willst du dir einen Kreuzer verdienen? Lauf zum Haus Gignoux am Mittleren Lech, und sag dem Hausherrn oder dem Anton Gignoux, er solle dringend eine Sänfte zur Manufaktur schicken. Hast du mich verstanden?«

Der Junge wollte umdrehen, als Johann ihn zurückrief.

»Warte«, sagte er, griff in die Tasche, holte eine Münze heraus und warf sie ihm zu. »Wenn du zurück bist, bevor die Domglocken die Stunde schlagen, gibt es noch einmal etwas.«

Überrascht, aber geschickt fing der Junge die Münze aus der Luft. Dann nickte er und jagte wie der Teufel zum Bleichertörlein und den Mauerweg entlang.

Anna wollte schon ihr malträtiertes Auge schließen, als sie eine Bewegung wahrnahm.

Sie konnte noch so etwas wie »Vorsicht!« krächzen, als der Kerl, den Johann niedergeschlagen hatte, aus der Tür brach und auf den jungen Gignoux zustürmte.

Doch der zeigte sich keineswegs besorgt. Er trat einen Schritt beiseite, als der Drucker seine Hand nach ihm ausstreckte.

»Weißt du, wie er heißt?«, rief er ihr zu, und Anna schüttelte den Kopf, was ihr höllische Schmerzen bereitete. »Na, dann wollen wir ihn einmal fragen.«

Doch hier draußen war der Modeldrucker offenbar dem schmalen jungen Mann überlegen, wie Anna mit Schrecken feststellen musste. Er trieb ihn mit gezielten Schlägen zum Stadtbach hinüber, dorthin, wo die Schaufeln der Wasserräder geräuschvoll arbeiteten. Die Schläge und Schreie der beiden Kämpfenden wurden vom Rauschen des Wassers geschluckt. Johann konnte die Hiebe nur abfangen. Seine Unterarme begannen blau anzulaufen. Bald wirkte er erschöpft, während der Modeldrucker wie ein Berserker blindlings zuschlug und traf.

Er hatte Johann bereits bis an die Uferkante des Stadtbachs zum Wasserwerk gedrängt, wo das Schaufelrad das Restwasser ausgoss, und Anna glaubte schon, er würde ins Wasser stürzen und von den Schaufeln erschlagen werden. Johann stolperte. Der Drucker sah seine Gelegenheit gekommen, holte aus – und traf ins Leere. Johann hatte sich unter dem Schlag weggeduckt. Jetzt strauchelte der Drucker, und Johann trat dem Mann seitlich gegen das Knie. Der Kerl ging in die Knie – und diesen Umstand nutzte Johann aus und sprang ihm auf den Rücken. Mit diesem zusätzlichen Gewicht hatte der Mann nicht gerechnet. Er stürzte auf den Bauch. Der Kopf ragte gerade so weit in den Restwasserguss des Schaufelrads hinein, dass er Mühe hatte, Luft zu holen. Er wehrte sich, strampelte, doch Johann hielt ihn fest, riss ihm an den Haaren den Kopf nach hinten, sodass er ständig Wasser schlucken musste.

»Und jetzt deinen Namen, mein Freund!«, schrie er ihn an.

Der Drucker gurgelte unverständlich.

»Ich kann dich nicht verstehen. Lauter!«, schrie ihn Johann an und bog den Kopf des Mannes weiter zurück.

»Johann!«, versuchte Anna zu rufen, doch ihre Stimme war noch zu heiser, drang nicht durch. »Du bringst ihn um.«

Aber da ließ Johann den Mann bereits los, stand auf und versetzte ihm einen letzten Tritt zwischen die Beine. Erschöpft, aber mit offener Brust und triumphierendem Blick kam er auf Anna zu.

»Melchior Gräz heißt der Sauhund!«, sagte er beiläufig. »Wie geht es dir? Er hat dich übel zugerichtet. Wir müssen ihn vor das Stadtgericht bringen.«

Anna, die noch immer nicht aufzustehen wagte, schüttelte den Kopf. »Du weißt, dass es keinen Erfolg haben würde. Er wird behaupten, ich hätte ihn gereizt, es herausgefordert. Ich wäre zu offen gewesen. Schließlich war ich allein in der Färberei.«

Alles kam stockend und halb unverständlich aus ihrem geschwollenen Mund, bis Johann ihr einen Finger auf die geplatzten Lippen legte.

»Wir warten auf die Sänfte«, sagte er und setzte sich nah neben sie. Er betrachtete sie mit einem Blick, in dem so viel Liebe und Fürsorge lagen und nichts von der Gewalt, die sie eben noch erleben musste.

Durch das Blattwerk der Bäume wurde ein Lichtteppich auf das Gras und ihre Kleidung gemalt, der in allen Farben schillerte.

Er nahm ihre Hand und drückte sie sanft. »Warten wir.«

Sie spürte die Feuchtigkeit seiner Hose durch ihr Kleid schlagen, aber das war jetzt egal. Johann war hier bei ihr, und er war zur rechten Zeit gekommen.

13

SOMMER 1744

»Das sind alles deine Entwürfe?«, fragte Johann zweifelnd und besah sich die Blätter, die Anna ihm vorgelegt hatte.

Sie hatte ihn einige Tage nach seiner Rückkehr und nachdem sie sich körperlich halbwegs erholt hatte, in der Werkstatt aufgesucht, dort wo die Vorzeichnungen der Modeln erfolgten. Die Fensterseite ging nach Norden hinaus, um die Zeichnungen vor Sonne zu schützen. Die offenen Fenster waren hoch und ließen viel Licht in den Raum. Der Zeichentisch war voller Blätter und Kohlestifte. Darauf hatte sie eine Ledermappe gelegt, sie geöffnet und ihm hingeschoben.

Jetzt stand sie so dicht hinter ihm, dass er ihren Atem im Nacken spürte. Er fühlte auch ihre Erwartungen: Was würde er dazu sagen? Wie würde er die Arbeiten bewerten?

»Du musst ehrlich sein«, bat sie ihn leise.

Langsam nahm er ein Blatt nach dem anderen, betrachtete alle aufmerksam. Die Entwürfe zeigten Sonnenblumen, klare geometrische oder ineinander verschlungene Muster. Es war nicht nur der Porzellandruck blau auf weiß, es waren die unterschiedlichsten Farben und Formen.

»Du hast sie alle ausprobiert? Sie können so gedruckt werden?«
Anna seufzte.

»Gedruckt ja, aber nicht fixiert. Gerade die bunten sind nur für Tapeten nütze. Wenn man den gefärbten Stoff auf der Haut trägt, schlägt er durch. Das gibt grüne, gelbe oder blaue Schenkel und Hintern.«

Johann legte das letzte Blatt behutsam zurück in die Mappe. Er wusste, Anna befürchtete schon, dass sie damit bei ihm durchgefallen war.

»Sie sind wunderbar«, sagte er und drehte sich zu ihr um. Jetzt standen sie sich so nahe gegenüber, dass die Spitzen ihrer Brüste seinen Oberkörper berührten. Kurz sahen sie sich in die Augen, dann schnellte ihr Kopf nach vorn, und ihre Lippen wollten ihm einen Kuss geben, doch ihre Nasen stießen hart gegeneinander. Ihr traten Tränen in die Augen.

»Johann Friedrich Gignoux, willst du mir die Nase brechen?«

Auch er musste einen Schritt zurücktreten und sich die Nase halten. »Ich habe mich ganz ruhig verhalten«, versuchte er, sich zu entschuldigen.

»Eben! Das musste ja fehlgehen!«, empörte sie sich. »Man lässt den Kopf nicht gerade, sondern legt ihn schief!«

Im ersten Moment wusste Johann nicht, was er antworten sollte. Er war schuld, weil er nichts getan hatte?

Doch ein Blick in ihre Augen entschädigte ihn sofort. Sie sah ihn an, und er schmolz wie Butter in der Sonne dahin. »Anna Barbara Koppmair, du bist noch mein Unglück!«, sagte er grinsend.

»Ach ja?«, erwiderte sie. »Dann gib acht, dass es nicht stärker ausfällt, als dir lieb ist.«

»Ich hatte dir doch gesagt, dass ich die Entwürfe wunderbar finde.«

»Du sollst es nicht so dahinsagen«, zischte sie und schien ehrlich empört. »Du sollst wirklich meinen, was du sagst. Ich will, dass du meine Arbeiten so beurteilst, als kämen sie von deinen Vorzeichnern und Formschneidern.«

Johann verdrehte die Augen. »Es sind nicht meine Meister, Anna. Es sind die meines Vaters. Aber weil wir bei diesem Thema sind ...« Er zögerte, weil sich der schmollende Mund der Freundin zurückbildete und einem offenen und neugierigen Blick wich.

»Was willst du?«, fragte sie.

Johann zögerte. »Zwei Dinge«, begann er und trat wieder einen Schritt näher.

Er nahm ihren Kopf zwischen die Hände und küsste sie auf den Mund. Sie wehrte sich nicht.

»Das war das Erste, was ich mir vorgestellt habe, ohne mir dabei die Nase zu brechen«, sagte er leise, nachdem sie sich wieder voneinander gelöst hatten. In Annas Augen schimmerten Tränen.

»Und das Zweite?«, hauchte sie. Ihre Stimme hatte ein leichtes Vibrato.

»Ich ... ich weiß, wie man deine Entwürfe nicht nur drucken, sondern auch fixieren kann!«, platzte er heraus.

Anna starrte ihn zuerst an. Finster, weil er nicht auf ihre Frage geantwortet hatte, doch dann ging auf ihrem Gesicht die Sonne auf. »Wirklich?«, fragte sie leise.

Johann nickte. »Deshalb bin ich so rasch zurückgekommen. Ich habe schon mit meinem Vater gesprochen, und er will es mich ausprobieren lassen.«

Annas Augen wurden groß. »Willst du es mir verraten?«

Er drehte sich zu den Entwürfen um und zog das Bild von den Sonnenblumen aus der Mappe. Er zeigte es ihr. »Damit fangen wir an!«

Weiter kam er nicht, denn diesmal war die Nase nicht im Weg. Anna packte seinen Kopf und gab ihm einen Kuss, der ihm den Atem nahm.

»Lass mich am Leben!«, sagte er scherzhaft, als sie sich wieder voneinander lösten. Beide sahen sich verstohlen um, ob jemand sie beobachtet hatte. Doch sie waren allein im Meisterzimmer.

»Du darfst es aber niemandem weitererzählen, dass ...«, bat er sie eindringlich.

»Was? Dass wir uns geküsst haben?«, unterbrach sie ihn mit einem schelmischen Lächeln. »Stehst du nicht dazu?«

»Nein. Ich meine natürlich, doch. Ich stehe dazu, aber es geht nicht um den Kuss. Warum muss alles immer nur so kompliziert sein, wenn ich mit dir rede?«

Anna hob die Augenbrauen. »Weil Frauen nicht einfach sind. Kann es das sein?«

Johann sah sie an. Sie war noch immer so frisch, so leicht in ihren Bewegungen, so hell wie ein Sommertag, und roch wie eine ganze Blumenwiese. Am liebsten hätte er in sie hineingebissen. Aber das wäre ihm wohl schlecht bekommen. Er wusste, dass diese Leichtigkeit mit einem starken Willen einherging. Er hätte noch länger so dastehen und sich in diese Frau vergucken können. Aber er musste etwas klären.

Schließlich stemmte er die Hände in die Hüften. »Es geht um meine Technik. Ich erzähle dir nur davon, wenn du mir in die Hand versprichst, es Schüle vorerst nicht zu verraten.« Er senkte die Stimme. »Der Mann lässt zwar noch immer bei uns drucken, aber man hört, dass er nach einem Grundstück sucht, um hier in Augsburg eine eigene Kattundruckerei aufzubauen.«

»Schüle? Ich weiß, er will …«

»Ja«, sagte Johann. »Er wird zur Konkurrenz. Unsere Produktionsmenge reicht ihm nicht aus. Er könnte doppelt, ja, dreifach so viel bedrucktes Tuch verkaufen. Alle Welt will plötzlich textile Tapeten und bunte Kleider.«

Anna sah ihn verständnislos an. »Wer soll das alles kaufen?«, fragte sie.

»Der Bedarf ist da, Anna.« Er zeigte auf die Vorlage der Sonnenblumen. »Wenn solche Entwürfe erst einmal fixiert werden können, wird er noch weiter steigen.«

»Wie soll das gehen?«

Jetzt lächelte er sie an, nahm sie bei der Hand und zog sie aus der Werkstatt. Als sie auf den Hof traten, ließ er los, was Anna offenbar nur recht war. Ein Mädchen wie sie konnte sich rasch kompromittieren.

Er steuerte auf eine kleine Hütte zu, die mit einem der Schaufelräderwellen über einen Riemen verbunden war. Johann öffnete die Tür und ließ Anna den Vortritt. Doch sie hielt inne.

»Du erwartest doch nicht ernsthaft, dass ich in dieses dunkle Loch gehe, in dem du weiß Gott was mit mir anstellen kannst, ohne dass eine Menschenseele es erfährt?«

Johann war zuerst verblüfft, dann aber lächelte er versonnen. »Du bringst mich auf Gedanken, die hatte ich zuvor gar nicht.«

Sogleich bereute er seine Worte, weil er sah, wie die Erinnerung an den Vorfall mit Melchior Gräz in ihr hochstieg und den Blick verschattete. Doch sie hatte sich sofort wieder im Griff.

»Wenn du sehen willst, was ich vorhabe, musst du in den sauren Apfel beißen. Ich verspreche dir, dass ich nicht unziemlich sein werde.«

Anna strahlte ihn an. »Also kann ich dir vertrauen, Johann Friedrich Gignoux?«

Er seufzte und schob sie vorwärts, indem er sie sanft am Arm fasste. Sie ließ es zu.

»Ich befürchte, das kannst du nicht«, gestand er, als sie in der Hütte verschwanden.

Anna drehte sich unmittelbar hinter der Tür um, schlang ihre Arme um seinen Hals und küsste ihn mit einer Leidenschaft, die sie beide atemlos machte, obwohl ihr alles im Gesicht wehtat. Seine Hände wanderten über ihren Rücken bis hinunter zum Gesäß und wieder hinauf. Er spürte ihr Zittern und die Erregung der Erwartung, spürte ihre Wärme, die zu einer hitzigen Glut wurde, spürte ihr Drängen, das zu einem Wunsch wuchs.

Irgendwann trennten sie sich widerwillig voneinander.

»Anna, wir müssen aufhören. Ich kann sonst für nichts garantieren, trotz meines Versprechens. Wenn es endet, wie wir es wünschen, könnte es sein, dass wir uns nie wiedersehen werden.«

Anna legte ihren Kopf an seine Brust. »Hast du mich nur hierhergelockt, um mir zu sagen, dass du mich verschmähst, Johann?«, flüsterte sie.

Er schüttelte energisch den Kopf. »Im Gegenteil. Ich könnte … könnte … ich wollte …« Er wollte den Namen Melchior Gräz nicht in den Mund nehmen. Aber er hätte sich vorstellen können, wie dieses kleine Geplänkel ebendort geendet hätte. Und er wusste, dass sie sich nicht gesträubt hätte. Sie hätte sich ihm hingegeben.

»Du wolltest ...«, begann Anna und küsste ihn noch einmal heftig, bevor sie ihn von sich stieß. »Du wolltest mir doch etwas zeigen.«

Johann war vom Themenwechsel so überrascht und verwirrt, dass ihm im ersten Augenblick nicht einfiel, was er eigentlich vorgehabt hatte.

»Fixierung!«, half ihm Anna mit einem Stichwort aus.

»Natürlich. Die Walze!«

Er nahm sie bei der Hand und zog sie tiefer in den Schuppen hinein. Es wurde dunkler. Es roch nach heißem Eisen und Holzkohle. Eine Mischung, die er mochte und die anzeigte, dass er auf dem richtigen Weg war.

Er trat an eine Fensteröffnung und stieß den Laden auf. Licht fiel herein und beleuchtete eine Apparatur aus Holz und Eisen.

»Was ist das?«, fragte Anna ehrfürchtig.

Zufrieden stellte Johann fest, wie sie die Maschine bestaunte. Sie hatte so etwas offenbar noch nie gesehen.

Es war eine große Walke. Zwei Rohre lagen eng beieinander. Man konnte sie drehen und dazwischen ein Tuch hindurchführen.

»Willst du deine Tuche jetzt auch noch selbst plätten und trocknen?«

Johann schüttelte lächelnd den Kopf.

Anna umrundete unter seinen Blicken die Apparatur, bis sie wieder bei ihm ankam.

»Ich verstehe. Du lässt brennen, bleichen, färben, drucken und verkaufst die Tuche selbst. Da würde es sich doch anbieten, sie auch selbst zu plätten.«

Johann spürte, wie sich ihr Interesse verflüchtigte. »Ganz und gar nicht. Schau her.«

Er holte aus einem Sack in der Ecke Holzkohle und schüttete sie in die seitliche Öffnung der Walze. »Die Walze ist aus Kupfer. Sie wird dadurch erhitzt. Aber nicht so stark, dass das Tuch schwarz wird, wenn man es durchzieht. Die Hitze bewirkt eine Fixierung der Farbe im Stoff. Gerade deine Muster brauchen die Erhitzung. Das Tuch wird wunderbar glatt, und die Farben leuchten.«

Anna ging auf die Plättwalze zu und berührte sie sanft.

»Woher willst du wissen, dass es funktioniert?«

»Weil ich es schon ausprobiert habe.«

Anna schüttelte den Kopf und ging um das Gerät herum. »Rollen mit Kohle heizen. Auf diese Idee muss man erst kommen.«

»Man kann auch zwei oder drei Walzen hintereinanderlegen, das würde die Fixierung wesentlich intensiver und vermutlich auch gleichmäßiger machen. Auch die Glätte des Baumwollstoffs wird erhöht. Je glatter der Stoff, desto leuchtender die Farben und desto schärfer die Konturen.«

Anna drehte sich um ihre eigene Achse und deutete rundum. »Das hier ist zu klein. Und in der Modeldruckerei ist zu wenig Platz. Es wird also ein Traum bleiben.«

Johann ging langsam auf sie zu, und sie wich einen Schritt zurück. Er besah sich seine Hände, ob sie noch immer sauber wären.

»Kein Traum«, sagte er, ohne sie aus den Augen zu lassen. »Ich habe mit Vater gesprochen. Er lässt mich eine Manufaktur aufbauen. Mit seiner Druckergerechtigkeit darf ich die Fixierung übernehmen.« Endlich hatte er sie eingeholt. Sie stand zwischen der Wand und einer Maschine und konnte nicht mehr zurück. Sie musterte ihn mit schräg gelegtem Kopf. Trotz und Verlangen spiegelten sich in den blauen Augen. »Aber ich will das Experiment nicht allein wagen. Ich brauche jemanden, der mir die Vorlagen malt.«

Ihr Atem ging schneller, als seine Hand ihre Hüfte berührte. »Dann such dir jemanden.«

Johann schüttelte den Kopf. »Ich habe denjenigen oder besser diejenige schon gefunden.«

Als sie aufsah, stand er direkt vor ihr. Er umfasste sie sanft und drückte sie an sich, und dann schafften sie es erfolgreich, der Nase des anderen aus dem Weg zu gehen.

14

EIN JAHR SPÄTER · SOMMER 1745

Seit dem Tag, an dem Johann Anna erklärt hatte, was er vorhatte, waren sie unzertrennlich.

Aber es hatte über ein Jahr gedauert! Sein Vater hatte gegen die Widerstände der Zunft angehen und Johann sich eine eigene Arbeitsstätte auf dem Gelände der Manufaktur bauen müssen. Allein die Konstruktion der Rollen und die Mechanik hatten ihn zur Verzweiflung gebracht, weil die Handwerker nicht verstehen wollten, was er ihnen sagte. Außerdem hatte er ein zusätzliches Wasserrad bauen und einrichten lassen müssen, was seinen Vater ein hübsches Sümmchen bei der Stadt für die Erweiterung des Wasserrechts gekostet hatte.

Aber nun war es so weit. Johann hatte Anna mitgenommen, damit sie seinen zukünftigen Arbeitsplatz begutachten konnte. Er stemmte die Arme in die Hüften und ließ stolz seinen Blick durch die Werkstatt schweifen. Anna blieb hinter ihm auf der Schwelle stehen. Der Unterbau des Gebäudes war aus Ziegeln, der Aufbau aus Holzfachwerk. Vier Rollwerke waren zu sehen, die jetzt alle noch standen. Jeweils drei Rollen waren hintereinandergeschaltet. Wie bei einer Mangel sollten zwischen den Rollen die Tücher durchgezogen werden. Über allen Maschinen lief ein runder Balken durch das gesamte Gebäude. Die Welle, die alle Maschinen antreiben sollte und über einen Riemen mit dem Wasserrad verbunden war. Das Innere der Werkstatt wirkte, als stamme es aus einer anderen Welt. Johann versuchte, Anna zu erklären, wie alles ineinanderspielte, aber sie konnte es sich nicht vorstellen.

»Ich werde es dir zeigen!«, sagte er.

Doch sie sah nur die Maschinen vor sich, die sich noch nicht rührten. Das Rauschen des Wasserrads drang von draußen herein und übertönte alles, auch Johanns Erklärungen.

Johann griff nach Annas Arm und führte sie zur Antriebswelle des gewaltigen Schaufelrads. Dort hing ein Lederriemen von der Decke, der mit der Welle an der Decke verbunden war.

Er hob den Finger, damit sie auf das achtete, was er jetzt tat.

Er griff sich eine Stange, legte sie unter den schlaff herabhängenden Ledergurt und drückte diesen auf die am Ende konisch zulaufende Welle.

Zuerst rutschte der Gurt durch, doch Johann nahm einen Klumpen Harz, der in Papier eingewickelt war, und bestrich damit die Innenseite des Riemens. Plötzlich griff dieser. Johann schob ihn noch etwas höher auf die Welle, damit er straffer wurde und besser zog.

Mit einem ohrenbetäubenden Kreischen begann das Innere der Werkstatt zu leben. Die Walzen drehten sich, die Maschinen rüttelten eine nach der anderen an. Sie zitterten regelrecht, aber nach einer kurzen Anlaufphase liefen alle rund.

»Du musst dir vorstellen, dass der Lärm leiser wird, wenn Tücher zwischen den Rollen hindurchlaufen«, schrie er ihr ins Ohr.

Anna hörte ihn vermutlich nicht, denn sie presste beide Hände auf die Ohren.

»Wie werden die Farben fixiert?«, las er von ihren Lippen ab, weil er wusste, dass sie ihn das fragen würde. Er deutete auf die Walzen. Von den fünfzehn Walzenpaaren war jede zweite hohl.

Johann zog Anna weiter. Nahe am Wasser hatte er eine Esse einbauen lassen, auf der jetzt Holzkohle vor sich hin glühte. Er nahm eine Metallschaufel und einen Eimer und schippte einiges an Glut in den Eimer. Dann ging er zu den Walzen und befüllte die hohlen Walzen damit. Funken flogen, und ein Geruch nach erhitztem Eisen breitete sich in der Werkstatt aus. Es war ein Höllenlärm, der noch verstärkt wurde durch das mahlende Geräusch der Holzkohle in den Walzen.

Fasziniert beobachtete Anna, wie Johann ein Tuch, das sie gestern eingefärbt und bis heute hatten trocknen lassen, in die Maschine einführte. Er winkte sie zu sich heran, damit sie ihm behilflich sei. Johann zeigte ihr, wie sie das vordere Ende weiterziehen und zwischen das zweite Walzenpaar schieben sollte.

Der einfache Aufbau der Maschinen erklärte alles. Das Tuch wurde gewalkt, und durch die Hitze wurde die Farbe fixiert.

Johann gab sein Stück Stoff in die Maschine und lief dann an Anna vorbei zum dritten Walzenpaar. Ein brandiger Geruch erfüllte den Raum. Dann schob sich das Tuch unter dem Walzenduo hervor, und er sah, wie Anna den heißen Stoff mit spitzen Fingern entgegennahm und ihn zwischen das nächste Walzendoppel steckte. Johann stand am Ende und nahm das fertig fixierte Stück entgegen.

Beinahe hätte er laut aufgelacht, als er in Annas skeptisches Gesicht sah. Nicht eine Sekunde glaubte sie daran, dass mit dieser Maschine ein Stoff die Farbe besser annehmen könnte.

Doch Anna deutete im Gegenteil auf etwas, was Johann so noch nicht bemerkt hatte. Sie zeigte auf die flaumige Tuchbeschaffenheit vor der Walzung und auf die glatte danach. Das Tuch wurde von den feinen Fasern befreit. Sofort begriff Johann, was das bedeutete. Wenn man das unbedruckte Tuch abbrennen ließ, dann ließ es sich leichter und schöner bedrucken.

»Die Gefahr ist tatsächlich, dass wir das Tuch mit braunen Flecken versengen«, rief er Anna zu. »Aber zuerst solltest du dir das ansehen.«

Von gestern hatte er noch ein Stück Stoffmuster, auf dem sie das Druckmodel ausprobiert hatten. Er ging hinaus und nahm zwei der Eimer aus der Werkstattecke mit.

Anna folgte ihm – und draußen nahm sie auch wieder die Hände von den Ohren.

»Man wird taub dabei!«, brüllte sie.

»Du brauchst mich nicht anzuschreien«, sagte Johann lachend. »Ich höre noch gut.«

Anna verdrehte die Augen.

Am Stadtbach füllte Johann die beiden Eimer und tauchte die Stoffe hinein. In den einen das unbehandelte Tuch mit den Vordrucken, in den anderen das behandelte Tuch, dessen Farben erhitzt worden waren.

»Wollen wir wetten?«, fragte Johann und schielte zu Anna hinüber.

»Mit welchem Einsatz?«, kam die prompte Antwort.

»Ich darf dich küssen, wenn ich gewinne«, sagte Johann.

»Ach. Und wenn du verlierst?«

»Dann darfst du mich küssen«, grinste er selbstsicher.

»Johann Friedrich Gignoux. Du bist ein Filou!«, reimte Anna.

»Also gilt es?« Er lachte.

»Meinetwegen. Schauen wir, wessen Schaden es ist.«

Johann griff in das Wasser, walkte das nicht fixierte Tuch etwas durch und hielt es dann in die Höhe.

Eine farbige Flüssigkeit tropfte vom Tuch ab. Von den Drucken war nur noch wenig zu sehen. Alles war verwaschen, die Farben verblichen und verlaufen. Schlieren zogen sich darüber hin, und die ausgelaufene Farbe blieb an den feinen Härchen des Tuches hängen.

Anna legte den Kopf schief. »Was zu erwarten war«, sagte sie.

Ein weiteres Mal walkte Johann den Stoff, der erhitzt worden war, im Wasser. Dann zog er ihn heraus.

Anna spitzer Schrei ließ ihn lächeln. Die Glätte des Tuches ließ die Farben so kräftig leuchten wie zuvor. Nichts war ausgewaschen, nichts verlaufen.

»Johann«, sagte Anna, »du bist auch ein Zauberer.«

»Dabei ist das noch kein Hexenwerk! In London ist man schon einen Schritt weiter. Aber das ist für uns noch Zukunftsmusik. Erst müssen wir die Fixierung hinbringen. Und deine Beobachtung, dass das Tuch glatter wird, wenn wir es zuerst durch die heißen Walzen laufen lassen, macht unsere Stoffdrucke noch wertvoller.«

Er nahm sie in den Arm und drückte ihr einen Kuss auf die Lippen, den sie zwar nur kurz, aber leidenschaftlich erwiderte.

»Bilde dir nichts darauf ein. Es war nur eine Wette!«, sagte sie und ging davon.

15

OKTOBER 1745

»Anna! Wo warst du nur, du dummes Ding?«, begrüßte ihre Mutter sie unwirsch. »Wir warten schon seit Stunden auf dich!« Ihr Gesicht war eine einzige Zornesfalte. »Der Herr Vater kommt auch gleich. Wir haben sogar die Pochwerke abschalten lassen.«

Jetzt erst fiel Anna auf, was im Hause Koppmair fehlte. Das Schlagen der Hämmer, die tagsüber das ganze Haus leicht vibrieren ließen.

»Wozu der Aufwand?«, fragte sie, während die Mutter sie in die Stube hochschob.

Mitten im Raum erblickte sie, halb auf einem Sessel sitzend, halb auf dem Sprung, Johann Heinrich Schüle.

Anna war so verblüfft, dass sie wie erstarrt stehen blieb.

Eine ungute Ahnung stieg in ihr auf, als sie das breite Lächeln des Kaufmanns sah. »Herr Schüle. Was verschafft uns die Ehre?«

Schüle sprang auf und hätte sich dabei beinahe den Kopf an der Decke gestoßen. Er war riesig und so schlank, dass er kaum Schatten warf, obwohl die Sonne von Süden her in das Zimmer schien.

»Mademoiselle Koppmair«, begann er aufgeräumt freundlich, trat auf sie zu, nahm ihre Hand und deutete einen Kuss auf den Handrücken an. »Ihr seid noch schöner geworden, seit ich Euch das letzte Mal sah.«

Sie hörte ihre Mutter in ihrem Rücken leise kicksen, was immer das zu bedeuten hatte.

»Und Ihr seid noch immer das gleiche lange Elend, als das ich Euch in Erinnerung habe«, entgegnete sie, nur um ihrer Mutter eins auszuwischen.

Deren Antwort war ein Stoß mit spitzen Fingern von hinten in ihre Rippen.

»Ihr habt zumindest Euer rasches Mundwerk behalten, Mademoiselle Koppmair. Schön zu hören.«

Anna antwortete nichts darauf, sondern setzte sich auf einen der

Stühle in der Stube. »Dürfen wir Euch etwas anbieten, Herr Schüle? Einen Schluck Bier, Wein?«

Schüle schüttelte den Kopf und setzte sich ihr gegenüber. Er musterte sie, wie man ein exotisches Tier betrachtete, das aus Afrika oder Asien hertransportiert und zur Schau gestellt worden war. Ihr Unbehagen steigerte sich zu einem sauren Aufstoßen, das einen bitteren Geschmack im Mund zurückließ.

Ihre Mutter hatte etwas von »Becher und Getränke holen« gemurmelt und sich aus dem Raum gestohlen.

Als sie verschwunden war, beugte sich Anna vor. »Was wollt Ihr wirklich, Schüle? Heraus mit der Sprache.«

»Ich mag Eure Direktheit, Anna Barbara«, sagte Schüle, blieb aber ernst. Seine ganze aufgesetzte Freundlichkeit fiel von ihm ab. »Was hieltet Ihr davon, wenn ich um Eure Hand anhalte?«

Anna blieb kurz die Luft weg. Es war, als hätte ihr Herz einen Schlag ausgesetzt.

»Ich will mich in Augsburg niederlassen. Aber das wisst Ihr sicher schon. Dazu brauche ich jedoch Geld. Ich gestehe es offen – Ihr seid eine gute Partie. Ihr seid geschickt und geradlinig. Ihr habt ein gewisses Händchen, auch mit schwierigen Menschen umzugehen. Was spräche dagegen, unsere Talente zusammenzuschließen?«

Anna hörte das alles nur durch eine Art Nebel. Ein dämpfender Schleier hatte sich über ihre Ohren und ihr Bewusstsein gelegt.

»Alles«, stieß sie hervor. »Alles spräche dagegen. Vor allem Ihr selbst!«

Schüle spitzte enttäuscht die Lippen. »Und wenn ich bereits mit Eurer Frau Mutter und dem Herrn Vater alles geregelt hätte?«

»Wie?«, fragte sie matt. »Ihr habt schon mit dem Vater ...« Sie brachte den ganzen Satz nicht zustande, konnte ihn nicht einmal denken. Jetzt erinnerte sie sich daran, was ihre Mutter eben gesagt hatte. Der Vater würde ebenfalls gleich kommen. Die Hammerwerke waren abgeschaltet.

»Das ist ... das ist ...«, stotterte sie und wurde von Schüle unterbrochen.

»Eine Freude? Darf ich das mitnehmen? Wäret Ihr einverstanden?«

Warum geschah ihr das? Sie wollte ihn nicht. Sie mochte diesen Mann nicht, für den die Hochzeit dasselbe zu sein schien wie das Einkaufen von Tuchen zur Veredelung.

»Nein. Nein. Und nochmals: Nein!«, platzte es aus ihr heraus. »Mein Vater würde das niemals zulassen – und ich würde Euch nicht ... nicht einmal geschenkt nehmen.«

Schüle wiegte den Kopf und musterte sie, offenbar leicht belustigt. »Ich habe mir so etwas gedacht. Aber Eure Frau Mutter ist da ganz anderer Meinung. Warum, glaubt Ihr, braucht sie so lange, um drei Becher und eine Flasche Wein herbeizuschaffen? Sie will, dass wir uns aussprechen.«

Annas Lippen zitterten. »Das haben wir ja nun. Ich sage Nein!«

Schüles Lachen traf sie unvermittelt. Warum war er so vergnügt?

»Ich ... ich verstehe nicht.«.

Sie hob den Blick, und jetzt begriff sie, dass das eben alles nur ein Spiel gewesen war.

»Ihr hattet nie vor, mich zu heiraten?«, flüsterte sie.

Er nickte.

»Ihr habt nur meine Mutter glauben lassen, dass Ihr mir einen Antrag machen wollte ... um was zu tun?«

Jetzt war sie doch neugierig geworden. Schüle war ein Kaufmann. Ein geschickter, nach allem, was man hörte, auch wenn ihm manchmal die Fortune fehlte.

Er wollte zu einer Erklärung ansetzen, doch Anna hob die Hand. Ihr Ehrgeiz war geweckt, nachdem die Furcht abgeklungen war, einen Heiratsantrag gegen den Willen ihrer Eltern ablehnen zu müssen.

»Lasst mich kurz nachdenken«, bat sie. Ihr Herz begann schneller zu schlagen. Für einen Moment musste sie überprüfen, ob es nicht doch für Schüle pochte, aber es war etwas anderes. Sie faszinierte das Geheimnis, und sie wollte an der Strategie, an der Planung teilhaben. Sie atmete stoßweise.

Unten im Haus rumorte ihre Mutter weiter. In der Zwischenzeit musste sie zwei Schränke aus- und umgeräumt haben. Nie und nimmer brauchte es so lange, bis drei Becher und ein Krug Wein auf ein Tablett gestellt und hochgebracht waren.

»Also«, begann sie endlich. »Ihr wollt Euch hier niederlassen und Tuch veredeln. Dazu braucht Ihr ein Grundstück und Geld.«

Schüle lächelte sie an, dann stülpte er die Taschen seiner Culotte um. Sie waren leer. An seinem Gürtel hing ein schmaler Beutel. Er klopfte darauf und gestand achselzuckend: »Zehn Dukaten. Über mehr Geld verfüge ich nicht. Der Rest ist in meine Geschäfte geflossen. Scheitern sie, bin ich ein armer Mann.«

Anna erhob sich. »Was für ein Spiel spielt Ihr mit mir?«, fragte sie.

»Ich brauche Verbündete, meine Liebe«, antwortete er. »Ich werde demnächst Catharina Barbara Christell heiraten. Das verschafft mir die nötige Ausstattung. Vielleicht bitte ich Euch, Trauzeugin zu werden. Ihr Vater ist Ausschnitthändler, und das ist kein schlechter Ausgangspunkt für den Handel mit bedruckten Tüchern.«

Langsam dämmerte Anna, was Schüle vorhatte. »Seid Ihr unglücklich in der Bergmüller'schen Textilhandlung in Kaufbeuren?«, fragte sie. Sie hatte davon gehört, dass er für die Bergmüller-Witwe die Geschäfte führte – und das mehr als erfolgreich. Schließlich rastete es in ihrem Kopf ein, als hätte eine Mechanik die richtige Stellung gefunden.

Die Witwe des Handelshauses Bergmüller wollte mehr. Aber Schüle war nicht bereit – oder nicht mehr bereit – mehr zu geben.

»Ist sie zu alt?«, fragte sie unvermittelt.

Verblüfft sah Schüle sie an. Dann stand er auf. »Ich wusste nicht …«, begann er zaghaft. »Ich wusste nicht, dass Ihr in meinem Gesicht lesen könnt wie in einem Eurer Bücher.«

Also hatte sie ins Schwarze getroffen. Sie war mindestens so geschickt im Ausrechnen ihres Gegenübers wie er. Sie hörte, wie ihre Mutter die Treppe heraufkam.

»Was jetzt? Ihr wolltet die Bergmüllerin aus Kaufbeuren nicht heiraten. Ihr wollt mich nicht heiraten. Was wollt Ihr dann von mir?«

Entweder konnte oder wollte er ihr keine Antwort geben. Ihre

Mutter betrat die Stube und lächelte süß. »Jetzt hat es etwas länger gedauert. Das tut mir leid. Aber die Becher. Sie mussten ausgespült und getrocknet werden. Wollt Ihr etwas Wein, Herr Schüle?«

Anna blieb stumm. Jetzt war es an ihr, den Kaufmann zu betrachten, als wäre er eine besondere Art von exotischem Tier. Dabei war er das gar nicht.

»Stell dir vor, Mutter …«, begann Anna.

Sie konnte sehen, wie sich die Augen ihrer Mutter weiteten, wie sie ihre Tochter erwartungsvoll anblickte.

»Herr Schüle will nach Augsburg umsiedeln und von hier aus seine Kattungeschäfte betreiben.«

»Ach ja?«, flötete ihre Mutter. Der kurzen Antwort war anzuhören, wie wenig sie das interessierte. Ihre ganze Enttäuschung lag darin.

»Und er will heiraten!«, setzte Anna hinzu. Sie konnte es nicht lassen. Wenn die Mutter sie schon hatte verschachern wollen, musste sie jetzt leiden.

»Sag, Kind! Aber wen sollte er denn heiraten wollen? Ein Mädchen aus Augsburg?«

»Gewiss. Das hat er vor«, bestätigte Anna.

Das Gesicht von Maria Koppmair rötete sich. Offenbar bemerkte sie erst jetzt, dass sie noch immer das Tablett in Händen hielt, und stellte es ab. »Einen Becher Wein?«

Anna und Schüle tauschten Blicke. Er wusste sehr genau, was Anna hier tat, und schritt nicht ein.

Annas Mutter schenkte den Becher voll und reichte ihn Schüle. »Darf man fragen, wem Euer Augenmerk gilt?« Die Frage kam so unschuldig daher, dabei traf sie genau ins Zentrum ihrer Neugier.

»Natürlich dürft Ihr fragen, Madame Koppmair.« Wieder flogen Blicke zwischen ihm und Anna hin und her. Anna schüttelte den Kopf, und Schüle weitete die Augen, als Zeichen dafür, dass sie das Spiel beenden mussten.

»Er hat mich gefragt …«, begann Anna, und ihre Mutter stieß einen leisen Schrei aus und fasste sich an den Mund.

»Kind! Das ist ja …«

»... ob ich Trauzeugin sein möchte bei seiner Hochzeit mit Catharina Barbara Christell.«

Ihre Mutter erstarrte. Ihr Mund stand leicht offen. Ihr Gesicht wurde aschfahl. »Trauzeugin?«, stieß sie hervor. »Trauzeugin!«

Ihre Hand zitterte, als sie sich einschenkte. Anna vergaß sie einfach.

»Ich kenne doch sonst niemanden in dieser Stadt. Nur mit Eurer Tochter habe ich schon mehr als ein Wort gesprochen«, versuchte Schüle, sich zu rechtfertigen.

»Aber er wollte eigentlich noch etwas anderes mit mir besprechen. Nicht wahr?« Anna sah ihn ernst an.

»Etwas anderes? Mit meiner Tochter? Aber was denn?«

Schüle winkte ab. »Ein ausgezeichneter Tropfen. Ein Lob der Hausherrin.«

Das Sonnenlicht, das von draußen ins Zimmer fiel, wechselte mit dem Vorübergleiten der Wolken, die es einmal hell, dann wieder schattig hereinschickten.

»Das hat Zeit. Ich komme gern wieder, ... wenn ich Eure Gastfreundschaft in Anspruch nehmen darf.«

Annas Mutter, die noch immer blass war, nickte nur. Sie hob den Becher und trank Schüle zu. »Dann gratuliere ich Euch zu Eurer Wahl der Braut. Die Mitgift ist bemerkenswert, wie es heißt.«

Schüle sagte nichts, hob den Becher und nahm einen Schluck.

16

EIN HALBES JAHR SPÄTER · MAI 1746

Der vergangene Winter war grässlich gewesen. Die Wasserräder waren festgefroren, und der Eisgang hatte etliche Schaufeln zerbrochen. Es dauerte Wochen, bis die Räder wieder rundliefen. Die Feuchtigkeit hatte die stehenden Rollen mit Grünspan überzogen, sodass Johann gezwungen gewesen war, sie auszubauen und zu schleifen.

»Wie hast du es erraten, Anna?«, fragte er seine Begleiterin.

Anna folgte ihm bei der Inspektion durch die Werkstatt, beobachtete ihn genau und überschüttete ihn mit einem Schwall an Fragen. Und obwohl er es eigentlich nicht mochte, wenn man ihn bei seinen Überlegungen störte, konnte er davon gar nicht genug bekommen.

Sie umrundeten eben eine der Maschinen, als Johann abrupt stehen blieb. Anna lief auf ihn auf, und bevor sie sich beschweren konnte, hatte Johann sich umgedreht und ihr mit einem Kuss den Mund verschlossen.

»Johann!«, beschwerte sie sich, als er von ihr abließ. »Wenn uns jemand sieht!«

»Wer sollte uns sehen? Es ist niemand hier außer uns beiden«, antwortete er. »Außerdem wollte ich dich endlich etwas fragen.«

Anna runzelte die Stirn. »Was willst du mich hier fragen, was du nicht draußen fragen könntest?«

Johann seufzte. Dieses Mundwerk war geschliffen. Er sollte es sich wohl zweimal überlegen, ob das, was er vorhatte, wirklich das Richtige war. Zwischen zwei Brettern, die durch Schnee und Eis wohl auseinandergetrieben worden waren, drang unter dem Dach etwas Sonne in den Raum und fiel auf Annas Gesicht. Ihre blonden Haare leuchteten wie das Gold, das ihr Vater schlagen ließ.

»Zuerst muss ich etwas wissen. Wie hast du erfahren, dass Schüle hierherzieht und Kattundrucker braucht?«

In Annas Augen blitzte so etwas wie Schalk auf. Ein leichtes Lächeln spielte um ihre Lippen, bevor sie antwortete. »Er hat bei meinen Eltern um meine Hand angehalten.«

Ihr Gesicht war völlig ausdruckslos, als sie ihm das mitteilte, obwohl er jedes Härchen darauf nach einem Hinweis absuchte, ob sie ihn auf den Arm nahm.

Schließlich wuchs in ihm die Gewissheit, dass sie ihm die Wahrheit sagte. Er musste schlucken.

»Er hat es tatsächlich getan«, entfuhr es ihm. »Dann ... dann ...« stotterte er. Das, was er Anna fragen wollte, war schon unter normalen Umständen schwer genug. Jetzt war es schier unmöglich geworden.

»Was dann?«, hakte sie nach.

Johann öffnete den Mund, schloss ihn wieder, öffnete ihn erneut, und dann trat er einen Schritt zurück und stieß mit dem Kopf gegen eine der Umlenkwalzen.

»Dann komme ich wohl zu spät«, bemerkte er leise, senkte den Kopf und besah sich seine Fußspitzen.

»Zu spät wofür?«, fragte sie verblüfft.

»Dein Vater, hat er ihm zugesagt?« Johann fiel das Schlucken schwer. Sein Mund war wie ausgedörrt. Zwar hatte er nichts davon gehört, dass Schüle sich verlobt hatte, aber er hatte ja ständig mit seiner Werkstatt und seinen Walzen zu tun gehabt.

»Ja. Natürlich hat er ihm zugesagt«, sagte Anna. »Warum sollte er nicht. Es ist ein ausgezeichnetes Geschäft.«

Johann musste sich festhalten, sonst wäre er mitten in die Maschine getaumelt.

»Ein Geschäft?«, murmelte er.

»Natürlich. Was sonst«, sagte Anna und runzelte die Stirn.

Johann war verzweifelt. Heute hätte es sein sollen. Heute hatte er sie fragen wollen. Der Frühling war doch der rechte Zeitpunkt, um sich Herzenswünsche zu erfüllen, um der Liebsten entgegenzukommen, um sie zu bitten … seine Frau zu werden.

»Dann bist du vergeben?« Er traute sich nicht, ihr in die Augen zu sehen. »Willst du deshalb nicht, dass ich dich küsse?«

Annas Augenbrauen fuhren in die Höhe. »Wovon sprichst du? Erkläre dich, und dann kann ich dir Antwort geben.«

Mit einer hilflosen Geste wischte er sich übers Gesicht, und Anna brach in Lachen aus.

»Was ist?«, fragte er verblüfft.

»Schau deine Hände an. Du hast dir das Gesicht völlig verschmiert. Du siehst aus wie ein Latrinenleerer.«

Hilflos betrachtete er seine Hände, die von Rost und Feuchtigkeit schmutzig waren. Im Grunde sah er überallhin, nur nicht auf Anna.

»Eigentlich …«, begann er zögerlich. »Eigentlich hatte ich dich fragen wollen, ob du mich heiraten willst, Anna Barbara Koppmair.

Aber das ist jetzt wohl vorbei, wenn die Absprachen bereits getroffen wurden.«

In Anna Augen blitzte es erneut. »Versprich mir eines. Wenn du in Zukunft etwas willst, dann sag es freiheraus. Nur dann können wir gütlich miteinander auskommen.«

»Wir?«, stotterte Johann, der sich gemaßregelt fühlte. Mit einem Mal war die Luft in dieser kleinen Werkstatt stickig und voller Staub, der sich ebenso auf die Lungen wie auf das Gemüt legte. Plötzlich war er ein unbedeutender Drucker, der einem Hirngespinst hinterherjagte. Plötzlich verlor alles seinen Sinn, und statt aufzublühen, welkte seine Idee in wenigen Augenblicken.

Anna streckte die Hand nach ihm aus, und er wäre vor dieser Geste zurückgewichen, wenn er gekonnt hätte. Aber er stand bereits mit dem Rücken zu den Walzen. Eingeklemmt und unfähig, nach links oder rechts zu flüchten.

Sie berührte seine Wange, seinen Hals, dann die Lippen.

»Männer!«, sagte sie leise. »Der Herr Papa hat ein gutes Geschäft abgeschlossen. Schüle hat mich gefragt, ob ich nicht bei meinem Vater ein gutes Wort für ihn einlegen könne, damit er mit ihm zusammenarbeite. Er wird Schüle zukünftig Blattgold für seine Tapisserien liefern. Allerdings will er abwarten, bis der Kaufmann sich in der Stadt etabliert hat. Er kann sich keinen Ärger mit den hiesigen Druckern leisten.« Sie machte eine kleine Pause, die Johann schier unendlich lang vorkam. »Und wir heiraten ...«

»Lasst es gut sein, Anna. Ich ...«

»Jetzt lass mich ausreden, du Sturkopf von einem Mann!«, fauchte sie ihn an.

Sie schüttelte leicht den Kopf und trat noch einen Schritt nach vorn. Jetzt stand sie so nahe, dass er nicht nur ihren Duft wahrnahm, der ihn schier um den Verstand brachte, sondern auch die Wärme ihres Körpers.

Johann gab auf, nickte nur leicht und verzog den Mund zu einem enttäuschten Lächeln.

»Wir heiraten gar nicht. Erstens hätte es mein Vater niemals zugelassen, dass ich mich mit dem Filou Schüle einlasse. Zum anderen hatte der schon eine Braut ausgespäht – und wenn ich recht informiert bin, hat er Catharina Barbara Christell ohne großes Aufsehen bereits geehelicht. Sie bringt nicht nur ihre Schönheit mit in die Ehe, sondern auch ein kleines Vermögen.«

Johann wurde schwindlig. Anna war nicht vergeben! Sie war frei! Seine Beine begannen zu zittern.

Doch Anna war noch nicht fertig. »Er ist zu mir gekommen, weil er noch etwas anderes wollte. Nämlich den Kontakt zu dir, Johann.«

Wieder blieb ihm der Mund offen stehen.

»Natürlich. Er braucht Drucker, die etwas können, die Neues wagen, die aufgeschlossen sind. Ich hatte ihm von dir erzählt.«

»Ja«, räumte Johann ein, »er war bei mir.«

Langsam verlor er den Verstand. Er hatte sich schon gewundert, denn Schüle hatte bei ihm angeklopft und gefragt, ob er für ihn Tücher bedrucken wolle. Jede Menge Tücher. Mit fixierter Farbe. Nur deshalb hatte er über den Winter hin die Werkstatt ausgebaut.

»*Du* hast ihn zu mir geschickt?«

Anna nickte.

»Wir haben … ihm abgesagt«, stotterte Johann. »Vater und ich, wir müssen abwarten, wie die Sache mit unserer Druckergerechtigkeit entschieden wird. Wenn wir uns zu früh an Schüle binden …«

Er ließ den Rest des Satzes offen.

»Ich hab noch mehr gute Neuigkeiten«, sagte Anna. Sie wedelte mit einem Bogen Papier, den sie in der Hand hielt, seit sie die Werkstatt betreten hatte.

»Was ist das?«, fragte er. Doch er fühlte sich nicht in der Lage, das Blatt entgegenzunehmen. Seine Beine waren noch zu unsicher, und die Hände zitterten.

»Ein Muster, Johann.«

Sie legte das Papier auf zwei Walzen und entfaltete es. Zum Vorschein kam eine bunte Mischung aus Formen, die ineinanderflossen und über das Papier liefen. Dort, wo es endete, begann das Muster nahtlos von vorn.

»Das … das …«

Anna seufzte unwirsch auf, weil er offenbar zu zögerlich reagierte. Aber er war zu verblüfft, und in seinem Kopf drehten sich die Gedanken wie ein Strudel. »Das ist wunderbar. Woher hast du das?«

Sie legte den Kopf schief und verzog den Mund. Was hatte er jetzt schon wieder falsch gemacht?

Kaum hatte er das gedacht, schoss ihm die Antwort schmerzhaft in den Kopf. »Das ist von dir?«

Anna nickte triumphierend. »Die Idee kam mir, als ich darüber nachdachte, wohin die Zeit fließt, wenn sie an uns vorübergezogen ist.«

Diese Frau ist wirklich etwas Besonderes, ging es Johann durch den Kopf. Wer sonst dachte über solche Fragen nach, bei denen die Antwort unmöglich war?

»Man kann es nicht beantworten«, sagte er, während er die Augen zusammenkniff, damit das Muster vor seinen Augen etwas verschwamm. So konnte er es sich besser vorstellen. Es war wundervoll.

»Schlag es Schüle vor«, meinte Anna. »Er will dich als Drucker. Wenn auch nicht sofort. Ihm genügt die Option.«

»Und ich …«, Johann zuckte kurz zurück, weil ihm der Gedanken jetzt am geeignetsten schien, ausgesprochen zu werden.

»Ja?«, hakte Anna nach und sah ihn aufmerksam an.

»Und ich will dich, wenn du damit einverstanden bist. Ich meine … heiraten. Ich … willst du mich … also … bevor ich bei deinem Herrn Vater … nachfrage … deine Zustimmung … Ich muss aber … erst unsere Existenz … eigener Hausstand … noch warten …«

Endlich legte sie ihm einen Finger auf die Lippen. Dann trat sie ganz an ihn heran und drückte ihn gegen die Rollen der Werkbank. Jetzt spürte er nicht nur ihre Wärme, er spürte sie ganz und gar, und sie hauchte ganz dicht bei seinen Lippen etwas, das er nicht mehr hörte, aber verstand. Es fühlte dieses »Ja« mit seinem ganzen Körper. Das, was jetzt geschah, war Antwort genug.

Und wenn Schüle tatsächlich zukünftig auf ihn baute und seine Muster akzeptierte, könnte er so viel Geld verdienen, dass er mit Anna auch einen eigenen Hausstand gründen könnte. Dann konnten sie auch heiraten. Aber das lag noch in der Zukunft – im Hier und Jetzt war etwas anderes gefragt, und er war froh, mit ihr allein in der Werkstatt zu sein.

17

HERBST 1746

Johann stand mit dem Vater vor der Schänke, in deren Hinterzimmer sich die Drucker trafen und ihre Zunftsitzungen abhielten. Er trat von einem Bein aufs andere. Von dem, was heute vor den Handwerkspflegern zu verhandeln war, hing seine Zukunft ab. Seine und die von Anna.

»Glaubst du, sie …?«

»Still!«, zischte ihn sein Vater an. »Sie kommen. Wenn es etwas zu besprechen gibt, dann hätten wir das zu Hause machen sollen. Hier ist weder Platz noch Zeit dafür.«

Man hörte schwere Schritte von mindestens zwei Männern durch die Schankstube poltern. Einer von ihnen öffnete die Tür zur Schänke.

»Tretet ein!«, befahlen sie unwirsch.

Wie unangenehm es war, wenn man als Bittsteller auftrat und nicht als Gebender. Augenblicklich spürten Johann und sein Vater die Macht der Männer und wie sie diese genossen. Johann kannte die beiden nur vom Sehen. Sie gehörten der Weberzunft an, nicht den Druckern, und waren wohl herbeigerufen worden, um in ihrem Fall mitzuentscheiden.

Sie wurden in die Nebenstube geleitet, während die Männer im Gastraum von ihren Frühschoppen aufsahen und ihnen nachblickten.

Es war eine düstere Stube in der Lechvorstadt, und sie führte in eine noch düsterere, in der man mehrere Kerzen entzündet hatte, damit überhaupt etwas zu sehen war.

Johann mochte diese Dunkelheit nicht. Das war den Webern wohl einerlei, sie woben in diesem beständigen Dämmer ihre Gesundheit in die Tücher. Ihm aber verschattete es das Gemüt. Er brauchte Licht und Luft.

Fünf Männer hatten sich versammelt, wenn man die beiden mitzählte, die hinter ihnen den Nebenraum betraten. Melchior Fischer, der Handwerkspfleger der Drucker, sein Stellvertreter, der Schriftführer und die beiden Beigeordneten. Johann konnte ihre Mimik nicht studieren. Das schlechte Licht ließ alle Gesichtszüge zu dunklen Masken erstarren.

Sobald Vater und Sohn Gignoux Platz genommen hatten, zog der Handwerkspfleger die Nase auf, schluckte den Rotz hinunter und begann, an den Schriftführer gerichtet, zu sprechen. Dessen Feder kratzte sofort über das Papier.

»Vor dem Zunftausschuss finden sich ein Jean François Gignoux, seines Zeichens Formschneider für Textilmodeln, und sein Sohn Johann Friedrich Gignoux, Drucker und Färber im Meisterstatus.«

Er hielt kurz inne und musterte erst jetzt die Bittsteller, so als ob sie eben noch nicht vorhanden gewesen wären und sich nun mit der Erwähnung ihrer Namen materialisiert hätten.

Johann wunderte sich, wie der Schriftführer überhaupt etwas schreiben und mit welcher Sicherheit er die Feder immer wieder in das Tintenfass stoßen konnte. Ihm selbst wäre nichts davon gelungen.

»Teilt uns Euer Begehren mit, werter Gignoux.« Der Handwerkspfleger lehnte sich zurück und verschränkte die Hände vor dem riesigen Bauch. Der ganze Körper war eine einzige, aus den Fugen geratene Masse, die über alle Begrenzung hinwegflutete. Sein Doppelkinn lief über den Kragen und schwappte während des Redens unaufhörlich gegen den Hals. Der Gürtel konnte den Bauch nicht halten und wurde von diesem regelrecht überspült. Die Hände, die er versuchte, vor dem Leib zusammenzuführen, waren zu kurz, um mehr als die Fingerspitzen zu berühren. Schon bei seiner Freisprechung hatte Johann sich damals überlegt, wie es Melchior Fischer gelungen sein mochte, in diese Stube zu gelangen, denn er war eindeutig breiter als jeder Türdurchgang. Er hatte sich gefragt, ob man das Haus um ihn herum gebaut hatte und er seither die Zunftstube nicht mehr verlassen hätte.

Stellvertreter und Schreiber waren das genaue Gegenteil von ihm. Sie waren beide spindeldürr, dafür aber in buntes Tuch gekleidet, das sie aussehen ließ wie adlige Gecken, nur mit weit weniger Geschmack. Mit Befriedigung bemerkte Johann, dass der Schreiber ein Farbmuster aus seiner Werkstatt trug, welches Anna entworfen hatte, wenn er sich nicht täuschte. Langsam gewöhnten sich seine Augen an die Finsternis.

Sein Vater räusperte sich, bevor er zu sprechen anfing. Alle hoben neugierig den Blick.

»Ich wünsche die Ausweitung meiner Druckergerechtigkeit, die ich rechtmäßig erworben habe und noch immer besitze, auf die Werkstätten meiner Söhne Anton Christoph und Johann Friedrich. Ich werde begleitet von Johann. Da die Werkstatt nicht unbeaufsichtigt gelassen werden kann, wird sie von meinem Sohn Anton überwacht. Er bittet, seine Abwesenheit zu entschuldigen.«

Johann sah zu seinem Vater. Dass Anton sich geweigert hatte, dem fetten Melchior Fischer gegenüberzutreten, nur weil dieser es wünschte, verschwieg er tunlichst.

Die Fettbacken des Handwerksoberen klatschten bestätigend beim Nicken. Er stellte kurz das Gremium vor und erklärte, dass sich die Druckerzunft Hilfe von den Webern erbeten habe, um die Causa Gignoux zu lösen.

Jetzt erst setzten sich die beiden Geschworenen ihnen gegenüber. Sie waren, wie Johann vermutet hatte, beide Weber und von Melchior Fischer dazu berufen worden, da die Verhandlung auch diese Zunft betraf.

»Eure Druckergerechtigkeit gilt für Euren Betrieb, Jean. Das wisst Ihr. Das wissen wir. Warum sollten wir also die Ausweitung auf zwei weitere unabhängige Werkstätten erlauben? Das würde ja eine Erhöhung der Meisterzahl und der Druckergerechtigkeiten bedeuten.«

»Mit Verlaub, Melchior …« Gignoux räusperte sich und korrigierte sich sofort. »… Handwerkspfleger Fischer. Der Anfall der Arbeit ist in unserem kleinen Gebäude nicht mehr zu bewältigen. Die Anforderungen von Johann Heinrich Schüle an unsere Zunft übersteigt die derzeitigen Druckkapazitäten an der Pulvergasse. Meine Söhne Anton und Johann würden nur die Arbeiten übernehmen, die ich in meiner Werkstatt nicht mehr ausführen kann. Sie gründen damit keine eigenen Stoffdruckereien, sondern arbeiten mir und meinem Betrieb zu. Allerdings an einem eigenen Ort in der Nähe.«

Wieder knurrte der Handwerkspfleger und sah nach links und rechts zu seinen Beigeordneten, die sich aber nicht rührten.

Doch Johanns Vater hatte seine Munition noch nicht verschossen. »Bitte bedenkt, wenn wir nicht in zusätzlichen Werkstätten drucken können, müssen wir die Mengen herunterfahren, was bedeutet, es werden weniger heimische Tucherzeugnisse abgenommen und in der Stadt veredelt, und ...«

Melchior Fischer hob die Hand, und man sah es ihm an, wie schwer es ihm fiel. »Wollt Ihr uns damit drohen, Mann ...?«

Johann musste sich zusammenreißen, um nicht laut loszuprusten. Es sah einfach zu lächerlich aus, wie sich der kurze Arm Melchiors hob und damit den Ausführungen des Vaters Einhalt gebot.

»Mitnichten, Melchior ... äh, Handwerkspfleger«, entgegnete Jean Gignoux.

Johann war sich sicher, dass er das absichtlich gesagt hatte, um klarzumachen, dass sich die beiden Männer nicht nur kannten, sondern auch das eine oder andere Bier miteinander tranken und befreundet waren, soweit Konkurrenten Freundschaften pflegten.

Er sah, wie sich die Brauen des Fettwanstes zusammenzogen, doch bevor Fischer etwas einwenden konnte, fuhr sein Vater fort: »Ihr solltet, wenn ich das noch hinzufügen darf, folgenden Punkt beachten. Wenn wir nicht drucken dürfen, dann wird Schüle andere Manufakturen außerhalb Augsburgs damit betrauen. Das könnte zur Folge haben, dass er auch die Tuche von diesem Ort bezieht und damit die Fertigung in Augsburg weiter zurückgehen könnte. Und Schüle ordert erhebliche Mengen. Sehr erhebliche sogar.«

Jetzt begannen die beiden Weber zu murmeln und sich Blicke zu-

zuwerfen. Einer von ihnen räusperte sich und begann, ohne darauf zu warten, bis ihm Melchior Fischer das Wort erteilt hatte.

»Habt ihr Anhaltspunkte dafür?«, platzte er heraus.

Johann kannte den Mann als Wendelin Maier, aber er wusste weder, was dieser für eine Aufgabe bei den Webern hatte, noch welche Funktion ihm in diesem Gremium zukam.

Johanns Vater wandte sich dem Mann zu, der ganz links außen saß und sich über den Tisch beugte, als wäre es sein Webstuhl. »Er kauft schon jetzt indischen Zitz dazu. Ich habe ihn sagen hören, dass er auch in Ulm und Heidenheim drucken lassen könnte. Man würde ihn dort sogar bestürmen, eine entsprechende Manufaktur aufzubauen.«

»Oh!«, war alles, was dem Weber dazu einfiel. Wieder wurden Blicke gewechselt.

»Ich verstehe«, sagte Fischer. Sein Atem blubberte schwer. »Ehe wir beraten, möchte ich noch eines wissen, Gignoux.«

Er holte Luft, während Johann und sein Vater darauf warteten, dass er weiterredete. »Die Kattunfarben und Formen, die ihr derzeit verwendet. Woher stammen die?« Der Handwerksobere versuchte, seine Stirn zu runzeln, stattdessen sah es so aus, als würde ein Teil des Kopfes nach hinten rutschen. »Man munkelt, Ihr würdet eine Frau als Modelgestalterin beschäftigen. Ist das wahr?«

Hatte Johann der Verhandlung bislang mit einer gewissen Ruhe und Amüsiertheit beigewohnt, wurde er jetzt unruhig. Irgendwer hatte ausgeplaudert, dass Anna ihre Ideen nicht nur zu Papier brachte, sondern tatsächlich in das Geschäft eingestiegen war.

Sein Vater drehte den Kopf und sah ihn an. Es war offensichtlich, dass er nicht bereit war, sich dazu zu äußern. Seine Druckergerechtigkeit stand auf dem Spiel. In Johanns Kopf begann es zu arbeiten. Wenn er jetzt etwas Falsches sagte, wenn er leugnete, was offensichtlich war, konnte ihre Einreichung womöglich abgelehnt werden. Dann müsste er die Stadt verlassen, um in einer anderen schwäbischen Stadt seinem Beruf nachgehen zu können, oder beim Vater als ewiger Meistergeselle arbeiten. Sein Traum und auch der des Bruders, eigene Familien zu gründen, wären dahin.

Er durfte also Annas Mitarbeit nicht leugnen, er durfte sie aber auch nicht zu hoch bewerten.

»Handwerkspfleger Fischer«, begann er und hoffte, damit noch etwas Zeit zum Überlegen herausschinden zu können. »Sicherlich kennt auch Ihr das: Eure Hausfrau bedrängt Euch, sie brauche zum nächsten Tanz in den Mai ein neues Kleid.«

Am Seufzen des Handwerksmeisters konnte er erkennen, den richtigen Ton getroffen zu haben.

»Und da Ihr ja ein bekannter Drucker seid, hätte sie gern bestimmte Farben und Formen auf dem Stoff. Die seien schließlich die neueste Mode, und deshalb müsse sie ein solches Kleid aus diesen Farben haben.«

Jetzt nickte nicht nur Melchior Fischer, von dem Johann nicht einmal wusste, ob er verheiratet war, sondern auch die anderen Männer bestätigten seine Worte.

»Da Ihr aber, wie ich vermute, die neuesten Monatskupfer nicht selbst durchblättert, wird sie Euch irgendwann ein solches Blatt vorlegen. Da die Blätter jedoch begehrt sind, sehr begehrt sogar in der Frauenwelt, kann es sein, dass sie das Kleid, das ihr vorschwebt, das Muster, das sie gern möchte, den Schnitt, der ihr steht und passt, die Farben, die sie sich sehnlichst wünscht, abkonterfeit. Ihr seht also nicht das Original, sondern eine Zeichnung, an die Ihr Euch zu halten versucht, damit der Haussegen nicht schief hängt.«

Die beiden Weber verdrehten die Augen, der Schreiber nickte heftig. Nur Melchior Fischer zuckte nicht mit der Wimper.

»Was wollt Ihr mir damit sagen?«, herrschte er Johann an, der sofort fühlte, wie ihm der Schweiß ausbrach. War es die falsche Anekdote gewesen?

»Nur dass wir kein Frauenzimmer beschäftigen, das für uns Modeln und Formen entwirft, sondern lediglich Modewünsche erfüllen, wie sie jede Frau hat.«

Johann sah, wie sein Vater anerkennend nickte.

»Seid es nicht Ihr gewesen, Melchior«, mischte sich Jean Gignoux ein. »Seid nicht Ihr vor zehn Jahren zu mir gekommen und habt mir ein Blatt vorgelegt, auf das Eure Tochter das Muster für das Bedrucken des Hochzeitskleides aufgemalt hatte?«

Am liebsten hätte Johann seinen Vater umarmt. Das war zum richtigen Zeitpunkt der richtige Einwand gewesen.

Der Handwerksmeister nickte bedächtig. »Was haben die Weberbeigeordneten hinzuzufügen?«, fragte er und sah in die Runde.

Die Männer schauten sich an, und schließlich antwortete Wendelin Maier. »Ich glaube, der junge Gignoux hat einen Punkt getroffen. Es geht nicht darum, wer die Vorlagen für die Modeln erstellt. Es geht darum, ob unser Gewerbe Einbußen erleidet. Da wir ohnehin durch die Einfuhren aus Indien stark unter Druck stehen und im Grunde jedes Jahr Webermeister verlieren, sollten wir der Ausweitung der Druckergerechtigkeit nichts in den Weg stellen. Schließlich ist es *eine* Familie, die hier druckt.«

Der zweite Mann nickte.

Das Gesicht Melchior Fischers, der sich zurückgelehnt hatte und beinahe ganz in der Schwärze des Raumes verschwunden war, tauchte wieder auf. »Wir haben Euch angehört. Jetzt wollen wir uns zur Beratung zurückziehen. Wenn Ihr so freundlich wärt, draußen ein Bier zu trinken. Wir teilen Euch unsere Entscheidung mit.«

Zurückziehen! Wie sich das anhörte. Johann konnte sich das Grinsen kaum verkneifen. Er hätte nicht gewusst, wohin sich der Fleischberg Melchior Fischer hätte zurückziehen sollen.

Er tappte hinter seinem Vater durch die Gaststube nach draußen und musste zwinkern, als sie mit einem Bierkrug in der Hand in die Sonne traten. Beide blieben sie stehen und gewöhnten die Augen wieder an das helle Licht.

»Werden sie uns gewähren lassen?«, fragte Johann.

»Sie werden es müssen, Johann. Auch wenn Fischer dagegen ist, die Weber heizen ihm ein, glaub mir. Die Weberei hat Jahrhunderte hindurch diese Stadt getragen. Aber mit den weichen und leichten Tuchen aus Indien können sie nicht mithalten. Sie stimmen zu, oder sie sterben.«

Zwar nickte Johann, aber er war nicht zufrieden. Es war keine beruhigende Antwort. Denn wenn sie beschlossen hatten zu sterben, dann wäre auch seine Zukunft mit Anna dahin. Und das wollte er keinesfalls zulassen.

18

EIN HALBES JAHR SPÄTER · FRÜHJAHR 1747

Das Haus lag im Schatten des Perlachs und war dem Ehepaar Schüle von den Brauteltern überlassen worden. Das in die Jahre gekommene Holzfachwerk blätterte ab, und Anna sah von außen, dass eine Etage wohl schief hing, weil ein tragender Balken aus der Verankerung gerutscht war oder sich die Holzträger einfach mit dem Alter verbogen hatten.

Sie hielt Catharinas Einladung in der Hand und wedelte sich damit Luft zu. Der Winter hinterließ in den schmalen Gassen hinter dem Perlach scharfe Gerüche.

Sie pochte gegen die Haustür und trat ein. Es dauerte etwas, bis sich ihre Augen an die Dunkelheit gewöhnten. St. Peter und der Turm auf dem Perlach nahmen das Licht.

Sie wusste nicht, ob sie unten weiter ins Haus hinein oder die Treppe emporsteigen sollte, bis sie von oben eine Stimme anrief. »Anna! Seid Ihr das?«

»Catharina. Es freut mich, Euch endlich einmal wieder zu sehen«, antwortete Anna Schüles Frau, die am oberen Treppenabsatz stand und sie begrüßte, um Catharina Schüle gleich darauf bestürzt zu fragen: »Ihr seht blass aus. Geht es Euch nicht gut? Soll ich wieder gehen?«

»Iwo«, winkte die junge Hausfrau ab. »Es ist nur ... ich fühle mich derzeit so schwer, als würde ich ... doppelt tragen.«

Ein Lächeln huschte ihr über die Lippen, und jetzt erst verstand Anna. »Ihr seid in anderen Umständen, meine Liebe? Das wird Euren Gemahl freuen!«

Anna stapfte mit ihrem weiten Rock die Treppe hoch und horchte dabei darauf, ob der Stoff riss, da er an den hölzernen Wänden entlangschleifte, aus denen zahlreiche Splitter ragten.

Die Hausherrin begrüßte sie mit Handschlag und führte sie in einen kleinen Salon, der zur Straße hinausblickte und nicht ganz so dunkel war wie der Rest des Hauses. Ein Geruch von Erbrochenem und Farben lag in der Luft.

»Seit wann wisst Ihr es, Catharina?«

Die Schülin verdrehte die Augen, sah sie unglücklich an und rannte dann hinaus. Anna hörte sie würgen.

Wenn das der Preis dafür war, Kinder zu empfangen, würde sie niemals welche wollen. War es nicht Plage genug, sie auszutragen, sich mit jeder zusätzlichen Woche unbeweglicher, unförmiger und unschöner zu fühlen? Musste es zusätzlich eine Übelkeit sein, die einem das Essen verleidete und zusätzlich grünlich-gelbe Wangen verlieh?

Als Catharina zurückkehrte, versuchte sie, deren leidendem Blick auszuweichen. »Es sind jetzt sieben Wochen ins Land gegangen. Zuerst wollte ich es nicht wahrhaben. Aber mein Unwohlsein blieb aus und dann dieses Ziehen in den Brüsten und im Schoß. Grässlich! Und seht, wie ich breiter werde und kaum mehr in ein Kleid passe. Von einem Mieder ganz zu schweigen.«

Anna hatte schon bemerkt, dass Catharinas weibliche Konturen üppiger geworden waren.

»Ich habe Limonade gemacht«, sagte Catharina hektisch, weil sie wohl plötzlich bemerkte, wie Anna einfach nur dasaß und wartete.

»Ihr habt mich zum Limonadetrinken eingeladen?«, fragte Anna nachdenklich.

Catharina blickte auf. Die dunklen Augen lagen wie Murmeln in ihrem Gesicht, rund und glatt und spiegelnd. »Ja. Ich habe so wenig Gesellschaft. Mein Mann ist dauernd unterwegs und testet Farben und Tuche, und am Abend bemalen wir die Kattune von Hand. Das ist mühsam, kostet Zeit, und so bleiben die Freundschaften auf der Strecke.«

»Gern etwas Limonade«, flötete Anna. »Wie man hört, gehen die Geschäfte gut. Die Leute nehmen Euch die Tuche ab.«

Sie hörte Catharina aus der Ferne reden. Die Frau ging tatsächlich allein durchs Haus. Anna vernahm keine Küchenmagd, die antwortete, sah keine Serviererin, auch kein sonstiges Personal.

Als Catharina zurückkam, trug sie das Tablett vor ihrem leicht gerundeten Bauch.

Anna stand auf. »Gebt schon her. Das ist doch keine Arbeit für eine Schwangere.«

Kaum hatte sie das Tablett abgesetzt und ihnen beiden eingegossen, polterte von oben jemand die Treppe herab.

Anna hob kurz die Augenbrauen, dann sah sie das dritte Glas auf dem Tablett. »Erwarten wir noch jemanden?«, fragte sie, und im selben Moment betrat Johann Heinrich Schüle den Raum.

Er war noch schmaler geworden, seit sie ihm das letzte Mal begegnet war. Die Augen hatten dunkle Ränder, und seine Hände waren schorfig, als hätte er einen Ausschlag.

»Mademoiselle Koppmair«, begrüßte er sie und streckte ihr die Hände hin. Doch kurz bevor sie zugriff, zog er sie wieder zurück. »Wie ungeschickt von mir. Ich hätte es beinahe vergessen. Nicht dass Eure zarten Finger Schaden nehmen. Die Bleichen und Säuren zerfressen mir die Finger.« Er strahlte sie an, als wären sie seit Jahren Freunde.

»Oh, das bedaure ich sehr. Lasst Euch von Jean Gignoux beraten. Er kennt sich damit aus.«

Anna war sich unsicher, was die Anwesenheit Schüles zu bedeuten hatte. Die Einladung, die Catharina ihr hatte zusenden lassen, war also nur ein Vorwand gewesen.

Alle Welt wusste, in welchen Kämpfen sich Schüle mit den hiesigen Webern befand. Je länger er in der Stadt weilte, desto mehr schieden sich die Geister an ihm und seinem Verhalten gegenüber den Bleichern und Druckern. Waren sie zuerst für ihn gewesen, weil er beinahe alles Tuch aufkaufte, das sie auf den Markt warfen, nahm er mittlerweile nur noch Ware erster Qualität und zudem kein Barchent mehr. Er wollte Baumwolltuche haben. Aber diese konnten die städtischen Weber nicht in ausreichendem Maße herbeischaffen.

Eine lastende, unangenehme Stille entstand.

»Willst du nicht unserem Gast und mir etwas einschenken, Liebes?«, säuselte Schüle.

Anna dachte gar nicht daran, das Gespräch in Gang zu bringen. Sie fühlte sich überrumpelt.

Schließlich fasste sich der Hausherr ein Herz. Er faltete seinen schlaksigen Körper zusammen und ließ sich in einen Sessel plumpsen, dass das ganze Haus bebte.

Das Licht der Vormittagssonne fiel durch das Fenster und zeichnete Muster auf seine blasse Haut.

»Also«, begann er. »Lange Rede, kurzer Sinn – ich brauche Euch.«

Jetzt war ihm die Überraschung vollends gelungen.

»Mich? Wozu?«, fragte Anna.

»Um noch einmal mit Johann Friedrich Gignoux zu reden«, sagte Schüle und sah ihr in die Augen.

Hatte sie der erste Satz von ihm verblüfft, fühlte sie mit dem letzten Ärger in sich aufsteigen wie Magensäure nach einem schlechten Essen.

»Warum fragt Ihr ihn nicht selbst? Geht zum Pulvergässchen, pocht an die Tür, und stellt Eure Frage, wenn er Euch aufmacht.«

Schüle kaute mit leerem Mund, als müsse er die Wörter, die sie ihm zugeworfen hatte, erst abschmecken, bevor er antwortete. »Ihr habt natürlich recht. Der Gedanke kam mir auch schon. Aber wie Ihr sicher wisst, gibt es da gewisse Meinungsunterschiede zwischen den Webern und mir. Unbedeutend. Aber ich befürchte, dass mir die Zunftoberen, die Handwerkspfleger der Weber, Knüppel zwischen die Beine werfen könnten, wenn ich mich mit Johann Gignoux sehen lasse. Außerdem hat er mir schon einmal abgesagt.«

Anna sah von Catharina zu Schüle und wieder zurück. Was um alles in der Welt hatte diese Zusammenkunft zu bedeuten?

»Erklärt Euch, bevor ich zu raten beginne«, sagte sie kurz angebunden.

Schüle holte tief Atem und sah zu seiner Frau hinüber, die nickte. »Also in drei Teufels Namen. Ich schenke Euch reinen Wein ein, aber …« Sein Blick wurde hart, und die Stimme verlor allen galanten

Ton. »Wenn irgendetwas von dem, was ich Euch hier und jetzt erzähle, nach außen dringt, werde ich Euch zur Rechenschaft ziehen.«

Abrupt stand Anna auf. »Ihr droht mir? Ihr wollt mich zur Komplizin eines krummen Geschäfts machen? Ja seid Ihr denn von allen guten Geistern verlassen?« Anna raffte bereits ihr Kleid, um den Raum zu verlassen, als die dünne Stimme Catharinas sie zurückhielt.

»Bitte bleibt. Es ist kein krummes Geschäft. Ich verspreche es Euch. Mein Gatte ist nur … etwas ungeschickt.«

Es war ungeheuerlich, was sie da sagte, und Anna hörte es, weil Schüle die Luft scharf einsog. Kurz überlegte sie, ob sie damit dem Hausherrn den Sieg gönnte oder eher der Hausfrau helfen sollte, die eine Linie überschritten hatte.

»Weil Ihr Euch so bemüht, Catharina«, sagte sie schließlich. »Ich bleibe, um Euretwillen.« Sie setzte sich wieder, ignorierte Schüle völlig und sah Catharina an.

Mittlerweile hatten die Giebel der Handwerkerhäuser die Morgensonne verdeckt, und das Zimmer wurde in ein tristes graues Licht getaucht, das einen Kontrast bildete zu Schüles zornrotem Gesicht.

»Ihr müsst schon mit meinem Mann verhandeln«, sagte Catharina. »Ich verstehe nichts von geschäftlichen Dingen.«

»Dann lasst es Euch von ihm erzählen, und gebt es an mich weiter. Ich lasse mich von niemandem drängen oder gar bedrohen.« Sie machte eine Pause, in der Schüle eine Entschuldigung hätte vorbringen können. Wäre sie ein Mann gewesen, hätte er sich auch dazu bereitgefunden. Da er aber kein Wort über die Lippen brachte, trieb sie den Stachel etwas tiefer.

»Ich will nichts von Euch. Ihr wollt etwas von mir«, setzte sie hinzu.

»Wir brauchen Drucker«, sagte Catharina und lächelte Anna an.

Anna blieb stumm. Ihr Vater war Goldschlager, kein Textildrucker.

»Und wir brauchen Blattgold, um die Stoffe zu veredeln.«

Anna sah von Catharina zu ihrem Mann. »Ihr habt schon einmal wegen Blattgold nachgefragt – und Euch dann nicht wieder gemeldet. Mein Vater war etwas verärgert.«

Schüle räusperte sich und begann zu erklären, dass er mit dem

Aufbau der Manufaktur beschäftigt gewesen sei und deshalb einzelne Verbindungen unvorsichtigerweise habe schleifen lassen müssen. Dann begann er auszuführen, wie sie nicht nur die Tuche färbten, sondern auch versuchten, edle Materialien darin zu verarbeiten. Auf Tapetenstoffen könne man Gold durchaus applizieren. Silber eigne sich weniger, da es anlief und schwarz wurde. Noch wichtiger aber sei es, dass man die richtigen Stoffe dafür verwendete. Reine Baumwolle sei dafür geeigneter als ein Mischgewebe aus Baumwolle und Leinen oder reines Leinengewebe. Das Leinen sei nicht nur schlecht zu bleichen, sondern auch schlecht zu färben und zu glätten. Die Palette der Farben, die sich auf Leinenstoff fixieren ließe, sei begrenzt.

»Versteht, wir wollen gut gefärbte und bedruckte, glatte Bahnen. Aber ...« Er senkte die Stimme und schaute sich um, als säße unter dem Fenster oder hinter der Tür ein Lauscher. »Die Stadtweber bringen zu wenig Baumwollstoff auf den Markt, und ...«

Anna, die aufmerksam zugehört hatte, runzelte die Stirn. Mit einer Handbewegung brachte sie Schüle zum Schweigen. »Ich verstehe Euer Anliegen. Aber welche Rolle spiele ich dabei?«

»Euer Verlobter, Anna. Er ist der Schlüssel, seit er mit seinem Vater und dem Bruder zusammen die Druckergerechtigkeit hat ausweiten können«, übernahm Catharina das Gespräch.

Anna drehte langsam den Kopf. Das Licht, das durch das Fenster hereinfiel, blendete sie. Die Sonne war mittlerweile wieder höher gestiegen und beleuchtete Catharina von hinten. Jedes einzelne abstehende Haar ihrer Werktagsperücke war zu sehen. Als hätte sich ein Strahlenkranz um ihren Kopf entzündet, der für einige Minuten glühte, bis die Sonne zu schräg ins Zimmer schien und die Lichtfülle erlosch.

»Seit wann bin ich verlobt?«, fragte Anna verblüfft.

Schüle legte den Kopf schief und sah sie amüsiert an. »Meine Liebe, die halbe Stadt spricht über nichts anderes als über das junge Paar, das da regelmäßig im Stadtgraben flaniert und nichts und niemanden um sich her wahrnimmt. Ihr tragt dieselben Farben, dieselben Blumen im Haar und am Revers. Man müsste schon blind sein, um das leichte Vibrieren der Luft um euch her nicht wahrzunehmen. Oder wollt Ihr das leugnen?«

Langsam setzten sich die einzelnen Ereignisse dieses Vormittags in Annas Kopf zu einem Gesamtbild zusammen.

In Schüles Augen sah sie weder Spott noch Anzüglichkeit, sondern die reine Feststellung. Sie würde mit Johann reden müssen. Wenn es so offensichtlich war, dass sie sich zueinander hingezogen fühlten, gäbe es bald Gerede – und Gerede konnte weder die Manufaktur Gignoux noch der Goldschlager Koppmair gebrauchen. Gerede führte zu Gerüchten, und Gerüchte zerstörten Vertrauen. Vertrauen aber war die Währung, auf der Geschäfte wie die ihres Vaters oder das von Johanns Vater aufbauten.

»Hat nicht Johann Gignoux eben erst die Genehmigung erhalten, die Druckergerechtigkeit des Vaters auf einen eigenen Betrieb auszuweiten?«

Die Frage holte Anna wieder in die Stube der Schüles zurück. Die Sonne war verschwunden. Catharinas Haare sahen nicht mehr aus wie von Goldfäden durchwirkt, sondern hatten eine Mattigkeit zurückerhalten, die dem düsteren Licht in der Stube entsprach.

»Was? Ja. Warum fragt Ihr?«

Sie musste sich wieder neu orientieren, sich vergewissern, wo sie war.

»Ich brauche einen Drucker, der sich nicht scheut, ostindischen Zitz zu bearbeiten. Reinste Baumwolle. Leicht, hell, weich. Ein Traum von einem Tuch. Die Mengen, die hier ankommen, kann ich allein nicht mehr bewältigen. Fragt Euren Verlobten, ob er bereit dazu wäre. Außerdem habe ich gerüchteweise gehört, er könne die Tuche mithilfe seiner Mangel besser glätten als jeder andere hier in der Stadt.«

Jetzt war es heraus. Sie korrigierte Schüle nicht. Johann hatte sich noch nicht mit ihr verlobt. Sie würde ihn dennoch fragen, aber nicht so, wie Schüle es sich vorstellte.

»Verstößt das nicht gegen die Zunftregeln?«

»Nein!« Die Antwort kam überraschend schnell, als hätte er sich bereits auf diese Frage vorbereitet. »Es ist nicht verboten. Ich kaufe an Tuch, was die Weber liefern. Aber ich könnte mehr verarbeiten, nur haben unsere Stadtweber nicht die nötigen Kapazitäten. Deshalb ergänze ich es mit anderen Tuchen aus Ostindien.« Schüle stand auf. »Ihr braucht Euch nicht sofort zu entscheiden. Gebt mir bis Ende dieser Woche Bescheid. Es soll Euer Schaden nicht sein.«

19

SOMMER 1747

Johann wartete im Schatten unter den beiden alten Pappeln am Oblattertor. Seine Hand fuhr immer wieder in das kleine Täschchen in seiner Weste und spielte angespannt mit dem Gegenstand darin. Die Luft war geschwängert mit Feuchtigkeit, die sich darin niederschlug, dass sogar die Gesichtshärchen das Gefühl ständiger Feuchtigkeit vermittelten, als hätte man sich zwar gewaschen, aber nicht abgetrocknet. Weste und Hemd klebten unangenehm auf der Haut, und selbst das Stillstehen ließ den Schweiß ausbrechen.

Er blickte nicht nur sehnsüchtig zum Tordurchgang hin, sondern auch hinauf an den Himmel, der sich bleifarben zwischen den Horizonten spannte.

Kurz überlegte er, ob er die Werkstatt abgeschlossen und das Wasserrad entkoppelt hatte. Doch es war ihm noch nie untergekommen, ohne die notwendigen Handgriffe aus dem Haus gegangen zu sein.

Die Manufaktur blühte. Die Ausweitung der Druckergerechtigkeit half ihnen, den Betrieb vorsichtig heranwachsen zu lassen.

Und dann hatte ihm Anna von Schüles Projekt erzählt.

Während er auf und ab stromerte wie ein Bär, der zu lange an der Kette gegangen war, beglückwünschte er sich zu so einer Frau. Es war der richtige Instinkt gewesen, der sie dazu veranlasste, ihm den Handel wieder vorzuschlagen, den er schon einmal abgelehnt hatte.

Zwar brachte Schüle keine nennenswerten Mengen nach Augsburg, aber für die Familie Gignoux verdoppelte sich die bedruckte

Tuchmenge. Sie hatten mittlerweile jeden Mann, der auch nur das Wort Modeln einigermaßen sicher aussprach, in die Werkstatt genommen und zu einem halbwegs anständigen Modeldrucker ausgebildet. Das war keine leichte Aufgabe gewesen.

Johanns Maschine glättete das Tuchwerk vorbildlich und fixierte gleichzeitig die Farben mit Hitze. Schüle riss ihnen die bedruckten Bahnen regelrecht aus der Hand, während sie noch warm waren.

Johann hielt inne und versuchte, aus dem bedeckten Himmel einen Sonnenstand abzulesen. Eigentlich hatte er die Zeit nicht, mit Anna zu flanieren und den Wall außen entlangzugehen. Aber er hatte ihr diesen Spaziergang versprochen. Außerdem wollte er endlich seinen Worten Taten folgen lassen.

Er hoffte nur mit einem etwas skeptischen Blick in die Wolken, dass das Wetter ihm keinen Strich durch die Rechnung machte.

Wind kam auf und wehte Staub über die Straße. Johann musste sich so stellen, dass er das Tor im Rücken hatte, damit ihm der feine Sand nicht in die Augen wehte und diese verklebte. Wie Irrwichte tanzten bei jeder Bö Schmutzwirbel über die Straße und machten das Atmen schwer. Er schlug seinen Kragen hoch, um wenigstens etwas geschützt zu sein.

Er dachte darüber nach, wie es ihm in der nächsten Stunde gelingen könne, das Gespräch auf seine Absichten zu lenken, während er unablässig mit dem kleinen Gegenstand in seiner Westentasche spielte. So eine Frau musste er festhalten. Sie war ein Glück und ein Glücksfall. Er hatte es immer schon gewusst. Aber seit seiner Rückkehr von der Walz war er sich ganz sicher.

Er erinnerte sich an eine kleine Episode, als sie noch Kinder gewesen waren und miteinander spielten. Sie hatte ihn gefragt, warum sie in einem alten Topf rühren sollte, während er und sein Bruder Anton mit stolzgeschwellter Brust kleine Holzstöcke als Schwerter mit sich führten. »Mädchen tun so was nicht. Wir müssen dich beschützen, nicht du uns«, hatte er erwidert, als wäre das eine Selbstverständlichkeit. Sie hatte den Kochlöffel nach ihm geworfen, war aufgestanden und hatte sich einen eigenen Stecken als Schwert besorgt. Dass sie damit geschickter umgehen konnte als er, hatte ihn lange gekränkt. Damals hatte sie ihm gezeigt, dass Frauen ebenso viel konnten wie die Mannsleute.

»Herr Gignoux. Wollt Ihr einer Dame nicht den Arm reichen?«

Johann fuhr herum. Sie hatte sich ihm so lautlos genähert, dass sein Herz nicht nur höherschlug, weil er sie sah, sondern auch, weil er bis ins Mark erschrak. »Anna! Du hast dich bei diesem Wetter doch aus dem Haus gewagt?«

Er fühlte, wie sich seine Wangen röteten, und Anna schien es ebenso zu gehen. Auch ihre blasse Haut nahm eine leichte Färbung an.

»Ich gehe davon aus, dass mich mein galanter Begleiter zu schützen weiß«, flötete sie.

»Ich werde mich vor dir zu Boden werfen, damit du trockenen Fußes durch die Welt gehen kannst.«

Anna musterte ihn von oben bis unten. »Also, mir wäre es lieber, wenn du mir deine Jacke leihen würdest, falls es zu regnen beginnt, oder deinen Hut, damit meine Frisur nicht ganz zerstört wird. Am Boden liegend hilfst du mir nur wenig.«

Sie fasste ihn unter. Der Wind, der jetzt immer stärker zu wehen begann, schob sie vorwärts.

»Glaubst du, es ist klug, sich weit von der Stadt zu entfernen?«, wagte er zu fragen.

Sie antwortete nicht, sondern ließ sich treiben und zog ihn einfach mit. Johann liebte dieses Unbeschwerte und Leichte an ihr, das alles unkompliziert machte. Sie war so offen und klar in ihrem Wesen, dass er das Gefühl hatte, sie würde ihm erst richtig zeigen, was unter Freiheit zu verstehen sei. Und frei war sie. In ihren Ansichten, in ihrem Verhalten, in ihrer Aufrichtigkeit ihm gegenüber.

»Hast du das Laufen verlernt, Johann? Ich muss dich ziehen wie einen Kutschergaul.«

»Warum hast du es so eilig?«, fragte er zurück.

Doch die Antwort kam nicht unmittelbar. Der böige Wind brachte Feuchtigkeit mit. Johann spürte Tropfen im Gesicht, ohne sie wirklich zu sehen.

Kurz sah Anna zu den Wolken hinauf, die sich immer düsterer zusammenzogen. An ihren Rändern konnte man erkennen, wie sich deren Konturen auflösten. Dort brach Regen hervor. Aber Anna war offenbar nicht willens, sich in die Stadt zurückzubegeben. Sie hielt den Kopf in den Wind und stapfte weiter, obwohl ihr die Luftstöße die Haare zerzausten und ihre Röcke blähten.

Johann blieb nichts weiter übrig, als mitzulaufen. All die schönen Satzanfänge, die er sich ausgedacht hatte, all die Nettigkeiten und Komplimente, mit denen er hatte beginnen wollen, zerstoben ins Nichts, oder vielmehr im Wind, der ihnen je länger, je mehr die Luft vom Mund riss und das Atmen erschwerte.

Schließlich gelangten sie am Steffinger Tor an, und Johann wollte sich schon auf die Brücke begeben, als Anna ihn kurz vorher die kleine Treppe hinabgeleitete. Dort ging es hinunter in den Stadtgraben.

Schlagartig wurde es ruhiger. Der Wind fegte über sie hinweg. Hier unten lief ein schmaler Weg den feuchten Graben entlang bis zum Lueginsland.

»Was um alles in der Welt willst du hier, Anna?«, beschwerte er sich. »Es wird gleich regnen.«

Doch sie lachte nur, löste sich von ihm und sprang voraus. Johann hatte Mühe, mit ihr Schritt zu halten. Sie breitete die Arme aus und schien zu segeln wie eine Schwalbe oder wie die Krähen, die sich von der Stadtmauer herabstürzten und mit den Böen spielten. Manchmal stiegen sie steil nach oben, manches Mal brachen sie ein und fielen nach unten, öfter aber flogen die Krähen rückwärts, weil sie die Windstöße unterschätzten und zurückgetrieben wurden.

Auf Höhe des Lueginsland-Turmes holte sie der Regen ein. Sie hörten zuerst ein Rauschen der Tropfen, dann entdeckte Anna die Wasserwand, die sich auf sie zuschob.

»Lass uns zurückgehen!«, sagte Johann.

Doch Anna schüttelte nur den Kopf und rief gegen das Rauschen an: »Ich weiß etwas Besseres. Aber wir müssen schnell sein.«

Sie nahm seine Hand, und bevor er sichs versah, rannte sie den inneren Graben hinauf. Der nasse Graben endete, und der trockene Graben begann. Mit den Jahren war daraus eine Viehweide entstanden. Jetzt grasten dort Ziegen und Schafe, manchmal auch die eine oder andere magere Kuh, und hielten den trockenen Graben von Gehölz frei.

»Wo willst du hin? Bis zum Wertachbrucker Tor ist es zu weit, und das Fischertor ist geschlossen.«

In diesem Augenblick trafen sie die Tropfen. Der Boden schäumte, als hätte man Seife darauf gegeben. Anna quietschte vor Vergnügen. Im Nu waren sie durchnässt, und die Kleidung klebte an ihren Körpern.

Anna hörte jedoch nicht auf, an ihm zu ziehen und zu zerren – und endlich begriff er, dass sie mit ihm zum Kuhloch rannte. Lachend und feixend erreichten sie den niedrigen Durchgang. Er unterquerte die Stadtmauer und diente den Stadtbauern dazu, das Vieh unter der Mauer hindurch in den Graben zu treiben, ohne die gesamte Stadt durchqueren zu müssen.

Anna stand vor ihm, tropfend vor Nässe, und schüttelte sich wie ein Hund. »Schau mich nur an. Du warst zu langsam«, lachte sie und versuchte, ihn mit den Tropfen ihres Haarausschüttelns zu treffen.

»Ich wäre zurückgegangen!«, antwortete er und sah auf die Wand aus Regenwasser, die das Kuhloch zu verschließen schien.

»Mir ist kalt«, flüsterte Anna.

Johann riss sich von dem faszinierenden Schauspiel los, nahm sie in den Arm und drückte sie an sich. »Besser?«

Sie nickte und legte ihren Kopf mit dem nassen Haar auf seine Brust. »Viel besser.«

Er spürte, wie sie am ganzen Körper zitterte. Sie umschlang ihn und presste sich fest an ihn.

Johann genoss es.

»Aua!«, rief sie plötzlich und rieb sich eine Stelle unterhalb ihrer linken Brust.

»Was ist? Hast du Schmerzen?«, fragte er hastig.

»Was hast du in deiner Westentasche?«, fuhr sie ihn an.

Johann, der sie eben losgelassen hatte, griff wieder zu und drückte sie weiter an sich.

»Ich würde gern etwas mit dir bereden.«

»Ach. Und dafür musst du mir eine Rippe brechen?«, fragte sie und versuchte, von ihm abzurücken.

»Wenn's sein muss«, lachte er. Doch dann ließ er sie los, hielt aber ihre rechte Hand fest. »Anna Barbara Koppmair«, begann er ernst, und er sah, wie sie sofort die Stirn zu runzeln begann.

»Was soll das werden?«, fragte sie. »Hier in diesem Gewölbe!«

»Anna, bitte. Mach es mir nicht noch schwerer, als es schon ist!«

Doch sie dachte offenbar nicht daran, ihn weitermachen zu lassen. Sie deutete auf die Weste. »Was ist da drin?«

»Also gut«, gab sich Johann geschlagen. »Dann soll es eben so sein.« Er nestelte aus der kleinen Tasche ein Etui hervor und legt es sich in die Hand.

Er trat er einen Schritt auf sie zu, öffnete die Schatulle und zeigte ihr den Ring, den er erstanden hatte.

Anna schaute von dem Ring zu ihm und wieder zurück zum Ring. Ihr Mund bewegte sich lautlos.

»Anna Barbara Koppmair«, begann er erneut. »Willst du meine Frau werden, wenn dein Herr Vater und die Frau Mutter es zulassen? Ich kann dich und eine Familie ernähren.«

Zuerst dachte er, sie hätte ihn nicht verstanden, weil sie so starr und ein wenig teilnahmslos vor ihm stand. Doch dann schien der Himmel selbst mit dem Fortschritt im Kuhloch nicht mehr einverstanden zu sein, und das Rauschen steigerte sich zu einem Staccato von Hagelkörnern, die wie irrsinnig im Graben herumtanzten.

»Johann!«, hörte er Anna noch sagen, und dann verschlossen ihre Lippen die seinen, und sie presste sich so fest an ihn, dass ihm beinahe die Sinne schwanden.

»Sollten wir nicht unsere Kleider trocknen?«, flüsterte sie ihm zu. »Sonst werden wir noch krank!«

20

WINTER 1747/48

Der Atem stand in weißen Fahnen vor den Mündern, während die Wangen vor Kälte rot glühten. Überall hingen Eiszapfen an den Bäumen und von den Hausdächern. Vier Tage lang war es warm gewesen und hatte getaut, aber dann war eine Kälte hereingebrochen, wie man sie lange schon nicht mehr erlebt hatte, verbunden mit einem Wind, der in die Leiber schnitt wie ein Messer. Alle Welt redete von der unerwarteten Rückkehr des Winters, obwohl der Frühling schon angeklopft hatte.

Die Kälte hatte das Wasser in dem Stadtgraben gefrieren lassen und der eisige Wind die Oberfläche glatt geschliffen wie einen Spiegel. Man hatte am Rande der Eisfläche Fackeln aufstellen lassen, die Eis und Menschen in ein magisches Licht tauchten. Holzbänke waren aufgestellt worden, und überall saßen Pärchen, die sich gegenseitig Kufen an die Schuhe banden.

Ein Lachen und Kreischen erfüllte die Abenddämmerung.

Anna kam eben die Treppe am Steffinger Tor herab in den Graben. Vor ihr lief Johann, der ihr eine Hand hinstreckte, damit sie nicht auf den glatten Stufen ausglitt und fiel. Hinter den beiden kamen Anton und Rosina nach.

»Ich bin noch nie mit Schlittschuhen gelaufen!«, gestand Anna.

Skeptisch schaute sie dem Treiben auf dem Eis zu. Schlittschuhläufer auf Kufen waren auf der Eisfläche des Grabens unterwegs, Brettläufer, die sich kleine Holzbrettchen untergeschnallt hatten und eher rutschten, einige vornehmere Damen hatten sich auf Schlitten gesetzt und ließen sich über das Eis schieben. Meist waren es die Diener der Herrschaften und fast noch Kinder.

Das Eis knackte bedenklich unter der Last der vielen Menschen. Doch niemand sorgte sich bei den eisigen Temperaturen. Die Pärchen spielten Fangen, gesetztere Herren drehten gemächlich ihre Runden. Die Damen auf den Schlitten ließen sich nebeneinander über das Eis schieben, um sich unterhalten zu können – und die Jungen der Stadt hielten sich an den Händen, natürlich nur, um die Mädchen vor Stürzen zu bewahren. Alles andere wäre unschicklich gewesen. Und dass es das blieb, dafür sorgte ein Geistlicher, der am Rande in der Nähe einiger Büsche stand, die den Wind abhielten, und vor sich hin fror. Seine blaue Nase war trotz der Dunkelheit gut zu erkennen, und er stampfte von einem Bein aufs andere.

Doch solange die Fackeln brannten, blieb das Treiben auf der Eisfläche ungebrochen. Gerade jetzt in den früheren Abendstunden strömten noch immer Menschen in den Graben, um an dem Vergnügen teilzuhaben.

Anna setzte sich auf eine Bank, die eben frei wurde, und streckte ihre Beine aus. »An die Arbeit, Sklave!«, rief sie fröhlich, und Johann kniete sich vor sie hin, legte ihren linken Fuß auf sein Knie und schnallte ihr die Kufen seiner Mutter um. »Du bist dir sicher, dass deine Frau Mama nichts dagegen hat, dass ich sie nehme?«

»Da bin ich mir ziemlich sicher, schon deshalb, weil sie nichts davon weiß. Aber sie würde meiner Braut dieses Vergnügen sicher gewähren.«

»Johann! Du hast mir versprochen, um meinetwillen keinen Ärger in die Familie zu tragen.«

Johann setzte den linken Fuß ab und legte sich ihren rechten aufs Knie. Dort musste er zuerst die Stiefel nachbinden, da die Schnürung aufgegangen war. Dabei kitzelte er ihre Wade und brachte sie so zum Lachen.

»Du ... du ... du Filou. Willst du wohl aufhören!«, kicherte Anna. Ihr Rock rutschte dabei höher, als es schicklich war. Die Beine der weißen Rüschenhose, die sie darunter trug, wurden sichtbar. »Du lockst noch den Pfaffen an.«

Tatsächlich räusperte sich hinter Johann jemand mehrmals, bis sich dieser umdrehte.

»Oh«, entfuhr es diesem. »Ein Papist, wie mir dünkt!«

»Verhaltet Euch gesittet, sonst lass ich Euch vom Platz weisen.«

Johann knotete zuerst Annas Kufen fertig an den Fuß, dann erhob er sich und trat nahe an den Geistlichen heran. »Dass Ihr als katholischer Geistlicher wenig mit Frauenwaden anfangen könnt, kann ich verstehen. Aber glaubt nicht, dass alle Menschen Eure zwiespältige Moral teilen. Und jetzt, Pfaffe, geht mir aus dem Weg. Ich will meine Braut aufs Eis führen.«

Er langte mit der einen Hand nach hinten zu Anna und schob mit der anderen den verblüfften Geistlichen aus dem Weg.

»Johann!«, zischte Anna. »Vergraul den Pfarrer nicht. Vielleicht kannst du ihn ja noch einmal brauchen.«

Johann antwortete nicht. Er lief auf das Ufer zu. Kurz davor spannte er sich mit zwei schnellen Bewegungen Felle unter die Schuhsohlen, und dann zog er Anna aufs Eis.

Kaum war diese auf dessen glatte Oberfläche gelangt, wäre sie auch schon gestürzt, wenn Johann nicht beherzt zugegriffen hätte. »Du drehst deine Runden erst mal an meiner Hand. Wenn du dann einigermaßen geübt bist, schnalle ich mir meine Kufen unter, und wir gleiten gemeinsam über das Eis.«

Er streckte seine Hände aus und lief dabei rückwärts, während Anna versuchte, ihre Bewegungen dem glatten Untergrund und ihren Kufen anzupassen.

Keine halbe Stunde darauf hatten ihre Bewegungen alles Unbeholfene verloren. Sie glitt ruhig dahin und brauchte Johanns Hände nicht mehr. Es war wie ein Schweben über der Welt.

Der ließ sie laufen und ging ans Ufer, um sich die eigenen Kufen unterzuschnallen.

Kaum hatte sich Johann verabschiedet, tauchte Rosina auf.

Sie lief bei Weitem nicht so sicher und wackelte mehr auf Anna zu, als dass sie glitt.

»Darf ich mich unterhaken?«

Anna streckte die Hand aus und fing Rosina ein, die sonst an ihr vorbeigewackelt wäre.

Sie drehten sich mehrmals kichernd um die eigene Achse und versuchten, dabei aufrecht zu bleiben.

»Es sind zwei wunderbare Männer, nicht wahr?«, begann Rosina, nachdem sie einigermaßen stabil auf dem Eis standen und sich langsam wieder in Bewegung setzten.

»Hat er dich schon gefragt?«, wollte Anna wissen.

Rosina nickte und schwankte gleichzeitig. »Sie planen eine doppelte Hochzeit.«

Anna wusste nicht, ob die roten Wangen ein Zeichen der Verlegenheit oder der Kälte geschuldet waren. Zwei Brüder, die mittlerweile zu den angesehensten Tuchveredlern der Stadt gehörten, wollten sie und Rosina zu ihren Frauen machen. Es war unvorstellbar, aber der Gedanke wärmte. Sie schienen beide gleichzeitig an dasselbe gedacht zu haben, denn wieder begannen sie zu kichern wie kleine Mädchen.

»Weißt du, wie es Catharina geht? Catharina Schüle?«

Anna bemühte sich, aufrecht zu bleiben. Immer wenn sie zu sprechen begann, verlor sie etwas die Kontrolle über ihre Bewegungen. »Das Kind ist gesund. Die Mutter wohlauf. Schüle ist kaum zu Hause. Er streunt in London herum und kauft Baumwolltuche, während er Catharina das Kindergeschrei überlässt.«

Langsam pendelten sie sich ein. Rosina wurde sicherer, und sie und Anna schafften es, ihre Kufen immer eleganter über die Eisfläche gleiten zu lassen.

Mit einem übermütigen Schwung fuhren Johann und Anton in diese Zweisamkeit hinein und versuchten, die beiden voneinander zu trennen, aber diese wollten das nicht zulassen.

»Schau sie dir an! Jetzt wollen uns diese Rüpel doch trennen«, rief Anna lachend, während sie mit Rosina zusammen ihre Bögen immer weiter ausdehnte. In einer Ecke des Grabenweihers wuchs Schilf und durchbrach die Eisoberfläche mit dickeren Bündeln. Die beiden jungen Frauen fuhren geschickt zwischen den Halmen hindurch und verhinderten, dass die Brüder sie packen konnten.

Unter ihnen knackte das Eis, aber sie achteten weiter nicht darauf. Eis bewegte sich immer.

Johann blieb etwas abseits. Er rief ihnen einen Scherz zu und winkte. Sie winkten zurück.

Als sie aus dem Schilfgürtel herausfuhren, erwischte Anton seine

Rosina am Arm, und diese lachte los, weil sie sich zu drehen begannen. Sie kreischte, Anna lachte und versuchte, vor Johann davonzugleiten. Doch der war geschickter als sie. Also musste sie umdrehen. Sie lief in schnellen Gleitschritten zurück zum Schilf.

Das Eis sang und splitterte, und Anna hatte das Gefühl, etwas zu schwanken. Sie blickte sich um. Johann war stehen geblieben. Er winkte ihr. Aber Anna hatte den Ehrgeiz, sich nicht einholen zu lassen. Sie wollte nicht gefangen werden wie die Fliege im Netz einer Spinne. Sie wollte …

Was genau sie wollte, konnte sie nicht mehr überdenken, denn der Boden unter ihr begann zu wanken.

Zuerst ruderte sie mit den Armen. Dann bemerkte sie, wie zwischen den Schilfhalmen Wasser an die Oberfläche schwappte und über ihre Schuhe lief. Sie versuchte, den Schwung abzubremsen, mit dem sie in den Schilfgürtel hineinsteuerte, versuchte, eine Kurve zu fahren, die sie wieder hinausführen sollte. Aber plötzlich war unter ihr kein Eis mehr. Sie trat mit einem Schlittschuh ins Leere. Sie kippte, versuchte aufzutreten, geriet in das Schilf, blieb hängen, drehte sich und fühlte, wie die scharfen Blätter ihre Hände aufschnitten. Es war ein heißer Schmerz, bevor sie ins Wasser rutschte. Da war kein Halten mehr. Ihre Hände griffen unter die Wasseroberfläche, bekamen Schilfstängel zu fassen und hielten sich daran fest.

Jetzt erst entrang sich ihr ein Schrei.

Sie rief nach Johann. Der Fackelschein vom Ufer ließ die Welt in bizarren Schatten tanzen. Ihr Kleid sog sich voll. Eisiges Wasser berührte ihre Haut an den Schenkeln und Oberarmen. Ihr Gesicht tauchte kurz ins Wasser. Ihr blieb der Atem weg. Alles roch nach modrigem Schlamm, als hätte sie diesen vom Grund des Grabens aufgewühlt.

Sie schlug mit einer freien Hand um sich, weil sie an die Oberfläche wollte, atmen wollte. Sie spürte, wie jemand sie packte und an ihr zerrte. Wie ihre Hände über das Schilfbündel gezogen wurden und die Blätter tiefer einschnitten. Sie schrie vor Schmerz und fühlte nur ein Blubbern. Dann ließ sie los, gab den Widerstand auf, öffnete sich dem Unvermeidlichen.

Sie hörte nichts mehr, sah nichts mehr, konnte nichts sagen – und plötzlich schlug ihr jemand ins Gesicht.

»Anna. Komm zu dir. Bitte. Ich ... wir ...«

Jemand nestelte an ihrer Kleidung herum, öffnete Knöpfe und Schlaufen.

Ihre Empörung brachte sie wieder zu sich. »Finger weg!«, rief sie und bemerkte, wie sie schlotterte. »Bin ich tot?«, fragte sie mit klappernden Zähnen.

»Nein«, lachte Johann, der über ihr kniete. »Du bist nur nass und riechst wie eine Jauchegrube.«

»Das Eis!« Anna bibberte vor Kälte. »Einbrechen ... ertrinken!«, brachte sie heraus.

»Du wärst nicht ertrunken, Anna«, beruhigte Johann sie. »Das Wasser dort beim Schilf ist nur knapp einen Fuß tief. Du wärst nur bis zu den Waden eingesunken und hättest stehen können.«

Johann half ihr hoch. Sie verstand nicht, was er ihr sagen wollte.

»Aber das Eis ...«, versuchte sie zu widersprechen.

Jetzt stand sie, und die Brühe lief ihr die Schenkel hinab. Sie fühlte die eisigen Finger des Winters an den Waden. Sie kniffen sie in die Zehen.

»Eine Strafe des Herrn«, ereiferte sich Hochwürden, der hinzugeeilt war.

»Wenn der Herr nicht wollte, dass wir Schlittschuh laufen, hätte er das Eis nicht gemacht!«, antwortete Johann und zog Anna von dem Geistlichen weg. »Wir kommen morgen wieder, Pfaffe.« Es klang ein wenig wie eine Drohung.

»Ich nicht!«, schnatterte Anna, weil ihre Lippen zitterten.

»Anna«, fing Johann an und holte tief Luft. »Du darfst dich nicht vom Unvorhergesehenen überwältigen lassen. Der Graben ist harmlos. Man kann einbrechen, aber man kann nicht ertrinken. Er führt im Winter zu wenig Wasser. Du bist nur vornübergefallen.«

Anna, die langsam wieder zu sich kam und dalag wie ein Häuflein Elend, das tropfte, wollte das nicht gelten lassen. »Man kann überall ertrinken«, widersprach sie und rappelte sich auf.

An Johanns Arm stapfte sie steif dem Ufer entgegen und zur Bank.

»Zieh mir die Kufen aus«, sagte sie leise. »Und dann bring mich nach Hause.«

Johann tat, worum sie ihn gebeten hatte.

»Morgen, bitte«, sagte er, während er unter den wachsamen Augen des Priesters ihre Fesseln hielt und die Kufen abschnallte.

»Nein!«, gab sie barsch zurück.

»Man darf sich nicht von den Umständen abhalten lassen. Das Eis ist sicher, nur nicht zwischen den Schilfhalmen. Wärst du nicht dort hineingefahren, würden wir noch jetzt unsere Runden drehen. Trau dich – nicht um meinetwillen, um deinetwillen!«

Anna sah ihn mit schiefgelegtem Kopf an. Er gab nicht auf. Und das gefiel ihr.

21

MAI 1748

Johann wartete, bis die Tuchbleicher durch das Bleichertörlein verschwunden waren und zum Oblattertor vorausliefen. Dann gab er Anna einen raschen Kuss, und sie schlüpften ebenfalls durch die Pforte, die ihre Funktion längst verloren hatte. Das morsche Türholz war grau wie der Bart eines alten Mannes, hing schief in den Angeln und verrottete langsam. Einzig die Tatsache, dass man es ehemals aus bester Eiche gezimmert hatte, verhinderte, dass es mit den Jahren ganz verfault war.

Kurz spähte Johann durch die Öffnung. Die Bleicher waren bereits weit voraus. Es war der kürzeste Weg vom Wohnhaus zur Manufaktur am Stadtbach.

Wegen des ungewöhnlich warmen Frühlings hatte die Lindenblüte zwei Wochen früher begonnen. Die Luft selbst vibrierte vor Bienensummen. Ein leichter Morgenwind trieb den Duft der Blüten den

Graben hinauf und hüllte sie ein in ein süßliches Aroma. Am liebsten hätte man die Luft getrunken, so betörend war sie.

Johann zog Anna hinter sich her, obwohl sie das nur ungern mochte. Sie hasste Heimlichkeiten und wusste lieber, wohin sie sich begaben.

»Was hast du vor?«, drängte sie und widerstand ihm, schneller zu gehen.

»Du wirst es sehen.«

Schließlich gelang es ihr, sich loszureißen.

Johann stutzte, hielt inne und drehte sich zu ihr um. Er sah sich einer aufgebrachten Anna gegenüber, die ihn mit verschränkten Armen und bitterer Miene musterte. »Merk dir eines, Johann Friedrich Gignoux. Wenn du mit mir zusammenleben willst, dann musst du mit mir reden. Ich lasse mich ungern von einer Ecke der Stadt zur anderen ziehen, nur weil du spintisierst.«

Ihr Galan verbeugte sich sogleich und zeigte offene Reue und ehrliche Betroffenheit. »Eure Hoheit, ich muss Euch etwas zeigen. Aber wenn ich es Euch jetzt sage, dann ist das Geheimnis gelüftet und Euer Interesse verflogen. Es soll das letzte Mal sein. Versprochen.«

Sie war unzufrieden mit der Antwort.

Er streckte seine Hand nach ihr aus. Als sie die ihre hineinlegte, zog er sie rasch an sich, bevor sie noch Widerstand leisten konnte. Ein Kuss folgte, während sie sich sofort wieder von ihm abdrückte.

»Johann!«, sagte sie, brachte aber keinen empörten Tonfall mehr zustande.

Johann grinste sie an und zog sie weiter mit sich.

Das Tor zur Manufaktur war noch geschlossen. Der gewaltige Eisenschlüssel, den Johann aus seinem Wams zog, hätte dazu dienen können, einen Mann zu erschlagen.

Er sperrte auf, zog Anna hinter sich her und verschloss das Tor wieder sorgsam hinter sich, dann nahm er sie erneut an der Hand, durchquerte das Grundstück bis ans andere Ende, dort, wo seine eigene Werkstatt mit den Kupferwalzen lag. Er öffnete auch dort das Tor, ließ es diesmal aber offen stehen.

»Erwartest du jemanden?«, fragte sie.

»Jemanden nicht, aber etwas!« Er horchte und hob den Finger.

Klar und deutlich war das Knirschen und Schlagen von Wagenrädern zu vernehmen.

»Sie kommen!«, jubelte Johann.

Sie stellten sich vor das Tor und blickten die Straße zum Oblattertor entlang. Tatsächlich näherten sich von dort zwei Rottfuhrwerke, gewaltige Karren, jeweils sechs Pferde zogen hoch mit Waren bestückte Pritschenwagen.

»Was bringen sie? Baumwolle oder fertige Tuche?«, fragte Anna sofort.

Johann grinste nur.

Er winkte den Fuhrwerkern und dirigierte die Wagen geradewegs zu seiner Werkstatt. Sie waren hoch beladen mit Ballen, die in Wachstücher eingewickelt waren.

Die Männer, die die Fuhrwerke lenkten, sahen mit ihren bärtigen Gesichtern und der schmutzigen Kleidung aus wie Tagediebe und Strolche.

Die beiden Wagen fanden gerade so Platz neben dem Manufakturgebäude. Jetzt, da die Gefährte standen und die Pferde ausgeschirrt wurden, siegte Annas Neugier. Sie trat näher und begutachtete die Ware. Die Ballen hatten ein fremdes Aussehen. Sie waren nicht mit Wachstuch umwickelt, wie sie zuerst angenommen hatte, sondern mit einer Art Holzfaser.

Einer der Fuhrwerker kam auf Johann zu. Er knetete seine Mütze in den Händen. »Das ist die Ware von Schüle. Wie lange werdet Ihr brauchen? Wir sollen sie so schnell wie möglich wieder auf die Wagen nehmen.«

»Wie viele Ballen?«, fragte Johann zurück, der große Augen bekam.

Auch Anna war verblüfft über die schiere Menge und umrundete die beiden Wagen. Rasch hatte sie die Menge der Ballen abgeschätzt. Bevor der Fuhrwerker den Mund aufmachte, sagte sie: »Hundertacht Ballen! Was wollt Ihr mit hundertacht Ballen?«

Der Fuhrwerker räusperte sich. »Es sind nur hundertvier«, entgegnete der Fuhrwerker. »Wir werden also abladen, und am Ende wieder hundertvier Ballen mitnehmen.«

Johann sah zu Anna herüber. Sie schüttelte leicht den Kopf. Sie konnte sehr wohl zählen, und sie zählte hundertacht Ballen. Keinen mehr und keinen weniger. Entweder wollte Schüle sie testen, oder aber er gab etwas zu als Kosten für die Mühe. Doch das entsprach nicht dem Charakter des Kaufmanns.

Als Anna wieder zu Johann trat, hob sie leicht die Augenbrauen und raunte ihm leise zu: »Zähl genau.«

Die Männer begannen abzuladen und die Waren einmal im Schuppen und zum anderen unter einem Vordach zu stapeln. Die Ballen waren schwer und ließen die Fuhrknechte buckeln. Johann ließ sich nicht lange bitten. Er half mit, was den obersten Fuhrwerker zu der Bemerkung veranlasste. »Lasst es bleiben, Herr. Ihr holt Euch nur ein schmerzendes Kreuz. Das ist was für Männer wie uns!«

Aber Johann ließ sich nicht davon abhalten.

Anna zählte heimlich mit und musterte gleichzeitig die Art der Verschnürung. Sie kam zu dem Schluss, dass dies zweifellos keine einheimische Ware war.

»Ist das Kattun oder Zitz aus Indien?«, fragte sie erneut flüsternd, als Johann mit einem Ballen über der Schulter an ihr vorüberkam.

Er schwitzte am ganzen Körper. Er nickte leicht.

Der Stapel war so groß, dass er nicht ganz unter das Vordach passte. Es musste eine erkleckliche Anzahl in den Innenraum getragen werden.

»Du brauchst einen Lagerschuppen. Wo willst du die Ware sonst unterbringen?«, fragte sie, als Johann aufgab und den Rücken durchstreckte. Er zuckte mit den Schultern.

Anna sah, dass er sich darüber keine Gedanken gemacht hatte. Sie seufzte. Johann war ein Netter, aber er war auch etwas unpraktisch veranlagt. Ein Modelschneider, ein Drucker, ein erfindungsreicher Künstler mit Holzmodeln und Farbe, aber nicht wirklich ein Geschäftsmann wie sein Vater. »Hast du nachgezählt?«, fragte sie ihn.

Er lächelte und wartete, bis der Fuhrwerker in Reichweite kam und zuhören konnte.

»Ja. Die Jungfer Koppmair hier hatte recht«, sagte er leichthin, als wäre es ein Versehen gewesen. »Hundertacht Ballen.«

Der Blick der Fuhrwerkers ging von Anna zu Johann und zurück. Dann nickte er bedächtig. »Ich werde dann hundertacht Ballen wieder zurücknehmen. Wie lange braucht Ihr, Herr?«

Hans begann kurz zu rechnen, doch bevor er etwa sagen konnte, mischte sich Anna ein. »Drei Wochen. Sagt es Herrn Schüle, bitte. Drei Wochen.«

Der Fuhrwerker nickte und murmelte: »Dann steh ich in drei Wochen vor Eurem Tor. Enttäuscht den Schüle nicht.«

Er lächelte zwischen zusammengebissenen Zähnen, was eher wie ein drohendes Fletschen wirkte. Beide sahen sie den Fuhrwerkern hinterher, als diese zu den Wagen gingen und auf das obere Tor zuhielten.

»Er hat dich geprüft«, sagte Anna, bevor Johann vor den Wagen herlief, um das Tor zu öffnen.

Der Fuhrwerker drehte sich zu ihr um und musterte sie, bis sein Wagen zum Tor hinausrollte und auf die Straße einbog.

Johann verschloss das Tor und kam auf sie zu.

»Du weißt, dass heute der Tag des Herrn ist? Warum am Sonntag?«, empfing ihn Anna stirnrunzelnd. »Weil unter der Woche zu viele Arbeiter hier herumlaufen?« Johann fasste sie bei den Hüften und zog sie an sich.

»Du bist ein ...«

»Was? Was willst du mir unterstellen, Anna? Du weißt ganz genau, dass der Fuhrwerker mich übers Ohr balbiert hätte.«

Anna wiegte den Kopf. »Übers Ohr gehauen weniger, aber du hättest vermutlich keine Ware mehr von Schüle bekommen. Ist nicht Ehrlichkeit die eigentliche Währung zwischen Kaufleuten? Er wollte dich prüfen, ob du vertrauenswürdig bist und deine Ware kontrollierst. Ich würde jetzt jedes einzelne Tuch nachzählen, Johann. Ich bin mir sicher, dass in einem Ballen mehr, in einem anderen weniger Tücher verpackt sind. Gib ihm, was er will.«

Jetzt sah Johann sie neugierig und etwas verwirrt an. »Was sollte Schüle wollen?«

»Die Wahrheit. Er will, dass du die Tücher sauber trennst und so verpackst, dass sie gleichmäßig verteilt sind.«

»Du bist misstrauisch, Anna Barbara Koppmair.«

Jetzt musste Anna lachen, was Johann ausnützte, um sie an sich zu ziehen und zu küssen.

Als sie wieder Luft bekam, drückte sie sich ein wenig von ihm weg. »Noch sind wir nicht verheiratet, Johann.«

»Aber bald, meine Rose. Und wenn ich mit Schüle weiter zusammenarbeiten kann, dann können wir uns auch ein eigenes Haus leisten.«

Sie blickte ihm in die Augen und sah darin Träume. Allerdings keine überschießenden, sondern solche, zu deren Verwirklichung nicht viel mehr nötig war als Arbeit und Fleiß.

»Willst du mir dabei helfen?«

Sie hatte nichts dagegen, dass er sie mitten auf der Gasse der Manufaktur zwischen Gebäude und Stadtbach an sich zog und noch einmal küsste. Länger diesmal und leidenschaftlicher.

22

MAI 1748

Fäuste hämmerten gegen die Latten des Tores, dass es im Manufakturgeviert widerhallte.

Anna erschrak und drehte sich um.

»Gignoux!«, rief eine tiefe, heisere Stimme. »Öffnet. Wir haben zu reden!«

Anna wunderte sich, weil sie eben erst eingetreten war. Da hatte noch niemand draußen gestanden.

»Gignoux! Öffnet!«

Der junge Druckergehilfe Max, der sie gerade eingelassen hatte und noch den Schlüsselbund in der Hand hielt, sah sie fragend an. »Soll ich aufmachen?«

Energisch schüttelte Anna den Kopf. »Ich hole den Hausherrn.«

»Öffnet. Oder wir schlagen das Tor ein!«, riefen jetzt immer mehr Männer.

Anna räusperte sich. Dann rief sie zurück: »Ich hole Johann Gignoux.« Leise flüsternd setzte sie hinzu: »Wo ist der Herr?«

Der Streichjunge zeigte nach hinten, zur Maschinenhalle.

»Bring mich hin!«

Sie hastete vorwärts und verfluchte die enge Schnürung ihres Mieders. Schon vor der Halle war es laut, als aber die Tür zur Maschinenhalle aufgestoßen wurde, schlug ihr ohrenbetäubender Lärm entgegen. Sie musste innehalten und verschnaufen. Die Luft in der Halle war vom Brandgeruch der Holzkohle und vom Gestank der Farben so geschwängert, dass es ihr zusätzlich den Atem nahm.

Als Max zögerte und auf sie warten wollte, schickte sie ihn weiter. »Hol ihn her, Junge«, befahl sie ihm mit einer wedelnden Handbewegung, während sie keuchte und versuchte, nicht ohnmächtig zu werden.

Als Johann mit dem Jungen auftauchte, hatte sie sich so weit erholt, dass sie sprechen konnte. Sie blickte in ein ungesund blasses Gesicht. Der Holzkohlenrauch setzte auch Johann zu.

»Handwerker«, stieß sie hervor und deutete hinter sich.

Kopfschüttelnd und achselzuckend betrachtete Johann sie, bis Max hinzusetzte: »Herr, die drohen damit, das Tor aufzubrechen, wenn Ihr Euch nicht sehen lasst.«

Jetzt wurde Johann hellhörig. Er sah kurz auf, nickte und spurtete davon, Max rannte hinterher. Seine kurzen Hosen hüpften im Wind, und der sandige Kies unter seinen Beinen spritzte auf.

Anna folgte ihnen mit den Augen.

»Ich werde nicht rennen!«, befahl sie sich innerlich, dann setzte sie sich ebenfalls in Bewegung. Langsam.

Zuvor aber betrachtete sie kurz das kleine Lager vor der Maschinenhalle. Die Arbeit für Schüle war fast getan. Die letzten bedruckten

Bahnen liefen eben durch die Pressen und wurden geglättet und fixiert. Morgen oder übermorgen würden die Fuhrwerker die Ware wieder abholen.

Langsam lief sie dem Lärm entgegen. Sie konnte sich denken, was die Männer vor dem Tor wollten. Es waren vermutlich Bleicher, die mit der Arbeit nicht hinterherkamen. Die Rasenbleiche war ein zu langwieriges Verfahren für ihre Zeit. Zudem waren die Wiesen, auf denen die Tücher ausgelegt wurden, mittlerweile zu klein geworden. Hätte man Augsburg von oben betrachten können, dann wäre einem aufgefallen, dass die Bleichflächen im Osten und Südosten den Mauerring umgaben wie der Sabberlatz den Hals eines Kleinkindes.

Sie konnten nicht mehr ausgeweitet werden, denn es brauchte Feuchtigkeit von unten, Sonne von oben, Pottasche und Urin auf den Tüchern, um die Bleichkraft zu erzeugen. In knapp einem halben Jahr stellten die Bleicher so ein einigermaßen weißes Tuch her. Nicht immer erreichte es die Qualität, die man sich wünschte.

Johann gelang es in wenigen Wochen, dieselbe Menge in seiner kleinen Manufaktur an Textilrollen zu bleichen, zu bedrucken und zu fixieren. Dabei übte er noch und tüftelte an der richtigen Geschwindigkeit und an den geeigneten Rezepturen.

»... schlagen Eure Maschinen zu Klump!«, hörte sie die Männer rufen, je näher sie kam.

»... keine Zitze aus Indien ...«

»... dieser Schüle, der Verbrecher ...«

»... macht Euch nicht gemein ...«

Auch die heisere Stimme von eben war dabei.

Und dazwischen vernahm Anna die ruhige und beschwichtigende Stimme Johanns. Er hatte die Männer eingelassen, war aber im Tor selbst stehen geblieben. Sie umstanden ihn wie eine Mauer und drängten sich dicht an ihn heran. Doch er schien keine Angst zu haben. Er hatte die Hände in die Hüften gestemmt und hielt sich mit den ausgestellten Ellenbogen die Meute vom Leib. »Männer! Haben wir eure Tuche bislang nicht abgenommen? Seid ihr auf eurer Bleichware sitzen geblieben? Denkt nach, und seid ehrlich!«

»Gignoux, wir lassen uns nicht einlullen. Ihr habt recht. Jetzt haben wir noch keine Probleme. Noch nicht, aber was ist in einem Jahr oder in zweien? Die indischen Tuche sind billiger. Was, wenn Ihr Euch nur noch die Billigtuche kauft und wir mit leeren Händen dastehen?«

»Oder vielmehr mit vollen, nämlich mit unseren Tuchen, die niemand mehr will, weil sie zu teuer sind, obwohl wir gerade so davon leben können?«, ergänzte ein weiterer Mann.

»Wenn ihr jetzt die Maschinen zerstört …«

»Sie widersprechen der Zunftordnung!«, rief die heisere Stimme dazwischen.

»Wenn ihr sie jetzt zerstört, Ludwig«, entgegnete Johann ruhig. »Dann nehmen wir gar keine Tuche mehr ab, weil wir nicht mehr können. Weder indischen Zitz noch eure Bleichware. Ich kann sie dann nicht mehr fixieren. Wozu soll ich sie annehmen? Sagt mir das! Das Geschäft wird ein anderer machen. Schüle hat ohnehin gesagt, er wolle in Hamburg drucken und fixieren lassen.« Er sah in die Runde.

Einige der Männer traten verlegen von einem Bein auf das andere.

Jetzt bewegte sich der Mann namens Ludwig aus der Mitte und baute sich vor Johann auf. »Was sagt Ihr da?«, herrschte ihn der Kerl an, der hoch aufgeschossen war und Johann um einen halben Kopf überragte. Seine Kleidung war zerschlissen. Seine Ärmelenden und die Beinlinge, die er trug, waren gelb und schwarz vom Urin und von der Pottasche, die von den Bleichern auf die Tuchbahnen aufgetragen wurden.

»Macht euch bewusst, dass euer Verhalten dazu führt, dass Schüle sich hier nicht mehr sicher fühlt. Und deshalb ausweicht.«

»Wir … hören das zum ersten Mal«, bekannte der Bleicher Ludwig.

»Dann erzählt das besser herum, anstatt mir damit zu drohen, meine Maschinen zu zerschlagen.«

Anna beobachtete, wie sich der Bleicher umdrehte und sich mit den Handwerkern hinter ihm beriet. Sie steckten die Köpfe zusammen.

Offenbar fühlte Johann so etwas wie Oberwasser, denn er forderte die Männer auf, sich zu beeilen. Er habe eben Fixierungen in den Walzen.

Kaum hatte er das gesagt, spritzte Max, der dicht hinter Johann gestanden hatte, wie von der Tarantel gestochen zurück zum Maschinenhaus. Offenbar hatte er etwas übersehen.

Johann rührte sich nicht aus der Durchfahrt.

»Fertig, Männer?«, rief er laut und deutlich.

Die Bleicher, die er hereingelassen hatte, brauchten noch einige Zeit. Es gab ein hektisches Kopfschütteln und Nicken, hastig gesprochene Worte in einer Anna unverständlichen Sprache.

Sie befürchtete das Schlimmste, doch dann schickten die Männer wieder Ludwig vor, den sie am Hosenbund nach vorn schoben. »Ihr sollt vor der Zunft sprechen, Gignoux. Schüle versucht immerhin als Protestant, endlich auch eine Druckergerechtigkeit zu erhalten. Das verpflichtet.«

»Ich verspreche es. Und jetzt lasst mich meine Arbeit tun.«

Er drehte sich zu Anna um, die er erst jetzt richtig wahrnahm. In seinen Augen blitzte es, dann wandte er sich noch einmal an die Bleicher, die jetzt dastanden und nicht wussten, was zu tun war. »Anna. Wir haben doch noch das kleine Fass für die …« Er verstummte, weil er sich beinahe verplappert hätte.

»Ich weiß«, rief sie ihm zu. Es sollte eigentlich zur Feier der Beendigung des Auftrags angestochen werden.

»Lass es holen, und gib es ihnen. Aber draußen.« Er sprach mit ihr in einer so selbstverständlichen Art und Weise, als wäre sie bereits die Herrin der Manufaktur. Dabei waren sie nicht verheiratet. Noch nicht.

Sie nickte ihm zu und ging hinüber zum Verwaltungsgebäude. Als sie die Tür öffnete, kam ihr Rosina im hinteren Teil des Gebäudes entgegen. Anton schloss eben das Büro hinter ihr. Sie zupfte an ihrer Kleidung herum, und ihre Frisur war etwas aufgelöst, was Anna zu einem Lächeln veranlasste.

»Hat es etwas gegeben?«, fragte Rosina im unschuldigsten Ton.

Die beiden Frauen sahen sich in die Augen und verabredeten so Stillschweigen.

»Sag Anton, er soll das Fässchen für die Bleicher rausstellen und anzapfen. Sonst schlagen sie euch die Bude hier kurz und klein. Johann war schon bei den Männern draußen und hat verhandelt. Beeil dich.«

Rosina sah Anna verwirrt an, nickte dann aber und kehrte um.

Anna, die durch die Butzenscheibe der Tür die Männer draußen beobachtete, konnte sehen, wie sie von einem Fuß auf den anderen traten und unsicher zum Gebäude herüberblickten. Immer mürrischer steckten sie ihre Köpfe zusammen. Sie waren kurz davor, sich zurückzuziehen, als Anton mit dem Fass auftauchte. Die verschwommene Sicht zeigte Anna zwar nicht die Gesichter der Bleicher, aber sie hörte die freudigen Rufe.

Anton stellte ihnen das Fass hin und gestikulierte dann. Die sieben Männer stellten zwei Kerle ab, die hinter Anton hertrotteten und schließlich mit Krügen zurückkamen, während die anderen das Fass auf einen Holzstapel stellten, damit sie besser an die Spundöffnung kamen.

Zufrieden konnte Anna zusehen, wie die Stimmung der Bleicher mit jedem Schluck besser wurde. Nur dieser Ludwig blieb zurückhaltend. Zwar trank auch er sein Bier, aber sein ganzes Verhalten zeigte nicht die Fröhlichkeit, nicht die Ausgelassenheit der anderen. Zuletzt schüttete er seine Neige Bier auf die Straße, statt sie wie die anderen auszutrinken.

Er sah zum Bürogebäude herüber, und Anna hatte für einen kurzen Moment das Gefühl, als würde er ihr direkt in die Augen blicken, obwohl das durch die Butzenscheibe hindurch gar nicht möglich war. Schließlich konnte sie selbst nur Schemen erkennen, obwohl sie ihre Nase fast an das Glas presste. Dann spuckte er in ihre Richtung aus, sagte etwas zu seinen Kumpanen und machte kehrt.

Anna fühlte sich unwohl. Die Absprache, das Bier … Sie wurde das Gefühl nicht los, dass dies nicht das Ende gewesen war.

23

JUNI 1748

Alle waren sie da gewesen. Ausnahmslos. Kaufleute mit klingenden alten und goldklingenden neuen Namen. Die Doppelhochzeit war die Idee der beiden Brüder gewesen. Die Gignoux' heirateten. Die ganze Stadt sollte das wissen: Anton seine Rosina und Johann seine Anna.

Schüle hatte Johann und ihr gratuliert und Anton und Rosina die Hand geschüttelt, Neuhofers waren gekommen, die Bankiers Obwexer und Liebert, die Tuchveredler Harder, Schöppler, Hartmann, Garb, Schüles Geschäftsführer, Bayersdorf, der Stadtpfleger Imhof und der alte Bürgermeister Sulzer hatten sich sehen lassen. Natürlich waren ihre Schwestern und die Brüder dabei gewesen. Sie hatten getuschelt und ihr einerseits neidische, andererseits freudige Blicke zugeworfen. Es war ein Kommen und Gehen gewesen von protestantischen oder – wenn sie auch nur kurz hereingeschneit waren – katholischen Gratulanten. Anna hatte mehr Hände geschüttelt als in all den Jahren zuvor und wohl noch Jahre später, bis ihr die Finger geschmerzt hatten und sie das Gefühl überkam, der Ring am rechten Finger würde diesen abdrücken. Hätte sie es vorher gewusst, hätte sie ihn zuvor abgelegt.

Jetzt lag sie ermattet da, starrte zur Decke hinauf und horchte auf das leise Schnarchen Johanns neben ihr. Sie war verheiratet, sie und Rosina hatten die Namen gewechselt. Anna Barbara Gignoux, Rosina Euphrosina Gignoux. Sie lauschte dem Klang ihres neuen Namens nach und überlegte, ob dies eine zwangsläufige Entwicklung gewesen war, die begonnen hatte, als sie – nur getrennt von einer mannshohen Mauer – als Kinder Hof an Hof gespielt hatten.

Hätte es auch anders kommen können? Ja. Wenn Johann nicht zurückgekehrt wäre von seiner Wanderschaft, wenn er sich draußen in der Welt in ein anderes Gesicht verliebt hätte.

Johann neben ihr rührte sich. Er stöhnte leise und drehte sich auf die andere Seite.

Sie war jetzt seine Gattin. Keine heimlichen Treffen mehr, keine halbherzigen Berührungen mehr hinter irgendwelchen Maschinen, kein Kopfrecken, ob jemand sie beobachten oder überraschen könnte, keine raschen, heimlichen Küsse, keine Versteckspiele, kein Verleugnen mehr.

Sie waren verheiratet.

Ab jetzt waren Zärtlichkeiten keine verbotenen Gesten mehr, sondern Teil ihres Lebens, wenn auch gut verborgen hinter den Mauern des Hauses, zwischen den Wänden des Schlafzimmers.

Die Holzbalken an der Decke hatten fingerbreite Risse, die sich die halben Balken entlangzogen. Manche sahen aus, als wären sie von einer Säge längs geteilt worden. Dennoch hielten sie zusammen und gaben dem Haus Standfestigkeit und Sicherheit.

So sollte es jetzt auch zwischen ihnen sein. Nebeneinanderstehen und die Last der Tage gemeinsam tragen. Ein schöner Gedanke, fand Anna und hoffte, er würde sich bewahrheiten. Sie kannte es anders. Aus Schüles Ehe, aus der Ehe von Jugendfreundinnen, in denen die Frauen nur noch Zierrat waren, um den Auftritten ihrer Männer Glanz zu verleihen, wie man Kettchen umlegte und Broschen ans Revers steckte.

Wieder bewegte sich Johann. Er drehte sich zu ihr, und sein muskulöser Arm legte sich halb über ihren Körper, über ihre Brust. Sie spürte jedoch nicht die Schwere, sondern fühlte die Sicherheit, mit der er sie umfing.

Sie betrachtete die dunklen Haare auf Johanns Unterarm, roch den feinen Geruch seiner Haut. Sie studierte die hellen Stellen der kleinen Narben und Verätzungen, die der Beruf im Laufe der Zeit mit sich brachte, sah zum ersten Mal den tiefen und langen Schnitt, der sich von der Mitte des Unterarms bis zum Ellenbogen zog und aussah, als hätte ihm diesen jemand mit einem Messer beigebracht. Sie beschloss, ihn irgendwann dazu zu befragen. Von selbst hatte er ihr nichts davon erzählt. Sie fragte sich, wie viele Geheimnisse sie noch voreinander hatten, obwohl sie eng beieinander gewohnt und gelebt hatten und sich fast schon zeit ihres Lebens kannten. Würden die nächsten Jahrzehnte daran etwas ändern, oder würden sich diese Geheimnisse vermehren, weil sie einander nichts mehr zu sagen hatten oder sich nichts mitzuteilen getrauten?

Mit keiner Bewegung wagte sie, sich zu rühren, weil sie Johann einerseits nicht wecken wollte, andererseits aber auch wusste, was er von ihr verlangen würde, jetzt, da sie seine Frau war und sie keine Rücksichten mehr nehmen mussten. Vorgestern hätte sie ihn noch zurückweisen können, ja, müssen, heute gehörte das zu ihren ehelichen Pflichten.

Nicht dass sie etwas dagegen hatte. Sie mochte es, begehrt zu werden, und genoss es, dass es mit den Heimlichkeiten vorbei war. Aber sie wollte ihrem Mann nicht nur im Bett gefällig sein.

Wieder schaute sie zur Decke hinauf, an der sich Balken an Balken reihte und den Blick auf den Boden über ihnen freigab.

Sie hatten sich fürs Erste eine Wohnung in der Manufaktur eingerichtet, doch Anna hatte Johann zu verstehen gegeben, dass sie dies nur als Provisorium betrachtete. Sie wollte ein Haus, das ihre Bedeutung unterstrich. Es musste nicht in der Oberstadt liegen, ein Haus im Lechviertel wäre ihr genug. Aber repräsentativ musste es sein. Sie wollte, wie ihre Schwiegereltern, kleine Veranstaltungen abhalten können, auserlesene Bälle und Gesprächsrunden, in denen über Politik, Kunst und Literatur gesprochen wurde. Sie würden hart arbeiten, und gleichzeitig wollte sie genießen. Es sollte etwas sein für den Körper und für den Geist.

Anna schliefen die Beine ein, weil sie sich nicht bewegte, um ihn nicht zu stören. Johanns Arm lag wie eine Sperre auf ihr und verhinderte, dass sie sich verlagern konnte.

Im Bett mochte das angehen, aber in ihrem Leben durfte es so weit nicht kommen. Sie brauchte Luft und Bewegungsfreiheit, um sich entfalten zu können.

Die Morgensonne schien durchs Fenster und zeichnete Lichtspiele auf ihre Bettdecke. Das Fensterkreuz segnete sie mit einem dunklen Schatten, dessen Mittelpunkt in etwa dort lag, wo unter der Bettdecke ihr Schoß verborgen war.

Sie hatte es sich schlimmer vorgestellt, schmerzhafter, wenn die

Freundinnen über das erste Mal gesprochen hatten. Johann war sehr gefühlvoll und vorsichtig gewesen – und ihre Erregung hatte ein Übriges getan. Sie waren in den Rausch einer Hochzeitsnacht gefallen, der sie irgendwann erschöpft hatte einschlafen lassen.

Jetzt lag sie auf dem Rücken und dachte darüber nach, was sich für sie änderte, außer der Tatsache, dass sie eine Haube aufziehen sollte. Doch das widerstrebte ihr. Die Haubenzeit war noch nicht ganz vorüber, aber sie lief aus. Gott sei Dank galten die Gignoux' als halbe Franzosen. Da würden die Leute es ihr nachsehen, wenn sie ihre Haare auch nach der Hochzeit offen trug.

Langsam drehte sie den Kopf zur Seite und betrachtete das silberne Collier, das auf dem Nachtschrank lag und ihre Morgengabe war. Johann hatte es ihr um den Hals gelegt, als sie zum ersten Mal nackt voreinander gestanden hatten – und sie hatte es die nächste Stunde lang nicht mehr abgelegt. Sie erinnerte sich daran, wie das Geschmeide bei jeder Bewegung leise geklirrt hatte.

Sie lag noch immer nackt unter der Bettdecke.

Es belustigte sie, wie ihre Mutter sie beiseitegenommen hatte, als sie in das Hochzeitskleid geschlüpft war. Umständlich und mit allen möglichen Vergleichen hatte sie ihr zu verstehen gegeben, ihr Körper sei jetzt ein Gefäß, das befüllt werde. Gottesfurcht und Gehorsam seien jetzt die Begriffe, die ihr Leben bestimmen würden. Sie solle sich nicht der Lust hingeben und das Drängen ihres Mannes weder anstacheln noch ihm widerspruchslos zustimmen. »*Sei keusch und sei fruchtbar, wie es die Schrift verlangt. Reize ihn nicht durch Nacktheit, sondern mäßige ihn durch Tugend.*«

Sie hatte all diese Sprüche und Weisheiten über sich ergehen lassen, die ihre Mutter über sie ausschüttete wie Wasser, das auf das Gemüse im Kasten auf dem Fensterbrett verteilt wurde.

Sie hatte ihn sehen wollen. Ihn erkennen. Sie hatten ihre Nacktheit genossen, und Anna fühlte weder Scham noch Schuld. Sie hatten sich gegenseitig etwas gegeben, und jeder hatte für sich etwas erhalten.

Der Lichtstreif kroch langsam die Bettdecke hoch und wanderte den Arm entlang hinauf zu Johanns Gesicht. Sie spürte ihn warm über ihren eigenen Arm und die Schulter gleiten und die Haut aufheizen, und Johann musste ihn wohl auch spüren, denn mit einer raschen Bewegung zog er seinen Arm weg von ihr.

Sein Schlaf wurde unruhiger. Jeden Moment konnte er aufwachen und sie mit seinen dunklen Augen betrachten. Diesen Augen konnte sie nicht widerstehen, diesen Augen und seinen Händen. Sie waren so sanft und dennoch so kräftig. Sie berührten sie in einer Art und Weise, dass ihr eine Gänsehaut über den Rücken lief, wenn er nur nach ihrer Hand griff.

Wieder sah sie hinauf zur Decke und betrachtete die Unebenheiten und Sprünge. Sie wunderte sich darüber, dass sie sich dafür interessierte, schließlich war es nur Holz und ein wenig Kalk, das hier verarbeitet worden war. Keine wirkliche Kunst, keine große Mühe. Und doch schien die Decke dieser Kammer mehr zu sein als nur ein Dach über dem Kopf. Sie war ein Sinnbild für ihr Leben, für den Punkt, an dem sie stand und von dem aus sie in die Zukunft schaute.

Wie lange er sie schon angeschaut hatte, konnte sie nicht sagen. Als sie den Kopf wandte, um nach ihm zu schauen, weil sie seinen tiefen regelmäßigen Schlafatem nicht mehr hörte, waren seine Augen offen, und er sah sie an.

»Woran denkst du?«, fragte er und kam ihr damit zuvor. War das nicht die Frage, die Frauen ihren Männern stellten, um festzustellen, dass sie zwar körperlich anwesend, nicht aber bei der Sache waren? Sie hatte es von ihrer Mutter unzählige Male gehört und sich gefragt, was sie damit bezweckte. Schließlich konnte ihr Vater lügen, ihr irgendetwas erzählen, flunkern, schwindeln, die Unwahrheit sagen, aber meist blieb er einfach stumm und verlegen. Was er gedacht hatte, behielt er für sich oder flüchtete sich in die banale Antwort: »Nichts!«

War damit gemeint, nichts, was seine Frau anzugehen hatte oder anginge? Oder hieß es nur, er hatte tatsächlich keinen Gedanken im Kopf, was Anna nicht glauben konnte, denn sie selbst hatte das Gefühl, unablässig denken zu müssen, niemals einen leeren Kopf zu haben, sondern einen, der immer mit unzähligen Fragen gefüllt war.

»Ich denke an uns, an unsre Gegenwart, hier und jetzt, an unsere

Zukunft, an dich, an die Firma, an Kinder, an gestern und die Gäste, an ...«

»Schon gut«, unterbrach er sie und lachte. »Heute kannst du deinen Kopf etwas ausruhen lassen.« Er rückte ein wenig näher. »Dafür sollten wir uns um unsere Zukunft kümmern.« Er rückte noch etwas näher und zog sie an sich.

Niemand würde es heute wundern, wenn sie den Tag im Bett verbrachten. Sie würden im Gegenteil auf ein verständnisvolles Schmunzeln treffen. So hatte sie es bei den anderen Hochzeiten erfahren. Jeder wusste, was geschah, und jeder verstand und befürwortete es.

Heute blieb der Alltag draußen, auch wenn er mit so störenden Dingen wie Essen und Toilettengang kurz sein Recht forderte. Aber in dieser Interimszeit musste der Grundstein gelegt werden für das, was kommen würde. Nicht nur in neun Monaten, sondern bereits am Tag danach und im gegenseitigen Umgang mit allem.

Anna ließ sich auf seine Seite hinüberziehen, doch als sie sich gegenseitig in die Augen sehen konnten, unterbrach sie sein Liebesspiel und richtete sich auf. »Wir müssen etwas klären, Johann. Jetzt und sogleich. Auch wenn es im Grunde zu spät ist, um alles rückgängig zu machen.«

Johann runzelte die Stirn und nickte. »Was immer es ist, schieß los!«

BUCH II

WEISS UND SCHWARZ

JUNI 1752 – MAI 1760

I

VIER JAHRE SPÄTER, JUNI 1752

Weiß und Schwarz waren keine Farben. Es waren Zustände am einen oder am anderen Ende einer Skala, wenn man daran glaubte, dass sich Farben verhielten wie die durch ein Prisma sich auffächernden Farbfelder des Regenbogens. Wenn Anna mit Johann in einem dunklen Raum saß und sie das Licht durch eine Fensteröffnung ein- und auf ein Prisma fallen ließen, dann fächerten sich die Farben auf, ausgehend von einem dunklen Lila bis hin zu einem leuchtenden Rot. Das Rot stand neben Orange, dieses neben Gelb und jenes wieder neben Grün und Blau. Sie lagen, von ihm umfangen, inmitten eines schwarzen Nichts. Weiß fiel nur der Sonnenstrahl durchs Fenster auf das Prisma. Als würden die Farben aus dem Weiß entspringen und im Schwarz aufgehen.

Dieser Umstand verwirrte Anna. Denn wenn man versuchte, die Farben aufzuschlüsseln, auf einem Papier oder auf Stoff aufzutragen, sie in hellere und dunklere zu zerlegen, dann verschwanden sie. Man war gezwungen, sie in Schemenpapieren aufzuteilen, sie in Farbdreiecke zu pressen. So wie auf der Regenbogenskala existierten sie nicht, auf keinem Farbkreis, auf keiner Palette – und doch waren sie da.

Das Tuch, das auf dem Tisch lag, war regenbogenbunt. Anna nahm den Pinsel und setzte neben ein kräftiges Rot eine bräunliche Farbe, dunkel wie die Borke einer Hainbuche. Die Färbung roch bitter und süßlich, vermutlich eine Mischung, in der Urin eine nicht unwesentliche Rolle spielte. Als sie zu trocknen anfing, stieg ein Säuregeruch auf, der ihr kurz den Atem nahm und sie zu einem Husten zwang.

Weiter hinten im Raum antwortete dasselbe Husten, nur tiefer und länger anhaltend. Johann stand vor einem Tisch, dessen helle Holztönung durch verschüttete und übergelaufene Tinkturen mit den Jahren dunkel angelaufen war. Er mischte unterschiedliche Flüssigkeiten miteinander, löste getrocknete Pulver in Alkohol oder Wasser auf, vermengte sie mit Alaun oder Kupferwasser und reduzierte sie wieder auf einem kleinen Feuerbecken. Es sah aus wie in einer der alten Alchemistenküchen – und so weit war es von der Realität auch nicht entfernt. Dabei hatte die Küche im Gegensatz zu Schüles Experimentierlabor eine eher bescheidene Größe und Ausstattung.

Aber Johann wollte sich aus der Abhängigkeit von Schüle lösen, der ihnen die Fabrique mit Stoffen zuschüttete. Die Aufträge kamen unregelmäßig, doch mit jeder Woche, mit jedem Monat wurden es mehr. Sie brauchten die Arbeit, und sie verdienten gut daran. Schüle ließ seine Stoffe jedoch auch in Hamburg drucken. Dieser Umstand barg die Gefahr, einfach aussortiert zu werden. Wer nicht billig genug arbeitete, wer nicht rechtzeitig lieferte, der fiel in Ungnade. Derzeit konnten sie nur deshalb mithalten, weil sie eine nicht zu unterschätzende Qualität lieferten. Doch damit konnte es von einem Augenblick auf den anderen vorbei sein.

Ein erneuter Hustenanfall ließ Anna aufhorchen. Johann musste sich am Experimentiertisch festhalten, bevor er eine Flüssigkeit in einen Glaskolben über einem Kohlebecken einfüllen konnte.

Immer wenn er einen neuen Farbton gemixt hatte, brachte er ihn zu ihr, und sie tränkte damit einen Streifen Tuch, um festzustellen, wie sich die Farbe auf dem Stoff verhielt, wie sie sich entwickelte.

Sorgfältig trug sie jede einzelne Farbe in eine Kladde ein. Sie schrieb Nummer, Datum, Farbton und Ergebnis des Auftrags auf, damit Johann später seine Mischungen wiedererkennen und wiederverwenden konnte. Die Zusammensetzung der Mixtur trug er später aus seinem Experimentierbuch eigenhändig nach.

Wieder hustete Johann tief und anhaltend, während aus dem Glaskolben über dem Kohlebecken ein gelblicher Rauch aufstieg.

»Johann!«, rief sie in die Werkstatt hinein. »Das Rot, es dunkelt zu sehr ein.«

Johann ließ seine Mischungen stehen und kam zu ihr an den Tisch mit der Stoffbahn.

»Schau«, sagte sie und deutete auf den Streifen Farbe, der eben noch ein tiefes Rot gezeigt hatte.

Die kräftige Farbe verdunkelte sich mehr und mehr, und bis Johann bei ihr angekommen war, zeigte das Tuch nur noch ein ins Lilafarbene wechselndes Schwarz.

Anna konnte erkennen, wie ihr Mann einen lautlosen Fluch ausstieß.

»Wir brauchen dieses Rot«, presste er zwischen den Zähnen hervor. »Das war der neunte Versuch.«

»Und wenn du etwas mehr Essig oder Urin dazugibst?«, fragte sie.

Sie sah ihn an und bemerkte, wie er die Brauen zusammenzog. Jeder andere Mann hätte sich eine solche Bemerkung verbeten und sie zurechtgewiesen. Eine Frau, die ihrem Mann Ratschläge gab! Wohin sollte das führen? Schüle oder auch Anton Gignoux, ihr Schwager, hätten sie an den Herd geschickt. Die halbe Augsburger Druckerwelt hätte sich über ihren Vorschlag das Maul zerrissen und sich eine weitere Bemerkung dieser Art verbeten.

Aber Johann, mit dem sie jetzt seit vier Jahren verheiratet war, reagierte anders. Er dachte nach und nickte schließlich. »Einen Versuch ist es wert«, sagte er knapp. »Wie viel soll ich deiner Meinung nach zugeben?«

»Versuch es zuerst mit einem, dann mit zweien und schließlich mit drei Löffeln je Kolben. Dann haben wir einen besseren Vergleich.«

Johann wollte sich schon wieder seiner Arbeit zuwenden, als er sich noch einmal zu ihr umdrehte. »Du bist meine Ergänzung, mein zweites Ich«, sagte er leise und beugte sich zu ihr hinunter, um sie zu küssen.

Anna erwiderte die Zärtlichkeit. Sein Kuss schmeckte nach Ruß und Säure. »Und du musst dich etwas schonen. Achte darauf, dass du nicht immer diese Dämpfe einatmest. Sie sind ungesund.«

Johann machte eine wegwerfende Handbewegung, doch als er sich abwandte, forderte der Husten seinen Tribut. Ein tiefes Ziehen begann und mündete in ein Bellen, das nicht enden wollte, sich immer tiefer in die Lungen vergrub und ihm von dort heraus den Atem nahm.

»Johann«, rief Anna entsetzt, als er nach hinten taumelte. Sein Gesicht lief blau an, und er schnappte wie ein Ertrinkender nach Luft. Anna nahm ihn in den Arm und hielt ihn fest, damit er nicht stürzte.

Sie selbst drückte sich gegen die Tischkante, um etwas Halt zu bekommen, damit er sie nicht umriss.

»Es ... es geht ... schon«, keuchte er und versuchte, sie abzuschütteln. »Es ist nur ... dieses verfluchte ... Pulver ... dieses ... weiße Zeug ... Wenn ich es in Wasser auflöse, staubt es hoch.«

Wieder baute sich eine Hustenattacke auf, die ihn beugte und beinahe in die Knie gezwungen hätte, wenn nicht Anna hinter ihm gestanden und ihn gehalten hätte.

»Wir beenden das heute!«, sagte sie streng.

»Nein. Der Essig. Ich muss deine Idee ...«

»Unsinn!«, beharrte sie. »Was nützt mir ein brennendes Rot, wenn meine Seele vor Trauer schwarz umwölkt ist.« Sie klopfte ihm sanft den Rücken, bis sich in seinen Lungen Schleim löste, den er hochzog und ausspuckte. Verstohlen besah sie sich den gelblichen Klumpen. Nur Eiter, kein Blut. Das beruhigte sie etwas.

Sie ließ ihn zurück zu seiner Arbeit gehen und sah ihm nach, dann drehte sie sich entschlossen um und trug die neue Farbnuance mit ihrem Eindunkeln sauber in die Kladde ein. Am Ende des Tages würde sie allen Farben des Tuches einen schmalen Streifen entnehmen und neben ihre Eintragung heften.

Alaun, Kupferwasser, Salz, Essig, Schwefel, alles probierten sie durch als Fixiermittel und Beize, um die Farben beständig zu halten. Und sie hatten Erfolg. Johann hatte mit ihrer Hilfe schon ein Rot und ein Gelb zustande gebracht, das seinesgleichen suchte. In Kombination mit der Blaufärbung durch die Blätter des Färberwaids und einer Mischung mit ihrem Gelb konnten sie auch Grün herstellen und fixieren. Einzig die Menge brachten sie nicht zustande, die nötig gewesen wäre. Der Farbauftrag auf das Tuch musste satt sein. Man konnte ein Model zweimal auf jungfräuliches Tuch aufdrücken, dann musste es neu gestrichen werden. Wenn man anschließend den Stoff auswusch, ging gut die Hälfte der Farbe wieder verloren und konnte nur erhalten bleiben, indem man das Tuch erwärmte.

Ein langwieriges und teures Verfahren. Bislang hatten sie aber keine Idee, wie es schneller gehen könnte.

Die Tür zur Hütte sprang auf, und Anna erschrak derart, dass sie mit dem Pinsel einmal quer über den Stoff fuhr. Von einem auf den anderen Augenblick war die Hälfte der Versuchsreihe verdorben. »Herrgott!«, entfuhr es ihr. »Könnt Ihr Euch nicht anmelden?«

Doch sogleich verschloss sie mit der Hand den Mund und benetzte dabei wohl ihre Lippen mit etwas Rot. Der Mann, der da in der Tür stand und Johann zu sich rief, war niemand anderes als ihr Schwiegervater. Sein Gesicht zeigte einen angespannten Ausdruck. Die Stirn war in Falten gelegt. Er grüßte sie kurz mit einem Kopfnicken, dann rief er: »Johann Friedrich!«

Ihr Mann sah kurz auf und eilte dann zu seinem Vater. Sie unterhielten sich ernsthaft und sachlich, aber irgendwann geriet das ruhige Gespräch in ein unruhiges Fahrwasser. Der Blick ging zu ihr hinüber und wieder von ihr weg, Lippen und Fäuste wurden gepresst, Johann stampfte sogar mit dem Fuß auf, als sich der Schwiegervater wohl uneinsichtig zeigte. Ihr Mann zischte seinen Vater an, schüttelte heftig den Kopf, und als sich Jean François Gignoux wütend zur Tür wandte, rief Johann nach ihr und winkte sie zu sich.

»Was ist los?«, fragte sie, bevor er sich in irgendwelchen Erklärungen verstricken konnte. »Hab ich etwas Falsches gesagt?«

»Nein, das ist es nicht. Er will nicht, dass du bei Verhandlungen dabei bist.« Johann lehnte sich gegen einen der Stützpfeiler. »Aber *ich* will es.«

»Aus welchem Anlass?«

»Die Konkurrenz, Anna. Sie gönnt uns den Erfolg nicht. Das alte Spiel. Sie beschuldigen uns, vielmehr meinen Vater, mit einer einzigen Druckergerechtigkeit zu viele Manufakturen zu betreiben.«

Anna wusste, worum es ging. Es war Stadtgespräch auf dem Markt und beim Bäcker, am Brunnen ebenso wie in der Getreideschranne: drei separate Fabriken auf einer Druckergerechtigkeit, die zugleich erfolgversprechend arbeiteten, seit Anton mit eingestiegen war. Das war eine Zumutung für die kleinen Betriebe.

2

JULI 1752

Anna stand am Tisch und stützte sich mit den Fäusten auf. Immer wieder schlug sie mit den Knöcheln auf die Eichenplatte, bis ihre Haut platzte und sich rote Schlieren auf dem Holz bildeten.

Man hatte sie abgewiesen.

Als Frau habe sie nicht das Recht, der Sitzung der Obermeister beizuwohnen. Das ginge nur ihren Schwiegervater und seine Söhne etwas an. Damit hatte man ihr die Tür vor der Nase zugeschlagen.

Ihr war heiß. Sie fühlte ihr Gesicht vor Zorn rot anlaufen und presste immer wieder die Lippen zusammen, damit sie nicht laut schrie.

Dabei war sie es gewesen, die mit Johann ihre Verteidigung besprochen hatte. Es waren ihre Ideen gewesen! Sie sah von ihrem Haus im Lechviertel aus in Richtung Oberstadt. In den Zunfträumen des Weberhauses trafen sich die Obermeister. Allesamt vom Rat bestellte Meister, die zunftübergreifend zu urteilen hatten – und alles Männer.

Jetzt bereute sie es, darauf bestanden zu haben, in der Nähe ihrer Eltern und Geschwister ein kleines Handwerkerhäuschen zu beziehen. So sehr hatte sie sich gefreut, als es frei geworden war und sie mit Johann dort einziehen konnte. Die Eltern wohnten in der Nähe, die Schwiegereltern, die Geschwister. Das Eingebundensein in eine Gemeinschaft gab ihr Geborgenheit. Überallhin Fäden spinnen zu können, Teil dieses Gespinstes zu sein, schenkte ihr ein Gefühl von Sicherheit – die sich als trügerisch erwies, wie sie nun wusste. Sie hätte sich in die Oberstadt wünschen sollen, dorthin, wo bis heute die Macht zu Hause war, wo jedermann von Bedeutung war, allein durch die Tatsache, dass er über den Handwerkern der Unterstadt wohnte.

Vor ihrem geistigen Auge sah sie ihren Schwiegervater, neben ihm seine Söhne Anton und Johann, ihren Mann, wie sie in dieser Zunftstube standen, die Kappen in den Händen kneteten, weil vom Urteil der Männer vor ihnen ihre Zukunft abhing. Gewiss war es stickig heiß in der Stube. Alle schwitzten. Nur ihr Schwiegervater würde es wagen, den Obermeistern, allen voran dem Obermeister der Weberzunft, in die Augen zu sehen. Sie kannte ihn gut, diesen Ulrich Schwenck, und sie hasste dessen kleine, zu Schlitzen zusammengezogene Augen, die vom Schnaps so rot waren, dass sie leuchteten wie Drachenaugen. Sie wusste, dass er etwas erhöht saß, sodass er nicht zum Tisch hinabreichte. Sie hoffte nur, dass er zu betrunken wäre, um zu begreifen, was verhandelt wurde, und Benedikt Waxer, der stellvertretende Obermeister der Weber, als Schriftführer einigermaßen bei Verstand wäre.

Sieben Männer nahmen in diesem Raum die Gignoux-Männer in die Zange. Waren sie denn noch immer im Mittelalter? Die Zeiten änderten sich. Die Gegenwart atmete eine neue Frische, die von Männern wie ihrem Schwiegervater, von Schüle, von Neuhofer geprägt waren, weil diese die alten Schranken überschritten, sie niederreißen wollten, um neu zu beginnen. Die Welt atmete in die Reichsstädte hinein und blies ihren scharfen Atem durch die Gassen – und die bräsigen Handwerker bemerkten davon nichts. Sie wollten nicht, dass der frische Wind die Gassen ausräumte und das Veraltete davonblies. Sie beharrten auf der Tradition, auch wenn ihnen der Sturm der Zeit die Hüte vom Kopf riss.

Anna schloss die Augen und versuchte, an Johann zu denken. Sie liebte ihren Mann, der so verständnisvoll und zärtlich war, der sie nahm, wie sie war, der nicht darauf achtete, ob sie eine Frau war oder ein Mann, sondern nur, ob ihre Ideen für die Fabrique taugten oder nicht. Sie half nicht nur, sie war Teil der Unternehmung.

Ulrich Schwenck eröffnete die Sitzung mit einem Wink und einem Gemurmel, dem keiner folgen konnte, bis sich sein Beisitzer und Schriftführer Benedikt Waxer einmischte. Er hieb mit einem Hammer auf die Tischplatte, bis Ruhe einkehrte.

»Jean François Gignoux, Ihr wisst, warum Ihr vor den Rat der Obermeister gerufen wurdet?«, begann der stellvertretende Obermeister der Weber mit leiser Stimme. Waxer hatte die Führung der Verhandlung übernommen.

Der Angesprochene streckte sich. »Mir ist entgangen, Herr, dass wir uns irgendeines Vergehens schuldig gemacht hätten und dadurch vor den Zunftrat gerufen werden müssten.«

Der Weber wedelte das Argument Gignoux' mit der Hand ab und blätterte in Unterlagen, die vor ihm lagen, ohne den alten Gignoux anzusehen. »Ihr führt als Protestant eine evangelische Druckergerechtigkeit zur Veredelung von Tuchen.«

Jean François Gignoux nickte, doch als Waxer den Blick hob und die Stirn runzelte, räusperte er sich und ergänzte: »Das entspricht der Wahrheit.«

Wieder raschelte das Papier, und der Wortführer der Obermeister suchte nach weiteren Informationen, während die anderen Herren dasaßen wie die in Stein gehauenen Wasserspeier an den Kirchendächern und ihn nur anstarrten.

»Daneben habt Ihr eine Färbergerechtigkeit, die Euch erlaubt, einen eigenen Färber zu beschäftigen?«

»Die ich im Jahr 1736 rechtmäßig erworben habe und die mir die Zunft gewährt hat.«

Der Weber brummte, und die Alten ringsum murrten.

Johann lief der Schweiß den Rücken hinab und vermutete, dass es Anton nicht anders ging. Ihrem Vater mochte diese Art des Verhörs nichts mehr ausmachen. Er war derlei gewohnt, aber seine Söhne waren aus anderem Holz geschnitzt. Sie waren künstlerisch begabt, weniger Kaufleute. Das war der Grund, warum Johann Anna die Geschäfte überließ, warum sie einkaufte und verkaufte. Johann mischte Farben, experimentierte mit Druckverfahren und Rollendruck, mit Farbmischungen und Fixierungen.

Der Rat würde dem alten Gignoux noch mehr vorhalten. All das, wodurch es ihm im Laufe der Jahre gelungen war, sich von der Aufsplitterung der Gewerke zu lösen, würde zur Sprache kommen.

»Ihr habt seither am Brunnenbach eine Mahl-, Gips- und Sägemühle erworben und diese umgebaut und mit einem System von Messingrollen versehen, mit denen ihr die Tuche mangt und appretiert.«

Jean Gignoux räusperte sich. »Damit gelingt es mir, die Tuche zu glätten und zu festigen, damit sie beim Druckvorgang fehlerfrei bedruckt werden können. Alle diese Veränderungen habe ich dem Rat gemeldet und von der Zunft genehmigen lassen.«

Wieder wedelte der Obermeister nur mit der Hand, als wolle er die lästige Ergänzung verscheuchen. »Außerdem habt Ihr eine eigene Bleicherei und Färberei erworben.«

»Damit ich die Nachfrage nach Tuchen befriedigen kann. Die Rasenbleiche ist zu langwierig, und es kommt zu einer ungleichmäßigen Ausbleichung. Das stört den Druck und führt zu einer minderwertigeren Ware. Wenn ich die Kesselbleiche durchführe, profitieren davon auch die Weber der Stadt, deren von Natur aus unregelmäßig geflecktes Tuch von mir besser genutzt werden kann.«

Johann sah, dass seinem Vater das Wasser über die Stirn in die Augen lief. Er musste blinzeln.

»Euch ist bewusst, Meister Gignoux, dass die Veredelung der Waren durch Bleichen, Färben, Schwären, Mangen, Bedrucken nicht mehr Sache der zünftigen Weberschaft ist.«

Gignoux schluckte, nickte dann aber.

Johann wusste, dass er jetzt versuchte, den Unterschied zwischen der Handwerkerschaft und seiner Fabrique, wie er sie nannte, zu erklären. Dass bei ihm nicht mehr ein Meister eine Sache von Beginn bis Ende erledigte, sondern viele Hände zusammen an ein und demselben Ding arbeiteten, um es schneller, besser und billiger herstellen zu können. Dass er dazu aber Teilfertigkeiten bereitstellen musste – und dass die Teile von seinen Söhnen überwacht wurden. Würde er einen herausnehmen, würde alles zusammenbrechen und keiner der Gignoux' mehr ein städtisches Tuch abnehmen können.

»Auch das haben wir längst verhandelt und geregelt. Die Kattundrucker werden zwangsläufig zu Fabrikanten. Mein Handwerk wurde offiziell zur Fabrique erklärt. Ich beschäftige darin über hundert Arbeiter und bin nicht an ausschließlich berechtigte Handwerker gebunden. Jedoch beziehe ich meine Tuche aus der heimischen Weberei. Ohne meine Abnahme würden ganze Weberfamilien hungern.«

Das Murren wurde lauter, wohl auch, weil die Antwort nicht nur

Demut, sondern ein gutes Stück Selbstbewusstsein zeigte. Die Manufakturen waren den Obermeistern zwar ein Dorn im Auge, doch die Tatsache, dass deren Abnahme einen Großteil des Geschäfts der Weber ausmachte, konnte niemand bestreiten.

So muss es ablaufen, dachte Johann. So konnten sie die Weberdeputation verunsichern. Allein, dass sich alles im Weberhaus abspielte, zeugte von dem noch immer mächtigen Einfluss dieser Zunft.

Doch irgendwann musste man zum Kern kommen, zur eigentlichen Frage, zum Anlass für die Vorladung vor das höchste Gremium der zünftischen Regierung dieser Stadt.

Der stellvertretende Obermeister Waxer wandte sich Johann und Anton zu, die sich bislang nur die Beine in den Bauch gestanden hatten, den Blick gesenkt, die Kappen mittlerweile bis zur Unkenntlichkeit zerdrückt.

Die Stille, die entstand, weil sich das Interesse Benedikt Waxers verlagerte, wurde nur durch das deutliche Schnarchen des Obermeisters Schwenck unterbrochen, für den Waxer die Untersuchung führte. Peinlich berührt stieß Waxer ihm einen Ellenbogen in den Schenkel, bis dieser wieder ruhiger schnaufte. »Johann Friedrich Gignoux, auch Ihr betreibt eine eigene Fabrique?«

Johann sah auf und mimte den Erstaunten. »Eine eigene Fabrique? Wie darf ich das verstehen?«

Waxer runzelte die Stirn. »Ihr habt den Meistertitel und betreibt eine eigene Druckerei, eine Tuchveredelung in einer eigenen Fabrique.«

Johann straffte sich, sah dem Obermeister in die Augen und überhörte das wieder einsetzende Schnarchen Schwencks. »Ich bedrucke Tuche. Das ist richtig. Aber ich bedrucke sie nicht für mich. Ich arbeite mit und im Auftrag meines Vaters. Nur der Umstand, dass unser Gewerk bereits zu groß geworden ist, nötigt uns, andere Räumlichkeiten zu benutzen. Ich bin zu keinem Zeitpunkt selbstständig und eigen. Meine fertigen Tuche werden von der Fabrique Jean François Gignoux weiterverkauft. Ich beziehe lediglich das Entgelt eines Druckers.«

Die Erschöpfung durch die unerträgliche Hitze war den anderen

Männern anzusehen. Ihre Wangen begannen bereits einzufallen. Unter den Zunftroben, die sie trugen, musste die Hitze noch unerträglicher sein.

In diesem Augenblick mischte sich Anton ein. »Meine Aufgabe ist die Vorfertigung von Zeichnungen für die Druckmodeln. Auch ich arbeite ausschließlich für meinen Vater und werde von ihm dafür bezahlt. Ich bin weder selbsttätig noch eigen.«

Die Versammlung schwieg. Nur Waxer rutschte unruhig auf seinem Stuhl hin und her. Offenbar verstörte ihn die Passivität der anderen Mitglieder. »Ihr wisst, auf diese Art kommt die strenge Trennung zwischen Webern, Kattundruckern und Kaufleuten durcheinander. Gebiete werden verschoben und umgewandelt. Die heilige Ordnung löst sich auf.«

»Herr«, wagte Johann einzuwerfen. »Die Zeiten ändern sich gerade. Die Städte brauchen diese Veränderungen. Immer mehr Menschen werden wohlhabend und haben doch ein Recht darauf, sich in Tuche zu kleiden und solche an die Wand zu hängen, die ihnen zusagen. Oder gehen wir heute noch mit Harnisch und Dolch durch die Stadt?«

»Außerdem wird uns Indien den Rang ablaufen, wenn wir uns nicht aufraffen. Oder wollt Ihr, dass indisches Tuch die Märkte überschwemmt und die Augsburger Weber darben?«, fragte Anton. »Wir schützen die Stadt davor.«

»Wir müssen dem ausländischen Markt einen heimischen entgegensetzen«, ergänzte Jean François Gignoux und nahm Waxer in den Blick, bis dieser die Augen abwandte.

»Bedenkt, Gignoux«, erwiderte Waxer leise. »So fallen die Weber dem Fabrikanten unter den Model, der ihnen hart aufgedrückt wird. Irgendwann werden sie die Last abzustreifen versuchen. Niemand will auf Gedeih und Verderb einem Fabrikanten ausgeliefert sein.«

Benedikt Waxer sah in die Runde, ob noch irgendwelche Fragen zu stellen waren. Doch die Augen der Meister waren leer. Die allermeisten dachten vermutlich an den Rathauskeller und das dort ausgeschenkte kühle Bier.

»Wir ziehen uns zur Beratung zurück«, verkündete Waxer und weckte den obersten Meister mit einem derben Schlag gegen das Bein.

Schwenck schreckte hoch und blickte verstört um sich, als er die drei Gignoux' vor sich stehen sah. »Was?«

»Sollen wir warten?«, fragte der Vater.

Die Männer nickten, da offenbar keiner von ihnen große Lust empfand, die Sache hinauszuzögern.

Waxer wedelte die drei Manufakturbetreiber mit einer Geste vor die Tür. Gleichzeitig rief er einen der Gesellen herein, der ihnen aufwartete, und schickte ihn zur Ratsstube hinüber, Bier zu holen.

Wie gern hätte Anna an der Sitzung teilgenommen. Eines wusste sie: Nie wieder würde sie sich abweisen lassen. Es war das letzte Mal, dass sie sich dem Wunsch der Männer gefügt hatte. Der nächsten Sitzung dieser Art würde sie beiwohnen – und wenn sie sich als Mannsbild würde verkleiden müssen.

Dass alles länger gedauert hatte, mühsamer gewesen sein und mehr Kraft gekostet haben musste, erkannte sie daran, dass sie erst fünf Stunden später die Tür schlagen hörte und Johanns Schritte auf der Treppe vernahm. Sie saß am Fenster, ein Zeichenblatt auf dem Schoß.

Er kam ins Zimmer, warf die Kappe auf den Tisch, die ganz zerknüllt war, und starrte darauf, ohne sie wirklich zu wahrzunehmen. Er sah fürchterlich aus, grau im Gesicht, die Wangen eingefallen, schweißüberströmt. Ein säuerlicher Geruch nach Körperschweiß erfüllte den Raum.

Anna getraute sich nicht, eine Frage zu stellen, sah ihn nur erwartungsvoll an. Doch Johann setzte sich kurz auf einen Stuhl und drückte den Rücken durch. »Wir mussten stehen, die ganze Zeit über«, empörte er sich. »Wie Bittsteller.«

»Also ist es misslungen!«, hauchte sie.

»Ich geh noch mit Anton und Vater zum Schwibbogentor!«, sagte er. »Auf ein Bier.« Dann entschlüpfte ihm ein feines Lächeln. »Wir haben etwas zu feiern. Sie haben anerkannt, dass wir mit dem Vater in einer fabrikantischen Compagnie arbeiten und nicht separat. Sie haben unsere Fabrique genehmigt. Anton und ich sind nur Zuarbeiter.« Er grinste über beide Ohren. »Jetzt können wir die Fabrique ausbauen.«

Anna stand auf. Ihr war schwindlig. Dennoch ging sie zu Johann hinüber, nahm seinen Kopf in die Hände und drückte ihn an ihre Brust. »Geh«, sagte sie. »Aber vergiss nicht. Wer betrunken ist, schläft auf dem Sofa!«

3

ACHT MONATE SPÄTER · MÄRZ 1753

Die Luft im Werkschuppen war eisig, und weiße Atemfahnen standen ihnen vor dem Mund. Die Glättung der Tuche musste unterbrochen werden, weil die Stockungen der heißen Walzen durch den Eisgang auf dem Stadtbach dazu führten, dass das Gewebe braune Brandspuren aufwies und damit unbrauchbar wurde. Die neuen Maschinen arbeiteten zuverlässig, aber nicht bei dieser eisigen Kälte.

»Würden wir unsere Waren im Welschland herstellen, hätten wir das Problem nicht«, schimpfte Johann und zog mithilfe des Zurichters Hallbacher das versengte Tuch aus der Maschine. Auch Anna packte mit an, obwohl Hallbacher immer wieder betonte, dass das keine Arbeit für eine Frau sei.

Was Arbeit für eine Frau ist, bestimme ich, dachte sich Anna, sagte aber nichts. Dieser junge Spund würde es ohnehin nicht verstehen, würde es aber mit der Zeit lernen müssen.

»Aber dann müssten wir Stockungen wegen zu wenig Wasser und Dürre hinnehmen«, antwortete sie ihrem Mann. »Es bliebe dasselbe Spiel. Solange wir keine unabhängige Kraft haben, die diese Maschinen antreibt, wird es Stillstand geben, wenn das Wetter nicht mitspielt.«

»Soll ich mir vielleicht Esel und Ochsen anschaffen und sie an

Göpelwerken laufen lassen, wie in Nürnberg oder in Sachsen? Dann könnte ich die Ware gleich vergolden und so hergeben«, murrte Johann. Er zog an einem letzten Tuchfetzen, bis dieser zerriss. Das entlockte ihm einen derben Fluch.

»Hallbacher«, schrie er zornentbrannt. »Schickt die Belegschaft nach Hause. Für heute gibt es nichts mehr zu schaffen.«

Anna sah, wie der Mann zusammenzuckte und bleich wurde.

»Herr«, warf er ein und duckte sich, weil Johann ihn augenblicklich anblaffte.

»Was?«

»Sollen wir nicht die Ballen herrichten oder die …?«

»Schickt sie nach Hause, hab ich gesagt! Das Wasserrad ist abgekoppelt. Die Maschinen stehen. Betet, dass der Eisgang keine Schäden an den Schaufeln und Wellen anrichtet. Ihr könnt mit einem zusätzlichen Mann das Rad freihacken. Aber alle anderen sollen nach Hause gehen.« Als der Zurichter einatmete, als wolle er etwas antworten, hob Johann sofort die Hand. »Und keine Widerrede!«

Anna hatte das Geplänkel mitverfolgt, und als sie der bittende Blick des Vorrichters streifte, zuckte sie zusammen. Was wollte er von ihr? Wenn die Maschinen stillstanden, gab es keine Arbeit, und wenn es keine Arbeit gab, konnten sie keinen Lohn zahlen … und plötzlich begriff Anna, warum der Mann so bleich geworden war.

Die Frauen, Männer und Kinder, die sie in ihrer Manufaktur beschäftigten, bekamen Tagelöhne. Sie wurden am Ende des Tages ausgezahlt. Es reichte für sie gerade so, um ihre Familien über Wasser zu halten. Zurücklegen konnte man davon nichts. Und jetzt, am Ausgang dieses strengen Winters, hatten viele der Handwerker, die ihre Frauen in die Manufaktur schickten, keine Arbeit und damit keinen Verdienst. Es wurde nicht gemauert, nicht gezimmert, nicht verputzt. Und nun fiel auch noch der Tagesverdienst weg, der zumindest das tägliche Brot gesichert hatte, und der Hunger unter den Manufakturarbeitern breitete sich aus wie ein Geschwür.

Anna zog Johann beiseite, der das versengte Tuch anstarrte, als stünde darauf die Lösung seines Problems.

»Gib ihnen etwas Ausfallgeld. So viel, dass sie sich wenigstens etwas zu essen kaufen können«, flüsterte sie ihm zu.

Die schroffe Antwort erschreckte Anna. »Nein! Und Schluss jetzt.«

»Wir werden daran nicht bankrottgehen«, fuhr sie ihn an, jetzt etwas lauter. »Aber die Arbeiter hätten etwas. Und unser Ansehen …«

»Nein. Das verstehst du nicht!« Johanns Gesicht war eingefallen. Jede seiner Antworten wurde von einem Hüsteln begleitet, das in dieser kalten Jahreszeit nicht mehr wich.

»Dann erklär es mir. Ich komme – wie du sehr wohl weißt – nicht auf der Brennsuppe dahergeschwommen. Und ich habe ein Recht darauf, es zu erfahren. Schließlich steckt auch meine Mitgift in dieser Manufaktur. Also rede mit mir!«

Sie war lauter geworden, als sie gewollt hatte. Hallbacher, der Vorrichter, sah zu ihr herüber, eine Spitzhacke in der Hand und eine Mütze auf dem Kopf. Er war auf dem Weg nach draußen zum Mühlrad.

Wenn man genau hinhörte, vernahm man das Knirschen und Schieben des Eises, das sich gegen die Schaufeln des unterschlächtigen Wasserrads stemmte. Diese ächzten, als hätten sie die Last des Himmels zu tragen. Noch ein wenig mehr Druck, und sie würde splittern und brechen.

»Was ist?«, schob sie Johanns Unwillen beiseite, mit ihr zu reden.

»Hast du im letzten halben Jahr Schüle beobachtet?«

Anna war verblüfft. »Lenk nicht ab!«, herrschte sie Johann an.

»Ich lenke nicht ab. Hast du?«, bohrte er weiter.

»Warum sollte ich?«

»Weil er sich auffällig oft hier herumgetrieben hat. Er hat die Modeldrucker beobachtet und die Glättevorrichtungen studiert, hat mit Arbeitern gesprochen. Ihn hat mehr interessiert, wie wir etwas machen, als dass wir es machen.«

Anna wusste nicht recht, worauf Johann hinauswollte. »Es sind immerhin auch seine Tuche, die wir verarbeiten. Da ist es doch nicht verwunderlich, wenn er die Qualität begutachtet.«

»Er hat es auch bei anderen Druckern so gehandhabt – oder seinen

Zurichter, Melchior Gräz, zu Apfel und anderen Veredlern geschickt. Du kennst den Kerl.«

Anna sah verlegen zu Boden. Sie wollten eigentlich nicht an den Modeldrucker erinnert werden. »Besser als mir lieb ist. Er ist also zu Schüle gegangen?«, fragte sie tonlos und wandte den Blick ab.

Johann scharrte mit seinem Stiefel auf den Bretterdielen, die von der Farbe und den plattgetretenen Mullen schwarz verfärbt waren. »Gräz ist ein guter Handwerker, wenn er auch sonst ein verkommenes Subjekt ist. Seinen Modeldruck können nur wenige nachahmen, und noch weniger sind besser als er.«

Anna musste schlucken. Der Speichel schmeckte bitter, wenn sie an diesen Kerl dachte. »Als ob das ein Grund wäre. Man hätte ihn aus der Stadt verweisen müssen. Umgehend.«

Sie sah ihren Mann unverwandt an. Er sollte sie nicht durch das Labyrinth seiner Gedanken führen, sondern einen klaren Weg einschlagen. Sie hob also nur die Brauen, und er wusste, dass er sich besinnen musste.

»Kurz: Die beiden Männer haben auch ausspioniert, wie wir arbeiten«, sagte er.

Anna musste lachen. Es war ein hohes, etwas künstliches Gekicher, das so gar nicht zur jetzigen Situation passte. »Warum sollte er das tun? Was hätte er davon?«

»Man hat mir zugetragen, Schüle spiele mit dem Gedanken, ganz nach Hamburg zu gehen.«

Anna wurde leicht schwindlig, und sie musste sich festhalten. »Weggehen? Aus Augsburg?«

Wenn Schüle sich aus der Stadt zurückzöge, würden ihnen erhebliche Einnahmen wegbrechen, jetzt, da sie sich eben aus dem Sumpf der Verbindlichkeiten gezogen hatten. Zwar druckten sie nicht nur für den Kaufmann aus Straßburg, sondern auch für andere. Aber Schüle war der größte Abnehmer.

»Es kommt noch schlimmer«, sagte Johann. Er setzte sich auf einen Balken, der in den Weg ragte, und strich sich mit der Hand übers Gesicht. Anna bemerkte, wie grau dieses Gesicht geworden war, als hätte sich die Sorge wie Mehltau darauf niedergelassen. »Wenn er nur ganz nach Hamburg hätte gehen wollen, dann wären unsere Einnahmen gesunken. Ärgerlich, aber auszugleichen.«

Jetzt war es Anna, die neugierig wurde. Hatte sie irgendetwas übersehen, nicht bedacht? Außer dem Umstand, dass sie eine Freundin verlieren würde? Catharina nicht mehr sehen zu können würde sie mehr treffen, als tausend Tuche weniger zu bedrucken. »Was will er in Hamburg?«

Johann schlug sich auf die Schenkel. »Den ständigen Sticheleien unserer Zünfte ausweichen. Was ich gut verstehen kann. Aber …«

Anna seufzte. Das waren viele »Abers« und »Wenns«. »Du zerbrichst dir den Kopf über ein Problem, das noch gar nicht da ist. Konzentrier dich lieber darauf, wie wir neue Kunden gewinnen.«

»Wir gewinnen vor allem einen Konkurrenten.«

Jetzt verstand Anna gar nichts mehr. Warum sollte ein neuer Konkurrent auftauchen, wenn Schüle nach Hamburg ging?

Johann senkte die Stimme zu einem Flüstern, sodass sie sich vorbeugen musste, um ihn überhaupt noch zu verstehen. »Gräz ist nicht nur ein unehrlicher Kerl, er ist auch noch ein Schwätzer. Er hat in den letzten Jahren bei Schüle auch die Druckqualität geprüft. Beim Bier hat er damit geprahlt, dass Schüle in Hamburg 175 000 Gulden für das Bedrucken von Stoff bezahlt habe. Er sei völlig durchgedreht und habe deswegen seine Frau geschlagen.«

Sofort horchte Anna auf. Catharina! Sie musste umgehend zu ihr. Das war also der Grund, warum sie sich seit gut einer Woche nicht mehr gesehen hatten, und nicht irgendwelche Unpässlichkeiten. Sie biss sich auf die Unterlippe.

»Jetzt kommt aber das Beste: Er hat herumposaunt, sein Herr habe ihm gesagt, für dieses Geld könne er eine eigene Manufaktur aufbauen und selber drucken.«

Annas Mund wurde trocken. Kein Umzug nach Hamburg, kein Verlust der Freundin, aber dafür eine Konkurrenz, die so gefährlich war, dass der Untergang ihrer eigenen Manufaktur im Raum schwebte wie eine Gewitterwolke.

»Aber ihm fehlt doch das …«

Sie brauchte nicht weiterzureden, sondern begriff jetzt, dass die Besuche von Schüle und Gräz keine Kontrollbesuche gewesen waren. Sie hatten ihre Handwerker ausspioniert, weil sie hinter deren Kniffe und Können blicken wollten.

»Deswegen ist er bei uns herumstolziert«, flüsterte sie. »Er hat uns ausspioniert!«

Sie sah Johann in die Augen, und er nickte. Ihr war, als würde das Licht in der Halle mit einem Mal düsterer.

Doch dann schoss ihr ein Gedanke in den Kopf, der sie aufatmen ließ. »Er kann hier in der Stadt keine neue Manufaktur aufmachen. Dazu müsste er sich um eine protestantische Druckergerechtigkeit bemühen. Aber die sind, wie wir alle wissen, belegt. Er müsste schon einen der Inhaber beseitigen oder aus der Stadt jagen lassen. Aber wir sind ja nicht mehr im Mittelalter.«

Johann fuhr sich noch einmal mit der Hand übers Gesicht. Ein schwarzer Streifen Ruß blieb zurück. Er sah aus, als hätte er sich eine Kriegsbemalung gegeben, wie sie in den Berichten über die Franzosen- und Indianerkriege beschrieben wurden. »Aber er hat bereits angefangen, die Preise zu drücken«, flüsterte Johann mit Blick auf Hallbacher, der bislang keine Anstalten gemacht hatte, das Mühlrad vom Eis zu befreien. »Wir haben schon jetzt weniger eingenommen.«

Den letzten Satz verstand Anna kaum noch, so leise war er geflüstert. Dennoch – sie musste etwas unternehmen. Hungernde Arbeiter waren schlechte Arbeiter.

»Umso mehr müssen wir darauf achten, unsere Männer und Frauen zu halten«, setzte sie Johann auseinander. »Wenn wir ihnen schlechte oder keine Löhne zahlen, wird Schüle sie mit Handkuss übernehmen. Sobald unsere Arbeiter bemerken, dass uns nicht an ihnen gelegen ist, fühlen sie sich nicht mehr an uns gebunden.« Die Stirn ihres Ehemanns runzelte sich wieder, und er setzte zu einer Gegenrede an, doch Anna unterbrach ihn energisch. »So versteh doch, Johann! Noch kann er keine Druckerei aufbauen. Er hat keine Druckergerechtigkeit. Aber wenn er diese erhält – und nicht wenige der Druckermeister sind krank, kurz vor dem Bankrott oder bereits ohne direkte Nachkommen –, dann wandern uns die Belegschaften ab und wechseln mit fliegenden Fahnen zu Schüle.«

Sie sah, wie Johanns Miene sich glättete, wie er sie respektvoll betrachtete und sie dabei nicht als Frau ansah, sondern als Geschäftspartnerin. Schließlich lächelte er und nickte.

»Also gut.« Er wandte sich an Hallbacher, der sich auf den Stiel der Hacke gestützt hatte. »Nehmt die Belegschaft. Sie soll das Wasserrad freihacken. Die anderen richten die Ballen her. Dann geht nach Hause. Heute gibt es zwei bezahlte Stunden frei. Morgen sehen wir weiter.«

Hallbacher nickte Anna zu und wandte sich ab. »Hallbacher«, rief ihn Johann zurück. »Schickt zwei Mann, die hier ein wenig einheizen. Es nützt ja nichts, wenn der Stadtbach frei ist, aber die Walzen einfrieren, und die Wellen versintern.«

Auch Anna fühlte, wie sich ein Kloß in ihrem Hals löste. Sie mochte diesen jungen Kerl, der so klar dachte, und zwinkerte ihm ausgelassen zu. »Ich werde bei Catharina mal nachfragen und sie aushorchen. Vielleicht lässt Schüle dann die Preisdrückerei.«

Jetzt musste Johann lachen, doch dieses Lachen verwandelte sich, je länger es dauerte, in einen Husten. Es dauerte eine ganze Weile, bis ihr Mann wieder Luft bekam. Anna stand da und sah ihn besorgt an. Er war so blass geworden, als würde er immer durchscheinender, bis er sich gänzlich auflöste.

»Du glaubst doch nicht wirklich ... wirklich, dass Schüle auf ... auf Catharina ... hört«, hustete er ihr einen Satz vor. »Sie ist nett und hübsch, aber sie hat keinerlei Einfluss auf ihn!«

Anna hob den Kopf und sah ihm in die Augen, die sie seit jeher angezogen hatten. »Jede Ehefrau hat Einfluss auf ihren Mann, Johann. Die Frage ist nur, ob er diesen Einfluss erfasst oder nicht. Ich glaube ja, dass die meisten Männer so von sich eingenommen sind, dass sie es gar nicht bemerken.«

Damit ließ sie ihn stehen. Die Befreiung von Wasserrad und Wellenkasten war eine Angelegenheit für Männer. Sie würde sich mit Catharina unterhalten. Mit einem Lächeln schwebte sie davon.

4

APRIL 1753

Kurz überlegte Anna, ob sie auf das blaue Auge ihrer Freundin eingehen oder ob sie es höflich übersehen sollte. Die Tränensäcke waren gelb und grün angelaufen, die linke Wange ebenfalls, und ein roter Streifen, der bereits Schorf angesetzt hatte, lief von der Oberlippe bis hinauf zum Nasenflügel.

»Ihr seht zum Fürchten aus, Catharina«, sagte Anna. »Und erzählt mir nicht, Ihr seid ausgerutscht und gegen den Türrahmen gestoßen. Man sieht die Hand einfach zu deutlich.«

Verlegen strich sich Catharina Schüle die Haare über die Wange. »Mittlerweile kann ich mich wenigstens wieder sehen lassen«, erwiderte sie leise. »Er war wie von Sinnen. Und ich hab nur …« Sie unterbrach sich, weil ihr die Stimme brach. Tränen schimmerten in ihren Augen.

»Weil er in Hamburg Verluste gemacht hat?«, hakte Anna nach. Ein wenig schäbig fühlte sie sich schon, weil sie das versuchte, was Schüle bei ihnen getan hatte: ihre Freundin auszuhorchen.

»Verluste? Iwo. Er macht immer noch Gewinn. Nur war ihm der Druck zu teuer. Viel zu teuer. 175 000 Gulden für das Bedrucken einer Jahreslieferung sind eine stattliche Summe. Auch für ihn.«

Anna rechnete nach. Hier in Augsburg bezahlte er höchstens zwei Drittel dafür. »Johann Heinrich sollte mit meinem Mann reden. Er könnte ihm ein Angebot machen. Exklusiv. Wenn die Menge stimmt, kann er etwas am Preis machen. Augsburg ist zudem näher am Süden und mindestens ebenso weit entfernt von den Franzosen, wo die Stoffe benötigt werden, als Hamburg.«

Catharina langte über den Tisch und goss Anna aus einer kleinen Teekanne nach. Die helle Flüssigkeit dampfte in der Tasse und tat gut in dieser wechselhaften Jahreszeit.

»Ist das jetzt ein Geschäfts- oder ein Freundschaftsbesuch?«, fragte die Schülin unumwunden.

»Können wir Frauen überhaupt Geschäfte vereinbaren?«, fragte Anna zurück. »Also wenn Ihr meinen Mann fragen würdet, würde er das vehement bestreiten. Frauen als Geschäftspartnerinnen ... Welch eine Anmaßung!« Sie langte nach einem Gebäck, das sie kurz betrachtete, bevor sie ein klein wenig davon abbiss. Es schmeckte vorzüglich nach Marzipan und etwas Zimt.

Catharina kicherte und nickte – und Anna ließ sie in dem Glauben, sie habe bei sich zu Hause geschäftlich nichts mitzureden. »Ein Unding. Aber lasst uns ein wenig träumen«, sagte Catharina fröhlich. Offenbar tat es ihr gut, sich ein wenig zu unterhalten.

Mit spitzen Fingern nahm Anna die chinesische Teeschale mit dem blauen Häuschen auf einem Berg und führte sie zum Mund. Sie blies mit gespitzten Lippen über den heißen Tee und nippte daran. Der Gebäckgeschmack vermischte sich mit der Bitterkeit des Tees. Wundervoll.

»Unsere Gatten sollten ehrbare Verträge vereinbaren, die beiden Seiten dienen – aber die Drucker in der Stadt nicht gegen uns aufbringen«, sagte sie und blies weiter in die Tasse. Es dampfte leicht, was zwar den Blick trübte, aber einen zartbitteren Geruch verbreitete.

Catharina hatte in der Zwischenzeit die Kanne abgestellt und langte ebenfalls nach ihrer Tasse.

»Ich finde, es gehörten noch Henkel an diese Tassen«, kommentierte sie die Tatsache, dass sie eine zweite Hand zu Hilfe nehmen musste, um die Porzellanschale überhaupt anheben zu können. »Die Chinesinnen müssen unglaublich unempfindliche Finger haben, wenn sie die Hitze nicht spüren.« Sie schlürfte vornehm das Getränk, und noch während sie die Teeschale absetzte, fragte sie: »Noch etwas Honig zum Süßen?«

Anna kam sich vor wie bei den Geschäftsgesprächen ihres Mannes, wenn die Männer bei Bier und Schnaps zusammensaßen und sich langsam betranken, während sie zuerst über Gott und die Welt und erst zuletzt über die wirklich harten Geschäfte redeten. Noch während sie sich belauerten, ihre Stimmungen kundtaten und das Wetter kommentierten, wurden in Andeutungen die Grundlagen für die Handschlagverträge geschaffen.

Wer sich über die Predigten bei Gottesdiensten ausließ und die Willigkeit der Ehefrauen ins Spiel brachte, der konnte auch über Mengen und Zahlen sprechen, weil Vertrauen geschaffen wurde. In gleicher Weise umkreisten sich die beiden Frauen. Die geplapperten Banalitäten schufen die Grundlage dafür, sich anschließend auf Augenhöhe über Stoffmengen und Ballenzahlen zu verständigen, Guldenbeträge hin und her zu schieben und sich schließlich auf einen Preis zu einigen. Im Gegensatz zu ihren Männern blieben die Frauen dabei nüchtern und wussten also noch am nächsten Tag, was genau sie vereinbart hatten.

Sie unterhielten sich über die Blumen in den Pflanzkästen am Fenster, und während Anna die Blütenpracht lobte und wortreich beteuerte, selbst keinen derartigen Schmuck zustande zu bringen, beschwerte sich Catharina darüber, dass die Dunkelheit der hohen Kirchengebäude den Pflanzen schade und nichts recht gedeihe. Sie kamen über die Erziehung von Catharinas Töchtern auf das dritte Kind, das sich an ihrem Bauch bereits deutlich abzeichnete. Catharina bedauerte, dass sie wieder nur Anzeichen eines Mädchens wahrnahm, obwohl Schüle sehnlichst einen Jungen von ihr erwartete, während Anna sich bemühte, ebendiesen Jungen herbeizureden.

»Natürlich wird es diesmal ein Stammhalter werden!«, betonte sie. »Das spüre ich.«

Irgendwann hatten sie sich dann darauf geeinigt, dass Schüle Johann Gignoux bei der Vergabe von Druckaufträgen noch stärker berücksichtigen würde.

Keine der Frauen ließ irgendwelche Zweifel daran aufkommen, dass die von ihnen ebenfalls per Handschlag vereinbarten Geschäfte ungültig wären oder nicht zustande kommen könnten, nur weil Frauen sie abgeschlossen hatten, ohne ihre Männer einzuweihen. Vermutlich – und das wusste jede von beiden – würden ihre Männer niemals von diesen Handschlagverträgen erfahren.

Sie lachten und scherzten, und Catharina, so stellte Anna fest, vergaß darüber Schmerzen und Wunden, und das war gut so. Kurz überlegte sie, was Männer wie Schüle dazu veranlasste, gegen ihre Frauen gewalttätig zu werden. Schließlich war er erfolgreich. Extrem erfolgreich. Seine Frau war eine Schönheit und ihre Hingabe an ihn sichtbar. Was also verleitete ihn dazu, handgreiflich zu werden? War es eben diese Unterwürfigkeit, die ihn glauben machte, er wäre nicht nur mit ihr verheiratet, sondern würde sie auch besitzen, ja, beherrschen wie eine Sklavin? Die Kirche beförderte mit ihrer Bibelauslegung diese Meinung. Aber Schüle galt nicht unbedingt als religiös. Im Gegenteil. Er war skrupellos und ließ bei Geschäftsabschlüssen sein Gewissen zu Hause. Der Vorteil stand bei ihm immer im Mittelpunkt. War es womöglich so, dass er bei negativen Erlebnissen in seinem Beruf, wenn er aus dieser Mitte verstoßen und sichtbar an den Rand gedrängt worden war, sich der Loyalität seiner engsten Umgebung versichern musste und sie durch Prügelexzesse dazu zwang, ihn in diese Mitte zurückzuschieben? Er war der Mittelpunkt der Welt, je mehr er seine Untertanen dazu zwang, sich um ihn zu drehen.

»Anna? Wo seid Ihr gerade?«

Sie hatte sich so in ihren Gedanken verloren, dass sie aufschrak, als Catharina das Wort an sie richtete. Verwirrt musste sie sich erst einmal sammeln und orientieren.

Natürlich: Schüle und seine Besuche in den Werkstätten. Beinahe hätte sie den eigentlichen Grund vergessen, warum sie Catharina aufgesucht hatte. »Wir suchen gerade ein neues Haus, Johann und ich. Wir wollen uns vergrößern.«

Catharina lächelte und trank aus ihrer Schale, ohne Anna aus den Augen zu lassen. Hatte die Schülin ihr Ablenkungsmanöver durchschaut? Doch sie las kein Misstrauen in ihrem Blick.

»Veränderung ist etwas Normales. Was wäre es denn für eine Welt, wenn wir immer in denselben Schuhen herumlaufen würden. Gegen eine Neuerung hie und da ist nichts einzuwenden.«

Anna nickte. »Wollt ihr euch auch verändern?«, fragte sie so unschuldig wie möglich nach und reichte Catharina ihre Tasse, damit diese ihr nachschenken konnte.

»Stellt sie ab, beste Freundin«, bat Catharina. »Sonst verbrüht Ihr Euch zuletzt die Finger.«

Anna nahm die Retourkutsche zur Kenntnis. Die Ehefrau Johann Heinrich Schüles wusste sehr wohl, was sie wissen wollte. »Ich dachte nur, ich habe an der Werkhalle zwei Leiterwagen mit Bauholz gesehen. Ihr erweitert doch nicht diese Wohnung hier?«

Catharina lachte zwar hell auf, aber mittlerweile schlich sich eine kleine Falte auf die Stirn, und ihre Augen blickten nicht mehr ganz so offen wie zuvor.

»Natürlich nicht«, sagte sie mit etwas spitzem Mund. »Mein Mann erweitert die Halle in der Vorstadt.«

Anna führte ihre Tasse an den Mund, blies in die dampfende Flüssigkeit und verschaffte sich so etwas Zeit, um über die Mitteilung nachzudenken. Wenn man eins und eins zusammenzählte, dann ergaben die sogenannten Besichtigungen und die jetzt eingestandene Erweiterung einen Sinn: Schüle wollte seine eigene Manufaktur erweitern.

»Euer Gatte wird doch nicht etwa selbst tiefer in den Textildruck einsteigen wollen?«, spekulierte sie, während sie ihre Schale wieder auf den Tisch zurückstellte.

Sie wollte Catharina nicht in Verlegenheit bringen, deshalb sah sie die Freundin nicht an. Sie erhielt aber auch keine Antwort. Doch die brauchte sie auch nicht. Für 175 000 Gulden konnte man eine gewaltige Druckerei aufbauen. Und Schüle war als jemand bekannt, der nicht lange zögerte, wenn es darum ging, einen Vorteil zu nutzen.

Sie lächelte also unverbindlich, als sie endlich Catharinas Blick einfing. »Es wird wohl eine Zeit dauern, bis Euer Gatte mit der Erweiterung fertig ist. Bis dahin wird er Druckereien brauchen, die ihm unter die Arme greifen. Lasst es mich wissen, Catharina.« Sie blickte der Schülin in die Augen und bemerkte, wie diese rot wurde. Sie hatte also ins Schwarze getroffen. »Aber jetzt Schluss, meine Teuerste. Wie geht es Euch und dem Kind? Was hat die Hebamme gesagt, wann es kommen soll?«

5

SEPTEMBER 1753

Ihr Schwager Anton hatte das Fieber mitgebracht. Jetzt lag die ganze Familie darnieder: der Schwiegervater, die Schwiegermutter, Annas Vater, die Mutter, Johann – aber am schlimmsten hatte es Felicitas getroffen. Die Kleine war erst zwei Jahre alt und ein zartes Kind.

Als Anna das abgedunkelte Zimmer betrat, in dem sie lag und vor sich hin glühte, dachte sie an die Geburt, die so leicht gewesen war, so unverhofft sanft, wie sie nur hatte sein können. Das kleine Wesen war ihrem Schoß entschlüpft und ohne viel Anstrengung auf die Welt gekommen. Selbst die Hebamme hatte so eine sanfte Geburt selten erlebt. Das blutige und schleimige Wesen, das sie vor zwei Jahren im Arm gehalten hatte, war so winzig gewesen, dass Anna befürchtet hatte, eine Frühgeburt erlitten zu haben. Doch die Kleine krähte unmittelbar nach ihrem Erscheinen mit derart kräftigen Lungen nach der Brust der Mutter, dass sie alle diesbezüglichen Sorgen beiseiteschob. Sie war zart und leicht, nur eine Handvoll Mensch, wie es Johann auf den Punkt brachte. Und jetzt kämpfte dieses kleine Bündel um sein Leben.

Anton hatte das Fieber in der Familie verbreitet. Seine Leidenschaft war das Spiel auf dem Kontrabass. Nicht nur in Annas Augen beherrschte er das Instrument virtuos. Mitglieder der protestantischen Augsburger Musikgesellschaft hatten in München ein Konzert gegeben. Aus Freude über den kleinen Erfolg in der Nachbarstadt hatte er die Familie zu einem letzten Konzert zu sich nach Hause eingeladen. Alle waren sie gekommen, die Eltern und Großeltern, und hatten gelauscht. Eine Woche nach seiner Rückkehr nach Augsburg begann er zu husten. Fieber warf ihn aufs Bett und mit ihm die Familie. Anna war die einzige Ausnahme. Sie selbst hatte zwar ein Kratzen im Hals verspürt, war aber nicht krank geworden.

Sie betrat das Kinderzimmer, das Elsbeth, ihre Stubenmagd und Amme, abdunkelte, als würde man nur im Dämmerlicht gesund. Anna hatte eine völlig andere Vorstellung. Sie ging zum Fenster, schob die Vorhänge beiseite und stieß die Läden auf. Licht und Luft strömten herein, auch wenn Letztere etwas kühl anmutete. Dann trat sie an das Bett der Kleinen und fühlte ihre Stirn. Sie glühte. Ihr Töchterchen schwitzte. Ihr ganzer Kopf war rot und das Kissen nass vor Schweiß.

Hinter ihr betrat Elsbeth das Zimmer, stellte Krug und Leinentücher ab und wollte zum Fenster eilen, um es zu schließen.

»Untersteh dich!«, blaffte Anna sie an. »Die Fenster bleiben auf, und das Licht gibt meiner Kleinen Kraft. Wer will schon in eine Welt zurück, in der es beständig Nacht ist?«

Elsbeth senkte den Kopf und kümmerte sich wieder um die Wadenwickel. Sie tunkte die kalten Tücher in den Krug und reichte sie der Herrin. Anna schlug die Bettdecke zurück und wickelte Felicitas die kühlenden Tücher um die Unterschenkel. Ein zusätzliches Tuch legte sie ihr auf die Stirn.

War die Kleine zuvor schon zierlich und mager gewesen, schien sie jetzt beinahe durchsichtig zu werden.

»Du darfst mich nicht verlassen!«, flüsterte Anna ihr ins Ohr, während sie sich zu ihr hinunterbeugte und auf die Wange küsste. Doch die Reaktion war dieselbe wie seit zwei Wochen: Die Kleine rührte sich nicht.

Anna straffte sich.

»Flöß ihr Hühnersuppe ein, Kind«, wandte sie sich an Elsbeth, die abwartend neben dem Bett stand. »Die Fenster bleiben auf! Hörst du? Ich will nicht, dass Felicitas im Dunkeln liegt. Ich muss zum Hausherrn.«

Ein letztes Mal strich sie ihrer Tochter über die Wangen. Der Vormittag war der Krankenpflege gewidmet. Sie machte die Runde und begann und endete immer bei Felicitas. Johann war der Nächste, dann ihre Eltern und schließlich die Schwiegereltern. Wobei diese bereits über dem Berg waren. Sie musste der Schwiegermutter noch helfen, die Kleidung zu wechseln. Ansonsten hatten die beiden Alten das Schlimmste hinter sich. Schwach waren sie noch, aber auf dem Weg der Besserung.

Sie stand auf und warf von oben einen Blick auf das maskenhaft starre Gesicht ihrer Tochter. Die Leben in dieser Zeit waren so unglaublich kurz. Während in der Bibel Lebensspannen im Alten Testament ausgebreitet wurden, bei deren Zahl einem schon schwindelte, wurden in ihrer Zeit die Lebensjahre regelrecht abgeschnitten. Anna hoffte inständig, dass der Herrgott Felicitas noch nicht zu sich rufen wollte.

Sie musste sich regelrecht von diesem kleinen Wesen losreißen, um die nächsten Kranken zu besuchen.

»Bring mir nachher den Krug und frische Leinentücher ins Schlafzimmer, Elsbeth«, befahl sie. »Nach der Behandlung mit den Tüchern wird Felicitas' Fieber etwas zurückgehen, und sie wird ruhiger schlafen. Dann kann man sie auch einmal kurz allein lassen.«

Elsbeth gehorchte und setzte sich neben das Bett.

Anna verließ den Raum und ging in das Zimmer gegenüber. Es bot sich ihr derselbe Anblick: Verdunkelung, schlechte Luft, die hier noch schlimmer roch als bei ihrer Tochter: nach Mann, Krankheit und Tod.

Johann wandte ihr den Kopf zu, als sie hereinkam.

»Ich kann es ihr einfach nicht austreiben«, sagte sie vorwurfsvoll, während sie erneut Vorhang und Fenster öffnete. Dann trat sie neben das Bett ihres Gatten.

Von oben war die Ähnlichkeit zwischen ihm und Felicitas nicht zu übersehen. Mit einer Ausnahme: Johanns Gesicht wirkte so blass, dass es bläulich schimmerte.

»Sie ist ... trotzdem ein gutes ... gutes Mädchen«, keuchte Johann. Jetzt, da die Fenster offen standen, sog er die Luft tief in seine Lungen.

»Sei lieber vorsichtig«, begann sie. »Bislang hat sie nur Fieber. Eine Entzündung der Lungen können wir nicht gebrauchen.«

Die Tür ging auf, und Elsbeth erschien, den Wasserkrug in beiden Händen und über einem Arm vier frische Tücher. Anna konnte beobachten, wie ihr Blick missbilligend zum Fenster wanderte, doch sie sagte nichts. Der Vorwurf, dass Licht und frische Luft mehr schadeten als nützten, stand jedoch unausgesprochen im Raum.

Anna setzte sich, und Johann suchte nach ihrer Hand. Seine Handrücken waren so durchscheinend, dass sie die pulsierenden Adern und deren Verzweigungen darin erkennen konnte. Er drückte ihre Hand, und beide warteten, dass Elsbeth wieder hinausgehen würde.

»Ich rufe dich, wenn wir etwas brauchen«, sagte Anna zu ihr, ohne aufzublicken. Sie konnte nur immer Johann ansehen, der mittlerweile so mager war, dass er beinahe in den Laken zu verschwinden drohte.

Als sich die Tür hinter der Stubenmagd schloss, schlug sie die Bettdecke zurück und begann, Johann die Wadenwickel anzulegen.

»Wir müssen darüber sprechen, was geschieht, wenn ich nicht mehr bin«, flüsterte er unvermittelt.

Anne hatte geglaubt, er sei eingeschlafen, weil er die Augen geschlossen hatte.

»Unsinn …«, wollte sie einwenden, doch eine harsche Handbewegung, die sofort mit einem eindringlichen Pfeifen aus den Lungen beantwortet wurde, schnitt ihr das Wort ab.

»Hör einfach zu. Wir wissen beide, dass es um meine Gesundheit nicht gut bestellt ist. Es kann jeden Augenblick zu Ende gehen.«

Das Reden strengte Johann ungeheuer an. Er musste immer wieder Pausen machen und brach die Sätze mittendrin ab. Doch sie hatten Zeit.

»Wie läuft die Fabrique?«, fragte er plötzlich.

»Wundervoll«, sagte sie, dachte sich aber nichts weiter dabei. Warum sollte sie nicht laufen, schließlich hatten sie Aufträge, und die mussten erfüllt werden.

»Dann folgen dir die Arbeiter.« Johann lächelte sie mit geschlossenen Augen an. »Sie vertrauen dir. Für sie bist du die Fabrikantin, die Unternehmerin.«

Anna schüttelte langsam den Kopf. »Nicht ich. Wir!«, betonte sie.

Johann ging auf dieses kleine Geplänkel nicht ein. »Ich habe bei der Zunft den Antrag eingereicht, dass du bei meinem Ableben die Fabrique-Geschäfte weiterführen kannst«, gestand er ihr mit seinem kurzen Atem, der sich in Stößen entlud.

Jedes Wort, das er sprach, ließ ihn noch bläulicher anlaufen und tiefer atmen.

»Aber das ist doch ...« Sie hatte unnötig sagen wollen, doch wieder unterbrach er sie energisch.

»Du wirst die Fabrique für deine Kinder weiterführen können.«

»Pah!«, rief Anna, doch dann stutzte sie. »Kinder?«, entfuhr es ihr.

Johann nickte langsam, sodass der Kopf noch tiefer in die Kissen sank. »Kinder!«, wiederholte er. »Es braucht einen männlichen Nachkommen.«

Wieder entfuhr ihr dieses verächtliche »Pah!«, mit dem sie Aussagen kommentierte, die ihrem Frausein und ihrem Verständnis für die Welt und ihre Belange widersprachen.

»Noch nicht«, flüsterte Johann. »Aber das lässt sich ändern.«

»Dann wird es Zeit, dass du gesund wirst. Im Augenblick hätte ich eher die Angst, dass du mir wegstirbst, wenn du ...«

Sie ließ offen, was sie meinte, doch Johann hatte sie genau verstanden. Er lächelte, nickte wieder, und dann hörte sie ein leises Schnarchen, das anzeigte, dass er vor Erschöpfung eingeschlafen war. Sie blickte in sein Gesicht und bedauerte, dass sie seine Augen nicht sehen konnte.

Noch eine ganze Weile blieb sie so sitzen, ihre Hand in der seinen, und dachte über das nach, was er gesagt hatte. Solange Johann lebte, war sie abgesichert. Was aber würde mit ihr und Felicitas geschehen, wenn er starb? Dann war sie auf dem Heiratsmarkt Freiwild, und die Fabrique stand zum Verkauf, ob sie es wollte oder nicht. Der Rat der Zunft befand über solche Fragen, nicht sie, deren Heiratsgut in der Unternehmung steckte.

Sie horchte auf die regelmäßigen Atemzüge ihres Mannes. Wie konnte sie verhindern, dass die unternehmerische Gesellschaft dieser Stadt über ihr Eigentum herfiel, sobald Johann starb? Welche Möglichkeiten boten sich ihr?

In Wahrheit gab es genau zwei: Entweder verheiratete sie sich zügig wieder, oder aber sie machte sich der Stadtgesellschaft unentbehrlich. Keine dieser Möglichkeiten mochte oder konnte sie für sich reklamieren.

Allerdings kam ihr gleichzeitig eine Idee, die sie dringend mit Catharina Schüle besprechen musste.

6

ACHT MONATE SPÄTER · MAI 1754

»Haben wir wirklich alle, Anna?«, fragte Catharina. »Mein Mann ist so penibel, was Einladungen anbelangt.«

Anna überflog die Liste, die sie beide in der letzten Woche angefertigt hatten.

»Die wichtigsten protestantischen Kaufleute, Musiker, Künstler. Ich wüsste nicht, wer noch fehlen sollte. Anton, Euer Schwager, spielt Kontrabass in einem Terzett.«

Anna lächelte über Catharinas aufgekratzte Stimmung. »Ihr seid angespannt, nicht wahr?«

Catharina nickte nur, nahm Anna das Blatt aus der Hand und studierte es.

Seit sich Schüle wieder nach Augsburg orientierte, versuchte er, in der Gesellschaft Fuß zu fassen. Auf der Einladungsliste stand der Querschnitt der protestantischen Familien Augsburgs. Auch wenn Anna die Namen der meisten Personen schon einmal gehört hatte, persönlich begegnet war sie bislang den wenigsten. Allerdings war es unsicher, ob alle die Einladung annehmen würden. Johann Heinrich Schüle war nicht sonderlich beliebt in der Gesellschaft. Er galt als zu egoistisch, den Zünften zu wenig zugewandt und streitsüchtig.

Anna gab Catharina die Liste zurück und überflog noch ein letztes Mal die Namen. Bei einem stutzte sie. »Wer ist Georg Christoph Gleich? Ich habe den Namen noch nie gehört.«

Catharina hob verschmitzt eine Augenbraue. »Oh, er wird Euch gefallen, Anna. Jung, etwa Euer Alter – und eine Augenweide.«

»Pah, jung«, widersprach Anna. »Ich bin neunundzwanzig. Da ist man nicht mehr jung.«

Catharina wiegte den Kopf hin und her. »Ist Jugend nicht etwas, das sich im Kopf abspielt – oder im Bett?« Sie lachte verhalten. »Oder schlaft Ihr schon getrennt?«

»Also, *Ihr* stellt Fragen!«, wich Anna aus. Sie wusste haargenau, worauf diese Frage abzielte. Anna Barbara, Catharinas jüngste Tochter, war immerhin schon fünf Jahre alt – und bei ihr selbst hatte es beinahe zwei Jahre gedauert, bis Felicitas kam. Aber Anna war erschöpft. Das Kind war schwächlich. Es kämpfte noch immer gegen die Folgen des Fiebers. »Wir arbeiten zusammen … wir … wir schlafen auch miteinander«, sagte Anna. »Es hat alles seine beste Ordnung. Johann will doch seinen Nachfolger. Einen kleinen Gignoux.«

Catharina erhob sich etwas umständlich und drehte sich zum Fenster. »Ihr arbeitet an den falschen Dingen«, sagte sie und stellte sich so, dass Anna ihre Silhouette von der Seite sehen konnte. Deutlich konnte sie die angehende Rundung unter dem Kleid erkennen.

»Ihr … seid … Ihr seid wieder in anderen Umständen?«

Mit einem heftigen Kopfnicken bestätigte Catharina Annas Annahme. »Im dritten Monat … es trägt auf. Bestimmt wird es ein Junge. Mein Mann wünscht sich doch so sehr einen Jungen.«

Ein bitterer Geschmack sammelte sich in Annas Mund, den sie nicht hinunterzuschlucken vermochte. Auch sie und vor allem Johann wünschten sich sehnlichst ein weiteres Kind, auch einen Jungen, einen Stammhalter und Nachfolger. Aber es war ihnen nicht vergönnt.

Vielleicht arbeiteten sie wirklich zu viel. Sie hatten nicht einmal eine Hochzeitsreise unternommen, obwohl die Geschäftslage des Schwiegervaters und ihres eigenen Vaters diese hätte ermöglichen können. Aber sie hatten zuerst auf eigenen Füßen stehen und nicht von den Zuwendungen der Eltern leben wollen. Das bedeutete allerdings: nur selten gemeinsame Stunden im Bett – und damit keine Kinder. Dabei wurde sie langsam zu alt dafür.

»Warum sollte mir dieser Gleich gefallen?« Anna versuchte, das Thema zu wechseln, weg von Schwangerschaften und Kindern.

»Dunkle Haare, dunkle Augen«, lockte Catharina, doch Anna winkte ab.

»Als wenn mir das Aussehen etwas bedeuten würde.« Ihre Abweisung wirkte gespielt und war es auch, wie beide Frauen wussten. Nicht nur Männer sahen jungen hübschen Mädchen nach. Auch Frauen warfen das eine oder andere Auge auf das attraktive andere Geschlecht.

»Weil er zudem ein geistreicher Unterhalter ist. Schon deshalb sollte man ihn sich warmhalten«, sagte Catharina und spitzte die Lippen.

Anna hob die Augenbrauen. »Ich brauche keinen Liebhaber, Catharina, wenn Ihr das meint. Ihr etwa? Genügt Euch Schüle ...«

»Oh, er genügt mir vollauf. Er fordert mich mehr, als ich zugeben möchte. Ich meine damit, dass dieser Gleich vermögend zu sein scheint und ein ausgezeichneter Geschäftsmann ist. Er stammt aus Ludwigsburg. Wisst Ihr, wo das liegt?«

Ungehalten unterbrach Anna ihre Freundin. »Natürlich weiß ich das. Am Rhein.«

Catharinas Brauen hoben sich. »Manchmal wundere ich mich, wo Ihr in Eurem Kopf all diese Dinge unterbringt. Ich musste mir von Johann auf der Lotter-Karte zeigen lassen, wo der Rhein liegt – und ehrlich gesagt habe ich es bereits wieder vergessen.«

Niemals wollte Anna nur Hausmutter sein, sich nur auf das Häusliche und auf die Familie beschränken: den Kindern eine Mutter, dem Ehemann ein Gefäß für seine Bedürfnisse und der Dienerschaft eine Vorsteherin. Das war nicht das, was sie vom Leben erwartete. Sie wollte die Welt kennenlernen, obwohl sie wusste, dass sie niemals über die Grenzen der Freien Reichsstadt Augsburg hinausgelangen würde. Sie wusste nicht einmal, ob sie das wirklich wollte. Aber eine ungefähre Ahnung, wie dieses Draußen aussah und wo in dieser Welt was lag, das brauchte sie allein schon für ihre Zufriedenheit.

»Nur deshalb? Weil er aus Ludwigsburg kommt, sollte ich ihn mir warmhalten?« Sie sah Catharinas verstörenden Blick und begriff, dass sie zu lange geschwiegen hatte, als dass diese den Zusammenhang zwischen ihrer Antwort und der vorhergehenden Aussage herstellen konnte.

Catharina war nett. Anna mochte sie sehr, nachdem sie sie genauer kennengelernt hatte, aber sie war etwas schlicht und zu schwerfällig im Kopf. Jedermann wusste, dass Schüle sie nicht ihrer Geistesgaben wegen, sondern aufgrund ihrer Mitgift geheiratet hatte. Alle wussten es, außer Catharina selbst.

»Ich freue mich darauf, dass Euer Mann uns in das Gartenhaus einlädt. Ich wüsste keinen besseren Ort für solch eine Zusammenkunft. Ich befürchte aber, dass er sich zu große Hoffnungen macht, was seine Reputation in der Stadt anbelangt.«

Wieder versuchte Anna einen gedanklichen Schlenker zu machen und von der beginnenden Peinlichkeit des Gesprächs abzulenken.

»Nicht Schüle, *Ihr* solltet einladen, Anna. Johann Heinrich will nur Kontakte knüpfen, sich Vorteile sichern, Abhängigkeiten schaffen. Ihn interessiert das Geld, das er durch eine solche Veranstaltung gewinnen kann. Ihr könntet es anders gestalten«, sagte Catharina plötzlich.

Überrascht über die Wendung sah Anna auf. Der schlichte Ausdruck in ihren Augen, der Catharinas Blick sonst immer verschleierte, war einer energischen Miene gewichen. Für einen kurzen Augenblick glaubte Anna, sie habe die Frau vor ihr in den letzten Jahren einfach unterschätzt.

Catharina wurde regelrecht lebhaft und rutschte auf ihrem Stuhl hin und her. »Ich kann mich an keinem Gespräch beteiligen wie Ihr. Was hätte ich schon zu sagen? Aber bei Euch, Anna, ist das anders. Ihr solltet Euch austauschen.«

In den Worten der Schülin klang etwas wie Bewunderung mit, als wäre sie stolz auf ihre Geschlechtsgenossin und sich selbst ihres Mangels bewusst.

»Eröffnet einen Salon, Anna. Salons sind in Mode. In Frankreich gibt es sie und in Frankfurt und Hamburg mittlerweile auch.«

Erneut wurde Anna von Catharinas Vorschlag überrascht. »Woher habt Ihr das? Und was ist ein Salon?«, fragte sie verblüfft. Einerseits konnte Catharina den Anschein erwecken, als könne sie nicht bis drei zählen, andererseits war sie in Sachen Mode und Gesellschaft so beschlagen, dass es Anna ganz schwindlig wurde.

Catharina senkte den Blick, als wäre es ihr peinlich, einmal mehr zu wissen als ihre Freundin. »Aus den Magazinen, die sich Johann aus Frankreich schicken lässt. Darin steht nicht nur etwas über Kleidung, sondern auch viel über Stoffe und ...« Sie stockte und senkte die Stimme, als würde sie etwas Verbotenes weitergeben. »Und etwas über Politik und Literatur. Mich interessiert eher die Literatur. Da liest man über Männer wie Denis Diderot und Jean Baptiste le Rond d'Alembert und ihr Projekt der Enzyklopädie. Seine Mutter, Claudine Guérin de Tencin, ist eine bekannte Salonnière in Paris. Ich finde allein den Begriff so schön: Salonnière. Er hat etwas Erhabenes, findet Ihr nicht? Sie hat einen literarischen Salon begründet und alle geistreichen Menschen ihrer Zeit um sich versammelt ...«

»Hört auf. Wollt Ihr mir damit sagen, dass Ihr das alles lest ... und versteht?«

Catharina lachte. »Verstehen? Ich? Nein. Aber ich finde es aufregend, wenn man sich gemeinsam trifft und über die Mode redet, über die Zukunft, über die Stadt ... auch wenn ich eine Frau bin, Anna, will ich wissen, was um mich her geschieht. Und wenn die Weisheit nicht zu mir kommt, weil ich nicht recht lesen und auch sonst nur schwer mitreden kann, habe ich doch Ohren, die hören können.«

Anna musste ihrer Freundin zustimmen. Männer hatten die Möglichkeit, in die Wirtsstuben zu gehen und sich dort auszutauschen. Johann hatte ihr erzählt, dass sie, wenn sie sich dem eher Dumpfen und Düsteren der Schänken entziehen wollten, in das vor wenigen Jahrzehnten neu eröffnete Kaffeehaus von Emanuel Hohenestel in der Annastraße oder in andere Kaffeeschenken gingen und dort dieses bittere, braune Zeug aus Indien oder Surinam tranken, das angeblich munter machen sollte. Dort saßen sie an Tischen, schwatzten und rauchten und unterhielten sich über Gott und die Welt, über Politik und Mätressen, über Handel und Kunst, während ihre Frauen zu Hause die Stiche ihrer Stickarbeiten auf dem Stramin zählten.

»Und wenn ich dann beim Salon des Zuhörens müde bin«, ergänzte Catharina mit glänzenden Augen, »dann kann ich mich immer noch an den jungen Herren erfreuen und sie betrachten.«

»Ein Salon also«, sagte Anna laut. Die letzte Bemerkung ignorierte sie einfach.

»Einmal für gute Gespräche und ein andermal, um die jungen Männer näher in Augenschein nehmen zu können. Womöglich brauchen wir sie in einigen Jahren, wenn unsere Männer … etwas nachlassen. Da will man informiert sein«, feixte Catharina.

Jetzt musste auch Anna kichern.

In Catharinas Kopf gab es offenbar nur zwei Themen: Männer und Mode. Aber sie durfte ihr nicht unrecht tun, schließlich hatte sie auch diese Idee von einem literarischen Salon in die Welt gesetzt. Außerdem wäre es sicher auch in Johanns Sinn, wenn sich die protestantischen Kaufleute ungezwungen austauschen konnten. Zusammen mit den Frauen – oder die Frauen ohne ihre Männer. Die Katholiken hatten ihre wissenschaftlichen Akademien, warum sollten die Protestanten ihre Kultur nicht ebenso pflegen.

»Haben wir in unserer Stadt genügend Männer und natürlich Frauen, die für einen solchen Salon infrage kämen?«, stellte Anna in den Raum.

»Anton, dein Schwager, gehört dazu. Er ist Zeichner und Musiker – und natürlich Fabrikant«, setzte sie noch hinzu. »Er spielt doch heute Abend. Er wird sicherlich begeistert sein. Ihm fehlt es ohnehin an geistreichen Gesprächspartnern.«

Anna konnte nur nicken. Es war, als trüge Catharina diese Idee schon länger in ihrem kleinen Kopf herum und verfolgte sie jetzt konsequent weiter.

»Matthäus Günther, Johann Bergmüller, Seutter, Lotter, die beiden Kartographen, und den einen oder anderen Literaten werden wir in dieser Stadt auch noch finden. Und natürlich den jungen Gleich. Etwas für Augen und Lachmuskeln.« Ihr Lachen schallte durch das Haus. Es wirkte ansteckend. »Außerdem reisen jede Menge junger Literaten und Adlige über Augsburg nach Süden auf ihren Kavalierstouren. Wenn es sich herumspricht, dass Ihr, Anna, hier einen Salon unterhaltet, könnte das auch ein Anlaufpunkt werden, der uns ein wenig Welt in die Stuben spült«, ergänzte Catharina, nachdem sie wieder Luft bekam. »Ich würde mich darüber freuen, endlich einmal für jemanden französische Mode zu tragen, der damit auch etwas anfangen kann. Nicht nur für diese ... diese ... Krämer!«

Das letzte Wort spuckte sie regelrecht aus, als würde es sie ekeln. Doch dann fing sie sich wieder und fuhr fort: »Zudem könnte man den Geschäftsfreunden unserer beiden Tuchhanseln etwas zusätzliches Amüsement bieten. Schüle ist ein gewiefter Kaufmann und talentierter Chemiker, aber ein wenig rückständig, was die schönen Seiten des Lebens angeht. Und Euer Johann verkriecht sich lieber hinter irgendwelchen Farbbottichen, als dass er sich dem angenehmen Zeitvertreib hingibt.«

Anna drohte Catharina mit dem Finger, lächelte aber über die Anzüglichkeit hinweg.

Mit jedem Atemzug fühlte sie sich wohler mit dem Gedanken, eine Augsburger Salonnière zu werden. Ihr gefiel dieser Begriff ebenfalls. Er hatte etwas so Elegantes und Leichtes. Doch zuvor musste sie mit Johann Rücksprache halten. Schließlich kosteten solche Zusammenkünfte Geld. Ein Geld, das derzeit mühsam verdient werden musste. Es gab zudem eine zweite Hürde, die sie nehmen musste: den Ort. In ihrer derzeitigen Hütte, anders konnte man dazu nicht sagen, konnte unmöglich ein Salon eingerichtet werden. Sie bot gerade einmal Platz für Johann, Felicitas, Elsbeth und Anna selbst.

Sie wollte eben den Mund öffnen und ihre Bedenken kundtun, als ihr Catharina zuvorkam. »Wir schauen uns diese langweilige Zusammenkunft heute einmal an, suchen uns die geeigneten Männer aus, und ich frage Johann, ob er euch sein Gartenhaus zur Verfügung stellt. Einverstanden?«

Anna konnte nur nicken. Es würde wohl doch noch ein guter Abend werden.

7

AUGUST 1754

Anna spürte, wie ihre Aufregung wuchs. Es war der erste Versuch, einen Salon ins Leben zu rufen. Die letzte Gesellschaft im Mai stand ihr noch deutlich vor Augen. Die langweiligen Gespräche, die Weinseligkeit der Männer, die Bemühungen Schüles, sich in die Textildruckerei zu drängen. Schließlich war auch noch ihr Kindermädchen erschienen, und sie hatte wegen ihrer Tochter frühzeitig gehen müssen. Felicitas hatte sie ganz in Beschlag genommen und all ihre Aufmerksamkeit gefordert. Masern hatten die Kleine für einen ganzen Monat niedergeworfen und ans Bett gefesselt. Und wieder kämpfte Anna vier Wochen mit der Angst, das Mädchen einer kalten Ruhestätte auf dem Friedhof übergeben zu müssen.

Johann war damals weit nach Mitternacht betrunken zu ihr ins Bett gekrochen.

Catharina hatte ihr dann am nächsten Tag davon erzählt, wie sich Schüle gewunden hatte und wie ihn die führenden Augsburger Drucker und Webermeister hatten abblitzen lassen. Eine protestantische Druckereigenehmigung war nicht zu erhalten. Auch nicht auf diesem Weg. Nicht einmal ein kompromittierender Vorfall hatte sich ereignet, den er für sich hätte nutzen können, denn die Herren Meister waren allemal trinkfester gewesen als Schüle und hatten ihn schließlich unter den Tisch gesoffen. Catharina benutzte das Wort »gesoffen«, weil es ihren Abscheu gegenüber dem ausdrückte, was sich an diesem Abend abgespielt hatte.

»Seid froh, dass Ihr früher gehen musstet. Es war ekelhaft.«

»Und dieser Gleich?«, hatte Anna nachgefragt. »Ist er gekommen?«

»Oh ja. Und wie«, schwärmte Catharina und verdrehte die Augen, sagte aber weiter nichts.

»Jetzt lasst Euch doch nicht alles aus der Nase ziehen. Was war mit ihm? Wie war er?«

»Oh, dieser Gleich! Charmant, höflich, ganz der Monsieur von

Welt, wie man so sagt und wie man ihn sich wünscht. Immer zuvorkommend – und vor allem – nicht betrunken!«

Anna hatte diesen versonnenen Blick bemerkt – und wenn sie nicht gewusst hätte, dass Catharina schon zuvor in anderen Umständen gewesen war, hätte sie die Hand nicht ins Feuer gelegt, was den Vater des jetzigen Kindes anbelangte.

Sie hatte von Gleich nichts mitbekommen, da er erst auf den Hof eingefahren war, als sie hinter Elsbeth her nach Hause geeilt war. Deshalb freute sie sich umso mehr auf den Abend.

Die ersten Gäste trafen ein, während sie sich noch am Schminktisch im oberen Stock frisch machte. Sie betrachtete ihre Hände, die vor Aufregung leicht zitterten.

Ihr Schwiegervater hatte ihnen sein Haus zur Verfügung gestellt, nicht Schüle das Gartenhaus. Alle hatten sie zugesagt. Alle, auch dieser Gleich, dessen charmantes Auftreten und dessen Selbstsicherheit Catharina das letzte Mal so beeindruckt und überwältigt hatten.

Anna fühlte sich im Gignoux-Haus wohler, auch deshalb, weil es keine Büsche im Garten gab, hinter die Catharina den Kaufmann ziehen konnte.

Für diesmal hatte sie vorgesorgt. Man beschränkte sich auf den Salon selbst. Es waren weniger Personen geladen – und man sollte sich, laut Einladung, über die derzeitige Neuausgabe der ersten Gesänge des *Messias* von Friedrich Gottlieb Klopstock und Carl Philipp Emanuel Bachs *Versuch über die wahre Art das Clavier zu spielen* unterhalten. Sie wollte die Frage des Pietismus erörtern – und vor allem keinerlei Gespräche über Handel, Stoffdruck oder das Webermurren hören. Auch wurde nur wenig Alkohol ausgeschenkt. Es gab Säfte und schwachen Punsch. Allenfalls verdünnter Wein wurde angeboten. In der Einladung war die Bitte angehängt gewesen, sich seines Verstandes ungeniert und ungehindert zu bedienen. Dazu bedürfe es aber dessen Kontrolle. Ob es dann tatsächlich so geschehen würde, lag in den Sternen – und das machte sie etwas nervös.

Die beiden erwähnten Bücher lagen im Salon aus. Jeder konnte darin blättern. Hedwig, das Hausmädchen von Annas Schwiegereltern, servierte bereits Punsch, um die Stimmung etwas aufzulockern, und nachher würde es noch kleine Kanapees geben, um das Getränk nicht im leeren Magen gluckern zu lassen. Anna horchte auf die Stimmen. Die Gäste unterhielten sich rege und warteten auf die Gastgeberin. Sie hörte die etwas zu hohe, aber durchdringende Stimme Schüles heraus, die leise, beinahe nicht zu vernehmende ihres Mannes und das ruhige, gleichmäßige Organ Lotters. Anton würde später dazustoßen und den Kontrabass spielen. Nur eine Stimme stach aus dem Gewirr unter ihr heraus: eine klare, deutliche und selbstbewusste. Sie würde erkunden müssen, zu wem diese passte.

Langsam erhob sich Anna. Die kleine Felicitas hatte sie diesmal vorsichtshalber zu ihrer Mutter gebracht. Es war die erste große Einladung zu ihrem neuen Salon. Sie war so aufgeregt, dass ihre Wangen glühten.

Ihre Knie zitterten, als sie die Treppen hinabstieg. Sie trat in den Salon, in dem sie schon einmal einer Gesprächsrunde beigewohnt hatte. Damals, als sie Schüle kennengelernt hatte. Als sie über die Türschwelle schritt, verstummten die Gespräche. Alle drehten sich nach ihr um. Catharina war ebenfalls schon eingetroffen – und nicht einmal ihr Bauch beeinträchtigte ihre elegante Erscheinung.

Anna musste sich kurz räuspern. Eine Hitzewelle überflutete sie. Sie nickte in die Runde.

»Ich ... ich freue mich, dass so viele ... so viele geistreiche Mitglieder dieser Stadt meiner Einladung gefolgt sind. Heute soll nicht das Geschäft die Gespräche bestimmen, sondern die Literatur, die Kunst, der Geist, mithin der Ausdruck unserer Wesenheit. Denn wir sind nicht nur Menschen, weil wir zur Arbeit fähig sind, sondern auch, weil unserem Geist gelingt, etwas von der göttlichen Schöpfungskraft zu erhaschen und in diese Welt hineinzuziehen. Wenn wir jemals Gottes Ebenbild sein sollten, dann nur deshalb, nicht weil wir unserem Broterwerb nachgehen oder Kriege führen. Wir wollen uns setzen, eine Kleinigkeit essen und uns unseren Gesprächen widmen. Willkommen.«

Catharina begann zu klatschen, in jenem heftigen, erregten Ton, der ein wenig hysterisch klang und doch so sehr Ausdruck ihrer Freude war. Die anderen fielen ein, und Anna fühlte, wie sie über und über rot wurde.

Sie bemerkte noch, wie ihr jemand unter den Arm griff und sie zur Stirnseite des Tisches führte. Nach und nach nahmen auch die anderen Gäste Platz.

In ihren Ohren rauschte es, sodass sie sich schwertat, dem wieder einsetzenden Geplauder zu lauschen. Johann saß ihr gegenüber und nickte ihr aufmunternd zu. Catharina hatte sich unweit von ihr niedergelassen und starrte sie an. Ihr rechtes Ohr wurde belegt von einem ständigen Geplapper, das sie erst nicht zuordnen konnte. Aber langsam klärten sich ihre Sinne, und sie konnte aus den unterschiedlichsten Gesprächen Wortfetzen vernehmen.

»Es freut mich außerordentlich, Madame Gignoux, dass Sie nicht vergessen haben, mich einzuladen. Da wir uns noch nicht begegnet sind, vermute ich hinter dieser Ehre die Ihnen nahestehende Catharina Schüle. Wir haben uns ja schon einmal getroffen und pflegen seither einen regen … Austausch. Schriftlicher Art, versteht sich. Ich bin nur zeitweise in dieser wundervollen Stadt.«

Das Geplapper kannte kein Komma, keinen Punkt – mithin kein Ende. Es rauschte an ihr vorbei, bis Anna kurz die Hand hob und dem Mann neben ihr einfach den Mund zuhielt.

»Verzeiht, mein Herr. Aber Ihr lasst mir keine andere Wahl. Ich habe Euren Namen nicht verstanden. Wenn Ihr so liebenswürdig sein wolltet, ihn mir noch einmal zu nennen.«

Sie nahm ihre Hand beiseite. Kurz war auf dem unverbindlich freundlichen Gesicht ein Ausdruck des Unwillens erschienen, der aber so flüchtig war und so schnell verschwand wie im Winter die weiße Atemwolke vor dem Mund.

»Verzeiht, Madame Gignoux.« Der Geck erhob sich, sodass jetzt alle am Tisch mitbekamen, was geschah. Auch Anna konnte ihn erstmals ganz in Augenschein nehmen. Er war in einen dunklen Rock gekleidet, dessen Schöße rückseitig die Waden berührten und der vorn aufklaffte und eine helle Weste mit goldenen Stickereien zeigte. Ein gelbes Halstuch verlieh der Erscheinung eine gewisse Farbe. Auch waren die Knöpfe seines Rockes aus Gold – oder vermittelten zumindest diesen Eindruck. An seiner Seite hing ein Degen. Die Ärmel seiner Jacke waren aufgeschlagen und leuchteten im roten Innenfutter. Die Culotten, die er trug, waren aus demselben dunklen Samt, allerdings mit roten Abnähern versehen, und seine Beine steckten in gelben Strümpfen, die zu dem Halstuch passten. Die Schuhe konnte Anna von ihrem Platz aus nicht sehen. Es hätte sie aber nicht verwundert, wenn er ihr diese auf den Tisch gestellt hätte, um ihr auch diese zu zeigen.

Das Gesicht war ebenmäßig, rasiert, aber eine Idee zu glatt, zu emotionslos, als säße an der Stelle seiner Mimik eine Maske. Diese jedoch war ausgesprochen attraktiv: dunkle Haare, beinahe schwarze Augen und ein feiner Oberlippenbart, der wie aufgemalt wirkte.

»Madame, darf ich mich vorstellen: Georg Christoph Gleich, Unternehmer, Kaufmann, Tuchhändler aus Ludwigshafen.«

Er nahm ihre Hand, verbeugte sich leicht und hob diese an seine Lippen, ohne sie damit zu berühren.

»Ich bin sehr erfreut, dass ich neben Euch, unserer bezaubernden Gastgeberin, Platz nehmen durfte. Auch darf ich betonen, dass Ihr mit Eurer Einleitungsrede den Nagel auf den Kopf getroffen habt. Ein Salon – ebendiese Einrichtung – hat dieser Stadt noch gefehlt: freie Rede, freie Gedanken in einer Freien Reichsstadt. Wer, außer Euch, Madame Gignoux, sollte einen solchen Salon führen?«

Anna blieb angesichts der Begrüßung und Vorstellung die Luft weg, und sie musste schnell atmen, um nicht in Ohnmacht zu fallen.

Dieser Paradiesvogel kannte sie nicht und schwadronierte von freier Rede und freien Gedanken. Dabei war seine Stimme so einnehmend sanft und doch so kräftig, dass Anna sich fühlte, als würde sie von einem Seidentuch umhüllt.

Kurz musste sie durchatmen, dann nahm sie den Gedanken auf.

»Lasst uns beginnen«, rief sie in den Raum hinein und hob ihr Glas Punsch. Die Gäste taten es ihr nach, und während sie das Glas zum Mund führte, traf sich ihr Blick mit dem ihres Mannes, der ihr gegenübersaß. Er hob noch einmal sein Glas. Sie sah den Stolz in seinen Augen, die Zustimmung, und fühlte, wie auch sie sich vor Stolz blähte, wie ihr Mieder zu eng zu werden drohte, weil sie spürte, wie sie wuchs. Kurz wurde ihr schwindlig vor Augen. Doch mit einem zusätzlichen Atemzug wurde ihr Blick klar, ihr Verstand wieder scharf. »Auf d'Alembert und Klopstock!«

In diesem Moment betrat Anton mit seinem Trio den Raum. »Und auf die Musik!«, fügte sie hinzu.

Die Gäste stimmten ihr zu, beklatschten die Musiker, die sich sofort anschickten, ein Stück zum Besten zu geben.

Der Abend rauschte an ihr vorüber. Es wurde mit Worten gekämpft und gestritten, Themen wurden befürwortet oder abgelehnt, man genoss die Musik, unterhielt sich im Plenum und in Zwiegesprächen. Männer wie Frauen plauderten zwanglos miteinander. Thesen wurden in den Raum geworfen, die so hanebüchen waren, dass sie allgemeines Gelächter hervorriefen, und dann zerpflückt. Niemand dachte an die Obrigkeit, niemand nahm ein Blatt vor den Mund, niemand wurde wegen seiner Äußerungen verachtet.

Anna hatte die Zeit vergessen und hätte weiter in dem Stimmengewirr gebadet, wenn nicht Catharina auf sie zugekommen wäre und sie mit einer kurzen Kopfbewegung zur Seite gebeten hätte.

»Ich muss auf den Topf. Dringend!«, flüsterte sie ihr ins Ohr.

Jetzt erst bemerkte Anna, dass auch sie seit geraumer Zeit einen Druck verspürte. Sie nahm die Freundin bei der Hand, rief kurz »Sie entschuldigen uns bitte!« in den Raum und zog sie dann einen Stock höher ins Schlafgemach der Schwiegereltern.

»Die Männer können draußen, aber wir …«, sagte sie, langte unter das Bett, zog einen Nachttopf hervor und stellte ihn mitten in den Raum. Sie griff nach einer Hand der Freundin. »Ich halte dich.«

Umständlich setzte sich Catharina über den Topf, zog hier am Kleid und dort, hob es hoch, damit sie auch an die Unterröcke herankam.

»Also, Männer haben es da entschieden einfacher«, murmelte sie.

Endlich schien sie über dem Nachttopf zu sitzen und keine Hindernisse mehr im Weg zu haben. Anna hörte es plätschern und sah, wie sich das Gesicht der Freundin entspannte.

»Gut, dass Schüle nichts von dieser französischen Unterhosenmode hält. Wie sollte das bei diesen Bergen von Röcken auch gehen. Ich kann mich nicht mal am Hintern kratzen!«

Unterwäsche gab es nicht.

Anna nickte, hoffte jedoch, dass Catharina langsam fertig wurde mit ihrem Geschäft. Auch sie drückte es langsam immer mehr.

»Außerdem würde es ihn wahnsinnig machen«, lachte Catharina und zwinkerte ihr zu. »Was glaubt Ihr, was er kurz bevor wir hierher...«

»Ich will es gar nicht so genau wissen, Catharina. So wie er Euch derzeit ansieht, wirkt er ausgehungert.«

Beide Frauen prusteten und wechselten die Plätze. Während die Schülin sie jetzt hielt, damit sie sich platzieren konnte, fragte sie: »Und, wie gefällt er Euch?«

Anna musste sich konzentrieren, wollte sie nicht danebenzielen.

»Wen meint Ihr?«, fragte sie, obwohl sie genau wusste, wen Catharina im Visier hatte.

»Jetzt tut nicht so. Er scharwenzelt um Euch herum, als würde er Euch am liebsten ins Nebenzimmer stoßen wollen. Ich bewundere die Ruhe, mit der Johann das alles beobachtet.«

»Ihr meint Gleich?«

»Anna. Natürlich nicht. Den Bischof von Augsburg!« Sie verdrehte die Augen. »Ja! Gleich! Wen denn sonst?«

Jetzt musste Anna tatsächlich lachen, wusste doch halb Augsburg, zumindest die protestantische Seite, dass sich der katholische Bischof eine eigene Mätresse hielt.

»Er ist zu laut, zu unkontrolliert, zu ...«

»Aber seine Stimme. Man könnte dahinschmelzen«, schwärmte Catharina.

»Er ist zu rechthaberisch«, konterte Anna. »Außerdem lässt er kaum andere Meinungen gelten – außer der eigenen natürlich. Und er redet unaufhörlich. Man kommt kaum selbst zu Wort.«

»Alle Männer sind rechthaberisch. Da tut er sich nicht besonders hervor. Ich sage Euch, er hat ein Auge auf Euch geworfen, Anna Barbara.«

Anna verdrehte die Augen und ließ sich hochziehen. Sofort füllte ein scharfer Uringeruch den Raum. »Ich aber nicht auf ihn.«

Sie ging zum Fenster, öffnete es, dann holte sie den Nachttopf, der ziemlich schwer war, und schüttete den Inhalt nach draußen. Sie ignorierte die wütenden Rufe von unten, stellte den Nachttopf wieder unters Bett und schloss das Fenster.

»Ihr solltet vorsichtig sein. Gleich holt sich, was er will.« Catharina hatte diesen Satz mit einer Mischung aus Bewunderung und Abscheu formuliert, der Anna aufhorchen ließ.

»Wie meint Ihr das, meine Beste?«

Catharina schniefte zweimal, dann zog sie ein Seidentuch aus dem Ärmel und putzte sich die Nase. »Wie ich es gesagt habe. Ihr seid schneller in der Bredouille, als Ihr denkt. Vor allem eine Warnung vorweg. Bleibt niemals allein mit ihm.«

Anna richtete ihr Kleid und half Catharina, die durch ihre Schwangerschaft stärker behindert war, dies ebenfalls zu tun. »Wollt Ihr damit andeuten, dass Euer Kind …« Sie deutete auf Catharinas Bauch. »Dass es nicht von Schüle ist?«

»Unsinn. Aber es hätte durchaus nicht von ihm sein können«, gestand die Schülin und wurde über und über rot. »Warum gestehe ich Euch das nur?«, fragte sie mehr sich selbst als Anna.

Anna stieß hörbar die Luft aus. Weil ihr vermutlich eine etwas einfältige Person seid, Catharina Schüle, beantwortete sie die Frage für sich selbst. Laut aber schlug sie vor: »Gehen wir zurück zur Gesellschaft. Sie warten sicher auf uns.«

Die Schülin nickte, und sie geleiteten sich gegenseitig die steile Treppe hinab, damit sie nicht stürzten.

Gleich war also ein Schürzenjäger, und bei Catharina hatte er bereits Erfolg gehabt. Bislang hatte Anna nicht die Zeit gefunden, aber jetzt wollte sie den Ludwigsburger genauer unter die Lupe nehmen.

Als sie den Raum betraten, kümmerte sich niemand um sie. Es

war, als hätte keiner der Umstehenden auch nur bemerkt, dass sie den Salon verlassen hatten. Niemand richtete das Wort an sie. Anna war irritiert. Sie beobachtete die Männer, die mittlerweile die Tafel aufgehoben hatten und in Gruppen herumstanden. Es fanden wie gewünscht lebhafte Diskussionen statt. Jemand versuchte sich daran, die klassischen Hexameter Klopstocks zu rezitieren, und löste damit viel Heiterkeit und Widerspruch aus.

Zu viele Männer, konstatierte sie. Nächstens würde sie davon weniger und dafür mehr Frauen einladen.

Sie blickte in die Runde: Zwei Personen fehlten.

Als sie es bemerkte, war auch schon Catharina bei ihr. Sie zupfte sie am Ärmel. »Ich muss mich leider verabschieden. Schüle ist bereits aufgebrochen. Es ist etwas Unangenehmes passiert«, entschuldigte sie sich.

Anna schüttelte den Kopf. »Sehr schade, beste Freundin. Aber wir hören voneinander.«

Schon schlüpfte Catharina nach draußen, wo offenbar einer der Diener Schüles sie in Empfang nahm, um sie nach Hause zu bringen.

Wo aber war Gleich? Eigentlich hätte sie ihn hören müssen.

Sie suchte Johann, der erschöpft an einem Sekretär lehnte, leichenblass, aber mit einer fröhlichen Miene.

»Wo ist der Ludwigsburger abgeblieben?«, fragte sie ihn unumwunden.

»Der Gleich?« Amüsiert hob er eine Augenbraue. »Ich dachte, du wüsstest ...«

»Nichts weiß ich!«

Johann hielt sich eine Hand vor den Mund, damit er nicht mit seinem Lachen herausplatzte. »Er war draußen. Hatte sich mit Schüle in den Haaren, vielmehr in der Perücke. Jemandem ist diese lautstarke Streiterei wohl zu viel geworden, und er hat ihnen einen Nachttopf über den Köpfen ausgegossen.«

8

OKTOBER 1754

Johann saß am Wegrand, den Kopf in die Hände gestützt, und starrte ins Wasser des Stadtbachs. Aus dem trüben Nass ragten vier Räder empor, in denen sich bereits abgestorbene Äste und abgefallene Blätter sammelten. Die Hindernisse ließen das Wasser zu kleinen Wellen aufschäumen.

Atemlos eilte Anna auf ihn zu. »Was ist passiert?«, fragte sie und betrachtete ebenfalls das merkwürdige Kunstwerk, das sich da aus dem schnell fließenden Bach erhob.

»Ich weiß nicht, warum sie das tun«, erwiderte Johann. Er klang verzweifelt, und er röchelte.

Energisch griff Anna unter seine Achsel und versuchte, ihn hochzuziehen. »Komm. Auf. Du holst dir noch den Tod auf dem eisigen Boden«, drängte sie.

Sie hatte die Stimmen gehört, dann den Jubelschrei, schließlich das Krachen und Platschen und war aus der Druckereibaracke sofort hierhergerannt.

»Sie machen Ernst, die Augsburger Weber«, antwortete Johann, ohne sich zu rühren. »Sie haben gewartet, bis der Fuhrwerker von Schüle mir den Karren übergeben hatte, dann sind sie herangestürmt und haben ihn zum Bach geschoben. ›Fremdware‹, haben sie geschrien und den Wagen ins Wasser gestoßen. Mitsamt der Tuchware.«

Wut schäumte in Anna auf. Was fiel diesen Kerlen ein? Selbst brachten sie nicht genügend Stoffe zustande – und die Tatsache, dass die Kattundrucker nur deshalb die wenigen Tuche der Weber aufkaufen konnten, weil sie auch Fremdtuche annahmen, ignorierten sie einfach. Das war eine schlichte Rechnung, die diese Männer aufmachten, ohne Kenntnis, ohne Einsicht und ohne Weitblick.

»Das ist nicht deine Schuld, Johann«, versuchte sie ihn zu trösten.

Anna hatte aufgegeben, an ihm zu ziehen. Sie bemerkte durchaus, wie sehr dieser andauernde Kampf an seinen Nerven zehrte, wie er ihn zermürbte. Nachts hörte sie, wie er sich im Bett herumwälzte, weil er keinen Schlaf fand, und tagsüber starrte er oft gedankenverloren auf die Wand der Baracke und vergaß die Zeit. Als wäre er an einem anderen Ort. Nur sein grässlicher Husten konnte ihn aus dieser Lethargie befreien. Während er hustete, war er ganz bei sich.

»Den Tuchen macht das Wasserbad doch nichts aus«, sagte Anna. »Sie werden nass. Ja und? Wir hätten sie ohnehin noch mal bleichen lassen müssen.«

Johann antwortete ihr nicht. Er starrte weiter aufs Wasser, hielt sich den Kopf und wippte mit dem Oberkörper vor und zurück, vor und zurück.

Anna verdrehte die Augen. Wie konnte man nur so teilnahmslos sein? Andererseits verstand sie, dass es ihn erschütterte. Wo Gewalt gegen Dinge ausgeübt wurde, war es mit der Gewalt gegen Menschen nicht weit. Die Fuhrwerker würden es sich langsam überlegen, weiter Ware an Gignoux zu liefern, wenn sie damit rechnen mussten, angegriffen zu werden.

»Jetzt pack schon an. Lass den Karren und die Tücher aus dem Stadtbach herausholen«, drängte sie erneut. Sie war so in Rage, dass sie ihm mit dem Fuß gegen den Hintern stieß.

Johann drehte sich langsam zu ihr um und sah ihr erstaunt ins Gesicht. »Hast du mich eben getreten, Frau?«, fragte er verblüfft.

»Weil du nicht in die Gänge kommst, Mann!«, fuhr sie ihn härter an als gewollt. »Es ändert gar nichts, das Wasser anzustarren.«

Sein Erstaunen wechselte in Verzweiflung, was Anna einen mitleidigen Seufzer entlockte.

»Ich kann nicht, Anna. Warum sind die Menschen so schlecht? Ich gebe ihnen Arbeit, kaufe ihnen ihre Tuche ab, bezahle sie anständig – und sie schieben meine Ware in den Stadtbach. Warum das alles?«

Sie musste ihn auf andere Gedanken bringen, ihn aus dem Tunnel seiner Düsternis herauslocken.

Sie stemmte die Arme in die Hüften und baute sich so vor ihm auf, dass er sie ansehen musste. »Du solltest es allein deshalb tun, damit dein Stammhalter eine Fabrique übernehmen kann, die ihm angemessen ist«, warf sie ihm ruhig hin.

Sie wusste, sie musste etwas warten, bis das, was sie da gesagt hatte, durch die verstopften Gedankenwindungen bis in sein Bewusstsein drang.

Doch dann legte er den Kopf schief und sah sie mit einer Miene an, in der von Verblüffung über Furcht und Freude alles stand. »Was … was hast du eben gesagt?«, stotterte er früher, als sie es erwartet hatte.

Er schien sich jetzt erst der Gegenwart zu besinnen, wurde gewahr, dass er auf dem bloßen Boden saß und Kälte und Feuchtigkeit durch seine Hose drangen. »Welcher Stammhalter? Wovon redest du?«

Doch Anna weigerte sich, alles noch einmal zu wiederholen. »Hol das Fuhrwerk aus dem Stadtbach«, herrschte sie ihn an und verabschiedete sich von ihm mit einem Kopfnicken. Sie hatte wie eine Biene, die man störte, den Stachel richtig gesetzt. Jetzt musste er mit dem Stich zurechtkommen.

Im Nu war Johann auf den Beinen. Sie war kaum zehn Schritte von ihm entfernt, als er schon vor ihr stand und sie daran hinderte weiterzugehen. »Erklär dich. Stammhalter?«

Vielleicht hatte sie etwas übertrieben. Sie wusste natürlich nicht, ob es wirklich ein Junge werden würde. Aber die Hoffnung blieb. Und warum sollte man mit Hoffnungen nicht arbeiten? Alle Welt setzte auf Hoffnungen. Auch die Kirche pflanzte die Hoffnung in die Herzen der Menschen, dass im Jenseits all die Entbehrungen der diesseitigen Welt nicht mehr auf den Schultern der Armen und Beladenen lasten sollten. Ihr Glaube sah doch eine Belohnung für Fleiß und Gottesfürchtigkeit im Diesseits vor. Warum also sollte man weniger dramatische Geschehnisse nicht ebenfalls in die Krume Hoffnung pflanzen?

Sie zuckte nur mit den Schultern, umrundete ihn und ließ ihn stehen, wo er war.

»Anna!«, rief er ihr nach. »Anna. Halt an!«

Sie dachte gar nicht daran, sonst hätte sie ihm ihr Gesicht zeigen müssen, diesen kleinen Triumph in ihrer Mimik, weil sie ihn aus der Düsternis des Grübelns hatte locken können.

Sie hörte ihn laufen, springen – und wieder stellte er sich ihr in den Weg. Diesmal breitete er die Arme aus, damit sie nicht an ihm vorüberwischen konnte. »Heißt das ... heißt das ...«

Anna konnte nicht anders. Sie musste nicken. »Das heißt es!«, flüsterte sie.

Schon packte er sie und wirbelte sie durch die Luft, als wäre sie Teil eines Karussells. Das hatte sie ihm aufgrund seiner körperlichen Verfassung gar nicht mehr zugetraut. Er drehte sich mit ihr, bis Anna so schwindlig war, dass sie nicht mehr selbst stehen konnte, als er von ihr abließ, und sie sich gegenseitig stützen mussten, weil sich die Welt um sie her weiterdrehte, während sie doch standen.

»Entschuldige!«, rief er, nein, schrie er. »Aber ... ein Junge. Ein Stammhalter!«

»Ist ja gut, Johann. Wir reden darüber, wenn der Karren aus dem Stadtbach gezogen ist. Dann mach früher Schluss. Ich schicke dir die Männer nach draußen.«

Sie löste sich aus seinen Armen und lief hinüber zur Werkbaracke. Sie ließ Johann zurück, hörte aber, wie er zu husten begann, weil die Anstrengung ihn überfordert hatte. Sie wandte sich zu ihm um, und es gab ihr einen Stich ins Herz, wie er so dastand, die Hände auf die Knie gestützt, wie ein Hund bellend und nach Luft ringend.

Sie musste die Bergung der Tuchballen in die Wege leiten. Johann selbst war dabei sicherlich kaum eine Hilfe.

Mit energischen Schritten betrat sie die Halle. Sie brauchte einen Augenblick, bis sich ihre Augen an das Dämmerlicht gewöhnt hatten. Dann winkte sie energisch Meister Hallbacher zu sich her.

Kurz bevor er vor ihr stand, nahm er die Mütze ab und senkte den Kopf. »Herrin?«

»Ihr wisst, dass ich das nicht leiden kann, dieses ›Herrin‹!« Sie seufzte, weil sie es dem Mann einfach nicht austreiben konnte, sie so zu bezeichnen. »Nehmt Euch vier kräftige Kerle, einen Seilzug und versucht, von der letzten Warenlieferung zu retten, was zu retten ist.«

Hallbacher sah sie fragend an.

»Mein Mann wird Euch erklären, was geschehen ist. Ihr müsst in

Richtung St. Sebastian aus der Fabrique heraus. Dort steht Johann, und das Malheur seht Ihr dann auch.«

Auf Hallbachers Gesicht erschien ein alarmierter Ausdruck. Er drehte sich um, setzte seine Mütze wieder auf und brüllte Namen in die Halle. Er ließ keinen Zweifel daran, dass etwas getan werden musste. Und zwar sofort.

Jetzt erst fiel Anna auf, wie erschöpft sie diese Aktion hatte. Das Rennen, das Nachdenken, das Organisieren. Und dennoch musste das Geschäft weiterlaufen. Wenn die tropfnassen Tücher hereinkamen, mussten sie ausgebreitet werden, damit sie nicht stockten und Flecken bekamen. Schon längst hatten sie die Bleichfelder über dem Stadtbach aufgegeben. Sie trockneten in der Halle nebenan. Aber die Mangel musste angeworfen werden. Statt der beheizbaren Metallwalzen zum Fixieren der Farben wollte sie ausschließlich Holzwalzen einlegen. Die kamen mit Nässe besser zurecht. Sie musste suchen, wer von den Männern noch im Haus war. Hallbacher hatte alle abgezogen, die nicht unbedingt nötig waren.

Schwer atmend fand sie zwei der Rüster, die sich mit dem Einlegen einer neuen Tuchbahn beschäftigten, an der Mangel und wies sie an, die Metallrohre auszubauen und dafür die alten Holzrollen zu fixieren. Sie bekämen bald zu tun.

Ohne Widerspruch, ohne sich zu wundern, unterbrachen die Männer ihre Tätigkeit und machten sich sofort an die Arbeit. Sie zögerten keinen Wimpernschlag, und Anna konnte nicht umhin, sich nach den Namen der beiden jungen Kerle zu erkundigen.

»Wie heißt ihr?«, fragte sie. »Wie lange arbeitet ihr beiden schon für Gignoux?«

Der ältere der beiden Gesellen sah auf und sagte, noch während er die Holzkohle aus der Röhre schabte: »Ich bin der Xaver, und das ist der Sepp. Holzer. Wir sind Brüder. Und wir arbeiten seit drei Jahren für Gignoux.«

Xaver und Sepp also.

»Seid ihr zufrieden mit der Arbeit, ihr beiden?«

Wieder war es Xaver, der antwortete, ohne mit seiner Arbeit nachzulassen. »Eine gute Arbeit. Ein guter Verdienst. Wir sind stolz, für Gignoux zu arbeiten. Besser als für Schüle oder Schwarz.«

Anna horchte auf. Schüle und Schwarz? Wie kamen die beiden zu diesem Vergleich?

Schüle durfte nicht drucken. Und Schwarz war ... Schwarz war Bankier.

Neugierig sah sie den beiden zu, die mit tagtäglich geübten Handgriffen die Metallwalzen entfernten und Holzwalzen herbeiholten und einsetzten. Es dauerte, bis sie die richtige Frage gefunden hatte. »Erklär mir doch, warum du ausgerechnet Schwarz und Schüle genannt hast«, sagte sie zu dem Gesellen, der sich mit seinem Hemdsärmel den Schweiß aus dem Gesicht wischte.

9

ACHT MONATE SPÄTER · MAI 1755

Johann Gignoux ging im Zimmer auf und ab, die Hände hinter dem Rücken verschränkt, den Kopf gesenkt, als hätte man ihn hinter Gitter gesperrt. »Wir müssen ihm Einhalt gebieten. Er breitet sich aus wie ein Geschwür. Sobald er auch nur einen Zehennagel in der Tür hat, steht er schon mitten im Raum. Ohne irgendwelche Rücksichten.«

»Catharina sagt, er arbeite sich nur für seine Kinder ab.«

Kurz stockte Johann und sah sie an, als habe sie etwas gesagt, was so weit außerhalb der Vernunft lag, dass man an ihrem Verstand zweifeln musste. Dann ließ er seinen Blick über ihren geschwollenen Bauch gleiten, riss sich aber los, weil ihm offenbar die Vermischung seiner Gedanken mit dem Gedanken an seinen eigenen Nachwuchs zuwider war. »Er ist wie eine Borkenkäferplage. Zuerst sieht man nichts, die Käfer schwärmen in der Dämmerung aus, doch irgendwann bemerkt man, dass die Äste dürr werden, die Borke abfällt und der Baum tot ist, aber da ist der Käfer bereits weitergezogen. Schüle tötet uns, wenn wir uns nicht absichern.«

»Aber er darf doch nicht drucken«, warf Anna ein.

»Was ihn nicht hindert, in seiner eigenen Werkstatt, in der bislang nur Tücher gelagert hat, Drucker zu beschäftigen. Angeblich nur, um seine neuen Erfindungen auszuprobieren. Dass ich nicht lache: neue Erfindungen. Er hat all das nur gestohlen. Von uns gestohlen!«

Anna hatte bereits versucht, Johann zu beruhigen. Doch dem ging dieser Kampf zu sehr ans Gemüt. Er konnte es nicht fassen, dass Schüle alle Regeln über Bord warf, als würden sie für ihn nicht gelten.

Plötzlich blieb er stehen und drehte sich Anna zu. »Lad ihn mit Catharina zum nächsten Salon ein. Ich werde mit ihm reden.«

Energisch schüttelte Anna den Kopf. »Nein. Also ja, ich lade ihn zum Salon ein, weil ich auch Catharina dabeihaben will. Aber nein, du wirst an diesem Tag nicht mit ihm reden. Ich dulde es nicht, wenn mein literarischer Salon für Geschäfte missbraucht wird. Außerdem …« Sie deutete auf ihren Schwangerschaftsbauch. »Es wird noch eine Zeit dauern, bis ich wieder einladen kann.«

Johann verdrehte die Augen, und für einen kurzen Augenblick war die sonst so harmonische Stimmung zwischen ihnen verdorben und der Ton bitter geworden.

Anna wollte sich ihren Salon nicht kaputtmachen lassen. Nicht von irgendwelchen Geschäften und schon gar nicht von Johann und Schüle, obwohl ihr durchaus bewusst war, dass er immer wieder für Geschäftsabsprachen missbraucht wurde. »Hast du gehört, dass Schwarz in die Tuchveredelung einsteigt?«, fragte sie, um Johann auf eine andere Fährte zu locken.

»Conrad Schwarz? Der Bankier?« Erneut staunte Johann. Dann zog sich ein breites Lächeln durch sein Gesicht. »Es ist vortrefflich, dass wir miteinander reden. Frauen bekommen so viel mehr erzählt als Männer.«

»Weil alle Welt glaubt, wir verstünden von nichts etwas«, spottete Anna. »Kein Mann senkt die Stimme oder nimmt uns auch nur wahr, wenn wir im Raum sind. Als würden wir nicht existieren.«

»Ein Fehler, wie sich zeigt.«

Anna wurde sich ihrer Stellung wieder schmerzlich bewusst. Was zählte sie als Frau schon? Natürlich respektierte Johann sie, natürlich war sie im Hause Gignoux jemand, der etwas zu sagen hatte, aber sobald sie die Straße betrat, sobald sie sich in die Öffentlichkeit begab, war sie niemand mehr. Nicht sie schloss Verträge ab, sondern Johann. Sie mochte über den Einkauf verhandeln – Gültigkeit erhielt der Vertrag nur mit Johanns Unterschrift. Sie würde sich dennoch nicht zurückziehen.

»Johann Conrad Schwarz also. Nicht gerade eine der besten Adressen, wenn man weiß, was sein Vorfahr so getrieben hat. Laden wir ihn ein, den Bankier. Besprechen wir mit ihm, was möglich ist und warum er in der Druckerei eine Zukunft für sich sieht.«

Johann hatte seinen Weg wieder aufgenommen. Hin und her lief er, als wäre er eingesperrt wie die Tanzbären auf dem Perlach, voller Unruhe und Gereiztheit. »Was Schüle nicht eindämmt«, war das Letzte, was er von sich gab. Dann packte er seinen Überrock und stürmte nach draußen.

Anna wusste, dass er sich wieder in seine Experimentierwerkstatt zurückzog. Dort war er ungestört, dort konnte er seinen Gedanken nachgehen und sie wegen der ernsthaft und zielstrebig betriebenen Experimente auch zielgerichtet angehen, sich ablenken. Anna war ein anderer Gedanke gekommen. Schon lange hatte sie Catharina nicht mehr gesehen. Das Jüngste nahm sie wohl stark in Beschlag. Bevor es bei ihr ebenso weit war, wollte sie ihr noch einen Besuch abstatten.

Sie machte sich fertig, zog sich ein warmes Cape über, stülpte sich eine wollene Mütze über den Kopf und steckte die Hände in einen Muff. So gerüstet trat sie hinaus auf die Straße.

Der Frühling streckte seine warmen Finger aus, aber der Winter verteidigte die Kälte hartnäckig. Es war zu kühl für die Jahreszeit. Anna stapfte zum Perlach hinauf und klopfte mit dem Messingring gegen die Tür, nachdem sie eine Weile dem Kindergeschrei dahinter gelauscht hatte.

Ihr fiel es bereits schwer, den steilen Hang zu erklimmen. Außerdem hatte sie das Gefühl, wie eine Gans zu watscheln, plump und schwerfällig, kurz bevor sie als Martini- oder Weihnachtsgans enden würde.

Als Catharina öffnete, erschrak Anna. Die Schülin war abgemagert. Sie sah aus, als wäre sie eben aus dem Bett aufgestanden. Es fehlte all die Eleganz und das Zartfeine, das sie ausgemacht hatte, das sie zu den Schönheiten der Stadt hatte zählen lassen.

Catharina musste ihr das Erschrecken am Gesicht abgelesen haben, denn sie drehte sich einfach nur um und ging ins Haus hinein. »Kommt ruhig rein«, rief sie Anna über die Schulter zu. »Wir sind nur gerade dabei, die Welt untergehen zu lassen.«

Das Geschrei von zwei größeren und einem beinahe Zweijährigen ließ die Luft regelrecht erzittern. Ein permanenter Gestank nach Windeln, die dringend ausgewaschen gehörten, füllte den Flur und die Küche, in der Catharina verschwand, nahm Anna fast den Atem.

Sie hatte sich bislang nicht übergeben müssen, wie andere Frauen, aber jetzt stand sie kurz davor, sich an Ort und Stelle zu erbrechen.

Sie überlegte kurz, ob sie wieder umkehren sollte. Warum um alles in der Welt besorgte Schüle seiner Frau keine Haushaltshilfe, keine Küchenmagd, Kindermagd, Amme oder etwas anderes. Es kam Anna so vor, als würde Catharina in einem Sklavenverhältnis stehen, besonders, seit sie einen Jungen zur Welt gebracht hatte. Den Nachfolger und Stammhalter für Schüle.

»Euer Mann geht Euch wohl nicht zur Hand?«, begann sie und bekam von Catharina sofort, nachdem sie die Küche betreten hatte, eine Schüssel und einen Löffel in die Hand gedrückt.

»Füttert mir bitte den kleinen Johann Heinrich. Er ist heute ein regelrechter Tyrann«, bat sie ohne Umschweife und dirigierte Anna neben den Jüngsten auf die Bank.

Beinahe mechanisch begann Anna, dem Stammhalter das Essen in den Mund zu löffeln.

»Im Gegensatz zu mir sperrt er bei Euch den Schnabel auf wie ein kleiner Vogel!«, seufzte Catharina. Sie hob einen Topf mit eingeweichten Windeln hoch und schüttete diese in einen Kessel, der über dem Feuer stand. Ein atemberaubender Gestank ging davon aus.

»Warum lässt er Euch schuften? Habt Ihr keine Mamsell, die Euch zur Hand geht?«

Die Schülin ließ mit der Antwort auf sich warten, während der kleine Johann Heinrich den Hirsebrei futterte, als hätte er seit Tagen nichts zu essen bekommen. Aus dem Augenwinkel sah Anna, wie sich ihre Freundin verstohlen eine Träne aus dem Auge wischte.

»Es hat ihn hart getroffen, dass er keine Druckgenehmigung bekommt«, sagte sie so leise, dass Anna es beinahe nicht verstand.

»Was hat er erwartet? Dass ihm die Herzen zufliegen, nur weil ihm Hamburg zu teuer geworden ist? Das hätte er sich früher überlegen müssen.« Sie empfand kein Mitleid mit dem Kaufmann. Schließlich hatte er sich auch nicht um die Augsburger Belange gekümmert, als er nach Hamburg gegangen war. Die Nähe zum Hafen und damit zu den Tuchlieferungen aus Indien waren ihm wichtiger gewesen.

Catharina nickte schwach. »Dafür versucht er es jetzt mit anderen Mitteln«, fuhr sie fort. »Er stellt seinen kleinen Betrieb hier in Augsburg ...«

»Aber er darf nicht drucken!«, ging Anna empört dazwischen. Was nahm sich dieser Kerl heraus? »Das ist gegen die städtischen Vorschriften.«

Unbeirrt machte Catharina dort weiter, wo sie aufgehört hatte. »... dem Zucht- und Arbeitshaus zur Verfügung. Die Menschen dort sollen für ihre Versorgung etwas tun. Die Stadtoberen sind zufrieden, und die Zunftoberen drücken ein Auge zu. Trotz fehlender Druckergerechtigkeit.«

Anna hielt mit dem Löffel kurz vor dem Mund des Kleinen inne, bis dieser sich lautstark beschwerte und sie ihm irritiert den Brei auf die Wange schmierte.

»Herrgott!«, fuhr sie auf, als sie das Malheur betrachtete. Der Junge krähte erschrocken, Anna fluchte, und Catharina verbrannte sich den Ellenbogen an dem heißen Kessel, als sie sich zu ihnen umwandte.

Die beiden großen Mädchen, die ruhig auf der Eckbank saßen und selbst ihren Brei löffelten, verfolgten das Durcheinander mit großen Augen.

Mit Schwung warf Anna den Holzlöffel des Kleinen in die Schüssel und suchte nach einem Tuch, um ihn abzuwischen. Doch der Stammhalter Schüles hatte bereits mit seinen Händen den Brei im Griff und leckte sich die Finger, was die Schmiererei weiter vergrößerte.

»Da steckt ein Großteil des Geldes drin«, betonte Catharina und versuchte damit wohl die Tatsache zu erklären, dass sie die Windeln selbst auskochte und nicht eine Haushälterin.

Anna entdeckte ein frisches Tuch, benetzte es kurz mit Spucke und begann, den Kleinen damit zu säubern, was dieser nur unter hartnäckigem Widerstand zuließ. »Bewohner des Zucht- und Arbeitshauses«, wiederholte sie, weil sie auf diese Idee niemals gekommen wäre. »Man muss Eurem Gatten zugestehen, dass er nicht um Einfälle verlegen ist. Damit umgeht er alle Regeln.«

Catharina zuckte mit den Schultern und stieß einen weiteren Seufzer aus. »Solange er nur damit dafür sorgt, dass wir uns eine Haushälterin leisten können, ist mir egal, was er macht.«

Anna blickte zu Catharina hinüber, dann glitten ihre Augen über die beiden Mädchen und den Jungen. »Euch mag es egal sein«, sagte sie. Jetzt merkte sie, wie sehr das Kind in ihrem Bauch sie bereits drückte. »Aber *mir* ist es nicht egal.«

Kurz überlegte sie, ob sie bei dieser Kinderanzahl auch so handeln würde – und kam tatsächlich zu dem Schluss, dass sie nichts anderes unternehmen würde.

10

EIN JAHR SPÄTER · JUNI 1756

Anna hielt den Brief in der Hand und wusste nicht recht, was sie damit anfangen sollte. Er war von Georg Christoph Gleich. Sie getraute sich nicht, ihn zu öffnen. Was bildete sich dieser Ludwigshafener Geck ein, ihr zu schreiben? Sollte sie die Nachricht sofort vernichten? Ungelesen? Was, wenn Johann davon erfuhr? Allein der Gedanke daran ließ in ihr die Hitze hochsteigen, die diesen Juni ohnehin wieder unerträglich war.

Dennoch führte sie den Umschlag an die Nase und roch daran. Er verströmte eindeutig den Duft Georg Christoph Gleichs, dieses herbe, etwas ungezügelte Aroma, das jede Frau aufsehen ließ, wenn er an ihr vorüberging. Sie begutachtete ihn mit den Fingern, mit den Augen, untersuchte ihn, als sei dies ein Liebesbrief – und hoffte gleichzeitig, dass er das nicht war. Was sollte sie mit diesem Kerl, den sie kaum kannte? Andererseits erfuhr sie natürlich von Catharina, wie wenig sich die Frauen der angesehenen Unternehmer der Stadt an irgendwelche Schranken des Schicklichen hielten. Nicht wenige hatten mehr als nur einen Liebhaber – und solange es nicht öffentlich wurde, schienen ihre Männer nichts dagegen zu haben.

Zufällig hatte sie das Schreiben entgegengenommen, weil der kleine Johann Friedrich, der sehnlichst von ihrem Mann erwartete Stammhalter, oben schlief und sie sich im rückwärtigen Gärtchen etwas Ruhe hatte gönnen wollen. Als hätte der Bote nur darauf gewartet, hatte er geklopft, als sie die Treppe herabgekommen war.

Es war Seppi, ein einfacher Laufbursche aus der Stadt, gewesen, den sie kannte, was wiederum hieß, dass Gleich in Augsburg weilte.

Sie steckte das Papier in ihren Ausschnitt, obwohl der kleingefaltete Brief hart war und das Siegel kratzte. Im Augenblick war sie zu aufgewühlt, als dass sie entscheiden konnte, ob sie ihn lesen oder einfach nur verbrennen sollte.

Die Geburt und die Zeit danach hatten sie erschöpft. Sie war eben doch nicht mehr die Jüngste. Während in ihrem Alter die meisten Frauen bereits vier oder fünf Kinder großzogen und die Ersten schon wieder das Haus verließen, hatte sie mit dreißig Jahren noch einen Sohn geboren. Ihre Großmutter war mit fünfzehn zum ersten Mal schwanger gewesen und hatte ihre Tochter, also Annas Mutter, mit sechzehn geboren.

Hänschen war ein Engel, dennoch laugte er sie aus. Allmählich verstand sie, warum Catharina Schüles Haushalt so ungeordnet gewirkt hatte. Bei Felicitas war das für sie kein Problem gewesen.

Catharina. Seit über einem halben Jahr hatte sie die Freundin nicht mehr gesehen. Sie hatten sich noch zu einem Salon getroffen, Catharina mit tiefen Augenringen und einem gehetzten Auftreten. Dann war ihr an diesem Abend selbst übel geworden, und die Geburt hatte eingesetzt. Johann hatte sie entschuldigt und Catharina für sie die Gastgeberin gespielt. Seither war Stille.

Anna ging auf den kleinen Hinterhof hinaus, der von Sträuchern und einem Apfelbaum beschattet wurde. Die Sonne fand nur zur Mittagszeit ihren Weg bis hinunter in die Schlucht der Häuser. Dennoch stand die Hitze wie in einem Kochkessel. Nur das Grün machte es etwas erträglicher.

Der Brief an ihrer Brust stach, und sie musste mehrmals den Sitz korrigieren.

Sie setzte sich in einen geflochtenen Korbstuhl, schloss die Augen, streckte die Beine von sich und fühlte, wie eine wohlige Müdigkeit in ihr aufstieg, als ein Gepolter und Männerstimmen sie hochschrecken ließen.

Was war denn das? Die Kerle, die sich im Haus bewegten wie die Berserker, weckten noch ihren Jüngsten auf. Aber da stürmte schon Felicitas aus dem Haus. »Mama, Mama. Komm schnell. Papa …«

Mehr brauchte die Kleine nicht zu sagen, schon war die Müdigkeit wie weggeblasen.

»Was ist mit ihm?«, rief sie und erhob sich aus dem Korbstuhl.

»Er blutet«, antwortete ihre Tochter weinerlich.

Anna eilte ins Haus.

»Was ist mit meinem Mann?«, fragte sie aufgeregt.

»Er ist in der Werkstatt zusammengebrochen«, antwortete ihr Hallbacher, der mit drei weiteren Männern Johann die Treppe hochtrug. »Er ist mit dem Kopf aufgeschlagen und blutet. Vielleicht muss man die Wunde nähen.« Entschuldigend drehte er sich wieder um und hievte seinen Herrn an der Schulter die Treppe hoch.

Aus der Küche kam ihr Elsbeth entgegen.

»Wenn die Männer runterkommen, gib jedem einen Krug Bier, hörst du? Auch zwei, wenn sie es wollen.«

Sie folgte den Trägern, die oben an der Treppe nach rechts gingen.
»Die letzte Tür!«, rief sie hinter den Arbeitern her.

»Wissen wir!«, antwortete Hallbacher. »Felicitas hat es uns gesagt.«

»Tüchtiges Mädchen«, murmelte Anna gedankenverloren, dann befahl sie Elsbeth, einen Krug mit heißem Wasser und ein sauberes Tuch hochzubringen.

Sie blickte den Männern nach, wie sie Johann mühsam den dunklen Treppenschlauch hochwuchteten. Wenn sie je ein anderes Haus beziehen durften, dann musste die Treppe breiter werden, dachte sie seufzend. Schließlich folgte sie den Handwerkern.

Mit jedem Schritt, den sie nach oben stieg, spürte sie, wie schwer es ihr fiel. Die Kräfte kamen erst langsam zurück. Als sie durch die Tür zur Schlafkammer trat, drängten die Männer schon wieder nach draußen. Nur Hallbacher stand noch neben Johanns Bett.

»Unten gibt es Bier für alle«, gab sie den Männern mit. »Haltet Euch an Elsbeth.«

Dann setzte sie sich neben dem Bett auf einen Ankleidestuhl und betrachtete ihren Mann. Sie suchte nach der offenen Kopfwunde, doch da gab es keine, jedenfalls keine, die man sehen konnte.

»Was ist wirklich passiert, Meister Hallbacher?«, fragte sie leise, ohne ihn anzusehen.

Als Elsbeth mit Wasser und Tuch kam, nahm sie ihr beides aus der Hand, schickte sie nach unten und machte sich an die Arbeit. Sie säuberte zuerst den Hals, dann wusch sie aufwärts langsam das Blut von Kinn, Wangen und Stirn. Nirgends entdeckte sie einen Schnitt oder eine Platzwunde.

»Jetzt redet schon, Mann!«, herrschte sie Hallbacher an.

»Herrin.«

Anna schnaubte, weil sie ihm dieses »Herrin« einfach nicht abgewöhnen konnte.

»Euer Mann. Er leidet an der Schwindsucht. Er hat Blut erbrochen. Ich konnte den Männern das nicht sagen und hab die Kopfwunde erfunden.« Letzteres sagte er so leise, dass Anna sich konzentrieren musste, etwas zu verstehen.

»Er muss sich ausruhen«, setzte Hallbacher noch hinzu. »Wirklich ausruhen. Es bringt ihn sonst um, Herrin.«

Anna nickte gedankenverloren. »Danke für Eure Offenheit und für den Schutz meines Mannes. Geht jetzt zu Euren Männern. Das Bier wird Euch guttun.« In ihrem Kopf überschlug sich alles. Wenn Johann die Schwindsucht hatte, mussten sie beide Vorkehrungen treffen.

Sie vergaß den Lappen über seinem Gesicht. Die Hand ruhte, und irgendwann begann Johann zu husten und zu sprotzen.

»Willst du mich ersticken, Frau?«, fuhr er sie matt an.

Erschrocken riss sie das Tuch von seinem Gesicht, sodass sich feuchte Blutspritzer über den gesamten Raum verteilten. In Johanns Miene war wieder etwas Farbe getreten. Das Blassfahle war verschwunden.

»Wo … wo bin ich?«, fragte er, als er die Augen öffnete.

»Sie haben dich nach Hause gebracht, Hallbacher und seine Männer. Du bist ohnmächtig geworden.«

Johann fuhr auf. Seine Stimme klang verärgert, doch ihm wurde beinahe sofort schwindlig, als er sich aufstützte. Er wäre aus dem Bett gefallen, wenn Anna ihn nicht gestützt hätte. »Ich sollte doch mehr essen!«, kommentierte er seine Schwäche.

»Und weniger arbeiten!«, setzte Anna hinzu.

»Das kann ich nicht. Schwarz hat uns ein Angebot gemacht, das ich unmöglich ablehnen kann.« Er sah ihr in die Augen, entdeckte die steile Stirnfalte. »Was *wir* nicht ablehnen können«, ergänzte er schwer atmend.

»Was für ein Angebot?« Anna bedauerte es sofort, sich seit der Geburt des kleinen Johann aus dem Geschäft zurückgezogen zu haben. Es war so einfach gewesen. Sie war für das Kind da, Johann für die Textilveredelung. Sie musste schmerzlich erkennen, dass es zwar ein überschaubares Arbeitsgebiet war, den Jungen zu stillen und dessen Windeln zu wechseln, dass sie aber entscheidende Weichenstellungen in der Fabrique nicht mitbekam. Johann war kein Geschäftsmann. Er war Künstler. »Was ist alles geschehen? Du kannst dabei liegen bleiben. Erzähl mir nur, was sich seit Johanns Geburt verändert hat.«

»Was soll ich dir sagen, Frau? Schüle müht sich weiter um eine Druckergerechtigkeit, die er nicht erhält. Es gibt immerfort Streit mit den Zunftoberen, weil er mit den Arbeitern aus den Armenhäusern zwar einerseits die Stadt entlastet, andererseits aber gegen alle Zunftregeln verstößt. Schwarz ist deshalb auf mich zugekommen. Ob ich mit ihm einen Exklusivvertrag abschließen möchte. Er würde mir die Ware zur Verfügung stellen und dabei helfen, die bedruckten Tuche wieder zu verkaufen. Er will mit uns eine Handelscompagnie gründen. Mein Wissen und meine Kenntnisse der Stoffdruckerei und sein Geld.«

Anna hörte sich das an und war alarmiert. »Und was haben wir davon, außer Arbeit?«

Ihr Mann legte den Kopf ins Kissen zurück. Seine Augen fielen wieder tief in die Höhlen. »Du musst etwas unternehmen, Anna«, flüsterte er. »Ich muss wissen, was Schüle draußen vor der Stadt plant. Man munkelt alles Mögliche. Du musst dich bei den Frauen umhören.«

Langsam schloss er die Augen, und sein Kopf sank zur Seite. Im ersten Augenblick überfiel Anna eine unbestimmte Furcht. Doch dann begann Johann röchelnd und unregelmäßig zu atmen. Er schlief.

Sie wrang das Tuch in dem Wasser aus und wischte über die Oberflächen, um die gröbsten Blutspritzer zu entfernen. Das Bettlaken und die Zudecke würde sie auskochen müssen, wenn sie überhaupt zu retten waren.

Lange betrachtete sie Johanns Gesicht, das jetzt, da er schlief, spitz und beinahe durchsichtig wirkte, als hätte man eine Haut aus feinstem Glas über die Wangen gelegt. Wie lange würde er noch durchhalten? Hatte er im Vorwissen auf seine Krankheit und deren Entwicklung den Stammhalter erhofft? Nur mit ihm ließ sich das Unternehmen weiterführen.

Bei einer ungeschickten Bewegung stach ihr der Brief in die Brust, und sie zuckte kurz zusammen, weniger wegen der Schmerzen als aufgrund der Tatsache, dass sie so an ihn erinnert wurde.

Ein Zwiespalt tat sich für sie auf. Einerseits konnte sie Johann jetzt nicht alleinlassen. Wenn er erneut einen Blutsturz hatte, konnte er daran ersticken. Andererseits wollte sie den Brief nicht in seinem Beisein lesen. Sie wusste nicht, was er enthielt. Allein einer verheirateten Frau einen Brief zu schreiben, ohne dass der Ehemann davon erfuhr, war unschicklich. Wenn Johann aufwachte und das Schreiben in ihrer Hand sah, würde er womöglich falsche Schlüsse ziehen. Sie hasste Gleich im selben Moment, weil er sie so in die Zwickmühle brachte. Was fiel diesem Kerl nur ein?

Dennoch störte sie das harte Papier an ihrem Busen. Das Siegel stach ihr in die Haut und in ihr Gewissen. Schließlich holte sie den Brief hervor und brach das Siegel. Sie faltete ihn auf und begann zu lesen – und mit jedem Satz fühlte sie, wie sie stärker errötete.

Meine beste Salonnière Gignoux,
dies ist ein Brief, den ich nicht selbst überbringen kann, den ich aber auch nicht ungeschrieben lassen möchte. Seit jenem unglücklich-glücklichen Abbruch aus Eurem Salon, der uns erschreckt, Euch aber ein neues Leben beschert hat, wollte ich Euch längst zur Niederkunft beglückwünschen – und reiche ebenso gleich eine Bitte nach: Lasst den Salon nicht einschlafen, opfert ihn um Himmels willen nicht auf dem Altar der Mutterschaft. Euer Geist ist so viel mehr wert als das Krähen eines Säuglings. Lasst weiter die besten Köpfe dieser Stadt, die durchreisenden Feingeister und barschesten Kritiker unserer Zeit in Eurem Hause zusammenkommen und sich ebendiese Köpfe heißreden. Allein Eure Gegenwart, die Anmut Eures Auftritts und das Geschenk Eurer Anwesenheit, entschädigt für alle hitzig geführten Gespräche. Euer Liebreiz glättet jede Woge der Konversation, und Euer Charme bändigt jegliche sprachliche Kampfeslust. Man geht im Geist gesättigt und von Eurer Schönheit beruhigt nach Hause und lässt solch einen Abend in Gedanken ausklingen, die wie das Geläut des Aufbruchs und der Veränderung durch die Tage hallt.
Die Bitte äußere ich nicht nur, weil mir geistiger Disput und feine Auseinandersetzung wohltun, sondern auch, weil mich Euer Anblick ...
Hier muss ich schicklicherweise innehalten, denn der Anstand gegenüber

einer verheirateten Frau gebietet mir dies. Noch einmal: Entzieht uns nicht Euer Geschick, die Menschen zusammenzuführen.
In Erwartung Eurer Antwort in Form einer Einladung zu Eurem nächsten Salon,
Georg Christoph Gleich

Anna ließ den Brief in den Schoß sinken und wusste im ersten Moment nicht, ob sie verärgert sein oder sich geschmeichelt fühlen sollte. Das Schreiben troff vor Anbiederung – einerseits. Andererseits zeigte es aber auch, dass Gleich sie nicht als Gesprächspartnerin akzeptierte, sondern sie als das schmückende Beiwerk sah, das für eine angenehme Atmosphäre notwendig war wie scharfe Getränke, Tee und Rauchwerk. Welch eine Verkennung ihrer Fähigkeiten, welch eine arrogante Haltung ihr gegenüber! Einen Gleich steckte sie allemal in die Tasche.

Der unverhältnismäßig große Schnörkel unter seinem Namen störte sie ebenso, wollte er ihr damit doch nur zeigen, wie bedeutend er sich selbst sah.

Tatsächlich vermisste sie die Salons ebenso sehr wie er, was sie etwas versöhnte. Vielleicht wollte er ihr ja auf diese Weise mitteilen, dass alle Welt darauf wartete, wann sie ihre Zurückgezogenheit wieder aufgeben und sich dem eigentlichen Leben zuwenden würde. Nur dass er es nicht zu formulieren vermochte.

Anna nahm den Brief, faltete ihn zusammen und steckte ihn sich wieder an ihre Brust. Diesmal mit dem Siegel nach außen. Was sie damit anstellen sollte, wusste sie noch nicht. Sie würde es entscheiden, wenn Johann wieder auf dem Damm war.

Sie hörte ihren Jüngsten im Nachbarzimmer krähen, bevor Elsbeth zaghaft an der Tür klopfte.

»Madame Gignoux«, begann diese bei kaum geöffnetem Türspalt. »Euer Sohn verlangt nach Euch.«

Seufzend erhob sich Anna. Alle verlangten etwas von ihr. Sie war sich nur nicht sicher, ob sie all das geben konnte und geben wollte.

II

EIN JAHR SPÄTER · APRIL 1757

Johanns Laune war wie das Wetter dieser Tage im April. Mal strahlte er Anna an, dann wieder zogen Wolken über sein Gesicht, und es donnerte aus diesen heraus. Dann wurde es still in der Werkhalle. Während die Arbeiterinnen sonst sangen und sich die Zeit mit lustigen, aber auch zotigen Liedern vertrieben, die sie manchmal laut auflachen ließen, herrschte bei Unwetterstimmung Stille. Als wären sie Vögel, die kurz vor dem Gewitter aufhören zu singen und sich verkriechen.

Johann arbeitete sich ab mit der Beschaffung von Druckaufträgen und der Ausführung derselben. Wenn er dasaß und gedankenverloren Muster, Pflanzen und Tiermotive auf das Papier malte und kolorierte, dann war er ganz bei sich. Wenn er ausprobierte, mit welcher Pflanze welche Farbnuancen zu erzielen waren, welche Fixiermittel passend waren und wie man fein geschlagenes Gold und Silber applizierte, dann fühlte er sich frei und ungebunden und pfiff selbst die Lieder der Belegschaft mit oder sang halblaut eine zweite Stimme dazu.

Zuerst hatte er den Frauen das Singen und Pfeifen verbieten wollen, weil der Geistliche von St. Max sich daran störte. Frauen pfiffen nicht – und wenn, dann würden sie damit den Teufelsbuhlen herbeirufen. Doch dieses abergläubische Geschwätz des katholischen Pfaffen ging Johann auf die Nerven, sodass er ihm einfach widersprach, indem er die Frauen weitermachen ließ – um festzustellen, dass sie besser, gleichmäßiger und schneller arbeiteten, wenn sie sangen. Ab diesem Zeitpunkt nahm er das Singen nicht nur hin, sondern erfreute sich daran. Letztlich empfahl er dem Geistlichen, doch selber mehr zu singen und zu pfeifen, statt immer nur zu maulen und den Teufel an die Wand zu malen, was dieser ihm dadurch dankte, dass er sich nicht mehr in der Fabrique sehen ließ.

Doch sobald er sich mit Webern oder anderen Unternehmern an einen Tisch setzen musste, war es mit der gelösten Stimmung vorbei. Er musste sich zwingen, musste Ränke durchschauen und selbst welche schmieden. Das war nicht seine Welt. Diese bestand aus klaren Linien und bunten Farben, nicht aber aus Zahlen und intriganten Absprachen.

Für die heutige Zusammenkunft hatte sich Anna ausbedungen, dabei sein zu dürfen. Sie saß bereits am großen Tisch im Arbeitsraum, als die Weber zur Besprechung erschienen. Seit der Geburt ihres Sohnes war es das erste Mal, dass sie wieder in der Fabrique mitarbeitete. Sofort ging der Blick der Weber zu ihr, dann zurück zu Johann.

Er wartete, bis sich alle gesetzt hatten. Vor jedem der Männer stand ein Bierkrug, dessen Schaumkrone bereits in sich zusammengefallen war. Aber das störte niemanden, denn die Geste wurde mit einem Kopfnicken und einem Dankesmurmeln begrüßt.

»Dann wollen wir anfangen«, begann Johann nach einem Räuspern.

Doch schon nach diesen ersten Sätzen hob Ulrich Schwenck, der diesmal trotz wässrig roter Augen und weinroter Gesichtsfarbe ziemlich nüchtern wirkte, die Hand und fuhr Johann in die Parade. »Entschuldigt, Gignoux. Aber die Verhandlungen sind eine Sache der Mannsbilder. Wenn wir Eure Gattin bitten dürften …« Er erhob sich kurz vom Stuhl, um so etwas wie Ehrerbietung anzuzeigen, während er gleichzeitig einen Affront beging, von dem er noch nichts wusste.

»Dürft Ihr nicht!«, fuhr Johann dazwischen. »Und wenn Ihr mich hättet ausreden lassen, hättet Ihr davon erfahren. Anna Barbara wird die Verhandlungen mit Euch führen. Ich werde nur dabeisitzen. Sie handelt in meinem Auftrag und mit meiner Billigung, Schwenck.«

Ein Raunen lief durch die Delegation der Weber. Der glühende Kopf Schwencks wurde noch eine Nuance röter.

Anna beobachtete, wie Hans Kenlin, Niclaus Eggelhoff, Ulrich Schwenck, Hans Wigk, Hermann Prew als Vertreter der Weber sich ansahen und nicht wussten, wie sie darauf reagieren sollten.

»Denkt Euch einfach, Ihr würdet mit meinem Mann verhandeln«, sagte sie, nahm damit das Heft in die Hand und lächelte in die Runde. Vor ihr stand ein Tintenfass, und mehrere Schreibfedern steckten in einem Behältnis, um deutlich zu machen, wer hier die schriftlichen Ausfertigungen vornahm.

»Aber ...«

»Spart Euch das ›Aber‹, Meister Schwenck. Entweder mit Anna oder eben gar nicht«, erklärte Johann.

Beide wussten sie um die heikle Situation. Wenn die Weber jetzt geschlossen aufstanden und fortgingen, dann geriet die Compagnie der Gignoux in Bedrängnis. Ihr einziges Pfund, mit dem sie wuchern konnten, war die Höhe der Tuchabnahme. Keiner in Augsburg orderte so viele Ballen. Wer Qualität lieferte, verdiente gut mit der Fabrique. Die Alternative wären die Zucht- und Arbeitshaustuche Schüles. Doch niemand wollte damit etwas zu tun haben. Schüle drückte die Preise zu sehr.

Ihren ersten Sieg errang Anna, als die Männer sich zwar betreten ansahen, aber sitzen blieben und Schwenck sich schließlich gezwungen sah, sich ebenfalls wieder zu setzen.

»Dann wäre das geklärt«, brachte Johann ungewohnt forsch einen allerletzten Satz hervor, und sie hörte ihm die Erleichterung an. Es war ihr, als würde ihm allein durch die Tatsache, dass er die Verhandlungen an sie abgeben konnte, ein Felsbrocken von der Seele rollen.

Wie lange hatten sie bis tief in die Nacht darüber geredet, bis die Flasche Wein geleert war, bis der Kleine geschrien hatte, gestillt und gewickelt werden musste.

»Ich muss dich entlasten«, hatte schließlich ihr Urteil gelautet. »Du arbeitest dich ab.«

Nächtelang lag sie neben ihm wach in der Furcht, er würde ersticken, wenn sie sein rasselnder Atem oder sein lang anhaltendes Husten geweckt hatten. Wenn er so weitermachte, würde er nicht alt werden – und wenn der schlimmste Fall eintrat, musste sie wissen, wie das Geschäft funktionierte.

Anna blickte hoch und in die Augen der Männer vor sich. Das Eis war gebrochen. Jetzt galt es, sich als gleichwertige Handelspartnerin und Geschäftsfrau zu zeigen. Sie hatte sich vorbereitet, nannte die Zahlen der Tuchballen, die geliefert, die Preise, die aufgerufen worden waren, kannte alle Einkaufs- und Verkaufspreise, wusste, wie viel der einzelne Webervertreter erhalten hatte. Sie redete anfänglich ohne Unterlass, bis sie die Unruhe unter den Männern vor ihr bemerkte. Doch erst als sie ihre Vorstellungen dargelegt hatte, ließ sie Schwenck zu Wort kommen. Sein roter Kopf war etwas blasser geworden.

»Wir können die Mengen nicht beliebig erhöhen«, warf er nun ein.

»Wir wissen das«, antwortete Anna. »Deshalb wollen wir dahingehend verhandeln, dass das Verbot fremder Webereiwaren von 1746 für unsere Bedürfnisse etwas gelockert wird. Wir nehmen weiter Augsburger Tuch ab, aber wir brauchen mehr Fremdware.«

»Ihr wollt mit Rohware handeln?«

»Ungern. Aber ja. Ihr selbst sagtet, die Weberzunft würde nicht ausreichend Material beibringen können«, erwiderte Anna und verwendete Schwencks Argument gegen ihn.

Hermann Prew erhob sich ungelenk. Man sah ihm an, dass er das Stehen nicht gewohnt war. Sein Bart war natürlich weiß, nicht gepudert. Auch benötigte er keine Perücke, sondern besaß sein eigenes Haupthaar, das er nach Perückenart hatte brennen und pudern lassen.

Er räusperte sich mehrmals, bevor er beginnen konnte, als müsse er die letzten Baumwollflusen von den Stimmbändern nehmen. »So kommt die strenge Trennung zwischen Webern, Kattundruckern und Kaufleuten durcheinander, die wir über die Jahrhunderte aufgebaut haben«, wetterte er. »Arbeitsgebiete werden verschoben und umgewandelt, Neuerung durch die Hintertür eingeführt. Ihr rüttelt an der Ordnung.«

Anna hatte den Blick gesenkt, um ihn nicht zu provozieren. Sein Ton war scharf genug, und sie wollte das Gespräch nicht ausufern lassen. Zudem hatte Prew recht. Er wusste offenbar, dass hier mehr im Gange war, als die Einfuhr von Fremdware zu erhöhen.

Als sie zu sprechen begann, war sie leise. Sie spürte, wie sich die Männer konzentrieren mussten, ihr zuzuhören, und wie gleichzeitig der Zorn verebbte, als würde eine Welle am Ufer auslaufen. »Ihr habt recht. Die Zeiten ändern sich, sodass man ihnen kaum hinterherkommt. Wir haben erlebt, wie Kattundrucker zu Fabrikanten und Fabrikanten zu Kaufleuten wurden. Wir haben aber auch erlebt, dass es Euch nicht geschadet hat. Im Gegenteil, der Weberei geht es so gut wie nie.«

Offensichtlich hatte sie die Stimmung dennoch unterschätzt, denn Hans Wigk fuhr auf und hieb mit der Faust auf den Tisch. »So gut wie nie? Dass ich nicht lache. Wir Weber stehen unter der Fuchtel der Fabrikanten, die so hart ist, dass wir kaum mehr zu atmen vermögen. Warum müssen es immer mehr Tücher werden, warum immer mehr Ballen? Genügt es nicht, dass wir verkaufen, was wir hier selbst herstellen? Müssen wir immer nur von außen zusätzlich einführen? Jedes Fremdtuch drückt unsere eigenen Tuchpreise. Bald werden wir dafür bezahlen müssen, dass wir überhaupt weben dürfen.«

»Ihr werdet nicht umhinkönnen, als zuzustimmen, wenn Ihr weiter Arbeit haben wollt«, erklärte Anna.

Ihre Stimme wurde härter. Offenbar musste man den Männern klarmachen, was auf sie zukam. »Schüle lässt das allermeiste in Hamburg drucken – und nicht hier in der Gegend. Was, wenn Gignoux und andere abwandern, nur weil Ihr keine Kompromisse zulasst?« Sie sah den Männern erstmals direkt in die Augen, die vom Bier schon etwas verwässert waren und starr blickten. Wie Schwenck aus diesen Augen die Welt überhaupt noch wahrnehmen konnte, war ihr schleierhaft. »Besprecht das ruhig mit euren Frauen. Ich bin neugierig, was die euch für eine Marschrichtung vorgeben werden, wenn erst einmal klar wird, dass ihr alle zwar Tuche webt, aber keiner sie haben will.«

Diesmal war es Ulrich Schwenck, der sich zurücklehnte und so das Recht beanspruchte, etwas zu sagen. Er blieb dabei sitzen. Anna gestand ihm das zu, denn im Stehen hätte dieser kleine Mann die anderen Köpfe nur wenig überragt, und er hätte eine lächerliche Figur abgegeben. Das wollte sie vermeiden. Den dicken, hitzigen Weber, der aussah wie eine heruntergebrannte Kerze, würde sie vielleicht noch einmal brauchen.

»Wir können auch ohne unsere Frauen Entscheidungen treffen«, versetzte er spöttisch.

Doch diese Erwiderung hatte sie erwartet und war darauf vorbereitet. »Solange eure Kinder etwas zu essen haben, mag das der Fall sein. Wenn sie hungern müssen, wird sich das ändern.«

Das Rot des Schwenck-Kopfes vertiefte sich. »Was wollt Ihr damit andeuten?«, zischte er.

»Ihr solltet mehr an Eure Familien denken als an irgendwelche Zunftvorgaben.«

Der Weber Niclaus Eggelhoff hatte sich bis dato nicht zu Wort gemeldet, jetzt aber fiel er dem Wortführer Schwenck in den Arm, als dieser Luft holte, um zu antworten. »Lasst es gut sein.« Er wandte sich an Anna. »Ihr sagt uns zu, alle unsere Tuche abzunehmen, zu einem Preis, der uns nicht an den Bettelstab bringt?«

»Deswegen sind wir hier«, antwortete Anna, jetzt wieder so leise, dass sich die anderen Männer vorbeugen mussten, um sie zu verstehen. Der Lärm der Webstühle schadete den Ohren und ließ sie ertauben.

»Die Preise – verhandelt Ihr sie oder Euer Gatte?«, wollte Eggelhoff wissen.

»Ich. Johann Gignoux kümmert sich um das Drucken. Damit habt Ihr nichts zu schaffen.«

»Wir haben damit mehr als genug, was wir besprechen können. Wir werden morgen unsere Entscheidung an Euch weitergeben. Schwenck wird kommen oder Prew. Jetzt …«, Eggelhoff lächelte spöttisch und erhob sich, »… jetzt müssen wir mit unseren Frauen Rücksprache halten.«

Anna nahm den Spott nicht auf, sondern ließ ihn an sich abperlen. »Ihr tut gut daran. Sehr gut.«

Die Männer erhoben sich, und Anna hätte beinahe laut aufgelacht, als sie zusah, wie Eggelhoff und Schwenck hinausgingen. Während Ersterer sich bücken musste, um durch die Tür zu gehen, ging ihm der Rotköpfige nur bis zum Bauchnabel. Dennoch durfte sie keinen von ihnen unterschätzen. Sie alle waren, auch wenn nur wenige etwas gesagt hatten, die Wortführer von mehreren Tausend Stadtwebern.

Als die Männer den Raum verlassen hatten, schien Johann wieder zu erwachen. »Das hast du gut gemacht, Anna. Es beschert mir einen ruhigeren Tag. Glaubst du, sie werden einwilligen?«

Anna sah ihren Mann an, dessen Augenringe sich von Monat zu Monat vertieften und einen regelrechten Hof um die Augen bildeten. »Ich glaube es nicht, ich weiß es. Ich habe zuvor mit den Frauen von Schwenck, Eggelhoff und Prew gesprochen. Am Brunnen. Wie es sich für Frauen gehört.«

Sie musste lachen.

12

OKTOBER 1757

Die Stadt vor den Toren lag unter einer bunten Decke aus Laub und Licht. Der Herbst gestaltete die Welt als Mosaik aus Farben und Formen, kleinteilig und überraschend.

Anna hatte sich vom Stadthauptmann die Erlaubnis erbeten, auf die Bastion beim Roten Tor zu steigen, um einmal das Vorland der Stadt nach Süden zu besichtigen.

Linker Hand konnte sie den Schaur'schen Garten mit seinem Gartenhaus erkennen, nach Norden davor war der Apfel'sche Garten, der vor allem als Bleiche benutzt wurde. Darauf waren unzählige Tuchbahnen ausgelegt und fixiert. Anna glaubte, bis hier herauf den Geruch nach Pottasche und Urin zu riechen, mit denen dort gearbeitet wurde.

Nach Westen hin lagen weitere Grundstücke, die von Hecken eingezäunt waren. Auch das waren Gärten alteingesessener Patrizier, die im Sommer, wenn es in der Stadt zu heiß wurde und zu sehr stank, vor die Mauern flüchteten.

Sparrenlech, Lochbrunnen, Brunnenbach und Wolfsbach durchschnitten die Flur links und rechts der alten Via Claudia Augusta.

Etwas weiter westlich der Straße erhob sich die alte Mühle am Mühlbach, der vom Lochbach abzweigte. Wollte sich Schüle einen

Garten kaufen, wie Schaur einen besaß? Zugetraut hätte sie es ihm, obwohl er derzeit wohl nicht über die Mittel verfügte. Dennoch hatte er sich ein Grundstück mit Wasserrecht gekauft, nämlich eben die alte Mühle.

»Was glaubt Ihr, von hier oben entdecken zu können, Werteste?«, fragte der Hauptmann der Stadtgarde, der neben sie trat und ebenfalls über die Bastion ins Land blickte. Er war allerhöchstens Mitte zwanzig. In seiner weißen Uniform mit den blauen Aufschlägen und den goldenen Knöpfen sah er stattlich aus – und er wusste es. Den mit einem grün-rot-weißen Cordon in den Stadtfarben geschmückten Hut hatte er nach französischer Mode quer aufgesetzt.

»Klosterbauer, Ihr kennt Euch doch aus. Würdet Ihr hier draußen ein Grundstück erwerben?«

Der junge Mann, dessen goldfarbene Tressen und Schulterstücke in der Sonne leuchteten und blitzten, musste lachen. »Gott bewahre, Madame. Wer hier draußen Land kauft, muss viel Geld und unbedachten Mut haben.«

Anna runzelte die Stirn. »Das mit dem Geld verstehe ich, aber warum Mut?«

»Warum wurde diese Bastion errichtet? Was glaubt Ihr?«

»Um die Stadt verteidigen zu können!«, schoss die Antwort rasch aus ihrem Mund.

»Nun …« Klosterbauer begann über Sinn und Zweck der Aufschüttung zu schwadronieren, die auf die Besetzung der Stadt im Großen Krieg durch die Schweden zurückging. Schließlich kam er auf den Punkt. Er deutete hinunter auf das Feld und auf die Gartenhäuser, die sich dort abzeichneten und lange Morgenschatten warfen. »Um den Feind bekämpfen zu können, muss ich ihn sehen. Wenn aber die Flur vor der Stadt voller Gebäude ist, hinter der sich ganze Armeen verbergen könnten, muss dem abgeholfen werden. Jedes Gebäude, das sich unseren Kanonen in den Weg stellt, muss im Falle eines Angriffs abgerissen werden. Dazu besteht die uneingeschränkte Verpflichtung.«

»Alle Gebäude?«, hakte sie nach und ließ ihren Blick zur Mühle hinübergleiten. »Das bedeutet, dass diese Mühle dort …«

»… beim letzten Angriff im Spanischen Erbfolgekrieg bis auf die Grundmauern geschleift worden ist. Erst danach wurde sie wieder aufgebaut. Aber jeder, der da unten ein Gebäude errichtet, weiß, was ihm bevorstehen könnte.«

Der bunte Teppich aus Farbflecken, der sich über die Flur gebreitet hatte und in dessen Nähten die Wasserläufe funkelten, sah so friedlich aus. Dabei war es ein Trugbild. Alle menschlichen Eingriffe, ob Brücke oder Haus, Mühle oder Wasserrad, hatten nur eine Duldung auf Zeit. Umso weniger verstand Anna, warum sich Schüle die Mühle mit ihrem Wasserrecht am Mühlbach gekauft hatte. Was wollte er hier draußen mit einer Mühle? Eine Walke einrichten und Loden walken? Dafür benötigte er kein Wasserrecht außerhalb der Stadt. Es gab nur eine einzige sinnvolle Erklärung: Der Kaufmann wollte ein Lager errichten, weil es ihm in der Stadt zu eng wurde.

»Dann wollen wir einmal hoffen, dass Augsburg nicht wieder in die Intrigen der Großen verstrickt wird«, sagte sie. »Würdet Ihr mir helfen, die Bastion wieder zu verlassen, mein Guter?«

Der Hauptmann reichte ihr seinen Arm, und Anna ließ sich von ihm nach unten geleiten. Auf dem Weg dachte sie darüber nach, was Schüle veranlasst haben könnte, dort ein Grundstück zu erwerben, während sie gleichzeitig mit dem Hauptmann Konversation betrieb und über das Wetter, die Sonne, die Hitze und die Farben des Herbstes plauderte. Erst kurz bevor sie sich verabschiedete, fiel ihr doch noch eine Frage ein. Der junge Offizier der Stadtwache war ein amüsanter Gesprächspartner, und sie überlegte sich, ob sie ihn nicht zu ihrem Salon einladen sollte. »Klosterbauer, stellt Euch vor, Ihr wärt Unternehmer. Warum würdet Ihr Euch ein Grundstück vor den Mauern kaufen?«

Die Frage schien ihn zu belustigen. Er lachte leise. »Ihr habt eine rege Fantasie, Werteste. Ich und Unternehmer. Meine Frau würde mir schön den Kopf waschen.«

Doch Anna bestand auf einer Antwort auf ihre Frage. Er solle sich doch nur einmal überlegen, ob er einen Grund fände, Grund und Boden nicht in der Stadt zu kaufen. Aber er weigerte sich, ihr einen Grund zu nennen. Womöglich hatte sie ihn doch überschätzt.

Mit einer galanten Bewegung entließ er sie aus der Unterfahrt zur Bastion am Roten Tor und hatte sich schon umgedreht, um seine Arbeit wieder aufzunehmen. »Es gäbe nur einen Grund«, sagte er endlich, nachdem er sich bereits verabschiedet hatte. »Ich würde dort draußen weniger beobachtet werden. Das würde mir mehr Freiheiten geben. In jeder Hinsicht.«

Mit den letzten Worten ließ er seinen Blick etwas anzüglich an Anna auf und ab gleiten. Doch sie staunte nur über seine Bemerkung.

Natürlich! Das war es! Schüle musste sich innerhalb der Stadt an die Regeln halten, die ihm von der Stadt und den Zunftoberen auferlegt wurden. Diese galten natürlich auch für die Gebiete vor der Stadt. Dafür aber fiel es dort schwerer, sie zu kontrollieren. Wer sollte sagen können, ob zwei, drei oder mehr Fuhrwerke nachts in ein Lager einrollten? Dazu müsste man schon Männer vor Ort postieren – und wer wollte schon die ganze Nacht vor den Toren verbringen?

Ich muss zu Catharina, schoss es Anna durch den Kopf. Diese Ungewissheit konnte sie nicht ertragen. Wenn Schüle Tuche einführen und dies vor den Augen der Augsburger verbergen wollte, musste ein größerer Plan dahinterstehen.

Der Weg hinauf zu Schüles Wohnung beim Perlach war im wahrsten Sinne des Wortes steinig. Annas Rock war zu ausladend, und das Lechkiesel-Pflaster drückte durch die dünnen Sohlen. Sie verfluchte sich dafür, nicht wenigstens festere Lederstiefel angezogen zu haben. Unter dem breiten Reifrock wären sie nicht zu sehen gewesen. Jetzt war es zu spät. Wer schön sein wollte, musste eben leiden.

Mehrmals musste sie Fuhrwerken ausweichen, die sich durch die engen Gassen des Lechviertels zwängten. Einmal musste sie sogar an einer Tür klopfen und darum bitten, kurz eingelassen zu werden, damit das Fahrzeug an ihr vorbeikonnte, so viel Raum nahmen sie und das Fuhrwerk ein.

Als sie endlich Catharinas Wohnung erreichte, spürte sie ihre Füße nicht mehr, und ihr Gehör wurde vom Geschrei des Schüle'schen Nachwuchses malträtiert. Sie brauchte einen Moment des Durchschnaufens, um sich sicher zu sein, dass sie wirklich eintreten wollte.

Als sie den Türklopfer aus Messing losließ und dessen Klang im Haus nachlauschte, weil der ein Freudengeheul der Kinder nach sich zog, bereute sie es bereits, ihrem Drang nachgegeben zu haben.

Die Tür öffnete sich, und Anna setzte an, sich zu entschuldigen, als ihr buchstäblich der Satz im Mund stecken blieb. Nicht Catharina war es, die ihr öffnete, sondern Georg Christoph Gleich. Ein Lächeln umspielte seine Lippen, als er sie erkannte. »Madame Gignoux!«, begrüßte er sie und vollführte einen Kratzfuß, mit dem er sie beinahe wieder auf die Straße befördert hätte. »Welch eine Überraschung! Ich wollte zwar eben gehen, aber jetzt … Ihr wisst, Madame Gignoux, dass ich Euch bewundere, ja, geradezu verehre.«

»Ja – und ich weiß, wie dick Ihr aufzutragen pflegt. Vermutlich liegt es einfach daran, dass Ihr aus der Rheingegend seid.«

Er schien keineswegs gekränkt zu sein, denn er bot ihr seinen Arm an. »Ihr habt einfach einen wundervollen Humor, Madame. Lasst mich Euch zur Herrin des Hauses geleiten. Ich biete mich Euch sozusagen als Führer an.«

Anna verdrehte die Augen. »Ich bin zuversichtlich, den Weg in den ersten Stock selbst zu finden. Außerdem hat auf der steilen Treppe immer nur eine Person Platz. Ihr müsstet mich daher entweder ziehen oder aber schieben – und beides würde ich mir verbitten.«

»Was denkt Ihr nur von mir, werte Madame Gignoux! Ich würde nichts tun, was Euch kompromittieren könnte.«

Jetzt war es Anna, die den Ludwigsburger angrinste. »Das hoffe ich um Euretwillen. Anderenfalls würde ich Euch schlicht durch meinen Gatten niederschießen lassen. Ihr versteht hoffentlich …«

Verblüfft nickte Gleich und blieb am unteren Ende der Treppe stehen. Er wartete, bis sie oben das Zwischengeschoss betrat. Dann erst folgte er ihr.

»Ich dachte, Ihr wolltet gerade gehen«, sagte Anna, als er hinter ihr auftauchte.

»Aber, Madame. Ich werde mir doch Eure geistreiche Anwesenheit nicht entgehen lassen! Erlaubt mir, dem Gespräch beizuwohnen.«

Anna wollte alles, nur das nicht. Was gingen den Gecken ihre

Überlegungen bezüglich der Mühle vor dem Roten Tor an? Ihre Gedanken wurden von der wilden Horde unterbrochen, die aus Schüles Salon stürmte und in ihre Arme lief.

»Tante Anna!«, krähten die Kinder, und Anna musste zuerst kurz überlegen, wie die Kleinen alle hießen.

Hinter ihnen tauchte Catharina auf, der die Müdigkeit einer Mutter am Blick und an den Augenringen abzulesen war. Außerdem hatte Anna das Gefühl, als läge eine gewisse Traurigkeit in den Gesten der Freundin.

»Anna! Ihr hier?« Ihr Blick ging über Annas Schulter hinweg und traf auf Gleich. »Oh. Habt Ihr den Weg hinunter nicht gefunden, Gleich?« Letztere Bemerkung sollte spöttisch klingen, hörte sich aber eher resigniert an.

»Oh, Mesdames, ich schätze mich glücklich, die Frauen von zwei so bedeutenden Unternehmern der Stadt zu meinen Freundinnen zählen zu dürfen.«

Mit einer Armbewegung, die zeigte, dass sie aufgegeben hatte, bat Catharina Anna und Gleich in den Salon. Dort räumte eben ein Hausmädchen das Geschirr ab. »Maria, bring uns eine Limonade und drei Gläser. Und schaff mir die Kinder fort!«, befahl sie.

»Ich sehe, Catharina, Schüle hat Euch eine Unterstützung gewährt«, begann Anna das Gespräch möglichst unverbindlich.

Die Schülin hakte sich bei Anna ein und flüsterte ihr ins Ohr, ohne dass Gleich davon etwas mitbekam: »Es hat etwas Nachhilfe gebraucht. Er musste zweimal auf dem Sofa schlafen, weil mir der Rücken von der Hausarbeit schmerzte. Und siehe da …«

Die Freundinnen lachten.

»Ist das Lachen der Frauen nicht wie ein kurzer Blick in die Seligkeiten des Paradieses?«, tönte es hinter ihnen, und sie zuckten kurz zusammen.

Natürlich, Gleich war auch noch da.

»Was hat Euch eigentlich zu Catharina Schüle geführt?«, fragte Anna den Kaufmann unverblümt. »Ihr werdet ihr doch nicht den Hof machen?«

»Nein. Natürlich nicht«, beeilte sich Gleich zu sagen. »Im Grunde wollte ich mit dem Herrn des Hauses sprechen. Wegen einer Lieferung Tuche. Sie wartet vor den Toren der Stadt.«

Anna wurde sofort hellhörig. Gleich lieferte Tuche an Schüle. »Ihr wollt sie wohl in der Mühle unterstellen?«, fragte sie nach und tat so, als wäre ihr sehr wohl bewusst, was Schüle da trieb.

Gleich war keineswegs überrascht. Offenbar schien das Vorgehen bereits normal zu sein. »Ja. Aber das Lager ist voll. Ich weiß nicht, wohin damit.«

Das Hausmädchen kam zurück und brachte die Limonade und etwas Gebäck. Sofort verstummten alle, bis sie den Raum wieder verlassen hatte, die Kinder im Schlepptau.

»Wo ist Euer Gatte, Catharina?«, fragte Anna, als würde sie sich für die Belange Gleichs interessieren. Dabei waren ihr diese völlig egal. Was war das für ein Kaufmann, der sich lieber zu den Gebäck knabbernden Frauen setzte, statt sich um sein Geschäfte vor Ort zu kümmern?

»Vor den Toren. In der Mühle«, antwortete Catharina, worauf Gleich sofort einwarf: »Aber von dort komme ich doch. Niemand war bei der Mühle.«

Catharina warf Anna einen Blick zu, der Anna schmerzte. Hatte sie den Gesichtsausdruck von eben doch richtig gedeutet. Schüle war im besten Falle in einem Wirtshaus, anderenfalls ahnte sie wohl ebenso wie Catharina, wo sich der Mann herumtrieb.

»Sie sollten ihn suchen, Gleich«, sagte Anna. »Und wenn Sie ihn nicht finden, kommen Sie zu uns. Wir wissen mit den Tuchballen etwas anzufangen.«

13

FÜNF MONATE SPÄTER · APRIL 1758

»Warum vor der Stadt?«, fragte Anna ihren Mann. Das Gespann ruckelte und schaukelte, dass ihr übel wurde. »Ich habe unseren kleinen Johann zu meiner Mutter bringen müssen. Hätten wir nicht an einem unserer Tische bequemer Platz finden können?«

»Frau!«, erwiderte Johann, der so blass war wie eine frisch gekalkte Wand. »Er bietet uns einen exklusiven Vertrag an. Ist es da nicht egal, wo wir ihn unterzeichnen?«

Anna sah nach links aus der einspännigen Kutsche. Sie hatten einen Gig gewählt, bei dem das Verdeck vorgezogen werden konnte. Weil sich Sonne, Regen und Schnee in schöner Regelmäßigkeit abwechselten, saßen sie in Decken gehüllt im Schatten – und niemand schöpfte Verdacht. Johann konnte sich zurücklehnen, und sie lenkte die Kutsche selbst durch das Rote Tor aus der Stadt und schwenkte dann auf den Weg zur Mühle ein. Sie fluchte, weil sich dieser als morastiges Loch entpuppte.

Sie hätten auch zu Fuß gehen können. So weit entfernt lag die Mühe nicht, doch Johann hatte sie gebeten, fahren zu dürfen. Einmal wegen der Geheimhaltung, zum anderen, weil er die Strecke vermutlich körperlich nicht hätte bewältigen können. Anna machte sich Sorgen. Er sah mit jedem Monat schlechter aus. Seine Wangen waren eingefallen, und sein Gang war kraftlos. Er begehrte sie nicht einmal mehr, was ihr am meisten Sorgen bereitete. Als sie einen Seitenblick auf ihn warf, hatte er die Augen geschlossen. Sein Gesicht wirkte wie das eines Toten, und sie erschrak darüber.

Sie näherten sich der Mühle, und Anna staunte nicht schlecht. Neben dem alten Gemäuer, das sie noch vor einem halben Jahr von oben gesehen hatte, war ein stattliches Gebäude aus dem Boden gewachsen.

»Was hat Schüle vor?«, fragte sie ihren Mann, der nach ihrer Ansprache hochschreckte und sich ebenfalls neugierig nach draußen lehnte. Misstrauisch sah er hinüber. »Das ist mehr als eine Lagerhalle«, murmelte er. »Hoffentlich ist es nicht das, was ich befürchte.«

Kaum fuhren sie in den Hof der Mühle ein, als sich deren Tor öffnete und Schüle ihnen mit ausgebreiteten Armen entgegeneilte. »Schön, dass ihr es euch habt einrichten können«, posaunte er aufgesetzt fröhlich.

Johann stieg aus dem einspännigen, offenen Wagen, und Anna bemerkte, wie er sich kurz an dem Gig festhielt, bevor er Schüle entgegenging.

»Ihr habt es Euch überlegt, Gignoux?«, schrie der Unternehmer ihnen regelrecht entgegen, was Anna eines bewusst machte: Hier draußen brauchte es keine Geheimhaltung und kein Flüstern. Außer den Rohrdommeln, Elstern und Krähen hätten allenfalls die Biber noch mithören können.

Anna, die von Schüle nur mit einem Kopfnicken bedacht worden war, kramte aus ihrem Täschchen, das am Handgelenk baumelte, ein Blatt Papier hervor, das sie langsam entfaltete. »Ich habe noch ein paar Fragen«, sagte sie.

Schüle fasste Annas Gatten jovial um die Schultern und zog ihn mit sich, ohne sie weiter zu beachten. »Die Frauen, nicht wahr. Wenn sie mit ihren Fragen nicht wären, würde das Paradies für uns ein Stück näher rücken«, feixte er mit Johann. »Aber kommt schnell nach drinnen, es braut sich etwas zusammen!«

In diesem Augenblick wechselte das Wetter. War es bisher trocken gewesen, begann jetzt ein Graupelfall aus dem Himmel zu rauschen, und kleine weiße Kügelchen tanzten einen irren Tanz auf dem Boden. Im Nu war die Welt um sie her mit einem weißen Tuch bedeckt, das die Natur weichzeichnete und einen Nebel um sie legte, als wolle er ihr Tun verschleiern.

Johann war nicht der Typ für diese kumpelhafte Art. Er entwand sich mitten in dem Graupelsturm aus Schüles Umarmung, und dann eilten sie zu dritt zum unteren Mühleneingang. In Sicherheit vor dem Unwetter schüttelte er sich und wischte mit der Hand über Annas Kleid. Das gab ihm die Zeit, wieder zu Atem zu kommen.

»Wisst Ihr, Schüle, meine Gattin stellt exakt die richtigen Fragen, immer zur richtigen Zeit. Wenn Ihr verhandeln wollt, dann mit ihr, nicht mit mir«, erwiderte er beiläufig, während sie dem Schauspiel vor dem Tor zusahen.

Neben dem Schauer fiel gleichzeitig die Temperatur stark, und ein eisiger Wind fuhr Anna unter den Rock. Selbst Schüle schloss seine Jacke und wandte sich dann der Treppe ins Obergeschoss zu. Sie konnte sehen, wie er ihr einen verärgerten Blick zuwarf, sich aber rasch fing.

Anna schlenderte heran. Sie hatte Zeit. Am liebsten hätte sie Johann jetzt umfasst und geküsst, aber das schickte sich nicht. Dennoch wallte ein Gefühl der Zuneigung in ihr auf, das sie ihm nur über einen Augenaufschlag vermitteln konnte. Der jedoch hätte ihn eigentlich dahinschmelzen lassen müssen.

Schüle, der seinen Kontrollverlust nach einigen Schritten missmutig wahrgenommen hatte, wartete ebenfalls, allerdings weniger geduldig.

Anna trat zwischen ihn und Johann. »Darf ich davon ausgehen, dass Ihr Euch bei den Mengen, die Ihr uns mitgeteilt habt, etwas verschätzt habt? Ich habe sie mir aus Eurem letzten Brief notiert: fünftausend Kattune und ebenso fünftausend Bombasins, die zu bedrucken wären. Da habt Ihr doch jeweils eine Null zu viel aufnotiert. Nicht wahr? Allein den Bombasin, das Köpergewebe halb aus Seide und halb aus Baumwolle, können die Augsburger Weber nicht in der Menge herstellen.«

Schüle sah sie verblüfft an, dann lachte er und klopfte sich auf die Schenkel. »Das ist gut. Das ist wirklich gut.« Er musste nach Luft ringen. Seine dürre Gestalt zuckte. »Kommt herein, werte Gignoux'. Bei einem Glas Wein lässt sich das alles besser besprechen.«

Er ging voran zur Treppe ins Innere der eigentlichen Mühle, wobei sie erst ein Stockwerk hochsteigen mussten. Sie betraten einen Raum, der sich über die gesamte Fläche der Mühle erstreckte. All das Gestänge, das Mahlwerk, die Mühlsteine waren ausgeräumt worden. In dessen Mitte war ein ausladender Tisch platziert worden, umringt von mehreren Stühlen. Gegenüber der Tür durchbrach ein Fenster die Wand, darunter stand ein Sekretär. Etliche Bücherregale reihten sich an den Wänden. Im dunkelsten Teil der Etage war ein Vorhang nachlässig vor ein breites Bett gezogen, das noch zerwühlt war. Die Einrichtung war zwar zweckmäßig, strahlte aber eine gewisse Heimeligkeit aus. Anna vermutete, dass ein Gutteil davon Catharinas Verdienst war.

»Setzt euch«, bat Schüle, trat zu einer Truhe und entnahm ihr eine Flasche Wein und drei Gläser. Er stellte das Getränk auf den Tisch, reichte die Gläser weiter, öffnete die Flasche und schenkte sich und Johann ein. »Was wünscht Ihr, Madame Gignoux?«

Anna sah ihn verblüfft an. Was erwartete er jetzt von ihr? Sollte sie Wasser oder Limonade sagen? »Wenn es Euch nicht beschwert, schenkt mir auch ein Glas Wein ein.«

Sie strahlte Schüle an, der sich seine Verblüffung kaum anmerken ließ. Dennoch füllte er das Glas etwas weniger voll als bei sich und Johann.

Sie hoben die Gläser und prosteten sich zu.

»So – und jetzt wollen wir zum eigentlichen Geschäft kommen«, begann Schüle, nachdem er den Wein eine ganze Zeit im Mund hin und her bewegt hatte, bevor er ihn genussvoll schluckte.

»Ihr bietet uns einen Exklusivvertrag an?« Anna übernahm die Gesprächsführung, weil sie vom Hausherrn nicht überrumpelt werden wollte. »Wie wollt Ihr diesen denn gestalten?«

Schüles Blick ging von Anna zu Johann und wieder zurück. Ihr Mann hatte die Lider halb geschlossen. Anna wusste, er kämpfte mit dem Staub und der stickigen Luft.

»Ich verlagere meine Aufträge endlich von Hamburg ganz hierher. Das kommt billiger. Von Augsburg aus kann ich zudem Italien und Frankreich gleichermaßen beliefern. Die Veredelung Gignoux bedruckt nach meinen genauen Anweisungen Kattune und Bombasins, einmal siebenviertel breite, einmal sechsviertel breite Tuche für Tapeten und Auskleidungen. Sofort, unmittelbar und – sobald ich sie benötige – haben meine Aufträge Vorrang. Ich vergebe die Modeln, den Papp, die Druckarkana mit den Farben und Formen.«

»Für fünfhundert Tuche …«, wollte Anna Barbara einwerfen, doch Schüle schnitt ihr mit einer herrischen Geste das Wort ab.

»Was schwafelt Ihr da von fünfhundert Tuchen? Diese Menge würde nicht einmal ausreichen, die Kosten zu decken, die ich damit habe. Jeweils fünftausend. Nicht weniger.«

Jetzt war es an Anna, sich zurückzulehnen. »Fünftausend«, flüsterte sie. »Woher nehmt Ihr so viele Tuche?«

»Das lasst meine Sorge sein, Madame Gignoux. Es genügt, dass sie vorhanden sind.« Schüle sonnte sich in einer gönnerhaften Pose, griff nach seinem Glas und trank es in einem Zug aus. »Die Tuche liegen hier auf Lager. Ich lasse sie in Eure Werkhalle bringen. Ihr bearbeitet sie. Ich hole sie wieder ab und bringe gleichzeitig neue Ware.«

Anna runzelte die Stirn. »Die Weber können nicht so viele Tuche herstellen. Es ist also Fremdware. Was sagt die Zunft dazu? Was der Rat der Stadt?«

»Was soll er sagen, wenn er es nicht weiß?«, entgegnete Schüle. »Ich bezahle drei vom Hundert mehr, als ihr bislang erhalten habt, erwarte aber Vorzugsbehandlung.«

Anna überschlug kurz, was das für sie bedeutete – und was für Schüle. Wenn Schüle so großzügig war, dann mussten es weniger als die 175 000 Gulden sein, die er in Hamburg dafür hatte ausgeben müssen. Um wie viel billiger arbeiteten sie hier im Süden? Um die Hälfte? Wohl mindestens um die Hälfte billiger.

»Dreieinhalb vom Hundert«, sagte Anna. »Dann steht das Geschäft.«

Schüle zeigte sich amüsiert. »Glaubt Ihr, so wird verhandelt? Ihr täuscht Euch. Es bleibt bei drei. Schließlich liefere ich Euch auch die Arkana: Farben und Fixiermittel aus meiner eigenen Werkstatt.«

Anna lächelte Schüle an und erhob sich. »Dann bedanken wir uns für das Angebot, sind aber nicht interessiert. Lasst ruhig weiter in Hamburg drucken. Wenn ich es richtig vernommen habe, dann zahlt Ihr in Hamburg im Verhältnis fast zehn vom Hundert. Eure Entscheidung. Wir brechen dann auf, Johann.«

Ohne es wirklich zu zeigen, half sie Johann auf, indem sie ihm ihren Arm anbot. So sah es aus, als würde er sie und nicht sie ihn führen.

»Ihr könnt doch jetzt nicht gehen!«, warf Schüle ein. Anna sah ihm an, dass er sich zurückhalten musste, um nicht vor Ärger zu platzen.

»Und wer sollte uns daran hindern?« Anna steuerte auf die Treppe zu, die sich am äußeren Rand des Raumes befand. Sie hatten die erste Stufe betreten, als Schüle sagte: »Also gut, Ihr habt gewonnen. Dreieinhalb!«, rief er ihr hinterher.

Anna hielt kurz inne und musste Johann festhalten, weil dieser beinahe das Übergewicht bekommen hätte. Die Luft im Raum nahm ihm den Atem. Er keuchte immer lauter. Das führte dazu, dass Anna sich nur langsam umdrehen konnte, was die Geste nur umso effektvoller machte.

»Wer spricht von dreieinhalb, Schüle? Das war der Preis, als wir noch gesessen und Wein getrunken haben. Ihr habt ihn ausgeschlagen. Also verhandeln wir neu. Vier vom Hundert, und wir sind im Geschäft. Und einen Teil der Druckarkana brau ich in unseren Werkstätten – gern nach Eurem Rezept.«

Sie konnte sehen, wie Schüle nach Luft schnappte, wie es ihm die Sprache verschlagen hatte und wie er sich zwingen musste, nicht Johann anzusprechen, der mehr oder weniger hilflos an ihrem Arm hing und mit seinem kurzen Atem kämpfte. Schüle fuhr mit dem Finger unter die Perücke und kratzte sich ausgiebig. Er schien zu rechnen.

»Mit jeder Stufe, die wir hier nehmen, verteuert sich der Preis um ein Viertel vom Hundert. Berechnet das. Ihr wisst, dass niemand in Augsburg Euren Wünschen so entgegenkommen kann wie die Fabrique Gignoux. Zehntausend Tuche zu bedrucken vermag sonst niemand, sosehr sie sich bemühen würden, ganz zu schweigen von der Qualität, die Euch erwarten würde.«

Mit einem kurzen Ruck zog sie Johann näher zu sich, damit sie eine Stufe tiefer steigen konnte.

»Bleibt um Himmels willen stehen. Ihr habt gewonnen!«

Anna zögerte. Schüle knickte zu schnell ein. Allerdings wollte sie ihr Verhandlungsgeschick nicht überstrapazieren.

»Schlag ein«, flüsterte Johann ihr beinahe unhörbar zu. »Er springt sonst ab.«

Woher Johann das wissen oder ahnen konnte, wollte Anna ihrerseits nicht wissen. »Nun denn«, verkündete sie laut. »Dann lasst uns einen Vertrag aufsetzen, Schüle. Wir arbeiten exklusiv für Euch.«

Anna zog Johann wieder die Stufe hoch und begleitete ihn so an den Tisch, dass der Hausherr wohl nicht bemerkte, wie schlecht es um den Fabrique-Besitzer Gignoux stand.

»Ihr seid sicher, im Namen Eures Schwiegervaters und Eures Schwagers zu sprechen? Immerhin arbeitet Ihr im Auftrag und unter der Führung Eures Schwiegervaters«, flocht Schüle nebenbei ein.

Jetzt erst meldete sich Johann wieder. Er hustete ein wenig. »Ihr dürft versichert sein, dass mein Schwiegervater ebenso wie mein Bruder die Fabrique bei uns in guten Händen wissen. Wir haben Prokura in allen Belangen. Vielleicht kümmert Ihr Euch um den Rat der Stadt.«

Schüle spitzte nur die Lippen und zog ein Blatt Papier aus einer Schublade unter dem Tisch. Es war vollständig ausgearbeiteter Vertrag, in den nur die neuen Zahlen eingetragen wurden.

Anna setzte sich und studierte ihn. Noch während sie las, wusste sie, dass sie Schüle auf den Leim gegangen war. Er hatte alles so vorbereitet, wie sie es vereinbart hatten, als hätte er aus einer Vorsehung heraus gehandelt.

Ihr schwirrte der Kopf beim Durchprüfen, und sie hoffte, soweit alles verstanden zu haben, als sie das doppelt ausgefertigte Dokument Johann zur Unterschrift hinüberschob. Dann unterzeichnete sie selbst und schließlich Schüle.

14

JUNI 1758

Das Unbehagen blieb. Sie wälzte sich viele Nächte von einer Ecke des Bettes zur anderen und zerwühlte ihr Laken, weil sie den Kniff nicht sah, die Bedrohung nicht genau erkennen konnte, die sie mit dem Vertrag eingegangen waren.

Dieses verstörende Gefühl hatte sofort nach der Unterschrift eingesetzt und sich verstärkt, nachdem Schüle sich geweigert hatte, sie durch die Lagerhallen zu führen. Zuerst hatte sie es darauf geschoben, dass er verärgert gewesen war, weil sie ihn so hart angegangen war. Doch allein der vorbereitete Vertrag hatte ihr gezeigt, dass sie nur innerhalb seines Rahmens lag. Er hatte ihr Spiel demnach vorausgesehen. Sie war zu durchschaubar gewesen, war in nichts darüber hinausgegangen. Das beunruhigte sie am meisten. Wenn Schüle sie derart einschätzen konnte, dann konnte er Johann und sie auch hintergehen, ohne dass sie es bemerkten.

Obwohl sie sich ermahnte, vorsichtig zu sein, lief das Geschäft wider Erwarten gut. Sie erhielten die vereinbarten Tuche, bedruckten sie und lieferten sie wieder ab. Nicht einmal die Zunft ahnte über den Winter, wie viel Fremdware hier verarbeitet wurde. Da immer nur ein Fuhrwerk ankam, fiel die Geschäftigkeit nicht auf. Erst als Johann mehr Drucker einstellen musste und die Farbmengen größer wurden, die sie bestellten, wurden die Zunftoberen neugierig.

Schließlich beschloss sie, ihrer Unruhe nachzugeben. Es war ein Samstag, an dem Johann das Bett hüten musste, weil ihn ein Schwindel erfasst hatte. Urplötzlich war er gestolpert und hatte ihr dann erzählt, er habe ein Gefühl, als würde sich die Welt um ihn drehen, ohne dass er sie aufhalten könne. Sein Kopf sei wie in Watte gepackt, und sobald er die Augen öffne, bewege sich der Boden unter seinen Beinen, ohne dass er ihn mit den Füßen zu fassen vermöge.

Sie hatte ihm das Bett verordnet, nach dem Arzt gerufen, und als dieser ihr versicherte, das alles ginge mit etwas Ruhe wieder vorüber, Johann und die Kinder unter der Obhut von Elsbeth gelassen.

Anna hatte sich feste Lederschuhe angezogen, ein Kleid, das weniger ausladend war, angelegt und einen Sonnenschirm mitgenommen. So ausgerüstet konnte ihr kleiner Ausflug als Spaziergang durchgehen.

Sie durchquerte das Lechviertel, grüßte die Torwächter am Roten Tor und hielt einen kurzen Plausch mit ihnen. Dann verließ sie über die Brücke die Stadt, auch wenn die Wächter ihr verwundert nachsahen, weil sie allein ging, ohne Begleitung, ohne Mann oder weibliche Aufsicht. Das Licht flirrte, und selbst der kurze Weg bis zum Tor hatte sie zum Schwitzen gebracht. Sie verabscheute diese Röcke und Unterröcke und Überröcke, diese Unterkleider und Blusen und Überkleider, die Frauen in Stoffe einzwängten, als wären sie deren Gefangene. Im Grund war es auch nichts anderes. Sie waren Häftlinge ihrer Kleider.

Kurz hatte sie überlegt, ob sie sich nicht Männerkleidung anlegen sollte, sich dann aber dagegen entschieden. Einmal fühlte sie sich nur in Hosen halb nackt, ihre Fraulichkeit so zu präsentieren, zum anderen war es ihr unmöglich, ihre Frisur, die Haare, unter irgendeiner unauffälligen Kapuze zu verbergen. Dazu waren sie zu üppig und zu ausladend lang.

Also hatte sie sich für ein leichtes Kleid für einen kleinen Ausflug, für einen Spaziergang entschieden. Das kam ihr jetzt zugute. Der Stoff war fester als die mit Rüschen und Borten versehenen breiten Röcke. So konnte sie sich auch durch hohes Gras und Gestrüpp schieben.

Der Boden, der im Frühjahr schlammig und an manchen Stellen unergründlich erschien, war zu einer harten Kruste vertrocknet. Sie konnte erkennen, wo der Weg von der Straße nach Süden abbog und zum Mühlbach hinführte. Die Räder der Fuhrwerke hinterließen eine breite Schneise. Die Aumühle war vom Hauptweg aus nicht auszumachen. Der Auwald verhinderte den Blick, sodass man sich wunderte, was der breite Abweg wohl zu bedeuten hatte.

Anna blickte kurz nach rechts und links. Weder vor noch hinter sich bemerkte sie einen Wanderer oder ein anderes Fuhrwerk. Sie bog ab und beschleunigte auf dem unebenen Weg ihre Schritte, bis sie hinter einem halbhohen Buschwerk und einigen Birken erneut abbiegen musste. Von der Hauptstraße aus war sie jetzt nicht mehr zu sehen. Entschlossen legte sie ihren Schirm hinter einem Busch ab. Er würde sie bei dem stören, was sie vorhatte. Wenn sie nachher zurückkam, konnte sie ihn wieder mitnehmen.

Ihre Anspannung wuchs. Das letzte Mal hatte sie im April diesen Weg und die Mühle selbst mit dem Lagerhaus gesehen. Seither waren sie und Johann nicht mehr hier draußen gewesen. Sie stapfte weiter, obwohl die Spurrillen jetzt immer feuchter wurden. Man spürte die Nähe des Wassers. Schließlich hörte sie das Rauschen der Mühlräder, die vom Wasser angetrieben wurden – und dann sah sie das Gebäude vor sich. Linker Hand stand die Mühle. Ein Wasserrad wurde vom Mühlbach bedient. Anna musste eine kleine Holzbrücke überqueren, um auf die andere Seite zu gelangen.

Vorsichtig schritt sie hinüber. Immer noch konnte sie niemanden entdecken. Hinter der Mühle begann die Halle, die sie kleiner in Erinnerung hatte. Ein Transportfuhrwerk stand im Hof unter einem Vordach, daneben eine Gig, die nach vorn gekippt lose auf der Deichsel ruhte. Vier Pferde grasten in einem abgezäunten Areal und hoben kurz den Kopf, als sie Anna bemerkten. Offenbar befand sich jemand in der Mühle, was Anna vorsichtiger werden ließ.

Es war ein friedliches Bild: die Mühle zwischen halbhohen Bäumen, die Pferde, das Mühlrad, das Rauschen des Wassers, das sich mit dem Rauschen der Bäume bei leichtem Wind vermischte. Und doch ließ sich Anna nicht täuschen. Hier ging etwas vor, was sie beim ersten Besuch schlicht übersehen hatte. Deshalb stand sie jetzt auf dem Mühlgrund und wollte Antworten.

Den Schrei hätte sie beinahe überhört, wenn nicht die Pferde unruhig ihr Fressen unterbrochen und die Köpfe gehoben hätten. Es war ein hoher Schrei, der einer Frau, aber er war nicht ängstlich oder furchtsam. Anna lauschte ihm nach, und langsam verlor sich die Gänsehaut, mit der ihr ganzer Körper überzogen gewesen war, als sie ihn erstmals gehört hatte. Die Schreie waren lustvoll und wiederholten sich in Abständen. Die Laute kamen aus der Mühle selbst, und

Anna ahnte, was sie zu bedeuten hatten. Die Ausstattung der Mühle als Rückzugsort war ihr schon beim ersten Besuch aufgefallen.

Jetzt war sie sich sicher. Der Raum im oberen Geschoss war auch als Liebesnest eingerichtet worden. Schüle verabredete sich hier mit seiner Geliebten. Und im Augenblick war er mit ihr lautstark beschäftigt. Sie musste lächeln. Catharina hatte es wohl geahnt und war zum Teil froh darüber. Immerhin ersparte ihr das eine weitere Schwangerschaft. Die Kinder, die Schüles Frau großzuziehen hatte, genügten ihr.

Dass er sich dafür ein eigenes Refugium außerhalb der Stadt einrichtete, fand Anna allerdings sehr dreist. Zwar ersparte er Catharina damit das Getuschel der Augsburger, aber er schuf sich so auch eine haltlose Legitimation, die Ehe zu brechen.

Mit halbem Ohr ging sie mit den kurzen Schreien mit und seufzte. Wie lange hatte sie mit Johann schon auf solch ein Vergnügen verzichten müssen? In die Stimme der Frau mischte sich jetzt die des Mannes – und in einer Art Duett strebten sie einem gemeinsamen Ziel entgegen.

Anna musste sich davon regelrecht losreißen. Schließlich war sie wegen anderer Dinge hier. Ihre Neugier wurde durch das Liebesspiel hinter den hölzernen Wänden nicht befriedigt. Sie wusste nicht einmal, wer das Paar hinter der Fassade war. Schüle musste es nicht unbedingt sein.

Sie blieb unter dem Umlauf und schlich sich bis zur Halle hinüber, immer darauf bedacht, vom hinteren Fenster der Mühle wegzubleiben, damit sie nicht entdeckt werden konnte. Das Fenster gegenüber dem Eingang in die Mühle stand offen.

Die Halle selbst hatte keinerlei Fenster, nur Oberlichter und mehrere Tore. Sie lief bis ganz nach hinten. Am Ende der Halle befand sich die einzige Tür. Sie war mit einem Schloss gesichert. Anna ärgerte sich über ihr Pech. Konnte nicht einmal etwas unverschlossen sein, außer dem Fenster, das sie das Liebesspiel aus der Mühle hatte mithören lassen? Kurz nahm sie das schwere Metallschloss in die Hand und wollte es begutachten, als es aufsprang. Es war offenbar nicht gesichert gewesen. Erschrocken ließ Anna es los. Mit einem Knall schlug es gegen die hölzerne Wand.

Anna erstarrte. Das Geräusch musste auf dem gesamten Mühlgrund zu hören gewesen sein. Sie rannte, bis sie um die Ecke der Halle biegen konnte. Dort lehnte sie sich erschöpft gegen die Wand. Ihr Herz raste und ließ sie undeutlich sehen.

»Hallo! Ist da jemand?«, hörte sie aus der Mühle rufen. Doch dann schlug eines der Pferde, offenbar vom Ruf erschreckt, mit den Hufen gegen das Gatter des Zauns, und die Stimme meldete nach innen: »Die Gäule. Sie sind rossig.«

Ein Lachen antwortete ihm, und mit einem Blick um die Hallenecke wurde ihr bestätigt, dass sich Schüle wieder in die Mühle begeben hatte. Gleich darauf setzten ein Lachen und Kreischen ein, das Anna deutlich mitteilte, was dort vor sich ging.

Sie nahm all ihren Mut zusammen, rannte zur Tür, hängte das Schloss aus, öffnete die Tür und schlüpfte hindurch.

Es dauerte, bis sie sich an das Dämmerlicht gewöhnt hatte. Der Raum besaß nur im Bereich unterhalb der Dachbalken Lichtöffnungen. Diese sollten Licht einlassen, direkte Sonneneinstrahlung aber verhindern, da diese das Tuch hätte ungleichmäßig bleichen lassen.

Denn diese Halle war tatsächlich auch ein Lager. Und was für eines! Bis unter die Decke stapelten sich Ballen mit fertigen Tuchen und Rohwaren, eindeutig auszumachen durch die Aufdrucke auf den Hülltüchern. Aber das war noch nicht alles.

Anna ging herum und begutachtete, was sie sonst noch zu Gesicht bekam. Es gab Tische, Modeln, Streichstempel, Farbtöpfe für den Papp, Pressen, Walken. Alles war dazu eingerichtet, eine Tuchdruckerei beginnen zu lassen. Sie blickte nach links und rechts, zählte die Tische und ahnte: Wenn hier mit dem Druck begonnen würde, dann stieg Schüle ganz groß in die Tuchveredelung ein, größer als die Fabrique Gignoux.

Im hinteren Teil der Halle stank es nach gärenden Pflanzen. Hier wurde offenbar der Papp hergestellt, mit dem die Tuche bedruckt wurden. Es roch schauderhaft, doch die Stätte war mindestens dreimal so groß wie die Produktion in ihrer Fabrique. Während die Druckerei selbst noch unberührt war, konnte sie erkennen, dass in der Farbherstellung bereits fleißig gearbeitet wurde. Schließlich hatte Schüle ihnen nicht alle Rezepte verraten. Neugierig ging sie durch die Reihen der Töpfe und Tiegel und versuchte zu erschließen, mit welchen Mitteln Schüle arbeitete. Doch das war nicht ihr Metier. Johann würde sich hier besser auskennen. Für sie war das nur ein grober Mix aus Gestank und Farben.

Die stickige Luft im Raum erschwerte ihr das Atmen.

Langsam konnte sie eins und eins zusammenzählen. Natürlich war die Arbeit mit den Hilfskräften aus dem Armenhaus im Mutterhaus der Stadt für Schüle nur ein Tropfen auf den heißen Stein. Er konnte dort ausprobieren, die eigenen Rezepturen testen, aber nicht wirklich produzieren.

Wenn er aber an eine Druckergerechtigkeit kam, dann musste er schnell handeln – und eine Möglichkeit bot ihm die Halle hier draußen vor der Stadt. Natürlich bestand die Gefahr, dass ihm die Druckergerechtigkeit wieder entzogen wurde. Aber die erschien angesichts der derzeitigen Lage eher unwahrscheinlich. Die politischen Verhältnisse waren sicher. Die Netzwerke der überregionalen Handelsgesellschaften waren stabil und erleichterten den Transport von Waren über Land, und nur die Stimmung im Land unter den weniger Begüterten war angespannt. Nichts sprach demnach gegen einen solchen Ausbau. Eine Revers-Pflicht, also der Abbau der Gebäude, um ein Schussfeld zur leichteren Verteidigung der Stadt zu bekommen, lag in weiter Ferne.

Schüle bereitete dagegen heimlich eine eigene Tuchdruckerei vor. Damit wurde er zum Konkurrenten der Familie Gignoux. Hier also lag der Hase im Pfeffer. Er baute sich Verbindungen und Abnehmer auf, indem er die Tuchproduktion auslagerte. Wenn er dann selbst die Druckgeschäfte übernehmen konnte, fielen die Kosten für die Druckvergabe weg, und er strich den zusätzlichen Gewinn obendrauf ein. Zudem konnte er seine Ware zu geringeren Preisen anbieten.

Anna wurde bei den Dimensionen, die ihr mit ihrer Entdeckung durch den Kopf schwirrten, ganz schwindlig, und sie musste sich festhalten. So erging es also ihrem Mann tagtäglich, schoss es ihr durch den Kopf.

Sie drehte sich um und suchte nach dem Ausgang. In ihrer Faszination hatte sie sich den Weg, den sie innerhalb der Halle genommen hatte, nicht gemerkt. Sie musste sich konzentrieren, um die Tür wiederzufinden. Für einen Moment erfüllte sie Panik. Wenn sie jetzt nicht schnell genug verschwinden konnte und von Schüle womöglich entdeckt wurde, dann wollte sie sich die Folgen gar nicht ausmalen. Dass sie sein Geheimnis kannte, war sicherlich nicht das, was er sich wünschte und was er einfach so wegstecken würde. Sie dachte kurz an Catharinas geschundenen Körper, den sie in Abständen zu Gesicht bekam.

Anna versuchte, nicht an die Tische zu stoßen und keine Modeln herabzuwerfen, während sie mit immer stärkerem Herzklopfen nach dem Ausgang suchte. Ihr Atem beschleunigte sich, und ihr Blick verschwamm schon ein wenig, weil sie zu wenig Luft bekam, da erkannte sie die Umrisse der Tür. Sie hastete darauf zu, wäre beinahe über einen Zinkeimer gestolpert und konnte sich gerade noch abfangen.

Sie griff nach dem Türholz, als sie von außen jemanden rufen hörte: »Herr! Seid Ihr im Lager?«

Anna gefror das Herz zu Eis. Auch diese Stimme würde sie nie vergessen. Sie gehörte Melchior Gräz, dem Drucker, der bei Schüle Unterschlupf gefunden hatte.

Sie hörte seine Schritte auf dem kiesigen Boden, wie sie näher kamen. Am liebsten hätte sie sich in eine Flockenwolke aufgelöst und wäre durch die Oberlichter verschwunden. Doch dazu war sie zu irdisch und dem Diesseits verhaftet. Wenn sie noch länger zögerte, würde sie dem Drucker direkt in die Augen sehen können – und diesmal würde es keinen Johann geben, der sie aus der misslichen Lage befreite.

15

JUNI 1758

Anna hielt den Atem an und duckte sich. Rasch überlegte sie, wo sie sich verstecken konnte. Sie musste entweder unter einen der Tische kriechen oder sich zwischen den Tuchballen verstecken. Wenn sie so stehen bliebe und der Vorsteher der Schüle'schen Drucker die Tür öffnete, würde er sie unzweifelhaft entdecken.

Wenn sie sich aber zu rasch bewegte, konnte es geschehen, dass sie mit ihrem Kleid Model und Streichpinsel von den Tischen wischte, ganz davon abgesehen, dass es einen Höllenlärm verursachen würde, wenn sie sich mit ihrem Stoffkleid zwischen die Ballen drückte.

Sie ging in dem Augenblick hinter einem der langen Drucktische in die Knie und rutschte unter ihn, als Gräz die Tür öffnete.

»Herr, seid Ihr hier?«, rief er in den Raum hinein.

Anna wagte es nicht, auch nur einen kleinen Atemzug zu nehmen. Sie hielt die Luft an.

Sie hörte, wie der Drucker ein Stück weit in die Halle hineinging und sich umsah. »Herr? Ist da sonst jemand?«

Absolute Stille herrschte in der Halle. Anna konnte hören, wie sich Gräz hin und her drehte, wie er zwei Schritte vor und dann wieder zurück ging. Wenn er jetzt in die Gasse hineinlief, in der sie sich hinter einem Tisch verbarg, dann würde sie ihm unweigerlich in die Hände fallen. Sie fühlte, wie allein der Gedanke daran sie zittern ließ.

»Verflucht!«, schimpfte Gräz und machte eine weitere Runde, allerdings auf die andere Seite, die zum Lager führte.

Anna fühlte, wie ihre Atemnot zunahm. Sie konnte sich nicht mehr auf den Drucker konzentrieren. Sie vergaß ihn und dachte nur noch ans Luftholen und versuchte, dies mit aller Gewalt zu unterdrücken. Doch irgendwann würde sie einatmen müssen – und dann würde er sie hören und packen. Sie bemerkte, wie ihr schwindlig wurde, wie sie zur Seite sackte und sich langsam unter dem Tisch ausstreckte. Sie hörte jemanden rufen, Schritte, die an ihr vorbeieilten, erneut

Rufe, drängender und forscher. Dann, als ihre Luftnot zu groß wurde, musste sie einatmen und sog dabei den Staub in ihre Lungen, der sich auf dem Boden abgesetzt hatte. Sie versuchte zuerst, den Husten zu unterdrücken, der einsetzte. Doch dann konnte sie nicht mehr anders und musste heftig husten und niesen. Sie kauerte sich zusammen, in der Erwartung, dass Melchior Gräz' grobe Hände sie unter dem Tisch hervorzerren würden. Schweißnass war sie und zitterte am ganzen Körper. Unwillkürlich stiegen ihr Tränen in die Augen. Ihre rechte Hand spürte einen der Streichdocken, was sie etwas beruhigte. Niemals würde sie sich kampflos ergeben. Sie würde ihm den Docken über den Schädel schlagen, ihn damit außer Gefecht setzen. Das gab ihr etwas Mut, und der Tränenstrom versiegte. Sie wartete, horchte, versuchte zu erspüren, wo sich Gräz befand. Doch nichts geschah.

Der Drucker schien sich in Luft aufgelöst zu haben.

Langsam begriff Anna, dass sie außer Gefahr war. Vorsichtig, immer noch die Hand am Streichdocken, krabbelte sie unter dem Tisch hervor. Sie atmete immer noch heftig und spürte ein Kratzen im Hals. Sie sah sich um. Keine Menschenseele war mehr in der Halle.

Hatte sie sich getäuscht? Sie horchte nach draußen. Dort wurde eine Gig angeschirrt. Sie schlich zur Tür.

Ein Mann und eine Frau unterhielten sich. Der Mann war eindeutig Gräz. Anna spähte durch den Spalt zwischen Tür und Angel. Was sie sah, verblüffte sie völlig. Catharina Schüle stand neben der Gig, und von links näherte sich Gräz, der die Schülin jetzt in den Arm nahm und küsste. Beinahe hätte sich Anna durch einen Ruf des Erstaunens verraten. So konnte man also danebenliegen, wenn die Fantasie sich nicht mit der Realität paarte. Nicht Schüle und seine Liebschaft hatten sich hier getroffen, sondern Catharina und ihr Liebhaber, Gräz.

Sie beobachtete, wie das Pferd vorgespannt wurde. Dann holte sich Gräz noch einen leidenschaftlichen Kuss von Catharina und sprang mit auf die Gig.

»Ich fahre dir den Wagen noch auf die Straße«, bot er ihr an. »Danach muss ich hier noch etwas nachsehen und aufräumen«, hörte sie ihn sagen.

Das war die Gelegenheit für Anna. Während er Catharina zur Straße brachte und dann zurücklief, musste sie verschwinden.

Schon nach dem Anfahren begann Anna an der Tür zu rütteln, doch die war verschlossen. Gräz hatte offenbar das Schloss vorgelegt. Dort kam sie nicht wieder hinaus. Sie versuchte es an den beiden anderen Toren. Auch das war unmöglich. Sie waren ebenfalls von außen verriegelt.

Wieder fühlte sie, wie Panik in ihr hochstieg und ihre Sinne vernebelte. Sie musste ruhig bleiben, umsichtig. Eines war klar, durch Tür und Tore würde sie nicht entkommen können. Langsam schloss sie die Augen und überlegte, welche Möglichkeiten sich ihr noch boten.

Gräz niederzuschlagen, während er zur Tür hereinkam, war zwar eine Möglichkeit, sie traute sich aber die Kraft dafür nicht zu. Eines der Tore aufzustemmen war ohne Werkzeug unmöglich. Außerdem würde sie dann eine Spur hinterlassen. Gräz wüsste, dass jemand da gewesen war und ihn und Catharina beobachtet hatte.

Ansonsten gab es nur ... Natürlich! Sie hätte früher darauf kommen müssen. Jetzt blieb ihr nicht mehr viel Zeit.

Wenn sie auf die Ballen kletterte, konnte sie vielleicht durch die Oberlichter entkommen. Sie erinnerte sich an ihre Kindheit. Sie hatte weder Angst vor Höhe noch vor tiefen Sprüngen. Sie raffte ihr Kleid und rannte zu den Ballenstapeln. Tatsächlich waren sie so gelagert, dass man sie erklettern konnte. Die höchsten Stapel reichten bis zu den Querbalken des Dachstuhls. Anna stieg hinauf, erwischte einen Sparren und konnte so bis zu den Oberlichtern balancieren. Zwar war es ihr in der Jugend leichter gefallen, und jetzt war sie beinahe außer Atem, aber man verlernte solche Dinge nicht. Man wurde nur etwas träger und weniger gelenkig.

Sie ließ sich hinunter auf den unteren Querbalken des Oberlichts. Es war ein schmaler Durchschlupf. Die beiden Kinder hatten sie zwar fülliger werden lassen, aber noch passte sie hindurch. Sie konnte aus dem Fenster langen und sich an den Traufensparren kurz festhalten, bevor sie sprang. Von dort aus waren es vielleicht zwölf Fuß bis zum Boden. Wenn sie nicht mit dem Kleid hängen blieb, konnte sie es schaffen. Der schmale Streifen zwischen Mühlbach und Ufer musste ausreichen. Anna holte kurz Luft, dann lief sie los und sprang in die Tiefe. Sie federte den Sprung ab und wäre fast in den Mühlbach gestürzt, konnte sich aber gerade noch an einem jungen Haselstrauch festklammern. Ein kurzer Blick nach oben genügte, und sie konnte erkennen, dass nichts von ihrem Kleid an den Hölzern hängen geblieben war. Das Zittern setzte wieder ein, diesmal nicht aus Furcht, sondern vor Erregung durch das Abenteuer. Sie hatte es geschafft. Beinahe jedenfalls. Sicher war sie erst, wenn sie zu Hause die Tür hinter sich schließen konnte.

Sie spähte nach links und nach rechts. Wohin sollte sie fliehen?

Wenn sie den Mühlgrund verlassen wollte, musste sie entweder über die Brücke oder durchs Wasser. Wenn sie die Brücke überquerte, konnte es sein, dass Gräz sie sah und ihr nachlief. Der Weg durchs Wasser hieße, dass sie klitschnass würde und erklären müsste, wie das geschehen konnte. Anna seufzte. Sie entschied sich für die Brücke und schlich gebückt in Richtung Mühle.

Sie wollte gerade um die Ecke biegen, als Gräz mit weit ausladenden Schritten den Mühlgrund heraufgestiefelt kam. »So, und jetzt zu uns. Ich habe dich gesehen, du Dieb!«, schrie er der Werkhalle entgegen.

Sie hasste diesen Mann, der sich einen Spaß daraus machte, Furcht zu verbreiten. Diesmal würde es ihm allerdings nicht gelingen.

Gräz lief die Halle entlang. Sie hörte, wie er die Tür entriegelte, hineintrat und die Tür von innen schloss.

Jetzt war die Gelegenheit da. Sie raffte ihren Rock und rannte. Sprang über den Mühlgrund, an der Mühle vorbei bis zur Brücke, über die Brücke und den Weg entlang. Nur kurz bremste sie ihre Eile, um ihren Sonnenschirm aufzulesen und dabei hinter sich zu blicken, ob sie verfolgt würde. Sie dankte Gott dafür, dass sie sich für feste Lederstiefel entschieden hatte. Erst als sie die Hauptstraße erreichte, die ehemalige Via Claudia Augusta, hielt sie inne, atemlos und so erhitzt, dass sie das Gefühl hatte, sie könnte mit ihrem glühenden Kopf eine Kerze entzünden.

Sie lief mit schnellen Schritten weiter, bis sie die Wagenhalsvorstadt erreichte. Dort erst blieb sie stehen und versuchte, ihr Äußeres zu richten. Die Haare standen wild um den Kopf, und das Kleid war verdreckt. Ihre Hände sahen aus, als hätte sie den halben Tag in der Erde gewühlt, und sie wollte gar nicht wissen, wie schmutzig ihr Gesicht war.

All das konnte sie nicht treffen, denn allein der Sieg über Melchior Gräz verlieh ihr einen wütenden Triumph, den sie auskosten wollte.

Gemessenen Schritts ging sie auf die Stadt zu und betrat sie aber diesmal nicht über das Rote Tor, sondern weiter östlich über das Schwibbogentor. Der Weg war zwar etwas länger, aber im Handwerkerviertel fiel sie mit ihrer verschmutzten Kleidung weniger auf.

Sie musste zu Johann und ihm mitteilen, was sie entdeckt hatte.

16

JULI 1758

»Ich wollte es dir nicht glauben, Anna. Dafür muss ich mich entschuldigen.«

Es war weit nach Mitternacht. Anna hatte auf Johann gewartet. Eine einzige Kerze brannte. Er betrat die Küche, zog sich einen Stuhl heran und sank völlig in sich zusammen. Kraftlos stützte er den Kopf in beide Hände. Trotz des Dämmerlichts sah sie, wie blass und erschöpft er war. Als er endlich den Kopf hob, sah er sie mit hohlen Augen an, und Anna erschrak über dieses Totengesicht. Was war aus dem lebhaften und lebendigen Jungen geworden, in den sie sich einst verliebt hatte? Doch sie drängte das kurze Schwelgen in Erinnerungen zurück. Es gab derzeit Wichtigeres.

»Was hat der Rat beschlossen?«, fragte sie und setzte sich ihm gegenüber.

Sie fragte mit zusammengepressten Lippen, immer noch wütend darüber, dass man sie ausgeschlossen hatte. Johann vertrat seinen Vater und Anton, seinen Bruder. Der Vater war kränklich und sein Bruder den Intrigen der Weber nicht gewachsen. Das war Johann zwar auch nicht, aber er konnte seinem Vater am wenigsten Widerstand entgegenbringen. Also hatte er ihn vertreten.

Johanns Zustand war beängstigend – und allein daraus konnte sie schließen, dass das Ergebnis erschütternd gewesen sein musste.

»Er hat also seine Druckergerechtigkeit bekommen?«, hakte sie nach, und Johann nickte nur kurz.

»Schlimmer!«, flüsterte er.

Anna zog die Augenbrauen hoch. »Was kann schlimmer sein als eine erschlichene protestantische Druckergerechtigkeit? Wer musste die seine abgeben? Wir etwa?«

Diesmal schüttelte Johann den Kopf. Er schloss die Augen und dehnte den Nacken.

»Herrgott, Mann! Lass dir doch nicht alles aus der Nase ziehen, und rede mit mir. Es ist doch unmöglich, dass Schüle eine protestantische Druckergerechtigkeit zugesprochen bekommt. Sie liegen schließlich nicht auf der Straße.«

Langsam öffnete Johann die Lider und sah ihr in die Augen. Die Kerze spiegelte sich flackernd in seinen Pupillen. Das wirkte gespenstisch. Doch Anna erblickte darin noch eine andere Wahrheit, die sie nicht länger als unwirklich abtun konnte. Die Vergabe der Druckerlizenz an Schüle war ein weiterer Sargnagel in Johanns Leben.

Endlich raffte sich ihr Mann auf, schluckte und begann zu sprechen. Er musste sich am Tisch festhalten, obwohl er saß, um nicht zu fallen. »Sollte man denken«, begann er.

»Was sollte man denken? Hat er etwa einen der protestantischen Drucker beseitigen lassen? Zutrauen würde ich es ihm – oder vielmehr seinem Handlanger Gräz«, fuhr Anna dazwischen, verschloss sich aber gleich selbst den Mund. Sie durfte Johann nicht unterbrechen, sonst sagte er gar nichts mehr.

Wieder schüttelte Johann heftig den Kopf. »Schlimmer, Anna. Viel schlimmer.«

»Sag endlich, was los ist«, drängte sie.

»Schüle war überzeugend. Er hat geschickt argumentiert. Dem Rat der Stadt hat er vorgejammert, wenn er keine Genehmigung zum Druck bekäme, müsse er aus der Stadt weggehen. Damit würde die Textilveredelung zusammenbrechen, schließlich sei er einer der Hauptauftraggeber. Wir beispielsweise müssten dann wohl oder übel Bankrott anmelden. Hunderte von Frauen und Männer stünden auf der Straße und lasteten damit auf dem Säckel der Stadt, weil sie in Armenhäusern unterkommen müssten. Zudem verlören die Weber einen ihrer wichtigsten Abnehmer. Immerhin geht fast die gesamte Tuchproduktion der Stadt an Schüle.«

»Aber ...«, warf sie ein. »Wenn Schüle selbst druckt, dann ... erst dann ... müssen wir in unserer Fabrique mindestens zwanzig Männer und Frauen entlassen. Hast du ihnen gesagt, wie gut er darauf vorbereitet ist, eine eigene Druckerei zu eröffnen? Wir haben jetzt Juli. Ende des Monats kann er vermutlich mehr Tuche bearbeiten als wir. Und er wird die Männer und Frauen übernehmen, die wir entlassen müssen.«

»Also sind sie über ihren religiösen Schatten gesprungen.«

Anna sah Johann voller Unverständnis an. »Was heißt das jetzt?«

»Die Stadt vergibt insgesamt sechzehn Druckprivilegien, wie du weißt. Acht für uns Protestanten und der Parität entsprechende acht für die Katholiken. Keine mehr. Schüle erhält eine vakante katholische Gerechtigkeit. Sie haben ihm eine brachliegende katholische Druckergerechtigkeit angetragen – und Schüle hat sie angenommen.«

»Eine katholische?«

Anna verschlug es die Sprache, eine katholische Druckergerechtigkeit für einen Protestanten. Sie sah in Johanns graues Gesicht und verstand jetzt, was diesen umtrieb.

»Unter der Bedingung, dass er sich der heimischen Produkte annehmen und diese veredeln werde.«

»Und?«, fragte Anna.

»Schüle hat Stein und Bein geschworen, es zu machen.«

»Wer's glaubt, wird selig, und wer nicht, kommt auch in den Himmel!«, stöhnte Anna. »Bislang hat er sich auch nicht an Absprachen gehalten. Wie viel Fremdtuch hat er verarbeiten lassen, obwohl er es nicht durfte.«

»Du hast recht. Aber das Schlimmste kommt noch, Anna.« Wieder legte er seinen Kopf in beide Hände, als müsse er vermeiden, mit beiden Augen in die Welt zu sehen, die ihm so übel mitspielte.

Was kann noch schlimmer sein, dachte Anna und wartete ab, bis sich ihr Mann wieder gefangen hatte.

»Beim Hinausgehen hat er mir zugeflüstert, er würde die Menge der von uns zu verarbeitenden Tuche halbieren. Zum Ende des Monats.« Das Wort »halbieren« kam nur noch als leises Flüstern.

Anna wusste, mit welcher Wucht ihn diese Ankündigung traf. Johann war kein Unternehmer. Er sah nur die Probleme, die auf ihn zurollten, nicht aber die Chancen, die sich damit verbanden.

Er hob den Kopf und sah sie an. Seine einstmals blauen Augen waren wie ausgeblichen und zu einem matten Grau verblasst. Das Weiß, in dem sie geschwommen waren, hatte sich gelblich verfärbt. »Schüle hat zugesagt, die Webwaren der Stadt zu verarbeiten. Was bleibt dann für uns? Wenn die Weber an Schüle verkaufen, haben wir weder die Aufträge Schüles noch die der Weber. Und Schüle, der außen vor der Stadt druckt, kann nur schwer kontrolliert werden. Es ist unser Ruin, Anna. Wir können zumachen.«

Johanns Gesicht zerfiel regelrecht, und sie schalt sich wieder einmal dafür, sich nicht durchgesetzt zu haben. Warum hatte sie sich abwimmeln lassen? Wenn sie mit der Faust auf den Tisch geschlagen hätte, hätte man sie zu den Verhandlungen zugelassen, da war sie sich sicher. Aber Frauen schlugen eben nicht auf den Tisch. Sie wusste, wer sie abgelehnt hatte. Nicht nur Ulrich Schwenck, auch Schüle hatte sich gegen sie ausgesprochen, hatte sie von Johann erfahren.

»Noch haben wir einen Vertrag, Johann. Noch muss er uns versorgen. Was er kann, können wir schon lange. Schau dir den Papp an, den uns Schüle liefert, schau dir ab, welche Techniken er anwenden lässt, übernimm seine Art, wie er den Druck anlegt, einfach alles. Wir müssen uns von ihm unabhängig machen, bevor er sich von uns unabhängig macht. Wir sollten nicht nur drucken. Wir sollten uns die

Techniken und die Druckarkana, die er entwickelt hat, abschauen und selbst verwenden.«

Langsam, ohne ein weiteres Wort, sank Johann vom Stuhl und blieb liegen. Er war ohnmächtig geworden.

Anna sprang auf und holte einen Becher Wasser, den sie ihrem Mann ins Gesicht schüttete. Langsam kam er wieder zu sich.

»Du musst dich hinlegen, Johann«, sagte sie bestimmt. »Ich helfe dir auf.«

Es gelang ihr, ihn auf die Eckbank der Küche zu dirigieren. Sie holte eine Decke und legte sie ihm über die Beine.

Als sie hochsah, stand Felicitas in der Tür, den kleinen Johann an der Hand. »Geht es dem Herrn Vater gut?«, fragte sie mit ängstlich geweiteten Augen.

»Du weißt ja, wie ihn Besprechungen außerhalb des Hauses mitnehmen. Ja. Es geht ihm gut, Kinder«, schwindelte sie, weil sie nicht wusste, was sie sonst hätte sagen sollen. Sie konnte ihren Kindern doch nicht sagen, wie mit jedem weiteren Tag der Tod näher heranrückte und sich womöglich bereits mit an den Mittagstisch gesetzt hatte. »Wir sollten ihn allein lassen, damit er sich ausruhen kann.«

Sie erhob sich und streckte dem kleinen Johann die Hand entgegen, die dieser ergriff. »Gehen wir ins Bett, Kinder. Morgen schauen wir dann zum Lebzelter und kaufen Lebkuchen. Wir sollten etwas feiern.«

Sie verließen die Küche. Anna überlegte, wie lange es wohl noch dauern würde, bis die Krankheit über ihren Mann die Oberhand gewann.

17

EIN HALBES JAHR DARAUF · MÄRZ 1759

»Ihr werdet Kapital brauchen, meine liebe Madame Gignoux. Viel Kapital.« Johann Conrad Schwarz lief auf und ab. Sein feister Körper schien zu zittern, ob vor Erregung oder nur, weil er so unglaublich fett war, konnte Anna nicht entscheiden.

»Wofür?«, fragte Anna zurück. »Wir haben kaum mehr Aufträge.«

»Ihr werdet sie von mir erhalten!« Selbstbewusst stemmte der Bankier die Arme in die Hüften und sah sie herausfordernd an.

Ihr blieb nur, die Augenbraue zu heben, um ihm ihre Zweifel mitzuteilen. »Von Euch, Schwarz? Seid Ihr jetzt in den Textilhandel eingestiegen?«

»Ein veritables Geschäft, meine Liebe.«

Anna verabscheute diese Anrede, schließlich zeigte sie, dass er sie als Geschäftspartner nicht recht akzeptierte.

»Ihr werdet von mir Aufträge bekommen und diese abarbeiten, Madame Gignoux. Keine Beschränkung, was die Anzahl betrifft. Nur eine einzige Bedingung. Meine Aufträge haben Vorrang, egal, was ein Schüle von Euch verlangt.«

Anna verschränkte die Arme vor der Brust und betrachtete den Bankier, dessen Augen in dem feisten Gesicht beinahe ganz zu verschwinden drohten. Sie waren so klein, dass sie sich nicht sicher war, ob er überhaupt etwas sah. »Einen solchen Vertrag haben wir bereits. Mit Schüle. Warum sollte ich den gegen einen Vertrag aufgeben, der mir keinen weiteren Vorteil bringt?«

Anna sah dem Bankier an, wie ungern er mit ihr verhandelte. Doch Johann lag krank im Bett. Er hatte in den letzten Wochen Schüles Druckarkana analysiert und versucht, diese nachzubilden. Es war ihm gelungen, allerdings zu einem hohen Preis: Mit seiner Gesundheit war es weiter bergab gegangen. Dabei hatten sie vor ein paar Jahren die letzten Schritte zur Fixierung von Farben abgebrochen, weil die Dämpfe zu giftig waren und ihm die Lunge verätzten.

Diesmal blieb ihm nichts weiter übrig, als die von Schüle zur Verfügung gestellten Druckerfarben zu analysieren, wenn sie mit ihrer Fabrique nicht in die Bedeutungslosigkeit verschwinden wollten.

Schwarz hatte dieses Argument wohl erwartet und sah sie offen an. »Euer Gatte würde es verstehen. Schüle wird versuchen, aus dem Vertrag herauszukommen, und dann die Fabrique Gignoux fallen lassen.«

Innerlich kochte Anna, doch sie durfte es diesem feisten Laffen nicht zeigen. »Mein Gatte«, begann sie langsam. »Mein Gatte weiß so gut über die Fabrique Bescheid wie ich. Ihr werdet es nicht glauben. Also verhandelt Ihr mit mir.«

Anna war keineswegs bange. Sie wollte eine möglichst gute Position gegenüber Schwarz gewinnen, dazu musste sie ihn in die Schranken weisen und kaltstellen. »Er hat bereits versucht, den Vertrag zu beenden. Aber wie es heißt: *pacta sunt servanda*. Wir haben ihn nicht freigegeben. Er wird es sich zweimal überlegen, schließlich hat ihn sein Verwalter und Prokurist Karl Heinrich Bayersdorf verlassen. Der kannte sich aus mit den verworrenen Augsburger Ränkespielen. Ohne ihn wird er die bestehenden Vereinbarungen nicht aufkündigen. Schon gar nicht einseitig.«

Wieder nahm Schwarz das Wandern durch ihre Stube auf. Ein Lächeln spielte um seine Lippen. »Habt Ihr Euch auch erkundigt, Madame, wohin sich Bayersdorf begeben hat? Einen solchen Genius lässt man nicht frei herumflattern. Man bezahlt ihn anständig und stellt ihn ein.« Wieder baute er sich vor ihr auf, als wollte er sie allein mit seinem Körpergewicht bedrohen. Dabei wirkte der fette Mann auf sie nur lächerlich. »Er arbeitet jetzt für mich.«

Diesmal war Anna wirklich überrascht. In Windeseile überschlug sie im Kopf, was das für sie bedeuten konnte. Bayersdorf kannte ihre Kapazitäten, wusste um ihre Qualität, aber auch um ihre Schwächen, was die Gesundheit Johanns betraf. Nach außen hin zeigte sie sich gefasst, innerlich war sie erneut aufgewühlt, weil sie nicht verstehen konnte, was den Bankier dazu trieb, ein Geschäft mit der Fabrique Gignoux abzuschließen.

»Das ist noch kein Grund, für den ich Schüle in den Rücken fallen würde«, sagte sie ruhig und beobachtete Schwarz' Reaktion.

Offenbar hatte er auch diese Finte vorhergesehen. Ihre Achtung vor dem Bankier stieg, dessen feistes Äußeres eher auf einen langsamen Kopf hatte schließen lassen. Doch sie musste sich eingestehen, dass der Augenschein sie getäuscht hatte.

»Ich biete Euch zwei Vorteile«, begann Schwarz endlich und ließ die Katze aus dem Sack. »Ihr werdet den Titel einer Handelssozietät führen: ›Schwarz und Gignoux‹. Allein dieser Titel wird Euch Aufträge ins Kontor schwemmen.«

Anna schüttelte den Kopf.

»Lehnt Ihr etwa ab, ohne meinen zweiten Vorschlag angehört zu haben?«, hakte er unmittelbar nach. Seine Verblüffung schien nicht gespielt zu sein.

»Wenn wir eine Societät eingehen, werter Schwarz, dann kann sie nur ›Gignoux und Schwarz‹ heißen, oder gar nicht.«

Schwarz zog die Lippen zwischen die Zähne und knurrte: »›Gignoux und Schwarz‹ oder ›Schwarz und Gignoux‹, wo ist da der Unterschied?«

Anna ging auf diesen Punkt gar nicht mehr ein. »Ihr hattet mir zwei Vorteile versprochen. Was wäre denn der zweite?«

Sie lehnte sich auf ihrem Stuhl zurück und beobachtete das ewige Hin- und Herschreiten des Bankiers, das dieser wieder aufgenommen hatte. Sie wusste nicht recht, was den Mann trieb, in die Textilveredelung einzusteigen. Glaubte er, nur weil er Geld hatte, könne er jedwedes Handwerk betreiben?

»Ich höre«, drängte Anna.

»Schwarz und Gignoux werden zu gleichen Teilen am Gewinn beteiligt«, verkündete er und baute sich wieder vor Anna auf, als erwarte er, sie müsse ihm deswegen um den Hals fallen.

Anna ließ eine ganze Weile verstreichen, bis sie ihm antwortete. Hatte er wirklich geglaubt, er könnte sie mit solch einem billigen Trick über den Tisch ziehen?

»Ein Titel und ein Gewinnversprechen«, murmelte sie. »Mehr

nicht? Eure Aufgabe wäre mithin, das Geld zu geben ... wofür noch mal?«, fragte sie sarkastisch.

»Für das Weiterbetreiben der Manufaktur«, echauffierte sich Schwarz jetzt. »Das ist doch auch für eine Frau nicht allzu schwer zu verstehen!«

Wieder sah ihn Anna eine ganze Zeit an, ohne ein Wort zu sagen. Warum war sich die Männerwelt immer sicher zu wissen, dass es Frauen schwerfiel, komplexe Zusammenhänge zu erkennen? Woher kam diese Überheblichkeit, die ja nicht gespielt war? Der Bankier war offenbar davon überzeugt, dass Anna den Schachzug, den er vorbereitet hatte, nicht durchschaute.

»Mein lieber Schwarz«, begann sie endlich. »Darf ich Euch kurz zusammenfassen, was Ihr mir eben offeriert habt? Greift bitte ein, wenn Ihr glaubt, ich hätte etwas falsch verstanden. Ihr bietet uns also eine Societät in einem Bereich an, von dem ihr keinerlei Ahnung habt, und glaubt, Geld allein würde ausreichen, um einsteigen zu können. Geld, das wir nicht nötig haben, denn unsere Unternehmung arbeitet immer noch gewinnbringend.«

Schwarz wollte schon anheben und widersprechen, doch Anna hob die Hand.

»Nicht so rasch. Noch bin ich nicht beim Kern der Angelegenheit. Die Fabrique Gignoux würde das Wissen um die Farben, das Können, die Kunst und die Maschinen einbringen. Alles Dinge, die Eurer Unternehmung mangeln. Sehe ich das richtig?«

Wieder versuchte Schwarz sie zu unterbrechen, doch Anna redete einfach weiter. Sie musste diesem zudringlichen Bankier deutlich machen, mit wem er es zu tun hatte.

»Geschmückt sollte die Unternehmung mit einem Titel werden, der Euch voranstellt. Warum? Und zuletzt sollen wir an einem Gewinn beteiligt werden, der zwar auf unserem Können und unserer Ausstattung beruht, aber durch die Vereinbarung nur zur Hälfte uns gehört, weil Ihr selbst die andere Hälfte abschöpft, weil ihr ja Geld gegeben habt, das wir nicht benötigen. Habe ich das jetzt richtig zusammengefasst?«

Schwarz war puterrot angelaufen und schnappte nach Luft. »Ihr sagtet, die Aufträge gingen zurück«, zischte er und holte Luft, um nachzulegen.

Bevor es ihm jedoch gelang, fuhr Anna schon wieder fort: »Darf ich noch eine Frage stellen? Haltet Ihr mich für einen unwissenden Bauerntölpel, den man über das Ohr balbieren kann?«

Sie bedachte diesen unverschämten Kerl mit einem eisigen Lächeln. Die Stimmung zwischen ihnen gefror.

»Ach ja. Was ich meinte, war, dass Schüles Aufträge zurückgehen. Aber Schüle ist nur einer unserer Kunden. Wir würden ihn nur zusätzlich vergraulen, wenn er uns auf die Schliche käme.«

Schwarz schnaufte schwer, als ihm klar wurde, dass er die unternehmerische Initiative verloren hatte. »Ihr wollt also nicht unterzeichnen, Madame Gignoux?«, keuchte er schwer angeschlagen.

Offenbar hatte er erwartet, vermutete Anna, das Schiff Gignoux in Windeseile zu entern und in den Grund zu bohren. Und jetzt hatte es sich als zu wendig, zu gut bewaffnet und zu gut geführt entpuppt. »Das habe ich nicht gesagt. Euer Angebot schmeichelt uns sehr wohl.« Sie verwendete das sicherere »uns«, um anzudeuten, dass auch Johann mit der Wendung einverstanden war. »Wir werden abschließen, aber zu unseren Bedingungen, nicht zu denen eines Bankiers, der glaubt, er könne in den Textildruck einsteigen, nur weil er Geld hat.«

Anna lächelte unverbindlich und setzte einen neutralen Gesichtsausdruck auf. Sollte er ruhig noch etwas schmoren. Außerdem spürte sie selbst, wie unklar und uneindeutig sich dieser Vertrag anfühlte. Sie hätte Schwarz erst gar nicht empfangen sollen. Seine Haltung ihr als Frau gegenüber gefiel ihr ganz und gar nicht. Aber sie wollte Johanns Sorgen nicht noch vertiefen.

»Darf ich Euch etwas Tee eingießen, mein lieber Schwarz? Ich gehe davon aus, dass Ihr ohnehin die vorbereiteten Vertragstexte noch überarbeiten müsst. Lasst sie mir zukommen, wenn Ihr damit fertig seid. Ich werde sie durchlesen und mit meinem Gatten prüfen. Aber jetzt ...« Sie goss ihm Tee in die Tasse.

Als Schwarz wortlos danach griff, konnte sie erkennen, wie sehr seine Hand zitterte. Mit so viel Widerstand und Kenntnis bei einer Frau hatte er vermutlich nicht gerechnet.

Sie selbst freute sich schon auf das nächste Treffen.

18

DREI MONATE SPÄTER · SEPTEMBER 1759

Kerzen illuminierten den Salon. Elsbeth reichte kleine Kanapees, und auf dem Buffet standen Flaschen mit Wein und Schnaps. Alle Gäste waren dazu eingeladen, sich selbst ungezwungen nachzuschenken.

Johann hatte man so im Salon in einem Sessel platziert, dass er einen guten Überblick hatte. Aufzustehen war ihm unmöglich. Seine Lunge brachte ihm dafür nicht mehr genügend Luft. Felicitas saß neben ihrem Vater und machte große Augen. Erstmals durfte sie an einem Salon teilnehmen.

Alle waren sie gekommen: Catharina Schüle, die Langenmantelin, Schwarz und Lotter mit ihren Frauen, Gleich und ein durchreisender Musikus, den Anna nicht kannte. Anton hatte ihn mitgebracht und würde mit ihm zusammen ein Stück von Carl Philipp Emanuel Bach spielen.

Die Gäste plauderten und tauschten sich aus. Stichwörter zu Politik, Musik, Malerei und Literatur flogen durch den Raum. Alle redeten durcheinander, und doch lauschte Anna den Stimmen mit einem gewissen Vergnügen. Sie woben ein Gespinst aus Worten, das, je genauer man hinhörte, den Geist dieser Zeit verkörperte und festhielt, zumindest für diesen Moment. Endlich klatschte sie in die Hände und läutete den Abend ein.

»Verehrte Gäste!«, begann sie. »Es freut mich, dass Sie alle der Einladung zu meinem Salon gefolgt sind. Wir wollten uns heute Abend dem neuen Theaterstück eines jungen Autors widmen, das gerade Aufsehen macht: *Miss Sara Sampson* von Gotthold Ephraim Lessing. Vorgeschlagen hat es …«

»Ich möchte Euch nicht unterbrechen, meine liebe Madame Gignoux. Aber Ihr solltet mich nicht loben, weil ich ein Buch vorgeschlagen habe. Ich habe das Stück gesehen – und wollte nur, dass wir darüber reden, weil es ein Thema transportiert, das mich bewegt. Mehr nicht.«

Anna hasste diese Unterbrechungen, die sie nur aus dem Konzept brachten. Dabei hätte sie Gleich mit keinem Wort erwähnen wollen. Ja, es stimmte, er hatte zu ihr gesagt, er habe das Stück gesehen, vorgeschlagen aber hatte es die Langenmantelin. Sie war in der Runde die Belesenste. Sie empfand es als ungerecht, wie er sich in den Vordergrund schob, während er gleichzeitig betonte, er wolle ebendas nicht. Das Gegenteil war der Fall, und er heimste noch Zustimmung für eine Bescheidenheit ein, die nur gespielt war. Ein Beifall folgte auf den kurzen Einwurf, den sogar die Langenmantelin spendete. Anna war verblüfft. Warum wehrte sie sich nicht gegen diese Anmaßung Gleichs?

»Dann, mein lieber Gleich, dürft Ihr gleich den Kern der Geschichte vortragen. Es geht, wie ich weiß, um eine Liebe, mehr noch, um eine Flucht aus Liebe …«

Gleich warf sich erneut in Pose und schien kurz den Augenblick zu genießen. »Wenn ich ehrlich sein darf, habe ich mich während der Aufführung mehr mit meiner Nachbarin unterhalten als mit dem Stück beschäftigt, das doch etwas übertrieben in seiner Darstellung der Bedeutung des weiblichen Geschlechts ist und die Rolle der Frau nach meinem Geschmack etwas zu sehr in den Mittelpunkt stellt. Ich würde ihm das Etikett ›kompliziert‹ verleihen. Weiblich eben, durch und durch.«

Er erntete mit seiner Einschätzung Beifall vor allem bei den Männern, die sich sofort über andere Themen zu unterhalten begannen, bis Anna wieder in die Hände klatschte. »Ich danke dem Kaufmann für seine Einschätzung. Obwohl sie meines Erachtens etwas einseitig ausfällt. Langenmantelin, seid Ihr einverstanden mit dem, was unser Ludwigsburger Kaufmann dazu zu sagen hat?«

Sofort entspann sich eine Diskussion über männliche und weibliche Sichtweisen, über Männer und Frauen in der Führung eines

Unternehmens, in der Gleich die Meinung vertrat, Frauen wären angesichts ihrer Stimmungsschwankungen gar nicht in der Lage, eine Unternehmung zu leiten. Es wäre bereits unverantwortlich, ihnen das zukommen zu lassen, was man gemeinhin Bildung nenne. Schließlich wäre das weibliche Gehirn gar nicht in der Lage, so viel Wissen zu speichern, geschweige denn es zu verarbeiten. Die daraus sich ergebende Überforderung würde zu seelischer Unruhe und körperlichen Leiden führen, die sich beide ungünstig auf den Nachwuchs und damit die Hauptaufgabe der Frauen auswirken würden.

Bald bildeten sich zwei Lager, die mit Worten gegeneinander fochten und deren Argumente hitzig und mit viel Emotion erweitert und verschärft wurden.

Johann saß in seinem Sessel, die Augen halb geschlossen, inmitten der disputierenden Parteien. Er blieb stumm, bis er unerwartet die Hand hob. »Ich für meinen Teil kann sagen, meine Frau Anna verfügt über mehr Geschäftssinn als alle hier Anwesenden zusammen.«

Mehr sagte er nicht, doch damit war jeglicher Disput erstickt. Eine Stille trat ein, die beinahe körperlich schwer in ihrer Mitte lastete.

»*Quod fuisset demonstrandum!*«, warf Gleich ein und sah Anna herausfordernd an.

Gleichzeitig richteten sich alle Augen auf sie, wie sie wohl reagieren würde.

Sie biss sich auf die Lippen. Gleich wusste sehr gut, dass sie zwar Lesen und Schreiben gelernt hatte, nicht aber Latein. Sie hatte keine Ahnung, was der Satz zu bedeuten hatte, ahnte jedoch, dass er sie herausforderte, dass er an ihren Fähigkeiten zweifelte und sie als Frau angriff.

»Die Tatsache, dass Ihr bei mir Wein trinken und Euch meine Kanapees munden lassen könnt, zeugt doch wohl davon, dass ich ein wenig geschäftliches Geschick besitze, Gleich. Redet mit denen, die mich kennenlernen durften, dann urteilt über mich.«

Sie überlegte kurz, ob sie den Salon auflösen oder sich selbst zurückziehen sollte, entschied sich jedoch dagegen.

»Mein lieber Gleich«, warf Schwarz ein, der Letzte, von dem Anna erwartet hatte, dass er sie verteidigt. »Madame Gignoux muss nichts mehr beweisen. Sie hat es längst getan.«

Wenn Schüle auch anwesend gewesen wäre, hätte das Urteil vermutlich anders gelautet. So erstickte der Applaus der Teilnehmer Gleichs Erwiderung, und man konnte die Unterhaltungen fortsetzen.

Gleich, der sich offenbar einer Mehrheit von Gegnern gegenübersah und deshalb eine Niederlage befürchtete, gab sich vorerst geschlagen und verbeugte sich elegant, um dies zu dokumentieren.

Das Gespräch lief weiter. Es ging über Bildung, auch Herzensbildung, und letztlich darum, ob man die Schulen der Stadt auch für Mädchen öffnen sollte. Schließlich würde es für die jungen Dinger genügen, wenn sie wüssten, wie man kocht, einen Haushalt als Hausmutter zu führen hat und welche Pflichten als Ehefrau auf sie zukämen, vor allem bei der Kindererziehung.

Die Diskussion wogte erneut hin und her, ließ einmal die eine, dann wieder die andere Seite Oberhand gewinnen. Anna schwirrte der Kopf. Niemals hätte sie geahnt, dass das Gespräch über ein Theaterstück solche Ausmaße annehmen würde.

»Nur der Tod kann solche Missstände lösen«, hörte sie plötzlich jemanden sagen. »Diese Sara wird von ihrer Rivalin vergiftet.«

Sie schaute sich um, wer sich zu so einer Idee hatte verleiten lassen, konnte aber den Sprecher nicht ausmachen.

»Natürlich, weil kein vernünftiges Ende denkbar ist«, warf Gleich ein, der sich wieder ins Getümmel des Disputs warf.

In dem Augenblick konnte sie seine Gesichtszüge erkennen. Er wirkte völlig gelassen, ohne jegliche Selbstzweifel, was seine Aussage anging, obwohl ihm die Gastgeberin das Gegenteil bewiesen hatte.

Ihr fiel auch Felicitas' Verhalten ins Auge, die aufmerksam alles verfolgte und in sich aufsaugte sowie mit Abscheu verfolgte, was der Ludwigshafener von sich gab. Vor allem für sie als Mädchen tat es Anna leid. Vergeblich hatte sie versucht, Felicitas in eine der Lateinschulen der Stadt zu geben. Am liebsten wäre ihr das Anna-Gymnasium im Hollbau gewesen. Aber das war männlichen Zöglingen vorbehalten, ebenso wie die Domschule von St. Ulrich und Afra. Hier wurden Knaben auf das Priesteramt vorbereitet. Private Schulen gab es ohnehin nur für Jungen. Mädchen wurden von ihren Müttern meist zu Hause unterrichtet. Aber was sollten sie von Müttern lernen können, die selbst kaum lesen und schreiben konnten und so wenig von der Welt wussten, dass sie verloren gewesen wären, hätte man sie nur eine Tagesreise von Augsburg fort ausgesetzt?

Anna seufzte innerlich. Sollte sie je in die Lage kommen, über die Möglichkeiten zu verfügen, eine Schule für Mädchen einzurichten, würde sie dafür sorgen.

Gleich hatte jetzt das Gespräch nach einer kurzen Pause wieder an sich gerissen. »Wenn man mich fragen würde, welche Aufgabe einem Schriftsteller zuteilwerden sollte, dann würde ich vorschlagen: Lasst keine Eurer Figuren sterben, nur weil Ihr einen Konflikt nicht lösen könnt. Wenn die Figur nicht überlebt, ist die Geschichte nicht wert, dass man sie erzählt. Es wundert mich nicht, dass Lessings Hauptfigur nicht überlebt, da sie eine Frau ist. Braucht es nicht Tapferkeit, Festigkeit und einen Sinn für Lösungen, wenn man in dieser Welt bestehen will? – Und die findet man nun einmal nicht beim weiblichen Geschlecht.«

Gleich hatte das Ganze wie einen Witz vorgetragen und erntete ein Gelächter, in das alle einstimmten. Auch die Frauen. Anna war empört darüber, wie selbstverständlich sich ihre Geschlechtsgenossinnen beschimpfen ließen.

Eine ganze Zeit hielt sie sich von den Gesprächen fern. Sie setzte sich neben Johann und hielt dessen Hand, die leicht bläulich angelaufen und eiskalt war.

»Sie haben nie eine Frau wie dich erlebt«, flüsterte er ihr zu und sah sie an. »Ich bewundere dich noch immer, Anna!«

In seinen Augen las sie eine Mischung aus Stolz und Traurigkeit, die ihr zeigte, wie genau er über seinen Gesundheitszustand Bescheid wusste. Am liebsten hätte sie in diesem Moment alle ihre Gäste nach Hause geschickt und ihre Zeit nur mit Johann verbracht. Doch das wäre einem Affront gleichgekommen und hätte wohl den Salon der Anna Barbara Gignoux für immer beendet. Also streckte sie den Rücken durch und wollte sich eben wieder in die Diskussionen einmischen, als Gleich auf sie zutrat.

»Ich hoffe doch, ich habe Euch nicht zu sehr verletzt, Madame«, begann er. »Zu einem Disput gehören extreme Meinungen. Nur dann läuft das Gespräch. Wie Ihr seht, hat es funktioniert. Eure Gäste reden sich die Köpfe heiß. Wollt Ihr uns nicht wieder Gesellschaft leisten?« Er streckte seine Hand nach ihr aus. »Ihr wisst, wie sehr ich Eure Meinung, Eure Einwürfe schätze.«

Die Worte hörte Anna wohl, glauben konnte sie Gleich nicht. Außerdem warf er ihrem Gatten keinen Blick des Erkennens zu, als würde er schon nicht mehr existieren.

Anna ließ seine Hand im Leeren schweben und wandte sich ihren Gästen zu. Aus dem Augenwinkel erhaschte sie das Erstaunen ihrer Tochter, die sehr aufmerksam verfolgte, wie sie sich gab, wie sie sich bewegte, was sie sagte, ohne selbst an irgendeiner der Unterhaltungen teilzunehmen. Sie saugte auf, wie man sich in Gesellschaft zu verhalten hatte – und Anna wollte ihr ein Vorbild sein.

Dazu gehörte auch, dass sie Gleich einfach stehen ließ.

Sie suchte die Langenmantelin im Gedränge und versuchte herauszufinden, was sie über Gleichs Verhalten dachte, doch die Patrizierin, aus deren Geschlecht in den letzten Jahrhunderten mehrere Bürgermeister hervorgegangen waren, winkte nur ab.

»Man muss diesen Gecken dann ans Schienbein treten, wenn man weiß, dass es wehtut. Ansonsten sollte man sie lassen, Kind. Sie desavouieren sich selbst – oder glaubt Ihr, irgendein vernünftig denkender Mensch nimmt den Unsinn, den er erzählt, für bare Münze? Man nickt höflich, man klatscht, und dann kehrt man ihm den Rücken zu.«

Beide Frauen lachten, und Anna genoss es, dass sie über Gleich lachten, ohne dass dieser wusste, dass es um ihn ging.

19

DREI MONATE DARAUF · JANUAR 1760

Anna hätte das Klopfen beinahe überhört, so zaghaft war es. Sie wischte sich die Hände an der Schürze ab.

»Was ist, Mama?«, fragte der kleine Johann und sah auf.

»Mal weiter«, antwortete Anna, während sie auf den Flur trat.

Die Haustür wurde nie verschlossen, und so traf sie auf dem Gang auf ihren Schwiegervater. Er schwankte und musste sich an der Wand abstützen. Sein Gesicht war fahlweiß, und seine Augen wirkten riesig.

»Papa Jean?«, fragte Anna. »Was ist mit Euch?«

Sie fand es albern, ihn mit »Papa Jean« anzureden, doch Jean François Gignoux bestand darauf, und es erleichterte ein wenig die Unterscheidung zwischen dem Schwiegervater und ihrem Mann. Jean Gignoux hatte ja nur seinen Vornamen eingedeutscht in Johann und seinen Sohn so taufen lassen. Den zweiten Vornamen verwendete er kaum.

»Jetzt setzt Euch erst einmal, und dann erzählt, was los ist«, drängte Anna und bot ihm die Hand, um ihn in die Stube zu führen.

Seine Hand war eiskalt, und Anna wollte ihre Hilfe schon zurückziehen, weil ihr diese Kälte durch und durch ging. Doch der alte Gignoux hielt die ihre fest umklammert.

Widerstandslos ließ er sich in die Stube führen, wo Johann sofort aufsprang und ihn begrüßte: »Großpapa Jean!«, krähte er durchs halbe Haus.

Doch die Herzlichkeit, mit der ihr Schwiegervater den Enkel sonst begrüßte, das Auf-den-Arm-Nehmen, Herumschwenken und Albern, blieb aus. Jean François ließ sich auf den Stuhl plumpsen und starrte leer vor sich hin.

»Jetzt erzählt schon, Papa Jean.«

Langsam hob dieser den Blick, bis er Annas Augen fand. »Felicitas ist tot!«, hauchte er.

Wie ein Blitz fuhr Anna der Schreck in die Glieder. Ihre Tochter?

Tot? Hatte sie nicht vor wenigen Augenblicken erst gehört, wie sie in die Mädchenkammer hochgegangen war? Wie konnte das sein?

»Sie ist vom Tisch aufgestanden und einfach umgesunken. Ohne ein Wort zu sagen. Es hat nicht einmal Lärm gemacht, als sie auf dem Boden aufgekommen ist. Als wäre sie nur noch ein Geist«, fuhr ihr Schwiegervater fort.

Anna war vollkommen verwirrt. Was hatte ihre Tochter am Küchentisch des Schwiegervaters zu suchen gehabt?

»Einundfünfzig Jahre. Und dann geht sie, ohne ein Wort des Abschieds.«

Endlich dämmerte es Anna, die bereits zur Tür gesprungen war und Felicitas zu sich gerufen hatte, dass es hier nicht um ihre Tochter ging, sondern um die Schwiegermutter. Johann und sie hatten ihr erstes Kind nach Felicitas Steberin, ihrer Schwiegermutter, benannt.

»Habt Ihr den Geistlichen gerufen?«, fragte Anna endlich.

»Was?« Gignoux sah sie mit leeren Augen an. In diesem Augenblick kam Felicitas die Treppe herabgepoltert und steckte ihren Kopf durch die Tür. Sie hatte sich offenbar mit ihren Haaren beschäftigt, denn die standen ihr wild vom Kopf ab.

»Frau Mama? Ihr habt mich gerufen?«, fragte sie mit unschuldiger Miene, obwohl sie genau wusste, wie sehr es Anna gegen den Strich ging, wenn sie sich zu frisieren begann.

»Großmama ist tot!«, sagte Anna nur. »Bleib bitte bei deinem Großvater. Gib ihm etwas zu trinken. Er soll auf alle Fälle im Haus bleiben. Ich gehe zu Großmama ins Haus und hole dann deinen Vater.«

Anna überlegte kurz, was nötig war. Sie musste im Grunde drei Dinge gleichzeitig tun: erstens ins Haus der Schwiegereltern gehen und nachsehen, ob sich alles so verhielt, wie ihr Schwiegervater es sagte, zweitens den Geistlichen benachrichtigen und drittens Johann informieren. Der war wieder einmal, obwohl es sein Gesundheitszustand eigentlich nicht mehr zuließ, in die Fabrique gegangen.

Die Schwarz-Aufträge schnürten ihnen langsam die Kehle zu. Sie verfluchte den Tag, an dem sie trotz Widerwillens und dem Wissen, sich damit abhängig zu machen, unterschrieben hatte, um die Fabrique weiterführen zu können. Und jetzt auch noch das!

Sie griff sich ihr Cape und lief auf die Straße, ohne weiter darauf zu sehen, ob Felicitas tat, was sie ihr aufgetragen hatte. Sie rannte die Straße hinab zum Haus der Gignoux'. Die Leute, die unterwegs waren, und die Handwerker, die vor der Tür ihren Geschäften nachgingen, sahen ihr kopfschüttelnd nach. Doch Anna drängte ihr Unbehagen, später all ihre Aufregung und Eile erklären zu müssen, beiseite. Dafür war später immer noch Zeit.

Völlig außer Atem stieß sie die Tür zum Gignoux-Haus auf und hätte sich beinahe den Kopf gestoßen, weil sie in dem alten Weberhaus eine Treppe nach unten gehen musste, wenn sie die Schwelle überschritt. Wie der Blitz jagte sie in den ersten Stock hinauf. Ein intensiver Geruch nach Fäkalien und Urin schlug ihr entgegen. Schon von der Tür aus konnte sie sehen, dass jegliche Hilfe zu spät kam. Felicitas Gignoux, geborene Steberin, lag mit offenen Augen da, starrte zur Wand und war bleich wie eine gekalkte Wand. Die Lippen waren blau angelaufen, und ihr Brustkorb hob und senkte sich nicht mehr. Die Haare standen ihr wirr um den Kopf. Beim Niederstürzen hatte sie offenbar die Perücke am Stuhl abgestreift, denn dort hing sie, als hätte man sie vergessen zu frisieren – und das wäre der Madame Gignoux sicher niemals untergekommen. Es gab keine Zweifel. Ihre Schwiegermutter war tot.

Annas Knie wurden weich. Beinahe wäre sie neben Felicitas Gignoux aufs Parkett geschlagen. Doch damit wäre niemandem geholfen gewesen.

Sie nahm ihre ganze Kraft zusammen und stolperte mehr, als dass sie lief, die Treppe hinab. Der Geistliche konnte warten. Wichtiger war Johann. Er musste es rasch erfahren.

Sie jagte hinunter zur Pulvergasse. Auf dem Weg schon knickte sie um und legte den Rest humpelnd zurück.

Mit bloßer Faust hämmerte sie gegen das Tor der Manufaktur, bis Hallbacher, der Vorarbeiter, öffnete.

»Warum ist denn dieses Tor ständig verschlossen?«, blaffte sie ihn an und dachte gar nicht daran, ihm zu erklären, warum sie so ungehalten reagierte.

Sie stieß ihn regelrecht zur Seite und rannte in die Stube, wo Johann vor seinem Schreibtisch stand und Eintragungen in ein Musterbuch vornahm.

Er sah nicht hoch, als sie die Tür aufriss.

»Johann!«, rief sie.

»Anna! Gut, dass du kommst. Ich habe hier eine neue Methode, wie man die Zusammensetzung der Arkana verschlüsseln …«

»Felicitas ist tot!«, schrie sie in den Raum, und Johann fuhr derart schnell herum, dass er beinahe das Tintenglas umgeworfen hätte. Mit der Feder verursachte er einen Tintenfahrer über das gesamte Blatt. Als würde diese Seite völlig durchgestrichen.

»Was?« Johann sprang auf und kam auf sie zu.

Wie durch einen Nebel hörte sie sein ziehendes Atmen, das sie daran erinnerte, wie krank ihr Ehemann war. »Deine Mutter. Sie ist einfach umgefallen und liegt im Haus. Vater ist bei uns. Felicitas, unsere Tochter, schaut auf ihn. Der Geistliche muss benachrichtigt werden.«

Es dauerte eine ganze Zeit, bis Johann begriff und verarbeitete, was Anna ihm gerade mitgeteilt hatte.

»Meine Mutter?« Erschüttert sank er auf einen Stuhl und ergab sich erst einmal einem Husten, der ihn blau anlaufen ließ. »Ich komme!«, keuchte er.

Anna wartete, bis er sich aufgerappelt hatte. Dann führte sie ihn nach draußen.

»Hallbacher«, rief Johann den Vorarbeiter. »Eine Kutsche. Zu Fuß bin ich zu langsam.«

So standen sie nebeneinander und warteten darauf, dass Hallbacher einen Einspänner besorgen konnte.

»Warum ausgerechnet jetzt?«, seufzte Johann. »Schüle hat uns fallen lassen, Schwarz geht uns an die Gurgel, und niemand weiß, wie es mit unserer Fabrique zukünftig weitergeht. Hat sich denn die Welt gegen uns verschworen?« Er rang zwischendurch immer wieder nach

Luft, um reden zu können. »Haben wir denn kein gottgefälliges Leben geführt?« Johann haderte sichtlich mit dem Schicksal. »Dass es uns so beuteln muss, ist doch kaum dem Zufall zuzuschreiben.«

Mit ihrer freien Hand versuchte Anna, Johann zu streicheln. Die andere hatte sie untergehakt, aber so, dass sie ihn damit halten konnte.

Wenn man nicht wüsste, dachte Anna, dass er erst fünfunddreißig Jahre zählt, dann würde man mich verdächtigen, mit einem alten Mann das Bett zu teilen. Sie schauderte vor dem Gedanken, dass es bei ihr eines Tages ebenso sein würde. Dass jemand auf sie zukommen und ihr mitteilen würde, Johann hätte diese Welt verlassen.

»Wir müssen uns absichern. Ich muss dich absichern«, flüsterte er neben ihr, kurz bevor der Einspänner durch das Tor kam, von Hallbacher an der Hand geführt.

»Hallbacher«, nahm Johann den Vorarbeiter beiseite. »Wir werden wegen eines Todesfalls einige Tage nicht in die Fabrique kommen. Ich verlasse mich auf Euch.«

Hallbacher nickte ernst. »Mein Beileid«, sagte er und half Anna und Johann beim Aufsteigen.

Anna blickte nach vorn, als sie das Tor durchquerten. Gerade als sie sah, wie die Flügel wieder zurückschwangen, erinnerte sie sich, dass sie beschlossen hatten, die Tore zu schließen, damit nicht Hinz und Kunz durch sie hindurchmarschieren und womöglich ihre geheimen Rezepturen auskundschaften konnten.

Die Fabrique blieb zurück, und das Rauschen des Wasserrads, das sie bis dahin nicht wahrgenommen hatte, schob sie vorwärts.

20

APRIL 1760

Anna schrak mitten in der Nacht auf. Johanns Arm war auf ihre Seite geschlagen und hatte sie geweckt. Es war stockfinster. Eine Nacht, in der ihnen der Mond das Licht verweigerte.

Sie lauschte und begriff. Johann rang nach Luft. Er würgte. Wie der Blitz fuhr sie aus den Kissen.

Wieder schlug der Arm auf ihre Seite. Diesmal war sie vorbereitet, und er traf nur das leere Bett. Sie spürte, hörte, roch, wie Johann aufrecht im Bett saß und wild um sich hieb.

Sie brauchte Licht, rannte in die Küche. Im Herd war noch Glut. Anna hatte sich für diesen Fall vom Apotheker Phosphorhölzer besorgt. Man brauchte sie nur in die Glut zu halten, schon schoss eine Stichflamme hoch, an der man eine Kerze oder einen Kienspan entzünden konnte.

Sie stieß mit den Beinen gegen das Holz der Bettstatt, schlug sich die Zehen am Türstock an, verfehlte im Finstern die erste Stufe, wäre beinahe die Treppe hinabgestürzt und verbrannte sich zuletzt die Finger am immer noch heißen Herd, als sie den ersten Ring ohne Zange öffnete.

Sie hielt das Phosphorholz, das sie im Finstern ertastet hatte, in die Glut. Das helle Licht der Stichflamme blendete die Augen, und sie sah zuerst nur Sterne, bevor es ihr gelang, die bereitliegende Kerze zu entzünden. Sie stellte diese in einen tragbaren Käfig und eilte wieder die Treppe hoch in die Schlafkammer. Im matten Schein erkannte sie Johann, der mittlerweile aus dem Bett gefallen war und mit dem Gesicht am Boden lag, die Beine noch immer im Bett, ins Laken verflochten.

»Johann«, schrie sie, während er zuckte und sie nicht wusste, ob er das Laken von den Beinen strampeln wollte oder ob er schon im Todeskampf zitterte.

Sie stürzte auf ihn zu, riss die Füße aus dem Laken, bettete ihn auf den Boden. Soweit sie das im schwachen Licht der Lampe erkennen konnte, war er über und über blau angelaufen.

»Johann«, stieß sie hervor. »So sag doch was.«

Doch ihr Mann hörte sie vermutlich nicht einmal. Seine Augen waren verdreht. Sie sah nur noch das Weiße in den Höhlen, während seine Lippen eine endlose Formel murmelten, die weder ein Gebet waren noch aus Zahlen bestanden. Er plapperte sinnloses Zeug.

Anna stellte die Kerze auf den Nachttisch und deckte Johann mit dem Laken zu. Langsam schien er sich zu beruhigen, wieder Luft zu bekommen. Die Panik, die die Luftnot bei ihm ausgelöst hatte, legte sich, und sein Würgen wurde wieder zu einem, wenn auch hastigen Atmen.

Wie lange sie so neben ihm auf den Dielen hockte, konnte sie nicht sagen. Irgendwann schlief sie ein und wurde wieder von Johanns Arm geweckt, der gegen ihren Oberschenkel schlug.

»Anna!«, keuchte er. »Anna!«

Durch das Fenster fiel Licht herein und beschien das Chaos der letzten Nacht: die zerwühlten, herabgerutschten Decken, die heruntergebrannte Kerze, ihr Lager auf dem Boden.

»Anna ... wir müssen ... den Notar ... holen. Du ... musst ... Hille ... holen. Es geht ... mit Siebenmeilenstiefeln ... zu Ende.«

Ein schiefes Lächeln glitt über sein Gesicht. Johann brauchte eine kleine Ewigkeit, bis er diese Sätze von sich gegeben hatte, und Anna, die vor lauter Tränen kaum etwas sehen konnte, bemerkte, dass sich seine Haut je nach Länge eines Satzteils dunkler färbte.

Sie blickte nach draußen. Vor dem Fenster zeichnete sich der beginnende Tag ab. Aber es war noch viel zu früh, um aufzustehen und das Tagwerk zu beginnen.

»Wo soll ich jetzt einen Notar herholen?«, fragte sie leise.

»Hille ... er ist ... vorbereitet ... hab schon ... mit ihm ... gesprochen.«

»Aber, ich kann dich doch nicht allein lassen. Ich weiß doch nicht, ob ich ...« Sie wagte nicht auszusprechen, was sie dachte.

»Ich ... werde nicht ... nicht sterben ...«, keuchte Johann. Er schloss die Augen, weil ihn jede Bewegung, jede Silbe unendliche Anstrengung kostete. »Deck ... mich zu ... und dann lauf ...«

Er befahl es ihr mit den Augen, dann schloss er sie, und sein Kopf sank zurück. Ein Speichelfaden löste sich und lief ihm die Wange hinab. Anna bemerkte erst jetzt, wie ihr Unterkiefer zitterte, wie ihr ganzer Körper bebte und sie nicht aufstehen lassen wollte. Während sie noch gegen sich selbst kämpfte, überschlug sie in Gedanken bereits die Zeit, die sie brauchen würde fürs Anziehen, für den Weg, für das

Warten, bis der Notar fertig war, für die Rückkehr. Mindestens eine Stunde würde vergehen, in der Johann hier auf dem Boden liegen und gegen seinen Tod ankämpfen musste. Sie wollte ihn nicht allein lassen und musste es doch.

Als sie sich auf die Beine gezwungen hatte, ging es leichter. Sie rief nach Elsbeth, die völlig verschlafen aus ihrer Kammer torkelte. Anna wies sie an, sie solle Johann bewachen und sie sofort benachrichtigen, wenn sich sein Zustand verschlimmerte. Dann schlüpfte sie in ein schlichtes Hauskleid und verließ die Wohnung. Sie versuchte, nicht zu rennen, doch ihre Gedanken waren bei ihrem Mann. Nur verschwommen nahm sie die Umgebung wahr, sodass sie beinahe in ein Fuhrwerk gerannt wäre. Ein Passant riss sie kurz vorher beiseite, indem er sie einfach am Arm packte und in die Lücke zwischen die Häuser zog.

Erst als die metallbeschlagenen Reifen knapp an ihren Zehen vorbeidonnerten, kam sie zu sich.

»Die Madame Gignoux«, hörte sie den Mann sagen, der sie eben vor dem Überfahren gerettet hatte und immer noch eng bei ihr stand. »Jetzt habe ich wenigstens etwas gut bei Euch.«

Anna – jetzt wieder bei sich – stellten sich die Nackenhaare auf, als sie die Stimme so deutlich an ihrem Ohr hörte und erkannte. Abrupt drehte sie sich zu dem Kerl um und besah sich ihren Retter genauer.

»Melchior Gräz!«, stieß sie aus.

»Dann erinnert Ihr Euch an mich? Ich muss wohl einen bleibenden Eindruck bei Euch hinterlassen haben, meine Schöne«, blaffte er und zog sie wieder näher an sich.

»Wagt es nicht …«, zischte sie.

Anna riss sich los und holte zu einem Schlag aus, doch der Spalt war zu eng, und Gräz war schneller. Noch in der Luft fing er ihren Arm, und mit einem Ruck presste er sie an sich. Mit zwei schnellen Schritten zog er sie tiefer in die Feuerlücke zwischen den Häusern und presste ihr seinen Mund auf ihre Lippen. Blitzschnell biss Anna zu.

»Verfluchtes Weibsstück!«, bellte Gräz und stieß sie von sich, ohne sie loszulassen. »Das werdet Ihr mir büßen.«

Sie schmeckte Bier und Schnaps und roch den penetranten Duft einer Frau. Anna musste ausspucken und traf sein Gesicht. »Ihr werdet es büßen, mich zu behandeln, als sei ich eines Eurer Weiber aus der Vorstadt. Seid Ihr nicht gescheit?«

»Ich schon. Ihr offenbar nicht. Euer Mann ist, wie man hört, etwas schlappschwänzig und lässt Euch zu sehr an der langen Leine laufen. Da muss man doch etwas … zurechtrücken.« Gräz riss sie wieder zu sich her. Diesmal mied er jedoch ihre Lippen und fuhr mit der Zunge über ihren Hals.

Anna wehrte sich, versuchte zu schreien, doch Gräz hielt ihr den Mund zu und presste ihren freien Arm gegen das Fachwerk. Zu dieser frühen Stunde war kaum jemand auf der Straße. Nur Fuhrwerke rollten in die Innenstadt, und deren Führer interessierten die Lücken zwischen den Häusern nicht. Vermutlich sahen sie Anna nicht einmal.

Sie stieß ihren Kopf gegen seinen Schädel, und der knallte an das Fachwerk, sodass dieses hörbar bröselte. Doch der Lehmverbund war zu weich. Gräz lachte nur, als würden ihm die Schmerzen Spaß machen. »Wehrt Euch nur, Madame, wehrt Euch nur. Umso begehrenswerter seid Ihr!«

Anna verzweifelte langsam, denn gegen die eisenharten Griffe um ihren Arm und den Mund hatte sie kein Mittel. Sie war ihm ausgeliefert. Langsam erlosch ihr Widerstand. Sie drohte zu ersticken und schickte sich in das Unvermeidliche. Sie hätte schreien müssen, doch sie konnte es nicht. Gräz drückte ihr den Atem ab. Ihre Kehle war wie zugeschnürt. Ihre Sicht wurde von den Rändern her unscharf und dunkler.

Plötzlich plätscherte es, und ein warmer Regen aus Urin ging auf Gräz nieder. Der Drucker fluchte, konnte aber nicht ausweichen, weil sie vor ihm stand. Es platschte erneut, und ein festerer Bestandteil kam hinterher.

»Verdammt!«, fluchte der Drucker, der inmitten der Falllinie gestanden hatte. Er wollte erneut ausweichen, doch da stand Anna und verkeilte sich zwischen den Wänden.

»Weg da, Weib«, schrie er.

Er ließ Mund und Arm los und wollte sie nach draußen schieben, doch Anna hing mit ihrem Kleid an einem gerissenen Balken fest. Sie versperrte ihm den Weg. Gleich darauf kam von oben ein zweiter, heftigerer Schwall hinterher.

Anna sah fasziniert nach oben. Im ersten Stock hatte man zwischen den beiden Häusern einen Verschlag eingefügt, der ein Brett mit einer Öffnung in der Mitte enthielt: ein Plumpsklo – und das war eben benutzt worden. Vermutlich hatten die Bewohner ihre Nachttöpfe entleert.

Anna riss an ihrem Kleid und sprang aus der Lücke. Kaum war sie frei, rannte sie los.

Sie hatte zwar auch etwas von der Jauche abbekommen, doch so stark wie Gräz war sie nicht getroffen worden.

Sie lief, was ihre Beine hergaben. Hinter ihr fluchte Gräz wie ein Teufel, wie der Leibhaftige, der er auch war. Doch er folgte ihr nicht. Anna jagte wie ein fliehendes Wild durch die Gassen und den Eisenberg hoch und über den Rathausplatz, bis sie vor dem Haus des Notars Hille in der Oberstadt stand. Hektisch klopfte und hämmerte sie gegen das Tor, bis eine verschlafene Bedienstete öffnete.

»Zum Notar«, keuchte sie, obwohl das Dienstmädchen die Nase rümpfte ob ihres Geruchs. »Johann Friedrich Gignoux. Er weiß Bescheid.« Mehr sagte sie nicht und drängte an ihr vorbei.

Das Treppenhaus war an den Wänden mit Mosaiken ausgelegt und schimmerte in den unterschiedlichsten Farben. Das dunkle, beinahe schwarze Holz der Treppe führte steil nach oben. Auf der obersten Stufe stand der Notar, noch im Nachtkleid, die Schlafmütze auf dem Kopf, die Arme in die Hüfte gestemmt.

»Was gibt es denn?«, blaffte er erbost zu ihr hinab.

»Johann Friedrich Gignoux«, rief Anna erneut in den düsteren Treppenaufgang zu ihm hinauf.

»Oh. Dann ist es eilig«, antwortete der Notar. »Geht voraus. Ich komme sofort.«

Anna konnte erst jetzt loslassen und spürte, wie ihr die Knie weich wurden.

»Was ist denn mit Euch geschehen?«, fragte die Bedienstete jetzt nicht mehr forsch, sondern mitleidig.

Anna blickte auf und sah ihr ins Gesicht. Sie war jung, noch ein Kind. Allerhöchstens sechzehn Jahre alt, dunkle Locken, dunkle Augen.

Anna musste zweimal schlucken, bevor sie antworten konnte. »Ein Mann. Er hat mich in den Spalt zwischen zwei Häuser gezerrt.«

Sie sah, wie die Augen des Mädchens größer wurden.

»Hat er …?«, fragte sie nach, doch Anna schüttelte den Kopf.

»Die Hausleute. Sie haben ihre Nachttöpfe …«, erklärte sie. »Ich habe auch etwas abbekommen, aber der Kerl: als wäre er in Urin getauft worden.«

Das Mädchen gluckste und winkte sie in die Stube. Sie holte ein frisches Überkleid aus der Kammer und eine Schüssel mit Wasser. »Säubert Euch. Allein würde ich nicht zurückgehen. Ich rufe Euch, wenn der Hausherr fertig ist.«

21

MAI 1760

Zufrieden rieb sich der Notar die Hände. »Johann Friedrich Gignoux hat verfügt, dass seine Frau zusammen mit den beiden Kindern als Erbin eingesetzt wird und bis zur Volljährigkeit des jungen Johann Friedrich Gignoux die Fabrique leiten soll.«

Annas Kinder saßen bei der Eröffnung des Testaments links und rechts neben ihr. Während ihr Felicitas nur die Hand drückte, wandte sich Johann ihr zu und sagte laut: »Johann Friedrich. Das bin ich.«

Anna lächelte und nickte. »Du heißt wie dein Herr Papa!«

An den Tischen vor ihnen saßen neben Vertretern der Zunft auch Ratsmitglieder. Ulrich Schwenck rutschte auf seinem Sitz unruhig hin und her und räusperte sich. Er klopfte sich die Taschen ab, als suche er nach einer Flasche. Seine Hände zitterten. Doch der Notar Hille ignorierte ihn einfach. »Damit gehen auch das Vermögen und die Anteile von Johann Friedrich Gignoux auf die Witwe über.«

Hinter sich wusste sie Anton und seinen Vater, Jean François Gignoux. Antons Hand legte sich auf ihre Schultern, als das Testament verlesen wurde. »Wir helfen dir, Anna«, flüsterte er ihr zu.

Das will ich sehen, dachte sie. Anton selbst kam mit seinen Anteilen an der Fabrique kaum zurecht, und ihr Schwiegervater war mittlerweile so alt und gebrechlich, dass er sich in der Druckerei nicht mehr sehen ließ. Offiziell hatte Johann die Geschäfte geführt, tatsächlich war sie es gewesen. Sie wusste Bescheid, und jetzt war sie auch geschäftsfähig.

Das Gemurmel im Rückraum wurde deutlicher, als sich Ulrich Schwenck nach einem Nicken des Notars schwankend erhob und sich räusperte.

»Ruhe jetzt, verdammt noch mal«, rief er in den Raum hinein, bis die Männer auf den hinteren Sitzplätzen verstummten, aber nur unter unwilligem Gemurmel. Er war kaum zu verstehen, als er das, was er sagte, vor sich hin nuschelte. »Nach Entschließung der Weberhausdeputation genehmigen wir Madame Gignoux die Weiterführung der Fabrique nur unter dem neuen Namen ›Johann Friedrich Gignoux seel. Erben‹.«

Wieder kam Unruhe im Saal auf. Pfiffe ertönten. Anna blieb stocksteif sitzen. Sie wusste, welchen Widerstand diese Entscheidung hervorrief.

»Die Genehmigung gilt nur für den Mann!«, rief jemand in den Saal hinein.

»Wo führt das hin?«, schrie ein anderer.

»Lassen wir uns jetzt die Weiberherrschaft gefallen?«, fuhr ein Dritter dazwischen.

Hatten die Weber bei der Erteilung einer katholischen Druckergerechtigkeit für Johann Heinrich Schüle keine Bedenken gehabt, kehrte eine Frau als Leitung einer Fabrique die Verhältnisse um. Wohl schon deshalb, weil sie wussten, wie es um die Gesundheit des alten und die Interessen des jungen Anton Gignoux stand.

Als sich Schwenck, dem der Schweiß auf der Stirn stand, wieder setzte, erhob sich Anna und sagte laut und deutlich: »Ich nehme das Erbe im Namen meines Sohnes Johann Friedrich an.«

Jetzt war die Meute hinter ihr nicht mehr zu halten. Eine Welle von Beschimpfungen schwappte über sie hinweg und versuchte, sie unter sich zu begraben. Doch Anna hielt stand. Sie fasste ihre beiden Kinder an den Händen und pflügte aus dem Saal, den Kopf erhoben, den Rücken durchgestreckt und die Gesichter, an denen sie vorüberging, einzeln musternd. Manche begriffen offenbar, was sie damit bezweckte, denn sie verstummten, sobald Annas Blick sie traf.

Für Anna war es eine Demütigung. Sie wusste, sie musste ein Zeichen setzen, sonst würde die Meute sie niemals in Ruhe lassen. Doch dafür war die Zeit noch nicht reif.

Erst als sie mit den Kindern aus dem Weberhaus auf die Straße stolperte, ließ die Anspannung nach.

»Warum waren die Männer so böse?«, fragte Felicitas, und ihr Bruder wiederholte die Frage in der unbeholfenen Art eines Fünfjährigen, der die Welt zwar nicht verstand, deren Brüche aber erspürte.

»Weil sie nicht wollen, dass eine Frau eine Fabrique führt. Weil sie nicht verstehen, dass nicht das Geschlecht den Unterschied macht, sondern die Fähigkeit, unternehmerisch zu denken.«

»Was heißt unternehmerisch denken?«, fragte Felicitas weiter, und Anna seufzte.

Sie blieb stehen, ging in die Hocke und strich dem Mädchen durch die braunen Locken. »Es heißt, man weiß, was man besorgen muss, was man verkaufen kann und was man riskieren sollte.«

Das Mädchen nickte, als hätte es irgendwas von dem verstanden, was Anna gesagt hatte. Doch Anna wusste, dass die Begriffe dem Kind nichts sagten. Sie strich Felicitas ein weiteres Mal durchs Haar, küsste sie auf die Stirn und erhob sich, mit dem Gefühl, es würde ihr nicht gelingen, ihren Kindern zu erklären, was sie vorhatte.

»Ich will Vaters Erbe erhalten. Auch für den Preis meines eigenen Unglücks«, flüsterte sie und glaubte, niemand würde sie hören und ihre Kinder würden ohnehin nicht wissen, was sie damit meinte.

Doch kaum stand sie, legte sich eine Hand auf ihre Schulter. »Mama, das ist Monsieur Gleich«, sagte ihre Tochter, was Annas Schrecken nicht weniger heftig ausfallen ließ.

»Madame Gignoux. Wie schön, Sie hier zu treffen. Wir haben bereits die wichtigsten Stellen Ihres Testaments gehört. Es ist erfreulich für Euch. Aber glaubt Ihr nicht, eine Führung der Fabrique in männlicher Hand könnte von Vorteil sein? Ich bewundere Euch, wie Ihr wisst, aber ...«

»Nichts, aber ...«, zischte sie wie eine in ihrer Ruhe gestörte Viper, die sogleich zubeißen würde.

»Mein Beileid habe ich bereits geäußert, Madame. Jetzt möchte ich Euch nur eine Zukunft für Euch und Eure Kinder ...«, flötete Gleich.

Annas Kehle wurde eng, und das Kleid, das ohnehin zu schwer war und sie einzwängte, drückte sie umso mehr. Was fiel diesem Laffen eigentlich ein, sie unter diesen Umständen so zu bedrängen? Hatte er kein Gefühl?

»Hört mich wenigstens an, Madame«, setzte Gleich seine Rede unbeirrt fort.

Schließlich platzte Anna der Kragen. Ihre Kinder schmiegten sich erschrocken gegen ihren Rock. »Verschwindet, sonst hole ich aus, und Ihr liegt im Graben. Habt Ihr noch nicht einmal den Anstand, einer Witwe ein paar Monate Trauer zuzugestehen?«

Gleich verbeugte sich, wich jedoch nicht von ihrer Seite, obwohl er kein Wort mehr sprach. Er dirigierte sie lediglich durch die Straßen und hielt sie in der Oberstadt. Er ließ sie keinen anderen Weg gehen als den, den er für sie vorsah. Anna wollte sich wehren, fühlte aber, dass sie es nicht konnte. Gleich war nicht grob, aber sehr bestimmend, mit einem Gesichtsausdruck, der ihr Angst machte.

»Mama, warum gehen wir nicht nach Hause?«, fragte der kleine Johann.

Gleich lächelte die Bemerkung einfach weg und deutete erneut in eine andere Richtung. Anna war zu müde, um Widerstand zu leisten.

»Was habt Ihr vor?«, fragte sie erschöpft, erkannte aber, dass sie der

Weg nicht irgendwohin führte, sondern zu einem ganz bestimmten Haus. Mit jedem Schritt auf das Gebäude zu wurde ihr unbehaglicher zumute. Schließlich hielten sie vor dem Haus des Bankiers Schwarz inne.

»Habe ich das richtig verstanden?«, fragte Gleich und deutete nach oben, in den ersten Stock, in dem die Familie wohnte. »Ihr habt mit Schwarz einen Vertrag geschlossen?«

Mit großen, verschreckten Augen sah Anna ihn an. »Woher ...?«

»Bislang habe ich es nur angenommen, aber Eure Reaktion sagt mir, dass ich richtig gehört und vermutet habe.«

Er hielt kurz inne und musterte sie eindringlich, während Johann langsam müde wurde und an ihrer Hand zog.

»Frau Mama, Frau Mama, lasst uns nach Haus gehen!«

»Das ist die Furcht der Weber!«, sagte Gleich und deutete auf das Gebäude. »Sie haben Angst davor, dass die Fabrique Gignoux in die Hände dieses Großhändlers und Bankiers fällt. Es wäre die größte Manufaktur in der Stadt und würde die Preise bestimmen. Schwarz ist nicht dafür bekannt, zimperlich zu verhandeln.«

Anna schluckte. Wer um alles in der Welt hatte diesen geheimen Vertrag ausgeplaudert? Nur Schwarz, sie und ihr Mann kannten den Vertrag, und natürlich ihr Schwiegervater und ... Anton. Natürlich. Anton spielte und arbeitete im Collegium musicum der Stadt. Diesem Collegium gehörte auch Johann Conrad Schwarz an, wenn auch nur als Finanzier. Anton war sich der Bedeutung dieser Verträge nicht bewusst, ebenso wenig, wie er sich der Aufgabe, ein Unternehmen zu leiten, nicht bewusst war. Er war ein Feingeist und Künstler, der zwar von dem profitierte, was die Fabrique abwarf, sich aber nicht in die Geschäfte einmischte. Eine unbedachte Äußerung, ein falsches Wort, eine fallen gelassene Bemerkung, und das Wissen um den Geheimvertrag war in der Welt. So konnte Gleich davon erfahren haben.

»Was soll Eurer Meinung nach jetzt geschehen?«, fragte sie unumwunden.

Sie wollte nach Hause, die Kinder drängten und zogen, und sie hatte keine Nerven mehr für diesen Gecken.

»Sagt Ihr es mir. Ihr seid die Unternehmerin. Was hätte Euer Mann vorgeschlagen?«

»Mein Mann?«, fragte Anna irritiert nach, doch dann fiel ihr ein, was er getan hätte, und musste lächeln. Sie streckte sich, bevor sie antwortete. »Mein Gatte, Gott hab ihn selig, hätte mir überlassen, was zu tun sei. Einen Rat hat er mir mitgegeben. Er hat mir geraten, selbst zu entscheiden und nicht auf die Ratschläge anderer zu hören. ›Nur du entscheidest dich für dich und deine Interessen, andere entscheiden immer auch für sich.‹« Sie lächelte in sich hinein. »Jetzt gehabt Euch wohl, Gleich. Ich bin müde.«

Sie nahm ihre Kinder fester an der Hand und wandte sich in Richtung Hundoldsberg, um in die Lechvorstadt hinunterzukommen. Gleich blieb einfach stehen. Kurz bevor sie in die Gasse zum Afrawald eintauchte, drehte sie sich noch einmal um.

»Vielleicht verkaufe ich tatsächlich an Schwarz«, rief sie und sah, wie er zusammenzuckte.

BUCH III

DER KAMPF UM DIE FABRIQUE

JUNI 1760 – FRÜHJAHR 1771

I

JUNI 1760

Es war einer der Tage, an dem die Sonne vom Himmel brannte, als wollte sie die Erde entzünden. Die Hitze kroch in jede Falte des Leibes, und am liebsten hätte man sich ins Wasser eines der Lechkanäle gelegt und dort den Tag verschlafen. Nur die Kinder waren glücklich, weil sie an den Pferde- und Rinderfurten planschen und spielen konnten und am Ende des Tages braunverbrannt und mit gebleichten Haaren nach Hause zurückkehrten, um ihre heißen Körper in die Laken zu drücken. Die Erwachsenen litten unter dem Gefühl, bereits einen Vorgeschmack auf das Fegefeuer zu erleben, damit die Läuterung umso schneller in die Köpfe der Menschen gesenkt werden konnte. Die Unbarmherzigkeit der Sonne wurde als Strafe empfunden.

Anna saß in der Fabrique, dort, wo noch vor Wochen Johann gesessen hatte. Sie musste sich einen Überblick über die Situation verschaffen. In den letzten Monaten hatte sie die Geschäfte schleifen lassen. Johanns Siechtum, seine Pflege, der Tod und seine Beerdigung hatten ihren Kopf mit so vielen Dingen gefüllt, die sie von der Arbeit abgehalten hatten. Zwar wusste sie die Unternehmung unter guter Führung, aber ein lenkender Kopf war etwas anderes als ein guter Vorarbeiter.

Sie blickte hoch, als die Tür überraschend heftig geöffnet wurde. Meister Hallbacher erschien, nahm die Kappe ab und wischte sich mit dem Ärmel den Schweiß von der Stirn.

»Eben habe ich an Euch gedacht. Was führt Euch zu mir, Hallbacher?«, fragte Anna.

»Sie sind wieder da, Herrin«, antwortete der Druckermeister.

Anna legte den Kopf schief und runzelte die Stirn, weil sie nicht begriff, was er ihr sagen wollte. Hallbacher war ein guter Mann, loyal und aufgeweckt, aber sehr einsilbig. Er sprach nur, was unbedingt nötig war, und manchmal war das eben zu wenig, um sich verständlich zu machen.

Anna winkte ihn zu sich. »Kommt her, und seht Euch das an«, befahl sie ihm, ohne auf seine Erregung zu achten. »Was bedeuten die Zahlen hier?«

Sie deutete auf die Kladde, die sie vor sich aufgeschlagen hatte. Darin waren die Tuchmengen verzeichnet, die aufgrund der Verträge an die Fabrique Gignoux weitergereicht wurden.

Hallbacher kam näher und stellte sich neben Anna. Sie spürte, wie unwohl ihm dabei war.

»Ich fresse Euch nicht, Meister. Ich werde Euch auch nicht hinter einen der Ballen zerren. Ich will, dass Ihr mir zu diesen Zahlen Eure Meinung sagt.«

Anna war amüsiert. Die ganze Belegschaft der Fabrique verhielt sich, als müsse man sie schonen.

Hallbacher räusperte sich. »Wir bekommen zu wenige Tuche«, sagte er.

Anna warf ihm einen Blick von der Seite zu. »Das erkenne ich auch, Mann. Ich will wissen, warum das so ist und was wir dagegen tun können«, herrschte sie ihn an und bedauerte es sofort wieder, als sie sah, dass er heftig seine Mütze knetete. »Tut mir leid, Hallbacher. Es war nicht so gemeint.«

»Das weiß ich, Herrin.«

»Was wisst Ihr über die Umstände?«, fragte Anna. »Ich will die ungeschönte Wahrheit wissen. Wenn Ihr mich anschwindelt, muss ich womöglich Männer und Frauen entlassen. Bedenkt das. Also …«

Der Vorarbeiter räusperte sich umständlich. »Schüle ist aus seinem Vertrag ausgestiegen. Schon letztes Jahr, und …«

»Aber …«, wollte Anna dazwischengehen, hielt sich jedoch zurück. Sollte er erst einmal ausreden. Wenn man Hallbacher unterbrach, musste man befürchten, dass er gar nichts mehr von sich gab.

»Euer Gatte hat sich dazu überreden lassen, ihn freizugeben. Schüle meinte, ein kranker Mann könne seine Aufgaben nicht mehr erfüllen.« Der Satz, der jetzt kam, war nur noch ein Flüstern. »Auf eine Frau wollte er sich nicht verlassen.«

»So also ist das«, sagte Anna.

»Er hat alle Arbeiten in seine eigene Manufaktur verlagert, draußen bei der Mühle.«

Sie nickte. Es war also das eingetreten, was sie vermutet und befürchtet hatte. »Weiter. Wir haben schließlich auch einen Vertrag mit Schwarz«, drängte sie auf eine Erklärung.

»Schwarz ist Bankier. Kein Tuchhändler«, erwiderte Hallbacher. Sein ledriges Gesicht verriet keinerlei Regung für oder gegen den Bankier.

»Und?«, hakte Anna nach.

»Er kauft ungeschickt ein. Meist werden ihm die Tuche vor der Nase weggeschnappt.«

»Lasst mich raten«, unterbrach Anna ihn. »Von Schüle.«

»Ja und nein. Von Gräz. In Schüles Auftrag. Er ist derzeit mit dem Pferd schneller unterwegs als Schwarz.«

Anna flirrte die Luft vor den Augen, und sie griff nach der Wasserkanne und einem Glas, die neben ihr auf dem Tisch standen, um einen Schluck zu trinken, damit sie die Welt wieder normal wahrnahm. »Ihr wisst, was das für uns heißt?«

Hallbacher rührte sich nicht. Anna war sich jedoch sicher, dass er es wusste. Das bedeutete für die Textilveredlung Gignoux, dass ihre Arbeit um gut die Hälfte einbrach, ohne dass ein Ersatz in Aussicht stand. Anna ließ die Tuche zwar mit hoher Qualität bearbeiten, wenn sie aber nicht ausreichend normal beliefert wurden, müsste sie irgendwann aufgeben.

Wieder räusperte sich Hallbacher. Sie sah ihm an, dass ihn noch etwas belastete.

»Was noch? Raus mit der Sprache«, befahl Anna.

»Auch haben viele ihre Aufträge gestrichen, weil sie … weil sie …«, stammelte er.

»… einer Frau nichts zutrauen?«, ergänzte sie.

Hallbacher nickte mehrmals.

»Auch. Aber viele sind zu Schüle gegangen. Er arbeitet schneller.«

Anna schlug so heftig auf den Tisch, dass die Kladde hüpfte und der Meister einen Satz nach hinten machte. »Was für ein Unsinn!

Schüle braucht einen Tag länger als wir, seine Leute sind nicht eingearbeitet.«

»Aber er kann es den Kunden anders verkaufen. Er redet mit ihnen, trinkt mit ihnen ...«

Sie stand so rasch auf, dass der Stuhl nach hinten kippte, umrundete den Tisch und überlegte, was sie dagegen machen könnte. Jeder Schritt in dieser heißen Hölle war eine Tortur. Schweiß brach ihr aus. Ihr Mieder war klatschnass.

Sie würde den Teufel tun und mit ihren Kunden Bier oder Wein trinken, nur weil es angeblich so üblich war. Zuletzt müsste sie mit ihnen noch irgendwelche Freudenhäuser besuchen, weil die Herren ... Sie hieb mit der Hand auf den Tisch. »Auf keinen Fall!«, zischte sie.

»Herrin, da ist noch etwas«, meldete sich Hallbacher zu Wort und räusperte sich erneut umständlich.

»Was denn?«, fuhr sie ihn an. »Könnt Ihr denn nichts allein entscheiden?« Schon im nächsten Moment bereute sie ihren Satz.

Hallbacher lief über und über rot an. Ob aus Verärgerung oder Scham, konnte sie nicht beurteilen. »Das kann kein Vorarbeiter entscheiden. Mir gehört die Fabrique nicht, Herrin. Und Euch offenbar auch nicht, denn sonst würdet ihr Euch nach dem erkundigen, was ich zu sagen habe.«

Anna sah ihn mit offenem Mund an. Hatte sie gerade richtig gehört? Hatte sich der Druckermeister ein Widerwort geleistet? Jeder andere ihrer Arbeiter hätte vor ihr im Staub gelegen und sich für seine unbedachten Worte entschuldigt. Nicht so Hallbacher. Er heischte keine Verzeihung, sondern blickte ihr offen ins Gesicht. »Auch wenn Ihr es nicht hören wollt, Herrin, und mich nach diesen Sätzen fristlos entlasst – was Euer gutes Recht wäre –, draußen vor den Toren stehen Weber mit Knüppeln und prügeln jeden zu Boden, der Eure Fabrique betreten will. Sie glauben, Ihr arbeitet mit unrechtmäßigen Mitteln und die Tuchveredelung dürfe nicht mehr auf drei Köpfe aufgeteilt werden.«

Wieder starrte sie Hallbacher an. »Aber es ist so genehmigt. Die Weberdeputation hat zugestimmt.«

Er hörte gar nicht mehr auf, seine Mütze durch die Hände zu zwingen und zu drehen, und kämpfte sichtlich gegen widersprüchliche Gefühle an.

»Es gibt noch etwas, Herrin, und dann bin ich auch schon wieder an der Arbeit.«

»Es reicht«, herrschte sie ihn erneut an, diesmal aber schwächer und beinahe schon resigniert. »Belastet mich nicht mit solchen Dingen. Uns steht das Wasser bis zum Hals, und statt mir Lösungen zu liefern, heult Ihr mir die Ohren voll.«

Hallbacher verzog keine Miene, setzte seine Mütze auf, nickte ihr zu und verließ die Halle. Unter der Türzarge drehte er sich noch kurz um. »Vor dem Tor stehen Weber. Sie verlangen nach Euch, nicht nach mir, Herrin.«

Er sagte das so tonlos und ohne es zu bewerten, dass es Anna kalt den Rücken hinablief. Als die Tür zuschlug, zuckte sie zusammen.

Sie stand eine ganze Zeit da wie versteinert. Zwei Stimmen rangen in ihr. Die eine schrie regelrecht: »Was bildete sich dieser Kerl ein? Will er mir etwa Vorschriften machen?«, während ihr die andere begütigend darlegte, wer in den letzten Wochen die Fabrique geleitet und immer loyal zu ihr gestanden hatte, als sie andere Sorgen plagten.

Doch dann drang ein Sprechchor an ihre Ohren, ein rhythmisches Brüllen und Schlagen, das sie in die Gegenwart zurückholte und ihr das Blut in den Kopf steigen ließ. Sie spürte, wie ihr wieder der Schweiß ausbrach und die Hitze auch ihre Stimmung zum Kochen brachte.

Sie raffte ihren Rock und stürmte nach draußen. Sie würde es diesen Schmeißfliegen zeigen. Sollten sie doch arbeiten und nicht müßig vor fremden Fabriquen herumstehen!

Je näher sie dem Tor kam, desto lauter wurde der Lärm. Voller Wut begann sie zu rennen und kam an Hallbacher vorbei, der sie stumm beobachtete. Er rührte keinen Finger, schüttelte nur missbilligend den Kopf.

Hinter ihr versammelten sich Frauen und Männer ihrer Unternehmung, die neugierig warteten, wie die kommende Auseinandersetzung enden würde. Anna dachte kurz daran, sie wieder an die Arbeit zu scheuchen, doch dann vergaß sie es einfach, weil sie sich Worte zurechtlegen musste. Sie wollte sich nicht verteidigen, obwohl sie es musste. Aber sie wollte ihren Leuten und denen draußen vor dem Tor klarmachen, was eine Frau hier für sie leistete.

»Öffnet das Tor«, schrie sie und wedelte mit fahrigen Bewegungen zwei Arbeiter an ihre Seite, an denen sie vorüberkam.

»Herrin, nicht!« Es war Hallbachers Stimme, die da über das Geschrei der Meute vor dem Tor hinweghallte.

Doch Anna dachte nicht daran, auf den Vorarbeiter zu hören.

»Aufmachen!«, brüllte sie. »Jetzt!«

Schon waren die Männer vorgesprungen und hoben den Sperrbalken. Die Flügel schwangen nach innen.

Die Meute verstummte kurz, wohl ebenso verschreckt wie Anna, die etwa dreißig Männern gegenüberstand. Alle hatten Prügel in den Fäusten, die sie in ihre Hände klatschen ließen. Hinter ihnen sah Anna einige ihrer Frauen und Töchter. Ihre Mienen waren wutverzerrt, sie stierten sie an, ihre Körper waren angespannt.

Kaum hatte sich das Tor geöffnet und Anna wurde sichtbar, als auch schon ein Regen aus faulen Eiern und verdorbenem Gemüse auf sie herabregnete.

»Was wollt ihr?«, schrie Anna und wischte sich übers Gesicht. »Ich gebe euch und euren Frauen Arbeit. Würde ich eure Tuche nicht abnehmen, würdet ihr verhungern.«

»Lüge«, schrie einer der Männer, in denen Anna Hans Wigk erkannte. Neben ihm stand Hermann Prew. Beide waren sie Mitglieder der Weberdeputation. »Ihr verarbeitet Fremdtuch, nicht unsere Ware!«

»Das hat euch bislang auch nicht gestört!«

»Ich gebt es also unumwunden zu. Sehr frech!«, schrie Prew und spuckte vor sich auf den Boden. Dann drehte er sich um. »Los, Männer. Wenn diese Frau sich nicht an die Regeln hält, werden wir sie zwingen. Wäre doch gelacht, wenn wir dem Frauenzimmer nicht den Kodex der Weberzunft beibringen könnten.«

Anna trat vor die Männer hin, beschmutzt wie sie war, und breitete die Arme aus. »An mir kommt Ihr nicht vorbei, Prew. Wer auch nur einen Schritt vorgeht, wird Konsequenzen zu spüren bekommen.«

Hans Wigk lachte ihr ins Gesicht und hob seinen Knüppel. »Begutachten wir die Fabrique. Für jedes Fremdtuch zerschlagen wir ein Model. Es soll ja gerecht zugehen!«

Die Meute johlte, und die beiden Wortführer sahen sich um. Sie holten sich die Bestätigung für ihr Tun. Wigk trat nahe an Anna heran. Kurz blickten sie einander ins Gesicht, als gelte es, den anderen niederzustarren. Dann schob er sie wie ein lästiges Insekt mit einem Ruck beiseite, sodass sie stolperte, in den Kies der Straße fiel und sich Hände und Knie aufschürfte. Und obwohl ihr bewusst war, was geschah, spürte sie keinen Schmerz. Sie blickte hoch und sah, wie Wigk den Knüppel hob und so seine Leute hinter sich scharte.

Doch bevor die Meute losstürmen und die Einrichtung zerschlagen konnte, krachte ein Schuss. Ohrenbetäubend lag der Knall in der Luft und verbreitete einen Geruch nach Schwefel und Schießpulver.

Anna erschrak ebenso wie die Rädelsführer. Sie sahen sich um. Woher war der Schuss gekommen? Wem hatte er gegolten?

»Der Nächste, der sich auch nur auf das Tor zubewegt, wird erschossen!«, hörte Anna. Sie kannte die Stimme. Auch wenn sie nicht begeistert darüber war, dankte sie Gott für diesen glücklichen Zufall.

Sie rappelte sich auf und trat den Rückweg an. Sie ging rückwärts, um der Meute zu zeigen, dass sie keineswegs davonlief.

Als Wigk einen weiteren Schritt nach vorn tat, krachte erneut ein Schuss, und der Dreck vor seinen Füßen spritzte auf. Der Rädelsführer machte einen Satz nach hinten.

Anna schloss die Augen und befahl, das Tor zu schließen.

2

JUNI 1760

»So bald werden sie nicht wiederkommen. Das Maul aufzureißen ist das eine, sein Leben dafür in die Waagschale zu werfen das andere.« Gleich lachte überlaut, warf sich in Positur, als wäre er Herkules und habe soeben den Augias-Stall ausgemistet.

»Wie seid Ihr auf diese martialische Idee gekommen?«, fragte Anna.

»Schmerzhaft, aber wirkungsvoll, nicht wahr?«, trompetete er und lud demonstrativ seine Pistole nach. Mit einer geschickten Bewegung ließ er die Bleikugel in den Lauf rollen und stopfte nach.

Er war in letzter Sekunde durch das sich schließende Tor ins Innere der Fabrique geschlüpft, in jeder Hand eine doppelläufige Pistole. Die in der Rechten rauchte, die in seiner Linken hatte er der pöbelnden Menge entgegengestreckt, ohne sie abzufeuern.

Erst als der Balken vorlag, ließ er die Waffen sinken. »Ich bin wirklich nur zufällig hier vorbeigekommen«, versicherte er ihr.

»Ach ja? Mit zwei geladenen Pistolen? Sehr zufällig.«

»Die Zeiten sind unsicher. Die Weber mucken auf«, erwiderte er.

Anna konnte beobachten, wie er nach ihr schielte. »Was wollt Ihr wirklich?«, fragte sie offen. »Ihr kommt nicht ohne Anlass hierher.«

Gleich seufzte. »Ihr habt eine ausgesprochen gute Menschenkenntnis, Madame. Dann will ich ehrlich sein. Ich habe gehört, wie über die Zerschlagung einer Manufaktur gesprochen wurde, weil sie zu viel Fremdtuch verarbeite. Da habe ich mir gedacht, ich schaue bei Euch vorbei. Womöglich …« Er machte eine Pause und drehte sich ganz zu ihr herum.

Obwohl Johann erst zwei Monate unter der Erde lag, fand Anna diesen Ludwigshafener Gecken durchaus attraktiv. Ihr waren seine Annäherungsversuche bei ihren Salons nicht entgangen. Auch war ihr aufgefallen, wie er sich weiter um sie bemühte. Aber es war ihr zu früh, sich mit seinen Avancen auseinanderzusetzen. Und dazu zählte sie auch seinen Einsatz in dieser Angelegenheit. Sie fand es beeindruckend, dass er sich auf den Weg zur Pulvergasse gemacht hatte, um ihr beizustehen.

Vor dem Tor hörten sie noch vereinzelte Gespräche, aber der Protest ebbte langsam ab. Sie lauschten beide stumm auf die Stimmen, die langsam an Aggressivität verloren und leiser wurden.

»Das war nicht das letzte Mal«, orakelte Gleich.

Anna stand nahe bei ihm und roch sein Parfum, das mit einem Hauch Pulverdampf vermischt war. Zum ersten Mal fiel ihr auf, dass er keine Perücke trug, sondern sein echtes Haar onduliert und gepudert hatte. Das musste ihn Stunden beim Coiffeur gekostet haben. Warum ihr gerade diese Gedanken durch den Kopf gingen, konnte sie nicht sagen. Aber als ihr Blick an den sauber gefeilten Fingernägeln hängen blieb, als er seine Pistolen wieder in ihre Halterungen steckte, fragte sie sich kurz, warum ihr diese Einzelheiten ins Auge fielen.

»Habt Ihr heute Abend schon etwas vor, Madame Gignoux?«, fragte er beiläufig. »Wenn Ihr mich begleiten wolltet, könnten wir …«

»Monsieur Gleich, verzeiht, wenn ich ablehne. Aber ich traure noch …«

»Natürlich, verzeiht. Ich dachte nur, die Weberdeputation und der Rat der Stadt werden darauf keine Rücksicht nehmen. Wenn ich richtig vernommen habe, dann sind Eure Widersacher auf den Untergang der Fabrique Gignoux aus. Ihr werdet alsbald Geld benötigen, wenn Ihr die Firma weiter betreiben möchtet.«

Anna sagte nichts dazu. Sie wusste, wie recht er hatte. Aber sie wollte es weder heute noch hier im Innenhof der Fabrique besprechen. »Ich danke Euch, Monsieur, aber Ihr entschuldigt mich jetzt bitte. Ich habe ein Unternehmen zu leiten.«

Er verbeugte sich elegant, dann drehte er sich um und ging in Richtung Tor, an dem noch immer die beiden Arbeiter standen und zu ihnen herübersahen.

Beim Weggehen glaubte Anna das Wort »noch« vernommen zu haben, doch sie hatte sich bestimmt geirrt. Wieder hatte er natürlich recht. Die Weberdeputation würde sicherlich in nächster Zeit auf sie zukommen und sie zu überreden versuchen, sich wieder zu vermählen. Aber das würde sie hinauszögern, solange es ihr möglich war.

Mit einem dankbaren Kopfnicken verabschiedete sie Gleich, der mit schwungvollem Abgang regelrecht aus dem Tor segelte.

Auch sie drehte sich um und wollte zurück an die Arbeit, doch Hallbacher verstellte ihr den Weg. »Auf ein Wort, Herrin«, bat er, wieder die Mütze zwischen den Fingern quetschend.

Mürrisch sah sie ihn an. Sie mochte seine Art nicht, sie zu belehren, allerdings hatte er eben recht behalten, deshalb zwang sie sich, ihm zuzuhören. Einerseits war ihr bewusst, wie sehr sie Menschen brauchte, die ihr unverblümt die Wahrheit sagten, andererseits durfte sie sich nicht dreinreden lassen, wenn sie als Unternehmerin vor aller Augen bestehen wollte. »Sagt, was Ihr zu sagen habt, Hallbacher, aber erwartet nicht von mir, dass ich Eure Ratschläge auch befolge. Immerhin …«

»Das erwarte ich niemals«, entgegnete er trotzig. »Ihr seid die Herrin. Aber jedem Fabrique-Herren stände es gut zu Gesicht, wenn er den Menschen zuhören würde, die sich um das Wohl der Unternehmung sorgen.«

Wieder blieb Anna die Luft weg. Das war starker Tobak. Schon lag ihr eine scharfe Erwiderung auf der Zunge, doch Hallbacher kam ihr zuvor. Bevor sie etwas erwidern konnte, zischte er: »Nehmt Euch vor diesem Gleich in Acht, Herrin. Er will nur Euer Wissen, nicht Euch.«

Anna musste sich zwingen, nicht laut zu werden. Sich für die Fabrique einzusetzen war das eine, sich aber in ihre privaten Angelegenheiten zu mischen etwas, das sie so nicht dulden durfte. Was sie der Weberdeputation nicht gewährte, durfte sie auch Hallbacher nicht gewähren.

Bevor sie ihm den Mund verbieten konnte, drehte sich Hallbacher um und ging seiner Wege. Mit kurzen Armbewegungen scheuchte er die Belegschaft wieder an die Arbeit.

So ein frecher Kerl, dachte Anna. Was hatte Johann an diesem selbstgefälligen und vorlauten Hallbacher nur gefunden? Sie überlegte, ob sie ihn nicht demnächst entlassen sollte. Einen besseren Vormann als ihn fand sie allenthalben. Doch je länger sie ihm nachblickte, je länger sie über das nachdachte, was er gesagt hatte, desto weniger Wut empfand sie. Wäre sie an seiner Stelle gewesen, hätte sie womöglich ebenso gehandelt. Gedrängt hatte er sie jedenfalls nicht. Nur seine Meinung gesagt. Das aber deutlich.

Sie spürte, wie ihr die Sonne ins Genick brannte und der Schweiß den Rücken hinablief. Das Tagesgestirn stand beinahe senkrecht über ihr.

Noch so ein Tag, und sie würde die Fabrique aufgeben.

Es graute ihr, in den Verschlag in der Halle zurückzukehren und die Bücher zu studieren. Dennoch unterwarf sie sich dieser Fron – und was sie dabei entdeckte, gefiel ihr ganz und gar nicht.

Der Einkauf von Farben und Essenzen, um diese anzumischen, summierte sich zu einer Höhe, die sie außerordentlich belasteten, während die Einnahmen aus den bedruckten Tüchern in ebenso drastischer Art und Weise abnahmen. Würde sie weiter so wirtschaften, wäre das Unternehmen Gignoux in einem halben Jahr zahlungsunfähig.

Auf Anton konnte sie nicht zählen, dem war nur die Musik wichtig. Und der Schwiegervater lag nach dem Tod seiner Frau ebenso krank darnieder, wie ihr Mann es getan hatte. Wie lange er noch leben würde, konnte man nicht sagen. Auf ihren Schultern ruhte die Unternehmung – und die Fabrique benötigte Geld oder mehr Aufträge.

Beides fehlte – und Anna hatte nicht die geringste Ahnung, wie sie das ändern konnte.

3

JULI 1760

Die Abende wurden lang, das Licht hing am Himmel, als hätte jemand vergessen, die Kerzen auszublasen. Für die Drucker war es einerseits gut, weil die Farbe auf dem Tuch rasch trocknete, andererseits wurde der Papp, der verhindern sollte, dass das Tuch an bestimmten Stellen Farbe aufnahm, zu schnell hart und unbrauchbar, was die Kosten für den Druck in die Höhe trieb.

Anna hatte den Männern befohlen, weniger Farbe anzurühren, um weniger Abfall zu haben, doch das verlangsamte den Druck erheblich – und so gerieten sie gegenüber Schüle noch mehr ins Hintertreffen. Der hatte mittlerweile seine Wassermühle so weit ausgebaut, dass er beinahe die gesamte Tuchproduktion der Augsburger Weber verarbeitete. Er setzte sich aggressiv für seine Textilveredelung ein, schob seine Konkurrenz beiseite, wie es ihm gefiel, und stieß Männer und Frauen gleich welchen Ansehens in Not und Elend, wenn es seinen Plänen zugutekam.

Anna hatte Catharina schon so lange nicht mehr getroffen, dass sie gar nicht mehr wusste, wie sie aussah. Sie saß in dem kleinen Gartengrundstück hinter ihrem Haus über den Büchern. Feder und Tinte vor sich, eine Schreibunterlage auf dem Schoß und ein Blatt Papier neben sich, als Elsbeth aufgeregt auf sie zugelaufen kam.

»Herrin. Da sind lauter wichtige Männer an der Tür.«

Anna hob den Kopf. »Du brauchst dich nicht so zu echauffieren, nur weil Männer vor der Tür stehen«, sagte sie lachend.

Elsbeth schluckte und machte große Augen. »Sie sehen so ernst aus.«

Anna seufzte. Als wenn ernst aussehende Männer schon der Weltuntergang wären.

»Führ sie hierher, und bring etwas Tee. Kein Bier, keinen Wein!«, befahl Anna. »Und nimm die Papiere mit. Aber leg sie dorthin, wo die Herren sie nicht einsehen können.« Sie schob die Blätter zusammen und reichte sie der Magd.

»Soll ich Stühle bringen?«, fragte Elsbeth zögernd, denn es würde eine schwere Arbeit für sie werden, die Sitzgelegenheiten in den Hof zu schaffen.

»Nein. Die Herren sollen stehen.« Anna sah umher. »Sie können sich ja, wenn es ihnen zu unbequem wird, auf den Rasen setzen. Bring also nur eine Decke.«

Mit großen Augen nahm Elsbeth die Befehle entgegen und huschte zurück ins Haus.

Manchmal, dachte Anna, sieht dieses Mädchen aus wie ein verschrecktes Reh, das sich in der Welt nicht zurechtfindet. Doch sie wusste sehr wohl, dass Elsbeth mit ihren dunklen Augen und schwarzen Locken keineswegs ein tumbes Kind war. Das gefiel ihr.

Anna selbst blieb sitzen und erwartete die Überraschungsgäste.

Drei Männer betraten den kleinen Hof, ins Gespräch vertieft, ohne Anna wirklich zu beachten. Es waren der Bankier Johann Conrad Schwarz sowie die Unternehmer Carl Heinrich Bayersdorf und Johann Wagenseil in dunklen Gewändern, dem bürgerlichen Kleidungskodex entsprechend. Alle drei hatten weißen Mehlpuder auf den Schultern, der von den Perücken herabgerieselt war. Es gab ihnen ein wenig den Eindruck einer etwas verstaubten Gesellschaft. Sie sahen sich mit hocherhobenen Nasen um. Erst als sie pikiert bemerkten, dass nur für die Hausherrin ein Stuhl vorhanden war, sie jedoch stehen mussten, verstummte ihr Gespräch abrupt.

Belustigt hatte Anna sie beobachtet. Sie zeigten ein derart gockelhaftes Verhalten, dass es ihr mit jeder Minute unerträglicher wurde. Sie beglückwünschte sich zu ihrer Idee, sie stehen zu lassen.

»Was wünschen die Herren?«, fragte sie. »Elsbeth bringt gleich etwas Tee.«

»Tee?«, entfuhr es Schwarz so angewidert überrascht, dass Anna auflachen musste.

»Was hattet Ihr denn erwartet?« Sie legte die Hände in den Schoß und sah die Männer erwartungsvoll an, die so linkisch und unsicher herumstanden, dass es Anna schon fast erbarmte. Doch sie riss sich zusammen. Wäre sie an ihrer Stelle gewesen, wäre der Gedanke, sie unhöflich zu behandeln, den drei Herrschaften sicher nicht in den Sinn gekommen.

»Beeilt Euch. Im Gegensatz zu Euch Mannsbildern kenne ich keinen Müßiggang. Ich habe zu arbeiten«, drängte sie.

»Aber ich sehe keine Stickarbeit«, wagte Johann Wagenseil zu bemerken.

Anna biss sich kurz auf die Lippen. Dieser Kerl war unverschämt und brauchte eine kleine Lektion. Sie versuchte, das schönste Lächeln aufzusetzen, zu dem sie fähig war. »Ich sehe Euch ohne Schaufel oder Hammer. Habt ihr den Tag mit Nichtstun verbracht?«, konterte sie.

Wagenseil wirkte überrascht und schien ihre Anspielung nicht zu verstehen. »Aber ich nehme doch keine Schaufel mehr in die Hand. Und für einen Hammer habe ich meine Zimmerleute«, widersprach er ihr entrüstet.

»Ach, dann seid Ihr gar kein Mann?«, schlug Anna zurück.

Barsch wurde das Geplänkel durch Schwarz beendet. »Haltet ein mit diesem Unsinn. Ihr wisst sehr wohl, warum wir hier sind«, fuhr er Anna an.

»Ach. Weiß ich das? Oder gehört die Kunst des Weissagens jetzt auch schon zu den Frauentätigkeiten, von denen Ihr schwadroniert?«, entgegnete sie scharf.

»Um die Fabrique steht es schlecht«, fuhr Schwarz fort. »Seit Ihr … Ihr angeblich die Geschäfte führt. Meine Einlagen verzinsen sich nicht mehr und schrumpfen. Es muss jemand in die Leitung, dem man vertraut und der die entsprechende Erfahrung mitbringt. Deshalb sind wir hier.«

Jetzt war es heraus. Anna sah, wie sich die Körper der Männer entspannten, wie sie sich jetzt auf anderes konzentrieren konnten.

»Ach, Messieurs, und da denkt Ihr Euch, wird die Madame mit ihrer Trauer ruhig etwas nachlässiger umgehen können. Schließlich ist sie nur eine Frau, und die soll sich nicht so haben.« Sie stand auf und warf dabei den Gartenstuhl um, auf dem sie gesessen hatte. Mit einem Krachen schlug er in den Kies. »An wen hättet Ihr denn gedacht?«, fragte sie süffisant und nahm jeden Einzelnen in den Blick. Doch alle senkten den Kopf. Keiner von ihnen hatte den Mut, das auszusprechen, was ausgesprochen werden musste. »Wer hat denn angeblich die nötige Erfahrung?«

Endlich trat Bayersdorf einen Schritt vor. »Ihr jedenfalls nicht, Madame. Das ist offensichtlich.«

»Ach, denkt Ihr euch das so? An wen wollt Ihr mich denn verschachern? An einen von Euch?«

Die drei Männer traten verlegen von einem Bein auf das andere. In dem Moment öffnete Elsbeth die Gartentür. Sie hielt ein Tablett mit Teetassen in den Händen. Sie ging auf jeden Besucher zu, knickste und hob das Tablett an. Mit Bittermiene nahmen die Herren je eine Tasse Tee auf und mussten leidvoll erfahren, dass die Schalen so heiß waren, dass sie sich die Finger daran verbrannten.

Schwarz räusperte sich erneut. »Gleich käme infrage«, sagte er. »Er ist vermögend, besitzt Kenntnisse im Textildruck und …«

»… und was?«, fauchte Anna den Bankier an.

»Er hätte, was euch fehlt, Madame!«, zischte Schwarz zurück.

Anna hätte beinahe eine unpassende Antwort gegeben, die den eindeutigen Unterschied zwischen Männern und Frauen beschrieb, biss sich aber auf die Zunge. Das wäre denn doch zu viel gewesen.

»Madame. Er wäre ein Mann, der für Sicherheit und Beständigkeit der Fabrique bürgen könnte. Ich versichere Euch, dass wir hinter dieser Entscheidung stehen würden.«

Jetzt langte es Anna. Sie hatte ausreichend Geduld gehabt für Schwarz und Konsorten. Was fiel diesen alten Kerlen ein, sie zu verschachern wie einen Ballen Tuch? »Es würde also euer aller Zustimmung finden?«, flötete sie.

Die Männer nickten einhellig.

»Ich bräuchte nur Gleich zu heiraten, und schon – so denkt ihr – wären die Probleme, die die Fabrique Gignoux bedrücken, behoben?« Wieder sagte sie das in einem so ruhigen und gelassenen Ton, dass die drei erfreut strahlten.

»Wann soll ich ihn denn Eurer Meinung nach fragen, meine Herren, wann er mich heiraten möchte? Heute noch oder genügt morgen? Oder wartet er schon vor der Tür, denn ohne ihm Mitteilung gemacht zu haben, seid Ihr doch nicht als Delegation hier erschienen.«

Schwarz, dessen Stirn sich immer stärker in Falten warf, knurrte. Er war der Einzige, der offenbar begriff, dass sich Anna einen Spaß mit ihnen machte.

»Madame Gignoux!«, rief er empört.

»Witwe Gignoux!«, blaffte Anna ihn an. »So viel Anstand muss sein.«

Schwarz presste die Lippen zusammen, weil er es, wie sie vermutete, nicht gewöhnt war, so gemaßregelt zu werden. »Witwe Gignoux. Wir können nicht über Euren Kopf hinweg entscheiden. Aber wir haben mit dem Rat und der Weberdeputation gesprochen und natürlich auch mit Gleich. Alle hielten das Euch vorgestellte Vorgehen für gerechtfertigt und angemessen.«

Er räusperte sich wieder. Er schwitzte unter seiner Perücke und musste sich kratzen und mit den Ärmelrüschen seines Hemdes den Schweiß von der Stirn wischen.

Doch jetzt hatte Anna genug von den Narren, die da vor ihr eine Vorstellung in Lächerlichkeit gaben.

»Elsbeth!«, rief sie der Magd zu. »Die Herren haben ausgetrunken und wollen gehen. Zeig Ihnen den Weg nach draußen. Messieurs. Gehabt Euch wohl. Wenn ich Euren Rat brauche, werde ich ihn einholen.«

Sie drehte ihnen den Rücken zu, richtete den Stuhl auf, setzte sich wieder und senkte den Kopf.

Elsbeth trat vor die drei Besucher und flehte geradezu: »Meine Herrin wünscht, allein zu sein. Ich darf also bitten.«

Sichtlich ungehalten verabschiedeten sich die Männer. Nur Schwarz blieb kurz auf der Schwelle stehen und schaute sich um. Ihrer beider Blicke trafen sich. Hätte das ein Geräusch erzeugen können, hätte es eine Explosion gegeben.

»Das werdet Ihr bitter bereuen, Madame!«, orakelte er, drehte sich um und verschwand.

4

AUGUST 1760

Seit Wochen hatte Anna kein Wort mehr mit Hallbacher geredet. Immer wenn dessen Glatze in ihrem Blickfeld erschien, wandte sie sich ab und ging ihm aus dem Weg. Sie fand seine unverhohlene Abneigung gegen Gleich, die er ihr gegenüber geäußert hatte, immer unverschämter, je länger sie darüber nachdachte. Was bildete sich der Kerl ein? Damit war er nicht besser als Schwarz, Wagenseil und Bayersdorf. Wer war er, ihr irgendwelche Entscheidungen vorzuschlagen?

Allerdings liefen die Geschäfte immer schleppender. Sie hörte von anderen, dass sich Kaufleute, die Waren anboten und Aufträge verteilten, lieber an Schüle wandten als an die Fabrique. Es ging das Gerücht, dass die Unternehmung ganz bankrottgehen würde, sobald der alte Gignoux sterben und Anna womöglich schwanger werden würde. Dabei hätte sie nicht gewusst, wie das geschehen sollte. Der einzige Mann, der sich für sie interessierte, war Gleich. Und der bedrängte sie mehr, als sich für sie zu interessieren. Alle anderen machten einen großen Bogen um sie, als hätte sie den Aussatz. Von wem also sollte sie schwanger werden?

Sie schwitzte in ihrem Verschlag. Dabei war sie nur noch da, weil es nicht gut aussah, wenn sie tagsüber die Halle verließ. Dabei schlug sie tatsächlich nur die Zeit tot. Sie hatte sich sogar eine Handarbeit mitgenommen und stopfte Strümpfe.

Heute würde sie noch warten, bis der letzte Arbeiter die Halle verlassen hatte. Dann würde sie ein Wort mit Hallbacher reden müssen. Wenn nicht mehr Aufträge hereinkämen, müsste sie Leute entlassen.

Sie horchte auf das Schlagen der großen Uhr, die in der Werkhalle das Ende des Arbeitstages einläutete. Sie verfolgte die gewohnten Geräusche, das Ausspannen der Transmissionsriemen, das Waschen und Auslegen der Modeln zum Trocknen, das beinahe unmittelbar nach dem letzten Ton der Glocke einsetzende Plappern der Arbeiterinnen. Sie achtete auf das Schlagen der Tore, die geöffnet wurden und wieder zufielen. Schließlich vermutete sie nur noch Hallbacher in der Fabrique. Sie verließ den Verschlag und wollte ihn am hinteren Tor abpassen, das als einziges von außen verschlossen werden konnte.

Doch Hallbacher war offenbar schon gegangen. Das Tor war zu, und der Riegel lag vor. Sie schimpfte innerlich mit sich, weil sie so zögerlich gewesen war. Sie hätte am Tor stehen und ihn abpassen müssen.

Sie hastete zum Ausgang, öffnete mit dem großen Eisenschlüssel den Durchschlupf, was ihr ziemlich schwerfiel, denn sowohl Schlüssel als auch Riegel waren schwergängig und für Männerhände geformt.

Anna machte sich auf den Heimweg und wollte eben in den schmalen Weg zum Bleichertörlein einbiegen, als sie abrupt innehielt. Keine zwanzig Schritte vor ihr stand Hallbacher mit dem Rücken zu ihr und begrüßte mit Handschlag niemand anderen als – Melchior Gräz. Die beiden schienen sie nicht zu bemerken. Sie stand im Halbdunkel der Bäume und war in den langen abendlichen Schatten nicht zu erkennen. Umso neugieriger beobachtete sie die beiden Männer.

Was um alles in der Welt wollte Hallbacher hier? Und warum traf er sich mit Gräz? Es war kein freundschaftliches Wiedersehen, so viel stand fest, eher ein förmliches Treffen. Die Männer sahen einander an, nickten und gingen dann nebeneinanderher in die Stadt, während Gräz auf ihren Vorarbeiter einredete.

In Anna stieg eine Angst auf, die wie ein dunkler Schatten in ihr hochkroch und sie innerlich ausfüllte. War Hallbacher wirklich noch ihr Vorarbeiter? Wie hatte sie nur denken können, er würde sich ihre Behandlung einfach gefallen lassen? Ein guter Werkmeister, der nicht nur die Maschinen beherrschte, sondern auch mit den Menschen umgehen konnte, war Gold wert. Wenn er ihr davonliefe, womöglich bei Schüle anfing, dann konnte sie tatsächlich dichtmachen.

Sie überlegte, ob sie sich zu erkennen geben und eingreifen sollte. Doch dann entschied sie sich dagegen. Wenn sie Hallbacher verlor, dann deshalb, weil sie ihn behandelt hatte wie einen Schuljungen. Das konnte sie nicht dadurch wettmachen, dass sie jetzt dazwischenging. Womöglich würde sie damit genau das bewirken, was sie verhindern wollte, und Hallbacher würde ihr auch noch zu Recht vorwerfen können, dass sie ihm hinterherspionierte.

Sie musste den beiden dennoch folgen. Sie musste wissen, was sie zu bereden hatten. Sie musste sehen, ob sie sich per Handschlag verabschiedeten und damit eine Vereinbarung trafen.

Die Männer gingen bis zur Weiberschul hinter der Stadtmetzg und setzten sich auf zwei freie Bierbänke. Die Metzgersfrauen trafen sich dort regelmäßig, wenn ihre Männer gegenüber in der Metzgerstube tranken und sich besprachen.

Anna stellte sich hinter einen Baum und beobachtete Gräz, wie er zwei Krüge orderte. Offenbar lud er Hallbacher zum Bier ein. Während sich ihr Vorarbeiter zurücklehnte und zuhörte, redete Gräz ununterbrochen auf ihn ein. Er beugte sich vor, gestikulierte, breitete die Arme aus und schien ein kleines Schauspiel aufzuführen, das Hallbacher interessiert, aber distanziert beobachtete.

Anna konnte sich keinen Reim auf all das Getue und Gerede machen. Der erste Krug war rasch gelehrt. Und während sie sich bei zunehmender Dunkelheit die Beine in den Bauch stand, folgten ein zweiter und dritter. Sie hoffte, hinter ihrem Baum unbehelligt zu bleiben, denn eine im Dunkeln herumlungernde Frau konnte alle möglichen Begehrlichkeiten hervorrufen.

Anna schwankte zwischen dem Drang, nach Hause zu gehen, und der Neugier, das Ende dieses Gesprächs zu beobachten. Irgendwann hängte der Wirt der Metzgerstube eine Öllampe über den Bänken vor dem Gastraum auf, die kaum Licht spendete und vor sich hin blakte.

Anna wagte kaum mehr, daran zu glauben, dass die beiden Männer in irgendeiner Weise handelseinig wurden und sie daraus Rückschlüsse auf ihre Vereinbarung treffen konnte. Doch irgendwann war es tatsächlich so weit. Sie konnte erkennen, wie Gräz Hallbacher die Hand hinhielt – und ihr Vorarbeiter diese … ausschlug. Er ging nicht auf den Vorschlag des Schüle-Mannes ein.

Bislang hatte Anna geglaubt, eine solche Wendung würde sie positiv stimmen, aber sie wusste nicht, was Hallbacher ausgeschlagen hatte. Sie hatte nichts gehört und zuletzt noch weniger gesehen.

Sie beobachtete nur, wie sich ihr Vorarbeiter erhob und sich grußlos und etwas schwankend auf den Heimweg machte. Anna beschloss, es ihm gleichzutun. Weit hatte sie es nicht mehr.

So spät abends war sie sonst allein nie unterwegs. Kein Mond schien in die Gassenschluchten, um die schwarzen Ecken zu beleuchten. Überall wisperte, flüsterte und raschelte es, als wären lauter Wesen um sie herum, die sich ihrem Blick entzogen. Der Weg war kaum auszumachen. Wenn sie ihn nicht schon hunderte Male gegangen wäre, hätte sie sich heillos verlaufen.

Sie hatte gesehen, wie Hallbacher von der Weiberschul weggewankt war, auf Gräz hatte sie nicht mehr geachtet. Doch jetzt vernahm sie hinter sich Schritte, unregelmäßig und stockend, ebenso ein Schnaufen, als ringe jemand nach Luft. Sie glaubte, Hände zu spüren, die sich nach ihr ausstreckten, aber nur mit den Fingerspitzen berührten.

Sie hätte sich früher auf den Weg machen müssen. Elsbeth wartete sicher schon auf sie und bebte vor Angst. Anna beschleunigte ihre Schritte und hörte, wie die Tritte hinter ihr im Kies der Gasse ebenfalls schneller wurden. Ihre einzige Hoffnung war, dass ihr Verfolger sie ebenso wenig sehen konnte wie sie. Die Nacht war Bedrohung und Schutz zugleich. Doch sie hatte nicht damit gerechnet, auf dem Weg gegen etwas zu stoßen, das absichtlich oder unabsichtlich in ihren Lauf gelegt worden war. Sie stolperte, schlug hin und rollte sich beiseite. Jeden Moment würde ihr Verfolger über ihr sein. Anna machte sich bereit dafür, zu schreien und sich aus Leibeskräften zu wehren. Ihre Furcht vor einem Übergriff verhinderte, dass sie sich Gedanken über ihr zerrissenes und besudeltes Kleid, ihre aufgeschürften Knie oder die damit verbundenen Schmerzen machte.

Sie blieb liegen. Angespannt. Lauschte. Hielt den Atem an. Doch nichts geschah. Niemand vergriff sich an ihr, niemand war da. Erst als sie wieder laut einatmete und sich langsam aufrappelte, begriff sie, dass sie sich das alles offenbar nur eingebildet hatte.

Sie kam wieder auf die Beine und versuchte, sich zu orientieren, was ihr in der Schwärze des Gassendunkels kaum gelang. Sie wunderte sich kurz, wie Männer, die noch dazu betrunken nach Hause torkelten, sich hier zurechtfanden.

Letztlich orientierte sie sich am beständigen Plätschern eines Brunnens. Sie erkannte ihn, weil der zweite Strahl nicht regelmäßig floss, sondern immer wieder unterbrochen wurde. Es war der Brunnen in der Nähe ihres Hauses. Sie hastete auf ihn zu, ließ ihn rechts von sich liegen, überquerte einen der Kanäle und brauchte nur noch wenige Schritte bis zu ihrer Haustür.

Mit der flachen Hand pochte sie gegen das Türblatt und lauschte nach drinnen. Als sie endlich hörte, wie jemand im Inneren vorsichtig die Treppe herabkam, rief sie: »Elsbeth. Ich bin es.« Ihr war leichter ums Herz. Das Mädchen würde ihr öffnen.

»Nächstens schleicht Ihr nicht mehr hinter mir her. Das bringt Euch nur Unglück!«, sagte plötzlich jemand dicht neben ihrem Ohr.

Anna schrie vor Schreck kurz auf.

Die Tür vor ihr öffnete sich. »Herrin? Seid Ihr das?«

Anna stürzte ins Innere.

»Schließ die Tür. Sofort!«, schrie sie Elsbeth an.

Erst als sie hörte, wie der Sperrbalken vorgelegt wurde, beruhigten sich ihr Herzschlag und die Atmung.

»Herrin, was ist Euch geschehen?«, fragte Elsbeth.

Anna wusste nicht, was sie sagen sollte, denn sie traute ihren Sinnen nicht mehr. Hatte sie die Warnung eben tatsächlich gehört oder es sich nur eingebildet? War sie tatsächlich verfolgt worden, oder hatte sich das alles nur in ihrem Kopf abgespielt? Sie wusste es nicht. Sie wusste nur, sie musste mit Hallbacher sprechen.

5

NOVEMBER 1760

Wenn die Vorsehung ihre Finger ausgestreckt und auf ihre Hochzeit gedeutet hatte, dann war dies eine Sammlung schlechter Omen. Als die Kutsche zur Kirche fuhr, fiel der erste Schnee. Doch er blieb nicht liegen, sondern verwandelte die Straßen der Stadt in knöcheltiefen Morast. Keines der Kleider blieb von dem aufspritzenden Dreck verschont. Noch bevor Anna und ihr Bräutigam die Kirche betraten, sahen sie aus, als hätte jemand einen Jauchekübel über sie beide ausgeschüttet.

Der Ring, den Georg Christoph Gleich ihr an den Finger stecken wollte, glitt nicht über den Dreckklumpen, der sich dort festgesaugt hatte, als wäre er mit ihrem Finger verwachsen, und den sie erst mit Speichel mühsam entfernen musste. Gleichs mürrisches Verhalten ob dieser Unannehmlichkeit hätte sie als weiteres schlechtes Zeichen erkennen müssen. Er streifte ihr den Ring mit Gewalt über den Finger, sodass sie kurz vor Schmerzen aufschrie und ihre Hand zurückziehen wollte. Aber er hielt sie mit eisernem Griff fest und drehte ihr beinahe den Finger aus dem Gelenk, sodass selbst der Pfarrer ihn um mehr Rücksicht bat.

Und als sie die Kirche verließen, ging ein Platzregen nieder, der sie bis auf die Knochen durchnässte und ihre Perücke ruinierte. Sie konnte sich Gott sei Dank nicht selbst sehen, bemerkte aber, dass Puder und Talg ihr Kleid zusätzlich verunstalteten. Die Männer sahen aus wie Gespenster, weil ihnen der Perückenpuder übers Gesicht lief. Die halbe protestantische Gemeinde war Zeuge dieser Vorzeichen, und sie wurden schon diskutiert, bevor die Feierlichkeiten ihrem Höhepunkt zustrebten und Gleich Anna in sein Bett holen würde.

Für Anna war ihre zweite Hochzeitsnacht eine Erfahrung von Brutalität und Egoismus. Wo Johann zärtlich und einfühlsam gewesen war, handelte Gleich fordernd und herrisch. Es gab keine Zärtlichkeiten, keine Rücksichtnahme, keine Neckerei. Ihr frisch angetrauter

Gatte hielt sich nicht einmal damit auf, sie zu entkleiden. Er warf sie aufs Bett, schob ihr Kleid hoch und vollzog die Ehe, ohne sich weiter um sie und ihre Bedürfnisse zu kümmern. Danach erhob er sich, knöpfte sich die Hose wieder zu und ließ sie allein mit den Worten: »Jetzt kümmere ich mich um meine Fabrique!«

Anna war völlig verdattert. Es dauerte eine Weile, bis sie sich aus Seide und Taft herausgewühlt hatte, die er ihr einfach über den Kopf gestülpt hatte. Die Beinverstärkungen des Korsetts hatten ihr in den Rücken und in die Seite gedrückt. Als sie wieder sehen konnte, war Gleich schon an der Tür.

»Es ist nicht deine Fabrique«, rief sie ihm nach. »Es ist die meine. Sie ist mir von meinem Ehemann zugesprochen worden.«

Kurz hielt Gleich inne, drehte sich zu ihr um und zeigte ihr ein Wolfslächeln. »Jetzt nicht mehr, meine Liebe! Jetzt bin *ich* dein Ehemann.«

Er ließ sie fassungslos zurück, und in ihrem Kopf musste sie dieses Verhalten mit dem in Einklang bringen, was er die letzten Wochen gezeigt hatte. Der verständnisvolle Werber um ihre Gunst, der Charmeur und amüsante Unterhalter war wie umgewandelt.

Die Unternehmergilde hatte ihr einen Beistand zur Seite gestellt, den Unternehmer Adalbert Bischoff, der die Interessen ihres Sohnes Johann vertreten sollte – und der hatte ihr unermüdlich zu dieser Heirat geraten. Im Sinne der Fabrique, im Sinne ihrer Kinder und zum Schutz ihrer Person.

Dabei hatte Gleich es ihr leicht gemacht. Er war aufmerksam gewesen, zugänglich, großzügig. Ihre Anfragen bei dem Bankier Schwarz hatten ergeben, Gleich sei solvent, auch wenn andere Gerüchte im Umlauf waren: ihr Zukünftiger habe nichts und das Wenige als Darlehen von seinem Compagnon Schwarz als Kredit. Aber der Bankier bürgte für ihn, und Adalbert Bischoff riet ihr immer dringlicher zu einer neuen Verehelichung.

Zwar trauerte sie noch um ihren Mann Johann, aber die Schieflage der Firma erforderte rasches Handeln.

Sie war zwar nicht bis über beide Ohren verliebt gewesen, als sie

Gleichs – sie wusste nicht mehr, den wie vielten – Antrag annahm, hatte ihn aber begehrt. Immerhin hatte sie seit einem Jahr nicht mehr bei einem Mann gelegen und ein wenig Leidenschaft vermisst.

Bis zu ihrer Hochzeitsnacht war Gleich ihr wie der ideale Ehemann erschienen, wenn auch ihre beiden Kinder mit ihm ebenso wenig anfangen konnten wie er mit ihnen. Sie hatte nichts darauf gegeben.

Als die Tür des Hauses zuschlug, brachte sie das wieder in ihre Gegenwart zurück. Ihr Unterleib schmerzte. Dieses erste Zusammensein hatte sie sich völlig anders erhofft und vorgestellt. Ein Schluchzen quoll in ihr auf wie ein saures Aufstoßen, und sie spürte, wie ihr Tränen die Wangen hinabliefen.

Jemand klopfte an der Tür. Anna war verwirrt. War Georg Christoph nicht eben noch aus dem Haus gelaufen?

»Wer ist da?«, fragte sie unsicher und musste ein Schluchzen unterdrücken.

Die Tür ging auf, und auf der Schwelle standen ihre Kinder – Felicitas und Johann.

»Frau Mama, ist alles in Ordnung?«, fragte ihre Tochter, den Kleinen an der Hand. Ihre großen Augen sahen sie ängstlich an.

Natürlich begriffen die beiden nicht, was vorgefallen war, sie spürten aber, dass etwas nicht stimmte. Außerdem erinnerte sich Anna daran, geschrien zu haben, vor Angst, Scham und Schmerzen.

»Es ist alles gut«, versicherte sie und breitete die Arme aus. Johann lief los und fiel ihr regelrecht an die Brust.

»Er ist böse«, sagte er und drückte seinen Kopf in den Stoff ihres Hochzeitskleides.

»Was redest du da?«, widersprach Anna halbherzig. Sie wollte kein feindseliges Bild malen, schließlich musste sie den Rest ihres Lebens mit diesem Mann verbringen: *Bis dass der Tod euch scheidet.* »Sag so was nicht, Kind!«

Felicitas stampfte mit dem Fuß auf. »Aber wenn es doch stimmt! Als er eben an uns vorbei ist, hat er Johann noch eine Ohrfeige gegeben.«

Anna glaubte, sich verhört zu haben. »Er hat *was* getan?«

Johann erzählte mit tränenerstickter Stimme, wie er ihn geschlagen hatte, eher beiläufig, ohne ersichtlichen Grund, im Vorübergehen.

In Anna kochte es. Es war das eine, sie zu behandeln wie eine beliebige Straßendirne, etwas anderes aber, ihre Kinder zu schlagen.

Sie rief nach Elsbeth, die offenbar schon draußen gewartet hatte, denn so schnell wie sie auftauchte, war sie unmöglich aus der Küche hochgesprungen. »Elsbeth, du hast ein Auge darauf, dass Gleich meine Kinder nicht mehr schlägt. Sollte es dennoch vorkommen, gib mir umgehend Bescheid. Hast du gehört?«

Die Magd knickste und nickte. »Soll ich dann auch melden, wenn er Felicitas befingert?«, fragte sie.

Anna war sprachlos. Was hatte sie bislang nicht mitbekommen? Oder hatte sie es in den letzten Wochen nicht sehen wollen? War sie blind gewesen? Sie versuchte, mit ihrer Tochter einen Blick zu wechseln, doch diese senkte den Kopf.

»Hat er dich …«, fragte Anna, ohne ihren Satz beenden zu können. Felicitas schüttelte den Kopf.

»Warum erzählst du das?«, herrschte sie Elsbeth an.

Doch Elsbeth bog nur den Kopf in den Nacken und schaute sie herausfordernd an. »Weil er mich begrapscht und wohl vor Felicitas nicht haltmachen wird.«

Anna konnte nicht anders, als langsam zu nicken. Auf was hatte sie sich da nur eingelassen?

6

NOVEMBER 1760

»Hallbacher, auf ein Wort.«

Der Vorarbeiter hatte eben eine Rolle eingerichtet und säuberte sich die Hände mit einem Stofffetzen, den er sich anschließend in die Tasche seiner Hose steckte. Zufrieden betrachtete er das Ergebnis, bevor er sich zu Anna umdrehte.

»Herrin?«

»Ich muss mit Euch reden. Dringend.«

Hallbacher nickte und gab seinen Leuten zuerst noch einige klare Anweisungen in der breiten, etwas vernuschelten Sprache, die in der Jakobervorstadt unter der armen Bevölkerung gesprochen wurde. Wegen der vielen »sch«- und »tsch«-Laute mit ihren breiten Vokalen erinnerte Anna diese Sprache an eine Art verballhorntes Französisch oder Portugiesisch.

Sie selbst konnte es noch verstehen, sprechen nicht mehr. Sie hatte es verlernt, seit sie mit Johann die feinere und melodischere französische Sprache gelernt und gepflegt hatte.

Schließlich drehte sich Hallbacher zu ihr um, zog die Mütze ab und sah ihr offen ins Gesicht. »Was habt Ihr auf dem Herzen, Herrin?«

Seine Frage klang so offen und zugewandt, dass es ihr einen Stich gab. Konnte sie so einen Menschen verdächtigen, mit Gräz und damit mit Schüle zusammenzuarbeiten?

»Kommt mit. Wir reden draußen darüber, ich will nicht, dass die halbe Belegschaft mithört und Unsinn weitererzählt, nur weil sie die Hälfte falsch verstanden hat.«

Sie sah ihm an, dass er nicht wusste, was diese Bemerkung zu bedeuten hatte. Er folgte ihr, und sie betraten den kleinen Innenhof, der nur zum Stadtbach hin offen war. Links neben ihnen rauschte das Wasserrad, am anderen Ufer standen Erlen und einige bereits abgeerntete Kopfweiden, von denen die Korbflechter ihre Ruten abgeschnitten hatten. Die weißen Schnittflächen glänzten vor der dunklen Rinde.

Sie sahen beide auf das schnell fließende Wasser, das die Kraft hatte, ihre Maschinen anzutreiben.

»Sprecht, Herrin. Ich bin ganz Ohr«, begann Hallbacher, obwohl es an ihr gewesen wäre, das Gespräch zu beginnen.

»Ach, lasst doch bitte dieses ›Herrin‹. Das bin ich nicht. Seit mein Mann tot ist, leite ich die Fabrique, aber ich will sie so führen, dass die Männer und Frauen, die für mich arbeiten, ein Auskommen haben.«

»Haben sie, Herrin«, sagte Hallbacher und ignorierte ihre Bitte.

Energisch drehte sie sich zu ihm um. Sie brauchte etwas Mut, um den Satz zu sagen, den sie sich vorgenommen hatte. Natürlich lag die Leitung der Manufaktur in ihren Händen, aber es war das eine, diese Leitung innezuhaben, und etwas anderes, sie durchzusetzen. Dazu brauchte es Mut und Stehvermögen und vielleicht etwas Übung.

»Was habt Ihr mit Melchior Gräz zu schaffen?«, schoss sie ihren Pfeil aus dem Köcher und suchte in seinem Gesicht, ob er auch getroffen hatte.

Sofort veränderte sich Hallbachers Gesichtsausdruck. Seine Miene wurde düsterer. »Ich nehme an, Herrin, Ihr fragt deshalb nach, weil ich mich ein paar Mal mit Gräz getroffen und ein Bier mit ihm getrunken habe.«

Anna erschrak doppelt. Sie hatte nur ein Treffen beobachtet. Aber offenbar waren es mehrere gewesen. Dabei konnte Hallbacher alle Geheimnisse der Fabrique Gignoux ausgeplaudert und weitergegeben haben. Sie hatte in ein Wespennest gestochen.

Sie hielt es für richtig, nicht zu antworten, sondern sah ihren Vorarbeiter nur erwartungsvoll an.

»Und?«, drängte sie, als ihr sein Nachdenken zu lang wurde.

»Dann will ich Euch reinen Wein einschenken, Herrin.«

Allein diese Bemerkung führte dazu, dass sich das Rauschen des Wasserrads mit dem Rauschen in ihrem Ohr verband. Ihre Befürchtungen entsprachen also der Wahrheit. Hallbacher spielte mit dem Gedanken zu gehen. Sie musste sich zwingen, diesen Schluss nicht als gegeben hinzunehmen, sondern ihn ausreden zu lassen.

»Als Euer Mann verstorben ist, Gott hab ihn selig, waren wir alle hier verunsichert, wer nun die Fabrique führen würde. Man munkelte, da der Bankier Johann Conrad Schwarz und der ehemalige Bedienstete Schüles, Carl Heinrich Bayersdorf, an Eurer Unternehmung beteiligt waren und Gleich mit den beiden in einer Handlungssozietät steht, würde Schwarz die Fabrique übernehmen. Unter ihm hätte ich nicht arbeiten wollen. Er schindet die Menschen.«

Zuerst war Anna von dem, was Hallbacher da sagte, enttäuscht gewesen. Hatten sie denn kein Zutrauen zu Johann gehabt?

»Doch dann wurde deutlich, dass Ihr, Herrin, die Leitung zugesprochen bekommen habt. Just in dem Moment tauchte Gräz auf.«

Er räusperte sich und hatte den Blick wieder auf das rasch fließende Wasser des Stadtbachs geheftet, als würde dieses seine Geschichte mit fortziehen und beschleunigen können. Doch sie bemerkte, wie ihn das Gesagte aufwühlte wie das Mühlrad das Wasser.

»Und Ihr habt mit ihm ein, zwei Biere getrunken. Das ist doch normal«, sagte Anna versöhnlich.

»Wenn es allein das gewesen wäre, hätte ich kein schlechtes Gewissen«, presste Hallbacher hervor.

Wieder erschrak Anna. Hatte er doch Geheimnisse, die Arkana, ihrer Farb- und Fixierzusammensetzungen, ausgeplaudert? Sie wagte es aber nicht auszusprechen, um ihn nicht zu beschuldigen. Vielleicht entpuppten sich die Gespräche als völlig harmlos.

»Beim ersten Mal fragte er mich nach der Stimmung im Betrieb aus. Er war sichtlich überrascht, wie zuversichtlich wir in die Zukunft sahen, schließlich tat sich Schüle zu Beginn als Konkurrent schwerer. Als er ganz ausstieg und seine eigene Manufaktur eröffnete, kämpfte er im Grunde ums Überleben. Gleich darauf aber begann Gräz, mir Angebote zu machen. Ich sollte die Fabrique Gignoux verlassen und zu Schüle wechseln.«

Jetzt war es heraus. Sie bemerkte, wie Hallbacher erleichtert Luft aus seinen Lungen blies.

»Ihr seid noch immer da. Warum?«, fragte Anna nach. »Oder habt Ihr zugesagt und seid nun nur noch auf Abruf hier, bei mir?« Ihr zweiter Satz klang schärfer als gewollt.

»Ja«, sagte Hallbacher und fuhr sich mit der Hand übers Gesicht.

Jetzt erst stellte Anna fest, wie stark er schwitzte. Offenbar war diese Befragung durch sie eine erheblich stärkere Last als das Rüsten einer Maschine.

»Er hat mir Geld geboten und die Arbeit unter ihm. Aber ehrlich, Herrin. Ich arbeite jetzt frei, habe außer Euch niemanden über mir. Warum sollte ich die Fabrique verlassen, um wieder als untergeordnete Kraft anzufangen?

Zumindest das war geklärt. Es entlockte Anna einen Seufzer der Erleichterung. Sie sah auf die Bäume am anderen Ufer des Stadtbachs. Die Erlen und Weiden dort standen kahl da und reckten ihr Geäst in den Himmel.

»Als ihm klar wurde, dass ich nicht gewillt war, zu Schüle zu gehen, hat er Euch beschuldigt, die Fabrique in den Ruin zu treiben. Ich sollte das dadurch verhindern, dass ich Eure Druckarkana an Schüle weitergebe, damit sie nicht verloren gehen.«

Jetzt musste Anna schlucken. Sie hatte also zu Recht befürchtet, Gräz habe ihren Vorarbeiter aushorchen wollen.

»Und, habt Ihr es getan?«, fragte sie und wusste im selben Augenblick, dass sie einen Fehler begangen hatte. »Ich meine, habt Ihr es Euch überlegt?«

Hallbacher drehte sich langsam zu ihr um. Mit zusammengekniffenen Augen betrachtete er sie und presste die Lippen aufeinander. »Überlegt habe ich es mir. Doch dann bin ich zu dem Schluss gekommen, dass eine Fabrique wie die Eure nur dann ruinös wird, wenn die Geheimnisse keine Geheimnisse mehr sind. Ich habe mich auch an den Eisgang erinnert, als Ihr den Menschen Geld habt zukommen lassen, damit sie wenigstens etwas zu essen hatten. Ich habe mich daran erinnert, wie Ihr in der Fabrique mitgearbeitet habt und immer ein offenes Ohr für uns hattet. Ich habe abgelehnt, Herrin.«

Anna konnte beinahe die Tränen nicht zurückhalten. Was sie eben gehört hatte, war ein Bekenntnis für sie und Johann gewesen, das schöner nicht hätte sein können.

»Es waren also wirklich nur ein paar Biere. Das Schönste war, dass ich keines davon bezahlen musste.« Hallbacher grinste.

»Ein Vergnügen, das ich Euch gönne«, sagte Anna.

Sie wollte das Gespräch abschließen, zu ihrer Arbeit zurückkehren und auch Hallbacher entlassen, doch sie bemerkte, dass ihn noch etwas drückte. Seine Unruhe zeigte sich in der Art und Weise, wie er sich immer wieder am Kopf kratzte. »Was habt Ihr auf dem Herzen, was noch nicht zur Sprache kam?«, ermunterte sie ihn.

Hallbacher, der eben noch flüssig und klar geredet hatte, ohne Stocken, ohne ein Blatt vor den Mund zu nehmen, wirkte jetzt gehemmt. Von seiner Glatze perlte der Schweiß an der Schläfe hinab.

»Herrin«, begann er leise.

»Redet!«, ermutigte sie ihn. »Aber so laut, dass ich Euch auch verstehen kann.«

Wieder druckste Hallbacher herum, und jetzt begann das Spiel mit seiner Mütze, was sie schon mehrere Dutzend Male erlebt hatte. Er knetete sie in beiden Händen, sodass zu befürchten war, die Nähte könnten platzen. »Man munkelt …«

Es gelang ihm nicht, den Satz einfach auszusprechen. Zu viele Widerstände schienen ihn daran zu hindern.

»Hört, Hallbacher. Ich schätze Euch deshalb, weil Ihr geradeheraus und eine ehrliche Haut seid. Auch Johann hat diese Eigenschaften an Euch geschätzt. Raus mit der Sprache.«

Mit einem heftigen Kopfnicken schien sich Hallbacher in Stimmung zu versetzen. »Ich habe von einem Fuhrwerker aus Ludwigsburg gehört, Euer Gatte …« Der Vorarbeiter stockte wieder, sah sie an und schlug dann die Augen nieder. »Es heißt, Euer Gatte sei arm wie eine Kirchenmaus. Deshalb habe er Ludwigsburg verlassen. Hier hätte er sich dann mit einer reichen Witwe verheiratet, und …«, er stockte, »… damit seid Ihr gemeint.«

Anna schluckte. Das konnte nicht sein. Gleich hatte seine Vermögensverhältnisse durch Schwarz und Bayersdorf beglaubigen lassen. Weder die Weberdeputation noch der Rat hatten dagegen Einwände erhoben. Woher stammte also das Geld? »Seid Ihr sicher …?«

Sie getraute sich nicht weiterzusprechen, aus Furcht, dadurch mit einer Wahrheit konfrontiert zu werden, die sie nicht hören wollte.

»Gräz hat mir das bestätigt. Allerdings indirekt. Er hat mir die Stelle bei Schüle auch angeboten, weil er mich angeblich vor dem Bankrott retten wollte. Gräz hat Euren Gatten als armen Schlucker mit Spielsucht beschrieben.«

Anna lief es eiskalt den Rücken hinab. Dieses Gespräch hatte eine Wendung genommen, die ihr ganz und gar nicht behagte. Jetzt erinnerte sie sich auch an Hallbachers Warnung.

Doch die Umstände, die er ihr geschildert hatte, grenzten an Betrug – und das war tatsächlich wichtig. »Unser Gespräch ist beendet«, sagte sie betroffen.

Er nickte, setzte sich seine Mütze auf und wollte abtreten.

Aber Anna zupfte ihn am Ärmel und hielt ihn zurück. »Danke, Hallbacher. Haltet Euch in Zukunft von Gräz fern. Er ist kein guter Umgang, egal, wie billig das Bier ist.«

Sie sah ihm nach, wie er zurück in die Werkhalle ging, gemessenen Schritts, als wäre nichts gesprochen und beratschlagt worden. Diese Ruhe hätte sie auch gern gehabt. Die Neuigkeiten ihres Werkmeisters durfte sie nicht in den Wind schlagen, sondern musste ihnen nachgehen.

Ein Windstoß fuhr unter die Bäume am anderen Ufer und schüttelten deren Geäst. Nur die Kopfweiden standen unbewegt und reckten ihre astfreien Stämme wie Fäuste in den Himmel.

7

DEZEMBER 1760

»Was machst du hier?«, herrschte Gleich sie an, als sie durch die Tür in den Verschlag in der Werkhalle trat.

Anna erschrak. Sie hatte nicht erwartet, ihn hier zu finden. Schließlich war das ihr Raum, waren das ihre Bücher, war das ihr Schreibtisch.

Ihr Mann stand über aufgeschlagenen Musterbüchern und blätterte hektisch darin herum. »Was ist denn das für ein Durcheinander? Man findet buchstäblich nichts!«, blaffte er sie an.

Mit einer gewissen Vorsicht schloss sie die Tür hinter sich, dann drehte sie sich zu Gleich um, der immer ungeduldiger wurde, weil er offenbar nicht das fand, was er suchte.

Ihr war sofort klar, was er suchte, und sie war froh darüber, dass sie mit Johann vereinbart hatte, die Rezepturen ihrer Farben und Abdeckmittel so zu notieren, dass nicht jedermann sie entschlüsseln konnte. Vieles davon wusste sie auswendig und würde es irgendwann ihrem Sohn Johann mitteilen.

»Ich habe immer geahnt, dass eine Frau in diesen Hallen nichts zu suchen hat. Keine Systematik, keine sauberen Aufzeichnungen. Wir brauchen ein Arkanum zu einem Auftrag für Goldzitz – und ich suche mir hier die Finger wund. Verdammt noch mal!«, brüllte Gleich sie an.

Anna blieb nach außen gelassen, obwohl sie innerlich kochte. »Dann frag mich. Ich weiß Bescheid«, entgegnete sie ruhig. »Ich kenne die Rezepturen und nötigen Vorgehensweisen.« Mit einem spöttischen Lächeln stach sie ihm die offensichtliche Wahrheit ins Kreuz: »Alle!«

»Du hast hier nichts mehr zu suchen und zu sagen! Führ unser Zuhause sauber. Kümmere dich um die Kinder. In der Fabrique bin ich der Herr. Wenn ich eine Technik oder Farbe brauche, dann hat sie in den Musterbüchern zu stehen«, fuhr er sie an. Mit jedem Wort wurde er lauter. »Setz dich her, und schreib sie zu den Mustern dazu. Und zwar so, dass jeder sie nachvollziehen kann!«

Mit einer herrischen Geste, die nichts an Deutlichkeit zu wünschen übrig ließ, zeigte er zum Schreibtisch. »Das wird deine einzige Tätigkeit in den nächsten Tagen sein. Und jetzt sofort brauche ich die Mischung für den Druck unserer Goldzitze, der mit Gold ausgestatteten Kattune.«

Anna hatte bislang nichts zu seinem Auftritt gesagt und sich auch nicht vom Fleck gerührt. Was sie aber sicher wusste, war, dass sie so nicht mit sich reden ließ. Sie drehte sich langsam um und öffnete die Tür.

»Was soll das? Du bleibst hier!«, schrie er ihr nach.

Anna reagierte nicht, trat in die Halle hinaus und wollte die Tür hinter sich schließen, doch da war Gleich schon bei ihr und riss sie an der Hand zurück. »Du bleibst hier, Weib, und zeigst mir die nötige Zusammensetzung der Farben, die wir brauchen.«

Seine Augen waren wie Glaskugeln, eisgrau, hart und leblos. Nur sein Gesicht war hochrot und zeigte die Erregung, die ihn trieb, sie wie eine Sklavin zurück an den Schreibtisch zu zerren.

Er hob bereits die Hand gegen sie, als Hallbacher in der Tür erschien.

»Herrin? Ihr wolltet mich sprechen?«, sagte er völlig ohne Emotionen, als würde er nicht sehen, was Gleich versuchte. Dabei musterte er ihn auf eine Art, die Annas Mann offensichtlich unruhig machte.

Gleich erstarrte in der Bewegung, drehte sich zu Hallbacher um. »Raus hier!«

Völlig ruhig ging der Blick des Vorarbeiters von Anna zu ihrem Mann. Allein diese Bewegung zeigte dem selbstgekürten Fabrikherrn, wer in dieser Manufaktur das Sagen hatte. Und das war nicht Georg Christoph Gleich. Aufgrund der Rechtslage durch ihr Testament, das keine Anheiratung der Fabrique zuließ und die von der Weberdeputation anerkannt worden war, führte sie die Fabrique. Jeder wusste es.

»Herrin?«, wiederholte Hallbacher seine Frage, und seine ganze Körperhaltung sagte, er werde sich keineswegs von der Stelle bewegen. »Ihr wünscht?«

Anna empfand eine Welle von Dankbarkeit und Sympathie für ihn. Er war zur rechten Zeit an der rechten Stelle gewesen und hatte sich nicht vertreiben lassen. »Sofort, Hallbacher. Ich muss Euch die Rezeptur für das Abdeckmittel geben. Wartet einen Augenblick.«

Ohne Gleich auch nur eines Blickes zu würdigen, blieb Hallbacher in der Tür stehen und verschränkte die Arme vor der Brust. Allein seine Anwesenheit schüchterte Annas Mann zusehends ein. Er wusste zudem, dass die Weberdeputation hinter ihr stand. Niemals hätte er Hallbacher einfach entlassen können, wenn sie ihr Veto eingelegt hätte.

Anna erhob sich, schloss das oberste Musterbuch zu, das Gleich geöffnet hatte, holte ein anderes aus einem Regal und schlug darin nach. Sie brauchte das Musterbuch nicht. Allein um ihn zu ärgern, hatte sie irgendeines genommen und willkürlich eine Seite darin aufgeschlagen, um so zu tun, als hole sie sich hier die Informationen, die sie brauchte.

Aus dem Augenwinkel beobachtete sie sowohl Gleich als auch Hallbacher. Während dem einen beinahe die Augen aus dem Kopf fielen, weil er wissen wollte, wo die Rezeptur für Goldzitz stand, ignorierte der andere ihr Tun völlig. Er wusste, wie die Rezeptur lautete. Zu oft hatten sie diese schon gemeinsam angesetzt. Auch das war ein Grund, warum man Handwerker wie Hallbacher nicht einfach entließ. Sie konnten wertvolles Wissen weitergeben. Offenbar hatte er die Rezeptur aber dem neuen Fabrique-Herrn nicht verraten. Hallbacher stand hinter ihr.

Anna umrundete den Tisch und ging zur Tür. Hinter ihr konnte sie hören, wie Gleich unwillig schnaufte. Aber er konnte und wollte im Beisein des Werkmeisters seine Frau weder weiter maßregeln noch schlagen.

»Geht voran, Hallbacher«, sagte Anna sanft.

»Ihr allein wisst, wo die Materialien liegen, Herrin, ich gehe besser hinter Euch her«, entgegnete der Vorarbeiter trocken und trat beiseite. Er blickte beinahe teilnahmslos auf Gleich, ließ sie vorbei und folgte ihr. So verhinderte er, dass ihr Mann sie wieder zurück an den Schreibtisch zerren konnte.

Als sie sich nach rechts wenden wollte, um einige der Grundbestandteile zu holen, hörte sie ihn kurz sagen: »Wir gehen besser nach links!« Anna gehorchte und lief vor ihm her aus der Halle. Draußen schlug ihnen Schneeluft entgegen, eisig und hart.

»Warum habt Ihr das getan, Hallbacher?«, fragte Anna, als die Tür hinter ihnen zuschlug.

»Was?«, war die einsilbige Antwort.

»Ihr hättet nicht zu kommen brauchen«, erklärte sie. »Ihr kennt die Rezeptur besser als ich. Ihr hättet sie nur anrühren müssen.« Für einen Moment glaubte sie, ihn lächeln zu sehen.

»Es ist nicht meine Aufgabe, die Mischung zusammenzustellen«, rechtfertigte er sich halbherzig. »Wenn ich einen Fehler mache, dann muss ich ihn auf meine Kappe nehmen. Macht Ihr einen Fehler, Herrin, dann ist es Eure Fabrique und Euer Fehler. Keiner der Arbeiter kann dafür gescholten werden. So einfach ist das.«

So einfach war es keineswegs, das wusste er sehr wohl. Der frostige Tag biss Anna in die Wangen und ließ das Blut aus ihren Fingern weichen. Doch nicht nur das Wetter, auch das Verhalten ihres Mannes schnitt ihr eisig in die Eingeweide. Je länger sie verheiratet waren, desto tyrannischer gebärdete er sich. Sein vorrangiges Ziel war, ihr die Leitung der Fabrique zu entziehen.

»Wir müssen zurück«, sagte sie.

»Dann nehmen wir wenigstens etwas Holz mit. So glaubt er womöglich, es wäre dazu nötig. Ich werde alles Mögliche umstellen und verstellen, damit er nicht erkennt, was wir wirklich benutzen«, versprach Hallbacher ihr, ging zu einem Holzstapel und hackte mit einer Axt ein halbes Dutzend Scheite. Er packte sie sich auf die Arme. »Seid doch so nett und öffnet mir die Tür, Herrin«, bat er schüchtern.

Alle in der Halle bekamen mit, wie die Fabrique-Herrin ihm die Tür aufhielt. Ein außerordentliches Ereignis, wusste Anna. Ihrem jetzigen Mann wäre es im Leben nicht eingefallen, einem Arbeiter und noch dazu in seiner Fabrique, auch nur den Vortritt zu lassen.

Hallbacher fütterte den Ofen. Dann folgte er ihr ins Lager. »Herrin«, flüsterte er ihr zu. »Warum hat Euer Mann einen Auftrag für Goldzitze angenommen? Wir können sie doch bei dieser Kälte gar nicht bearbeiten. Das Gold ist zu brüchig, und die Abdeckflüssigkeit dringt nicht tief genug in den Kattun ein. Wir werden Ausschuss produzieren.«

Anna seufzte. Was nützte es, ihren Gatten anzuschwärzen, wenn es so offensichtlich war, dass er keine Ahnung vom Kattundruck hatte? Oder hatte Hallbacher damit den Finger in die Wunde gelegt? Verfolgte Gleich einen Plan und wollte absichtlich schlechte Ware liefern?

»Wir brauchen die Aufträge und den Gewinn daraus«, versuchte sie, die Geschäftspraktik ihres Mannes vor sich zu rechtfertigen.

»Dann sollten wir gehörig anschüren, damit es warm genug wird, wenn wir malen und drucken«, bemerkte Hallbacher. Er legte das Holz beiseite und befahl einem der Lehrlinge, den Ofen damit zu füttern. Er ging mit Anna ins Lager, und sie holten die Materialien für die Abdeckflüssigkeit.

Im Grunde war dies eine Entwicklung Schüles, aber Johann hatte sie von diesem abgeschaut und verbessert.

Kurz nachdem sie die Materialien bereitgestellt hatten, lehnte Gleich in der Tür und schlich um die Werkbank herum, an der sie das Arkanum herstellten.

»Das ist keine Arbeit für ein Weib!«, ließ er sich vernehmen.

»Sagt wer?«, fragte ihn Anna und gab der Mischung das Gran einer Substanz bei, die sie zähflüssig machte.

Gleich hatte aber nicht sehen können, was es war, und schnaufte unwillig. »Warum notierst du dir die einzelnen Zutaten nicht? Man kann gar nicht nachvollziehen, was beigemischt wird.«

Anna, die sich für diese Tätigkeit eine Schürze umgebunden hatte, entledigte sich dieser wieder. Sie klopfte ihr Kleid aus, nickte Hallbacher zu, der den Topf mit Abdeckflüssigkeit aus dem Raum trug.

»Das ist ein Betriebsgeheimnis, Monsieur Gleich«, antwortete er an ihrer Stelle, während er an ihm vorüberging. Dieser lief puterrot an und stand kurz davor zu explodieren.

Anna ließ ihn ohne ein weiteres Wort stehen und ging davon.

8

JANUAR 1761

Anton Gignoux hatte Rosina geschickt. Die Frau, die etwas jünger war als Anna, stand vor ihr im wattierten Mantel, mit gefütterten Stiefeln und einer über ihre schweren Haare gezogenen Haube. Man sah ihr die Kälte an, die vor der Tür herrschte.

»Willst du nicht mit mir einen kleinen Spaziergang wagen?«, fragte Rosina und sah Anna dabei mit einem kurzen Blick ins Haus eindringlich an.

»Wohin?«, war die einzige Antwort, die Anna einfiel. Sie überlegte, was Rosina dazu bewogen hatte, zu ihr zu kommen. Seit Johann tot war, war Anton nicht mehr bei ihr gewesen. Er hatte sich einmal nach ihrem Befinden nach der Hochzeit mit Gleich erkundigt, dann aber beinahe vollständig zurückgezogen.

»Ein wenig durch den Stadtgraben. Wir könnten den Schlittschuhläufern zusehen – und dann bei uns einen wärmenden Tee trinken.«

Rosina war eine sehr aufmerksame und für Anton passende Frau. Ihre Herzenswärme strahlte bis zu Anna herüber. Dennoch nahm sie ihr nicht ab, dass sie sie nur zum Spaziergang abholen wollte. Vor allem der neugierige Blick ins Innere der Wohnung irritierte sie. Als suche sie nach etwas oder jemandem. Dennoch siegte die Neugier. Zwar hasste sie die Kälte vor der Tür und die zwiebelartige Bekleidungsprozedur, aber sie musste wissen, was das zu bedeuten hatte. Außerdem war es unverfänglich, mit Rosina ein wenig zu flanieren.

Gleich würde sich ohnehin alsbald in die Fabrique begeben und auch am Sonntag nach dem Rechten sehen. Da er sich mit ihr nicht abgab, sondern danach zum Sonntagsstammtisch der Unternehmer weitergehen würde, hatte sie freie Hand. Elsbeth würde sich um die Kinder kümmern. Also sagte sie zu.

»Auf einen Tee – und ein wenig Geplauder – würde ich mich freuen, meine Liebe.« Sie konnte es aber nicht lassen, eine kleine Stichelei zu setzen. »Außerdem interessiert es mich brennend, was es bei Anton, dir und den Kindern Neues gibt. Anton hat sich rargemacht in den letzten Monaten.«

Rosina lächelte die Spitze einfach weg, während Anna nach oben verschwand, um sich umzukleiden.

Sie rief nach Elsbeth, die aus dem Arbeitszimmer ihres Mannes zu ihr heraufkam. Sie hatte ihm wohl etwas zu trinken bringen müssen. Mit etwas gerötetem Teint half sie ihr in den schweren Rock, in die gefütterten Lederstiefel und legte ihr den Lodenmantel um. Die Winterkleidung wog so schwer, dass Anna unter dem Gewicht stöhnte.

»Ich hoffe nur, ich komme mit diesem Gewicht unbeschadet die Stufen hinab«, murmelte sie.

Elsbeth erwiderte irgendetwas, aber sie konnte nicht sagen, was es war, weil sie nicht wirklich darauf geachtet hatte.

»Schau mir auf Felicitas!«, befahl Anna ihr, die nickte und vor ihr die Treppe hinuntereilte. Aus den Augenwinkeln sah sie noch, wie Elsbeth einem Ruf ihres Mannes folgte und in sein Zimmer eilte. »Sag ihm, ich bin mit Rosina spazieren!«, rief sie ihr hinterher.

Als Anna und Rosina aus dem Haus traten, empfing sie ein trüber Himmel, bleigrau, durchzogen mit hellen Schlieren. Ein leichter Wind biss ihnen zusammen mit der Kälte in Wangen und Fingerspitzen. Anna verstand nicht ganz den Sinn der neuen Mode, die Handschuhe bevorzugte, aus deren Fingerlingen die obersten Fingerglieder herausschauten.

Es war eisig, und vor ihren Mündern bildeten sich weiße Wölkchen.

Sie gingen nebeneinanderher die Straße hinab in Richtung Stadtgraben und hielten sich gegenseitig untergehakt, um nicht zu stürzen. Die Wasserfläche im unteren Graben war seit Wochen zugefroren, und schon von fern hörte man das Johlen und Lachen der Jugend.

Anna trieb in Gedanken weit weg, in eine Zeit, die unbeschwert und glücklich gewesen war. Sie hatte nur Gegenwart besessen, keine Vergangenheit und so viel Zukunft, dass man nicht darüber nachdenken wollte und brauchte.

»Erinnerst du dich noch, als wir hier auf dem Eis gefahren sind?«, fragte Rosina unvermittelt.

Anna schrak aus ihren Gedanken auf. Sie fühlte ein leichtes Unbehagen. Ihr war übel vom Gehen und Nachdenken. »Ja«, murmelte sie. »Damals konnten wir es uns leisten, sogar der Kirche eine lange Nase zu drehen. Was mir der Pfaffe vergolten hat, indem er mich beim Pastor angeschwärzt hat. Er hätte bei Johann beinahe keine Totenpredigt gehalten.«

Dann wandte sie sich Rosina zu. »Was willst du wirklich?«

»Ich?« Rosina sah sie offen an, was schwierig war, denn ein Schal verdeckte die untere Hälfte ihres Gesichts fast vollständig. »Ich will nur mit dir spazieren gehen.«

Ungläubig hob Anna eine Augenbraue.

»Aber wir treffen gleich Anton. Und der will unbedingt mit dir reden. Allerdings wollte er nicht, dass Gleich erfährt, dass er dich informiert hat.«

»Informiert? Worüber?«, hakte Anna sofort nach.

»Das kann nur er dir sagen. Geht es dir nicht gut?«

Anna hatte das Gefühl, die eben erst aufgetretene Übelkeit würge ihr am Hals. Sie trat beiseite, und schon schoss ein Strahl Flüssigkeit mit dem Frühstück des heutigen Tages aus ihr heraus.

»Hier!«, sagte Rosina mitfühlend und reichte ihr ein Taschentuch, mit dem sich Anna den Mund abwischen konnte. »Bist du krank oder in anderen Umständen?«

Anna hatte sich diese Frage noch nicht gestellt. Es war jetzt Ende Januar. Seit Anfang November war sie mit Gleich verheiratet, das waren zwei Monate, und ihr Ehemann holte sich sein eheliches Recht mindestens einmal am Tag. Sie war mittlerweile fünfunddreißig Jahre alt und damit zwar schon weit fortgeschritten, aber nicht zu alt, um noch Kinder in die Welt zu setzen. Ihr Unwohlsein war ebenfalls ausgeblieben – und wenn sie recht darüber nachdachte, dann hatte die Übelkeit schon vor Wochen begonnen.

»Du jagst mir einen Schrecken ein, Rosina«, gestand sie. »Aber ich befürchte, du hast recht.«

Der Tag wurde von einem Moment auf den anderen noch etwas kälter, wenn sie daran dachte, die Frucht dieses Mannes in sich zu tragen.

»Freust du dich denn nicht?« Die Augen der Schwägerin waren nicht neugierig, sondern eher mitfühlend auf sie gerichtet.

»Du hast ja keine Ahnung, Rosina. Ich komme mir vor wie ein Pflanzgefäß, das Gleich täglich kontrolliert und nicht aus den Augen lässt.«

»Oh ...« Rosina hielt sich die behandschuhte Hand vor den Mund. Auch ihre Fingerspitzen waren blau angelaufen.

»Ich vermisse Johann. Er war so ein Herzensguter«, presste Anna heraus. Sie versuchte zu vermeiden, dass ihr die Tränen in die Augen stiegen. Es wären bei dieser Kälte ohnehin nur Eiskristalle geworden, die auf der Erde zerschellten.

»Wir vermissen ihn alle«, sagte Rosina und drückte sie an sich. Es war diese Geste, die verhinderte, dass Anna ihre Tränen zurückhalten konnte. Ungehindert flossen sie ihr über die Wangen und froren tatsächlich, sobald sie auf den Pelzkragen ihres Lodenmantels trafen.

»Vielleicht ändert ein Kind ja alles«, versuchte ihre Schwägerin, einen Hoffnungsschimmer zu setzen.

»Vielleicht!«, sagte Anna nur und begann, über ihr Gesicht zu wischen.

Sie waren am Stadtgraben angelangt und traten durch das Tor des Fünffingerlesturms. Sie sahen den Läufern nach, die unbeholfen oder elegant über die gefrorene Eisfläche glitten. Paare hielten sich untergehakt, junge Burschen verfolgten einander und neckten gleichzeitig eine kleine Gruppe Mädchen, die eng zusammenstanden und sich lachend den Annäherungsversuchen der jungen Kerle zu erwehren versuchten.

Es zischte und sang auf dem Eis, es knirschte und johlte, es lachte und schrie über der gefrorenen Wasserfläche, dass es ein Vergnügen war zuzuhören.

»Juckt es dich nicht in den Beinen, Anna?«, fragte ihre Begleiterin. »Ach, wäre ich doch noch zwanzig!«, seufzte sie. »Sie sind so jung und ... Da ist Anton.« Rosina unterbrach ihr Lamento und deutete über die Eisfläche hinweg zum gegenüberliegenden Uferrand des Stadtgrabens.

Anton winkte ihnen zu, und Anna und Rosina hoben beide die Arme.

Mit unsicheren Schritten und ausgestreckten Armen wie bei einem Seiltänzer querte ihr Schwager die Eisfläche, wich den johlenden Eisläufern aus und versuchte, sich aufrecht zu halten.

Als er endlich das andere Ende erreicht hatte und bei ihnen angelangt war, stand ihm trotz der Eiseskälte der Schweiß auf der Stirn. »Anna, schön, dich wieder einmal zu sehen«, begrüßte er sie.

»Das liegt nicht an mir, Anton. Du machst dich rar, wenn ich das recht bedenke.«

»Ich hatte Verpflichtungen in Salzburg und Wien, Schwägerin«, erwiderte Anton Gignoux. »Außerdem haben wir dir die Leitung der Fabrique übertragen, seit Mutter gestorben ist und Vater sich neu verheiratet hat. Er ist alt geworden, und das Leben hat ihn gezeichnet.«

Anna nickte. Das war zwar richtig so, aber in ihrem Kampf gegen Gleich und seine Absicht, die Manufaktur zu übernehmen und sie aus der Leitung zu drängen, fand sie keine Unterstützung in der Familie.

Sie atmete tief durch und holte sich dabei die eisige Luft in die Lungen in der Hoffnung, sich so abzukühlen, um nicht sofort mit einer Tirade aus Forderungen und Bitten über Anton herzufallen. »Rosina sagte, du wolltest mich sprechen, Schwager. Warum?«

Anton nickte bedächtig und sah sich um. Anna war es, als suche er die Umgebung nach Menschen ab, die sie beobachten könnten.

»Hak dich unter, Schwägerin«, bat er. »Wir werden ein Stück gehen. Rosina achtet darauf, dass uns niemand zu nahe kommt und lauscht.«

»Anton, du hast es tatsächlich geschafft, mich neugierig und gleichzeitig besorgt zu machen.«

Ein Lächeln stahl sich auf das Gesicht des Mannes, der so anders war, als Johann es gewesen war, und doch so viel von ihm hatte: das Kreative, Künstlerische, Gedankenverlorene. Wie Johann war er niemand, der sich in dieser Welt durchsetzen konnte. Er war kein Kaufmann. Immer würde es andere geben, die an ihm vorbeizogen, die mehr Ellenbogen hatten und weniger Skrupel.

»Warum so geheimnisvoll?«, fragte sie endlich, nachdem sie in Richtung Jakober Tor weitergegangen waren.

»Weil die Wahrheiten, die ich dir mitteilen muss, wehtun werden. Nach dem Tod meines Bruders, Gott hab ihn selig, will ich dir eigentlich keine weiteren Schmerzen zumuten. Allerdings kann ich nicht anders …«

Er stockte und hüstelte, ganz so, als wäre ihm das, was er sagen wollte, peinlich.

»Raus mit der Sprache, Anton. Du kannst mich nicht erschüttern.«

Jetzt war es wieder dieses mitleidige Lächeln, das er aufsetzte. »Rosina hat es mir auch so gesagt. Sie hat angedeutet, dass du in unserer Familie die Stärkste bist. Und ich vermute, sie hat damit recht.«

Verlegen blickte Anna zu Boden. Das war ein Lob, das eher wehtat, als einen zu erheben, denn es baute eine Kulisse der Drohung und des Unglücks auf.

»Nun denn«, fasste sich Anton endlich ein Herz. »Zwei Dinge sind es, die ich dir mitteilen muss.«

Anna seufzte, weil er schon wieder einen Umweg machte, statt klar und deutlich zu sagen, was er zu sagen hatte.

»Wie stehst du zu deiner Magd?«, fragte er.

»Zu Elsbeth?«

Anton nickte, und Anna war verblüfft. Was sollte das jetzt? »Sie ist mir treu ergeben. Sie achtet auf die Kinder …«

»… und geht mit deinem Mann ins Bett!«, ergänzte Anton.

»Was?« Anna war jetzt wirklich verblüfft. »Bist du sicher? Woher willst du das so genau wissen? Das ist doch nur Getratsche. Das kann nur Getratsche sein.«

Anna erinnerte sich schwach daran, dass Elsbeth selbst solche Andeutungen gemacht hatte, die sie nicht ernst genommen hatte. Die Magd mit dem Hausherrn. Lächerlich.

Anton schüttelte energisch den Kopf. »Eure Elsbeth kommt mit Gerda zusammen, unserer Haushaltshilfe. Sie reden und tratschen – und so hat Gerda davon erfahren. Elsbeth hat sich sogar damit gebrüstet, vom Hausherrn ein Kind zu bekommen.«

Hätte sie sich nicht untergehakt, wäre Anna jetzt stehen geblieben und hätte laut gelacht. Doch Anton zog sie unerbittlich weiter. Sie hatten das Tor erreicht und sahen den Fuhrwerken zu, die in die Stadt strömten, darunter einer Truppe von Komödianten, die sich gegenseitig erklärten, wo diese Stadt ihr Theater habe, und deutlich auf die Jakober Kirche zeigten und lautstark darüber stritten, ob links oder rechts davon. Anton erbarmte sich und rief den Schauspielern zu, sie müssten sich nach der Pilgerkirche rechts halten, nach Norden, und würden dann alsbald das Theater von der Straße aus sehen, etwas zurückversetzt vom Hauptweg. Ein ansehnliches Holzgebäude.

Die Komödianten bedankten sich mit vielen Verbeugungen und boten ihm an, eine der ersten Vorstellungen kostenlos besuchen zu dürfen.

Anton rief lachend, er werde auf das Angebot zurückkommen. Erst als die Truppe außer Sicht war, kam er zu Anna zurück. »Du solltest vorsichtig sein. Am besten entlässt du das Mädchen. Das wäre sicherer.«

»Wovor hast du Angst? Dass sie mich aussticht? Wie soll das gehen?«

Im gleichen Augenblick dachte sie an das Gemurmel, das sie heute von Elsbeth gehört hatte. Sie hatte nichts darauf gegeben, glaubte aber jetzt etwas von hoffentlich und Genick brechen vernommen zu haben. Aber es konnte ebenso gut sein, dass sie sich verhört hatte. Auch einzelne Szenen gaben ihr zu denken, die jetzt in ihrer Erinnerung wie aufsteigende Blasen an die Oberfläche trieben: das erhitzte Gesicht des Mädchens, die Atemlosigkeit, die sie manchmal an den Tag legte, der Hinweis auf die Übergriffigkeit ihres Mannes ... formten ein Bild. Aber allein die Tatsache, Elsbeth zu verlieren, machte ihr Angst. Sie war die Einzige gewesen, die noch zu ihr gestanden und ein gutes Verhältnis zu den Kindern hatte.

»Aber ... aber ...«, stotterte sie, ohne einen Satz herauszubringen.

»Nimm eine deiner Schwestern als Hilfe. Sie kann besser auf Felicitas und den Jungen achtgeben.«

Jetzt fror Anna wirklich. Was Anton hier verlangte, war die Aufgabe einer gewissen Sicherheit. »Du hast von zwei Dingen gesprochen. Wie lautet die zweite Hiobsbotschaft, die du mir überbringen willst?«

Anton räusperte sich laut und spuckte aus. »Auch das ist etwas heikel.«

»Raus damit«, zischte Anna, die diese Geheimniskrämerei gestrichen satthatte.

»Du hast von Johann seine Fabrique-Anteile erhalten. Du weißt, dass Vater seit seiner erneuten Heirat gesundheitlich nicht mehr recht auf die Beine kommt. Es geht ihm nicht schlecht, aber auch nicht gut.«

Anna nickte, wusste aber nicht recht, was das mit Elsbeth und ihr zu tun hätte.

»Unser Vater hat verfügt, dass du alle seine Anteile erhalten wirst, wenn er stirbt. Ich werde meine zwar behalten, aber du prokurierst in meinem Namen. So weit, so gut.«

Nichts davon war Anna unbekannt. Sie führte die Fabrique. Gemeinsam mit dem alten Gignoux. Aber der hatte mit seiner jungen Frau und seinen Gebrechen zu tun.

Anton steuerte durch das Tor und lief weiter nach Südwesten in Richtung Schwibbogentor und Rotes Tor. Überall vergnügten sich Menschen auf dem Eis. Die Stimmen klirrten und schnitten ganze Blöcke aus der eisigen Luft. »Gleich versucht, die Manufaktur zu übernehmen, dich aus der Fabrique zu drängen. Lass das nicht zu, Anna.«

Jetzt musste Anna tatsächlich schmunzeln. »Er versucht es, das stimmt«, bestätigte sie Antons Verdacht. »Aber Johanns Testament verhindert den Zugriff. Dagegen wehre ich mich sicherlich.«

»Das glaube ich dir sofort, Schwägerin«, bestätigte ihr Anton. »Allein, du wirst von einer anderen Seite her bedroht. Dein Mann spielt. Er verspielt das Vermögen der Fabrique. Statt Tuche einzukaufen, trägt er das Geld an die Spieltische. Da du mit ihm verheiratet bist, sind seine Schulden auch die deinen.«

Den letzten Satz ließ er offenbar wirken, damit Anna bewusst wurde, wie schwerwiegend diese Nachricht war. Sie schauten beide auf das Schwibbogentor und die Spitzen der Türme des Roten Tores. Dann ließ Anna den Blick hinüberschweifen auf die ehemalige Wagenhalsvorstadt und zur Wassermühle hinaus, dorthin, wo Schüle seine Manufaktur erweiterte und betrieb.

»Es wird eine Zeit dauern, bis er sein Vermögen aufgebraucht hat und auf das meine zugreifen muss.«

Sie wollte es von Anton hören. Hallbacher war Handwerker und keineswegs so gut vernetzt wie ihr Schwager. Wenn sie Antons Warnung wirklich ernst nehmen wollte, dann musste er jetzt Farbe bekennen.

»Gleich ist arm wie eine Kirchenmaus«, sagte er ruhig. »Er lebt von den Krediten, die ihm der Bankier Schwarz gibt. Und sobald der seine Finger von ihm abzieht, geht es für Gleich in den Keller – und dort liegen, wenn man beim Bild bleiben möchte – deine Gulden, Schwägerin.«

Anna fröstelte immer mehr. Die Kälte zog von den nassen Lederschuhen die Beine hoch und in den Körper, obwohl sie heute wärmende Wäsche trug. Ihre Fingerspitzen spürte sie kaum noch.

Die Schüle'sche Manufaktur schickte ihre Rauchfahnen in den Himmel und zeigte so, wo sie sich hinter den Bäumen und Büschen im Auwald versteckte. Anna konnte den Blick gar nicht davon abwenden, weil ihr der Rauch vor Augen führte, dass ihr Konkurrent fleißig war. Es würde sie nicht wundern, wenn Schüle den Sonntag ignorieren und selbst an diesem Tag weiterarbeiten lassen würde.

»Er wird sie sich holen«, beendete Anton seine Rede.

Anna schluckte. Ja, sie hasste ihren Mann dafür, dass er sich auch bei Elsbeth bediente. Ja, sie wollte nicht, dass er sich an ihrer Tochter vergriff, wenn die Gefahr tatsächlich drohte, die Elsbeth angedeutet hatte. Ja, sie wusste, dass er mit Schwarz und Bayersdorf zwielichtige Gestalten zu seinen Geschäftspartnern zählte. Aber er würde sie niemals aus der Fabrique drängen und ihr Geld nicht sinnlos verspielen.

»Du malst die Welt zu schwarz, Anton. Lass etwas Licht herein. Du als Musiker und Zeichner kennst doch auch die schönen Seiten. Stell sie dir vor und erst dann urteile.« Sie drehte sich zu Rosina um, die ihnen die ganze Zeit gefolgt war wie eine Anstandsdame.

»Ich glaube, jetzt brauche ich tatsächlich etwas Wärmendes und einen Ort, an dem man die Kälte aus dem Körper spülen kann.«

Rosina strahlte sie an. »Es ist alles vorbereitet. Und wenn ich es recht weiß, dann kommen deine Schwestern Susanna und Sabina ebenfalls.« Rosinas Augen blitzten schelmisch. »Ihr hättet schließlich etwas zu besprechen.«

Spielerisch drohte ihr Anna mit dem Finger. Offenbar war es ein lang zuvor abgekartetes Spiel, das da mit ihr gespielt wurde. Ihre drei Schwestern sah sie einmal im Jahr, wenn sie sich zu Weihnachten alle im Koppmair'schen Haus zusammenfanden. Ansonsten trafen sie sich nur zufällig auf dem Gemüsemarkt oder einem der anderen unzähligen Märkte dieser Stadt.

9

MÄRZ 1761

Anna sah ihren Mann durch die Halle streifen wie einen Wolf, der Witterung aufgenommen hatte. Sofort berichtigte sie das Bild. Ein Wolf war ihr Gatte nicht, der sich als neuer Besitzer der Fabrique aufspielte, eher ein Fuchs, oder noch besser eine räudige Wildkatze. Geschmeidig und unsichtbar, aber nichtsdestoweniger gefährlich. Wenn sie die Situation richtig einschätzte, suchte er Hallbacher, wenn er auch nicht den Anschein erwecken wollte, als würde er direkt auf ihn zusteuern.

Durch die Scheibe ihres Büros verfolgte sie amüsiert eine Art Tanz. Der Vorarbeiter hatte Gleichs Absicht offenbar bemerkt und machte sich einen Spaß daraus, ihm durch enge Schlupfe zwischen den Maschinen zu entwischen, sodass Gleich immer dann, wenn er sich am Ziel wähnte, ins Leere lief.

Sie überlegte, ob sie sich einmischen sollte, beschränkte sich dann aber darauf, die beiden zu beobachten.

Es war eine ungleiche Jagd, in der das Wild nur eine beschränkte Zeit durch die Maschen schlüpfen und entkommen konnte. Schließlich hatte auch sie Hallbacher aus den Augen verloren und wandte sich wieder den Musterbüchern zu.

»Herrin«, ertönte es plötzlich von der Rückwand des Büros aus.

Anna erschrak, drehte sich zur Holzwand und starrte darauf. »Wer ist da?«

»Hallbacher. Ich bin es, Herrin. Hinter Euch.«

Ihr Werkstattleiter musste an der Rückwand vor dem Gebäude stehen. Ein schmaler Weg lief hier am Mühlrad vorbei den Stadtbach entlang.

Anna drehte sich ganz zur Wand um und starrte darauf. Sie hätte nie gedacht, dass die Bretter so dünn wären, dass man alles hören konnte, was in diesem Raum geredet wurde, wenn man sich auf den schmalen Weg stellte. »Was ist?«

»Ich will, dass Ihr mithört. Euer Mann wird mich irgendwann stellen und mit mir reden wollen. Ich werde es so deichseln, dass ich in dieses Büro komme, in dem Ihr jetzt sitzt. Ihr geht außen herum. So könnt Ihr alles mithören, was gesprochen wird. Beeilt Euch, das Büro zu verlassen.«

Anna wollte noch etwas sagen, doch da war Hallbacher auch schon verschwunden. Sie vernahm, wie sich seine Schritte eilig entfernten.

Anna überlegte. Sie musste wissen, was Gleich im Sinn hatte, denn er steckte in letzter Zeit mehr mit Schwarz und Bayersdorf zusammen, als er bei ihr zu Hause war. Die Männer hatten etwas vor – und es war besser, zu wissen, was es war, als davon überrascht zu werden, auch wenn es Hallbachers Plan war und nicht der ihre.

Sie schlüpfte aus dem Büro und lief ihrem Mann regelrecht in die Arme.

»Wo willst du hin?«, fuhr er sie an, ließ aber weiter den Blick über die Halle schweifen, als suche er etwas.

»Nach Hause, etwas essen. Ich komme danach wieder«, schwindelte sie.

»Zeitverschwendung«, spuckte er ihr das Wort ins Gesicht, beließ es aber dabei. Er konzentrierte sich auf etwas anderes.

Anna reagierte auch nicht darauf, sondern wandte sich ab und ging in Richtung Tor. Kaum war die Tür hinter ihr zugefallen und sie außer Sicht, schlüpfte sie am Gebäude vorbei und betrat den schmalen Pfad zwischen Halle und Kanal. Zwischen ihr und dem Wasser lag nur der anderthalb Fuß schmale Weg. Wenn sie nicht vorsichtig war oder gar das Übergewicht bekam, würde sie unweigerlich im Stadtbach landen. Und der verströmte jetzt im März noch einen eisigen Atem, der ihr an den Schenkeln leckte. Sie achtete sorgsam darauf, wohin sie trat, denn sie wusste sehr wohl, dass die Frauen hier oft ihre Notdurft verrichteten, weil es näher lag als der Abort auf der anderen Seite der Fabrique. Ihr Schwangerschaftsbauch war ihr im Weg, sie musste sich mit dem Rücken zur Halle entlangschieben. Sie war unschlüssig, wie weit sie vorgehen sollte. Doch dann bemerkte sie ein in das schwarz nachgedunkelte Holz gekratztes Kreuz. Hier hatte Hallbacher gestanden.

Sie sah die zertretene Grasnarbe und drehte sich seitlich. Das Gefühl, ihren Bauch über dem Stadtbach schweben zu lassen, bereitete ihr Unbehagen.

»Kommt herein, Hallbacher. Ich habe mit Euch zu reden«, hörte sie gedämpft hinter der hölzernen Wand ihren Mann sagen. Sie musste sich anstrengen, denn das Rauschen des Wasserrads übertönte die Stimme beinahe. »Geht Ihr mir etwa aus dem Weg?«

»Nein, Herr«, log Hallbacher überzeugend und laut. Anna vermutete, dass er so laut sprach, damit sie ihn vor der Wand auch hörte. »Ich habe nur zu tun. Ich sollte überall gleichzeitig sein.«

»Sprecht leiser!«, forderte Gleich.

»Was? Ihr müsst schon lauter reden. Das Alter setzt meinem Gehör zu«, rechtfertigte sich Hallbacher für seine laut tönende Stimme.

Das war wieder eine handfeste Lüge, denn ihr Werkführer hörte jedes Model, das wegen einer Unachtsamkeit zu fest aufgesetzt wurde. Das wusste sie – nicht aber Gleich. Auf solche Dinge achtete er nicht. Sie waren ihm nicht wichtig. »Was gibt es?«

»Wie viel verdient Ihr, Hallbacher?«

Anna musste ebenso wie Hallbacher offenbar schlucken. Beide waren sie von der Frage überrascht.

»Das wisst Ihr doch, Herr«, sagte ihr Werkführer.

»Ich weiß, was Ihr unter Johann Friedrich Gignoux verdient habt«, sagte Gleich. Interessant fand Anna, dass er ihren Namen nicht erwähnte. »Ich würde Euren Verdienst verdoppeln.«

Hallbacher schwieg.

»Hat Euch mein Angebot die Sprache verschlagen?«, fragte Gleich lachend. Aber es war kein fröhliches, sondern ein forderndes Lachen.

»Solche Angebote kommen nicht aus heiterem Himmel«, antwortete Hallbacher bedächtig. »Dahinter steht meist eine Erwartung. Was wollt Ihr dafür als Gegenleistung?«

»Ich sehe, Ihr seid ein kluger Mann. Gignoux hat Euch nicht ohne Grund eingestellt und auf diesen Posten gesetzt.«

Vor ihrem inneren Auge sah Anna Gleichs Wolfslächeln, das sie so hasste. Am liebsten hätte sie mit der Faust gegen die hölzerne Wand geschlagen, um diesem unwürdigen Schauspiel ein Ende zu bereiten. Wie eine Spionin saß sie hinter ihrem eigenen Büro und belauschte ihren Mann, der etwas gegen sie im Schilde führte. Was für eine erbärmliche Szene!

»Ihr müsst schon konkreter werden, Gleich, und …«, sagte der Werkführer.

»Herr. Es heißt Herr, Hallbacher. Selbst für Euch. Immerhin …«, fiel ihm Gleich ins Wort, doch Hallbacher unterbrach ihn seinerseits.

»… und eine Gignoux führt die Fabrique weiter. Soweit ich das sehe, gehört sie nicht Euch. Noch ist nur Anna Barbara Gignoux meine Herrin.«

Das war eine Ohrfeige für ihren Mann. Sie wusste genau, dass er so eine Zurechtweisung nicht hinnehmen würde. Egal, was er ab jetzt Hallbacher versprach, sobald er der Herr dieser Fabrique wäre, würde er diesen widerspenstigen Mann auf die Straße setzen.

Gleichs Stimme klang gepresst, als müsse er seinen ganzen Zorn hinunterwürgen, um sich die Gelegenheit nicht zu verbauen.

»Kurz gesagt, Hallbacher. Ihr solltet einige kleine … Unfälle und Missstände einbauen, damit die Gewinne schrumpfen. Ich würde dann die Fabrique übernehmen – und Eure Belohnung wäre nicht nur eine Weiterbeschäftigung, sondern eine Verdoppelung Eures Gehalts.«

Hallbacher schwieg, sagte aber weder zu noch ab.

»Ich bin deshalb so offen zu Euch«, sagte ihr Mann, »weil ich weiß, wer diese Manufaktur wirklich leitet. Das seid doch Ihr, nicht meine Frau ist es. Eine Frau als Fabrique-Leitung, wie sich das schon anhört! Als könnten Frauen solche Aufgaben übernehmen.«

Anna musste sich ihren Bauch halten. Er fühlte sich hart an und drückte auf ihre Blase. Das Angebot, das Gleich ihrem Werksleiter hier machte, war unverschämt. Es sollte den Betrieb ruinieren, damit er ihn aufkaufen konnte.

»Ich dachte, Ihr hättet gar nicht die Gelder dafür, dieses Unternehmen zu erwerben. Man munkelt …«

»Geschwätz!«, fuhr Gleich dazwischen. »Natürlich ist Geld vorhanden. Und zwar in großer Menge.«

»Ah, ich verstehe. Es stammt gar nicht von Euch. Wer springt für Euch ein? Schwarz?«

Anna verstand, dass Hallbacher jetzt für sie sprach. Für ihn schien klar zu sein, wer die Fabrique übernehmen würde. Schwarz stand hinter ihrem jetzigen Gatten, Schwarz, der ihren verstorbenen Mann in einen Vertrag mit sich gelockt, der ihn das Vertrauen Schüles und den letzten Rest Gesundheit gekostet hatte.

»Und wenn? Was sollte es Euch kümmern?«, versuchte Gleich abzuwiegeln.

»Nun, ich verhandle mit Euch. Aber die Fabrique übernimmt Schwarz. Das heißt, Ihr kommt in dieser Rechnung gar nicht vor. Alles, was Ihr mir versprecht, ist … nichtig. Schwarz müsste sich nicht daran halten. Ihr könnt mir also das Blaue vom Himmel herab versprechen. Ob es dann eintritt, hängt von jemand anderem ab, der an unsere Absprache nicht gebunden ist. Für mich macht das sehr wohl einen Unterschied.«

»Ich werde der Fabrique vorstehen«, versuchte Gleich, die Situation noch zu retten. Offenbar hatte er erkannt, dass er sich mit seiner Angeberei um Kopf und Kragen geredet hatte.

»Aber Ihr habt nichts zu sagen«, wandte Hallbacher ein.

Anna hörte, wie sich der Werksleiter umdrehte und offenbar zu Tür ging. »Gehabt Euch wohl. Danke für das Gespräch. Ich muss auf die Arbeiterinnen achten, damit die Qualität nicht sinkt. Schließlich haben wir einen Ruf zu verlieren.«

Im Büro hinter der Bretterwand breitete sich eine unnatürliche Stille aus, die nur durch das Zuschlagen der Tür durchbrochen wurde. Dann hörte Anna, wie eine Faust auf den Tisch niederfuhr.

»Verfluchtes Weib!«, keuchte ihr Mann. »Verdammtes Frauenzimmer!«

Anna sah den Augenblick gekommen, sich wieder zurückzuziehen. Sie drehte sich um und schlich leise Schritt für Schritt wieder zurück. Sie dachte an nichts anderes als daran, keinen falschen Tritt zu tun und so in das eisige Wasser des Stadtbachs zu stürzen. Je näher sie dem Ende des schmalen Kanalwegs kam, desto übermächtiger wurde dieser Gedanke. Und als sie den letzten Fuß voransetzte, gab die nur mit Holzbrettern befestigte Böschung nach, und sie kippte zur Seite. Ein Schrei löste sich. Sie sah sich bereits fallen und in den Stadtbach stürzen, aber eine Hand griff nach ihrem Arm und zog sie zu sich heran.

»Nicht doch, Herrin. In Eurem Zustand wäre das Gift für den Nachwuchs«, sagte Hallbacher und stellte sie wieder auf die Beine, als wäre sie schwerelos.

Anna brauchte etwas Zeit, bis sie sich stammelnd bedanken konnte, aber da war der Vorarbeiter bereits weitergegangen und im nächsten Gebäude verschwunden.

Im gleichen Augenblick wurde die Tür der Halle aufgestoßen, und Gleich stand auf der Schwelle. »Da bist du ja endlich wieder, Weib. Schau, dass du deine Aufgabe erledigst. Je früher du dich in dieser Fabrique unentbehrlich machst, desto besser.«

Anna musterte ihren ungeliebten Mann, dessen Gesichtszüge vor Hass verzerrt waren. Wie hatte sie diesen Menschen nur heiraten können? Warum hatte sie Bayersdorf und Schwarz geglaubt, als sie ihr Gleichs Vermögensverhältnisse bestätigten? Wie dumm sie gewesen war!

10

MAI 1761

»Warum hast du sie entlassen?«, herrschte Gleich Anna an. »Das hättest du mit mir besprechen müssen!«

Die Stimmung war zum Zerreißen gespannt, seit sie Elsbeth aus dem Haus gewiesen hatte. Das kleine Luder hatte sie zuletzt vorgeführt und geglaubt, weil sie das Bett mit Gleich teilte, hätte sie eine besondere Stellung inne.

»Ach«, konterte Anna. »Zuerst degradierst du mich zur Hausmutter, und dann willst du dich auch noch in dieses Metier einmischen? Ich befehlige das Haus – und wenn ich sehe, dass ein Hausmädchen seine Aufgabe nicht in dem Maße wahrnimmt, wie sie es soll, dann tausche ich es aus.« Sie wartete einen Augenblick, ob Gleich reagierte, und setzte dann hinzu: »Oder hatte sie Aufgaben, von denen ich nichts wusste?«

Ihr Mann lief wild gestikulierend in der Stube auf und ab. »Und dann stellst du deine Schwester ein. Diese Sabina! Was fällt dir eigentlich ein? Schließlich bezahle ich das alles!«

»Du?« Anna musste lachen. »Von meinem Geld, wohlgemerkt!«

Mit einem Knall, der sicher noch drei Häuser weiter zu hören war, schlug Gleich mit der flachen Hand auf den Tisch. »Vergiss nicht, dass wir verheiratet sind, Weib. Dein Geld ist jetzt auch das meine!«

Anna hatte die Kinder in die Zimmer geschickt, damit sie nicht der Willkür des Hausherrn ausgesetzt waren. Sogar ihr ungeborenes Kind war vor Schreck zusammengezuckt, und wieder fühlte sich ihr Bauch hart an, als zögen sich mit dem Ärger auch ihre Muskeln dort zusammen. Sie setzte sich, um ihn etwas zu entlasten.

»Willst du wohl stehen, wenn ich mit dir rede?«, fauchte Gleich.

Das war eine Wendung, die sie nicht erwartet hatte. Sie sollte stehen wie einer seiner Untergebenen, obwohl sie mit seinem Kind schwanger war?

»Ich bin keiner deiner Arbeiter!«, zischte sie.

»Du wirst das Mädchen sofort wieder einstellen!«, befahl er. »Deiner Schwester gibst du den Laufpass. Ich will keine so alte Vettel um mich haben.«

Jetzt reichte es Anna. Sabina war einige Jahre jünger als sie und alles andere als eine *alte Vettel*.

»Nein«, schoss es aus ihr heraus. »Glaubst du, ich habe nicht bemerkt, dass du dich an Elsbeth vergreifst und ihr unter den Rock langst? Glaubst du, ich weiß nicht, welche Aufgaben sie für dich verrichtet hat? Glaubst du, ich lasse zu, wie sie mir vorhält, mehr Ehefrau für dich zu sein als ...«

Eine schallende Ohrfeige ließ sie verstummen. Sie hatte den Schlag nicht vorhergesehen. Für einen kurzen Augenblick klingelte es in ihren Ohren.

»Ich werde dich lehren, das zu tun, was ich sage!«, schrie Gleich, und ein zweiter Schlag traf ihre Schulter.

»Hör auf, du Scheusal!«, brüllte sie jetzt ebenfalls. »Was bezweckst du damit? Willst du mich gefügig machen?«

»Halt's Maul, Weib!«, brüllte er, und weitere Schläge rissen sie vom Stuhl. Sie fiel auf die Knie. Ein Tritt traf sie in den Oberschenkel und ein weiterer gegen ihren Bauch.

»Hör auf«, wimmerte Anna und versuchte, ihr Kind dadurch zu schützen, dass sie ihm ihren Rücken zuwandte. »Das Kind!«

Doch er riss sie an den Haaren hoch, hielt sie mit der einen Hand fest und prügelte mit der anderen auf sie ein. Er traf sie überall: auf Gesicht, Kopf, Brust, Arme. Schließlich ließ er sie wieder fallen. Sie stürzte zur Seite, jammernd und bettelnd, doch Gleich schien wie im Rausch. Er hörte gar nicht mehr auf, sie zu schlagen und zu treten.

Plötzlich stürmten Felicitas und Johann herein.

»Frau Mama!«, schrien sie gleichzeitig und warfen sich auf Gleich.

Beide Kinder heulten und versuchten, den Stiefvater aufzuhalten. Wie Kegel fegte er sie durch den Raum.

Anna bekam nur noch wenig mit, denn ihr eines Auge begann zuzuschwellen. Ihr Gesicht brannte, und ihr Bauch stach, als würde man ein Messer in ihre Eingeweide treiben und darin herumdrehen.

»Ich werd dir zeigen, wer hier der Hausherr ist!«, brüllte Gleich immer wieder. »Ich bin der Hausvater! Ich! Ich! Ich!«

Und mit jedem Schrei traf sie ein Schlag oder ein Tritt, bis sie endlich nicht mehr konnte und der Schmerz sie aus der Welt nahm und sie in ein watteweiches Zwischenreich gleiten ließ.

Wie lange sie bewusstlos gewesen war, wusste sie nicht zu sagen. Sie kam zu sich, weil ihre Tochter ihr tränenüberströmt übers Gesicht strich und immer wieder stammelte: »Gib, Herr, dass er sie nicht erschlagen hat. Gib, Herr, dass sie noch lebt!«

Anna keuchte kurz auf, um ein Lebenszeichen von sich zu geben.

»Frau Mama!« Es war Johann, der jubelte. »Frau Mama! Ihr lebt.«

Anna konnte sich nicht bewegen. Sie wusste nicht, ob etwas gebrochen war, ob sie überhaupt noch würde aufstehen können.

»Geh, Kind«, versuchte sie zu sagen. Aber ihr Kiefer war derart zerschlagen, die Lippen und die Zunge so aufgedunsen, dass sie kaum ein verständliches Wort herausbrachte. »Tante Susanna. Schnell. Hol Susanna und ihren Mann!«

Endlich schien Felicitas zu begreifen und rannte davon. Johann blieb neben ihr sitzen, strich ihr übers Haar und weinte herzzerreißend.

Langsam versuchte sie, ihren Körper wieder unter Kontrolle zu bringen. Jede Faser ihres Leibes tat ihr weh. Jeder Muskel schien verletzt. Sie fühlte eine klebrige Feuchtigkeit zwischen ihren Beinen. Blut. Und das war nicht das Schlimmste. Die Demütigung, vor Felicitas und Johann bis zur Bewusstlosigkeit verprügelt worden zu sein, nagte in ihr wie ein Geschwür.

Wenn sie das Kind verlor, dann verlor sie sein Kind. Es schmerzte sie, aber es traf sie nicht.

Anna versuchte, sich zu bewegen, zum Stuhl zu kriechen und sich langsam hochzuziehen, doch es gelang ihr nicht. Sie blieb am Boden liegen, bis Felicitas mit Susanna und ihrem Mann, dem Chirurgen und Bader Georg Gottlieb Deisch, zurückkam.

»Mein Gott, was ist passiert?«, fragte die Schwester. »Ist Sabina nicht hier?«

Anna konnte nicht antworten. Sabina ging abends immer nach Hause.

Mit Georgs Hilfe konnte sich Anna aufsetzen.

»Hinaus, ihr Kinder. Eurer Mutter geht es so weit gut«, übernahm Susanna die Führung.

Murrend, aber dennoch erleichtert verließen Felicitas und Johann die Stube.

»Wer war das? Gleich?«, fragte Deisch.

Anna brauchte nicht zu nicken. Die Antwort verstand sich von selbst.

»Dieses Schwein!«, zischte Susanna. Ihre Stimme klang besorgt. »Du blutest. Mach die Beine breit!«, kommandierte sie.

»Aber ...«, zierte sich Anna, weil ihr Schwager anwesend war.

»Tu, was man dir sagt«, beruhigte Susanna ihre Schwester. »Mein Mann ist ein ausgezeichneter Bader und Chirurg, wie du sehr gut weißt. Er muss dich ansehen. Außerdem hat er schon mehr Frauen untenherum gesehen als du vermutlich.«

Anna versuchte zu lachen, tat dann aber das, was man ihr sagte. Sie verstand nicht alles, weil ihr linkes Ohr noch immer sirrte, als wäre ein Schwarm Mücken darin gefangen.

»Das Aas hat dich ganz schön zugerichtet«, knurrte Deisch. »Er hätte dich beinahe erschlagen.«

Jetzt war es an Anna, doch zu nicken. Sie spürte, wie hoffentlich ihre Schwester begann, mit einem in warmes Wasser getauchten Tuch ihr Gesicht, die Oberschenkel und ihre Scham zu säubern.

»Du wirst von Glück reden können, wenn du das Kind behältst. Es will nicht aufhören zu bluten. Allein dafür müsste er in den Turm gesperrt werden«, schimpfte Georg in einem fort.

»Was…ser!«, flüsterte Anna, und sofort sprang Susanna auf und gab ihr einen Becher zu trinken. Er enthielt neben Wasser auch Honig und einige Kräuter, die wohl lindernd wirken sollten.

Langsam fluteten die Schmerzen wieder ihren Verstand. Sie füllten jede noch so kleine Nische ihres Bewusstseins und ließen sie langsam auf den Tisch sinken. Sie bemerkte noch, wie ihr Kopf auf der Tischplatte aufschlug. Gerade noch rechtzeitig hatte ihr Susanna einen feuchten Lappen unterlegen können.

»Büßen!«, flüsterte Anna noch. »Er wird es mir büßen«, doch ob jemand außer ihr selbst ihr Gemurmel verstand, wusste sie nicht.

Irgendwann fühlte sie sich getragen, gewaschen und umgekleidet und hoffte, dass nichts davon ihr Ehemann veranlasst hatte. Doch sie konnte sich nicht dagegen wehren. Jemand stopfte ihr Tücher zwischen die Beine und wechselte sie regelmäßig. Ihr Gesicht wurde verbunden, die Arme, die Beine ebenso, bis sie sich vorkam wie eine gliedlose hölzerne Fatschenpuppe, eingeschnürt in Textilstreifen und beinahe unbeweglich.

Als sie zum ersten Mal wieder die Augen aufschlug und bemerkte, dass sie nur mit dem rechten Auge etwas sehen konnte, erschrak sie.

»Keine Angst«, sagte eine Stimme neben ihr. »Das wird wieder.«

Es war Susanna. Anna musste den Kopf drehen, um sie zu sehen. Neben ihr stand ihr Schwager Georg. Sorgenvoll blickte er auf sie herab.

»Das linke Auge ist noch zugeschwollen«, sagte er. »Aber das wird. Das Auge ist gesund.«

»Wie lange?«, krächzte sie.

»Vierzehn Tage wird es wohl dauern, Schwägerin. Mindestens. Er hat dich wirklich übel misshandelt, Anna.«

Anna antwortete nicht, weil sie erst spüren musste, ob Kiefer und Zunge die Wörter bilden konnten, die sie sagen wollte. Langsam, jedes einzelne Wort aus Buchstaben zusammenstammelnd, stotterte sie ihre Sätze ins Zimmer.

»Bring Felicitas und Johann weg, Susanna.« Das Sprechen fiel ihr furchtbar schwer. Ihr Kiefer fühlte sich an, als wäre er zu Brei zerschlagen. »Ich fürchte um sie. Gleich ...« Sie ließ offen, was sie sagen wollte, aber Susanna verstand.

»Ich bringe sie zu Vater und Mutter!«

»Danke!«, flüsterte Anna.

»Wir sorgen für sie«, bekräftigte ihr Schwager mit warmer Stimme. Seine Hand lag auf Susannas Schulter, wie Anna bemerkte, und schien sie wie zur Bestätigung zu drücken.

»Niemals hätte ich gedacht, dass er so weit gehen würde«, murmelte sie halb unverständlich. »Das ... Kind?«, fragte sie, weil sie spürte, dass die Blutungen noch immer nicht aufgehört hatten.

Susanna seufzte, und Anna malte sich das Schlimmste aus, aber es belastete sie nicht wirklich.

»Es hält noch in deinem Bauch, Anna«, antwortete der Schwager. »Ich hoffe, dass es keinen Schaden genommen hat. Aber du blutest weiter. Du brauchst jetzt Ruhe und Schonung.«

Die Zuckungen im Unterleib jagten ihr Schmerzenspfeile durch den Körper, sodass ihr die Tränen kamen.

Georg hielt kurz inne. »Ich ... ich habe die Hebamme rufen lassen. Sie hat nach den Herztönen gehorcht. Sie sind sehr leise.«

Anna schloss die Augen und lauschte in sich hinein. Sie spürte, dass etwas nicht mehr so war, wie es sich gehörte. Die Bewegungen des Kindes waren zu schwach. Sie selbst war zu schwach. Ihr Wille, das Kind zu behalten, war zu schwach.

Sie fühlte dem kleinen Menschen in ihrem Bauch nach und wusste, sie würde das Kind verlieren. Gleichs Tritte und Schläge waren zu gezielt gewesen, zu kräftig.

In einem Anflug von Schwermut wurde ihr schmerzlich bewusst, dass er für sie keinerlei Zuneigung empfand, wie es bei Johann der Fall gewesen war. Dessen sanfte Liebe vermisste sie so sehr. Es war bei ihrem neuen Gatten eine Mischung aus Grausamkeit und Wut, unvorhersehbar und gefährlich. Ihm ging es um das Geld, um die Fabrique, niemals um sie. Sie hatte sich von seiner Galanterie blenden lassen.

II

AUGUST 1761

Es rumpelte an der Haustür. Stimmen drangen zu Anna hoch in ihre Schlafkammer. Dumpf zuerst, dann laut und deutlich. Türen schlugen. Gelächter und Krakeelen hüpften die Treppenstufen empor und schlüpften in ihre Ohren.

»Anna. Auf! Coffee und Wein. Aber schnell.«

Anna fuhr aus dem Bett auf. Es war Gleichs Stimme – und er hatte offenbar getrunken. Seine Zunge verschleppte die Wörter, aber der Ton drang ihr durch Mark und Bein.

»Spute dich, Weib!«, schrie er, und das betrunkene Lachen dreier weiterer Männer begleitete seine Befehle.

Unter Stöhnen und Schmerzen quälte sich Anna aus dem Bett. Das Kind in ihrem Bauch peinigte sie, aber sie würde die letzten Monate noch durchhalten. Sie legte sich einen Morgenrock um, dann stieg sie hinunter.

Unter Jubel wurde sie begrüßt, als sie die Stube betrat, den Morgenrock eng um sich geschlungen. Allerdings konnte sie ihn vorn kaum um ihren Bauch schließen. Gleich eilte schwankend auf sie zu.

»Da bist du ja endlich! Wurde auch langsam Zeit. Los. Mach Coffee, und bring Wein und Becher. Eine ganze Karaffe. Meine Freunde hier sind durstig. Und ich bin's auch. Haben wir noch von dem Geräucherten? Schneid etwas auf, und leg Brot dazu.«

Gleich legte den Arm um ihre Schultern und mimte eine Vertrautheit, die sie anekelte. Sie roch die Frau an seinen Kleidern und den Schnaps, nach dem sein Atem stank.

»Wo hast du dich wieder herumgetrieben?«, fauchte sie und wand sich aus seinem Griff.

»Was geht's dich an? Das ist Männersache!«, fuhr er sie an und sah in die Runde.

Er erntete allgemeines Kopfnicken.

»Unsinn. Ein Ehemann sollte um diese Zeit neben seiner Gattin liegen und nicht aus einem Lotterbett steigen oder vom Spieltisch betrunken nach Hause wanken. Wie spät ist es? Es geht gegen Morgen, nicht?«

Sie bemerkte, wie Gleichs Unterlippe zu zittern begann. Die Widerrede vor allen Männern untergrub seine Autorität als Hausherr. Aber das war ihr egal. Sollten ihn seine Freunde ruhig auslachen. Sie würde nie mehr kuschen.

»Das mag für die Schlappschwänze gelten, für die du offenbar schwärmst, Weib. Nicht für mich. Und jetzt hol den Coffee. Und der Morgen macht hungrig.« Er packte sie so schmerzhaft an den Oberarmen, dass sie zusammenzuckte und beinahe gestürzt wäre. So drehte er sie zu Tür und schob sie hinaus. »Untersteh dich, nichts zu kredenzen!«

Anna schlurfte in die Küche. Sie war müde und ausgelaugt. Ein Blick aus dem Fenster sagte ihr, dass das erste Morgenlicht aufstieg und die Gassen füllte.

Als sie die Bohnen in die Kaffeemühle füllen wollte, fiel ihr die Hälfte aus der Hand und verteilte sich über den Boden. Sie musste sich bücken, um die Bohnen aufzulesen. Gleichzeitig öffnete sie die Ofenklappe und schob Holz nach, das in der letzten Glut des Abends sofort Feuer fing. Der Schürhaken half nach, ihm Luft zu geben und es auflodern zu lassen.

»Was bist du nur für ein ungeschicktes Weib«, herrschte Gleich sie von der Tür aus an. Kopfschüttelnd sah er zu, wie sie die Bohnen vom Boden auflas.

Jetzt reichte es.

»Warum musst du deine betrunkene Gesellschaft noch in unser Haus bringen? Was soll das?«, gab sie zurück und stand kurz davor, ihm die Kaffeemühle an den Kopf zu werfen. Doch sie hütete sich davor, wusste sie doch, wie unberechenbar er in diesem Zustand war.

»Spute dich, Weib, oder du wirst meine Mannsrechte kennenlernen«, zischte er.

»Deine Mannsrechte?«, gab sie zurück. »Mehr kannst du nicht als prügeln? Das ist ja ein rechter Kattundrucker, der vor allem seine Frau schlägt und seine Kinder begrapscht, aber sonst nichts …«

Weiter kam sie nicht, denn Gleich war mit wenigen Schritten bei ihr und hieb ihr derart kräftig auf den Hintern, dass das Klatschen bis in die Stube hinein zu hören war. Die Männer dort lachten laut, weil sie genau wussten, was geschah.

Die Haut auf ihrem Gesäß brannte wie Feuer.

»Ist es das, was du brauchst? Bestätigung bei deinen Freunden, ein echter Mann zu sein, weil du deine Frau windelweich schlagen kannst? Ich verspreche dir, du wirst jeden Schlag doppelt …« Das Wort »büßen« konnte sie nicht mehr aussprechen, weil ihr ein Schlag ins Gesicht die Stimme raubte.

»Mahl Coffee, brüh ihn auf, und bring ihn in die Stube. Aber rasch«, knurrte Gleich, drehte sich um und ging zu seinen Saufkumpanen zurück, die hörbar johlten, als er bei ihnen eintraf und davon schwadronierte, hier Herr im Haus zu sein.

Anna schluckte ihre Tränen hinunter, während sie die Mühle drehte. Lange überlegte sie, was sie tun sollte. Sabina, ihre jüngste Schwester, war bei sich zu Hause. Seit sie Elsbeth hinausgeworfen hatte, war Sabina ihre einzige Ansprache. Doch sie führte auch ihren eigenen Haushalt und kam nur ab und zu bei ihr vorbei. In letzter Zeit wieder öfter – seit Gleich gewalttätig geworden war.

Mühsam drehte Anna die Mühle und füllte immer wieder Bohnen nach, während sie gleichzeitig darauf achtete, dass das Wasser über dem Herd warm wurde.

Die nächsten beiden Stunden hetzten die Männer sie zwischen Küche und Stufen zur Aufwartung hin und her. Sie fror, weil sie nicht einmal die Zeit bekam, sich etwas überzuziehen, und war froh, dass es August war und der Tag daher warm begann. Dennoch fielen ihr beinahe die Augen zu, während die Kerle, die ihre Stube belagerten, abwechselnd in den Sesseln einschliefen, wieder erwachten und sie weiter scheuchten. Gleich selbst war wie aufgedreht.

Mit halbem Ohr hörte sie, wie er von seinen amourösen Abenteuern erzählte, wie er berichtete, dass er eine Henriette so und eine Sibylle anders beglückt habe. In diese aufgeladene Atmosphäre hinein musste sie halb nackt, nur im Morgenmantel, der nicht recht schloss, bedienen und spürte die eine oder andere Männerhand auf ihren Schenkeln, wenn sie an den Sesseln vorüberging.

Sie wagte nicht, sich zu wehren. Doch dann, nach der vierten oder fünften Tasse Coffee, die Gleich verlangte, rutschte ihr, übermüdet und erschöpft, wie sie war, die Tasse über das Tablett, und die heiße Flüssigkeit verbrühte Gleich den Oberschenkel.

Sie konnte nicht so schnell reagieren, wie er sie packte und in die Küche zog. Es folgten drei schnelle Schläge mit der flachen Hand, dann drückte er sie mit dem Bauch voraus gegen den Spülstein und verging sich an ihr. Stumm, als wäre sie nichts anderes als ein Gegenstand, den man benutzte. Sie spürte nichts außer den Schmerz, während sie hinaus auf die Straße blickte und Gleich über sich ergehen ließ.

Der schnäuzte sich zuletzt in die Hand und wischte diese an ihrem Morgenrock ab, als er fertig war. »Wirf sie raus!«, befahl er ihr scharf. »Ich geh jetzt ins Bett!«

Noch mit offener Hose wankte er aus der Küche und hinauf in ihre gemeinsame Schlafkammer.

Anna stand da. Schmerzen im Gesicht, an den Oberarmen und im Bauch. Alles fühlte sich an, als wäre die Zeit für sie stehen geblieben und müsste auf sie warten, bis sie wieder in die Spur käme und mitlaufen könnte.

Sie konnte sich nicht rühren, konnte sich keinen Schritt bewegen.

Sie sollte die Kerle hinauswerfen, die Gleich angeschleppt hatte? Wie stellte er sich das vor? Mit deutlichen Schlagspuren im Gesicht und besudeltem Morgenrock sollte sie vor die Männer treten und sie bitten, das Haus zu verlassen? Ihr graute davor. Seine Saufbrüder waren mindestens so ordinär wie Gleich selbst, und sie wollte sich gar nicht ausmalen, was geschehen könnte, wenn sie ihr nicht gehorchten.

Nur langsam wich die Lähmung und wurde durch einen Hass ersetzt, der sich in ihr aufbaute wie ein Turm und mit jedem Atemzug ein weiteres Stockwerk emporwuchs.

Schließlich fasste sie sich, packte ein Geschirrtuch, um sich zu säubern, und wischte gleichzeitig den Rock ab, schloss ihren Morgenmantel und wollte in die Stube gehen. Doch da fiel ihr Blick auf den Gong in der Küche, mit dem sie die Kinder immer zum Essen rief. Es war eine mittelgroße Messingplatte, die einen Höllenlärm verursachte. Es reichte, zweimal auf diese Schale zu schlagen, und die Kinder kamen mit den Händen die Ohren bedeckend herabgestürmt oder von draußen ins Haus zurückgelaufen.

Ein bitteres Lächeln spielte um ihre Lippen, als sie sich Gong und Filzklöppel griff und zur Stube hinüberging. Die drei Männer hingen schnarchend in ihren Sesseln.

Dann begann sie, den Gong zu schlagen, schnell und laut und so nahe an den Ohren der Kerle, dass diese aufsprangen, als wäre der Teufel hinter ihnen her, und aus dem Haus stolperten.

»Nach Hause, Freunde!«, schrie sie und begleitete jeden ihrer unbeholfenen Schritte mit einem Gongschlag. Selbst in ihren Ohren sirrte es. Schließlich schloss sie die Haustür hinter dem letzten der Männer zu und lehnte sich mit dem Rücken erschöpft dagegen.

Doch sie fand keine Ruhe.

»Was soll dieser Höllenlärm, Weib? Bist du von allen guten Geistern verlassen, mich um meinen Schlaf zu bringen? Ich werd dir zeigen, was es heißt, eine gefällige Hausmutter zu sein und sich um den Ehemann zu kümmern und dessen Hausrechte zu wahren.«

Gleich stand schwankend am Kopf der Treppe – und für einen Moment blitzte in Anna der Gedanke auf, er würde zu ihr herabkommen, auf der Treppe stolpern und sich auf dem Weg nach unten das Genick brechen. Sie überlegte kurz, ob sie seinen Tod bedauern würde. Doch sie kam schnell zu dem Schluss, dass sie einen Freudentanz aufführen und der Kirche eine Kerze stiften würde.

Sie beschloss, sich die letzten Stunden des Morgens auf die Eckbank in die Stube zu legen, bis ihr Mann seinen Rausch ausgeschlafen hätte. Morgen würde er nichts mehr von alledem wissen. Ausschlafen würde sie ihn aber nicht lassen. Er musste für seine nächtlichen Eskapaden bezahlen.

12

OKTOBER 1761

»Wo sind die Schlüssel?«, schrie Gleich und stürmte in die Stube.

Anna stand in der Küche neben ihrer Schwester Sabina, die eben Wurzelgemüse für das Abendessen schälte und vor Schreck das Messer fallen ließ.

»Weib. Her mit den Schlüsseln zum Warengewölbe!«

Anna drehte sich nicht einmal zu ihm um. Auf solche Anreden reagierte sie nicht mehr. Sie vertraute darauf, dass er sich zurückhalten würde, weil Sabina im Raum war.

Doch diesmal hatte sie sich getäuscht.

»Die Geschäftsbücher sind weg, die Warenbestände nicht mehr gelistet, und die Schlüssel zu den Gewölben fehlen. Ich weiß, dass du hinter dieser Teufelei steckst, Weib!«

Er packte sie am Arm und drehte sie mit einem Ruck zu sich herum. Schmerzhaft stieß ihr Kinderbauch dabei gegen die Tischkante.

Das Ungeborene zuckte spürbar zusammen und schien innerlich zu zittern.

»Es ist meine Manufaktur, meine Fabrique!«, sagte Anna ruhig. »Du bist doch sowieso kaum anwesend, außer du brauchst für deine Spiel- und Verschwendungssucht Geld!«

Mit einer Hand stürzte sich Gleich auf der Tischplatte auf, mit der anderen griff er sich das Schälmesser, das Sabina aus der Hand gefallen war. »Du wagst es immer noch, dich mir zu widersetzen?«, brüllte er.

Seine Augen waren gerötet, und in den Mundwinkeln standen weißliche Schaumflecken. Er roch nach Schnaps und Wein und einer stinkenden Spelunke. Anna ekelte dieser Geruch von Aushäusigkeit an.

»Schwarz hängt mir im Nacken. Und das betrifft nicht nur mich!«, fauchte er.

Anna hob die Schultern, als würde sie die Situation bedauern.

Sabina saß da und blickte mit schreckweiten Augen von ihr zu Gleich und zurück. Vor allem konnte sie kaum den Blick von dem Messer nehmen, mit dem der Hausherr herumfuchtelte.

»Würdest du dich um die Fabrique ebenso kümmern wie um deine Gespielinnen, kämen wir vielleicht vorwärts. Da du dich aber nicht sehen lässt ...«

Ihr Ohr begann zu singen, und erst da begriff Anna, dass Gleich wieder zugeschlagen hatte. Mit der Messerhand. Nur um Haaresbreite hatte die Klinge ihr Auge verfehlt. Sie fühlte aber, wie Blut ihr Ohr herabsickerte.

»Bist du verrückt? Willst du mich umbringen?«, schrie sie.

»Das wäre wohl das Allerbeste«, flüsterte Gleich. »Dann wäre dieser Hickhack um *deine* angebliche Fabrique alsbald beendet.«

»Stimmt«, mischte sich Sabina ein. »Die Anteile würden an unseren Vater zurückfallen – und Ihr müsstet Euch nach einer anderen Druckergerechtigkeit umsehen.«

Langsam drehte Gleich den Kopf zu Annas Schwester um, als müsse er erst langsam verarbeiten, was sie da gesagt hatte. Dann drang ein Geräusch aus seinem Mund, das ebenso gut ein Lachen wie ein höhnisches Grunzen gewesen sein konnte. »Der alte Bock, der sich eine junge Ziege ins Haus geholt hat, wird sich noch umsehen. Man sieht ihm deutlich an, wie er körperlich verfällt! Was soll er also mit einer Manufaktur, die ihm nur Scherereien einbringt?«

Anna holte tief Luft, dann schlug sie ebenfalls zu, traf Gleich aber nur an der Nasenspitze, weil der rechtzeitig reagiert hatte. Schließlich hatte ihr Mann Erfahrung in Wirtshausschlägereien.

»Du wagst es?«, brüllte er, und dann prasselten die Hiebe auf sie nieder wie Hagel. Seine Hände prügelten auf sie ein, dass sie zu Boden fiel und Kopf und Bauch mit den Armen zu bedecken versuchte. Aber Gleich ließ nicht von ihr ab. »Wo sind die Schlüssel, verfluchtes Weib? Wo die Bücher?«

Sabina kam ihr zu Hilfe. Sie bemühte sich, seine Arme aufzuhalten, doch Gleich, der ungleich kräftiger war, fegte sie einfach beiseite.

»Wenn Ihr sie erschlagt, bekommt Ihr sie nie!«, schrie Sabina endlich. Dieser Gedanke schien langsam in ihn einzusickern, und er ließ von Anna ab, nicht ohne noch einmal mit dem Fuß nachgetreten zu haben. Wimmernd kauerte sie am Boden.

»Du weißt, wo die Schlüssel und Bücher sind?« Drohend wandte sich Gleich Sabina zu.

»Ja. Bei unserem Vater! Wo sie hingehören.«

Gleich musste die Information erst einmal verarbeiten. Offenbar hatte er damit nicht gerechnet und musste sich erst einmal neu orientieren.

»Sie gehören mir!«, versicherte er sich selbst. »Dieser Hurenbock von Schwiegervater hat keinerlei Berechtigung, sich diese Dinge anzueignen!«

Sabina wich einen Schritt zurück und bückte sich, um nach Anna zu sehen. Die lag jammernd am Boden. Das Kleid war an der Armen vom Schälmesser aufgeschlitzt, die Haut war angeritzt und blutete. Das Gesicht hatte keine Schnitte abbekommen.

»Anna! Steh auf!«

Sabina versuchte, ihrer Schwester aufzuhelfen. Doch diese rührte sich nicht. Das einzige Lebenszeichen war ein fortwährendes Wimmern, das sich im Rhythmus ihrer Atemzüge verstärkte und abflachte.

»Ihr seid ein Scheusal, Gleich!«, fauchte Sabina. »Kein Mensch, sondern ein Dämon.«

»Dann trifft es sich ja gut, dass Ihr hier seid. Ihr werdet mir die Schlüssel besorgen! Sonst fahre ich in Euch ein!«

Anna hörte diese Sätze wie durch ein Kissen, das ihr über den Kopf gelegt worden war. Außerdem pfiff es in ihrem linken Ohr ohrenbetäubend. Sie verstand die Zweideutigkeit gegenüber Sabina sehr wohl und wollte sie eben auffordern, um ihrer Sicherheit willen nachzugeben, als sie ein weiterer Fußtritt traf.

»Aber zuvor werde ich diesem Weibsstück zeigen, was es heißt, meinen Haus- und Mannsrechten entgegenzustehen.«

Jedes Wort wurde mit einem zusätzlichen Tritt unterstrichen. Sabina musste von Anna ablassen, sonst wäre sie selbst getroffen worden. Anna dagegen versuchte, sich einzuigeln und ihm nur ihren Rücken und die Gesäßpartie zuzuwenden, doch Gleich ging um sie herum und trat zu, wo er traf: Kopf, Brust, Gesäß, Arme, Bauch …

Nur der Umstand, dass er gegen seine Trunkenheit und damit gegen das Gleichgewicht kämpfen musste, verhinderte härtere Tritte.

Schließlich hielt er erschöpft inne und setzte sich auf einen Stuhl. »Ich bin der Herr in diesem Haus. Ich, nicht dieses Weib. Ich bin der Leiter dieser Fabrique, nicht dieses elende Weibsstück. Ich …«

»Ihr seid vor allem ein Trunkenbold und Weiberheld, ein Spielsüchtiger und Unfähiger«, warf ihm Sabina an den Kopf.

Gleich starrte sie mit glasigen Augen an. Der Kraftakt des Prügelns hatte ihn offenbar erschöpft.

Sabina beugte sich wieder zu Anna hinunter und untersuchte, ob sie noch lebte. Sie gab einige kleine Lebenszeichen von sich, und Sabina entschloss sich, Susanna und Deisch zu holen. Wieder einmal.

»Du musst etwas dagegen unternehmen«, flüsterte sie Anna ins Ohr, und diese vernahm die Worte wie aus weiter Ferne, als höre sie ein Donnergrollen am Firmament, das nur zaghaft näher kommen wollte. Doch Gleich war noch nicht fertig. Plötzlich erhob er sich schwankend. Mit beiden Händen musste er sich am Tisch festhalten.

»Wer wagt es, mir meine Schwiegerkinder zu entziehen? Dieser Deisch und seine Frau. Alles dieselbe Sippe. Ich will Johann und Felicitas wieder in meinem Haus sehen!«

Wieder trat er zu, traf aber diesmal ein Tischbein. Anna hörte es wie durch Watte knacksen und hoffte, er habe sich eine Zehe gebrochen. Wütend schlug Gleich mit der Hand auf den Tisch und stürmte dann aus dem Raum.

»Und wehe du zierst dich wieder, meinen Freunden etwas zu kredenzen!«, schrie er durch die offene Tür und war dann endgültig draußen.

Anna nahm alles nur durch einen Schleier wahr. Sie wusste nicht, was sie tun oder sagen sollte. Sie hörte nur Sabina herzzerreißend weinen und spürte, wie sie sich neben sie setzte und ihren Kopf in den Schoß nahm.

Ihr Körper war so verkrampft, sie konnte nicht entscheiden, was mehr wehtat, die Schläge oder die Muskeln, die sich unwillkürlich zusammenzogen. Langsam nur gelang es ihr, sich aus der Igelstellung zu lösen. Das Kind in ihrem Bauch hatte aufgehört zu zittern. Sie fühlte sich wie eine einzige offene Wunde.

»Lass uns weggehen!«, sagte Sabina leise.

Anna musste sich erst mehrmals räuspern, bis sie ein Wort herausbrachte, und das klang, als würde man ihre Worte über ein Reibeisen ziehen. »Wohin denn? Er holt mich von überall wieder zurück.«

»Zieh wieder zu uns!«, flüsterte Sabina, und durch Anna glitt eine Welle kurzen Glücks.

Ihre kleine Schwester wohnte noch bei den Eltern, und vor nicht allzu langer Zeit hatte sie ihr gestanden, dass sie es genoss, jetzt nicht mehr mit den Schwestern ein Zimmer teilen zu müssen.

Am liebsten hätte sie Sabina in die Arme geschlossen, wenn sie es vermocht hätte. So blieb sie am Boden liegen, und Tränen der Wut und des Schmerzes tropften auf den Boden. Sie war die Wutausbrüche Gleichs leid. Sie musste etwas unternehmen. Bald.

13

NOVEMBER 1761

Mit tief ins Gesicht gezogener Kapuze stand Anna vor den drei Herren des evangelischen Ehegerichts. Alle drei waren ganz in Schwarz gekleidet. Die Bärte lagen weiß auf den dunklen Gewändern. Sie hatten sich erhoben, als sie mit ihren Beiständen eingetreten war.

Neben ihr traten Annas Vater und der Kunstverleger Leopold, den ihr Anton vermittelt hatte und den sie von ihren Salons her gut kannte, unruhig auf der Stelle.

»Wollt Ihr nicht Eure Kapuze abnehmen«, sagte der Vorsitzende Ridinger. Seine Stimme klang sanft, aber bestimmt.

Der Bauch zog an ihrem Rücken und schmerzte, sodass sie gekrümmt und damit leicht gebeugt dastand. Stühle waren nur für die hohen Herren des Ehegerichts vorgesehen. Anna räusperte sich mehrmals, bevor es ihr gelang, einen Satz hervorzupressen. »Nur wenn Ihr darauf besteht, Meister Ridinger«, krächzte sie.

Ridinger sah sich um, ob seine Beisitzer das ebenso sahen. Beide nickten. »Aus Respekt vor dem Ehegericht, bitte.«

Die Herren setzten sich, und Anna streifte langsam die Kapuze vom Kopf. Sie schwankte leicht. Die Stille, die daraufhin folgte, war so vollständig, dass man hätte glauben können, niemand wäre mehr in dem Saal. Die drei Männer vor ihr hielten die Luft an.

Zwei Tage zuvor hatte Gleich sie wieder grün und blau geschlagen und dabei einen Stuhl zertrümmert. Ihre linke Augenbraue war aufgeplatzt, die Wangen leuchteten in einem Dunkelrot, das langsam in Blau und Grün überging. Das Haar hatte sie sich absichtlich nicht gewaschen. Es war blutverkrustet. Ihre Hände, die aufgeschürft und ebenfalls mit blauen Flecken übersät waren, hielt sie vor sich.

»Wollen die Herren mehr sehen?«, sagte sie leicht spöttisch. »Oder genügt dieser Anblick?«

Ihr Vater stupste sie leicht in den Rücken, damit sie den Respekt vor dem Gericht nicht vergaß.

Johann Elias Ridinger, dessen Berufung zum Evangelischen Direktor der Reichsstädtischen Kunstakademie Aufsehen erregt hatte, beugte sich unwillkürlich vor. »Ihr habt eine Klage gegen euren Gatten, Johann Christoph Gleich, eingereicht und beantragt, bis zur Austragung der Sache von Eurem Ehemann von Tisch und Bett getrennt zu werden.«

Anna nickte nur. Doch ihr Vater trat vor. »Wenn ich etwas äußern darf, Johann.«

Niemals hätte Anna den Akademievorsitzenden mit Vornamen angesprochen. Doch die Männer kannten sich seit Jahren. Ihr Schwager Anton diskutierte mit ihm über Bilder und spielte bei Ausstellungseröffnungen.

Ridinger nickte kurz. Ihn schien die vertraute Anrede nicht zu stören.

»Ihr seht, zu welcher Gewalt mein Schwiegersohn fähig ist. Wir fürchten um das Leben meiner Tochter und des ungeborenen Kindes, das sie in sich trägt. Außerdem versucht er mit Hinterlist und Tücke, die von meiner Tochter ererbten Teile der Fabrique Johann Friedrich Gignoux seel. Erben an sich zu bringen.« Andreas Koppmair trat wieder zurück und senkte den Kopf.

»Wir dürfen nicht urteilen, wenn ein Mann das Züchtigungsrecht –«

»Herr Ridinger«, unterbrach Anna die Ausführung. »Wenn mein Gatte sein Züchtigungsrecht ausgeübt hätte, stünde ich nicht hier. Seht mich an. Sehe ich aus wie eine Ehefrau, an der ein Mann sein Züchtigungsrecht ausgeübt hat? Ich weiß sehr wohl, dass es ihm gestattet ist, mich körperlich zurechtzuweisen. Vorgestern hätte er mich aber beinahe erschlagen. Würde ich meine Kleider fallen lassen, könnte ich dies noch eindrücklicher beweisen!«

Ein Murmeln erhob sich unter den Assessoren, das Ridinger durch eine kurze Handbewegung zum Verstummen brachte. »Das wird nicht nötig sein. Wir sehen auch so, dass Euer Gatte hier übers Ziel hinausgeschossen ist.«

»Ich stünde auch nicht hier, wenn das zum ersten Mal geschehen wäre«, sagte Anna. »Seit er mit allen Mittel versucht, über den Bankier Schwarz und den Kaufmann Bayersdorf meine Fabrique in die Hände zu bekommen, und ich mich dagegen wehre, die Manufaktur, die ich vom Zunftrat bis zur Volljährigkeit meines Sohnes und aufgrund des Ehekontrakts und des Testaments meines seligen Gatten leiten darf, vollständig an ihn abzutreten, weil zu befürchten steht, dass er sie zugrunde richtet und ruiniert, nehmen diese Gewaltexzesse zu und überhand.«

Sie hatte in einem einzigen atemlosen Schwall geredet, weil sie befürchtete, man würde ihr sofort das Wort entziehen, wenn sie auch nur Luft holte. Ein weiterer Stich mit spitzem Finger in ihre Seite erinnerte sie daran, dass sie dem Ehegericht respektvoll gegenübertreten musste, wenn sie Erfolg haben wollte.

»Ich habe Euer Anschreiben gelesen«, antwortete Ridinger ruhig. »Wir werden Euren Gatten zur Stellungnahme auffordern und ihm mitteilen, er solle die Gewalttätigkeiten gegen Euch unterlassen. Bis zu einer Antwort und bis zur nächsten Verhandlung können wir jedoch nichts weiter unternehmen. Wir sehen jedoch die Schwere des Falles und nehmen zur Kenntnis, dass ihr bis zur Entscheidung durchaus das Haus verlassen und bei Euren Eltern Wohnung nehmen könnt.«

Ridinger erhob sich und wollte sich umdrehen, als ihm offenbar noch etwas einfiel. »Die Tatsache, dass Ihr Eurem Gatten die Geschäftsbücher vorenthaltet, könnte Euch zum Nachteil gereichen.«

Anna wollte sich verteidigen, doch Ridinger schüttelte nur kurz den Kopf. »Wendet Euch an die Handwerkervertretung im Weberhaus. Schließlich habt Ihr ein Testament, das dort als gültig anerkannt worden ist. Seid Euch aber im Klaren darüber, wenn es wirklich um die Manufaktur geht, dann seid Ihr nur ein Spielball. Gleich hat das Geld im Rücken.«

Anna schloss die Augen. Ridinger hatte ihr unmissverständlich dargelegt, dass es mit einem Scheidungsansinnen allein nicht getan war. Sie musste sich auf allen möglichen Ebenen wehren. Und das kostete Zeit, Nerven und Geld. Drei Dinge, die ihr in ausreichendem Maße nicht mehr zur Verfügung standen.

Langsam drehte sie sich um und schlurfte nach draußen. Am liebsten hätte sie sich auf einem Stock gestützt, wenn sie aber zeigte, dass sie womöglich kränklich war, dann konnte es geschehen, dass man ihr schon aus diesem Grund die Leitung der Fabrique entzog.

Sie hakte sich bei ihrem Vater unter, der sie vorsichtig hielt und nach draußen brachte.

»Das war ein erster Schritt, Kind«, beruhigte er sie. »Ridinger ist auf unserer Seite. Er ist ein guter Mann!«

Anna überlegte kurz, bevor sie ihm antwortete. »Und auf welcher Seite ist das Geld, Vater?«

14

DEZEMBER 1761

Die Schläge prasselten wie Hagel auf sie ein. Doch diesmal war Gleich nur indirekt schuld, und die Prügel waren eher symbolisch, aber deswegen nicht weniger schmerzhaft. Man wollte Weihnachten vorbereiten. Die Kinder waren schon ganz fiebrig vor Aufregung. Doch die Scheidungsklage hielt alle in Atem.

Ihr Schwager, der mit Susanna ihre Kinder mitgenommen hatte, stand neben ihrem Vater in der Stube.

Anna saß am Tisch und ließ den Blick von einem zu anderen wandern. Sie war dieser Besprechungen müde. Sie machten Pläne, überdachten sie, änderten sie – und das Ergebnis war immer dasselbe: Gleich hatte die Nase vorn. Als würde er voraussahnen, was sie vorhatten. Hätte er nur ein wenig dieser Fähigkeit, Intrigen zu spinnen, auf das Geschäft angewandt, wäre er sicher erfolgreich geworden.

Georg wedelte mit einem Schreiben, das erkennbar das Siegel des Bürgermeisteramtes trug. »Dein Gatte ist ein Gauner. Ein Bandit und Beutelschneider, wie er im Buche steht. Ein Wegelagerer und Heiratsschwindler dazu. Er hat über den evangelischen Teil des Geheimen Rates eine Gravatorialschrift eingereicht, mit der er alles widerlegt, was du ihm vorgeworfen hast, Anna. Er behauptet darin wahrhaftig und aktenmäßig, die Vorwürfe seiner Frau seien unrichtig und verleumderisch. Er fordert ...« Ihr Schwager hielt kurz inne, um das Schreiben zu lesen und daraus zu zitieren. »Er fordert tatsächlich die sofortige Rücknahme der Aufforderung des Ehegerichts bezüglich der Ausübung seines Züchtigungsrechts gegenüber seiner Ehefrau. Dieses sei im Rahmen des Üblichen erfolgt.«

Anna spürte, wie ihr das Blut aus den Wangen wich. Was war das wieder für eine Teufelei? »Er lügt«, zischte sie.

»Das wissen wir, das weiß das Ehegericht, Anna. Aber der evangelische Rat hat dich nicht gesehen und hält dich – nach Gleichs Ausführungen hier – für hysterisch.« Wieder wedelte er mit dem Papier, als könne er damit seine Ausführungen stützen.

Anna schlug mit der flachen Hand auf den Tisch. »Warum, glauben die Herren Räte, habe ich mich beschwert? Doch nicht, weil ich zu viel Müßiggang habe.«

Sie musste ein Schluchzen unterdrücken, denn nicht nur der Brief traf sie ins Herz. Einen Tag vor der Geburt des Herrn bedrückte sie mehr als nur eine Intrige, die sie um ihre Lebensleistung bringen würde.

»Er hat die Sache dem Bürgermeister Johann Thomas von Scheidlin übertragen«, warf ihr Vater ein und zog ein düsteres Gesicht. »Scheidlin ist mit einer Nichte von Schwarz verheiratet. Wer glaubt da noch an Zufall? Schwarz will die Manufaktur – und Scheidlin wird sie ihm beschaffen.«

Anna fühlte, wie Blut in das Tuch zwischen ihren Beinen strömte. Die Mitteilung, ein Verwandter von Schwarz, diesem Bankiersgeier, habe sich an ihre Scheidungsklage gehängt, war nicht der einzige Schicksalsschlag, den sie zu verkraften hatte.

Sie dachte an den kleinen Körper, den sie vor vier Tagen auf den Friedhof beim Lueginsland getragen hatten. Er hatte kaum Gewicht besessen. Selbst der Pfarrer der Barfüßer-Kirche war erschrocken, als er das Mädchen sah. Es hatte geatmet, stoßweise und unsicher. Sie hatte den Wurm lebend zur Welt gebracht. Aber ein Bein war abgeknickt und ein Arm gebrochen gewesen und noch im Mutterleib wieder zusammengewachsen. Kaum hatte der Pfarrer das Taufgebet gesprochen, hörte das kleine Wesen auf zu atmen. Sie hatten es direkt vom Taufbecken weg ins Grab gelegt.

»Er hat es im Mutterleib verstümmelt!«, hatte ihr Vater laut in die Zeremonie hineingesprochen. Gleich, der anwesend war, lief rot an und stapfte aus der Kirche und sofort gegenüber ins Wirtshaus.

Dieser kleine Leichnam lag Anna noch auf der Seele, und sie hatte noch nicht entschieden, ob sie traurig oder froh sein sollte. Traurig über das zerstörte Wesen, das diese Welt nicht erleben und genießen durfte, oder froh darüber, Gleich keinen Nachkommen geschenkt zu haben.

Doch der Zeitpunkt, kurz vor Weihnachten, machte den Umstand der misslungenen Geburt um ein Vielfaches schwerer.

Koppmair hatte seinem Schwiegersohn das Schreiben aus der Hand genommen und studierte es.

Anna wusste, wie schwer es ihrem Vater fiel, es zu lesen.

»Es ist noch schlimmer«, sagte er endlich, nachdem er Wort für Wort leise vor sich hin buchstabiert hatte. Jetzt wedelte er mit dem Blatt. »Man hat eine Ratsdeputation eingesetzt, die darüber befinden soll, ob dem Scheidungsantrag stattgegeben werden kann oder ein Vergleich angebracht ist. Außerdem kann die Deputation auch über das weitere Verfahren entscheiden, das ansteht: die Fabrique. Wer diese zukünftig leiten darf und kann. Und zuletzt …« Andreas Koppmair schüttelte den Kopf. »Zuletzt wollen sie Sabina verbieten, in deinem Haus für dich zu arbeiten, Kind. Sie würde den Geist der Widerständigkeit in dich einpflanzen und müsse daher aus dem Haus verbannt werden.«

»Und wer hat den Vorsitz der Deputation?«, spottete Georg. »Der Bruder Scheidlins, Paul Andreas von Scheidlin.« Er machte eine Pause und sah in die Runde. »Das ist doch alles ein abgekartetes Spiel!«

»Ich habe beim Ehegericht Einspruch erhoben, und sie haben mir zugesagt, dass sie ebenfalls eine Deputation einberufen werden. Sie soll im Januar eingesetzt werden. Sie fordern Gleich und mich dazu auf, vor ihm zu erscheinen und sich vor ihm zu verantworten.«

»Sie werden dich über den Tisch ziehen, Kind«, brummte ihr Vater.

Im selben Augenblick ließ die Türglocke alle aufschrecken. Man sah sich an. Wer wollte heute, am Sonntag, etwas von ihnen?

Anna bat mit einem matten Blick ihren Schwager, die Tür zu öffnen, was dieser tat. Man hörte über den Flur, wie jemand gehetzt redete, dann stürmte Georg in die Stube.

»Das war Sabina. Jean Gignoux hat der Schlagfluss getroffen. Dein Schwiegervater liegt … er liegt … womöglich stirbt er …«

Zuerst war es ruhig wie in einer Kathedrale bei der Wandlung. Jeder versuchte, die Nachricht zu verdauen: Jean François Gignoux lag im Sterben.

Anna wusste als Erste, was das für sie zu bedeuten hatte, und sackte noch ein wenig weiter in sich zusammen als vorher. Wie viele Schläge des Schicksals musste sie noch ertragen?

War bislang ihr Schwiegervater noch die rettende Barriere zwischen ihr und den gierigen Machenschaften von Schwarz und Gleich gewesen, fiel diese jetzt weg. Sie würde erben, ebenso wie ihr Schwager Anton. Damit gehörten ihr nicht nur die Fabrique ihres Mannes, sondern ebenso weitere Anteile, was es noch attraktiver machte, sie aus dem Geschäft zu drängen.

»Ich muss zu ihm«, sagte sie in die Stille hinein. »Kann jemand Anton verständigen?«

Ihr Schwager nickte und verschwand nach draußen.

Anna erhob sich langsam und holte sich einen Schal. Sie kontrollierte den Ofen und legte ein paar Scheite nach. Sie wollte nicht in ein kaltes Haus zurückkehren. Eisig war es ohnedies.

Dann schlüpfte sie in den Mantel. Ihr Vater half ihr dabei. Bis sie zur Haustür kamen, hatten sie kein Wort miteinander gesprochen.

»So ist der Lauf der Welt«, sagte er. »Die einen kommen in die Welt, und die anderen verlassen sie. Es trifft jeden von uns.«

Mit einer Geste, die ihre Schicksalsergebenheit andeuten sollte, ließ Anna ihren Vater an der Tür vorgehen. »Nur dass mir das Schicksal zwei Löffel ausgeschenkt hat. Meine kleine Anna hat diese Welt nur kurz betreten, und mein Schwiegervater verlässt sie zur Unzeit.«

Draußen war es frostig. Von den Traufen hingen armlange Eiszapfen, die in bizarren Mustern die Häuser schmückten. Ein Glitzern lag in der Luft. Vereinzelte Schneeflocken trudelten vom Himmel, ansonsten wirkte die Luft mit Schneekristallen gesättigt. Es war ein mühsames Vorankommen, obwohl sie sich in Georgs Spuren vorwärtsbewegten. Der Schnee in den Gassen lag kniehoch, an deren Rändern von Schaufeln zu mannshohen Wehen angehäuft, die nur von Türlücken durchbrochen waren. Der lastende Geruch, der im Sommer die Stadt im Würgegriff hielt, war beinahe gänzlich verschwunden, dafür herrschte ein rauchiger Dunst, der in alle Ritzen zog und seinen Ursprung in den Kaminen hatte. Man hatte das Gefühl, durch einen Zaubernebel zu gehen.

Anna war völlig erschöpft, als sie am alten Weberhaus der Gignoux' anlangte. Sie atmete schwer und wusste, dass sie zuerst die Hausherrin bitten musste, ihr ein sauberes Tuch zu geben, weil das ihre völlig durchgeblutet war.

Sie wollte eben an die Tür klopfen, als sie Anton die Gasse entlanghasten sah. Nach wenigen Schritten stand er neben ihr. »Das sind ja schöne Neuigkeiten«, begrüßte er sie mit drei Wangenküssen und nickte Koppmair zu.

»Ich lass Euch jetzt allein. Sagt dem Alten meine Ehrerbietung«, flüsterte der Goldschlager und wandte sich ab.

Anna ließ Anton den Vortritt.

Schon von Weitem hörten sie das Wimmern der Hausfrau. Kurz nach dem überraschenden Tod seiner ersten Frau Felicitas vor nicht zwei Jahren hatte er Euphrosina Ursula geehelicht. Sie war erheblich jünger als Gignoux, hatte ihren Mann aber aufrichtig umsorgt.

Als Anna hinter Anton das Schlafgemach betrat, beugte sich eben Doktor Eckhardt, der Arzt, über ihren leblos im Bett liegenden Schwiegervater. Er sah auf. Ihre Blicke trafen sich, und Anna bemerkte, wie er langsam den Kopf schüttelte.

Es traf sie wie ein Stich in den Bauch. Sie krümmte sich und musste von Euphrosina gehalten werden.

»Geht es Euch nicht gut, Anna?«, fragte diese mitfühlend.

Anna biss die Zähne zusammen. »Ich brauche ein frisches Tuch. Für das Blut«, flüsterte sie ihr ins Ohr. Die Frau, die zwar jünger war als Jean François Gignoux, aber immer noch älter als Anna, nickte verständig, nahm sie kurz an der Hand und führte sie nach draußen.

Als Anna zurückkam, war der Arzt verschwunden. Anton stand am Bett und sah auf den Vater hinunter. Dessen sonst so scharf geschnittenes Gesicht war zu einer Fratze verzerrt. Die linke Gesichtshälfte wirkte, als hätte sie allen Halt in dieser Welt verloren und liefe über sie hinaus. Speichel troff ihm aus dem Mundwinkel, und die Augen rollten, als gehörten sie nicht in dieses Gesicht und wollten daraus entfliehen.

Sein Mund bewegte sich, und seine rechte Hand fuchtelte wild in der Luft herum.

»Er will uns etwas sagen«, bemerkte Anna.

Sie hörte Euphrosina seufzen. Diese trat neben sie und fasste sie unter dem Arm. Anna wusste nicht recht, ob sie sich an ihr festhalten wollte oder sie Euphrosina stützen sollte.

»Das habe ich auch geglaubt. Aber so geht es seit Stunden. Es ist nur sinnloses Gebrabbel«, flüsterte sie. »Kein Mensch kann etwas davon verstehen. Selbst Doktor Eckhardt ist daran gescheitert.«

Anton beugte sich dennoch zum Mund des Vaters hinunter, dessen Sprechbemühen plötzlich zu sprühen begann, musste aber den Arm festhalten, sonst hätte dieser ihn geschlagen. Plötzlich hielt Jean François Gignoux inne. Die rollenden Augen blieben starr auf Anton gerichtet. Beinahe unhörbar flüsterte er etwas, das Anton stirnrunzelnd entgegennahm. Als Anton wieder den Kopf hob und Anna ansah, schloss ihr Schwiegervater die Augen, als hätte ihn all das erschöpft. Nur der Arm, den der Sohn festgehalten hatte, schwenkte weiter unkontrolliert hin und her und zeigte, dass der alte Mann noch lebte.

»Was …?«, fragte Anna tonlos.

»Er hat deinem Sohn die Fabrique vermacht, Anna. Ihm, nicht Gleich. Er hat, wenn ich das recht verstanden habe, alles mit der Weberdeputation abgemacht. Du bleibst die Verweserin bis zu seiner Volljährigkeit. Dort liegt auch …«

»Und du? Was ist mit dir?«, schoss es Anna in den Kopf und flatterte von dort sofort auf ihre Zunge.

»Um mich mach dir keine Sorgen. Ich bin immer noch Teilhaber. Aber die Geschäfte führst du, Anna.«

Ihr wurde kalt. Auch deshalb, weil sie bemerkte, wie die Armbewegungen des alten Formschneiders immer langsamer wurden. Seine zarten Hände mit den langen Fingern, die in der Lage gewesen waren, kleine Wunderwerke ins Birnbaumholz zu schneiden, fielen regelrecht auseinander. Hätten nicht Sehnen sie zusammengehalten, wären sie sicherlich abgefallen.

»Anton!«, entfuhr es ihr, und sie deutete auf den Schwiegervater, der langsam immer weiter in die Kissen zurückzusinken schien. »Er stirbt.«

Aus dem unförmigen Gesicht entwich plötzlich alle Farbe. Als würde es mit einer wächsernen Schicht überzogen, bleichte es langsam aus, bis alle Bewegungen in der Hand und auf den Lippen ruhten.

»Ist er eingeschlafen?«, fragte Euphrosina naiv, weil sie sich die Tatsache nicht eingestehen wollte.

Anton nahm den Handspiegel vom Nachttisch und hielt ihn seinem Vater gegen den Mund. Er beschlug nicht mehr.

»Ja«, sagte er ruhig. »Für immer!«

Anna schauderte es kurz, als würde ein kühler Lufthauch über sie wegwehen. Was für ein grauenvolles Weihnachten würde das werden?

15

EIN HALBES JAHR SPÄTER · JUNI 1762

»Ich soll *was* tun?«, flüsterte Anna fassungslos und starrte Bayersdorf an.

Der zuckte nur mit den Schultern und sah gegen die Decke, als würden ihn die dort oben sichtbaren Risse im Holz und in der Tünche besonders interessieren. »Die Weberdeputation besteht darauf, dass die

Druckergerechtigkeit mit dem Tod von Jean François Gignoux ausgelaufen ist und wieder neu vergeben werden muss. Das ist – wohlgemerkt – nicht meine Auffassung, aber die …«

»… dieser fetten Ärsche aus dem Weberhaus, die vor lauter Bierseligkeit nicht mehr geradeaus schauen können und sich tagsüber Pinkelkrüge unter den Tisch stellen lassen, damit sie nicht unnötig aufstehen müssen?«

Bayersdorfs Mimik war wie eingefroren. Sie konnte daraus nicht ablesen, was er dachte. Sie wusste nur, dass dies eine weitere Kriegserklärung war, die er ihr überbracht hatte. Annas Zähne mahlten, als hätte sie einen Stein zwischen sie gelegt, den sie zerkleinern musste. Die ganze Örtlichkeit wurde ihr zu eng. Dieser Verschlag, den ihr Gleich zugewiesen hatte statt ihres eigenen Büros. Und dann tauchte noch dieser Bayersdorf auf, der mit seinem Schweiß die Luft verpestete.

Hans Kenlin, Niclaus Eggelhoff, der Säufer Ulrich Schwenck, Hans Wigk und Hermann Prew waren die Männer, die sich gegen sie stellten. Bayersdorf war nur ihr Handlanger, der Bote der Weberdeputation. Die Welt verschwor sich gegen sie.

»Hier!«, sagte der Kaufmann ruhig. »Unterschreibt das, und wir sind alle Sorgen los.«

»Wir?«, konterte Anna. »Mit *wir* meint Ihr wohl Euch und Eure feine Gesellschaft, Schwarz und meinen verfluchten Ehemann.«

Bayersdorf schien das alles nicht zu berühren. Er hielt ihr das Schreiben hin. Sie wusste, was darin stand, ohne es zu lesen. Sie sollte zugunsten ihres Mannes auf ihr Erbe verzichten und die Fabrique an ihn überschreiben. Damit verlöre ihr Sohn sein Erbe, und sie beginge Verrat an ihrem ersten Mann.

»Ich bin als Verweserin eingesetzt und werde es bleiben, und wenn Gleich versucht, mit dem Kopf durch die Wand zu gehen«, zischte sie. »Sie wird splittern, aber halten!«

Mit Schwung packte sie ihren Mantel und stieß Bayersdorf gegen den Arm, damit er zur Seite wich, während sie aus der Fabrique stürmte. Aus dem Augenwinkel sah sie noch, wie ihr Hallbacher hinterherschaute. Wie er den Kopf schüttelte.

»Es hilft doch nichts, wenn Ihr vor den Entscheidungen weglauft, Madame Gleich!«, rief Bayersdorf ihr nach. »Jetzt wartet doch!«

Doch Anna beschleunigte ihren Schritt. Sie musste fort, raus, weg von diesem Speichellecker und Kriecher vor dem Bankier Schwarz, der ihn und ihren Mann offenbar ebenso in der Gewalt hatte. Die Weberdeputation. Bislang hatte sie geglaubt, sie hinter sich zu wissen. Offenbar war das ein Trugschluss gewesen, wie man anscheinend vielen Trugschlüssen aufsaß, wenn man eine Frau war. Sie glaubte an Verträge und Handschläge, aber die Wirklichkeit war eine andere. Wie sehr wünschte sie sich endlich wieder Ruhe in diesen Dingen. Warum konnte sie nicht einfach weiter ihrer Arbeit nachgehen, bis ihr Sohn Johann die Nachfolge ihres ersten Mannes antrat?

Sie lenkte ihren Schritt zuerst zum Weberhaus, wollte sie dort doch die feisten Herren zur Rede stellen, was ihnen einfiele, die testamentarische Verfügung ihres Gatten Johann Gignoux aufzuheben, ohne mit ihr zu reden. Aber dann mahnte sie sich zu Besonnenheit. Sie würde mit ihrem Auftritt die Sache nur noch schlimmer machen. Man würde sie hysterisch nennen, überspannt, unnötig reizbar, und dann nach einem weiteren Krug Bier rufen.

Folglich liefen ihre Beine wie von selbst in Richtung Schüle-Haus, und ehe sie sichs versah, klopfte sie bereits an die Tür und trat ein.

Im Flur kam ihr Catharina entgegen. »Anna, was treibt Euch hierher? Wie lange haben wir uns schon nicht mehr gesehen?«

Mit einer Umarmung, die eher einem verzweifelten Festklammern glich, begrüßte auch Anna ihre Freundin. »Zu lange«, schluchzte Anna. »Johann und ich, wir hätten uns niemals auf diesen Bankier Schwarz einlassen dürfen«, stieß sie hervor und musste sich beherrschen, um nicht hemmungslos in Tränen auszubrechen. »Johann hat Euren Mann hintergangen, weil er Geld brauchte – und jetzt hat mich dieser Rabe Odins …« Sie schlug dreimal das Kreuz. »… dieser Totenvogel Schwarz in seinem Schnabel und schüttelt mich.«

Catharina zog Anna an sich und drückte sie lange. So standen die beiden Frauen da, ohne etwas zu sagen, bis sich Anna langsam löste und Catharina auf Armlänge von sich weghielt.

»Das hat gutgetan«, sagte sie und lächelte Catharina dankbar an. Die Schülin sah blendend aus: weiße Haut, als wäre sie aus Alabaster, die Lippen glutrot, vermutlich ein Lippenfett aus roten Koschenilleläusen, und pechschwarzes Haar. Sie wusste, dass Catharina sich täglich die grauen Fäden zupfen ließ. Noch vor einem Jahr hatten sie darüber gespottet, wann sich deswegen die ersten Anzeichen einer Frauenglatze zeigen würden. Doch ihr Haar war noch immer voll und kräftig. Nur am Mund sah man, dass sie den Lippenbalsam nicht vertrug. Ihre Lippen waren aufgeplatzt und rissig, und in den Mundwinkeln zeigten sich kleine Entzündungsgeschwüre. So sah niemand aus, den man gern küsste. Sie überlegte kurz, ob sich die Freundin diese kleinen Geschwüre absichtlich beibrachte.

»Wie geht es zwischen Euch und Schüle?«, fragte Anna mit Blick auf die Lippen, obwohl sie noch lieber ihre eigenen Probleme besprochen hätte.

Catharina lächelte die Frage kurz weg. »Ich sehe ihn kaum noch. Er ist viel unterwegs und muss sich gegen die Weber zur Wehr setzen. Wieder einmal. Sie verklagen ihn, zu viel ostindische Tuche einzuführen und damit den Absatz der eigenen Webererzeugnisse zu schmälern. Ich kenne mich da zu wenig aus, Anna. Aber es scheint ihm zuzusetzen. Die Manufaktur am Mühlbach ist nur noch zur Hälfte ausgelastet. Er muss aber mehr einkaufen, sonst sind wir bald bankrott.« Catharina erstarrte und hielt sich die Hand vor den Mund, als hätte sie etwas Ungehöriges gesagt. »Das habt Ihr nicht von mir!«

Anna schüttelte den Kopf. »Ich schweige wie ein Grab!«, sagte sie, fand jedoch den Ausrutscher höchst interessant und überlegte, wie sie die Information womöglich verwerten könnte. Sie dachte zunächst daran, dass auch sie von der Einfuhr indischer Zitze profitierten, und vermutete im Stillen Bayersdorf, Schwarz und Gleich hinter den Anschuldigungen. Die Männer versuchten wohl auf diese Weise, einen unliebsamen Konkurrenten aus dem Weg zu räumen. »Dafür muss ich mich der Kerle erwehren, die mein sauberer Gatte im Schlepptau hat: Bayersdorf und Schwarz.«

Catharina drängte Anna dazu, sich zu setzen. Sie wies das Mädchen, das hereinkam, an, ihnen Tee und etwas Gebäck zu bringen, bevor sie weitersprach.

»Ich habe davon gehört«, flüsterte sie.

»Warum flüstert Ihr auf einmal?«, fragte Anna und sah sich um.

Mit dem Daumen deutete die Schülin nach oben. »Er ist heute hier und hat eine furchtbare Laune. Er verliert täglich Hunderte von Gulden, die er ausgelegt hat. Prämien abgreifen, das wollen sie alle. Aber mehr arbeiten will keiner.«

»Dabei zahlt er doch mehr als alle anderen in der Stadt«, wunderte sich Anna.

»Solange das Geschäft floriert. Aber jetzt, da es knapp wird ... Wir können doch unseren Arbeitern nicht mehr bezahlen, als wir einnehmen.«

Anna nickte. Auch in der Fabrique lief es nicht mehr ganz reibungslos. Sie verzettelten sich in Streitereien. Selbst Hallbacher stand nicht mehr bedingungslos hinter ihr, seit Gleich begonnen hatte, Leute zu entlassen, vor allem die teuren Männer. Der Meinung ihres Gatten nach waren Frauen nicht nur insgesamt billiger, sie waren fügsamer und fleißiger, zwei Eigenschaften, die zusätzlich viel Geld sparten. Doch sie wollte nicht, dass Catharina etwas von ihren Plänen erfuhr, also malte sie ihre Situation eher schwarz.

»Selbst die Weberdeputation ist hinter mir her«, jammerte Anna. »Sie versuchen, die Druckergerechtigkeit auslaufen zu lassen und weiterzuvermitteln.«

»Aber die Frau ... ich meine die Witwe Eures ... Schwiegervaters musste sich auch schon um eine neue Druckergerechtigkeit umsehen. Was sollte das? Man hätte doch die Eure einfach auf sie umschreiben können – und alles wäre so weitergegangen wie zuvor.«

Anna nickte. Das wäre eine kluge Entscheidung gewesen. Doch Euphrosina war jung – und rasch entschlossen gewesen. Sie hatte sich von Johann Daniel Erdinger eine neue Druckergerechtigkeit besorgt. Der alte Drucker war krank und gebrechlich geworden, hatte sie verpachtet, und ihre neue Schwiegermutter hatte zugegriffen. Offenbar hatte sie die Druckergerechtigkeit Schwarz und Bayersdorf vor der

Nase weggeschnappt. Außerdem hatte sie wieder geheiratet. Einen Neffen Johann Heinrich Schüles, Johann Matthäus Schüle. Zu gern hätte sie die verblüfften Gesichter der beiden Männer gesehen, als ihnen das mitgeteilt worden war.

»Bei Euch waren sie noch nicht?«, fragte Catharina.

Kurz wusste Anna nicht, was sie antworten sollte. Sie hatte den Faden verloren und überlegte krampfhaft, worüber sie eben noch gesprochen hatten. Sie überbrückte ihre Nachlässigkeit, indem sie sich von dem Hausmädchen, das eben den Tee brachte, eine Tasse einschenken ließ. Rechtzeitig fiel es ihr wieder ein: die Weberdeputation, das indische Zitz, die Anklage gegen Schüle.

»Nein. Noch haben sie uns verschont – oder ich habe das zumindest geglaubt. Sie wollen uns die Gerechtigkeit entziehen. Anton schon deshalb, weil er sich ohnehin mehr um die Kunst als ums Geschäft kümmert. Ich soll sie Gleich überschreiben.«

In diesem Augenblick wurde die Tür aufgerissen. Unter dem Sturz stand Schüle, Zornesröte im Gesicht. »Sie haben mich beim Kaiser angezeigt. Die dreitausend Weber dieser Stadt wollen mich ruinieren!«, schrie er. »Ich muss nach Wien ... sofort ... diese Lumpen ...«

Erst in letzter Sekunde schien er Anna wahrzunehmen, konnte sich aber nicht mehr zügeln. »Was ... äh ...«, stotterte er. »Ihr hier? Ich ... äh, möchte Euch begrüßen ... Ich, äh, habe gehört, Ihr seid ebenfalls in ... Kalamitäten mit dieser Zunft der Weber.« Er schluckte. »Irgendwann muss dieses finstere Mittelalter doch aufhören und dem Licht der Vernunft weichen«, sprudelte es aus ihm heraus.

Anna lächelte ihn an. »Ich habe Schwierigkeiten. Ich als Frau«, entgegnete sie und legte in ihren Satz einen Vorwurf, der Schüle sofort verstummen ließ. »Gleich will, dass ich ihm die Fabrique abtrete.«

Schüle kam ganz ins Zimmer. Seine rote Zornesfarbe wich einer normalen Blässe. Er schien sich zu sammeln, suchte nach einem Fauteuil und ließ sich hineinfallen. Seine Knie an den langen Beinen ragten wie Zaunpfosten in die Luft. »Wie will er das anstellen? Sobald er auch nur ein Zipfelchen davon sein Eigen nennt, nimmt ihm Adam von Liebert alles weg.«

Anna musterte Schüle. »Woher wisst Ihr das?«

Schüle zuckte mit den Achseln. »Jeder weiß es. Das wird ... gesprochen. Euer Mann hat Schulden bis über beide Ohren bei Adam von Liebert.«

Das unterschied sie als Frau von ihrem Ehemann. Ein Mann saß in den Kaffeehäusern und unterhielt sich mit seinesgleichen. Man tauschte Informationen aus, kochte mit in der Gerüchteküche, warnte vor diesem oder empfahl jenen. Sie aber hockte zu Hause oder in ihrem Verschlag und musste über andere Kanäle versuchen, an die wichtigsten Ereignisse zu kommen. Manchmal übersah man Wichtiges.

Sie beugte sich vor und nahm Schüle fest in den Blick. »Was sollte ich Eurer Meinung nach unternehmen? Oder verratet Ihr mir Eure Meinung nicht, weil ich eine Frau bin?«

Ein Stille entstand, die Anna nicht zu deuten wusste. Noch vor einem halben Jahr hätte er ihr die Tür gewiesen. Sie waren Konkurrenten. Scharfe Konkurrenten.

»Ihr seid keine Konkurrenz mehr, Anna Gleich. Eure spärlichen Druckarbeiten fallen nicht mehr ins Gewicht. Außerdem sind wir mittlerweile ... nun ja, zumindest entfernt ... verwandt.« Schüle lächelte nicht. Die bleigrauen Augen lagen wir Flintenkugeln in seinem Kopf und musterten sie. Er blinzelte nicht, was ihr mehr als ungewöhnlich erschien. Für einen kurzen Augenblick hatte sie das Gefühl, einer Statue gegenüberzusitzen. Dann blickte er zu Boden, betrachtete seine Schuhspitzen und räusperte sich. »Die Stadt erwartet von Euch einen Vergleich. Zeigt Euch weniger störrisch und gebt nach. Dafür behaltet Ihr die Fabrique für Eure Kinder. Jedenfalls zu einem großen Teil.«

Anna schnappte nach Luft. Was Schüle ihr da vorschlug, war nichts mehr als ein Rückzug auf der ganzen Linie.

16

JULI 1762

Anna betrat die Fabrique über den Eingang von der Seite des Oblattertores aus. Seit einem Vierteljahr hatte sie diesen Boden nicht mehr betreten dürfen. Jetzt war es amtlich. Sie hatte heute Vormittag den Vergleich unterzeichnet. Gleich und sie teilten sich jetzt die Verantwortung.

Ein Pfiff ließ sie aufhorchen.

Zuerst wusste sie nicht, was geschah. Dann aber sah sie, wie ein Teil der Belegschaft auf der schmalen Gasse zwischen den Gebäuden zusammenlief und eine Art Spalier bildete. Hallbacher hatte sie offenbar entdeckt und die Frauen und Männer mit diesem Pfiff zusammengerufen. Stumm standen sie da und verfolgten Anna mit ihren Blicken, bis Hallbacher zu klatschen begann und alle es ihm nachtaten.

Der Werkmeister kam ihr entgegen und senkte den Kopf, als er vor ihr stand. Seine Glatze glänzte vor Schweiß. Der Haarkranz war feucht. »Herrin«, sagte er und reichte ihr die Hand.

»Ihr wisst ... dass ich das nicht mag«, erwiderte sie, stockend vor Rührung. »Ich bin nicht Eure Herrin.«

Hallbacher sagte nichts zu ihrer schroffen Begrüßung. »Wir sind froh, Euch wieder unter uns zu sehen. Der Stadtbote hat Euch angekündigt und uns die Bedingungen genannt. Ihr findet Euren Arbeitsplatz neu geordnet vor. Ich habe dafür gesorgt, dass Ihr in die Bücher sehen könnt, und Euer Gatte ...«

»Nennt ihn Gleich, nicht meinen Gatten. Der ...«, fiel ihm Anna ins Wort. Sie schluckte kurz, fasste sich aber schnell wieder. »Der ... ist verstorben.«

Hallbacher zuckte nicht einmal mit der Wimper wegen der leichten Zurechtweisung. »Gleich hat das Recht zugesprochen bekommen, Einblick in die Musterbücher zu nehmen. Er kann allerdings nichts damit anfangen, Herrin. Ich habe es ihm erklären müssen, aber in seiner ... seiner ...«

»...selbstgefälligen, überheblichen und etwas einfältigen Natur...«, ergänzte Anna ohne Zögern.

»Wenn Ihr es so beschreiben wollt, ja. Verstanden hat er es nicht. Er kommt mit unseren Verschlüsselungen nicht zurecht.«

Anna lächelte. »Wie zu vermuten war«, murmelte sie. »Lasst uns durch die Räume gehen. Ich will mir den Zustand ansehen und hoffe, dass er nicht so gelitten hat wie wir am Alter.«

Hallbacher sah sie nachdenklich an, sagte aber nichts dazu, sondern drehte sich um und scheuchte die Frauen und wenigen Männer zurück an die Arbeit. Dann bat er Anna, ihr zu folgen.

»Hallbacher«, hielt ihn Anna kurz zurück.

»Ja, Herrin?«

Anna verdrehte die Augen über so viel Unbelehrbarkeit. »Danke, dass Ihr zu mir haltet«, sagte sie, wartete aber nicht ab, was ihr Vorarbeiter antwortete, sondern ging an ihm vorbei auf die erste Halle zu.

In knapp einer halben Stunde hatte sie alle Räumlichkeiten besehen, bis hin zu den Abortverschlägen am Kanal.

»Mein Gott, Hallbacher! Was ist aus der Manufaktur geworden, die Gignoux hinterlassen hat? Alles ist so verdreckt und ungepflegt.« Sie wischte an ihrem Rock herum, den sie dadurch beschmutzt hatte, dass sie durch enge Wege geschlüpft war.

»Gleich hat gesagt, eine Fabrique müsse sich lohnen. Wer Geld in eine Werkstatt stecke, müsse sich nicht wundern, wenn sie zu teuer komme.« Hallbacher blickte zu Boden. Anna sah ihm an, wie unangenehm ihm die Sache war. Sie kannte ihn als akkuraten, auf Sauberkeit bedachten Vorarbeiter. Das, was sie sah, machte einen vernachlässigten und heruntergekommenen Eindruck.

»Man muss eine Kuh füttern, nur dann gibt sie Milch«, widersprach Anna. »Bringt mich bitte zu meinem Arbeitsplatz.«

Hallbacher nickte, doch sie sah ihm an, dass ihn noch etwas beschäftigte. Offenbar wollte er nicht damit herausrücken. »Wo drückt der Schuh?«, fragte sie ihn, als sie schließlich in dem Verschlag standen, den sie selbst schon einmal ausspioniert hatte. Ob das Zufall war?

»Herrin!«, begann er und ignorierte, dass sie aufstöhnte. »Wie steht es um die Druckgerechtigkeit? Wer …«

»Dacht ich's mir doch, dass Ihr immer weiter denkt als der normale Arbeiter.« Sie setzte sich an den Schreibtisch. Das Schreibpult war zu hoch, also musste sie sich hinstellen. Das wiederum entsprach nicht den Abmachungen, die getroffen worden waren.

Allenthalben stieß sie auf diese Unklarheiten, als wären sie absichtlich so arrangiert worden.

»Die Antwort ist einfach: Sie gehören meinen Kindern. Sie haben die Gerechtigkeiten geerbt: Drucker, Färber, Bleicher. Ich musste dieses Erbe fahren lassen. Mein Mann hat die kaufmännische Leitung der Fabrique. Ich habe die technische Leitung.«

Hallbacher flüsterte beinahe, als er die nächste Frage stellte. »Ich habe gehört, Ihr würdet … erhieltet …«

Er schwitzte seine Unsicherheit regelrecht aus, hatte Anna das Gefühl. Zusehends vergrößerten sich die Schweißflecken unter seinen Achseln. »Habt Ihr gehört, ich würde dafür bezahlt?«

Heftig nickend sah der Vorarbeiter auf. Ihre Blicke trafen sich. »Dann habt Ihr richtig gehört. Ich bekomme einen Stücklohn zugesprochen. Aber – und das ist mir eine Genugtuung – er kann die Fabrique ohne mich und ohne die Zustimmung der Kinder nicht betreiben.«

Kurz dachte sie darüber nach, dass die Ratskommission sie verurteilt hatte, ihren ehelichen Pflichten nachzukommen, obwohl sie genau wussten, wie gewalttätig Gleich war. Um dieser Unart Herr zu werden, hatten sie die Gerechtigkeiten bei den Kindern belassen. So musste er sich fügen und konnte nicht wild um sich schlagen, da ihm die Kinder sonst die Arbeit entzogen hätten.

»Was für ein merkwürdiges Konstrukt«, befand Hallbacher. »Es ist aber schön, dass …«

Anna war in der Zwischenzeit ans Regal gegangen, hob mit Mühe eines der schweren Musterbücher heraus und legte es auf den Tisch. Wenn sie sich jetzt setzte, konnte sie gerade einmal den Bücherblock sehen.

Jetzt unterbrach sie mit einem Schlag auf den Buchdeckel das Gespräch. »Hallbacher. Ihr habt doch sicher etwas zu schaffen! Lasst mich bitte allein. Ich muss nachdenken.«

Der so Zurechtgewiesene nickte mehrmals und machte kehrt.

»Nichts für ungut«, rief sie ihm hinterher. »Ich bin auch froh darüber, dass er die Fabrique nicht ganz in der Hand hat. Aber es ist dennoch kein Sieg.«

Der Vorarbeiter nickte nur kurz, bevor er aus der Tür trat und sie vorsichtig hinter sich schloss.

Anna richtete sich auf. Das Musterbuch wirkte wie eine Barriere zwischen ihr und der Welt da draußen. Im Grunde fürchtete sie sich davor. Man hatte sie gezwungen, den Vergleich zu unterschreiben. Nur die Tatsache, dass sie mit Drentwett, ihrem Vater und einigen Honoratioren aus dem Salon mächtige Fürsprecher besaß, hatte Schlimmeres verhindert. Die Kinder blieben bei Susanna und ihrem Mann und waren Gleich entzogen. Sie aber musste zu diesem zurück, war seinem Haus- und Mannsrecht unterworfen und auf ihre eheliche Gehorsamspflicht hingewiesen worden. Doch sie fürchtete den Abend, malte sich aus, was geschehen würde, wenn er nach Hause kam, die Tür öffnete und sie …

Die eigens eingesetzte Deputation hatte ihn dazu verpflichtet, sie über alle zukünftigen Geschäfts- und Vermögenslagen zu informieren und für Kost, Kleidung und Ausbildung der Kinder aufzukommen. Dafür musste er einen fest anzusparenden Betrag nachweisen. Auch war die Manufaktur ihrem Sohn Johann bei dessen Volljährigkeit in bestem Zustand zu übergeben. Doch nichts war über Gleichs Unzuverlässigkeit, seine Spielsucht und seine Unfähigkeit, mit Geld umzugehen, gesagt worden. Wenn es die Fabrique nicht mehr gab, konnte er auch nichts weitergeben.

Sie musste sich auf den dicken Folianten stützen, sonst wäre sie vor Schwäche zu Boden gesunken. Ja, es war ein kleiner Sieg, denn keine Frau hätte mehr erreichen können. Es war aber auch eine erhebliche Niederlage, denn Gleich konnte wieder über sie verfügen, als wäre sie ein von ihm angeschaffter Gegenstand.

Sie strich mit der Hand über das glatte Leder des Einbands und schlug das Musterbuch auf.

Ein Geruch der Farben und Stoffe schlug ihr entgegen, der sie augenblicklich in die Zeit zurückwarf, in der sie mit Johann in dieser Halle gestanden, Farben und Abdeckpappen gemischt und ausprobiert hatten. Das Gefühl war so überwältigend, dass sie sogar seine Stimme zu hören glaubte. Sie musste sich umblicken und vergewissern, dass er nur eine Einbildung war, so gegenwärtig schien ihr diese Vision. Doch außer ihr war niemand im Raum.

»Ich werde es ertragen«, flüsterte sie und legte wie zum Schwur ihre Hand auf den ersten der Musterflecken, den sie gemeinsam mit Johann hier mit Knochenleim eingeklebt hatte.

Sodann schloss sie das Buch wieder und wuchtete es zurück ins Regal.

17

ZWEI JAHRE SPÄTER · SOMMER 1764

»Zwei weitere Jahre habe ich es mit dir ausgehalten, habe deine abscheulichen Zumutungen ertragen, deine Hände auf meinem Körper geduldet – und jetzt das?«, fauchte Anna. Sie und Gleich standen im Rohbau der neuen Manufaktur am Vorderen Lech. »Ich sollte von dir über alle geschäftlichen Vorkommnisse ins Bild gesetzt werden!«

So wütend war sie lange nicht mehr gewesen.

Das Fachwerk der Zwischenwände war noch nass, und es roch nach der Feuchtigkeit von Putz und Lehm und dem frisch geschlagenen Holz der Decken.

»Denk dir einfach, dies ist mein Kind, nachdem du die deinen verlierst. Jetzt schon das zweite!«, zischte ihr Mann und ging im unteren Flur hin und her, als wäre er bereits der Herr dieses Hauses.

Anna musste schlucken. Zwar stritten sie sich unentwegt, und Gleich sagte und nahm sich einfach, was er wollte und brauchte. Doch das war eindeutig zu viel. »Sie wollten dieses Leben mir dir offensichtlich nicht leben«, gab sie zurück. Sie war lauter geworden als beabsichtigt. »Schon im Mutterleib beschließen sie, dich niemals sehen zu wollen.«

Die Ohrfeige hallte im Saal des Manufakturbaus wider, sodass Mayr, der Baumeister, der ein Stockwerk höher beim Ausmessen war, zu ihnen herunterrief, ob etwas passiert sei.

Annas Gesicht brannte wie Feuer. Sie konnte den Kiefer nicht bewegen.

»Nein. Nichts ist passiert«, schrie Gleich nach oben und holte ein zweites Mal aus, als Anna etwas sagen wollte. »Wag es nicht!«, fauchte er sie an.

Anna wich einige Schritte zurück, um aus der Reichweite seiner Arme zu kommen. »Wie kannst du nur diesen Steinhaufen hier hinstellen?«, zischte sie.

»Das ist kein Steinhaufen!«, empörte sich Gleich. »Das wird die größte Manufaktur in Augsburg. Größer als die von Schüle vor den Mauern.«

»Woher hast du das Geld?«, flüsterte sie. »Hast du die Sparmichl für die Kinder angegriffen …?« Sie fixierte ihn, versuchte, in seiner Miene zu lesen. »Du hast es getan! Du Hund! Du hast das Geld der Kinder auf Spiel gesetzt!«

»Nein! Es ist solide finanziert«, verteidigte sich Gleich sofort – und Anna ahnte, dass es gelogen war, wie der ganze Kerl in einem fort log.

Er ignorierte sie und ging zu der Leiter, die nach oben führte. Die Treppe sollte offenbar erst noch eingesetzt werden.

Mayr sah von oben herunter. Seine weiße Perücke war verrutscht und an einer Stelle mit Kalkputz verdreckt. Der dunkle Rock zeigte ebenfalls Spuren von Putzresten. Dagegen stand sein schweißglänzendes Gesicht, das so feist war, dass sich oberhalb des Halses zwei Wülste gebildet hatten, und er wirkte, als käme er direkt aus dem Waschzuber.

»Wollen die Herrschaften ihr neues Zuhause bewundern?«, fragte er mit Blick auf Anna. Die Wohnung wird geräumig werden. Ganz nach Ihren Wünschen, Madame Gleich.«

Anna blickte wütend zu ihrem Gatten, der kein Wort sagte, sondern einfach die Leiter in den nächsten Stock hochstieg. Sollte sie jetzt auch wie ein Affe durch das Haus turnen und die Leiter erklimmen?

»Woher wisst Ihr nur, was ich für Wünsche habe, Mayr?«, fragte sie im unschuldigsten Ton, den sie hervorbringen konnte. »Ich wüsste nicht, dass Ihr mich gefragt habt.«

»Madame, Euer Gatte hat mir die Wünsche und Überlegungen überbracht. Immer mit den besten Grüßen.«

»Ach, hat er das?« Sie konnte nicht verhindern, spöttischer zu klingen, als sie es gegenüber Mayr tun wollte. Hätte ihre Wange nicht so geschmerzt, wäre sie wohl hinter Gleich her ins nächste Stockwerk hinaufgestiegen, um ihn zur Rede zu stellen. So aber schämte sie sich dafür, die Gewalttätigkeit ihres Gatten so offen zur Schau tragen zu müssen. Aber sie würde wiederkommen und die Wohnung, die er angeblich nach ihren Wünschen gestaltet hatte, in Augenschein nehmen.

Jetzt wollte sie nur nach Hause und sich die Bücher vornehmen. Sie musste herausfinden, wie es Gleich gelungen war, ein Grundstück zu kaufen und den Bau einer Manufaktur zu beginnen, ohne sie darüber informieren zu müssen. Ohne dass sie auch nur das Geringste geahnt hatte. Das Grundstück am Vorderen Lech kostete ein Erhebliches dessen, was beispielsweise Schüle für seine Mühle vor den Toren bezahlt hatte. Wenn Gleich auch nur einen Gulden aus den Sparkonten der Kinder verwendet hatte, würde sie ihn vor Gericht schleifen und ausbluten lassen.

Dazu musste sie sich zuvor jedoch das Gebäude ansehen.

Anna raffte die Röcke und lief tiefer in die Räume hinein. Die Manufaktur war U-förmig gestaltet, wobei die beiden Seitenflügel ungleich lang waren. Der südliche Flügel war so verschoben, dass ein Schenkel über die Basis dieses Us hinausragte und so den Eindruck erweckte, das Haus wäre ein L, wenn man vor ihm stand. Dem Werksgebäude war ein Bau vorgesetzt, in dem sich eine Wohnung im ersten Stock offenbar über die gesamte Breite bis in den L-Schenkel hinüber erstreckte. Dort sollten die Verwaltungsräume und das Kontor eingerichtet und die Musterbücher untergebracht werden. Nach Westen hin reichte der Bau weit hinein in das Grundstück zwischen dem Vorderen Lech und dem Hunoldsgraben.

»Seit wann lässt du hier arbeiten, Gleich?«, murmelte sie vor sich hin. »Warum habe ich nichts davon erfahren?«

Sie strich sich über die Wange, die noch immer feuerte, und bemerkte, dass sie sich einen Mundwinkel eingerissen hatte. Sie leckte mit der Zunge danach und schmeckte Blut. Mit einem Taschentuch tupfte sie es ab und hoffte, dass es nicht bereits über ihr Kinn gelaufen und auf dem Puder geronnen war.

Die Werkräume weiter hinten im Westen waren größer als die Fabrique beim Pulvergässchen, viel größer. Sie fragte sich allerdings, was Gleich unternehmen wollte, um der zunehmenden Konkurrenz, die sich in Augsburg zu etablieren begann, entgegenzutreten. Carl Heinrich Bayersdorf hatte sich mit Schwarzens Hilfe selbstständig gemacht. Euphrosinas Mann Johann Matheus Schüle war dazugekommen, und sein Geschäft entwickelte sich erfolgreich, Johann Wagenseil und Ernst Christian Harder, ein Schüle-Schüler, hatten sich ebenfalls im Lechviertel angesiedelt und druckten. Alle hatten sie mehr Geld als Gleich. Diese Entscheidung wollte ihr nicht einleuchten. Was für ein Wahnsinn, mitten in der Stadt eine Kattunmanufaktur zu errichten. Für jeden einigermaßen kaufmännisch denkenden Kopf ein gewaltiger Fehler.

Sie hatte genug gesehen und wollte hinaus aus diesem Steinhaufen. Niemals würde es diesem schwachen Menschen Gleich gelingen, diese neue Manufaktur zum Erfolg zu führen.

Sie raffte erneut ihre Röcke und umrundete die Bretter und Kübel, die Speislöffel und Putzböcke, die Eimer und Säcke, die ihr im Weg standen. Das Tor nach draußen war geräumig gehalten. Man konnte mit Fuhrwerken rückwärts einfahren und laden.

Ohne sich zu verabschieden, stapfte sie nach draußen, die Schultern hochgezogen und die Brust voller Zorn. Diese Welt ließ es zu, dass ein unfähiger Kerl wie Georg Christoph Gleich, dessen Minderbegabung jedem sofort ins Auge sprang, mehr Rechte genoss als sie. Nur weil er ein Mann war und sie eine Frau. Sie haderte mit dieser

Situation, und mit jedem Monat, der verstrich, hasste sie sich mehr dafür, dass sie in diesen Vergleich eingewilligt hatte. Sie hatte sich damit selbst die Hände gebunden – und Gleich nützte dies aus. Um ihre Kinder zu schützen, hatte sie sich in diese Abhängigkeit begeben und damit die Zukunft ihres Nachwuchses stärker in Gefahr gebracht, als wenn sie sich hätte scheiden lassen. Dieser Gedanke bohrte sich beständig wie ein weiterwachsender Dorn in ihre Eingeweide.

Sie hatte ihrem Mann vorgeworfen, seine Kinder wollten sich in ihrem Leib nicht halten. So ganz stimmte das nicht. Es war seine Brutalität, die sie austrieb. Seine Rücksichtslosigkeit. Die Tatsache, dass er sich nicht im Griff hatte und wie besinnungslos auf sie einschlug. Er prügelte seine Kinder selbst aus ihr heraus.

Die letzte Strecke rannte sie regelrecht, und als sie außer Atem die Fabrique am Pulvergässchen erreichte, rief sie schon nach Hallbacher, bevor der das Tor öffnen konnte.

»Herrin?«, wunderte sich der Vorarbeiter.

»Wo sind die Geschäftsbücher, Hallbacher?«

Wortlos drehte sich er sich um und lief voraus. Er machte nie viele Worte, doch je älter er wurde, desto stiller wurde er. Manchmal hatte sie das Gefühl, er würde allmählich seine Sprache verlieren.

»Habt Ihr von der neuen Manufaktur am Vorderen Lech gehört?«, fragte sie.

»Der von Wagenseil oder der von Schüles Neffen?«, fragte er zurück.

»Nein. Der neuen Kattunmanufaktur von Gleich!«

Anna wäre beinahe auf ihren Vorarbeiter aufgelaufen, so abrupt drehte der sich zu ihr herum und blieb stehen.

»Was sagt Ihr da, Herrin?« Die Verblüffung stand derart deutlich in seinen Augen, dass sie ihm glaubte, von der Information überrumpelt worden zu sein.

»Gleich lässt am Vorderen Lech eine neue Fabrique bauen«, erklärte sie.

Er musterte sie, und sie sah in seinen Augen, wie er überlegte und nachdachte. Sie ließ ihm Zeit. »Am Vorderen Lech, sagt Ihr. Das …

das ist mir neu. Ich ... ich bin an dieser Baustelle ... vermutlich schon vorbeigelaufen ... und habe mich gewundert, wer dort abreißen lässt und neu baut.«

»Nun, jetzt wisst Ihr es. Mein Mann lässt dort bauen. Ich habe es heute erfahren. Deshalb brauche ich die Bücher, Hallbacher.«

Er nickte mehrmals, als müsse er seine Gedanken zurechtrütteln, dann drehte er sich wieder um und ging weiter.

Im Büro lag das Hauptbuch aufgeschlagen auf dem Schreibtisch. Doch Anna interessierte sich vorerst für die Einlagen der Kinder und die regelmäßigen Abbuchungen, die darauf eingezahlt werden sollten. Sie fand die Beträge und konnte keinerlei Unregelmäßigkeiten erkennen. Er hatte sie nicht verwendet. Gott sei Dank hatte sie darauf bestanden, die Gelder unter dem Schutz des Oberpflegamtes zu belassen. Das erschwerte den Zugriff darauf, und Johann sowie Felicitas würden die Vermögen mit ihrer Volljährigkeit ausgezahlt bekommen.

Hallbacher hatte ihr mittlerweile eine Kerze gebracht und sie neben dem Lesepult befestigt.

Er blieb ebenfalls neben ihr stehen, obwohl Anna wusste, dass ihm diese Zahlen nichts sagten.

»Hallbacher«, sagte sie sanft. »Ihr müsst hier nicht ...«

Sie hatte »warten« sagen wollen, doch der Vorarbeiter wischte ihr letztes Wort mit einer heftigen Geste beiseite. »Es geht um die Fabrique. Und deshalb geht das hier nicht nur Euch etwas an, Herrin, sondern auch mich. Sagt, wenn Ihr etwas braucht.« Er verschränkte die Hände hinter dem Rücken und rührte sich keinen Fußbreit.

Anna ahnte, dass sie sich vergeblich abmühen würde, ihn des Raumes zu verweisen. Also seufzte sie nur kurz und begann, sich nach der ersten Erleichterung zu konzentrieren.

Woher stammte das Geld für die neue Kattunmanufaktur dann? Sie blätterte sorgfältiger und besah sich die Einnahmen genauer, bis sie auf zwei Merkwürdigkeiten stieß.

Es waren einige seltsame Verkäufe, die nach Frankfurt gingen. Gleich lieferte bedruckte Tücher und erhielt Rohware dafür, als Garn und Baumwolle oder aber auch indischen Zitz. Nichts davon war auf den ersten Blick ungewöhnlich, bis sie die Verrechnung betrachtete. Alle Rohwaren waren mit einem Aufschlag von fünfzig je hundert angesetzt. Das war viel zu viel. Es musste dafür also einen Grund geben.

»Gleich, Gleich, Gleich«, murmelte sie. »Auf welches Spiel hast du dich da nur eingelassen?«

»Wie steht es um die Fabrique, Herrin?«, fragte der Werkmeister endlich.

»Wenn ich das wüsste, Hallbacher, wenn ich das nur wüsste!«

18

EIN JAHR SPÄTER · HERBST 1765

Anna stand vor der Bohlentür und strich mit den Fingern über das glatte Holz. In ihrer Hand brannte der Schlüssel, als wolle er nicht, dass dieses Geheimnis gelüftet würde. Verstohlen sah sie sich um, aber es war niemand in der Gasse zu sehen, und daher versuchte sie, das Messingplättchen beiseitezuschieben, das das Schlüsselloch verbarg. Es gelang ihr nicht. Zu lange war niemand mehr in diesem Gewölbe gewesen.

Johann hatte es noch gekauft und für besondere Zwecke einrichten lassen. Es war nicht mehr als ein unbedeutender Schlauch im Bauch der Innenstadt, der in der Nähe der Weiberschul, unweit der alten Stadtmetzg, in den Hügel getrieben und von außen zugänglich gemacht worden war. Dreißig oder vierzig Fuß reichte der ausgemauerte Gang in den Hügel hinein. Im hintersten Teil verzweigte sich das Gewölbe und zeigte seinen eigentlichen Charakter: Es war ein ehemaliger Keller. Vermutlich hatte es früher von oben über das Haus einen Zugang gegeben, durch den man auf Höhe des Lechviertels nach draußen gelangte. Doch dieser war vermauert und der Gewölbeschlauch verkauft worden.

Wieder drückte Anna mit den Fingern gegen das Plättchen, das sich eigentlich bewegen sollte, und brach sich dabei zwei Nägel ab. Sie schnitt sich sogar an der Kante der Messingabdeckung. Leise vor sich hin fluchend steckte sie den blutenden Finger in den Mund. Sie schmeckte das Metallische des Blutes und das des Messings.

Dabei fiel ihr der Schlüssel aus der Hand, und sie musste sich bücken, um ihn wieder aufzuheben. Ein Blick auf das Plättchen zeigte ihr, dass sie es in die falsche Richtung bewegt hatte. Nach links war es mit einem Nagel fixiert. Außerdem kam ihr der Gedanke, statt der Fingernägel den Schlüssel zu verwenden, um das Plättchen zu entfernen. Sie setzte den Bart an und drückte nach rechts, und das Schloss lag offen vor ihr. Noch einmal prüfte sie, ob nicht jemand sie beobachtete, dann steckte sie den gut gefetteten Schlüssel ins Schloss, drehte ihn und zog die Tür nach außen auf.

Ein modriger Geruch empfing sie.

Johann hatte damals zugegriffen und dort das abgelegt, was er unbedingt vor den Augen seiner Mitstreiter oder neugieriger Menschen wie Melchior Gräz verbergen wollte.

Es war wie ein Verlies, dunkel, feucht und abschreckend. Anna nahm die Laterne auf, die sie neben sich gestellt hatte, und drehte die Flamme höher.

Kurz wartete sie und horchte. Doch bis auf das übliche Geraschel, das Mäuse und Ratten verursachten, war es still. Sie verriegelte die Tür hinter sich, damit sie nicht zufällig geöffnet werden konnte.

Das Licht fiel auf rote Ziegel, die mit gelblichen Tonschlieren durchzogen waren. Das Gewölbe war durchgehend gemauert, nur der Boden bestand aus gestampftem Lehm und war feucht und glitschig. Jetzt war sie froh, ein einfaches Kleid angezogen zu haben. Es war etwas schäbiger und konnte schmutzig werden, ohne dass es groß auffiel.

Anna hätte dieses düstere Verlies vergessen, wenn Gleich sie nicht letzte Woche gefragt hätte, was der Messingschlüssel zu bedeuten habe, den er in der Fabrique bei der Pulvermühle in der hintersten Schublade des Schreibtischs ihres verstorbenen Mannes gefunden hatte, als dieser in das neue Gebäude am Vorderen Lech gebracht werden sollte.

»Welches Schloss öffnet dieser Schlüssel?«, hatte er gefragt und ihn ihr unter die Nase gehalten.

Anna hatte mit den Schultern gezuckt, aber sie hatte genau gewusst, wozu er diente. Ihr fiel auch wieder ein, dass es zwei dieser Schlüssel gab. Der, den Gleich in der Hand hielt, war Johanns Schlüssel gewesen. Ihrer lag in der Küche zwischen Schöpfkellen und Tranchiermessern.

Wie ein Berserker hatte sich Gleich aufgeführt, sie angeschrien, sie solle ihm sagen, zu welcher Truhe dieser Schlüssel gehöre, und dann die Fabrique und ihr Haus von oben bis unten durchsucht, weil er vermutete, er gehöre zu einer ihm verheimlichten Schatztruhe.

Er war so fixiert auf diesen Gedanken gewesen, dass ihm nicht auffiel, dass sie sich zu Hause den zweiten Schlüssel holte und in ihr Kleid steckte.

»Brauchst du so dringend Geld, Mann?«, hatte sie ihn spöttisch gefragt, als er auf dem Weg hinauf in den Dachboden war. »So dringend, dass du an verborgene Schätze und Wunder glauben musst?«

Von der Treppe aus hatte er ihr zugerufen: »Dummes Weib! Überleg einfach. Wenn du zweihundert Gulden Schulden hast, und sie werden zurückgefordert, dann hast du ein Problem. Wenn du aber zweihunderttausend Gulden Schulden hast, dann hat dein Gläubiger ein Problem. Sei also unbesorgt.«

Anna war erschrocken, als er die Summe nannte, hoffte aber, er hätte nur einen seiner vielen Sprüche von sich gegeben, und hatte ihn auf dem Dachboden wühlen lassen. Außer einigen mottenzerfressenen Kleidern würde er dort oben nichts von Wert finden.

Zuerst hatte sie das Gewölbe nicht aufsuchen wollen. Doch es ließ sie nicht los. Sie wusste, wie hartnäckig Gleich war. Irgendjemand würde ihm verraten, in welches Schloss der Schlüssel passte. Spätestens dann würde er die Bücher finden, in denen Johann seine Experimente aufgezeichnet hatte. Nicht verschlüsselt wie in den Musterbüchern in der Druckerei, sondern klar und verständlich, in der akkuraten Handschrift ihres Mannes. Sie waren in Gleichs Augen ein Vermögen wert. Jedes Arkanum konnte er einzeln verkaufen. Wenn sie nicht wollte, dass sie ihm in die Hände fielen und sie damit endgültig aus der Firma geworfen werden konnte, weil sie dann nicht mehr die Hüterin der Druckgeheimnisse war, musste sie diese entfernen.

Anna hob die Laterne und ließ den Blick über die Regale schweifen, die sich links und rechts der Wand entlangzogen. Das Holz sah noch erstaunlich frisch aus, dafür, dass es mindestens fünfzehn Jahre alt oder gar älter war. In den Regalen standen Glasgefäße, in denen Johann Pulver und Flüssigkeiten aufbewahrt hatte. Sie waren verstaubt und teilweise blind. Die Aufschriften aus den Etiketten waren kaum mehr zu entziffern, da die Feuchtigkeit die Tinte hatte verlaufen lassen. Schritt für Schritt ging Anna tiefer hinein in das Gewölbe. Der Gang erweiterte sich etwas, und ganz am Ende lag ein Raum wie ein Querriegel, der aussah, als wäre er Teil des Hauskellers unter dem Gebäude gewesen, das über ihr liegen musste. Er war vollgestellt mit zwei alten Türen, einem Schaukelpferd, einer Schaufel und einer Spitzhacke mit wurmstichigen Holzstielen und mit Holzbohlen, die gegen die Wand gelehnt waren. Mitten im Raum, gegen die Rückwand gerutscht, stand die Truhe.

Ein Jahr, bevor Johann gestorben war, war sie mit ihm hier gewesen, und sie erinnerte sich daran, dass sie nicht nur Glasgefäße befüllt hatten. Sie spürte noch seine Hand, die sich um ihr Gesäß gelegt hatte, als sie sich zu der Truhe vor ihr hinunterbückte, um dort das Wachstuchbündel abzulegen.

Der Gedanke an das, was gefolgt war, entlockte ihr einen Seufzer und Fetzen einer Erinnerung, die sie nicht missen mochte.

Doch dann rief sie sich zur Ordnung und konzentrierte sich auf das, was zu tun war. Wie viel Zeit ihr noch blieb, wusste sie nicht. Sie durfte nicht trödeln, und fantasieren konnte sie, wenn sie getan hatte, was zu tun war. Sie kniete sich vor der Truhe auf den Boden und langte in einen kleinen Spalt zwischen den Ziegeln in der Wand vor ihr. Sie fingerte einen weiteren Schlüssel hervor, reinigte ihn und öffnete damit die Truhe. Johann hatte das Schloss dazu immer gut gefettet.

»Wenn dieser Schlüssel abbricht, kostet mich das Öffnen des Kastens mehr, als er an Wertvollem enthält«, hatte er immer gefeixt.

Jetzt dankte sie ihm dafür, denn das Schloss entsperrte ohne Widerstand.

Sie hob den Deckel, was schwerer ging, als sie es in Erinnerung hatte. Sie hob die Laterne und spähte ins Innere. Das dunkle Metall verschluckte das Licht beinahe ganz, aber da lagen die Wachstuchbündel. Vier an der Zahl.

»Das seid ihr ja, meine Schätze«, murmelte sie.

Sie holte ein Bündel nach dem anderen heraus und legte es neben sich.

So weit waren ihre Überlegungen gediehen. Was sie weiter damit machen wollte, wusste sie allerdings nicht. Sie hatte ein Netz mitgenommen, in das sie sonst Einkäufe vom Markt verstaute. Jetzt packte sie die Bücher hinein, schloss die Truhe, versteckte den Schlüssel wieder und drehte sich zum Ausgang um. Ein Geräusch ließ sie zusammenfahren. Jemand machte sich an dem Schloss zu schaffen. Ein eisiges Gefühl fuhr ihr in den Bauch. Sie hörte eine Stimme fluchen, die ihr nicht unbekannt war. Offenbar war ihm dasselbe Missgeschick widerfahren wie ihr. Ein Gedanke beherrschte sie augenblicklich: Gleich! Wie er von dem Gewölbe hatte erfahren können, wusste sie nicht zu sagen, außer er war ihr gefolgt. Aber sie hatte eben niemanden gesehen. Wenn er sie jedoch hier fand, würde er sie totschlagen, so viel war sicher. Sie zitterte am ganzen Leib und unterdrückte mühsam ein Aufkeuchen. Anna sah sich um. Sie musste sich verstecken.

Das Gewölbe bot aber keinen wirklichen Schutz. Nirgends.

Draußen fluchte Gleich erneut. Es würde nicht mehr lange dauern, und er würde hier stehen, wo sie jetzt stand. Verzweifelt sah sie sich um und entdeckte die beiden alten Türen, die an der Wand lehnten. Sie musste versuchen, sich dahinter zu verbergen. Rasch nahm sie das Tragenetz mit den Büchern auf und zwängte sich in den Spalt zwischen Türen und Wand. Es gelang besser als gedacht, denn dahinter befand sich eine kleine Nische. Anna vermutete, dass dies der zugemauerte Durchgang zum Keller dieses Hauses war. Sie konnte gerade noch rechtzeitig das Licht löschen, als der Schlüssel aufsperrte und die Tür aufgerissen wurde.

»Verflucht, was für ein Gestank!«, schimpfte Gleich, als er einen ersten Schritt in das Gewölbe hineintat. »Und finster wie der Hintern einer Kuh!«

Sie hasste ihn dieser Sprüche wegen, die sie schon hunderte Male gehört hatte und die sich wiederholten wie ein permanentes Echo. Sie horchte darauf, wie er das Tor ganz öffnete. Offenbar hatte er keine Laterne bei sich, was ihr logisch erschien, hatte er doch mit diesem Gewölbe nicht gerechnet.

Jetzt hoffte sie nur, dass er ihr nicht gefolgt war und wusste, wo sie sich aufhielt.

»Weib. Weib. Weib. Wie konntest du das vor mir verheimlichen?«, fauchte er. »Das ist eine Art Labor. Gignoux' Labor!«

Anna hörte, wie er tiefer in den Raum hereinkam. Da er keine Laterne hatte, musste es für ihn mit jedem Schritt dunkler werden.

»Dann wollen wir doch mal sehen, was wir finden können.«

Offenbar nahm er jedes Gefäß, jede Latte, jeden Gegenstand in die Hand, der ihm interessant erschien. Anna zwängte sich tiefer in die Aussparung, fühlte aber, wie der Staub, der aus den Wänden rieselte, sie zum Niesen bringen würde. Mit dem Mut der Verzweiflung begann sie, ihren Nasenrücken zu reiben – und tatsächlich konnte sie eine laute Niesattacke verhindern.

»Ob du hier auch deine Geheimnisse aufbewahrt hast?«, fragte sich Gleich, und sie hörte ihn gleichzeitig lachen. »Na, was haben wir denn da?«

Wieder stolperte ihr Herz, weil sie glaubte, er hätte sie entdeckt. Doch er trat offenbar nur mit dem Fuß gegen die eisenbeschlagene Truhe.

»Wofür braucht man denn so was?«, murmelte er. »Wieder so ein verdammter Schlüssel«, schimpfte er, als er bemerkte, dass er sie nicht einfach so öffnen konnte. »Aber das haben wir gleich.«

Anna wusste, dass direkt neben den Türen, hinter denen sie sich verbarg und kaum Luft bekam, eine Schaufel und eine Spitzhacke standen. Gleich schien sich beides zu greifen und mit Gewalt auf die Truhe einzuschlagen, bis ihm die Kraft ausging.

»Verfluchtes Ding«, keuchte er. »Nicht einmal einen Kratzer hast du abbekommen.«

Die Gerätschaften schepperten gegen die Türblätter, als er sie mit Schwung dagegenwarf.

»Wir werden ja sehen, wer hier das letzte Wort behält«, fauchte er. Sie hörte, wie er den Querraum abschritt.

Plötzlich bemerkte Anna, wie das erste Türblatt gekippt wurde. Dann verdunkelte sich der Spalt, der dadurch entstand. Für einen Moment setzte ihr Herz aus, und sie hörte sich schon schreien. Doch dann wurde das Türblatt zurückgelehnt, und die Schritte entfernten sich wieder.

Anna brauchte eine ganze Weile, bis sie begriff, was eben geschehen war: Gleich hatte sie nicht bemerkt, weil es dahinter zu dunkel gewesen war. Hätte er eine Laterne in Händen gehalten, hätte er sie sehen müssen. So blickte er nur in eine dunkle Höhle.

»Verdammt, Ratten!«, hörte sie ihn fluchen, als er offenbar gegen eines der Tiere trat, die hier ihr Zuhause gefunden hatte. Sie hörte ihn auch noch das eine oder andere Glas vom Regal nehmen und in seiner cholerischen Art auf den Boden werfen.

Langsam beruhigte sie sich wieder, obwohl ihr Atem immer noch raste und sie zu verhindern suchte, dass sie keuchen oder niesen musste.

Doch irgendwann wurde die Tür zugeschlagen und das Schloss von außen verriegelt. Gleich zog unverrichteter Dinge ab, und Anna wartete noch etwas, weil sie befürchtete, er könne zurückkommen. Sie rechnete nach. Wenn er Werkzeug holen ging, brauchte er mindestens eine halbe Stunde. Sie blieb vorerst also noch in ihrem Versteck hocken. Erst nachdem sie bis tausend gezählt hatte, kroch sie hinter den Türblättern hervor und zog das Netz mit den Büchern hinter sich her aus dem Versteck. Es war fast stockfinster, und wenn nicht durch einen Türspalt ein wenig Licht ins Innere gefallen wäre, hätte sie nicht einmal gewusst, wo im Raum sie sich befand. Sie nahm das Licht als Orientierung und schleppte sich und die Bücher zum Ausgang.

Sie musste verhindern, dass sie Gleich begegnete, denn sie vermutete, dass ihr Aufenthalt in der Mauernische Spuren auf ihrer Kleidung hinterlassen hatte. Sie war vermutlich verdreckt wie ein Kohlenkutscher.

Mit den Händen säuberte sie sich oberflächlich, ohne genau zu sehen, ob sie erfolgreich war. Dann tastete sie nach dem Riegel, hob ihn und drückte die Tür auf. Ohne sich lange umzusehen, schlüpfte sie nach draußen und suchte nach ihrem Schlüssel, um erneut abzuschließen. Alles ging in herzklopfender Hast vor sich, wie sie es noch nie zuvor erlebt hatte.

Endlich, nachdem das Schloss eingerastet war, hob sie das Netz mit den Büchern hoch, warf es sich über die Schultern und eilte davon. Jetzt erst spürte sie, wie ihre Knie zitterten, wie ihr ganzer Körper bebte und ihr Magen rumorte, dass sie glaubte, sich übergeben zu müssen.

Schnurstracks lief sie zu Georg und Susanna. Dort würde sie die Bücher hinterlegen. Dort würden sie Gleichs Zugriff entzogen sein.

Gedankenlos, nur darauf sinnend, wie sie Gleich ausweichen könnte, sprang sie mehr, als dass sie lief, in Richtung Jakober Vorstand und prallte zurück, als sie um eine Ecke bog und sah, wie ihr Mann auf sie zukam. Er hielt ein Stemmeisen und einen Hammer in der Hand und schien mit sich selbst zu sprechen. Abrupt drehte sie sich um und suchte nach einem Versteck, denn sie mussten unweigerlich aufeinandertreffen, wenn sie nicht von der Bildfläche verschwinden konnte. Doch es gab keinen Ausweg, keinen Ort, an dem sie sich verbergen konnte.

In diesem Augenblick überwältigte sie die Übelkeit, die sie befallen hatte, seit sie sich aus ihrer misslichen Lage befreit hatte. Sie drehte sich zur Wand um und erbrach sich in einen Spalt zwischen zwei Häusern. Sie presste die Bücher an sich und würgte, bis nur noch Galle hochkam.

Gleich, der um die Ecke bog, drehte sich angewidert weg und überquerte die Gasse.

»Herrgott, Weib, bleibt zu Hause, wenn Ihr kotzen müsst, und speit mir nicht auf die Schuhe!«, beschwerte er sich und rannte vorbei, ohne sie wirklich wahrzunehmen.

Anna blieb noch eine Weile stehen, das Gesicht zum Haus gewandt, dann wischte sie sich den Mund ab und ging ohne große Hast davon.

Sie wusste nicht, was sie davon halten sollte, dass Gleich sie nicht erkannt hatte. Aber seine Ignoranz würde ihn teuer zu stehen kommen.

19

EIN JAHR SPÄTER · WINTER 1766/67

Anna fror. Sie hatte sich in mehrere Umhänge und Schals gewickelt und stolperte mehr, als dass sie lief, auf das Haus des Vaters zu. Die Hämmer schlugen ihren regelmäßigen Takt, und für einen Moment vergaß sie den Grund ihres Kommens und fühlte sich zurückversetzt in eine Zeit, als sie noch unbeschwert dem Klopfen der Goldschlager zuhören konnte und versuchte, ihren Herzschlag mit dem Geräusch in Einklang zu bringen.

Manchmal gelang ihr das für eine Weile, und sie fühlte sich wieder als Teil dieses Hauses, dieser Stadt, dieser Welt, in der sie beispielsweise Muster und Farben entwerfen durfte und beides auf einem Tuch verwirklicht sah – doch mittlerweile waren Herz und Takt auseinandergefallen, und sie litt unter dem störenden Zweiklang.

Sie hielt kurz inne und überlegte, ob sie wirklich bei ihren Eltern Zuflucht und Unterschlupf suchen sollte. Ihre Mutter war alt geworden und krank. Die sieben Kinder hatten sie ausgezehrt. Wenn Anna jetzt gegen das Türblatt pochte, dann würde ihr eine Frau öffnen, die vor den Türen des Paradieses stand. Sie würde sie anstarren, als trete der Tod über ihre Schwelle, um sie zu holen. Schon hatte Anna den Arm gehoben und den Bronzering in die Hand genommen. Eine kurze eisige Welle durchfuhr sie, weil er noch kälter zu sein schien als die Umgebung.

Doch dann, als sie sich das Gesicht ihrer Mutter vorstellte, die hohlen Wangen, die dunklen Augenringe, und sich deren Blässe ins Gedächtnis rief, zuckte sie zurück. Zurückkehren war keine Möglichkeit mehr.

Sie wollte sich nicht länger verkriechen. Sie war jetzt einundvierzig Jahre alt. In diesem Alter suchte man keinen Schutz mehr unter den Fittichen der Eltern. Man biss sich durchs Leben – oder man scheiterte gänzlich.

Ein Frösteln durchzog sie erneut. Es kam von unten her und fuhr ihr die Beine hoch bis ins Genick, das sie steif und unbeweglich machte und das Gefühl gab, als würde ihr Denken einfrieren.

Sie senkte den Arm, legte den Bronzering sanft ab, zog die Schals enger um ihren Hals und trat rückwärts auf die Gasse hinaus. Sie betrachtete ihre Fußspuren, die sich auf den beiden Treppen abgebildet hatten, zwei auf der untersten, nur eine auf der obersten Stufe. Sie zeugten davon, dass ihre Flucht hierher halbherzig gewesen war. Sie hatte sich nicht mehr für eine zweite Spur entschieden.

Kurz entschlossen raffte sie ihre Umhänge zusammen und lief zur neuen Manufaktur hinüber, die nur fünf Gehminuten entfernt lag. Nahe genug, um wieder hierher zurückkehren zu können, wenn es ihr nötig erschiene, aber weit genug entfernt, um sich von ihrer Vergangenheit zu trennen.

Sie wollte sich nicht mehr unterordnen, wollte nicht mehr der Spielball ihres Mannes sein, der glaubte, nur weil ihm die Stadtoberen die Herrschaft über ihre Fabrique gegeben hatten, auch über sie herrschen zu können wie ein Kaiser über seine Untertanen.

Es war zu Ende.

Gern hätte sie sich mit Anton, Johanns Bruder, unterhalten, doch er hatte die Fabrique gänzlich in ihre und damit in Gleichs Hände gelegt. Er reiste die Donau hinab, nach Salzburg, nach Wien, zeichnete, musizierte und hatte ihr mitgeteilt, dass er – unter Beibehaltung seines Augsburger Bürgerrechts – sich mit seiner Frau dort niederzulassen gedachte. Weit weg von ihr, von Gleich, von den täglichen Mühen der Tuchveredelung. Er ahnte vermutlich nicht, wie sehr er ihr damit schadete, indem er ihr eine Verbündete nahm. Bei Rosina hatte sie sich zumindest während ihrer ausgedehnten Spaziergänge ausweinen und seelische Hilfe holen können. Ihr sanfter Charakter, der so gut zu Anton passte, tat auch Anna gut.

Sie alle hatten ihr Leben. Nur sie beugte sich unter Gleichs Joch.

Selbst ihre Kinder sah sie immer seltener. Felicitas und Johann scheuten die Begegnung mit ihrem Stiefvater, seit sie in das neue Haus eingezogen waren, in den »Steinhaufen«, wie sie ihn für sich nannte.

Die letzten Schritte rannte sie. Anna spürte ihre Füße nicht mehr, so kalt war es. Im Haus selbst schien es noch kälter zu sein. Die Wände waren noch immer feucht vom Verputzen, und Mayr hatte ihnen geraten, den Winter über die Fenster geöffnet zu halten, damit das Haus ausfrieren konnte.

Sie hatten das Gebäude zu früh bezogen. Diesen einen Winter hätten sie noch in der alten Wohnung verbringen können, ja müssen, doch Gleich hatte es eilig gehabt, hatte verkauft und war mit Sack und Pack und ihr eingezogen.

Für ihn spielte es keine Rolle, ob es nass und klamm war in den Zimmern, ob seine Frau fror und sich beinahe den Tod holte, ob die Papiere, die Blätter der Musterbücher, die Aktenseiten Wellen schlugen vor Feuchtigkeit oder nicht. Er war tagsüber ohnehin nicht mehr nach Hause gekommen. Weder zum Mittagessen noch zum Abendbrot. Er war aushäusig geblieben, hatte den Tag in irgendwelchen Spelunken und Kaschemmen verbracht – und nur Gott wusste, was er dort getrieben hatte, statt sich um die Geschäfte zu kümmern.

Von einem Tag auf den anderen war er verschwunden, ohne sie über diese Reise zu informieren oder auch nur Andeutungen zu machen, wann er wieder zurückzukehren gedachte. Nach Heidenheim. Zusammen mit Schüle. Angeblich, um diesem beim Aufbau seiner neuen Manufaktur beizustehen. Den hatte nämlich die Stadt auf Betreiben der Weberzunft mit einer Strafe über 10 500 Gulden belegt. Die Summe allein war unvorstellbar. So viel Geld hatten Johann und sie nicht für ihre Drucker und Färber ausgegeben, seit sie am Stadtbach bei der Pulvermühle arbeiteten. Schüle hatte auf sein Bürgerrecht verzichtet und war nach Heidenheim gegangen. Dass Gleich ihm dort zur Seite stand, glaubte sie nie und nimmer. Dafür glich alles zu sehr einer Flucht, um sich einer Verantwortung zu entziehen.

Am ganzen Körper zitternd stand Anna in der Küche und blickte auf den Ofen. Nicht einmal Feuerholz hatte Gleich ihr besorgt, bevor er stiften gegangen war. Sie musste frieren, weil er unfähig war, sich in diese Welt einzufinden, und sie deshalb daraus vertrieb. Auf dem Tisch neben dem Kamin stapelten sich die Bücher, die sie durchsehen musste. Gleich musste einen triftigen Grund gehabt haben auszubüchsen. Vermutlich befürchtete er, mit Schüle dasselbe Schicksal teilen zu müssen, schließlich war die Manufaktur *Johann Friedrich Gignoux seel. Erben* im Augenblick noch das größere Werk. Die Antwort darauf stand sicherlich in den Büchern. Aber Anna hatte keine Lust, mit der Angst zu leben, Unsummen bezahlen zu müssen und nie wieder auf die Beine zu kommen. Also musste sie sich auf die Suche begeben.

Am liebsten hätte sie sich auf den Boden gelegt und wäre auf den eisigen Dielenbrettern einfach eingeschlafen, um nie wieder zu erwachen. Aber das hätte Gleich in die Hände gespielt. Damit wäre er ganz in den Besitz der Fabrique gelangt – und ihre Kinder wären leer ausgegangen.

Sie straffte sich, sog die Kälte tief in ihre Lungen und versuchte, daraus Kraft zu schöpfen.

Anna würde sich nicht geschlagen geben. Jetzt erst recht nicht. Nie mehr. Insgeheim nannte sie sich nicht mehr Gleich. Sie hatte ihren alten Namen wieder angenommen, und sagte trotzig: »Anna Barbara Gignoux, Ihr werdet jetzt Feuerholz beschaffen und Euch den Ofen anschüren. Und dann werdet Ihr dieser ... dieser Missgeburt Gleich einheizen und seinen Grund für die Flucht aufdecken.«

Einen wirklichen Antrieb dazu fand sie nicht. Es war zu kalt. Sie sah die Folianten an und spuckte aus. Sollten sie doch liegen bleiben. Anna lief aus der spärlich möblierten Wohnung hinunter in die Werkhallen.

Hallbacher hatten sie hierher mitgenommen, obwohl Gleich ihn am liebsten entlassen hätte. Doch sie hatte darauf bestanden – und

Gleich hatte unter Toben und Schreien nachgeben müssen. Aber er hatte dem Vorarbeiter den Lohn gekürzt.

Als sie die Werkhalle betrat, erschrak Anna. Zwar war es dort wärmer als bei ihr in der Wohnung, dennoch war es so kalt, dass der Atem ihrer Arbeiter wie ein leichter Nebel durch die Halle zog.

Sie suchte nach Hallbacher, bis sie dessen glänzenden Kahlschädel im hintersten Winkel der Halle entdeckte.

Sie rief ihm zu und winkte, bis eine der Frauen, die sie bemerkt hatte, den Vorarbeiter auf Anna aufmerksam machte. Eher widerwillig löste er sich von der Unterweisung und kam auf sie zu.

In der Zeit, in der er durch die Halle lief und da und dort den Frauen und Männern Bemerkungen zuwarf, die sie zum Lachen brachten, dachte sie unwillkürlich daran, dass sie nicht einmal wusste, ob er verheiratet war. Im Grunde kannte sie ihn gar nicht. Sie wusste nur, der Mann war da, bevor sie herunterkam, und ging, nachdem sie die Räume der Fabrique verlassen hatte. Er war nicht nur zuverlässig, er war diese Manufaktur bis in das Glänzen seiner Glatze hinein.

»Herrin?« Hallbacher stand vor ihr und sah sie an.

Anna erschrak, weil sie nicht erwartet hatte, ihn so schnell zu sehen. Sie musste sich mehr zusammennehmen, nicht immer träumen und dann die Welt vergessen.

»Hallbacher, ich brauche Holz für die Küche. Ihr wisst sicher, wo es welches aufzutreiben gibt.«

Der Vorarbeiter sah sie mit einem Blick an, der ihr so seltsam vorkam, dass sie verlegen wurde.

»Was ... habe ich etwas ... warum starrt Ihr mich so an?«, stotterte sie.

»Ihr braucht Holz? Für den Ofen?«

»Ja, natürlich. Wofür sonst?«, zischte sie und sah ihn erschrocken an. So hatte sie es nicht sagen wollen.

»Die Frauen frieren. Agnes dort und Maria dahinten, sie husten, weil es hier drin so nasskalt ist, dass das Atmen schmerzt.«

»Das mag sein, Hallbacher, aber ich friere in meiner Stube, muss aber arbeiten. Ich muss wissen, wie es um die Fabrique steht.«

Ihr Vorarbeiter senkte den Kopf. »Dann sollten wir Holz besorgen«, murmelte er mehr zu sich als zu ihr, drehte sich um und ging nach draußen.

Anna lief ihm hinterher. »Was habt Ihr? Stimmt etwas nicht?«

Der Vorarbeiter, der die Tür zum Innenhof, durch die jetzt ein eisiger Luftzug hereinwehte, bereits halb geöffnet hatte, schüttelte nur den Kopf. »Seht Ihr eine der Frauen mit einer Decke um die Schultern? Nein. Wisst Ihr warum? Weil die frei stehenden Teile der Walze sich in den losen Fäden der fadenscheinigen Decken verfangen könnten und so schnell eine Hand abgerissen wird oder ein Arm, schnell mal ein Genick bricht oder nur die Haare vom Kopf gezogen werden, wenn man Glück hat. Sie frieren, nicht Ihr. Heizt hier unten bei uns ein, und setzt Euch dazu.«

Das war die längste Ansprache, die sie je von Hallbacher gehört hatte. Sie blieb stumm stehen und folgte ihm nur mit dem Blick nach draußen. Vielleicht war es doch ein Fehler gewesen, den Vorarbeiter in die neuen Hallen mitzunehmen. Die Arbeit war so wenig geworden. Man musste Frauen und Männer nach Hause schicken, auch wenn es ihr in der Seele wehtat.

Was nützte es ihren Arbeitern, wenn sie krank würde und dahinsiechte. Dann war keiner mehr da, der sich um sie kümmern, ihnen etwas bezahlen konnte. Gleich würde die Fabrique ausbluten lassen, jeden Gulden aus ihr für seine Spielleidenschaft herauspressen und dann fallen lassen. Und wenn er sich in Heidenheim etablierte, dann würde er das Unternehmen ohnehin verkaufen.

Sie drehte sich abrupt um. Hallbacher sollte ihr Holz besorgen, aber kein schlechtes Gewissen einreden. Anna stapfte wieder zurück ins Haus, die Treppen hoch, setzte sich in den großen Ohrensessel vor die Folianten, begann darin zu blättern und wartete, bis Hallbacher kam. Sie brauchte es warm, damit die Werkstatt am Leben blieb.

Es war ein mühsames Blättern. Auf den Seiten bildete sich Reif vom Atem und verschmierte die einzelnen Eintragungen. Ihr Atem fiel als feiner Schnee auf den Boden und bildete einen Kreis um sie her. Sie blätterte unermüdlich, versuchte zu verstehen, warum ihr Mann den Zitz aus Frankfurt so teuer einkaufte, warum er immer wieder dort orderte – und plötzlich fielen ihr Zahlen in die Augen, die sie staunen ließen ...

Vermutlich wäre sie erfroren, wenn sie nicht das Geräusch eines Schürhakens gehört hätte und davon aufgeschreckt wurde. Hallbacher kniete vor dem Ofen und brachte ein Feuer in Gang.

»Ihr seid da«, war alles, was sie herausbrachte. Die Finger taten ihr weh. Die Zehenspitzen spürte sie nicht mehr, und sie glaubte, auf dem Stuhl festgefroren zu sein. Sie musste dringend auf den Topf, aber sie konnte sich nicht bewegen. Wenn sie jetzt aufstand, dann – das wusste sie sicher – würden ihre Beine wie Eiszapfen abbrechen. »Hallbacher!«

Er tat, als höre er sie nicht, doch sie wusste genau, er lauschte. Er war nicht nur ein hervorragender Werkmeister, er war auch mindestens so neugierig wie sie.

»Hallbacher, jetzt hört doch zu. Ich habe das Problem entdeckt.«

Er hielt inne und drehte sich langsam um. »Ich wollte Euch nicht wecken«, log er.

Sie seufzte, weil sie das Schwindeln als solches erkannte, es ihm aber nachsehen musste, wenn sie ihn einweihte. »Ihr könnt es Euch doch sicher denken, woran es hapert ...«

»Es liegt an den Frankfurter Lieferungen von indischem Zitz«, spekulierte er.

Anna freute sich innerlich darüber, ihn herausgelockt zu haben aus seinem Schweigen. »Ja ... und nein.«

Hallbacher richtete sich auf und stützte sich auf den Schürhaken. »Wie geht das: ja und nein?«

»Kommt her. Ihr könnt doch lesen und rechnen, nicht wahr?«

Hallbacher nickte. Er kam näher und beugte sich über die Bücher. Anna zeigte mit ihren klammen Fingern auf zwei, drei Stellen. Es hätte sie nicht verwundert, wenn aus den blau angelaufenen Spitzen Tinte ausgelaufen wäre. »Hier und hier und hier auch. Seht Ihr das?«

Hallbacher sagte zuerst nichts, dann begann er langsam zu nicken.

Offenbar sah er nicht mehr ganz gut. Er musste die Augen zusammenkneifen, um lesen zu können, was dort stand. »Da hat jemand Kredite aufgenommen. Teure Kredite.«

Anna schnaubte. »Teuer? Absurd hohe Zinsen! Und sie werden entgolten, indem man Zitz einkauft, das bereits überteuert ist.«

»Woher …?«, fragte Hallbacher und folgte ihrem Zeigefinger, der über die Bücher wanderte und mehrere Seiten zurückblätterte.

»Frankfurt. Lehmann Isak Hanauer. Isaac Amschel Goldschmidt, der stammt noch aus Kriegshaber, und andere. Geldjuden! Sie haben ihm Kredite gegeben.«

Hallbacher runzelte die Stirn. »Ist er deshalb abgehauen? Man munkelt, er sei Schüle hinterher.«

»Ich weiß es nicht. Aber deshalb fehlt mir überall das Geld. Er hat jeden Pfennig mitgenommen. Wenn ich die Frankfurter Juden nicht bediene, gehört ihnen die Fabrique. Deshalb brauche ich es warm«, versuchte sie, ihn wieder ganz auf ihre Seite zu ziehen.

Doch Hallbacher versteifte sich. »Das Holz wird für diesen Abend reichen. Morgen bringe ich mehr«, entgegnete er schroff.

Sie sah ihm nach, wie er die Wohnung verließ, nicht ohne noch einmal einen kurzen Blick über die Wände und an die Decke zu werfen. Der Stuck war gefällig, die Wände hoch und so weiß getüncht, dass man die Wand nicht von der Decke unterscheiden konnte. Einen Moment überlegte sie, ob das Gehalt, das er von ihr bezog, wirklich das wert war, was sie glaubte, oder ob sie doch auf ihn verzichten konnte. Schließlich waren alle Menschen entbehrlich. Schnell verbat sie sich diesen Gedanken. Ohne Hallbacher würden die Rollen unten stillstehen.

Auf Gleich konnte sie verzichten. Nicht aber auf Hallbacher.

20

HERBST 1767

Anna schreckte aus dem Bett auf und versuchte, sich zu orientieren. Es war stockfinster. Sie horchte in diese Schwärze hinein. Jemand hämmerte gegen die Tür, als wolle er oder sie sie einschlagen. Sie langte nach links, doch das Bett neben ihr war leer. Gleich war also nicht nach Hause gekommen. Seit er vor wenigen Wochen plötzlich wieder aus Heidenheim zurückgekehrt war und vor der Tür gestanden hatte, als wäre nichts geschehen, war dieses Verhalten schlimmer geworden als je zuvor. Vermutlich trieb er sich wieder mit seinen angeblichen Geschäftspartnern in der Unterstadt herum, irgendwo zwischen Spelunke und Freudenhaus.

»Man muss diesen Männern etwas bieten, damit sie einem etwas anbieten«, hörte sie ihn schwadronieren.

Sollte er ihnen etwas anbieten. Mitten in der Nacht zu ihr nach Hause kamen ihr diese Kerle nicht mehr. Sie hatte die Tür abgeschlossen. Sollte er sich eben an irgendeinem käuflichen Busen wärmen. Sie öffnete wieder, wenn sie morgens in die Fabrique hinüberging. Keinen Glockenschlag früher. Gleich vor der Tür war hartnäckig. Seine Fäuste wummerten gegen die Tür, dass das gesamte Haus wie eine Glocke mitklang und sie kein Auge mehr zutun konnte.

Sie musste den Reiz unterdrücken, ans Fenster zu gehen und ihm zuzurufen, dass er doch bei seinen sauberen Geschäftspartnern unterschlüpfen könne, wenn diese es so wichtig mit ihm hätten.

Das Kopfkissen war noch nicht ganz über den Kopf gezogen, als sie ein dünnes Stimmchen hörte: »Anna! Jetzt mach schon auf. Sabina ...«

Im Nu war Anna aus dem Bett gesprungen und zum Fenster geeilt. Sie riss es auf und spähte hinunter.

»Na endlich!«, hörte sie von unten eine Stimme, die ihr bekannt vorkam. Sie gehörte einer Frau. Es war also nicht Gleich. Schickte er jetzt schon seine Buhlinnen?

»Anna, rasch. Sabina. Es geht ihr nicht gut.«

Anna brauchte nicht länger nachzufragen, wer da unten stand. Es war ihre Schwester Susanna.

»Ich komme«, rief sie, und schon war sie auf der Treppe und flog diese beinahe hinunter.

Sie zog den Sperrriegel beiseite und riss die Tür auf. »Was ist los?«, fragte sie und zog die Schwester gleichzeitig ins Innere.

Susanna war im Rahmen der Tür nur als Schatten erkennbar, trug einen dünnen Überwurf und einen Schal. Für die Jahreszeit war das eindeutig zu wenig.

»Komm. Auf einen Schluck, das tut sicher gut.«

Doch Susanna wehrte sich. »Keine Zeit für Plaudereien«, beharrte sie. »Zieh dir was an. Sabina. Es geht ihr nicht gut.«

Das Zittern, das Anna erfasst hatte, als sie aus dem warmen Bett gestiegen war, verstärkte sich.

»Was ist mit ihr?«

Die jüngste Schwester war zunächst wieder zu den Eltern zurückgekehrt, nachdem Gleich ihr das Haus verboten hatte. Kurz darauf hatte sie den Kattundrucker Daniel Müller geheiratet, der Annas Fabrique zulieferte.

Anna sah sie nur noch, wenn sie zu ihren Eltern ging oder an Müller einen Auftrag weiterreichte. Sie musste das persönlich und heimlich tun. Gleich sah es nicht gern, wenn sie ihr familiäres Gesindel aufsuchte, wie er es nannte, oder gar diese Verwandtschaft mit Aufträgen versorgte.

»Eltern und Geschwister sind wie eine Seuche«, hielt er ihr ständig vor. »Man kann ihnen nur entgehen, wenn man einen großen Bogen um sie macht.«

Auch durfte sie weder die Eltern noch ihre Geschwister und schon gar nicht die Pfleger ihrer Kinder, Susanna und ihren Mann, ins Haus lassen.

Anna drehte sich auf dem Absatz um und hastete nach oben. Rasch schlüpfte sie in ein Kleid, zog unten im Flur ihre Schuhe an und legte sich ein Cape um. Sie fühlte sich dennoch halb nackt, als sie auf die

Straße trat und Susanna folgte. Kaum zehn Minuten später standen sie vor dem Koppmair'schen Haus.

Lichtkegel fielen aus den Fenstern im ersten Stock auf die Straße. Der Flur hinter der Haustür war beleuchtet, als gelte es, eine Fürstin zu empfangen.

Susanna hielt sich nicht lange auf, sondern eilte die Treppe hinauf, und Anna folgte ihr.

In der Schlafkammer lag Sabina auf dem Bett. Sie war vor wenigen Tagen von einem Mädchen entbunden worden, das aber nicht überlebt hatte. Schon deshalb fühlte Anna mit Sabina. Schließlich hatte sie die letzten drei Kinder verloren.

Ihre Eltern waren im Raum, zwei ihrer Brüder, Susanna und Rosina. Es war eng. Dennoch zwängte sich Anna durch die Leiber und setzte sich an Sabinas Bett.

Als sie sich neben ihr niederließ, öffnete die Jüngste die Augen. »Du, Anna«, flüsterte sie. »Hat er dich gehen lassen?«

»Pah«, hörte sie sich sagen, obwohl ihr der Anblick der Schwester beinahe das Herz brach. »Er hat mir schon lange nichts mehr zu verbieten.«

Sabina war selbst im Kerzenschein sichtlich grün verfärbt. Ihre Lippen waren so feurig rot, als hätte sie mit einem Lippenrouge gearbeitet.

Der Blick, den sie auf Anna richtete, war so trüb, dass sie befürchtete, Sabina könnt sie nicht mehr sehen. Sie hielt ihn nicht lange aufrecht, sondern schloss die Augen wieder.

Sie nahm Sabinas Hand und drückte sie. Der Gegendruck war kaum wahrzunehmen.

Anna spürte eine Hand auf ihrer Schulter. Es war Susannas Mann Georg. »Ihr Blut ist vergiftet. Sie hat eine Entzündung im Unterleib«, erklärte er leise.

Anna drehte den Kopf. »Wird sie wieder gesund?«

Ihr Schwager schüttelte langsam den Kopf, und Anna spürte, wie ihr die Tränen hochstiegen. Als sie sich wieder Sabina zuwandte, hatte diese die Augen aufgeschlagen und blickte sie an.

»Sei nicht traurig«, las Anna von ihren Lippen ab. »Alles wird gut.«

Doch Anna schüttelte den Kopf. »Nichts wird gut, wenn du gehst!«, flüsterte sie. Doch Sabina hatte die Augen wieder geschlossen. Ihre Brust hob und senkte sich weiter, aber dann kam ein Augenblick, als sie ihre Augen aufriss, einen tiefen Atemzug nahm und dann nicht enden wollend ausatmete, als drücke man aus einer Schweinsblase die Luft aus. Anna wartete, ob Sabina noch einmal Luft holen würde, doch es blieb dabei.

»Sie ist gegangen«, sagte Georg langsam in die Runde.

»Warum?«, fragte Anna laut genug, um zu sehen, wie die halbe Familie vor Schreck zusammenzuckte. Ihr Blick ging zurück zu Sabina, die so schön war in ihrer zarten Gestalt und die jetzt niemanden mehr betören würde.

Neben ihr schluchzte jemand, und Anna sah erst jetzt, wie Daniel, Sabinas Mann, die Hände vor das Gesicht geschlagen hatte und hemmungslos weinte. Vorsichtig ließ sie Sabinas Hand los und legte sie ihr auf den Bauch. Dann nahm sie die zweite Hand, die neben Müller lag. Offenbar hatte er diese wie sie gedrückt und nur losgelassen, um die Tränen zu verbergen.

Anna beugte sich über ihre Schwester und faltete deren Hände. »Der Herr gebe ihr die ewige Ruhe«, sagte sie, und die Familienmitglieder im Raum beendeten das Gebet: »Und das ewige Licht leuchte ihr.«

»Sie war eine Gute«, sagte Anna und verstand selbst nicht, warum sie plötzlich keine Tränen mehr hatte. »Warum müssen immer die Guten sterben, und die Bösen dürfen diese Welt mit ihrer Schlechtigkeit weiter bevölkern?«

Sie küsste Sabina auf die Stirn und erinnerte sich daran, wie sie der Jüngsten Geschichten erzählt hatte, wenn es zum Einschlafen ging, und wie sie sich an sie geschmiegt hatte, wenn sie nachts zu ihr ins Bett geschlüpft war, weil sie nicht schlafen konnte.

Zuletzt machte Anna sich Vorwürfe, weil sie Gleichs Anweisungen nicht öfter missachtet und Sabina und ihre Geschwister nicht regelmäßiger besucht hatte.

Ein leichter Druck auf ihre Schulter holte sie in die Welt der Lebenden zurück. Wieder war es ihr Schwager Georg. »Komm«, sagte er nur und bedeutete ihr, kurz mit ihm zu gehen.

Anna überließ es ihren Brüdern und der Schwester, sich von Sabina zu verabschieden, und folgte ihm hinaus auf den Gang. Er ging ins Nebenzimmer, das für klein Sabina hergerichtet worden war.

»Was tust du so geheimnisvoll?«, fragte Anna, nachdem er die Tür hinter sich geschlossen hatte.

Ihr Schwager hatte eine einzelne Kerze mitgenommen, damit sie nicht ganz im Dunkeln standen.

Sie sah, wie er mit sich kämpfte, wie er überlegte, ob er das, was er sagen wollte, wirklich sagen sollte.

»Mach schon«, drängte Anna. »Ich werd's überleben.«

»Also … ich finde, du solltest es wissen …«

»Was soll ich wissen?«, fuhr sie Georg an und hob eine Augenbraue.

»Sabina war, kurz bevor sie … Sie war jedenfalls bei Gleich. Sie hat um Aufträge für ihren Mann gebeten.«

Anna stockte der Atem. »Bei Gleich. Um Aufträge? Warum ist sie nicht zu mir gekommen?«

Er zuckte mit den Schultern und sah zu Boden. Anna beobachtete seine Mimik, jede seiner Zuckungen, jede Bewegung.

»An der Begegnung mit meinem Mann stirbt man nicht«, sagte sie. Man konnte Gleich vieles nachsagen, aber ein giftiges Fluidum versprühte er noch nicht, obwohl er die Luft mit seiner Misanthropie sehr wohl beeinträchtigte.

»Das nicht. Aber Sabina war noch nicht so weit.«

Anna legte den Kopf schief. Wovon um alles in der Welt sprach Georg da? »Was meinst du?«, fragte Anna. »Wofür war sie noch nicht bereit?«

Er zögerte. Sie sah ihm an, wie peinlich ihm dieses Gespräch war. »Ich kann es doch nicht beweisen!«, sagte er und seufzte. »Ich will nur, dass du weißt, was …«

»Herrgott noch eins, Georg. Wenn du jetzt nicht auf den Punkt kommst, dann vergesse ich mich.«

Ihr Schwager nickte mehrmals, ohne sie anzusehen. »Also dann«, ermutigte er sich selbst, sah sie aber noch immer nicht an, sondern starrte auf den Boden, als wäre seine Antwort dort irgendwo notiert. »Sie kam danach zu Susanna«, begann er, und Anna verdrehte die Augen.

»Wonach?«, herrschte sie ihn an. »Werd deutlicher!«

»Nach dem Besuch bei deinem Mann, bei Gleich. Sie brauchten doch einen Auftrag. Sie klagte über ... über Schmerzen im Unterleib ... die Geburt ... sie war noch nicht lange genug ...«

Anna hob die Hand. Sie spürte, wie alles Blut aus ihrem Gesicht wich. Ihre Nase fühlte sich eiskalt an. Ihre Hand, die sie gehoben hatte, um Georg zu unterbrechen, zitterte.

»Das ist nicht wahr!«, flüsterte sie.

»Susanna bat mich, Sabina zu untersuchen. Sie hat ... er hat ...« Er konnte es nicht aussprechen. »Es hat sie vergiftet. Die Entzündung, das Fieber ... es kam vermutlich daher.«

Anna bekam ihren Mund nicht mehr zu, sosehr sie sich auch anstrengte. Gleich! Er hatte die Notlage ausgenutzt. Warum Sabina zu ihm gegangen war und nicht zu ihr, konnte sie nur erahnen. Vielleicht um sie, Anna, zu schützen, vielleicht wollte sie einfach nicht von ihr abhängig sein, vielleicht ... vielleicht ... vielleicht ...

Sicher wusste sie nur, dass es Sabinas Verderben geworden war, weil sie nicht mit der Schwester, sondern mit dem Schwager gesprochen hatte.

Eine innere Kälte überfiel sie. Gleich war ein Mörder! Sie würde ihn nicht mehr in ihr Haus, nicht mehr in ihr Bett lassen. Sie würde ihn vernichten.

Georg meldete sich wieder, und sie nahm wie durch einen Schleier wahr, wie er mit ihr sprach. »Bedenke immer, ich kann es nicht beweisen. Sie kann auch von ihrem Mann ... Es muss nicht Gleich gewesen sein.«

Sie sah ihren Schwager an und durch ihn hindurch. »Es muss nicht, da hast du recht, aber es kann, und das genügt. Allein wenn man es ihm zutraut, ist er schuldig.«

21

VIER JAHRE SPÄTER · FRÜHJAHR 1771

Vor zwanzig Jahren hätte sie noch Eindruck machen können. Jetzt war die Blüte vorbei, und eine gewisse körperliche Üppigkeit hatte sich zu ihrem zupackenden Wesen gesellt.

Sie zupfte hier an den Rüschen und dort an den Schleifen. Heute hatte sie einiges vor und durfte mit den ihr noch zur Verfügung stehenden Reizen nicht geizen.

Anton war eigens aus Wien gekommen, um sie zu unterstützen. Ihr Vater, mittlerweile gebeugt und mit Stock, aber im Kopf immer noch der energische Goldschlager, der er seit jeher gewesen war, nickte ihr aufmunternd zu.

Sie musste sich aber zuerst um die Ankommenden kümmern. Drentwett schlenderte zum Tor herein, trat zu ihr, küsste ihren Handrücken und bedankte sich für die Einladung. Hinter ihm betrat Johann Wagenseil den Raum, lachte, als er Anna sah, und steuerte direkt auf sie zu.

»Madame, es freut mich, dass Ihr die Tradition der Soireen wieder aufgenommen habt.« Er wechselte zwei weitere Sätze mit ihr und verschwand dann im hinteren Garten, wo eine Bowle gereicht wurde und Häppchen bereitstanden.

Hallbacher und sie hatten den Zwischenraum der beiden Fabrique-Flügel hergerichtet, mit Tischen und Stühlen versehen und mit einem Podium ausgestattet, auf dem die Musiker spielen sollten. Langsam waren alle Gäste gekommen, die sie eingeladen hatte. Sie war zufrieden. Nach dem Eklat der letzten Wochen ignorierte man sie nicht, sondern zählte offenbar noch auf sie.

Anna sah in die Runde. Es waren zwei Menschen, die sie mehr suchte als andere: einmal Conrad Schwarz und zum anderen Benedikt Adam Liebert Edler von Liebenhofen.

Noch Ende April hatte er für Marie Antoinette einen Ball in seinem neuen Palais in der Maximilianstraße gegeben und die Bewunderung der jungen zukünftigen Königin Frankreichs dafür erhalten. Seither galt er als *der* Mensch der Kultur in Augsburg. Dabei war das neue Gebäude in höchster Geschwindigkeit errichtet worden und noch halb im Zustand eines Rohbaus gewesen, als die designierte französische Königin dort getanzt hatte. Aber Liebert hatte das alles bestens kaschieren können – und das Fest war ein Erfolg gewesen. Seither galt er als versiert in Verbindungen zu Frankreich.

Benedikt Adam Liebert stand bei Anton, und Anna konnte es wagen, ihn direkt anzusprechen. »Es ist mir eine Freude, Euch zu sehen, Edler von Liebenhofen«, flötete sie. »Ich wagte gar nicht zu hoffen, Euch hier bei mir sehen zu dürfen. Schließlich …«

Der Bankier war einen guten Kopf kleiner als sie und musste zu ihr aufsehen.

»Ach, meine liebe Gleichin, erspart mir bitte Eure Zurückhaltung. Eure Soireen sind weit über die Stadt hinaus berühmt. Es ist geradezu ein Muss, bei Euch zu sein. Wie ich gehört habe, spielt heute Euer Schwager, und wir hören Gedichte von Schubart. Kommt der Dichter persönlich?«

»Leider muss ich Euch da enttäuschen. Er sitzt – so vermute ich jedenfalls – in Ludwigsburg am Schreibtisch. Aber seine Gedichte und damit seine Sprache haben den Weg hierher gefunden.«

»Ihr müsst mir versprechen, die nächste Soiree bei mir in meinem neuen Haus abzuhalten, meine Liebe«, lockte er sie.

Niemals!, dachte Anna. Und wenn es noch so ein eleganter Palast ist. Es ist der Gesellschaftsabend der Anna Barbara Gignoux, nicht das Repräsentationsstück des Liebert von Liebenhofen. Sie lächelte ihn aber dankbar an und hakte sich bei ihm unter. So zog sie ihn an den anderen Gästen vorbei in Richtung des Bankiers Schwarz. »Wollt Ihr nachher mein Tischnachbar sein, mein Edler von Liebenhofen?«, flüsterte sie. »Ich brauche doch jemanden, der mir die vielen Verehrer vom Hals hält.«

Sie lachten beide, weil sie genau wussten, dass derzeit niemand sich für sie interessieren würde. Gleich hatte da ganze Arbeit geleistet.

»Ach, lasst doch diesen Unsinn mit dem Titel. Er ist nützlich für das Geschäft, aber sonst eher lästig. Ich brauche ein eigenes Tintenfass, um meinen Namen schreiben zu können – und wenn ich fertig damit bin, ist das Fass leer. Vergnügen ist etwas anderes.« Er kicherte wie ein Schuljunge. »Lest Ihr die Verse von Schubart vor?«, fragte er, und als sie nickte, drückte er ihren Arm. »Dann bleibe ich bei Euch. Die Ohren wollen nicht mehr so recht«, säuselte er.

Anna wusste, dass er sie anschwindelte, ihr war es jedoch recht, denn ihr Ziel war ein ganz einfaches. Sie musste ihn an sich binden und mit ihm reden. Irgendwann im Laufe dieses Abends. Er ahnte das wohl, als er sie zu der Gruppe führte, in der Schwarz stand.

»Ah, Schwarz. Darf ich Euch Benedikt Adam Liebert vorstellen, Edler von Liebenhofen?«, fragte Anna, als sie an dem kleinen Grüppchen vorbeikam, in dem auch Johann Conrad Schwarz stand. Der etwas pummelige Liebert reckte den Kopf und stellte sich kurz auf die Zehenspitzen.

Der Angesprochene blickte finster drein, solange er Liebert nicht entdeckt hatte. Erst als Anna ihn vorstellte, zauberte dies ein unverbindliches Lächeln auf seine Miene. »Wer kennt ihn nicht, den großen Ballzauberer«, presste er hervor und unterbrach sich auch sofort selbst, da ihm offenbar bewusst wurde, dass seine Bemerkung auch auf Lieberts geringe Größe anspielte.

Anna wusste, dass auch Schwarz Ambitionen gehegt hatte, den Hochzeitszug der Braut des französischen Dauphins zu beherbergen, aber ihm war die Ehre nicht zuteilgeworden. Es hatte ihn getroffen, aber mehr noch als das war es der pompöse Ball gewesen, der ihn gestört hatte. Liebert hatte sich unendlich wertvolle Kontakte verschafft, und Schwarz war dabei leer ausgegangen.

Es machte ihr kein Vergnügen, die beiden Kontrahenten zusammenzubringen, aber es war für sie notwendig. Es war überlebenswichtig.

»Habt Ihr Euren Gatten schon gefunden?«, fragte Schwarz spitz. Seine Miene zeigte nicht den geringsten Hauch von Ironie. »Oder habt Ihr ihn etwa selbst …« Er sprach nicht aus, was er dachte, doch alle um sie her wussten, was er sagen wollte.

Sie durfte ihm das nicht durchgehen lassen. Sie musste ihn maßregeln, wenn sie überhaupt noch einmal ein ernsthaftes Wort mit ihm sprechen wollte.

»Mein lieber Schwarz, glaubt Ihr nicht, wenn ich jemand verschwinden lassen wollte, dann nicht meinen Mann – oder zumindest nicht als Erstes. Ich würde meine Gläubiger beseitigen. Keine Gläubiger, keine Schulden.« Sie strahlte ihn an, bis er begriff, dass es auch um ihn ging. »Amüsiert Ihr Euch gut? Wisst Ihr, was Ihr da trinkt?«, ließ sie beiläufig fallen und beobachtete, wie ihm die Kinnlade auf die Brust sank und er blass wurde. Dann lachte sie laut auf, sodass alle zu ihnen herübersahen. »Keine Angst. Mir fielen da heimlichere Methoden ein.«

Schwarz schielte auf das Kristallglas, das er in der Hand hielt.

»Ihr habt einen vortrefflichen Humor, Madame«, mischte sich Liebert ein. »Wir sollten uns ebenfalls etwas von dem Giftgebräu genehmigen, das Bankier Schwarz hier in Händen hält. Auch auf die Gefahr hin, hernach mit Krämpfen im Bett zu liegen.«

Anna gluckste. Schon deshalb hatte sich diese kurze Visite ausgezahlt, da Schwarz an diesem Abend keinen Tropfen mehr anrühren würde. Liebert zog sie sanft von dem Bankier weg in Richtung des silbernen Bowlegefäßes, in dessen spiegelndem Äußeren sich die Personen ihrer Soiree verzerrt wiederfanden.

»Ihr habt Mut, Euch mit Eurem Hauptgläubiger solch einen Spaß zu erlauben«, flüsterte Liebert und kicherte leise vor sich hin.

»Das ist kein Spaß, Monsieur Liebert. Ich meine es ernst. Schwarz versucht seit Jahren, meine Fabrique in Grund und Boden zu wirtschaften, um an die Gebäude und meine Musterbücher mit den Rezepturen heranzukommen. Sein Ehrgeiz besteht darin, selbst ein großer Textilveredler in Augsburg zu werden. Jetzt ist es ihm gelungen. Ich schulde ihm solche Mengen, dass ich nicht weiß, wie es weitergehen soll.«

Bedächtig nickte Liebert, während er sich einen Becher einschenken ließ. Dabei musterte er die Schankmagd interessiert. »Also ... ich will Euch nicht beleidigen, Madame Gleich ... aber diese Schankmagd sieht aus, als wäre sie eine jüngere Schwester von Euch.«

Verblüfft sah Anna auf Susanna und Susanna auf Anna. Wieder musste sie lachen.

»Ihr seid ein Spaßvogel, Liebert. Darf ich Euch meine Schwester Susanna vorstellen? Sie ist mit Georg Deisch, dem Bader, verheiratet. Er hat den einen oder anderen österreichischen Edelmann verarztet, der mit Reitfurunkeln am Hintern zusammen mit Marie Antoinette bei Euch eingekehrt ist.«

»Jetzt, wo Ihr es sagt«, ließ er verlauten und zwinkerte Susanna zu, die ihm spaßeshalber mit dem Finger drohte.

Er reichte Anna die Bowle und orderte einen zweiten Becher für sich. Als sie beide mit Getränken ausgestattet waren und einander zugeprostet hatten, wurde Liebert ernst. »Worum geht es, Madame Gleich? Ihr hängt Euch nicht einfach so an meinen Arm. Womit muss ich rechnen?«

Dankbar atmete Anna durch. »Ich freue mich, dass Ihr so offen seid. Ich muss gestehen, zu dieser Soiree habe ich aus Verzweiflung eingeladen. Es geht um die Zukunft der Fabrique Johann Friedrich Gignoux seel. Erben.«

Sie gingen nebeneinanderher. Beide einen Becher in der Hand und Anna bei Liebert untergehakt. Hätte jemand von außen sie so gesehen, er hätte aus ihrer Miene und ihrem Schmunzeln geschlossen, dort unterhielten sich zwei Menschen zwanglos über Belangloses.

»Ich liebe diese Schauspielerei!«, murmelte Liebert.

»Und mir zittern die Knie, wenn ich daran denke, am Ende dieses Abends die Schlüssel zu diesem Haus an Schwarz weiterreichen zu müssen.«

»Ich habe mich erkundigt. Ihr schuldet ihm und anderen eine Summe von über zweihunderttausend Gulden. Wie wollt Ihr das bei den wirtschaftlichen Bedingungen aufholen? Der Fabrique geht es nicht gut. Welche Sicherheiten hättet Ihr?«

Anna wusste sehr wohl darüber Bescheid, wie schlecht die Lage war. Gleich hatte sich erneut davongemacht, wie schon zuvor. Doch diesmal offenbar endgültig. Niemand wusste, wo er sich aufhielt, nicht einmal Schwarz oder Schüle, den sie schon angeschrieben hatte. Buchstäblich in Nichts hatte er sich aufgelöst – und sie damit in die größten Kalamitäten gebracht.

Gleich war nämlich nicht deshalb verschwunden, weil er sich hier unwohl fühlte, sondern weil er sich mit dem neuen Gebäude übernommen und mit den Verbindlichkeiten, vor allem mit denen zu den jüdischen Gläubigern aus Frankfurt, das Geld hatte aus der Tasche ziehen lassen.

»Ich weiß, wie sehr die Fabrique am Abgrund steht, Monsieur Liebert. Und wäre ich auch nur wenige Jahre jünger, hätte ich mich als Pfand angeboten. Ihr wisst, dass ich eine Trennung von meinem Gatten anstrebe. Er hat mich sträflich hintergangen, mich und meine Kinder in den Ruin getrieben und mich der Schande in dieser Stadt ausgesetzt.«

»Langsam, langsam, meine Liebe«, versuchte Liebert, sie zu beruhigen. Er blieb stehen und trank ihr aus dem Becher zu. Zuvor aber hob er ihn gegen Schwarz, der, wie Anna bemerkte, sehr genau beobachtete, was sie miteinander zu reden hatten. »Gleich hat Euch in die Bredouille gebracht. Aber die Fabrique gehört ihm nicht. Nicht wahr?«

»Sie ist immer noch der Besitz meiner Kinder. Ihnen gehören die Fabrique und die Druckergerechtigkeit sowie die darauf liegende Färber- und Bleichergerechtigkeit. Und der Anteil, den mein Schwager Anton und der Schwiegervater hinterlassen haben, wird von mir verwaltet. Darauf hat Gleich keinen Zugriff.«

Bedächtig wiegte Liebert den Kopf und stellte sich immer wieder auf die Zehenspitzen. »Zweihunderttausend Gulden sind keine Kleinigkeit. Wie wollt Ihr die zurückzahlen?«

In Annas Augen trat ein flehender Blick. »Lasst mich arbeiten. Lasst mir freie Hand. Ich verstehe das Handwerk, ich kenne die Arkana. Gleich wollte mich aus der Fabrique drängen, aber er hatte keinen blassen Dunst von dieser Arbeit. Er hat das Geld verprasst, seine Freunde ausgehalten, Huren davon bezahlt und den Rest verspielt. Ich werde sie zur besten Textildruckerei Augsburgs aus–«

»Liebe Gleichin. Ich kann euren Enthusiasmus verstehen. Aber es geht nicht um ein Butterbrot. Was könnt Ihr mir bieten?«

Anna wurde schmallippig. Was wollte Liebert von ihr? »Was stellt Ihr Euch vor?«, presste sie hervor. »Wollt Ihr etwa …«

Jetzt musste Liebert schmunzeln. Mit einer Handbewegung hatte er sie unterbrochen, bevor sie ausgesprochen hatte, was sie dachte. »Nein. Keine Zweisamkeit mit Euch, obwohl ich Euch nicht von der Bettkante stoßen würde, Madame. Ich bin Geschäftsmann, kein Hurensohn wie Euer Gatte.«

Was wollte er? Sie konnte ihn doch nicht in eine dunkle Ecke ziehen und … dann kam ihr der entscheidende Gedanke. »Ich biete Euch einen Namen: Gignoux. So heißt die Fabrique bis heute. Verkauft wurde die Ware bis dato unter dem Namen Gleich. Ich werde sie wieder unter dem Namen Gignoux anbieten. Dieser Klang ist unverfälscht und zeugt von guter Qualität …«

Wieder nickte Liebert bedächtig. Diesmal lächelte er. »Das klingt gut. Wenn Ihr jetzt noch die Produktion dadurch erhöht, dass Ihr Euch über die Zunftschranken hinwegsetzt und wieder indischen Zitz verarbeitet, sind wir im Geschäft.«

Anna versteifte sich. »Ihr wisst, dass ich das nicht kann.«

Liebert zuckte mit den Schultern. »Alle können es. Warum Ihr nicht? Schüle verarbeitet beinahe doppelt so viel indischen Zitz wie Augsburger Webware.«

»Und hat dafür einen hohen Preis zahlen müssen. Er ist deswegen weg aus Augsburg …«

»… und er wird wiederkommen. Ich weiß es. Nirgends findet er diese Bedingungen, sage ich Euch. Nirgends. Und diese Gelegenheit solltet Ihr nutzen.«

BUCH IV

DAS BLAU DES HIMMELS

SOMMER 1771 – SEPTEMBER 1796

I

SOMMER 1771

»Gleichin«, begann Kenlin, der neue Vorsitzende der Weberdeputation, die drei Mann stark zu ihr in den Steinhaufen gefunden hatten. Ulrich Schwenck, Hans Kenlin, Hermann Prew standen vor ihr wie Schuljungen, die ihre Mützen in den Händen vor dem Körper kneteten. Schwenck war mager geworden, als würde eine Krankheit in seinen Eingeweiden wühlen. Aber er schwankte und roch wie eine ganze Destille. Prew war mittlerweile alt und stand gebeugt da.

Anna unterbrach Kenlin sofort. »Gignoux. Ich heiße für Euresgleichen ab jetzt wieder Gignoux.«

»Aber ...«, warf Hans Kenlin ein.

»Kein Aber. Ich führe die Fabrique, mein Mann hat sich aus dem Staub gemacht und mir einen Berg Schulden hinterlassen.«

»Wir akzeptieren diese Umstände«, räumte Kenlin ein. »Aber ...«

Anna fuhr auf. »Ich sagte eben, es gibt kein ›Aber‹. Was wollt Ihr Herren? Soll ich die Fabrique schließen?«

Kenlin, der Wortführer und der jüngste der Weberdeputierten, schüttelte energisch den Kopf. »Nein, das nicht.«

Anna stand auf und kam um den Tisch herum. Sie deutete auf Hallbacher, der an der Tür stand und die Szene aufmerksam beobachtete. »Wie viele Tuche nehmen wir den Augsburger Webern ab, Hallbacher? Zehn? Hundert? Vierhundert?«

Hallbacher räusperte sich, bevor er antwortete. Er war es noch immer nicht gewohnt, frei vor Menschen zu sprechen. Das machte ihn in Annas Augen umso sympathischer. »Über sechstausend, Herrin.«

Anna beobachtete, wie die Abgeordneten der Weberdeputation zusammenzuckten. Sie hatten nicht erwartet, sie informiert zu sehen. »Doch so viel, Hallbacher. Irrt Ihr Euch nicht?«

Hallbacher, der diesmal seine Mütze nicht abgenommen hatte, spielte seine Rolle gut. »Es könnten tatsächlich etwas mehr sein, Herrin. Sicher nicht weniger.«

Anna wandte sich an die drei Männer, die da vor ihr standen. Sie lief sie ab wie ein Spalier aus Soldaten, denen man den Tagesbefehl mitgeben musste. »Und jetzt zu Eurem ›Aber‹, Kenlin. Wenn Ihr die Absicht habt, mir zu sagen, dass ich die Fabrique schließen, den Steinhaufen verkaufen und die Augsburger Weber ins Unglück stürzen soll, dann kommt mir mit einem Aber. Wenn Ihr jedoch der Meinung seid, man sollte versuchen, das Tuch loszuwerden, das wir Euch abzunehmen bereit sind, obwohl wir selbst bis über beide Ohren in Schwierigkeiten stecken, dann lasst dieses Aber und bietet uns einen Preis, der Euch nicht ruiniert und uns nicht ins Unglück stürzt.«

Anna behielt die Deputation im Auge, die sich beim Wiener Gericht beschwert hatte, weil Schüle zu viel indischen Zitz verarbeitete. Er hatte deswegen eine Strafe zahlen müssen, die ihn beinahe in den Ruin getrieben hätte. Und er war deswegen aus Augsburg weggegangen. Nach Heidenheim. Zwar war er nach zweijähriger Interimszeit zurückgekehrt, doch der Verlust für die Weber war enorm gewesen. Viele Familien hatten aus ihren kleinen Häuschen in der Jakober Vorstadt ausziehen und in die Armenhäuser wechseln müssen. Einige hatten sich das Leben genommen, andere waren ganz aus der Stadt weggezogen.

Niemand hatte das vergessen.

Zum ersten Mal seit Langem fühlte sich Anna frei, regelrecht befreit. Wenn Gleich mit seinen Ideen und Vorhaben immer falschgelegen hatte, in einem musste sie ihm recht geben: Wenn man zweihundert Gulden Schulden aufgehäuft hatte, dann hatte man ein Problem mit dem Gläubiger. Hatte man zweihunderttausend Gulden Schulden, dann hatte der Gläubiger ein Problem. Man konnte nicht bankrottgehen, ohne den einen oder anderen mit sich zu reißen.

Aus diesem Wissen heraus lächelte sie in die Runde, denn sie beobachtete mit Genugtuung, wie die drei Herren Weber nervös von einem Fuß auf den anderen traten. So hatten sie sich diese Unterredung nicht vorgestellt.

»Wie steht es, meine Herren Deputierten?«, fragte sie. »Ich kann die Fabrique Johann Friedrich Gignoux seel. Erben morgen schließen, oder die werten Herren akzeptieren mein Angebot. Wenn ich keinen Gewinn mache, macht die Weberzunft Verlust. So einfach könnte man die Situation zusammenfassen.«

Sie hatte einen Preis genannt, der fünfzehn vom Hundert unter dem lag, der derzeit für Augsburger Tuch aufgerufen wurde, und konnte sehen, wie sich die Empörung in den Gesichtern der Männer widerspiegelte. Alle mochten sie ehrliche Kerle, geschickte Handwerker, ehrbare Ehemänner sein, aber sie waren keine Verhandlungspartner, die es mit ihr aufnehmen konnten, denn sie war in einer Situation, die besser nicht sein konnte.

Liebert hatte ihre Schulden übernommen. Damit war sie den Frankfurter jüdischen Kaufleuten von der Schippe gesprungen. Der Augsburger Bankier hatte das allerdings nur mit dem Hinweis getan, dass sie für die städtischen Tuchmanufakturen ein Vorreiter sein musste. Und dies bedeutete, dass sie die Preise für Rohtuchware drücken musste.

Anna fühlte sich stark wie nie. Sie hatte nichts zu verlieren und konnte deshalb alles gewinnen. Gleich würde ihr nicht dreinpfuschen. Niemand wusste so recht, wohin er sich abgesetzt hatte, um dem Schuldturm zu entkommen. Also war sie frei. Frei. Frei!

Hallbacher stand an der Tür und hatte mittlerweile die Arme vor der Brust verschränkt. Mit ihrem Plan war er nicht einverstanden gewesen, hielt aber noch zu ihr.

»Ihr seid verstummt, meine Herren? Deute ich das richtig?«

Hinter einem chinesischen Paravent beim Fenster saß Annas Tochter Felicitas. Irgendwann würde sie mit ihrem Bruder Johann die Fabrique übernehmen. Deshalb galt es, sie rechtzeitig vorzubereiten. Sie war inzwischen alt genug, verheiratet mit Georg Koch, der selbst mit Tuch handelte. Eine kleine Demonstration in Verhandlungsgeschick konnte nicht schaden.

»Nun denn, Hallbacher. Sagt den Frauen in der Manufaktur, wir schließen ab morgen. Sie brauchen nicht mehr zu kommen. Ich habe mit Liebert vereinbart, dass er diesen Steinhaufen hier übernimmt. Er ist leicht die zweihunderttausend Gulden wert.« Sie nickte kurz mit dem Kopf in Richtung der Deputierten, raffte ihren Rock und schwebte zur Tür.

Alle hielten die Luft an. Sie hatte sogar Felicitas hinter dem Paravent heftig einatmen hören. Jetzt, auf diesem kurzen Weg zwischen dem Schreibtisch und der Tür, entschied sich die Zukunft der Fabrique. Zwanzig Schritte, die über ein ganzes Leben bestimmten. Abhängig davon, ob dieser Weber Kenlin begriff, was auf dem Spiel stand, ob er verhandeln konnte oder nur ein biederer Tucherer war.

»Wir stimmen zu!«, hörte Anna ihn sagen. Da hatte sie schon den Türgriff in der Hand. »Fünfzehn vom Hundert. Ihr habt Euch durchgesetzt.«

Anna drückte den Griff, und unter dem Türstock drehte sie sich zu Kenlin und den beiden anderen um, die dastanden wie Statuen und nicht zu begreifen schienen, was da eben geschah. »Bis eben waren es noch fünfzehn. Jetzt sind es siebzehn«, erklärte sie. Sodann rauschte sie hinaus. Das war ein Risiko. Noch nie in ihrem ganzen Leben hatte sie Karten gespielt. Sie hatte nur zugesehen, wenn Gleich am Ende einer Soiree eine Anzahl Männer um sich versammelt und mitgespielt hatte. Die Tür schepperte hinter ihr ins Schloss, und beinahe augenblicklich drehte sie sich um und legte ein Ohr an das Türblatt.

Sie vernahm die Stimmen dahinter dumpf, wie unwirklich und aus einer anderen Welt.

»Hallbacher, jetzt sagt doch endlich etwas dazu!«, herrschte Kenlin ihren Vorarbeiter an.

Hallbacher räusperte sich erneut. »Ihr hättet zustimmen sollen, als es noch möglich war«, sagte er ruhig.

»Aber siebzehn vom Hundert …«, begann Kenlin.

»… solltet Ihr akzeptieren. Sonst verliert Ihr alles. Bis Schüle und andere ihre Produktionen neu aufgerichtet und ausgeweitet haben, werden etliche Familien hungers sterben.«

»Und wenn nicht?«, fuhr ihn eine andere Stimme an.

»Dann gebt Ihr zwanzig vom Hundert nach.«

Ein Murren ertönte, als wären sie sich nicht darin einig, was sie eben gehört hatten.

»Holt sie her, Hallbacher. Ihr habt Einfluss auf sie.«

Annas Vorarbeiter lachte, und in ihren Ohren hörte sich das nicht sehr freundlich an. »Niemand hat Einfluss auf sie. Nicht einmal ihre Kinder. Wer, glaubt ihr, hat die Fabrique unter ihrem verstorbenen Mann geführt? Sie. Und unter Gleich war es dasselbe. Sie machte die Geschäfte, nicht Gleich. Er hat das Geld, das ihm nicht gehörte, verprasst.« Er hielt inne, während sie das Ohr fester an das Türblatt presste. Hätte jetzt jemand geöffnet, sie wäre wie eine Kanonenkugel haltlos ins Zimmer gestürzt. »Wenn ich sie hole, dann werdet Ihr dafür bezahlen müssen. Glaubt mir.«

»Aber zwanzig vom Hundert ist Wucher!«

»Wie man's nimmt. Kein Verkauf ist noch viel problematischer. Und vom Verkaufen versteht die Witwe Gignoux etwas.«

Vor ihrem inneren Auge kneteten die drei Männer ihre Hände, steckten sie in die Hosentaschen, zogen sie wieder daraus hervor. Es kribbelte sie in den Fingern, in der Handfläche, an den Beinen. Am liebsten wäre sie wie ein Flaschenteufel in den Raum geplatzt. Doch sie wusste, wenn sie jetzt hineingringe, würde sie bei zehn oder zwölf Prozent landen. Und der Betrag reichte nicht aus, um dieses Haus zu unterhalten und den Kindern eine Ausbildung angedeihen zu lassen.

Langsam trat sie einen Schritt zurück. Sie ging etwas beiseite, damit man sie nicht sofort sehen konnte, wenn sich die Tür öffnete. Unentwegt starrte sie die Tür an, doch nichts geschah.

Anna bedauerte, Felicitas hinter den Paravent gesteckt zu haben. Ihre Tochter musste dort ausharren, bis das Spiel eine erneute Wendung nahm. Aber das konnte dauern.

2

EIN HALBES JAHR SPÄTER · FRÜHJAHR 1772

Anna war auf der Suche nach Hallbacher. Sie betrat den dämmrigen Raum mit den Kupferwalzen und blieb bei den großen Tischen stehen, an denen die Drucker ihre Arbeit verrichteten. Alle Köpfe wandten sich ihr zu. Sie nickten, und Anna sah den sich bewegenden Lippen an, dass sie begrüßt wurde. Mit einer fahrigen Bewegung scheuchte sie ihre Arbeiterinnen wieder ans Werk.

Gut zehn Frauen arbeiteten den Druckern zu, hinzu kamen der Streichjunge und weitere Kinder, die geschickt in großen Töpfen rührten. Die zusätzlichen Walzen, die von den im Vorderen Lech stehenden Mühlrädern angetrieben wurden, machten einen Höllenlärm, der sie für einen Moment taub werden ließ. Überall wuselten Mädchen und Frauen umher. Nur ihr Vorarbeiter war nirgends zu sehen.

Sie stellte sich auf die Zehenspitzen und spähte nach Hallbachers kahlem Kopf. Da sie ihn nicht entdeckte, musste sie sich tiefer in den Bauch der Fabrique begeben.

Seit sie aus den Holzhütten in diesen Steinhaufen umgezogen waren, schreckte sie vor den Begehungen der Werkräume zurück. Es war ihr zu laut, und die Luft war erfüllt von einem Geruch, der in den Lungen ätzte und sie zum Husten brachte.

Sie winkte eines der Mädchen zu sich, eine hübsche Siebzehnjährige. Sie konnte auch erst sechzehn sein, das war dem verhärmten Gesicht nicht anzusehen. Dunkle Augenringe umgaben müde Augen in einem mageren Gesicht.

Schüchtern kam die junge Frau näher, wischte sich den Dreck an der Schürze ab und machte einen Knicks, als sie vor Anna stand. Die Geste war devot, aber der Blick, den sie ihrer Herrin zuwarf, war trotzig und forsch und stand ganz im Gegensatz zu ihrem sonstigen Verhalten. Sie senkte den Kopf nicht, blickte Anna in die Augen, und ein spöttisches Lächeln spielte um ihre Mundwinkel.

»Herrin?«, begann sie das Gespräch, bevor Anna sie ansprach.

»Sag erst etwas, wenn du gefragt wirst«, herrschte Anna sie an. Sie spürte, wie dieser Satz an dem Mädchen abperlte wie Morgentau auf einem Rosenblatt.

»Wen sucht Ihr?«, setzte das Mädchen sofort nach, als wolle sie verhindern, dass Anna ihr mit einer Frage zuvorkam.

»Wo ist Hallbacher?« Anna musste fast schreien, damit sie verstanden wurde.

Das Mädchen zuckte mit den Schultern und drehte sich wieder zu ihrer Arbeit um.

»Bleibst du vielleicht …«, setzte Anna nach, doch das Mädchen ignorierte sie und wandte sich nicht einmal zu ihr um. »Vermaledeites Gör!«, rutschte es Anna heraus. »Ich bin noch nicht fertig mit dir.«

»Aber ich mit Euch«, murmelte das Mädchen vor sich hin. Anna konnte es nicht hören, dazu war der Lärm zu groß. Das Mädchen hatte vor sich hin gesprochen, aber ihre ganze Haltung, ihre Lippenbewegungen, die sie von seitlich hinten erkennen konnte, sprachen dafür. Sie hatte es gesagt. Anna war sich sicher – und weil sie sich sicher war, empörte sie diese widerspenstige Person.

»Komm augenblicklich her!«, brüllte sie, konnte jedoch kaum den Lärm der Walzen übertönen. Mit dem Finger zeigte sie auf das Mädchen und befahl es zu sich.

»Lasst die Kleine doch in Ruhe.« Hallbacher war plötzlich hinter ihr aufgetaucht. Kurz schrak Anna zusammen, doch dann fing sie sich rasch.

»Könnt Ihr Eure Auftritte nicht etwas sorgfältiger wählen, Hallbacher?«

Er reagierte nicht auf den Vorwurf, sondern trat vor sie und schirmte damit das Mädchen ab.

»Glaubt ihr, es wirkt, dieses … Frauenzimmer hinter Eurem breiten Rücken zu verstecken?«

»Was wollt Ihr hier in der Werkhalle?«, fragte Hallbacher. Es war keine freundliche Nachfrage. »Zur allgemeinen Freude kommt Ihr offensichtlich nicht herunter.«

Anna wusste im ersten Moment nicht, was sie antworten sollte. Hatte die Belegschaft heute der Hafer gestochen? Oder ließ der dauernde Lärm sie Dinge hören, die sie sich nur einbildete?

»Wie heißt das Weib?«, hakte Anna nach.

»Warum wollt Ihr das wissen?« Hallbacher stemmte die Hände in die Hüften, als wolle er ihr drohen. Mit raschem Blick in die Runde erkannte sie, wie sich alle Augen neugierig auf sie beide hefteten. Die Frauen verstanden sicher nichts von dem, was geredet wurde, aber ihre Körperhaltungen sprachen Bände.

»Ich muss mich nicht rechtfertigen, Mann. Den Namen – und zwar schnell.«

Ihr Vorarbeiter musterte sie, als hätte er noch niemals das Gesicht eines Menschen gesehen. »Nun denn«, sagte er schließlich. »Sie ist sechzehn. Sie heißt …« Eine kleine Pause entstand, die Hallbacher dazu nutzte, kurz zu dem Mädchen zurückzusehen. »Sie heißt Felicitas – wie Eure Tochter. Die Mutter arbeitet auch hier. Sie hat Ihr Kind nach …«

»Still!«, herrschte Anna ihn an. Ihr Atem ging rasch. Vieles hatte sie erwartet, nur das nicht. Felicitas. Ausgerechnet Felicitas. Vermutlich nach ihrer Tochter benannt, weil die Mutter hier eine Arbeit gefunden hatte. Sie presste die Lippen aufeinander, bis sie das Gefühl hatte, ein Krampf würde ihre Lippen verunstalten, so sehr schmerzten sie. Was sie jetzt sagen würde, fiel ihr nicht leicht, aber sie durfte das nicht dulden. »Sagt Ihr, sie braucht morgen nicht mehr zu kommen.«

Jetzt war es draußen. Sie fühlte, wie sie schwitzte, wie ihr das Wasser den Rücken hinablief. Ihre Schläfen waren klatschnass, und selbst die Kopfhaut juckte.

»Was sagt Ihr da?« Hallbacher war sichtlich fassungslos.

»Ihr habt mich schon verstanden. Ich will diese Felicitas hier nicht mehr sehen.«

»Das könnt Ihr nicht machen. Die Frauen …«

»Wollt Ihr mir vorschreiben, was ich kann oder nicht kann? Soll ich Euch sagen, was ich auf alle Fälle muss?« Jetzt war auch Anna innerlich aufgewühlt. Sie spürte, wie ihr Gesicht langsam zu glühen begann.

»Ich führe dieses Unternehmen«, zischte sie und spürte gleichzeitig, wie schwach und wenig überzeugend das klang. »Aber Ihr habt meinen Mann dahingehend unterstützt, dass er Gelder aus dieser Fabrique herausziehen konnte.«

Hallbacher war blass geworden wie die gekalkten Wände ihrer Wohnung. Er öffnete den Mund und schnappte nach Luft wie ein Fisch, wenn man ihn aus dem Wasser zog. »*Was* soll ich getan haben?«

»Ihr hättet Euch meinem Mann in den Weg stellen sollen, wie Ihr Euch mir in den Weg stellt.«

Langsam schloss sich Hallbachers Mund, und er begann auf nichts zu kauen, sodass sie selbst im Lärm der Halle seine Zähne knirschen hörte.

»Wenn wir schon dabei sind, Wahrheiten auszusprechen – ich werde die Gehälter kürzen müssen – auf ein für die Fabrique erträgliches Maß.«

Immer größer und größer wurden die Augen ihres Vorarbeiters, und immer feuchter. »Das … das … könnt Ihr nicht tun«, stieß er hervor.

»Das werde ich tun – und Ihr werdet mich dabei unterstützen. Es ist Eure Aufgabe, dies den Frauen zu sagen.«

Zum ersten Mal in ihrem Leben sah sie in Hallbachers Augen Tränen schimmern. Er zog die Nase hoch und spuckte in weitem Bogen in die Halle hinein. Sein Atem ging stoßweise, und es dauerte, bis er sich so weit gefangen hatte, dass er wieder sprechen konnte. »Dabei werde ich Euch nicht unterstützen, Herrin!«, fauchte er, während er sein Gesicht langsam wieder Farbe annahm. Er ballte die Fäuste, und sie befürchtete schon, er könne auf sie losgehen.

So zornig hatte sie ihn noch nie gesehen.

»Meine Frauen verdienen sowieso schon kaum etwas, und Ihr wollt ihnen noch die Butter vom Brot nehmen?«

Anna sah ihn spöttisch an. »Eure Frauen. Verkennt Ihr da nicht etwas? Es sind meine Frauen, nicht die Euren.«

»Sagt es Ihnen selbst, wenn Ihr den Mut aufbringt. Geht hinein, und sagt es Ihnen. Jetzt.«

Anna musterte Hallbacher von oben bis unten. Er war alt geworden, obwohl er sicher erst die fünfzig überschritten hatte. Hatte er sie früher um einen halben Kopf überragt, wirkte er jetzt bereits gebeugt und zusammengefallen. Dennoch war er unentbehrlich. Niemand kannte die Abläufe der Produktion so wie er, niemand wusste über Farben und Abdeckpapp mehr als er, ausgenommen natürlich sie selbst.

»Das könnt Ihr nicht tun«, flehte er.

»Hallbacher, ich habe zweihunderttausend Gulden Schulden. Die tilgen sich nicht von selbst. Sie verschwinden nicht, indem man herumsitzt und Däumchen dreht. Entweder ich streiche die Gehälter, oder *Eure* Frauen haben gar nichts in der Tasche. Sagt Ihnen das.«

Sie stieß Luft durch die Nase aus und drehte sich um. Sie wollte die Werkhalle wieder verlassen. Kaum war sie drei Schritte gegangen, musste sie noch etwas klarstellen und wandte sich wieder Hallbacher zu.

Der stand da wie das reine Elend, gebeugt, mit einem bleichen Teint und nach vorn gefallenen Schultern.

»Denkt dran. Ich will diese Felicitas nicht mehr sehen!«

3

WINTER 1772

Sie saßen sich im Schlitten gegenüber, Anna und Catharina. Wangen wie rote Äpfel, die Fellmützen tief über den Ohren und die wollenen Decken bis zum Hals hochgezogen. Die Glocken an den Pferdeschlitten klingelten in einem fort in einer Höhe, die gerade noch erträglich war, aber ein wenig angenehmes Schrillen im Ohr hinterließen. Die beiden Schimmel wirkten wie schmutzige Flecken im Weiß des Tages.

Mit einer Kraft, die in den Augen wehtat, strahlte die Sonne und ließ den Schnee auf den Fluren in allen Farben glitzern. Anna musste die Augen schließen, um all das ertragen zu können. Seit Wochen war sie nicht mehr aus dem Haus gekommen und aus der Stadt heraus ohnehin nicht. Jeder Atemzug war herrlich und stach dennoch in die Lungen, als wollte er ihr damit zeigen, sie lebe noch.

»Er hat es geschafft«, begann Anna, und eine Atemwolke wehte aus ihrem Mund. Es war so kalt, dass die Feuchtigkeit auf ihren Härchen um den Mund und auf der Wange gefror und so einen spürbaren Reif bildete. Beide Frauen sahen sich an, deuteten auf diesen Altherrenbart auf Zeit und kicherten dabei wie kleine Mädchen.

Catharina nickte. »Edler von Schüle. Klingt gut.«

»Und verschafft ihm in der Stadt den nötigen Respekt«, ergänzte Anna. Die Wolke aus Atemluft verflog rasch, obwohl die Pferde einen gemächlichen Trab gingen. »Damit ist wenigstens Euer Mann erfolgreich.«

»Auch wenn es nur ein persönlicher Adel ist, den ihm Kaiser Joseph da verliehen hat«, beschwerte sich die Freundin. »Was habe ich davon? Nichts. Ich bin noch immer eine Schüle, keine Edle von Schüle.«

Zu gut verstand Anna, was ihre Freundin damit sagen wollte. Titel und Namen waren eine Währung, die man nicht hoch genug bewerten konnte. Schüle war nicht mehr der Jüngste. Mit etwas über fünfzig musste man damit rechnen, von dieser Welt abzutreten. Wenige wurden älter als sechzig, noch weniger erreichten das siebzigste Lebensjahr. Da Catharina erheblich jünger war als Schüle, würde ihr selbst von dem Adelstitel nichts bleiben.

»Habt Ihr schon Nachricht von Gleich?«

Es war, als würde sich eine Wolke vor die Sonne schieben. Sofort wurde es eine Spur kälter, und Annas Stimmung sank in den Keller.

»Nicht nur, dass ich Schulden abzuarbeiten habe, die mich fast erdrücken«, knurrte sie. »Gleich hat sich abgesetzt und seither nicht einmal ein Husten von sich gegeben. Ich habe etliche Anfragen gestellt in Heidenheim, in Frankfurt, in Straßburg, überall, wo ich diesen Filou vermute. Aber er scheint wie von Erdboden verschluckt – und ich hoffe, dass ihn eine Erdspalte gnädig aufgenommen hat und an ihrem Grund verrotten lässt.«

»Anna, Anna, Anna, so kenne ich Euch gar nicht«, rief ihre Freundin. »So gehässig. So hart!«

»Ich hätte vor zehn Jahren nicht nachgeben dürfen«, erwiderte Anna und dachte, dass sie damit einen großen Teil ihres Lebens an einen Mann verschwendet hatte, der nicht einen Monat ihrer Zeit wert gewesen wäre. Weder hätte sie ihn heiraten noch dem ersten Vergleich zustimmen dürfen, der Gleich dazu veranlasst hatte, das neue Gebäude zu bauen und damit das Geld der Fabrique zu verschwenden. Damit hatte er ihr nämlich nicht nur die Schulden überlassen, sondern auch die Bürde ihrer Verheiratung. Offiziell war sie immer noch die Gleichin, obwohl sie bereits alle ihre Tätigkeiten wieder mit dem Namen ihres ersten Mannes unterschrieb, mit Gignoux.

»Warum reicht Ihr nicht noch einmal eine Scheidungsklage ein, teure Freundin? Jetzt ist es doch offensichtlich. Die alten Widersacher sind weg. Schwarz ist mittlerweile tot, Bayersdorf alt, außerdem habt Ihr Euch mit ihm verglichen, der Bürgermeister hat ebenfalls das Zeitliche gesegnet. Es sollte Euch jetzt gelingen, die Scheidung durchzusetzen. Offenbar war und ist Gleich doch nicht der treu sorgende Ehemann und Hausverweser, der er angeblich war.«

Der Gedanke war Anna auch schon gekommen. Aber eine wichtige Hürde stand dem entgegen. »Glaubt Ihr, ich bekäme Kredit und Aufträge, wenn ich in dieser Männerwelt als Frau auftreten würde?«

»Aber Ihr tretet doch als Frau auf. Oder wächst Euch zwischen den Beinen etwas Auffälliges?« Catharina kicherte, und Anna stieß die Freundin mit dem Ellenbogen in die Seite. Auch sie musste schmunzeln.

»Nein, das nicht. Aber ich bin nicht allein. Gleichs Name steht immer im Hintergrund, und ich vertrete ihn nur. Das vermittelt meinen Auftraggebern Sicherheit, weil ich mit ihm verheiratet bin. Als seine Vertreterin akzeptieren sie mich – noch. Ich habe jetzt keine Zeit, meine Scheidung voranzutreiben. Ich muss diese verflixten Schulden abbauen.«

Catharina schwieg eine ganze Zeit, während der sie die Brücke bei Pfersee überquerten und in Richtung Stadtbergen weiterfuhren. Der Schlittenhang, zu dem sie unterwegs waren, lag im Südwesten des kleinen Ortes. Der Hang war als dunkle Anhöhe bereits von hier aus zu erkennen.

Schlittenfahren wie die Kinder, dachte Anna. Sie war froh darüber, dass Catharina sie dazu aufgefordert hatte, sie zu begleiten. Was konnte es Unverfänglicheres geben, als durch das Weiß des Neuschnees zu toben. Anna bedauerte nur, ihre Tochter nicht mitgenommen zu haben, doch Felicitas mühte sich derzeit mit ihrer ersten Schwangerschaft ab. Und ein Schlittenvergnügen war nicht das, was ihr derzeit zuträglich war.

»Was für eine verquere Welt, in der die Männer eine Manufaktur an den Rand des Ruins treiben und dennoch angesehener sind als eine Frau, die dieses Unternehmen rettet, aber als Unternehmerin nicht zählt.«

»Solange er mir nicht in die Geschäftsbücher spuckt, soll er bleiben, wo er ist.«

Wieder verfiel Catharina in Schweigen, und Anna besah sich ihre Freundin von der Seite. Sie kaute auf den Lippen.

»Bedrückt Euch etwas, Catharina? Seid Ihr womöglich wieder schwanger – in Eurem Alter?«

Kurz ruckte Catharinas Kopf zur Seite, und sie sahen sich in die Augen. Eine Mischung aus Trauer und Kleinmut lag darin, die Anna nicht deuten konnte. »Schwanger? Wo denkt Ihr hin. Schüle ist zwar immer noch ein Stier, was nicht immer leicht ist, aber meine Zeit ist abgelaufen. Das hat auch seine Vorteile.«

»Aber ich sehe Euch doch an, dass Euch etwas bedrückt. Hat Schüle eine Geliebte?«

Jetzt musste Catharina lachen. Der Kleinmut im Blick verschwand und wurde von einem gewissen Schalk abgelöst. »Eine? Ich vermute und hoffe, ein halbes Dutzend. Wie gesagt, er ist immer noch ein Stier. Solange er sie mir nicht persönlich vorstellt, soll er sie beglücken …«

Beide Frauen nickten und giggelten leise vor sich hin. Doch dann grub Catharina Schüle ihre Hand aus dem Deckenberg, legte einen Finger auf die Lippen und deutete mit einem Winken des Kopfes zu dem Kutscher vor, der den Pferden gerade ein wenig die Peitsche gab und sie vorwärtstrieb.

Anna hob überrascht die Augenbrauen, nickte aber. Sie würde später nachfragen.

Ihr Schlittengespann pflügte durch ein köstliches Weiß quer über die Felder hinweg, das aber durch unzählige Schlitten- und Hufspuren zerwühlt war. Rechts von ihnen lag Stadtbergen. Von einer Anhöhe herunter grüßte die Kirche und bewachte die wenigen Gehöfte rundum. Sie fuhren über eine Flur, die übersät war von kleinen runden Hügeln, als hätte sie einen Ausschlag. Man erzählte sich, dass dies ein Friedhof mit uralten Gräberwerken gewesen sei, aber Anna glaubte dem nicht. Die Spuren führten links und rechts daran vorbei auf ein Ziel zu, den Schlittenhang.

Auch sie steuerten darauf zu. Ihr Kutscher lenkte den Pferdeschlitten einen kleinen Weg am Rande einer Rodung den Hang hinauf, bis die Gäule sich weigerten, auch nur einen Schritt weiterzuziehen.

Ganz oben standen Menschen, dick eingepackt in Felle und Decken. Männer, Frauen und Kinder tobten auf den unterschiedlichsten Geräten den Hang hinab, warfen ganze Staubwolken voller Schnee hinter sich auf, schrien, kreischten, wurden von ihren Gefährten geworfen, lachten und versammelten sich am Fuß des Berges. Sie klopften sich gegenseitig den Schnee aus den Kleidern und stapften am Rande der Fläche wieder nach oben.

»Ich glaube, wir sind da!«, sagte Catharina und deutete auf eine Meute von drei Kufenschlitten, die sich zusammengehängt hatten und jetzt gerade übereinanderpurzelten.

Anna fühlte ein wenig die Erregung ihrer Kindheit, auch wenn sie feststellte, hier am Hang eindeutig zu den älteren Semestern zu gehören.

»Ob sie uns noch auf den Hang lassen?«, fragte sie scherzhaft.

»Ihr werdet schon sehen!«, verkündete Catharina.

Sie schlug die Decken zurück und ließ sich in den Schnee neben dem Schlitten gleiten. Anna folgte ihr. Es war eisig. Froh war sie, unter ihren Rock eine Reithose angezogen zu haben. So zog die Kälte nicht zu sehr die Schenkel hoch.

Der Kutscher, der Catharina ganz offensichtlich mit einem gewissen Misstrauen beobachtete, half ihnen, die beiden Rodel vom Pferdefuhrwerk zu nehmen. Anna schlüpfte in fellgefütterte Handschuhe, nahm eine der Rodelleinen und stapfte Catharina hinterher. Die blieb stehen und drehte sich kurz um.

»Wartet am Fuß des Berges bei den anderen auf uns«, rief sie dem Kutscher zu.

Der nickte, stieg auf und wendete den Schlitten. Erst als er so weit weg war, dass sie das Klingeln der Glocken kaum mehr vernahmen, ließ Catharina Anna aufschließen. Stumm stapften sie nebeneinanderher den Hang hinauf. Oben sahen sie über den Hang hinweg bis zur Stadt hinüber, über der eine gewaltige Dunstglocke aus Rauch stand. Beide Frauen keuchten vor Anstrengung.

»Die Einladung war nicht nur eine Einladung?«, begann Anna und musterte die Schülin streng von der Seite.

»Ihr habt ins Schwarze getroffen, Anna.« Catharina blickte nach links und rechts, ob auch niemand in Hörweite stand und lauschen konnte. »Ich möchte Euch warnen.«

»Warnen?«, wiederholte Anna. So viel Direktheit war sie von ihrer Freundin nicht gewohnt. »Wovor warnen?«

»Schüle ist jetzt nicht nur geadelt worden, er schließt auch im Frühjahr seine Bauarbeiten vor dem Roten Tor ab. Er lässt zwar in einem Flügel bereits arbeiten, aber das genügt ihm nicht. Das bedeutet einmal, dass er die Menge um über das Doppelte erhöhen wird. Deshalb ist ihm die Konkurrenz ein Dorn im Auge.« Sie machte eine theatralische Pause und nahm Anna fest in den Blick. »Er will seine Konkurrenz … schlucken. Ja, er hat ›schlucken‹ gesagt. Mit der Gleich'schen Fabrique will er beginnen.«

Anna war wie vom Donner gerührt. Der frischgebackene Edle von Schüle spielte mit Monopolgedanken.

»Ich habe gehört, wie er gesagt hat, die Fabrique von Gleich würde ihm schließlich auf dem Silbertablett serviert.«

Im ersten Moment wusste Anna nicht, was sie sagen sollte. Sie starrte ins Leere und ließ den Blick über die Weite schweifen, die sich vor ihr auftat. Erst als ihr Blick auf den Kutscher fiel, der unten neben den beiden Schimmeln stand und zu ihnen hochschaute, fasste sie sich wieder.

»Wir werden beobachtet«, sagte sie beiläufig, zog ihren Schlitten vor sich und setzte sich darauf.

Ohne auf Catharina zu warten, schob sie sich vorwärts und ließ ihr Gefährt über die flockige Schicht gleiten. Die Schneedecke der Vortage war hart gefroren, aber der Nachtschnee hatte sich so federleicht darüber ausgebreitet, dass sich in der Sonne ein Regenbogen bildete, wenn er aufstob. Sie nahm rasch Fahrt auf und jagte über den Hang, ohne genau zu sehen, wohin es ging. Sie hörte sich selbst juchzen, und die Stimme hinter ihr musste die Catharinas sein, die zu ihr aufschloss und sie beinahe überholte.

Sie steuerte mit den Stiefeln und ließ endlich die Schussfahrt auslaufen, bis der Schlitten zum Stehen kam. Catharina war ihr mindestens drei Schlittenlängen voraus.

»Warum seid Ihr schneller als ich?«, fragte Anna, als sie aufstand. Ihr Gesäß tat etwas weh von den harten Schlägen der Bodenwellen.

Catharina lächelte verschmitzt. »Ich habe die Kufen mit etwas Kerzenwachs eingerieben. Das macht sie schneller«, gestand sie mit Unschuldsmiene.

»Das ist Mogelei!«, beschwerte sich Anna lachend.

»Nein, das ist Wissen. Und Wissen verschafft Vorteile.«

Anna bemerkte, dass sie wieder ihren Blick suchte. Schließlich nickte sie der Freundin zu. »Ihr habt recht, Catharina. Wer von Bedrohungen weiß, kann sich wappnen.«

Sie griffen nach den Rodelleinen und stapften nebeneinanderher den Hang empor, beobachteten die ausgelassene Jugend, die sich jagte, überschlug und gegenseitig ausklopfte, wenn man über und über bestäubt war.

»Hat er schon konkrete Pläne?«, fragte Anna nach, während sie auf eine Gruppe von fünf Schlitten deutete, die sich hintereinandergehängt hatten und jetzt kreischend und purzelnd den Hang hinabjagten.

»Ich weiß es nicht, aber er wollte mit Liebert reden. Und wenn er das tut, dann geht es um die Übernahme von Krediten. Vielleicht solltest du Liebert vorwarnen.«

Anna nickte. Sie beobachteten die Verliebten und Werbenden, die Verheirateten und Einsamen, die sich allesamt in dem Vergnügen wiederfanden, durch Schnee zu toben und sich ausgelassen zu freuen. »Wir sollten die düsteren Gedanken wegschieben. Jedenfalls für heute, Catharina. Danke noch einmal für die Warnung. Ich werde mir etwas überlegen.«

»Ja«, sagte Catharina. »Kommt. Ich schwitze vom Hochlaufen. Lasst uns fahren!«

Sie stellten die Schlitten nebeneinander und schoben sich mit den Beinen an. Pfeilschnell flogen sie den Hang hinab. Die eisige Luft schnitt ihnen in die Gesichter, und der Feenstaub aus Schneekristallen bedeckte sie beinahe ganz. Doch die Leichtigkeit, mit der sie über den Hang flogen, nahm Anna etwas von der Schwermut, die sie bei dem Gedanken beschlich, gegen den größten Textilveredler der Stadt kämpfen zu müssen.

4

EIN HALBES JAHR SPÄTER · SOMMER 1773

Anna mochte keinen von ihnen. Schwenck und Wigk waren alt geworden, rochen nach Schnaps, Bier und Urin, nur Kenlin war in der Weberdeputation noch eine Größe, der sie etwas geistige Weite zutraute.

Die Männer saßen, während sie ihr keinen Platz angeboten hatten. Wie eine Bittstellerin stand sie vor ihnen.

»Ihr wollt Euch also beschweren, Gleichin«, fasste Kenlin ihre Ausführungen zusammen.

Warum man sich gerade in der Weberzunftstube treffen musste, erschloss sich Anna nicht. Es war hier zu warm und zu stickig. Aber vielleicht war ebendas der Grund. Niemand wollte sich hier länger aufhalten als unbedingt nötig.

»Nein, will ich nicht«, sagte sie und entlockte Kenlin das Heben einer Augenbraue.

»Aber …«, versuchte er einzuwenden.

Doch Anna unterbrach ihn. Sie hatte genug von dieser bräsigen Art, sich mit ihr abzugeben. »Ich möchte nur darauf hinweisen, dass ich und andere Textilveredler unsere Manufakturen jederzeit offen halten müssen für eine Kontrolle der Weberdeputation oder des städtischen Rates, aber Johann Heinrich Edler von Schüle eine Mauer bauen darf, die es unmöglich macht, zu sehen, was dahinter geschieht. Ich habe deshalb die Frage gestellt, ob das rechtens ist, und einen Antrag eingereicht, der es mir erlaubt, ähnlich zu verfahren und meine Manufaktur für die Weberdeputation und den Rat zu schließen.«

»Als Frau?«

Die Bemerkung verschloss ihr den Hals. Sie kam von Hans Wigk, dessen Alter ihn womöglich entschuldigte. Aber alle hatten gehört, was er gesagt hatte, und es verstanden.

Anna hatte diesen Kampf schon einmal geführt, und sie würde ihn wieder führen.

»Meine Herren«, begann sie leise und langsam. »Ihre Zunft hat nur deshalb Bestand, weil es Manufakturen wie die meine gibt, die das Tuchwerk der Augsburger Weber überhaupt noch verarbeiten. Wie Ihr wisst, hat sich der Edle von Schüle vom Kaiser das Recht zusichern lassen, indischen Zitz zu verarbeiten.«

»Wogegen nichts zu sagen ist«, warf Kenlin ein.

»Da habt Ihr recht. Aber wie wollt Ihr das kontrollieren, wenn die Mauer verhindert, einen Blick hinter die Mauer zu werfen? Wollt Ihr den Beteuerungen Schüles glauben? Er ist ein rechtschaffener Mann, aber er hat Euch schon einmal übers Ohr balbiert. Vorsicht ist die beste Versicherung. Schließlich möchte ich noch einen Punkt anführen und ins Gedächtnis rufen: Meine Fabrique gehört zu den größten hier in der Stadt. Falle ich weg, bricht Euch ein Abnehmer weg und …«

»Dann verkaufen wir eben an Schüle!«, fiel ihr Kenlin ins Wort.

Anna hatte atemlos gesprochen, ohne Punkt und Komma und ohne viel Luft zu holen. Sie sah in die Runde. Weshalb wurde hier nicht ausgetauscht? Die Männer waren alt, gebrechlich und einige nicht mehr ganz richtig im Kopf – und doch hielt man an ihnen fest. War es Gewohnheit oder Mangel an Verstand? Sie räusperte sich. »Warum lasst Ihr mich nicht ausreden, Kenlin? Befürchtet Ihr, ich würde die Wahrheit benennen und Euch damit zum Denken anregen?«

Ein Murren lief durch die Deputation, und die Stimmung wandte sich eindeutig gegen sie. Jetzt musste sie ihren letzten Trumpf ausspielen, bevor es zu spät war.

»Ihr werdet vermutlich nicht weniger Tuch verkaufen. Da habt Ihr recht«, gestand sie den Männern zu. »Aber ihr werdet weniger dafür bekommen, weil nicht zwei Konkurrenten den Preis in der Waage halten, sondern nur ein Monopolist den Preis bestimmen wird. Ist das in Eurem Interesse?«

Die Männer sahen sich an und steckten die Köpfe zusammen. Anna hörte sie murmeln und reden, aber sie konnte nicht verstehen, was sie sagten.

Wie lange sie gebraucht hatte, um eine Möglichkeit der Gegenwehr zu finden! Natürlich hatte sie mit Liebert gesprochen, und er war beeindruckt gewesen, mit welcher Wucht sie ihre Verbindlichkeiten tilgte. Aber er hatte ihr auch beschieden, einer Ablösung aller Schulden auf einen Streich nicht widerstehen zu können und zu wollen. Schüle verdiente im Jahr mehr, als Gleich an Schulden aufgehäuft hatte. Sie zu kaufen war für ihn ein Leichtes.

Ihr war buchstäblich nichts eingefallen, bis sie vor das Tor gewandert war und gesehen hatte, wie Arbeiter eine Mauer um das Gelände der Schüle'schen Tuchfabrik hochzogen. Das U-förmige Gebäude wurde an der offenen Seite geschlossen. Sofort war ihr der Gedanke gekommen, dass dort im Innenhof ein Dutzend Fuhrwerke stehen und ihre Waren lagern konnte, ohne dass dies kontrolliert werden konnte. Da Schüle ohnehin mehr Zitz importierte, als der Rat der Stadt und die Weberdeputation erlaubten, sah sie darin den Hebel, ihn zu beschäftigen.

Sie blickte auf, als sich Kenlin räusperte und so ihre Aufmerksamkeit einforderte.

»Gleichin, Ihr setzt uns da ein Messer auf die Brust ...«, begann er, und die übrigen Männer der Deputation nickten.

Kurz überlegte sich Anna, ob sie sich gegen diese Unterstellung wehren sollte oder nicht, entschied sich dann aber, das Gespräch abzubrechen. »Nun denn«, sagte sie mit einem metallischen Ton, der in den Raum schnitt, als wolle er ihn teilen. »Dann verschwenden wir hier nur unsere Zeit. Ich habe für meinen Sohn eine Fabrique zu leiten, und Ihr ... Ihr müsst in den Ratskeller, die Ansichten einer Frau hinunterzuspülen. Außerdem, meine Herren, tun mir die Füße weh!« Sie lächelte in die Runde, drehte sich um und ging zur Tür.

»Jetzt wartet doch, Madame Gignoux«, rief ihr Kenlin nach.

Anna hielt tatsächlich inne, so überrascht war sie. »Wie habt Ihr mich genannt?«, fragte sie über die Schulter, ohne sich umzudrehen. Ihr Atem ging schneller.

»Ihr habt mich gehört, sonst würdet Ihr nicht stehen bleiben. Wir wissen, dass Ihr Eure Aufträge wieder mit Gignoux unterzeichnet. Wir kannten Euren Mann gut und wussten seine Treue gegenüber der Stadt und dem Zunfthandwerk zu schätzen. Wir werden also ...« Er holte kurz Luft. »Wir werden also beim Rat einschreiten und die Aufhebung der Mauer beantragen. Das wird Euch die Zeit verschaffen, die Ihr benötigt.«

Ein empörtes Gemurmel erhob sich, und Anna ahnte, dass Kenlin hier als Vorsitzender nicht die Haltung der ganzen Deputation wiedergab. Sie nickte, blieb aber mit dem Rücken zu den Männern stehen.

»Ich danke Euch, meine Herren«, presste sie hervor, dann war sie durch die Tür.

Als sie vor der Treppe stand, zitterten ihr die Knie so sehr, dass sie kurz innehalten musste, um nicht die Stufen hinabzustürzen. Die Deputation hatte sich – widerwillig zwar – auf ihre Seite geschlagen. Jetzt galt es noch zwei weitere Hürden zu nehmen: Sie musste noch einmal zu Liebert, und sie musste mit Hallbacher reden.

Langsam stieg sie abwärts, immer eine Hand am Handlauf. Ihre Knie zitterten noch immer, als sie unten anlangte und durch den Beschau- und Verkaufsraum eilte.

»Herrin!«, wurde sie angerufen, als sie das Zunfthaus der Weber verließ.

Sie drehte sich um ihre eigene Achse, weil sie nicht hatte hören können, von wo die Stimme gekommen war.

Hallbacher lehnte an einem Pfosten des Eingangstors. Als sie ihn sah, kam er zu ihr.

»Hallbacher, was macht Ihr hier? Habt Ihr nichts Besseres zu tun?«, herrschte sie ihn an.

Kurz langte sie nach ihm und hielt sich an ihm fest, weil ihr rechtes Bein wegzuknicken drohte.

»Geht es Euch gut?«, fragte er, und auf seinem Gesicht spiegelte sich Sorge.

»Natürlich!«, erwiderte sie. »Was treibt Euch hierher? Spioniert Ihr mir nach?«

»Herrin ...«, begann er, aber sie wusste, er war nicht der geborene Redner. Er war ein Mann mit einem großartigen Verständnis für Maschinen, der jedoch, wenn er zwei Sätze aneinanderreihen sollte, zu schwitzen begann.

»Erklärt Euch endlich. Ich muss weiter«, drängte sie.

»Erinnert Ihr Euch an die junge Hilfskraft, die Felicitas Mennlin?«

Anna musste kurz nachdenken, nickte dann. »Ich wusste nicht, dass sie Mennlin hieß.«

»Ja. Ich weiß. Ihr interessiertet Euch nicht für das Mädchen«, fuhr Hallbacher unbeirrt fort. »Ich wollte Euch nur sagen ...«

Anna seufzte. Langsam ging ihr dieses Zögern und diese Heimlichtuerei auf die Nerven. »Jetzt redet halt, Mann!«

Hallbacher verzog den Mund, als würde ihn diese Zurechtweisung schmerzen. »Die Felicitas Mennlin, sie hat sich das Leben genommen.«

Anna starrte Hallbacher an. Sie wollte zuerst nicht wahrhaben, was er ihr da gesagt hatte, doch dann begriff sie. »Und Ihr wollt mir vorhalten, sie hätte es getan, weil ich sie entlassen habe? Das ist doch ein himmelschreiender Unsinn.«

Ihr Vorarbeiter nickte und kramte im Ärmel seines Hemdes. Schließlich zog er einen Zettel hervor, in den sicherlich schon Fleisch oder Fisch eingewickelt gewesen war. Er war schmutzig und abgerissen. Aber mitten auf dem Zettel stand etwas, das ihr das Blut in den Adern gefrieren ließ. In einer ungelenken, des Schreibens wenig geübten Handschrift stand dort mit einem rußigen Stift notiert nur ein einziges Wort – und das war durchgestrichen: ~~Gleichin~~.

»Man hat es ihr aus der Hand genommen«, erklärte Hallbacher und reichte ihr den Fetzen. »Ich finde, das solltet Ihr wissen.«

Anna zuckte zurück. Sie wollte das Papier nicht. »Bleibt mir weg damit«, herrschte sie ihn an. »Was deutet Ihr da in ein Stück Papier? Das ist doch Unsinn! Und jetzt schaut, dass Ihr wieder an die Arbeit kommt.«

Sie drehte sich um und lief die Straße entlang bis zum Brotmarkt und zum Siegelhaus, ohne sich umzudrehen. Von dort konnte man Lieberts Palast sehen. Sie musste mit ihm reden. Unbedingt. Da durften ihr Gedanken wie die an diese Mennlin nicht dazwischenkommen. Was bildete sich Hallbacher nur ein! War sie jetzt auch noch für die Welt verantwortlich? Nein.

Hätte sie Taschen im Kleid gehabt, hätte sie ihre Hände hineingesteckt und zu Fäusten geballt. So aber stapfte sie nur mit vorgebeugtem Oberkörper in Richtung Liebert-Palais.

5

ZWEI JAHRE SPÄTER · SOMMER 1775

Sie mochte diesen dicken Kerl, dessen Augen so flink waren, dass man ihnen gar nicht hinterherschauen konnte. Unmäßig war das Wort, das man am ehesten mit ihm verband. Unmäßig in der Sprache, unmäßig in seinen Ansichten und unmäßig im Trinken. Dass dabei sein Körper aus den Fugen geriet und ebenso überbordete wie sein Geist, war nur eine logische Folgerung daraus.

Schon seit sie das erste Mal Schubarts *Deutsche Chronik* aufgeschlagen hatte, musste sie diesen Mann bewundern. Er war ein Freigeist, einer, der seinen Gedanken keine Fesseln anlegte und die Wahrheit auf der Zunge führte.

Seit sie in dem Buch gelesen und unter dem 9. Januar 1775 den Satz gefunden hatte: »*Unsere Gerichte ahmen nur Gott im Strafen nach, aber nicht im Belohnen*«, musste sie ihn zu einer ihrer Soireen einladen. Hatte sie nicht ebendas erlebt? War ihr nicht eben diese Ungerechtigkeit widerfahren?

Und wenn er seine Leser darauf einstimmte, dass er sie nicht mit Schlittenfahren und Galatagen unterhalten werde, sondern über Ungerechtigkeit, Übergriffigkeit und Machtmissbrauch sprach, dann traf er eine Saite in ihr, die immer stärker zu schwingen begann. Allerdings hatte er sie bis ins Mark brüskiert. Außerdem fühlte sie ihr Innerstes aufwallen, wenn sie den folgenden Satz las: »*Foltert die Verbrecher.*« Wie gut sie dieses Zitat nachempfinden konnte!

Er war zu ihrem Abend gekommen. Anna hatte wieder ihren Fabrique-Innenhof herrichten lassen. Jetzt saß Schubart in einer der Ecken auf einem Podium, erhöht über den Gästen, die um ihn her standen, ein Glas in der Hand und plauderten. Man sah ihm den Missmut über diese Situation an.

Er stürzte Wein in einer Geschwindigkeit und Menge in sich hinein, dass man fürchten musste, er würde vom Podium fallen und sich ernsthaft verletzen.

Anna roch, dass Catharina sich von hinten an sie herangepirscht hatte. Ihr Parfum war derzeit etwas penetrant.

»Was ist Euch da nur eingefallen, meine Liebe?«, frotzelte die Freundin. »Aus welchem Urwald habt Ihr den geholt?«

Anna rührte sich nicht, sondern beobachtete die Gäste, die sich entweder amüsierten oder abgestoßen fühlten von dem Sammelsurium an Gedichten, Anekdoten, Briefen, Bemerkungen und Schnurren über Politik, Literatur, Kirche und Welt.

»Gerade so soll es sein«, entgegnete Anna. »Je gegensätzlicher die Zuhörer reagieren, desto angenehmer die Gespräche.«

»Wenn es Euch taugt!« Catharina verstummte, blieb aber weiter bei Anna stehen.

»Was noch?«, fragte diese endlich.

»Wie steht es um Gleich?«, kam prompt die Frage.

Anna riss sich von Schubart los, nahm Catharina am Arm und führte sie zur Seite. »Liebste Freundin, Ihr habt eine Begabung, gerade den Finger in die Wunde zu legen, die am meisten schmerzt. Ich weiß nicht, wo er abgeblieben ist. Wie vom Erdboden verschluckt.«

»Lasst Ihr ihn suchen?«

»Natürlich, aber ich habe nicht wirklich Zeit dafür, ihn auspähen zu lassen. Soll er bleiben, wo der Pfeffer wächst – und die Hoffnung ist nicht unberechtigt, dass es ihn nach Übersee verschlagen hat.«

»Wie geht es Eurem Sohn?«, stocherte Catharina weiter.

»Johann Friedrich? Besser. Er erholt sich gut. Jung müsste man noch einmal sein«, erwiderte Anna und wusste gleichzeitig, dass sie schwindelte. Johann hatte sich beim Besuch in der Manufaktur an einer der Kupferwalzen geschnitten, und die Entzündung verheilte nur langsam. Das Fieber sank zwar mittlerweile, aber es verschwand nicht. Sie schätzte ihn noch für vier Wochen im Krankenstand. Ihre Schwester Susanna saß bei ihm und löffelte ihm Hühnerbrühe ein.

Wieder entstand eine Pause zwischen ihnen.

Mittlerweile hatte Schubart seine Lesung beendet und war dazu übergegangen, direkt aus dem Krug zu trinken und sich den Umweg über einen Becher zu sparen.

»Und wenn ich Euch sagen könnte, wo sich Gleich aufhält?«

Gerade eben rief der Goldschmied Drentwett in die Runde, ob Schubart nicht glaube, dass sich sein ganzes Schwadronieren über die und Kujonieren der Obrigkeit nicht negativ für ihn auswirken könne.

»Stadtluft macht frei, mein Werter«, entgegnete Schubart und offenbarte einen breiten Rieser Dialekt. »Immer noch!«

»Aber die Obrigkeiten sind empfindlicher geworden.«

Anna riss sich von dem beginnenden Streitgespräch los und wandte sich Catharina zu. »Wie meint Ihr das?«, hakte sie nach, als hätte die Aussage erst einmal in ihr Bewusstsein einsickern müssen.

»Schüle hat Verbindungen nach Anhalt, nach Thüringen, Sachsen. Er könnte in der dortigen Textilveredelung untergetaucht sein.«

Anna musterte die Freundin. So selbstzufrieden und sicher, wie sie sich gab, hielt sie etwas zurück. »Ihr wisst mehr, Catharina! Jetzt redet schon!«

Anna widmete sich jetzt ganz ihrer Freundin. Die Gäste stritten und zankten sich, bildeten einen Halbkreis um Schubart, und der gab zurück, wenn auch in unflätiger Art und Weise, sodass Anna schon beim Hören der Satzfetzen rot anlief.

Catharina ließ sich kurz ablenken von dem sich hochschaukelnden Gespräch. »Wenn er nicht achtgibt, wird er über kurz oder lang einer Obrigkeit in die Hände fallen und sein restliches Leben in irgendeiner Zelle fristen.«

Anna schmunzelte, weil Catharinas Einschätzung auch der ihren entsprach. »Hat Schüle sich umgehört?«

Catharina nickte und rückte noch etwas näher heran. »Er lässt ihn suchen. Vielleicht sieht er darin eine weitere Möglichkeit, Eure Fabrique zu übernehmen, wenn er die Rechte daran von Gleich aufkaufen kann. Noch gehört die Fabrique nicht Euch. Denkt daran.«

Anna schmunzelte und war ein wenig gerührt, weil Catharina sich so für sie einsetzte, sie gegen ihren Gatten unterstützte. »Sie gehört meinen Kindern, allen voran meinem Sohn. Solange er lebt, kommt Gleich an das Geld aus der Rücklage nicht heran. Es bleibt meine Fabrique.«

»Wenn Ihr Euch da nicht täuscht«, entgegnete die Freundin. »Ihr müsst reagieren. Jetzt!«

»Ach, Catharina. Lasst mir Zeit. Die Fabrique läuft nicht weg. Außerdem – womöglich habe ich mir ja schon etwas überlegt.«

Anna widmete sich wieder der lebhaften Diskussion, denn sie sah aus den Augenwinkeln Liebert auf sie zueilen. Er kam wie immer zu spät, hatte dafür aber den auffallendsten Auftritt.

»Meine Liebe, meine Liebe«, tönte er durch den gesamten Innenhof der Fabrique. »Lasst Euch drücken!«

Letzteres war eher symbolisch gemeint und von ihm auch so nicht durchzuführen. Liebert war klein und dick. Hätte er sie umarmt und an sich gezogen, wäre sein Kopf unweigerlich zwischen ihren Brüsten gelandet. Um das zu vermeiden, breitete er zwar anfänglich theatralisch seine Arme aus, aber je näher er ihr kam, desto enger führte er sie wieder zusammen, bis er unmittelbar vor Anna stand und mit beiden Händen ihre ausgestreckte Hand greifen und diese mit einem Handkuss bedecken konnte.

Die Gesellschaft hatte sich von Schubart abgewandt. Sie sah und hörte Liebert mit gespitzten Ohren zu.

»Darf ich Euch zu Eurem Erfolg beglückwünschen, Madame. Ihr seid, Stand heute, frei von Verbindlichkeiten. Euer Erfolg lässt die Kasse klingeln, und dieses wirklich schöne Gebäude hier …«, er deutete in die Runde, »dieses Gebäude ist ein Abglanz Eures enormen Erfolges. Kaum ein Unternehmer und erst recht keine Unternehmerin in dieser Stadt kann es mit Euch aufnehmen.«

Anna knickste leicht und gab sich geschmeichelt. »Jetzt übertreibt Ihr aber, Liebert!«

»Ganz und gar nicht, meine Liebe. Wem gelingt es schon, innerhalb weniger Jahre zweihunderttausend Gulden Schulden in ein kleines Vermögen umzuwandeln? Ihr habt das Eurem Fleiß, Eurer Beharrlichkeit und Eurem Talent als Unternehmerin zu verdanken«, setzte Liebert hinzu und küsste erneut ihre Hände. Sein rotes Gesicht mit den feisten Wangen glühte geradezu.

»Überzieht nicht, Liebert«, murmelte Anna und ließ ihn bei sich unterhaken. Obwohl der Bankier hohe Schuhe trug, war er immer noch einen Kopf kleiner als sie, und es wirkte etwas lächerlich, weil nicht er sie, sondern sie ihn führte.

Mit Genugtuung beobachtete sie die Männer der Runde, die ihr anerkennend zunickten und hinter ihrem Rücken zu tuscheln begannen. Natürlich war jede einzelne Geste, jedes Wort so vorgeplant und einstudiert gewesen. Natürlich war dieser Auftritt eine Art Schauspiel, eine Posse für diejenigen, die sich blenden lassen wollten.

Dabei stimmte jedes einzelne Wort. Sie war frei von Verbindlichkeiten, soweit sie das Gebäude betrafen. Der Steinhaufen war bezahlt, die Abhängigkeit von den Frankfurter Kaufleuten war aufgelöst, und Liebert hatte den Großteil seines Geldes wiedergesehen. Sie konnte feiern. Einerseits. Andererseits musste sie den Begehrlichkeiten ihrer Konkurrenten, allen voran Schüle, Einhalt gebieten. Und das ging am besten mit einem gelungenen Schauspiel. Was sie allerdings verschwiegen, sie und Liebert, war die Tatsache, dass die Ablösung der Schulden ihrer Fabrique nur die halbe Wahrheit war.

Sie selbst fühlte gleichzeitig eine Erleichterung, denn ihr Sohn Johann Friedrich wurde bald erwachsen. Spätestens im Herbst des nächsten Jahres würde er mit einundzwanzig Jahren die Leitung der Fabrique übernehmen – und sie könnte sich endlich wieder den Farben und Drucktechniken zuwenden.

»Liebert, mein Retter«, flötete sie. »Darf ich Euch einen der bedeutendsten Schriftsteller unserer Zeit vorstellen? Christian Friedrich Daniel Schubart. Ein geniales Wesen, ein Mann, der von unseresgleichen nichts hält, aber an unserem Reichtum teilhaben möchte. Seid so freundlich, und freut Euch mit mir an seiner scharfen Zunge.« Sie wandte sich an Schubart, der noch immer auf dem Podium saß und die Szene mit offenem Mund beobachtet hatte.

Er blieb sitzen, als Liebert zu ihm hochkletterte, weil er offenbar instinktiv spürte, wenn er jetzt aufstand, dann durfte er seine Sachen einpacken und gehen. Also blieb er hocken, wo er war, und reichte dem Bankier die Hand über sein Lesepult hinweg.

»Erfreut, Schubart. *Deutsche Chronik*«, sagte er und fragte ihn, ob er denn Lust darauf hätte, ein neueres Gedicht von ihm zu hören. Es sei noch nicht ganz vollendet, aber einem Menschenfischer wie ihm, Liebert, auf den Leib geschrieben. Es handle von einer Forelle und davon, wie man das kluge Tier, das ja den Fischer am Ufer und den künstlichen Köder erkenne, dennoch übertölpeln und fangen könne.

Der Dichter fing bereits an. Er musste, wohl seiner Alkoholseligkeit geschuldet, mehrmals ansetzen, doch Liebert winkte ab. »Bemüht Euch nicht. Für diese Tätigkeit benötige ich die Dichtkunst nicht.«

Anna musste kichern. »Tragt vor, Schubart!«, rief sie. »Scheut Euch nicht. Eure Worte mögen uns treffen, aber sie verändern uns nicht.«

6

EIN JAHR DARAUF · SEPTEMBER 1776

Anna blickte über die Werkstätten hinweg auf den Betrieb. Niemals hätte sie sich vorstellen können, wie sich aus dem Bretterverschlag am Pulvergässchen diese Manufaktur entwickeln konnte. Inzwischen beschäftigte sie fünfhundert Männer und Frauen, die alle für sie arbeiteten. Einen Teil von ihnen konnte sie von hier oben beobachten. Alle waren sie emsig und duckten sich, wenn sie auf der Balustrade erschien. Sie lehnte sich mit beiden Händen auf das Geländer, das sie davor schützen sollte, aus dem ersten Stock in die Werkhalle zu stürzen. Jedes Mal überkam sie ein Schaudern, wenn sie daran dachte, einen solchen Sturz schon einmal erlebt zu haben, wenn auch nicht in Wirklichkeit. Wenn sie an das Geländer trat, löste allein der Blick hinab ein Gefühl des Fallens aus, das sie sofort an den Zusammenbruch der Manufaktur durch die Schuld Gleichs erinnerte. Damals hatte sie beinahe dasselbe empfunden. Umso wichtiger war es ihr, dass sie sich diesen Umstand immer und immer wieder ins Gedächtnis rief.

Sie suchte nach Hallbachers Kopf. Seine Haare hatten sich mittlerweile gänzlich verabschiedet. So fand sie die helle Glatze leichter durch das Schummerlicht wuseln, hier korrigierend, dort helfend. Der Mann hatte für jede Seele, die dort arbeitete, ein offenes Ohr und für jede Maschine einen kurzen Blick für das Wesentliche. Seine Mütze hing am Eingang zur Werkhalle auf einem Haken. In der Werkhalle trug er diese Kopfbedeckung nicht.

Sie versuchte, ihn auf sich aufmerksam zu machen, doch Hallbacher reagierte einfach nicht.

Seit den Lohnkürzungen, die notwendig geworden waren, um die Fabrique zu retten, hatte sich sein Verhältnis zu ihr merklich abgekühlt. Er vermied ein Gespräch mit ihr, wo es ging. Sie schnaubte und machte sich auf den Weg in die Werkhalle. Wenn sich die Gelegenheit dazu bot, würde sie ihn entlassen. Kein Mann durfte sich mehr über ihre Entscheidungen stellen.

Sie lief die Treppe hinunter und geradewegs Felicitas in die Arme.

»Frau Mama!«, rief ihre Tochter aufgeregt und schwenkte einen Brief, dessen Siegel noch nicht erbrochen war. »Aus Dresden. Aus Dresden!«

Anna musste kurz innehalten, weil der geschlossene Umschlag eine Hoffnung in ihr weckte, die ein geöffneter leicht zerstören konnte. Und wieder ging es um Gleich. Sie hatte mittlerweile das Gefühl, es drehe sich nur noch um ihn. Kein Tag, ohne dass sie ein Schreiben lesen, einen Brief aufsetzen oder ein Gespräch führen musste, in dem er eine Rolle spielte. Dabei ließ sie amtlich nach ihm suchen, hoffte, ihn endlich dingfest zu machen und ihm den Scheidungsbrief übergeben zu können. Sie atmete durch, dann heftete sie den Blick auf Felicitas. So lange hatte sie auf dieses Schreiben gewartet, dass sie jetzt keinen Grund sah, es sofort zu öffnen. Zuerst musste sie Hallbacher aufsuchen, auch wenn sie vor Neugier schier platzte.

Sie winkte ungeduldig ab. »Geh schon voraus, ich komme gleich nach, Kind«, presste sie hervor. Selbst unter diesen Umständen konnte sie ihre Nervosität nicht ganz verbergen.

»Frau Mama! Ich bin kein Kind mehr!« Felicitas reagierte verärgert. »Wenn Ihr ihn nicht öffnet, dann mache ich das.«

Anna seufzte. »Du wirst immer mein Kind sein, Felicitas. Wenn jemand ein Recht hat, das Schreiben zu öffnen, dann Johann. Es geht schließlich um sein Erbe.«

»Johann. Sein Erbe.« Felicitas verdrehte die Augen. »Er liegt im Bett. Ihm ist nicht gut. Ihr habt ihn zu einem Weichling erzogen. Kaum tut ihm der große Zeh weh, glaubt er schon, er sei nicht mehr zu retten.«

»Jetzt übertreibst du aber!«, stieß Anna hervor. Natürlich hatte Felicitas recht, aber es schmerzte sie, dass sie das offen so aussprach. Diese ewige Rivalität zwischen ihr und Johann ging ihr gehörig auf die Nerven. »Ich schaue nachher noch bei ihm vorbei.«

»Das Muttersöhnchen! Bei mir habt Ihr nicht einmal vorbeigesehen, als ich halb tot in den Laken lag.«

»Felicitas. Nicht wieder die alte Leier deiner Vernachlässigung und der Bevorzugung Johanns. Ich muss jetzt los, sonst ist Hallbacher wieder über alle Berge.«

»Ich warte oben!«, sagte Felicitas trotzig.

Anna war in Gedanken schon wieder woanders. So wichtig der Brief hoffentlich war, so sehr beschäftigte sie jetzt das, was sie Hallbacher sagen musste. Liebert hatte sie öffentlich gelobt und ihr geschmeichelt, dabei aber nur die halbe Wahrheit gesagt. Die zweihunderttausend Gulden Schulden, mit denen sie selbst öffentlich kokettiert hatte, waren nur die Schulden gewesen, die sie bei Liebert gehabt hatte. Andere Gläubiger saßen ihr weiter im Nacken, mit beinahe demselben Betrag an Verbindlichkeiten – und wenn es ihr jetzt nicht gelang, dieses und nächstes Jahr den Gewinn zu steigern, würde sie unweigerlich untergehen. Das wussten nur Liebert und sie. Nicht einmal Felicitas hatte davon eine Ahnung. Damit sie gewann, mussten andere verlieren.

Sie stapfte auf die Tür zu den Werkräumen zu, und als sie öffnete, schlug ihr die unverminderte Härte des Raumes entgegen. Kurz musste sie die Luft anhalten, weil sie glaubte, das Schlagen der Rollenmaschinen und das Sausen der Transmissionsriemen nehme ihr die Luft zu atmen, bis sie begriff, dass es der feine Staub in der Luft war, der sich in die Lungen setzte, nicht der Lärm. Sie suchte weiter nach Hallbacher. Von hier unten war er schwerer zu erkennen, aber hier hatte sie den Vorteil der Frauen für sich. Diese wussten zumeist, wo sich der Werkstattleiter aufhielt, und zeigten ihr unaufgefordert den Weg dorthin, wenn sie an ihnen vorüberkam. Endlich, nach einigen Umwegen, stand er mit dem Rücken zu ihr vor ihr und prüfte eine der Rollen, die er mit heißen Kohlen füllte, damit sie warm wurde und damit ein glattes Wolltuch erzeugen konnte.

»Hallbacher!«, rief sie ihn an.

Doch er drehte nur halb den Kopf und sah sich zu ihr um. »Keine Zeit, Herrin. Die Rolle muss rasch geleert werden, sonst brennt sie sich ins Tuch. Das ist sicher nicht in Eurem Interesse.«

Er wandte sich wieder ab und schabte fast erkaltete Kohlen aus der offenen Rolle in einem Metallkübel. Dann rief er nach einem Jungen, der einen frischen Eisenkübel mit glühenden Kohlen herbeischleppte. Dabei stieß er mit den Knien immer wieder gegen den Kübel. Die heiße Wand verbrannte ihm dabei die Knie, doch der Junge biss die Zähne zusammen und versuchte, sich zu beeilen. Er war nur noch sieben Schritte von ihnen entfernt, als er mit dem Fuß gegen ein Hindernis stieß, den am Boden verschraubten Metallfuß der Maschine. Er stolperte. Der Kübel traf auf dem Boden auf, kippte, und die glühenden Kohlen kullerten über den Boden bis vor Annas Füße.

»Herrgott, was für ein Tölpel!«, fauchte Anna. »Zieht ihm das vom Lohn ab!«

Eine Stille trat ein, die selbst im Lärmen der Umgebung körperlich zu spüren war.

»Was kann er dafür, dass die Halterung der Maschine nicht abgedeckt ist«, versuchte Hallbacher, sie zu beruhigen. »Außerdem …« Er hielt kurz inne, nahm eine Schaufel, sammelte dann die glühenden Kohlen ein, um sie sofort in die Rolle zu geben. Den Jungen schickte er mit einer Handbewegung weg.

»Was ›außerdem‹?«, herrschte Anna ihn an.

»Wäre das kein Kind, sondern ein gestandener Mann, wäre das nicht passiert. Der Kübel ist ja schwerer als der Kleine selbst.«

Hallbacher richtete sich auf und stand dann vor ihr, die Schaufel in der Hand. Glühender Staub rieselte auf Annas Schuhe.

»Was wollt Ihr damit sagen?«

»Es arbeiten zu viele Kinder an Plätzen, an denen Erwachsene stehen sollten.« Eigentlich mochte sie ihn für seine offene und klare Art. Doch diese hatte auch etwas Unangenehmes: Nicht alle Wahrheiten sollten und durften ausgesprochen werden.

»Da Ihr gerade davon redet, Hallbacher. Ihr wisst, dass uns Kinder weniger kosten als Erwachsene. Wenn Ihr hier weiterarbeiten wollt, dann solltet Ihr dafür sorgen, einige der Frauen durch Kinder zu ersetzen.«

Jetzt war es draußen. Sie musste mehr Kinder einstellen, um die Gewinnmargen nach oben zu treiben. Anderenfalls musste sie Leute entlassen, weil sie kein Tuch mehr einkaufen konnte. Was wiederum bedeutete, die letzten beiden Gläubiger nicht mehr bedienen zu können, was letztlich dazu führen würde, dass die daraus sich entwickelnde Spirale ihre Fabrique weiter in die Tiefe risse. Aber das konnte sie Hallbacher nicht anvertrauen. Offiziell war sie ja schuldenfrei. Schließlich bestand die Möglichkeit, dass er das Wissen weitertrug. Gräz schlich noch immer um ihren Vorarbeiter herum, um ihn – und damit sie – auszuhorchen.

Das konnte und durfte sie Johann nicht antun. Weder ihrem verstorbenen Mann noch ihrem Sohn. Sie war so auf diese Gedanken konzentriert, die sich zusätzlich mit denen an den Brief und die wartende Felicitas vermischten, dass sie nicht mehr auf Hallbacher achtete.

»Was sagt Ihr dazu?«, fragte er sie.

»Was?« Sie musste sich eingestehen, seinen Worten nicht mehr gefolgt zu sein. »Was habt Ihr gesagt?«

Sie konnte erkennen, wie sich der Unmut in Hallbacher aufzustauen begann. Sein Gesicht leuchtete wie eine rote Laterne, und selbst auf seiner Glatze zeichnete sich ein blasser roter Streifen ab. »Ihr tätet gut daran, auf andere zu hören, Herrin. Ich werde kündigen. Sucht Euch einen anderen Werkmeister. Gehabt Euch wohl!«

Damit drehte er sich um und ging davon. Sie sah ihm nach, wie er die Mütze vom Haken nahm und dann das Werktor mit ebendem forschen Schritt durchquerte, mit dem er sonst die Halle betrat. Anna war zu verblüfft, um zu reagieren. Im gleichen Moment kam der Junge wieder und stellte einen neuen Kohlekübel vor ihr ab. Die Hitze der glühenden Brocken stieg an ihr hoch, und sie hatte das Gefühl, selbst zu einer dieser Kohlen zu werden und zu verglühen.

»Füll die Rolle auf, Tölpel«, fuhr sie den Jungen an, der den Kopf senkte. Dann rannte sie hinter Hallbacher her, bis ihr auffiel, wie alle in der Werkhalle den Kopf nach ihr drehten. Als sie die Tür hinter sich hatte, lehnte sie sich kurz dagegen. Sie würde ihm nicht nachlaufen. Sie würde keinem Mann je nachlaufen.

Obwohl sie wegen der Konsequenzen weiche Knie bekam, stieg sie die Treppen hoch in ihre Wohnung und dachte darüber nach, ob sie Felicitas einweihen sollte und wie sie Hallbacher zurückgewinnen könnte. Jemand wie er würde überall ein Unterkommen finden. Man kannte ihn in Augsburg, und darüber hinaus. Schüle würde sich die Finger nach ihm abschlecken. Allein diese Überlegung ließ sie zu dem Schluss kommen, ihn unbedingt an sich zu binden. Womöglich musste sie ihm mehr Geld zahlen, um ihn halten zu können.

»Endlich!«, murrte Felicitas, als Anna an den Tisch trat.

»Gib her!«, befahl sie der Tochter, die ihr, vom Tonfall überrascht, das Schreiben aushändigte.

Mit zwei geschickten Knicken gegen das Wachs löste Anna das Siegel, faltete den Bogen auf und begann zu lesen.

»Jetzt sagt schon«, drängte Felicitas und sah sie erwartungsvoll an. Ihre Augen waren so groß wie Murmeln.

Anna senkte das Blatt.

Sie fühlte, wie sie blass wurde und wie ihre Knie nachgaben. Sie musste sich setzen. »Sie haben ihn gefunden. Er … er …« Sie musste sich zuerst fassen, weil sie nicht glauben konnte, was sie dort las. »Er hat sich in Großenhain bei Dresden niedergelassen. Er verwaltet dort …«, unwillkürlich musste sie lachen, »er verwaltet dort die kurfürstliche Zitz- und Kattunmanufaktur, schreibt Gräfe.« Sie nahm das

Blatt noch einmal auf. Die gestochene Schrift ließ sich gut lesen und war eine Offenbarung.

»Dann schreibt ihm!«, drängte ihre Tochter. »Sofort. Das ist doch kein Zustand. Er verschwindet und lässt nichts mehr von sich hören. Das Ehegericht muss doch von selbst bemerken, dass das nicht die Art und Weise eines treu sorgenden Hausvaters und Ernährers ist.«

Anna nickte abwesend. »Es kommt noch besser, Kind. Er hat Nachwuchs mit einer Haushälterin. Offenbar hat er ihr ein Heiratsversprechen gegeben und es nicht gehalten. Stell dir vor: Sie ist nicht die Einzige, mit der er unsere Ehe gebrochen hat. Gräfe hat alle Frauen aufgespürt und sie befragt. Allesamt sind sie bereit, gegen Gleich auszusagen.«

Felicitas' Augen glänzten. »Jetzt habt Ihr ihn, Frau Mama. Ihr müsst noch einmal ein Scheidungsverfahren erwirken.«

Mit einem Mal hatte Anna das Gefühl, müde zu sein, erschöpft von den andauernden Anspannungen, die sich um Gleich und seine Eskapaden rankten. »Vielleicht, Felicitas. Vielleicht. Er war mir noch nie treu. Ich wusste es immer und habe es geduldet. Ja, schau nicht so. Besser so, als ein halbes Dutzend Mal von ihm geschwängert zu werden. Solange er in Dresden seine Hose nicht zuhalten kann, soll es mir egal sein.«

Sie sah ihrer Tochter die Enttäuschung an. Ihr Gesicht sprach Bände.

Anna versuchte, so ruhig wie möglich zu wirken, obwohl der Brief sie erschüttert hatte. Während er ihr hier in Augsburg einen Scherbenhaufen hinterlassen hatte, führte er in Dresden das Leben eines Unternehmers und Lebemannes. »Ich … ich will Johann noch besuchen, ihm die Wehwehchen erleichtern und ihn vielleicht bitten, mit Gräfe Kontakt aufzunehmen«, sagte sie ausweichend.

»Wozu?«, fragte Felicitas, doch Anna zuckte nur mit den Schultern.

Was sollte sie sagen? Dass sie nicht mehr mit Gleich reden wollte, ihm noch nicht einmal einen Brief schreiben wollte, um ihn nicht darauf aufmerksam zu machen, dass es mit der Fabrique wieder aufwärtsging? Das alles konnte ihm egal sein. Die Fabrique war auf Johann übergegangen. Gleich hatte keinen Zugriff mehr darauf.

»Ich begleite Euch«, erklärte Felicitas und erhob sich.

7

EIN JAHR SPÄTER · HERBST 1777

Alles war ruhig in der Fabrique. Anna hatte den Arbeiterinnen freigegeben. Nur die Färber waren noch im Nebenhaus, weil die Farben in den Bottichen nicht allein gelassen werden durften. Man musste sie umrühren, abseihen, neu ansetzen. Kaum ein Laut drang bis zu ihr, was ihr unheimlich war, denn sonst vibrierte der ganze Raum. Man spürte das Leben zwischen den Wänden, jetzt war alles wie tot.

Anna betrachtete ihre Handrücken, die sie flach auf die Sargkiste gelegt hatte, und erschauderte. Die helle Haut zog sich zu feinen Runzeln zusammen, wie bei einem Bild, dessen Firnis mit den Jahrzehnten ein Craquelé entwickelte und so anzeigte, dass es in die Jahre gekommen war. Ein feines Geflecht von Fältchen lag über den Sehnen und Adern und schien sich zu dehnen, wenn sie eine Faust ballte, um wieder jugendlich zu wirken. Sobald sie aber locker ließ, sprang die Haut zurück in ihre furchige Gestalt. Man konnte das Alter für kurze Zeit täuschen, entkommen konnte man ihm nicht.

»Anna Barbara Gignoux, Ihr werdet alt«, hauchte sie.

Der letzte Gedanke gab ihr einen Stich ins Herz. Sie wurde alt. Und ein Zeichen dafür war, dass Menschen, die sie begleitet hatten, sie plötzlich und für immer verließen.

Natürlich war ihr der Tod nicht fremd. Menschen starben unerwartet, wurden aus der Mitte ihres Lebens gerissen und hinterließen dabei ein unsagbares Nichts. Doch niemand dachte daran, dass es einen selbst, die eigene Familie treffen würde. Nicht so bald und nicht jetzt.

Sie hatte Johann hierherbringen lassen, in die Fabrique. Nicht aus einer nostalgischen Anwandlung heraus, sondern weil sie das Gefühl hatte, damit das einzig Richtige zu tun. Es war die Fabrique seines Vaters gewesen, sie selbst hatte sie eine ganze Zeit für ihn geleitet und sie dann an ihn übergeben – und jetzt ging sie wieder in ihren Besitz über.

Sie blickte den geöffneten Sarg entlang auf das fahle Gesicht ihres Sohnes, das jetzt friedlich wirkte und sich nicht mehr vor Schmerzen verzerrte.

Johann war nie ein Kerl gewesen. Immer nur das verzärtelte Nesthäkchen, das alle jüngeren Kinder überlebt und so niemals von ihnen abgelöst worden war. Womöglich hatte ihre Tochter recht damit gehabt, dass sie ihn zu sehr verzogen hatte. Kaum hatte Johann zu greinen begonnen, war sie als besorgte Mutter gesprungen – und das hatte auch nicht aufgehört, als er älter wurde. Selbst als sie die beiden Kinder zu Susanna gegeben hatte, um sie vor Gleich zu schützen, hatte sie dabei weniger an ihre Tochter als an Johann gedacht.

Sie verbot Susanna, die Kinder draußen spielen zu lassen, weil sie selbst kein Auge auf sie werfen konnte. Und während Felicitas zu einer passablen jungen Frau herangewachsen war, die wusste, was sie tat, hatte sich Johann zu einem verzärtelten Burschen entwickelt, der lieber die Mutter zu Hilfe rief, als selbst eine Entscheidung zu fällen.

Anna sah auf die Hände ihres Sohnes, die nie zu harter Arbeit fähig gewesen waren. Die feuerrote Stelle der Entzündung hatte sie mit Wachs überdecken lassen, sonst hätte man seine Hände nicht falten können. Auch die blassroten Striemen, die sich den Arm entlang bis zum Oberkörper gezogen hatte, waren mit Farbe übertüncht worden.

Er hatte unerträgliche Schmerzen gelitten, während weder sie noch Felicitas ihm geglaubt hatten, und zuletzt hatte er nur noch geschrien, bis er ganz verstummte und schließlich erlosch, wie man eine Kerze ausbläst.

Sie legte eine Hand auf die kalten Finger ihres Sohnes und versuchte sie zu streicheln, aber sie schauderte bei dem Gedanken, er könnte dies in der anderen Welt, in der er sich jetzt befand, spüren und daran denken, dass sie ihm doch manches Mal hätte auf die Finger schlagen sollen, anstatt ihn zu verzärteln.

Mit aller Gewalt musste sie ein Schluchzen unterdrücken. Ein gewaltiger Kloß steckte in ihrer Kehle und hinderte sie daran zu atmen. Diese Welt, diese Zeit hatte ihr nicht nur einen Sohn genommen, sie hatte sie damit ihrer Zukunft beraubt. Endgültig.

Sie ließ den Blick über die Werkhalle gleiten, suchte die Walzen, die Tische, die überall aufgerollten Tuche, die Model und Farbeimer. Das alles hatte ihrem Johann gehört, auch wenn er sich dafür ebenso wenig interessiert hatte wie ihr Schwager Anton.

Doch plötzlich schoss ihr ein Gedanke durch den Kopf wie ein scharfer, schmerzender Blitz. Wenn Johann tot war, dann erbte sie. So weit war alles klar. Doch wenn sie erbte, erbte auch ihr Mann – und das war noch immer Georg Christoph Gleich. Mit ihm war sie weiterhin verheiratet.

Ihr wurde übel bei der Vorstellung, ihr Ehemann stünde mit einem Mal vor der Tür, weil er davon erfahren hatte, dass sein Stiefsohn nicht mehr lebte und er erbberechtigt wäre, und hielte die Hand auf. Das war unerträglich. Ihre mühsam erworbene Unabhängigkeit im Säckel dieses Hurenbocks und Spielers!

»Mein Junge«, hauchte sie.

Obwohl sie kaum einen Laut hervorbrachte, hatte sie das Gefühl, ihre Worte hallten wie ein Schrei durch den Raum und kehrten als verzerrtes Echo zu ihr zurück.

Das durfte sie nicht zulassen. Niemals. Wenn Johann tot war, würde sie die Fabrique eben wieder selbst übernehmen und letztlich ihrer Tochter übergeben.

Sie schluckte. Die Konsequenz war, Gleich zügig zu einer Scheidung zu drängen.

Sie ließ ihren Blick über die blassen Gesichtszüge gleiten und glaubte, ein spöttisches Lächeln darin zu erkennen. Johann lachte sie aus. Sie würde es büßen müssen, ihn nicht zu einem Mann erzogen zu haben. Kurz glaubte sie, die papierdünnen Lider würden sich öffnen und er würde in schallendes Gelächter ausbrechen, weil er sie hatte täuschen können, wie er es so viele Male getan hatte.

Sie dachte daran, wie er zu ihr gekommen war, als er sich mit der großen Stoffschere in den Finger geschnitten hatte. Sie hatte zwar die Augen verdreht, ihn dann aber bemitleidet und nach Hause geschickt. Er solle sich ausruhen. Dort hatte er dann gejammert und geheult, bis es selbst ihr zu viel wurde. Dabei war es nicht die erste Schnittverletzung gewesen, die er sich zugezogen hatte. Mehrmals hatte er sich an den Kupferrollen verletzt, auch schwer, einige Male an den Schabmessern – und jetzt eben mit der Schere. Sie hatte nichts darauf gegeben, was sich als fataler Fehler herausgestellt hatte.

Immer wieder hatte er die Rückkehr in die Fabrique hinausgezögert, hatte ihrer Meinung nach Fieber vorgeschützt und sich kränker gestellt als nötig. Als Doktor Leidner an seinem Arm die roten Streifen entdeckt hatte, war es bereits zu spät gewesen. Johann hatte bereits so stark gefiebert, dass er nicht mehr ansprechbar gewesen war, und in seinen letzten Stunden gekrampft, bis ihm die Knochen der Unterarme brachen.

Anna erhob sich taumelnd.

War sie eine schlechte Mutter? Drei ihrer Kinder mit Gleich waren verstorben, ohne dass sie wusste, wie ihr geschah. Und jetzt Johann, den sie geliebt hatte wie niemanden sonst auf dieser Welt. Er hatte seinem Vater so ähnlich gesehen, dass sie manchmal sogar glaubte, sich in den eigenen Sohn verliebt zu haben.

Mit einem Mal kreischten die Angeln des Werktors. Anna hob den Kopf, ohne sich umzudrehen.

»Ihr braucht euch nicht zu schämen, Hallbacher«, sagte sie. »Kommt näher. Ihr dürft hier wieder arbeiten, und wir werden alles so einrichten, wie es vor Johann war.«

Sie lauschte in die Stille hinein, um nicht zu verpassen, was ihr Werkmeister antworten würde, obwohl sie es sich denken konnte. Schließlich hatte sie es bislang zu verhindern gewusst, dass einer der kleineren Textilveredler in der Stadt ihn anstellte. Wenn Hallbacher eine andere Arbeit wollte, dann musste er die Stadt verlassen. Dieser Schritt heraus aus dem alten Umfeld und hinein in eine neue, unbekannte Umgebung war noch eine zusätzliche Hürde, die kaum einer wagte.

»Ich bin nicht Hallbacher«, sagte ihre Tochter.

Langsam drehte sich Anna um. Felicitas stand hinter ihr – neben ihr eine junge Frau, die Anna nicht kannte.

Ihr Blick ging von einer zu anderen.

»Wer ist sie? Was will sie hier?«, herrschte sie ihre Tochter an, weil sie das Gefühl überkam, in ihrer Trauer gestört worden zu sein.

Felicitas stieß einen hörbaren Seufzer des Unmuts aus. »Wenn Ihr ihn nicht immer nur angehimmelt, sondern ihm auch zugehört hättet, Frau Mutter, wüsstet Ihr, dass sie irgendwann Eure Schwiegertochter geworden wäre.«

Ungläubig glitt Annas Blick zu der jungen Frau, die verlegen den Kopf senkte.

»Er hat Euch nicht von mir erzählt, nicht wahr?«, flüsterte die Kleine. Dann trat sie zwei Schritte vor und streckte ihre Handfläche aus. Darin lag ein silberner Reif mit einem kleinen Stein in einer krabbenartigen Fassung.

Ungläubig besah sich Anna den Ring.

»Ihr wart verlobt?«, presste sie hervor, und sie wandte sich ab von dem Mädchen und ihrem toten Sohn zu. »Warum hast du mir das verschwiegen, Johann?«, zischte sie ihn an.

»Ich will ihm den Ring zurück...«

»Auf keinen Fall, Weib!«, fuhr Anna dazwischen und schlug mit einer fließenden Bewegung beim Umdrehen dem Mädchen den Ring aus der Hand. Sie wollte es vielmehr tun, traf aber ins Nichts. Das Mädchen machte einen Bogen um Anna und legte Johann den Ring auf den Mund. Dabei küsste sie ihre Fingerspitzen und führt dieselben an dessen Lippen. Sie war schneller, als Anna das alles zu verarbeiten vermochte, und hatte die Werkhalle bereits wieder verlassen, ehe Anna wirklich reagieren konnte.

»Was untersteht sie sich?«, schimpfte Anna.

»Ihr seid eine Närrin, Frau Mama. Ich hätte sie gefragt, ob sie mir Seiten von meinem Sohn hätte eröffnen, von ihm hätte Dinge erzählen können, die Euch bei Eurer erdrückenden Mutterliebe entgangen sind.«

Anna hatte bereits eine entsprechende Antwort auf der Zunge – und beließ sie dort. Sie durfte sich jetzt keine Feinde in der Familie schaffen.

»Ihr habt sie nicht einmal gefragt, wie sie heißt!«, warf ihr Felicitas vor. »Mich an Eurer Stelle hätte es interessiert, da sich mein Sohn für sie entschieden hatte.«

Langsam nickte Anna, als hinge ihr Kopf an einem Pendel. »Immerhin hatte sie die Frechheit, sich hierherzuwagen und mir Widerworte zu geben.«

»Eine Eigenschaft, die man nicht unterschätzen sollte«, entgegnete ihre Tochter.

Felicitas ging auf ihre Mutter zu und streichelte deren Unterarm, bis Anna sie an sich zog und hemmungslos zu weinen begann. Das erste Mal seit Johanns Tod.

»Suchst du mir das Mädchen?«, fragte Anna, nachdem sie sich wieder gefangen hatte und ihre Tochter von sich schob. Was war sie nur für eine verbitterte Frau.

Felicitas lächelte. »Ich dachte mir so etwas. Sie wartet draußen.«

Anna schüttelte missbilligend den Kopf, doch dann gab sie sich einen Ruck, langte an Johanns Lippen und nahm den silbernen Fingerreif. Dann steckte sie ihn an den linken Ringfinger seiner Hand.

»Jetzt!«, befahl sie. »Lass sie hereinkommen. Ich werde nett sein zu der Schwiegertochter, die ich nie haben werde.«

8

EIN JAHR DARAUF · HERBST 1778

Sie hatte sich nie gefragt, wo Hallbacher wohnte. Wie selbstverständlich hatte sie angenommen, er hause in der Lechvorstadt, dort, wo die gediegenen Handwerksmeister ihre Häuser gebaut und ihre Werkstätten errichtet hatten. Doch bei der offensichtlichen Wahrheit zog sich ihr das Herz zusammen.

Sie ließ sich mit der Kutsche in die Jakober Vorstadt bringen. Jakob, einer der Handlangerjungen aus der Fabrique, zeigte ihr den Weg. Er hatte sich hinter der Kutsche auf eines der Dienerpodeste gestellt und schrie dem Kutscher zu, wohin dieser sich wenden sollte. Immer tiefer fuhren sie hinein in das Gewirr aus kleinen, sich unter dem Tag duckenden Häuschen, den Holzbaracken und schnell gezimmerten Hütten, bis der Kutscher überraschend die Zügel anzog.

»Was soll das, Kerl!«, schimpfte er.

Anna klopfte mit dem Stock von unten gegen das Holz. »Was gibt es, Benedikt?«

»Wenn ich in dieses Loch hier reinfahre, Madame, muss ich die Kutsche rückwärts rausschieben. Weiter geht es nicht.«

Anna überlegte kurz, was das für sie zu bedeuten hatte. »Ich steige aus«, rief sie ihrem Kutscher zu. »Wartet hier. Dreht derweil um.«

Die Wände ihrer Kutsche hatten sie von den Gerüchen, die sie nun empfingen, weitestgehend abgeschirmt. Kurz blieb ihr die Luft weg, als sie den Verschlag öffnete, obwohl sie Gestank gewohnt war.

Der Junge stand bereits an der ausklappbaren Treppe und grinste über beide Ohren. »Ein kurzes Stück noch!«, meldete er frech und streckte die Hand aus. »Ab jetzt wird eine Bezahlung fällig.«

Anna knurrte, musste sich aber eingestehen, dass sich keine der Elendshütten, vor denen sie stand, als sicherer Kandidat für Hallbachers Behausung auszeichnete.

Sie warf dem Burschen eine Münze zu, die er geschickt auffing. Er prüfte sie kurz mit den Zähnen und erklärte dann unverfroren: »Das ist zu wenig!«

Anna fuhr aus ihrem Sitz hoch und stolperte aus dem Verschlag. Wäre die gegenüberliegende Wand nicht so nahe gewesen, an der sie sich abstützen konnte, wäre sie aus ihrer Kutsche in den Dreck gefallen.

»Ich gebe dir gleich zu wenig!«, fauchte sie. Doch als sie sicher den Boden der Gasse erreicht hatte, war der Junge verschwunden. »Na warte«, murmelte sie.

Sie zwängte sich an der Kutsche vorbei und scheuchte damit das

Pferd auf, das die Ohren nach hinten stellte und unruhig zu tänzeln begann.

Anna scherte sich nicht darum. Sie lief voraus und musterte die Holzhütten, die nur grob zusammengezimmert waren. Hier also sollte Hallbacher irgendwo wohnen. Aber die Gegend war wie ausgestorben. Keine Menschenseele war zu sehen. Offenbar lebten hier keine Handwerker, sondern ausschließlich Arbeiter, die tagsüber in den Manufakturen schufteten.

Der Boden war weich und schlammig, der Dreck schob sich unter ihren Sohlen hoch, bis er die Knöchel erreichte. Sie klopfte an der nächstbesten Tür und drückte sie dann auf.

Sie musste kurz warten, bis sich die Augen an die Düsternis dahinter gewöhnt hatten. Ein Gestank empfing sie, gegen den die schlechten Gerüche der Straße wie ein Eau de Cologne wirkten. Sie erkannte nur einen einzigen Raum, in dem offenbar alles Leben stattfand.

»Jemand hier?«, fragte sie in die Finsternis hinein und bekam ein dumpfes Stöhnen aus der hintersten Ecke des Zimmers zu hören. Ein Kopf, der aussah wie ein überjähriger Apfel, tauchte hustend aus dem Lumpengebirge auf, begleitet von einem weiteren Schwall von Übelkeit erregendem Gestank.

»Ich suche Hallbacher!«, sagte Anna und zupfte ein parfümiertes Taschentuch aus dem Ärmel, das sie sich auf die Nase drückte.

»Wohnt hier nicht«, raunzte eine Stimme, die offenbar einer alten Frau gehörte.

»Wo finde ich ihn?«, hakte Anna nach.

Zuerst rührte sich gar nichts. Dann krächzte die Alte: »Kostet was!«

»Aber ich will doch nur eine Auskunft.«

»Ihr Großen glaubt wohl alle, ihr könnt uns ausnehmen. Aber umsonst ist nur der Tod – und der kostet das Leben. Werft die Münze auf den Tisch, damit ich ihren Wert hören kann.«

Anna schäumte vor Wut über so viel Unverschämtheit und kramte in ihrer Tasche. Sie holte eine Kupfermünze hervor und warf sie auf den Tisch.

»Ah. Das ist zu wenig …«, kam die heisere Stimme. »Da braucht es einen Zuschlag.«

Ein länger anhaltender Hustenanfall überwältigte die Alte, und Anna stieg ein metallischer Geruch in die Nase. Die Frau hustete Blut.

Sie musste hier wieder heraus – und wenn der Pfennig nicht umsonst investiert sein sollte, sollte sie nachlegen. Wieder warf sie eine Münze und wartete, bis sich das Keuchen der Alten beruhigt hatte.

»Nebenan!«, japste sie und rang nicht nur nach Luft, sondern auch nach Wörtern. »Einfach … eine Tür … zu früh geklopft.«

Anna war empört. Am liebsten hätte sie sich die beiden Münzen gegriffen und wieder mitgenommen. Mit einem Ruck drehte sie sich um und wollte auf die Gasse treten.

»Tür zu!«, begleitete sie das rasselnde Atmen der Alten.

Mit Schwung warf Anna die Tür hinter sich zu. Mit noch immer vor Wut geblähten Nüstern besah sie sich die Hütte nebenan. Sie unterschied sich in nichts von der vorhergehenden. Sie war windschief, und die doppelt übereinandergenagelten Dachlatten zeigten, dass sie baufällig war und vermutlich feucht.

Anna schluckte. Sie zögerte, als sie klopfte, weil sie sich erst zurechtlegen musste, was sie Hallbacher sagen, was sie ihm anbieten wollte. Obwohl niemand sie hereinbat, öffnete sie vorsichtig die Tür. Der Anblick war derselbe wie eben, ein einziger Raum, der nach Feuchtigkeit und Mensch roch, aber erheblich sauberer war. Am Tisch in der Mitte saß ihr ehemaliger Werkstattmeister mit dem Rücken zu ihr.

Beinahe hätte sie ihn nicht erkannt und die Tür wieder geschlossen, doch dann schaute er über die Schulter, und sie wusste, dass sie richtig war. Sein Blick wirkte müde, und sein Gesicht war so hager geworden, dass die Wangenknochen wie Speerspitzen daraus hervorragten.

»Ich hatte Euch schon erwartet«, sagte er matt.

»Ihr habt mich gehört?«, fragte Anna nach.

»Die Wände hier sind dünn. Ja.«

Anna presste die Lippen aufeinander. Sie verbiss sich die nächste

Frage, warum er sie nicht geholt, ihr nicht geholfen hatte. Die Antwort kannte sie. Warum sollte er? Schließlich hatte sie ihm auch nicht geholfen. Es kränkte sie dennoch.

»Hallbacher, auf ein Wort!«, begann sie und musste sich räuspern. Niemals hätte sie gedacht, dass ihr der Beginn eines Gesprächs so schwerfallen würde.

»Ihr müsst Euch beeilen, Madame Gignoux«, unterbrach sie Hallbacher. Zum ersten Mal, seit sie eingetreten war, richtete er den Blick ganz auf sie. »Ich muss bald weg, Nachtwächter müssen zuverlässig sein.«

Anna nickte. Was er zweifellos war. Aber sie brauchte keinen Nachtwächter, sondern einen Vorarbeiter. Sie bemerkte zwar, wie sich seine Anrede geändert hatte. Er hatte das »Herrin« weggelassen.

»Ich hätte Euch gern zurück in der Fabrique, Hallbacher. Ihr wisst, mein Sohn ist verstorben. Allein wird mir die Last zu viel.«

Hallbacher musterte sie von oben bis unten. In seinem Gesicht konnte sie keinerlei Regung entdecken. Es war, als wären alle Emotionen darin erloschen und zur Maske erstarrt. Er blinzelte nicht einmal, was sie verwirrte.

»Was sagt Ihr? Zum selben Verdienst, obwohl ihr lange weg wart.«

Ihr ehemaliger Werkstattmeister nickte bedachtsam, als sickere das Gehörte erst langsam in ihn ein. »Im letzten Jahr hätte ich mich gefreut, Madame Gignoux. Doch jetzt habe ich eine schöne Stelle gefunden …«

»… die ich Euch abspenstig machen könnte.« Anna biss sich erneut auf die Lippen. Sie hatte das nicht sagen wollen. Es war ihr herausgerutscht, entsprach aber der Wahrheit. Sie würde ihm Scherereien bereiten, wenn er nicht einlenkte.

»Nur zu, Madame Gignoux, nur zu. Aber im Gegensatz zu Euch kann ich jede Arbeit annehmen. Jederzeit, wenn ich es möchte oder muss. Ihr aber rutscht in den Ruin, wenn Ihr nicht genügend Männer und Frauen findet, die Eure Fabrique erhalten. Es wird Euch schwerfallen, glaubt es mir, Euch zu bescheiden. Aber es wäre eine Erfahrung, die Euch guttäte.«

Anna musste schwer Luft holen. Sie hatte zwar nicht erwartet, Hallbacher vor sich auf die Knie sinken und ihr in ewiger Dankbarkeit die Füße küssen zu sehen. Aber dass er ihrem Angebot so ablehnend gegenüberstand, verunsicherte sie. »Was wollt Ihr, Hallbacher? Was?«

Jetzt spielte ein schmales Lächeln um seine Lippen. »Ihr müsst verzweifelt sein, wenn ihr mich so anfleht«, sagte er und knetete sich die Finger. »Aber ich bleibe dabei. Sucht Euch jemand anderen, Madame Gignoux. Ein Hallbacher lässt sich nicht ausnutzen. Wenn Ihr verstanden habt, wie das Geschäft funktioniert, kommt wieder. Jetzt lasst mich in Ruhe.«

Anna starrte ihn entgeistert an.

»Ich … äh«, stotterte sie und schämte sich dafür. »Ich zahle Euch das Doppelte.«

Hallbacher seufzte. »Ein netter Zug von Euch, Madame. Aber ich bin nicht darauf aus, meine Situation zu verbessern. Ich habe genug zum Leben. Fragt Euch, ob Ihr genug habt, um irgendwann, wenn dereinst abgerechnet wird, vor den Richter treten zu können, ohne ein schlechtes Gewissen zu haben. Es hat hier in der Stadt schon einen Mann gegeben, der so viel Geld besaß, dass er die Hölle mehr fürchtete als den Spott der Großen dieses Reiches, und für sein Seelenheil eine Siedlung bauen ließ, um mehr Gebete als Flüche auf seinem Lebenskonto zu versammeln. Niemand weiß wirklich, ob es ihm gelungen ist. Danke.«

Anna stand fassungslos vor diesem Mann, der sich nicht auf sie zubewegte. Sie kam beinahe auf Knien zu ihm gerutscht und bekam einen Korb. »Was hält Euch denn hier?«, stieß sie hervor. »Faulende Bretter, lückenhaftes Dach, Lehmfußboden und ein Gestank, dass es Gott erbarmen möchte um Euch her.«

Wieder nickte Hallbacher nur und blieb lange stumm. Sie dachte schon, er würde ihr gar nicht mehr antworten, doch dann hob er ruckartig den Kopf und blickte ihr in die Augen. »Aber es sind *meine* faulenden Bretter, es ist *mein* lückenhaftes Dach, *mein* Lehmfußboden. Und jetzt lasst mich allein, ich muss zu meiner Arbeit. Ein Nachtwächter, der nicht wacht, ist nichts wert.« Damit erhob er sich.

»Das Dreifache, nein, das Vierfache Eures jetzigen Verdienstes. Sonst stelle ich Melchior Gräz für Euch ein.«

Ein amüsiertes Grinsen überzog sein Gesicht. »Tut, was Ihr nicht lassen könnt.« Sein Lächeln wurde breiter, als er aufstand und Stab, Laterne und Mantel von einem Haken nahm. Schließlich drängte er sie aus der Tür. »Kommt wieder, wenn Ihr verstanden habt, wie das Geschäft funktioniert.«

Sprachlos ließ sich Anna hinausschieben. Sorgfältig sperrte Hallbacher ab und trat auf die Straße. Doch er ging nicht davon. Er zeigte auf die Hütte, aus der sie eben gekommen war, bevor sie Hallbacher entdeckt hatte.

»Das ist Elisabeth. Zehn Jahre hat sie für Euch den Rücken krumm gemacht. Jetzt hustet sie sich das Leben aus dem Leib. Sie hat mit mir ihre Arbeit verloren. – Und dort drüben wohnt die Mutter von diesem aufgeweckten Burschen, der Euch hierhergeführt hat. Der Vater ist beim Bau Eures Steinhaufens ums Leben gekommen. Ein Balken hat ihn erschlagen – und die Mutter wurde … nun … sie wurde kurz darauf entlassen.«

Mit jedem Wort musste Anna tiefer schlucken, und ihre Wut begann zu schäumen. Sie hatte Hallbacher verloren, so viel verstand sie. Sie konnte sich aber nicht zusammenreimen, was er von ihr wollte. Warum um alles in der Welt erzählte er ihr das alles?

»Dann gehabt Euch wohl«, warf sie ihm hinterher, nachdem er sich an ihr und an der Kutsche vorbeigedrängt hatte.

Leise, so leise, dass sie nicht wusste, ob er es wirklich gesagt hatte oder ob dieser Satz nur irgendwann einmal gesprochen worden war und in ihrem Inneren jetzt aufstieg wie eine Luftblase aus einem See, hörte sie den Satz: »Ihr wart schon einmal anders, Herrin.«

9

EIN JAHR SPÄTER · MAI 1779

»Er hat sich schon wieder aus dem Staub gemacht. Nachdem sein Dienstherr von Euch erfahren hat, dass er bereits verheiratet ist und dennoch der einen Frau ein Kind angehängt und ihr und anderen die Ehe versprochen hat, ist er bei Nacht und Nebel verschwunden. Er hat sich einer Fabrikvisitation durch den Eigentümer entzogen, ist vom Direktoriumsposten entfernt und aus der Wohnung geworfen worden.«

Anna nippte an der Teetasse. Sie musste sich beherrschen, um nicht laut herauszuschreien, was für ein unanständiger Kerl Gleich doch war.

»Hat denn dieses verdammte Spiel nicht bald ein Ende?«, fragte sie laut und setzte die Tasse wieder ab. Der Tee war ihr über die Hand gelaufen und hatte ihr die Finger verbrüht. Nur deshalb, versuchte sie sich einzureden, traten ihr Tränen in die Augen.

Ihr Anwalt Gräfe, den sie beauftragt und der sich der Mühe unterzogen hatte, bei ihr in Augsburg vorbeizusehen, legte beruhigend seine Hand auf die ihre. »Jetzt haben wir ihn, Madame Gignoux. Wäre er zu Euch gekommen, hätte ich mir Sorgen gemacht, jetzt bin ich zuversichtlich, ihn zu einer Scheidung bewegen zu können.«

Vorsichtig zog Anna ihre Hand zurück. Noch benötigte sie Gräfe, obwohl sie dessen etwas schmierige Art unangenehm berührte. Sie hatte bisher nur mit ihm korrespondiert und ihn sich seriöser vorgestellt.

»Wie wollt Ihr es handhaben?«, fragte sie neugierig.

»Wir werden eine Ediktalzitation für dreier Herren Länder erwirken. Wenn er sich nicht einfindet, können wir ein Scheidungsverfahren durchführen. Seine Zustimmung brauchen wir dann nicht mehr dafür. Schließlich haben wir die schlagenden und gewichtigen Beweise seines schuldhaften Verhaltens. Der Ehebruch ist nachweislich erfolgt.«

Anna seufzte. Der Rechtsgelehrte war ihr manchmal etwas unheimlich. Seine Vorgehensweise hatte etwas Manisches – und doch hatte sie das Gefühl, er würde Gleich langsam immer weiter in eine Ecke drängen, aus der dieser nicht mehr entkommen konnte.

»Zudem beantragen wir in Augsburg vor dem Ehegericht eine Anerkennung der Tatsache, dass er eben nicht der treu sorgende Ehemann und Hausvater war, der er vorgegeben hatte zu sein.«

Anna war unglücklich darüber, sich auf das Sofa gesetzt zu haben. Gräfe rutschte mit jeder Bemerkung näher heran, bis sie sich gezwungen sah aufzustehen. »Ich muss nachsehen, was meine Haushilfe macht. Sie hätte längst Euren Mokka bringen sollen. Man bekommt heutzutage kaum mehr tüchtiges Personal. Entschuldigt mich einen Moment.«

Anna huschte rasch nach draußen und atmete durch, als sie die Tür hinter sich geschlossen hatte.

Gräfe hatte eine zudringliche Art, die sie abstieß. Er war erfolgreich und brachte ihr seit beinahe zehn Jahren ruhendes Verfahren in Gang. Obwohl er wirklich alles tat, was nötig war, und selbst das Unmögliche versuchte, würde sie ihn nicht in ihr Bett lassen, sosehr er sich darum bemühte.

Sie ging weiter bis zur Küche. Sollte sich dieser Kerl ruhig fragen, was sie dort so lange zu tun hatte. Und dann kam ihr die rettende Idee, als sie den brühwarmen Kessel mit heißem Wasser auf dem Herd stehen sah. Sie rief das junge Ding, das sie bediente, konnte sich jedoch nicht an dessen Namen erinnern. Vermutlich hieß sie Maria oder Berta, Afra oder Elisabeth.

Kurz setzte sie der jungen Magd ihr Vorhaben auseinander und ignorierte den entsetzten Blick des Mädchens.

»Aber…«, wollte die junge Frau widersprechen, doch Anna schnitt ihr einfach das Wort ab. »Du wirst es so aussehen lassen, als würdest du stolpern und dich dann tränenreich tausendmal entschuldigen. Hast du mich verstanden?«

Die Kleine sah jetzt bereits aus, als könne sie jeden Augenblick zusammenbrechen. »Ich will doch alles nur gut machen, Madame«, versuchte sie es mit einem letzten Widerwort. Aber Anna blieb hart.

»Du hast mich verstanden? Tust du es nicht, kannst du für morgen deine Sachen packen.« Damit ließ sie die junge Frau stehen und schwebte zurück in den Salon.

Überrascht bemerkte Anna, dass Gräfe im Raum stand und aufmerksam die Muster ihrer Textiltapete betrachtete. »Was findet Ihr an meiner Tapete?«, fragte sie und freute sich, als sie den Rechtsgelehrten so aus seinen Gedanken aufschreckte, dass er nach hinten stolperte.

»Hervorragende Arbeiten, Madame. Ich glaube, ich könnte Euch einen Auftrag vom sächsischen Kurfürsten vermitteln. Exotische Tiere und Pflanzen. Golddurchwirkt mit silbernen Applikationen. Für sein neues Schloss.«

Anna lächelte unverbindlich. Nein, sie würde sich nicht dazu hinreißen lassen, ihm zu sagen, sie stehe damit in seiner Schuld. »Nun, mein lieber Gräfe, wenn Ihr nächstens in Sachen des Kurfürsten mit ihm sprecht, dann lasst doch auch meine Probleme mit einfließen und offeriert ihm gleichzeitig meine Arbeiten.«

Jetzt war es Gräfe, der eine Bittermiene aufsetzte. Das hatte er nicht erwartet.

»Außerdem kam mir eben ein Gedanke, der sich nicht allzu abwegig anhört. Statt einem Phantom hinterherzujagen, sollten wir zu denken versuchen, wie Gleich denkt.«

»Wie meint Ihr das, Madame Gignoux?« Gräfe begann sich ihr zu nähern, während sie vor ihm zurückwich. Es war eine Art Katz-und-Maus-Spiel, bei dem sie durch das gesamte Zimmer liefen. Er immer hinter ihr her, sie immer vor ihm weg.

»Glaubt Ihr, Gleich sucht wieder eine Arbeit?« Sie stellte diese Frage nur, um den Rechtsgelehrten zu beschäftigen.

Dieser stutzte kurz, zog offenbar alle Unwägbarkeiten in Betracht und nickte. »Er wird Geld brauchen. Da er spielt, umso mehr. Ich denke, Euer Gatte wird versuchen, an eine Arbeit zu kommen, die ihm angemessen scheint.«

»Und ich weiß, oder vermute mal, wo er danach suchen wird.« Ein triumphierendes Lächeln breitete sich in ihrem Gesicht aus, und sie strahlte den Anwalt an.

Dessen etwas dümmliche Miene verriet ihr, dass er selbst noch nicht auf diesen Gedanken gekommen war. »Wollt Ihr Euer Wissen mit mir teilen, Madame Gignoux?«

Mit einem schweren Blick musterte sie ihn und dachte, dass sie dieses Wissen sehr wohl mit ihm teilen wollte, mehr aber nicht.

Erwartungsvoll sah er sie an.

»Er wird nach Leipzig kommen, mein sauberer Gemahl. Zur Messe. Dort kann er mit seinen Kenntnissen und seiner Art glänzen. Dort werdet Ihr ihn abfangen und ihm im Beisein von Zeugen die Zitation und die Scheidungsklage aushändigen.«

»Ich … ich verstehe … Ihr meint, ich solle nach Leipzig …«

»Ganz recht. Setzt die Schriftstücke auf, und macht Euch auf den Weg. Es muss einen Grund geben, warum ich Euch bezahle.«

Endlich schien der Rechtsgelehrte zu begreifen, dass der Auftrag noch eine zweite Bedeutung besaß, nämlich ihn aus der Wohnung zu schaffen. Resigniert nickte er.

Anna setzte ein dankbares Lächeln auf und klingelte nach Elisabeth … oder hieß das Ding Klara? Das Mädchen schien vor der Tür gewartet zu haben. Zu Annas Verblüffung trug sie weder ein Tablett noch eine Kanne mit brühheißem Wasser bei sich. Das einzige Wasser, das Anna bemerkte, waren die Tränen, die das Mädchen vergoss und die ihm als kleine Bäche über die Wangen liefen.

»Madame«, sagte sie trotzig und warf dabei den Kopf leicht in den Nacken. »Ich kündige. Ich möchte nicht gegen mein Gewissen handeln müssen. Schütten Sie doch dem Herrn das Kochwasser selbst über die Kleidung.«

Damit drehte sich das Mädchen um und verließ den Raum. Zurück ließ sie eine wütende Anna und einen völlig verblüfften Rechtsgelehrten, dessen Kopf sichtbar die Dinge zu einem stimmigen Bild zusammenzufügen versuchte.

»Was hat sie da gerade behauptet? Wo ist das Wasser? Und wem sollte sie es auf die Kleidung gießen?«

Mit einer lässigen Handbewegung wischte Anna die Frage beiseite. »Setzt ein weiteres Dokument auf. Ich werde ab jetzt auch offiziell wieder den Namen Gignoux führen. Auch wenn ich noch nicht geschieden bin, steht er mir zu, oder meint Ihr nicht?«

Gräfe kam wieder näher, doch diesmal wurde Anna eindeutig. »Ihr werdet jetzt an Eure Arbeit gehen, statt Frauen nachzujagen, die Euch nicht erhören werden. Also …«

Sie deutete auf die Tür, die nach draußen führte und durch die ihre Magd eben verschwunden war.

Gräfe, keineswegs geknickt, verbeugte sich galant und machte sich davon.

Was für ein seifiger Mensch das doch war. Glaubte denn alle Welt, Strohwitwen wie sie wären eine leichte Beute?

10

NOVEMBER 1779

Es war vor allem die Farbe Gelb, die es ihr angetan hatte. Leuchtend satt, wie ein Sommer über einem Weizenfeld oder wie die messerscharfen Strahlen der Sonne, wenn sie durch ein Laubdach schnitten und die Luft zerteilten. Gelb war nicht zu aggressiv und nicht zu brav. Sie verwandelte Frauen in Göttinnen und ließ sie aus den ewig blauen, roten und dunklen Farben herausleuchten. Selbst an sich selbst fand sie die Farbe noch erhebend, obwohl sie langsam an Form verlor und ihre Zeit als Frau und Mutter sich dem Ende zuneigte. Dennoch liebte sie das Helle, das Unmittelbare daran.

Die Farbe Gelb gehörte – mit einem dunklen Unterton, der die Leuchtkraft etwas verwischte, aber nicht auslöschte – in den Herbst wie Rot, Ocker und Braun. Also auch in diesen Herbst.

Mit Johann hatte sie eine ganze Palette von Gelbtönen entwickelt und fixiert. Nur weil Gleich die Farbe gehasst hatte, hatte sie kein Gelb in seiner reinen Form mehr verwendet. Doch jetzt musste es wieder sein. Der Brief war da. Die Scheidung von Gleich war vollzogen. Sie war frei. Endlich.

Anna lief die Treppe hinunter und in die Werkhalle. Sie durchquerte sie beinahe ganz. Hinten auf halber Höhe lag das Meisterzimmer, von dem aus Hallbacher die Frauen und Kinder überwacht hatte. Dort waren die Musterbücher untergebracht. Sie musste den Brief feiern!

Zwar war sie offiziell schon am 16. September geschieden worden, aber das Ehegericht hatte noch zustimmen müssen – und das hatte sich Zeit gelassen. Angeblich hatten die Herren sich darüber echauffiert, dass sie nicht den Amtsweg eingehalten, dass sie selbst Nachforschungen angestellt, dass sie den Behörden ständig in den Ohren gelegen und sie zur Arbeit angehalten hatte.

Die Wahrheit war eine andere. Sie wusste es, und das Ehegericht wusste es auch.

Mit Schwarzens Tod und Gleichs Konkurs waren die alten Seilschaften der Männer in Augsburgs führender Bürgerschaft langsam zerbrochen. Mit Lieberts Eingreifen zu ihren Gunsten hatte sich die Gewissheit, eine Frau niederringen und kujonieren zu können, aufgelöst, war zerbröselt wie schlechter Papp auf den Tüchern.

Als dann vom mehrfachen Ehebruch Gleichs nicht nur Gerüchte, sondern handfeste Beweise wie das Kind, Schilderungen und Zeugenaussagen vorlagen, war der Männerbund vollständig ins Nichts verschwunden. Ein Bund der Frauen hatte gegen die Männerphalanx gesiegt.

Sie hatte einmal gehört, dass die Griechen in ihrer Kampfformation der Phalanx mit den Schwertern versucht hatten, unter die Schilde zu kommen, um Beine und Geschlechtsteile zu erreichen. So sei wohl der eine oder andere tapfere Krieger einfach kastriert worden.

Dem Frauenbund war etwas Ähnliches gelungen. Die Tyrannei der Ehevogtei, der man sie unterworfen hatte, war mit Frauengewalt zerschlagen und sie damit befreit worden. Gleich hatte sich nicht nur als unfähiger Hausvater und Ernährer erwiesen, er war auch kein zuverlässiger Geschäftspartner mehr gewesen.

Dieser Sieg erforderte ein Gelb, das in den Augen brannte.

Sie war selbst in das Meisterzimmer hinaufgestiegen und suchte jetzt die Kladde, das Musterbuch, in dem sie mit Johann die Gelbtöne notiert hatte. Sieben verschiedene waren es gewesen, so viel wusste sie noch. Die Bände lagen sauber nach Jahren gestapelt in einem Regal im hinteren Bereich. Man konnte sie erkennen, lesen konnte sie die Einbände nicht. Die Folianten lagen immer zu vier Büchern übereinander. Jeden Band musste sie abheben, nach vorn zu dem Ablagetisch tragen und kurz öffnen. Grün lag zuoberst, dann folgten Rot und Blau. Ein Band enthielt Anweisungen, wie Papp herzustellen war. Braunfarben und Schwarz in unterschiedlichen Tiefen. Ganz zuunterst lag das Buch mit den gelben Farbbeispielen. Es war eines der ältesten.

Anna war schweißgebadet, als sie den letzten Folianten herbeischleppte und aufschlug.

Kaum blätterte sie die ersten Seiten durch, als sie innehalten musste. Zuerst wollte sie es nicht glauben. Sie hatte eine genaue Erinnerung daran, in welcher Reihenfolge sie die Proben und Farben eingetragen hatten. Sie erinnerte sich auch an das Sonnenblumengelb. Vor allem an das, weil Johann es nicht nur selbst eingeklebt hatte, sondern sie sich beide damals vor Glück über die gelungene Farbe direkt auf dem Tisch geliebt hatten, unbequem zwar, aber leidenschaftlich. Es war ein Moment der Seligkeit gewesen, weil sie sich sicher gewesen war, an diesem Nachmittag schwanger geworden zu sein, und gleichzeitig war es ein Schlag gewesen, denn sie hatte das Kind bald darauf verloren.

Der gelbe Streifen Stoff hatte ihr nacktes Gesäß verfärbt, was Johann zu zärtlich-spöttischen Kommentaren verleitet hatte. Aber diesen Streifen fand sie nicht im Buch. Sie fand gar kein Gelb. Während sie zuerst langsam geblättert hatte, riss sie zuletzt die Seiten regelrecht um. Nichts. Kein Gelb.

Zuerst glaubte sie, die falsche Kladde aufgeschlagen zu haben, doch dann entdeckte sie die knappen Seitenreste. Mit aller Hast sah sie erneut das Buch durch, und tatsächlich fanden sich mindestens zehn Seitenruinen. Jemand hatte einzelne Blätter mit einem Messer sauber herausgetrennt. Das war zu viel! Anna konnte nicht anders. Sie stützte sich mit beiden Händen auf den Tisch und schrie ihren Ärger heraus, bis ihr die Lungen schmerzten und die Frauen in der Halle zusammenliefen und zu ihr hochblickten.

Gleich oder Hallbacher! Nur einer von diesen beiden konnte es gewesen sein, wobei sie Hallbacher diesen Frevel nicht zutraute. Also Gleich. Offenbar war sie ihren ehemaligen Mann zwar losgeworden, er hatte ihr mit der Verstümmelung der Musterbücher aber noch etwas hinterlassen, an dem sie zu beißen hatte. Mit Sorge blickte sie auf die anderen Bände. Wie viele Blätter hatte er gestohlen?

Beinahe dreißig Jahre war es her, dass sie und Johann diese Farben entdeckt hatten. Dreißig Jahre lang waren die Musterbücher immer wieder hervorgeholt worden, die Farben nachgebraut, neue Beispiele, Formen und Mixturen notiert – und jetzt waren sie verschwunden. Langsam wurde ihr klar, womit sich Gleich in Leipzig die Stellung eines Direktors erschlichen hatte. Er war nicht nur ein Schläger und Bankrotteur, sondern auch ein Dieb. Ihre einzige Hoffnung bestand darin, dass er nur die Seiten entfernt hatte, deren Mischung er begreifen und entschlüsseln konnte.

Vor ihren Augen tanzten gelbe Funken, und sie hatte das Gefühl, von einem Schwindel erfasst zu werden. Doch sie durfte sich nichts anmerken lassen. Schließlich führte sie hier eine Fabrique. Sie war die Herrin über fünfhundert Frauen, Männer und Kinder. Es galt, sich zusammenzureißen.

Sie hob den Kopf und schmetterte mit aller Gewalt den holzverstärkten Deckel der Kladde zu.

Sogleich setzte sie sich an den Schreibtisch, entnahm der Schublade einen Bogen Papier und versuchte, die Rezeptur aus dem Gedächtnis niederzuschreiben. Sie war so in ihre Erinnerungen vertieft, dass sie anfänglich nicht bemerkte, dass das Tintenfass keine Tinte enthielt.

Anna musste erst mit Spucke etwas Tinte anrühren, bevor sie die Rezepturen aus dem Gedächtnis wiederholen konnte. Die Feder kitzelte sie an der Nase, während sie nachdachte und schrieb.

Sie hatten Safran verwendet, für wenige exklusive Gelbfärbungen.

Die Krokusnarben waren unglaublich teuer und ebenso unglaublich intensiv. Allerdings bleichten sie stark aus. Sie importierten Safran vor allem, weil sie damit auch das Skriptorium des Klosters St. Ulrich belieferten, das dem Safran Galle beimischte und ihn für die Buchmalerei verwendete.

Mädesüß und Wau, die Färberblume, gaben ebenfalls ein schönes, wenn auch weniger leuchtendes Gelb, das mit der Rinde des wilden Apfelbaums etwas aufgefrischt werden konnte. Auch die Färberdistel tat ihre Dienste. Mit allem hatten sie experimentiert: Zwiebelschalen, Birkenrinde, Besenginster, Berberitze. Alle Mittel bildeten gelbe Grundfarben, die allerdings meist schwach und matt ausfielen.

Johann aber hatte einen Zusatz entdeckt, der den Sud kräftiger machte. Er hatte Essig verwendet, Urin zugesetzt und dabei damit experimentiert, ob sich Frauen- oder Männerurin besser eignete. Sie spürte noch jetzt, wie sie rot wurde, als Johann sie einmal bat, einen Becher zu füllen, weil ihm der Frauenurin ausgegangen war. Er musste ihr sogar dabei helfen, das Gefäß unter ihrem Rock sicher zu platzieren.

Dabei war herausgekommen, dass es egal war, welcher Urin benutzt wurde.

Und dann war ihnen ein Gewürz in die Hände gefallen, das ein so helles und leuchtendes Gelb ergab, dass sie sich nicht mehr zurückhalten konnten vor Freude. Johann hatte den Stoff zuvor in erhitztem Essig gebeizt, dann das Gewürz zugesetzt, und die Sonnenblumenfarbe, die daraus entstand, übertraf alle Erwartungen. Aber erst das heiße Ausrollen hatte die Farbe fixiert. Sie kam nur nicht mehr auf den Namen des Gewürzes. Und das Musterbuch, aus dem sie ihn hätte entnehmen können, war geplündert worden.

Sie zermarterte sich den Kopf, aber es wollte sich kein Name einstellen.

Wütend hieb sie mit der Faust auf den Tisch. Die Tinte der Feder, die sie noch in der Hand gehalten hatte, spritzte über einen Teil der Aufzeichnungen, was sie noch wütender machte.

Es gab nur einen, den sie fragen konnte, weil er von Beginn an mitgearbeitet hatte. Er würde die Lösung wissen. Er kannte das Gewürz, von dem sie nur wusste, dass es nicht Safran gewesen war.

Sie fuhr so schnell hoch, dass der Stuhl mit Gepolter umfiel. Anna ließ ihn liegen. Sie rannte regelrecht aus dem Raum, die Treppen hinab und durch die Halle.

Auf dem Weg überlegte sie noch, ob sie jemanden zu Hallbacher schicken sollte. Dann aber entschied sie sich, selbst zu gehen.

Trotz der Kälte und ihres eher ungeeigneten Schuhwerks stapfte sie von der Fabrique aus in Richtung der Quergässchen, wo Hallbacher wohnte. Er würde jetzt, am frühen Nachmittag, wohl noch schlafen oder sich für die nächste Nacht rüsten.

Auf dem Weg in die Jakober Vorstadt überlegte sie lange, was sie ihm anbieten konnte. Ihm selbst war an einer Erhöhung seines Gehalts wenig gelegen. Sie ahnte aber, wie sie ihn würde ködern können: mehr Frauen einstellen und diese besser bezahlen.

Sie musste sich nur klar werden, ob sie das wollte.

Die Bäume, die an den Kanälen entlang wuchsen, leuchteten in einem bunten Farbenspiel. Die Buchen rot, der Ahorn gelb und orange, auch die Linden brachten einen Gelbton zustande, der wie ein freundlicher Wink des Tages wirkte.

Sie ging durch diese Farbenpracht und zerbrach sich den Kopf darüber, welches Gewürz Johann verwendet hatte. Der Weg kam ihr kürzer vor als mit der Kutsche, und wie durch ein Wunder stand sie plötzlich vor Hallbachers Hütte.

Sie klopfte und versuchte, die Tür zu öffnen, aber nichts rührte sich. Der Glockenschlag von St. Maximilian verkündete zwei Uhr. Wenn Hallbacher als Nachtwächter unterwegs gewesen war, dann würde er jetzt wohl noch schlafen.

Erneut pochte Anna mit aller Kraft gegen die Tür. Sie blieb jedoch verschlossen. Niemand schob den Riegel zur Seite, niemand bat sie hinein.

Sie lehnte den Kopf gegen das Türblatt und begann unvermittelt zu schluchzen. Sie wollte es nicht, aber die Mischung aus Hochstimmung über die Scheidung und Niedergeschlagenheit wegen der fehlenden Seiten entzog ihr die Kontrolle. Die Tränen liefen ihr über die Wangen, und sie pochte nur noch leicht mit der Faust gegen die Tür. Es war ein verzweifeltes Schluchzen, das sie von sich gab, ein Schluchzen der Schwäche, das zu noch mehr Tränen führte, weil sie es sich nicht eingestehen wollte. Alles hatte sie erreicht, was sie wollte, nur dieses Gelb wollte ihr nicht gelingen.

»Kurkuma!«, sagte jemand dicht neben ihrem Ohr, und sie musste sich erst zurechtfinden, bevor sie etwas erwidern konnte.

»Was?«, fragte sie verblüfft. »Hallbacher?«

»Ja«, sagte der Mann neben ihr. »Ihr versperrt mir die Tür, Herrin.«

»Was habt Ihr eben gesagt? Welches Gewürz hat mein Mann verwendet?«

»Kurkuma«, wiederholte Hallbacher geduldig. »Euer Gatte hat mich diese Farbe mehrmals ansetzen lassen. Kurkuma, ein wenig Essig und als erste Bindung etwas Eigelb dazu.«

Anna drehte sich zu ihm um. Hallbacher war hager geworden. Aufmerksam musterte er sie.

»Woher wusstet Ihr …?«, fragte Anna.

»Ihr habt die ganze Zeit mit Euch selbst gesprochen. Ich habe zugehört. Dieses leuchtende Sonnengelb. Aus Kurkuma gefärbt. Ein exotisches Gewürz, aber nicht zu selten und damit günstiger als Safran. Außerdem färbt es stärker, man braucht nur wenig davon.«

Anna musste mehrmals schlucken, bevor sie weitersprechen konnte. »Hallbacher. Kommt zurück. Ich brauche Euch und Euer Wissen. Gleich hat die Musterbücher geplündert und Seiten entfernt.«

Der ehemalige Vorarbeiter sah sie amüsiert an. »Wie stellt Ihr Euch das vor? Ich gebe meine Arbeit als Nachtwächter auf, kehre zurück in die Fabrique und sage den Kindern dort, was sie tun sollen?« Seine Stimme troff nur so von Sarkasmus. Mit wachsender Unruhe bemerkte sie, wie er ihr abermals entglitt.

»Frauen«, entfuhr es ihr. »Es arbeiten wieder Frauen. Ich … ich … ich habe ihnen mehr Lohn gegeben.«

Eine Augenbraue Hallbachers hob sich. »Sie arbeiten noch immer zu einem Hungerlohn.«

»Aber ich verwerte vor allem Zunfttücher. Beinahe alle Männer weben. Ich stütze also die Zunft und das Handwerk in Augsburg.«

»Wenn das so ist«, seufzte Hallbacher. »Kommt mit hinein. Wir holen uns hier draußen nur eine Erkältung.«

Erst jetzt wurde Anna bewusst, wie sehr sie fror. Ihre Füße spürte sie kaum noch. Die Schuhe waren durchgeweicht, und von den Beinen stieg ein kalter Strom die Schenkel empor.

Sie folgte Hallbacher, der an ihr vorbei die Stube betrat, nachdem er den Innenriegel mit einem Schlüssel gehoben hatte. Erst als er sich gesetzt und aus der Ecke einen Krug mit Bier herbeigeholt und auf den Tisch gestellt hatte, schien er sie wieder zu bemerken.

»Was wollt Ihr wirklich von mir?«, fragte er unumwunden. »Ich bin alt und damit wohl kaum mehr von Interesse für Euch.«

»Wisst Ihr vom Diebstahl der Seiten?«

Hallbacher runzelte die Stirn und schüttelte langsam den Kopf. »Welche Seiten?«

Anna erzählte ihm, dass aus den Musterbüchern ganze Doppelseiten entfernt worden waren. Mit einem Messer fein säuberlich herausgetrennt – und sie teilte ihm auch die Vermutung mit, die Informationen darin seien verkauft worden.

»Jetzt stellt sich nur noch die Frage, wer es war.« Anna blickte Hallbacher an.

»Nun: Ihr vermutet, es könnte Euer Ehemann gewesen sein ... oder ich selbst.« Anna sah, wie er sie beobachtete, ihre Reaktion einzuschätzen versuchte. »Aber es kommt noch ein Dritter in Frage: Melchior Gräz.«

»Gräz?« Anna musste hellauf lachen. »Wie sollte Gräz an die Musterbücher kommen?«

»Wie alle anderen auch. Er spaziert in die Halle. Ich arbeite unten bei den Frauen, und Euer Gatte sitzt oben im Meisterzimmer. Gräz steigt zu ihm hoch, die beiden unterhalten sich, und Gräz kann die eine oder andere Rezeptur erahnen oder sogar auflösen. Diese Seiten trennt der Drucker dann heraus und nimmt sie mit: als Bezahlung sozusagen. Als Bezahlung für Spielschulden.«

Anna sah Hallbacher verblüfft an. Daran hätte sie niemals gedacht.

Ihre Blicke trafen sich.

»Kommt Ihr wieder?«, fragte sie. »Ich bin geschieden und brauche jede Hilfe, Hallbacher. Ihr seid mein Bester. Niemand kann so wie ihr mit den Frauen reden.«

Hallbacher hielt ihren Blick fest. »Kinder nur dort, wo es unumgänglich ist. Ansonsten Männer oder Frauen. Zu einem passenden Lohn. Sie sollen davon leben können und nicht hungers sterben, obwohl sie einen Brotberuf haben. Schlagt ein.«

Er hielt ihr seine Hand hin, und Anna zögerte keinen Augenblick. Sie drückte die vom Laternentragen schwielige Hand. Zum ersten Mal, seit sie ihn kannte, sah sie ihn zufrieden lächeln.

»So sei es.« Anna stand auf und ging zur Tür. »Morgen fangt Ihr wieder an. Ich zahle Euch rückwirkend für diesen Monat – und dann schaut, dass Ihr aus diesem Loch herauskommt.«

II

DREI JAHRE DARAUF · SOMMER 1782

Die Farbe Gelb hatte gesiegt. Die Meute der Wölfe heulte dennoch.

Anna hatte sich ein Grundstück vor den Toren gekauft und lud zu einem ihrer mittlerweile berühmten Abende ein. Noch war nicht alles fertig. Das Gartenhaus war allenfalls eine begehbare Ruine. Aber schimmernde Lampions beleuchteten den Weg und schufen eine lauschige Stimmung. Die Tische waren in der sommerlichen Wärme im Schatten der Bäume aufgestellt, unter denen es früher dunkel wurde. Annas Schwager Anton und das Collegium musicum spielten auf einer kleinen Bühne, die sie hatte zimmern lassen. Leider hatte dieser Wolfgang Amadé Mozart, der vor wenigen Jahren durch Augsburg gezogen war, in der Heimatstadt seines Vaters kein einziges Stück komponiert. Vielmehr war er zum Ärgernis der katholischen wie protestantischen Gemeinde, unflätige Bemerkungen versprühend, mit der Cousine Anna Thekla durch die Straßen gezogen. Anna konnte sich durchaus vorstellen, warum er nicht zum Schreiben gekommen war. So spielten sie eben andere Stücke von ihm.

Ihr schwirrte der Kopf. Mindestens zwei neue Gäste mit ihren Gattinnen musste sie begrüßen. Johann Michael Schöppler, den alle nur Michl nannten, und Johann Gottfried Hartmann hatten sich dazugesellt. Schöppler hatte vor den Toren in der Nähe der Schüle'schen Kattunfabrik den Apfel'schen Garten und dessen Bleiche sowie dessen Druckergerechtigkeit übernommen. Sie waren dabei, zu nicht unbedeutenden Konkurrenten aufzusteigen, weil sie – wie man allenthalben hörte – die Gründung einer gemeinsamen Unternehmung planten.

Anna steuerte auf den kräftigen, etwas bitter wirkenden Johann Michael Schöppler zu, der einen kleinen Hund im Arm hielt. Eine Mode, der sie nichts abgewinnen konnte. Er stand etwas unsicher da und schaute umher, kannte niemanden, und dieser ständig kläffende Köter verhinderte, dass sich ihm jemand näherte und ihn ansprach.

Anna seufzte. Warum war es immer ihre Aufgabe, Menschen, die fürs Geschäft nicht unbedingt taugten, in dieses einzuführen? »Ihr seid doch sicher Johann Gottfried Hartmann!«, begann sie und streckte ihm ihre Hand hin, damit er einen Kuss darauf hauchen konnte. »Darf ich mich vorstellen: Anna Barbara Gignoux!«

»Ah«, begann Schöppler verlegen, weil der Hund erneut zu kläffen begann und sie so auf Abstand hielt. »Aber Ihr irrt, Madame. Mein Name ist Schöppler, Johann Michael Schöppler.«

»Oh, es tut mir leid, Euch verwechselt zu haben. Ich hoffe, Ihr verzeiht mir. Aber schön, dass ihr den Weg hierhergefunden habt und an unserem Abend teilzunehmen gedenkt.«

Der Kaufmann neigte kurz den Kopf und sah dann in die Runde.

»Sucht Ihr jemanden?«, fragte Anna.

»Ich würde mich gern Eurem Gatten vorstellen, wenn das möglich ist, Madame.«

Anna blieb äußerlich völlig ruhig. Nichts anderes hatte sie erwartet. Alle fragten nach dem Hausvater. Aber sie würde diesen Neuankömmling schon noch in die Schranken weisen. »Lieber Schöppler, darf ich fragen, warum Ihr meinen Gatten so dringend zu sprechen wünscht? Reine Neugierde einer Frau.«

Sie lächelte verbindlich und schlug dabei die Augen nieder. Schöppler sah sie gar nicht an, sondern suchte weiter. »Nun, die Gignoux'sche Fabrique gilt als die zweitgrößte in Augsburg und die beste, was die Techniken anbelangt. Ich möchte ihr ein Geschäft vorschlagen. Vor Kurzem habe ich den Apfel'schen Garten zusammen mit dessen Bleiche übernommen, jetzt suche ich geschäftliche Kontakte. Da dachte ich, diese Soiree wäre eine gute Gelegenheit, um mit dem Unternehmer zu sprechen.«

Anna tat so, als horche sie auf die Musik. Sie verdrehte leicht den Kopf und hob eine Augenbraue. »Kennt Ihr den Komponisten dieses Stücks?«

»Nein, bei Gott. Damit kann ich mich nicht auch noch beschäftigen«, wehrte Schöppler ab.

Anna musterte den Mann von oben bis unten. Er zeigte schon jetzt einen Bauchansatz, obwohl er kaum dreißig Lenze zählte. Leicht amüsiert hielt sie sich eine Hand vor den Mund. »Nun, dann solltet Ihr damit beginnen. Es wäre wichtig.«

Vor Verblüffung hätte Schöppler beinahe seinen Hund fallen gelassen. Der jaulte auf, weil er ihn ruckartig und fest packte. »Warum das?«, fragte er nach.

Anna hatte dem Hin und Her unbewegt zugesehen. Der Hund wollte zu Boden gelassen werden, Schöppler aber das Tier partout nicht freigeben. Diese Art Zwang kannte sie zur Genüge.

Als er das Tier endlich beruhigt hatte und sich entschuldigte, antwortete Anna nur: »Findet es heraus!«, drehte sich um und ging davon.

Warum um alles in der Welt lebten Mannsbilder in dem Wahn,

dass Frauen nicht im Stand wären, einer Kattunmanufaktur vorzustehen? Schöppler würde es noch lernen, schnell lernen, vermutlich heute noch. Sie freute sich schon darauf, ihn wiederzusehen, zerknirscht und mit eingezogenem Schwanz.

Sie schlängelte sich durch die Menge. Die Gäste nickten oder prosteten ihr zu. Sie steuerte auf Drentwett zu, der sich sofort von seinen Gesprächspartnern löste, als er sie bemerkte.

»Seid Ihr mit der Kette fertig, Abraham?«

Der junge Goldschmied nickte und reichte ihr eine Schatulle. »Ich dachte mir schon, dass Ihr sie heute tragen wollt, Madame Gignoux. Immer zu Euren Diensten.«

Er legte sie sich auf die Hand und öffnete den Verschluss. Zum Vorschein kam ein goldenes Geschmeide, bestückt mit feuerroten Rubinen und grünen Smaragdapplikationen, die von Krabben eingefasst waren.

Anna besah sich das Stück, und ihr schlug das Herz höher. Sie hatte es sich selbst ausgesucht, ihre eigenen Ideen darin zu verwirklichen versucht und dem jungen Abraham Drentwett, dem dritten dieses Vornamens, ihre Überlegungen mitgeteilt. Aber die Vorstellung war das eine, die Ausführung das andere. Mit diesem Geschmeide signalisierte sie öffentlich die endgültige Begleichung aller Schulden.

»Legt Sie mir um«, bat sie den jungen Goldschmied.

»Mit Vergnügen.«

Sie sah ihm an, wie er sich freute, seine Arbeit so wertgeschätzt zu wissen. Die Umstehenden murmelten überrascht und fielen dann in einen Applaus ein, der von niemand anderem als Schöppler ausgelöst worden war.

»Madame, ein Geschenk Eures Gatten. Wie wunderbar«, flötete er und steuerte sofort Abraham Drentwett an. Dass der um gut dreißig Jahre zu jung für sie war, schien ihn weiter nicht zu stören.

»Meister Gignoux, darf ich Euch kurz um etwas Zeit bitten?«

Doch er hatte Drentwett noch nicht erreicht, da trat eine junge Frau zwischen ihn und den Goldschmied. »Auch wenn Ihr ihn offenbar gern mit Madame Gignoux verheiraten möchtet, er ist *mein* Mann.«

Schöppler blieb wie vom Donner gerührt stehen. »Aber ... das Geschmeide ...«, stotterte er los.

»Hat er für Anna Barbara Gignoux nach ihren eigenen Ideen angefertigt.«

»Aber wer ... wo ist ... ich verstehe nicht recht ... der Hausvater ... die Führung der Unternehmung ...« Man hörte ihm die Verblüffung an.

Neugierig beobachtete Anna, wie er sich langsam zu der Erkenntnis durchrang, dass hier etwas grundlegend nicht stimmte. Sie hatte das oftmals erlebt. Zwar hatte man allen gesagt, wie die Fabrique Johann Friedrich Gignoux geleitet wurde und dass eine Frau an deren Spitze stand – ernst genommen und verinnerlicht hatten das die wenigsten. Alle erwarteten den Mann an der Spitze, betrieben mit ihr eine oberflächliche Konversation, wenn sie den Raum betrat, und glaubten, die Hauptperson würde noch kommen und sie wäre lediglich die Gesellschafterin. Meist war es dann schon zu spät, wenn sie realisierten, dass es schon im Gespräch mit ihr um harte Verhandlungen ging.

Amüsiert betrachtete Drentwetts Frau den jungen Unternehmer. »Habt Ihr nicht gewusst, dass Anna Barbara Gignoux ihr eigenes Unternehmen leitet? Sie ist alleinstehend – und eine bedeutende Unternehmerin. Ihr solltet Euch gut mit Ihr stellen, wenn Ihr hier einen Fuß in die Tür bekommen wollt.«

Anna hatte dem allem zugesehen, wie sie einem Theaterstück beiwohnte, nur dass hier kein Hanswurst auftauchte und alles ins Lächerliche zog.

Jetzt wandte sich der Kaufmann an sie. »Verzeiht, Madame. Ich wusste nicht ...«, brachte er hervor.

»Seien wir ehrlich, und reden wir nicht um den heißen Brei herum, Schöppler. Gewusst habt Ihr es sehr wohl, aber Ihr habt es nicht geglaubt und oder schlicht überhört.« Sie behandelte ihn so, wie er es verdient hatte. Sie drehte sich um und ließ ihn einfach stehen.

Die Umstehenden hatten dem Schauspiel ebenfalls zugesehen. Während es für Schöppler eine Lektion gewesen war, war es für alle anderen eine Demonstration.

Anna wollte, nein, musste endlich aus dem Schatten Gleichs heraustreten.

»Ah, Schüle, mein Lieber!«, rief sie, als sie den Textilunternehmer entdeckte, der mit Catharina am Arm durch das Gartentor trat. Etwas lauter, als es sein musste, rief sie ihm zu, dass sie mittlerweile Nachbarn geworden seien. »Meine neue Scheggenbleiche und die Pantsch-Maschine stehen in Eurer unmittelbaren Nachbarschaft.«

Wieder spürte sie, wie die Gäste aufhorchten. Geschmeide, Pantsch-Maschine, Scheggenbleiche, bei der mit Kleie und Wasser teilweise gefärbte Stücke, die Schecken genannt wurden, mechanisch gesäubert und für eine erneute Bedruckung gebleicht wurden. So entstanden gleichmäßige Farbuntergründe. Das alles waren Investitionen, die man nicht tätigen konnte, wenn das Geld knapp war und die Aufträge dünn waren. »Auch könnt Ihr gern mit meiner Kattunwalke arbeiten. Der indische Zitz ist oft noch so unsauber, dass er erst aufbereitet werden muss.«

Schüle nickte ihr zu. Er wusste sehr genau, was sie bezweckte. Obwohl er unangefochten an der Spitze der Augsburger Kattunwerke stand, akzeptierte er sie nur, wenn sie sich etwas profilierte. Er nahm eine Frau an der Spitze eines Unternehmens noch immer nicht ernst.

Anna winkte Catharina zu und ließ sich dann durch die Menge treiben. Sie würde später mit der Freundin reden und sie daraufhin aushorchen, ob ihre kleine Demonstration gewirkt hatte, ob sie Gespräch gewesen war oder ob man sie einfach nur ignoriert hatte.

Warum gerade sie immer wieder ihr handwerkliches Können betonen musste, warum sie sich öffentlich mit ihren Erfolgen zu Schau stellen musste, war ihr unverständlich. Keiner der Männer, egal wie sie hießen, diese Textildrucker und Unternehmer, hatte das nötig.

Aber jetzt war es Zeit, dass sie ihr zuhörten, dass ihnen klargemacht wurde, wie eine Frau ein Unternehmen leitete.

Sie sah Schöppler auf sich zukommen. Er trug eine Leidensmiene vor sich her, die sie beinahe hätte hell auflachen lassen. »Ich weiß jetzt, wer der Komponist ist«, rief er ihr zu. »Mozart. Wolfgang Amadé Mozart. Ein wirklich nettes Stück.«

Anna verdrehte die Augen. Er hatte keine Ahnung, glaubte allen Ernstes, das Wissen, das er nebenher aufgeschnappt hatte, würde sie gewogen machen. »Ach ja?«, antwortete sie. Diesmal hatte ihr Lächeln die Giftigkeit einer Schlange. »Das mag für das vorletzte Stück gelten. Das gerade …« Sie lauschte aufmerksam. »Das jetzt ist von Händel.«

Damit wandte sie sich von ihm ab. Über die Schulter rief sie ihm zu: »Ein netter Versuch.«

12

EIN JAHR SPÄTER · SPÄTSOMMER 1783

Anna lauschte. Nichts war zu hören außer dem Plätschern des Regens, der mittlerweile diesen merkwürdigen Nebel abgelöst hatte, der das Atmen erschwerte. Wie ruhig es war. Keine der Maschinen, deren Stampfen sie Tag und Nacht begleitet hatte, seit Gleich diesen Steinhaufen mitten in die Stadt gestellt hatte, war zu hören.

Sie streckte sich unter der Bettdecke aus und fühlte keinerlei Bedauern, dass sie umgezogen war. Als direkt gegenüber der Manufaktur letztes Jahr dieses Haus frei geworden war, hatte sie es gekauft und herrichten lassen. Sie hatte es in dem Winkelanbau des Steinhaufens nicht mehr ausgehalten.

Jetzt genoss sie die Ruhe, das Fehlen dieses ständigen Vibrierens in den Grundmauern.

Sie starrte für einen Moment an die Decke, genoss diese wenigen Minuten für sich, bis die Welt sich ihrer bemächtigte.

Wie sehr sich ihr Leben verändert hatte! Jetzt hieß sie wieder offiziell Anna Barbara Gignoux. Das war jetzt nun Jahre her. Sie hatte sich den Namen als in sich verschlungenes Akronym in das Oberlichtgitter des Eingangs schmieden lassen: ABG, Anna Barbara Gignoux. Dies sollte nichts und niemand mehr ändern können. Es war ihre in Metall geformte Entscheidung.

Hinter ihrer Stirn ergoss sich ihr Leben in einem Strom von Erinnerungen, als wolle es sich mit diesen Bildern noch einmal versichern, dass sie auch nichts davon vergessen würde.

Sie hörte die Glocke des Franziskanerinnenklosters, die anzeigte, dass sie bald aufzustehen hatte. Es schlug sieben Uhr. In einer halben Stunde würde Hallbacher herüberkommen und mit ihr den Tag besprechen.

Sie hatte ihm die Wohnung in der Manufaktur überlassen, weil er sich geweigert hatte, aus der Hütte in der Jakober Vorstadt auszuziehen. Nur widerwillig hatte er zugestimmt. Lange hatte Anna überlegt, warum sie ihm die Wohnung angeboten hatte. Letztlich kam sie immer wieder zu dem Schluss, dass sie ihn einfach nur um sich haben wollte. In ihrer Reichweite, aber nicht bei sich. Nie wieder würde sie sich einem Mann unterwerfen oder bei einem Mann liegen. Aber das Gefühl der Nähe, der Vertrautheit, das mochte sie nicht missen. Und sie glaubte zu wissen, dass es Hallbacher genauso erging.

Sie schälte sich aus den Laken, rief ihre Zofe und ließ sich ankleiden. Am liebsten wäre sie gar nicht aufgestanden, denn es war für diese Jahreszeit ungewöhnlich kühl und feucht. Sie zwang sich, Hallbacher zuliebe.

»Das Frühstück ist fertig!«, sagte das Hausmädchen, das nur kurz den Kopf durch die Tür steckte. »Hallbacher ist schon da.«

Ihre Zofe richtete die letzten Haarsträhnen, und Anna überlegte, warum sie ein solch unruhiges Gefühl beschlich.

Bevor sie die Treppe hinabstieg, sah sie noch einmal aus dem Fenster und glaubte, ihren Augen nicht zu trauen. Es war September. Üblicherweise hätte die Stadt unter einer Hitzewelle brüten müssen. Schweiß müsste ihnen über den Rücken rinnen, und am liebsten würde sie nackt durch das Haus laufen – wenn es schicklich gewesen wäre. Stattdessen fielen Flocken vom Himmel.

Sie drehte sich um und hastete die Treppe hinab, soweit ihr Alter und ihre Kleidung das zuließen. Sie wollte zur Haustür. Hallbacher stand dort und schaute ebenfalls hinaus. Ein kalter Luftzug drang von draußen herein.

»Das wird doch nicht Schnee sein?«, frotzelte sie. »Oder hat wieder jemand seine Fabrique angezündet?«

Hallbacher drehte sich nur kurz zu ihr um. Auch ihn faszinierte das Schauspiel. Er streckte die Hand aus und ließ Flocken auf die Innenfläche fallen, die er ans Auge hob.

»Eindeutig Schneeflocken«, sagte er. »Und sie bleiben liegen.«

Er zeigte auf die Ecken der Häuser und den Rand des Vorderen Lechs. Überall begannen sich die großen Flocken zu feinen Teppichen zu verbinden. Dann schleckte er das Wasser mit der Zunge ab, das sich auf der Innenfläche gebildet hatte, und verzog den Mund.

»Bitter! Pfui Teufel!«, fluchte er.

»Die Welt spielt verrückt!«, murmelte Anna. Ihr wurde kalt, und sie stellte sich etwas näher an Hallbacher heran, der kommentarlos akzeptierte, dass sie sich an ihn anlehnte und an ihm wärmte.

»Wir gehen besser hinein«, entschied er endlich, obwohl auch er sich sichtlich nur schwer von dem Anblick lösen konnte. Die Flocken wurden immer dichter. Man hätte glauben können, der Weihnachtsabend stünde kurz bevor. Dabei lag sogar Erntedank noch weit entfernt.

»Wie geht das?«, fragte Anna, während Hallbacher die Tür schloss. »Und kommt mir jetzt nicht mit irgendwelchen Hexen und Zauberkünsten. Ich brauche diesen Humbug nicht.«

Hallbacher rieb sich die Hände warm, offenbar hatte er schon länger draußen gestanden. »Im hiesigen Intelligenzblatt habe ich etwas Merkwürdiges gelesen«, sagte er, als sie sich an den Tisch setzten. »Da behauptete ein gewisser Christian Mayer, ein Jesuit, und die sind jetzt wirklich über den Vorwurf erhaben, Zauberei ins Spiel zu bringen, dass sich das alles auf eine gewaltige Naturkatastrophe zurückführen lässt.«

Das mochte sie an Hallbacher. Er war nicht nur ein guter Werkmeister. Er war auch vielfältig interessiert. Er las, besuchte Vorträge und lieh sich aus der städtischen Bibliothek Bücher aus. Allerdings weigerte er sich, zu ihren Soireen zu erscheinen. Er sei nicht gebildet genug, erklärte er ihr, und er spreche nicht diese Sprache.

Was er unter »dieser Sprache« verstand, wusste Anna nicht recht. Sie wusste aber, wie umfassend sich Hallbacher informierte. »Welche Naturkatastrophe?«, hakte sie nach.

Er wiegte nachdenklich den Kopf. Offenbar wollte er nicht einfach nur eine Meinung wiedergeben. »Ich kann nicht sagen, ob es stimmt, aber auf Island soll ein gewaltiger Vulkan ausgebrochen sein und das Dorf Klaustur eingeschlossen haben. Am Pfingstsonntag soll er ausgebrochen sein.«

Anna konnte ihm nicht ganz folgen. Was um alles in der Welt war ein Vulkan – und wie sollte das zugehen, dass ein Vulkan auf Island hier bei ihnen einen Winter im Spätsommer auslösen konnte?

»Ich weiß nicht, ob das alles so stimmt«, fuhr Hallbacher verlegen fort. Sie sah ihm das Unbehagen an, jetzt als Experte für Wetter auftreten zu müssen. »Ich weiß auch nicht, ob das geht. Aber ich habe mein Leben lang auch keinen so starken Nebel und dazu noch bitteren Schnee im September erlebt.«

Anna winkte die Stubenmagd heran und befahl ihr, das Frühstück aufzutragen.

Üblicherweise besprachen sie an diesem Tisch den Tag, die Besorgungen, Einkäufe, Farbmischungen, Aufträge. Doch diesmal war Hallbacher offenbar nicht recht bei der Sache.

»Was ist los mit Euch?«, fragte Anna, als sie ihn unruhig auf dem Stuhl hin und her rutschen sah.

»Es braut sich etwas zusammen«, erwiderte er leise.

Anna hob die Augenbrauen. So unruhig hatte sie ihn noch nie erlebt. Wütend ja, aber besorgt? Seine direkte Art konnte verletzen, und er nahm dabei keine Rücksicht auf die Arbeiter oder gar sie selbst, was sie an ihm schätzte, denn er hörte die Flöhe husten, und sie konnte gut gegensteuern. »Was geht vor da draußen? Raus mit der Sprache.«

»Das schlechte Wetter, der Nebel, der Schnee, der so bitter

schmeckt, als schneie er aus einem Säurebad heraus, das alles ängstigt die Menschen. Die Feldfrüchte verdorren und welken oder wachsen sich nicht aus. Allein ein Großteil des Weizens ist verkümmert. Auf den Wochenmärkten steigen die Preise.«

Verständnislos sah Anna ihn an. »Und warum bedrückt Euch das?«

»Eure Arbeiterinnen, Eure Handwerker, zumeist Gesellen, müssen das alles bezahlen, verdienen aber nicht mehr. Je länger dieses Wetter anhält, desto düsterer erscheint es den Menschen. Lasst den Winter kommen, lasst den Schnee bis zum Mai nächsten Jahres nicht wegschmelzen, dann stehen die Menschen auf, weil der Hunger sie auf die Straßen treibt.«

Anna schüttelte den Kopf. Man konnte auch übertreiben. »Ihr malt den Teufel an die Wand. So schlimm wird es nicht kommen.«

Hallbacher erhob sich. Er hatte keinen Bissen zu sich genommen, nur auf den üppig gedeckten Tisch gesehen und mit ihr geredet. »Ich wünschte, Ihr behieltet diesmal recht«, flüsterte er. Er sah sie nicht an, als er in die Joppe schlüpfte und seine Mütze aufsetzte. »Die Frauen brauchen mich drüben.«

Anna tupfte sich mit der Serviette den Mund ab. Die Marmelade aus Quittenmark schmeckte köstlich. Irgendwann würde sie ihre Haushälterin fragen, wie sie diese zubereitete.

Hallbacher war schon an der Tür, als er sich noch einmal umdrehte. »Seid vorsichtig, wenn Ihr auf die Straße geht, Herrin«, sagte er. Dann nickte er, tippte sich an die Mütze und ging davon.

Anna sah ihm verblüfft nach und zerbrach sich den Kopf darüber, was er damit gemeint haben könnte.

13

EIN HALBES JAHR SPÄTER · FEBRUAR 1784

»Warum seid Ihr nicht gekommen, Hallbacher?«, fragte Anna etwas verschnupft. »Es war ein Ereignis! Auch wenn die Luft eisig war und in die Wangen schnitt. Ich kann die Szenerie kaum beschreiben. Überall stiegen weiße Rauchwolken aus den Münder der wartenden Menge, die sich auf dem Fronhof versammelt hatte, als wollten sie diesem Luftball damit eine Grundlage geben, auf der er in die Höhe steigen könnte.«

»Ich habe es gelesen«, antwortete Hallbacher einsilbig.

»Aber doch nur die Vorankündigung des Spektakels am Montag zuvor, am 16. Februar, in der *Augsburger Ordinari Postzeitung*. Ihr hättet es erleben müssen.« Anna hatte sich dieses Spektakel nicht entgehen lassen. Sie war vor Ort gewesen.

Hallbacher holte einen Zettel aus der Hosentasche und las leise vor: »Das verehrte Publikum wird hiermit geziemend benachrichtiget, dass die zween Gebrüder Baader, von Ottobeuren, unweit von Memmingen, in Augsburg angelangt sind, um daselbst einen Versuch mit einem Luftball, nach des berühmten Herrn Mongolfier Erfindung, von 10. Schuhen im Durchmesser, zum Vergnügen des Augsburgischen Publikums zu machen ...«

»Ja, ja, ich kenne den Text. Aber wenn Ihr ihn sogar ausgeschnitten habt. Warum ...«

Über den Tisch hinweg griff Hallbacher zu einer Scheibe Brot. Wo sonst drei verschiedene Sorten lagen, fand sich derzeit nur ein einziges kletziges Roggenbrot. Anna hatte ihre Magd deswegen schon ausgeschimpft, derzeit gab es aber kein anderes.

Hallbacher aß das Brot nicht, sondern hielt es ihr vor. »Deswegen bin ich nicht hin.«

Anna runzelte die Stirn. »Weil Ihr kein schlechtes Brot mögt? Oder lag es Euch zu sehr im Magen, um gegen die Aufregung gewappnet zu sein? Stellt Euch nur vor, wie sich die Hülle dieses weißroten Ballons auf dem Platz langsam durch die heiße Luft blähte und aufrichtete. Ungefährlich war das keineswegs. Hätte die Hülle Feuer gefangen, wären die brennenden Papierfetzen über die ganze Stadt verteilt worden und als Zünder auf die Dächer niedergeregnet. Es war ein wohliges Gruseln gewesen, dem zuzusehen.« Es schüttelte sie noch, wenn sie nur daran dachte.

Hallbacher hielt immer noch das Stück Brot in der Hand. »Die Memminger Experimentatoren verlangten natürlich Geld für ihre Mühe«, sagte er, ohne den Blick von der Scheibe zu nehmen.

»Einen ordentlichen Batzen, aber ...«, versuchte Anna, sich zu rechtfertigen. »Für die Art des Nervenkitzels durchaus angemessen.«

Anna beobachtete voll Unverständnis, wie Hallbacher das Brot nahm und langsam zwischen seinen Fingern zerbröselte und damit die Tischdecke beschmutzte.

»Wie lange dauerte das Vergnügen?«, fragte er.

Anna überlegte. Sie hatte dem aus starkem weißen Papier mit roten und grünen Streifen verfertigten Luftball, den die Männer plötzlich losgelassen hatten, nachgeblickt, bis sie Nackenschmerzen bekommen hatte.

»Zuerst hat er nur in der Luft getaumelt, als müsse er sich überlegen, wohin er wolle, doch dann gewann er rasch an Höhe. Majestätisch hat sich die Luftkugel ziemlich gerade erhoben, bis sie über der Stadt von einem Wind erfasst und gegen Süden getrieben wurde. Vier, fünf Minuten war sie im nebeligen Himmel zu sehen gewesen, bevor sie im Dunst verschwand. Selbst die schärfsten Augen hatten sie bald verloren.«

Auf diese Vorführung hatte Anna nicht nur gewartet, sie hatte sie herbeigesehnt, um ein wenig Entspannung für die Unannehmlichkeiten der letzten Wochen und Monate zu erhalten.

So schlimm wie dieser Winter war keiner je gewesen. Meterhoch hatte der Schnee in den Gassen gelegen, sodass kaum ein Durchkommen gewesen war. Die Drucker mussten selbst in den geheizten Räumen aufhören zu arbeiten, weil sie die Wärme nicht herbrachten und die Farben gefroren.

Und seit vier Tagen war es so warm, schoss die Temperatur so plötzlich in die Höhe, wie der Luftball sich erhoben hatte.

Dass die Herren dafür Geld verlangt hatten, war zwar lästig gewesen, aber angemessen, fand Anna.

Gespannt schaute sie auf das Brot, das Hallbacher inzwischen endgültig zerbröselt hatte. »Was macht Ihr da?«, fragte sie endlich.

Erst jetzt sah er sie an, und in seinem Blick lag so viel Verachtung, dass sie kurz die Augen niederschlug. Doch gleich darauf gewann ihre Stärke wieder die Oberhand.

»Was soll das?«, herrschte sie ihn an.

Langsam atmete Hallbacher ein. »Die Scheibe Brot hier war das Essen, das meine Frauen drüben in der Fabrique heute den Tag über zu sich nehmen können. Mehr gibt es nicht für sie. Mehr können sie sich nämlich nicht leisten. Die Ernte letztes Jahr war schlecht. Der Winter zu lang. Das Wintergetreide ist erfroren. Die Teiche und Flüsse waren zugefroren. Keine Fische, keine Sardinenfässer, kein Sauerkraut aus dem Norden. Die Arbeiter hungern – und ihr schaut Euch den Start einer Luftkugel an und zahlt dafür einen Preis, mit dem ihr den Arbeiterinnen, den Gesellen und den Kindern zusammen eine Wochenmahlzeit hättet kaufen können.«

Jetzt reichte es ihr. Anna sprang auf, und nur die Schwere des Stuhls verhinderte, dass dieser umfiel. »Ich muss mich Euch gegenüber nicht rechtfertigen. Ich muss es niemandem gegenüber, Hallbacher. Es ist mein Geld, mit dem ich tun und lassen kann, was ich will.«

Langsam und bedächtig nickte er und schob mit der Handkante etwas ungelenk die Brösel zu einem Haufen zusammen. »Da habt Ihr recht – und zugleich unrecht.«

Anna, die schon triumphierend die Fäuste in die Hüften gestemmt hatte, hielt inne. »Wie bitte?«

»Ihr habt gehört, was ich gesagt habe. Es ist das Geld, das Ihr Euren Arbeitern vorenthaltet. Nichts würde entstehen, wenn sie nicht da wären. Sie färben und drucken, nicht Ihr. Ihr schöpft nur den Gewinn ab. Würden auch nur zehn davon nicht zur Arbeit erscheinen, könntet Ihr zumachen.«

Anna ging auf und ab. Hallbacher tat und sagte nichts einfach nur so. Er war ihr Gewissen und ihre Korrektur, aber diesmal ging er eindeutig zu weit. Dennoch fühlte sie, wie Schweiß ihren Rücken hinablief. Sie ging zum Fenster und öffnete es. Warme Frühlingsluft drang von draußen in den Raum. Ein beständiges Rauschen des tauenden Schnees war zu hören. Die plötzliche Wärme leckte die weiße Decke in gewaltigen Mengen weg.

»Hätte ich den Frauen auch Karten für den Flug der Luftkugel kaufen sollen?«

Jetzt lachte Hallbacher laut auf. »Natürlich nicht. Ihnen wäre etwas zu essen lieber gewesen. Mehr als nur die Scheibe Brot, die sie tatsächlich bekommen. Noch nicht einmal Butter gibt es.«

»Ach – und ich bin jetzt schuld daran, dass die Frauen hungern?«

Auch Hallbacher stand auf. Er legte den Kopf schräg, als würde er einem Geräusch nachlauschen. »Nein, aber Ihr könntet die Not lindern, ohne dass Ihr Eurem Säckel allzu große Lücken zufügen müsstet – wie das Vergnügen einer Gondelbesichtigung zeigt.«

»Ach, Hallbacher«, seufzte sie. »Ihr seid zu weich. Ihr habt einfach ein gutes Herz, aber mich hat die Zeit versteinern lassen, wie diese Statuen in den Kirchen. Sie mögen einmal Menschen gewesen sein, vielleicht sogar gute Menschen, aber die Zeit hat aus ihnen gefühllose Steine gemacht, die nur noch einem dienen: zu verbergen, wie wenig sie noch helfen können.«

»Ihr seid aber noch keine Statue, sondern ein Mensch – und ich verstehe nicht, warum Ihr den Arbeitern nicht das gebt, was ihnen zusteht.«

»Jetzt reicht es, Hallbacher. Das Frühstück ist beendet.«

»Ich glaube … ich werde auch dringender drüben gebraucht.«

Jetzt hörte Anna es auch. Die Sturmglocke läutete. Das bedeutete nichts Gutes. Feuer konnte sie bei diesem Wetter ausschließen, nicht aber das Wasser. Schon vor zwei Tagen hatte sich der Lech in ein wildes Tier verwandelt, das alles mit sich riss, was sich ihm in den Weg stellte. Er hatte sich von einem Fluss in einen See verwandelt, dessen Ufer sich bis an die Mauern der Jakober Vorstadt herangeschoben hatten.

Der hohe Ton der Sturmglocke klang nervtötend in ihren Ohren. Anna verzog den Mund. »Was glaubt Ihr, ist geschehen?«

»Das Wehr ist geborsten. Die Kanäle laufen voll!«, sagte Hallbacher mit einer solchen Bestimmtheit, dass Anna es nicht wagte, nachzufragen, woher er dieses Wissen hatte.

»Eine Flutwelle, sie geht vermutlich auf die reine Schneeschmelze zurück«, erläuterte Hallbacher, streifte sich gleichzeitig seine Joppe über und setzte die Mütze auf. »Die Hitze hat aber das Eis auf dem Wasser noch nicht geschmolzen. Jetzt blockiert es den Weg, und das Wasser sucht sich immer die einfachste Lücke. Die Stadtkanäle sind bereits voll durch das Tauwasser, und jetzt kommt noch die Lechüberflutung hinzu. Wir müssen die Waren, die in der Halle auf dem Boden stehen, hochlegen, sonst …« Er beendete den Satz nicht mehr, sondern stürmte nach draußen.

Sie sah ihn vom Fenster aus in Richtung Steinhaufen laufen. Dabei musste er durch den bereits über seine Ufer tretenden Vorderen Lech waten. Als er das Tor zur Werkhalle öffnete, strömte mit ihm das erste Wasser in die Vorhalle.

Anna sah wie erstarrt zu, wie das Wasser den Weg nahm, den auch sie jeden Tag ging. Doch dann begriff sie: Es würde auch in ihr neues Heim eindringen.

Langsam wurde sie zu alt für diese Dinge. Gab es denn nur noch diesen Kampf gegen die Natur und gegen den Menschen? Und musste sich dieser Kampf beständig ablösen?

Lange brauchte sie nicht zu überlegen. Sie rief ihre Zofe und ließ sich die festen Lederstiefel bringen und anziehen.

Bevor sie das Haus verließ und hinüber zur Fabrique lief, befahl sie, Betttücher unter die Eingangstür zu schieben und so zu versuchen, das Eindringen des Wassers aufzuhalten. Hoffnung hatte sie zwar keine, aber es schwappte nicht aller Dreck unter der Tür hindurch.

Als sie die Fabrique betrat, musste sie erst einmal in dem Durcheinander, das herrschte, die Ordnung erkennen. Hallbacher war beinahe überall, gab Hinweise, schrie an, half aufheben und wegstellen. Aus

Rohballen wurde eine Barriere gegen das Wasser errichtet, über die Anna erst steigen musste. Schließlich fügte sie sich in das allgemeine Gewusel ein und half Seite an Seite mit den Frauen und Kindern, die wertvollen Tuche und Geräte hochzustellen.

Irgendwann zwischendurch hatte sie einen Augenblick zu verschnaufen. Sie lächelte die Frauen dankbar an. Doch diese sahen nur mit unbewegten Mienen zu ihr herüber. Den gebührenden Respekt vor der Unternehmerin vermutete sie darin, bis Hallbacher auf sie zukam.

»Glaubt nicht …«, sagte er im Vorbeigehen. »Glaubt ja nicht, die Frauen mühen sich hier für Euch ab. Sie schuften für sich. Denn wenn sie ihre Arbeit verlören, könnten sie sich ebenso gut ins Wasser stürzen. Sie hätten nichts mehr, wenn hier die Produktion eingestellt würde. Sie würden verhungern.«

Plötzlich sah Anna das alles mit anderen Augen. Während sie bislang gedacht hatte, die Frauen, Mädchen und Knaben fühlten sich mit ihr und der Fabrique verbunden, klarte sich der Blick auf: Sie sahen nur ihren Vorteil, den es zu erhalten galt. Wie sie selbst auch.

Sofort griff sie wieder zu. Sie wollte zumindest ein Vorbild sein.

14

AUGUST 1784

»Was schreien sie, Frau Mama?«

Felicitas hielt ihre schlummernde kleine Tochter im Arm.

»Sie verlangen mehr Geld und Sicherheit.« Anna stand am Fenster und sah an den Vorhängen vorbei, die sie mit der Hand beiseiteschob, nach draußen. Das Scheibenglas verzerrte die Gesichter und machte die Szenerie noch bedrohlicher. »Aber wenn sie mehr Geld bekämen, würde ich weniger verdienen. Es ist ein Teufelskreis. Irgendeiner verliert dabei immer.«

»Was wollen sie? Es sind lauter Männer! Nicht eine Frau schreit mit. Für Euch arbeiten doch kaum Männer.«

Dieser Umstand war Anna auch schon aufgefallen. Vielleicht konnte Hallbacher das erklären. Er verließ eben die Fabrique und zwängte sich durch die Menge, die ihm das eine oder andere Wort zuwarf, das er sofort erwiderte. Sie ließ den Vorhang los und eilte zur Treppe.

»Magdalena! Rasch! Lass Hallbacher herein, bevor sie ihn erschlagen!«

Sie hörte, wie unten die Stubenmagd zur Türe flog und den Riegel entfernte. Kurz darauf lärmte es von draußen, dann wurde die Haustür wieder zugeschlagen, und sie hörte ihren Werkmeister tief durchatmen. Sie hatte nur einzelne Wörter verstanden: »Zitz«, »Fremdware«, »aufhören«.

Hallbacher stapfte geräuschvoll die Treppe nach oben.

Erst auf der Türschwelle zog er die Mütze vom Kopf und nickte kurz Felicitas zu und wandte sich dann an Anna. »Herrin. Sie sind wie wilde Furien!«

»Was wollen sie denn von mir? Wieder Geld? Höhere Löhne? Ihr sagtet das letzte Mal, damit könnte ich die Belegschaft für einige Jahre beruhigen. Ich habe nachgegeben – und jetzt stehen die Männer vor der Tür.«

Hallbacher ging zum Fenster und spähte hinaus. »So geht's zu in der Welt. Die einen wollen alles, die anderen wollen Geld!«

Anna verdrehte die Augen, und Felicitas wiegte ihre Kleine, weil die dunkle Stimme des Meisters sie hatte zusammenzucken und sogleich greinen lassen.

»Wollt Ihr mir jetzt mit Sinnsprüchen kommen?«, fragte Anna. »Ich kann Farben mischen, ich kann Papp herstellen, ich kann Model so einrichten lassen, dass die Formen saubere Bilder ergeben – aber ich habe keine Ahnung, was die Männer da draußen von mir erwarten. Männer! Keine meiner Frauen.«

Hallbacher ließ sich Zeit mit der Antwort. Er schien jemanden zu suchen, der sich dort draußen in der Menge herumtrieb. »Das wissen die Kerle vermutlich selbst nicht recht«, sagte er. »Sonst würden sie bei Schüle, Schöppler und anderen herumlungern.«

Anna trat neben ihn hin. »Dann geht raus, und zerstreut sie. Sagt Ihnen, Schüle sei derjenige, der an ihrem Unglück schuld sei. Er verkraftet das. Mich ruiniert es.«

»Aber Euch sehen und beobachten sie. Sie zählen die Karrenladungen indischer Zitze, die bei Euch einlaufen. Jeder Karren ist eine Provokation. Da ihr mehr verarbeitet, als Euch offiziell erlaubt ist ...« Hallbacher hob die Hand, weil Anna zu einem Widerspruch ansetzte. »Jetzt keinen Rückzieher. Wir wissen beide, dass es so ist und schon immer so war. Da aber Eure Fabrique mitten der Stadt liegt, brauchen sie nur die Karren zu zählen und hochzurechnen.«

»Sie protestieren wegen der Karrentransporte?« Langsam fühlte Anna, wie die Wut in ihr hochstieg. Herrgott, gab sie den Frauen und Kindern in ihrer Fabrik denn keine Arbeit und keinen gerechten Lohn?

»Nein. Wegen der Menge an indischem Zitz, die bei Euch angeliefert wird.«

Offenbar hatte Hallbachers ernsthafter Ton, der immer lauter geworden war, eine Grenze überschritten. Annas Enkelin war endgültig erwacht und krähte jetzt immer lauter.

»Ihr überschreitet einmal die Mengen, aber Ihr nehmt ihrer Meinung nach andererseits dafür nicht genügend stadteigenes Gewebe. Das stößt den Gesellen auf.«

Anna blies die Backen auf vor Ärger. »Aber wir kaufen ihnen ihr Tuch doch ab. Sie bringen nur nicht genügend zustande. Sie hinken hinterher. Immer.« Anna wurde immer wütender. Was bildeten sich die Kerle ein?

»Das ist nur die halbe Wahrheit – wie immer«, erwiderte Hallbacher. Er zuckte zurück, weil ihn offenbar jemand am Fenster entdeckt, erkannt und daraufhin ein Ei gegen das Fenster geworfen hatte. »Ihr solltet laut Absprache mit der Stadt und der Weberdeputation für ein fremdes Tuch zwei städtische einkaufen. Das geschieht nicht einmal im Ansatz. Außerdem kauft Ihr so billig fremdländische Ware ein, dass der Wert des städtisch hergestellten Tuches dem Wert des Baumwolleinkaufs entspricht. Die Meister schuften zwar, aber sie können nicht mehr davon leben. Die Tuchproduktion für Schüle, Gignoux, Schöppler lohnt sich nicht mehr. Die Verluste für die Meister sind enorm. Aber noch größer sind sie für die Gesellen, die ja nach Ellen bezahlt werden. Oft arbeiten sie den ganzen Tag, um nichts verdient zu haben. Und dann sollen sie auch noch in die Gesellenlade für Krankenversorgung, Sterbegeld und die Absicherung der Wanderkameraden einzahlen. Wie soll das gehen?«

»Was geht mich die Gesellenlade an?«, konterte Anna und zuckte mit den Schultern. Die zünftische Organisation zur finanziellen Absicherung der Gesellen bei Krankheit und Tod interessierte sie nicht.

»Nichts natürlich. Aber Eure Fabrique liegt in der Stadt. Euch können sie beobachten. Euch können sie zum Sündenbock ihres Unglücks machen. Wenn die Tore zu sind und Schüle draußen vor der Stadt Karren in seine Fabrique holt, dann sieht das niemand. Bei Euch fällt jeder Karren doppelt auf, wenn er kommt und wenn er wieder ausfährt.«

Anna ließ zornig eine Faust in ihre Hand klatschen, sodass ihre Enkelin zusammenzuckte. »Ich wusste, dass Gleich ein unsäglicher Versager ist.

Jetzt muss ich schon wieder für das büßen, was er verbrochen hat! Warum konnte er diesen Steinhaufen nicht außerhalb der Mauern errichten?«

In Hallbachers Händen wurde die Mütze zu einem Knäuel, das immer weiter gedrückt wurde.

Sicher hat er eine Antwort parat, die er aber für sich behält, dachte sie sich.

Plötzlich straffte sich Anna, und selbst ihre Enkelin schien die Veränderung zu bemerken, denn abrupt hörte sie auf zu plärren.

»Ich werde zu ihnen sprechen!«, sagte Anna.

Hallbacher sah sie an. »Keine gute Idee … Ihr seid eine Frau.«

Annas Unterlippe begann zu zittern. »Ach, daher weht der Wind! Stünden Schüle oder Schöppler hier, dann würdet Ihr ihnen raten, zu den Gesellen nach unten zu gehen. Vielleicht würdet Ihr ihnen sagen, sie sollten ein Bier mit ihnen trinken und die Sachlage von Mann zu Mann erörtern. Aber weil ich eine Frau bin, soll ich mich hüten? Was ist das für eine falsche Moral?«

Tief atmete Hallbacher ein und aus und ließ einige Zeit verstreichen. Anna kannte das. Der Mann überlegte länger, als es ihr guttat. Aber er dachte manchmal auch tiefer. »Das ist es nicht. Der Meute dort draußen ist es egal, ob Ihr eine Frau oder ein Mann seid.«

»Umso besser!«, erwiderte sie und ging zur Tür. »Magdalena! Die Stiefel und meinen Mantel. Rasch.«

»Herrin!«, versuchte ihr Werkmeister, sie zurückzuhalten. Doch sie wischte energisch allen Widerspruch beiseite.

»Ich gehe!«

»Und was sagt Ihr ihnen? Dass Ihr die Frauen entlasst, wenn sie nicht verschwinden? Kaum einer der Gesellen ist verheiratet. Dass sie mehr Geld verdienen? Das ist Sache der Meister. Aber die Meister stehen hier unten nicht. Dass sie schneller arbeiten sollen? Das wird kaum möglich sein, wenn sie nicht einmal so viel verdienen, dass sie sich ihr tägliches Brot verdienen können.«

Anna presste die Lippen aufeinander. Natürlich hatte Hallbacher recht. Aber ihr würde etwas einfallen, sobald die sie Tür öffnete. Sobald sie vor diesen Männern stand. Auch hatte sie keine Sorge, dass man sie verprügeln würde. Schließlich war sie eine Frau und stand schon deshalb unter einem besonderen Schutz.

Als Magdalena mit dem Schnüren der Schuhe fertig war, stieg Anna entschlossen die Treppe hinunter. Sie ließ sich dabei von der Zofe helfen, da die Ledersohlen so glatt waren, dass sie befürchtete, auf der Treppe auszurutschen.

Kurz hielt sie inne, als sie die Klinke der Haustür berührte. War das wirklich eine gute Idee? Natürlich ist es das, schoss es ihr durch den Kopf.

Sie öffnete den Hauseingang, hob den Kopf und trat vor die Tür. Beinahe sofort war sie eingehüllt von dem Geschrei der Männer. Etwa dreihundert hatte sie von oben gezählt. Alle in den gleichen dunklen Hosen und hellen Hemden, die unter den Achseln Schwitzflecke zeigten.

Lautstark ließ sie die Tür zufallen und wollte schräg über den kleinen Platz zu ihrer Fabrique laufen. Zuerst beachtete man sie nicht, gab ihr Raum, bis irgendjemand rief: »Die Gignoux!«

Wie ein Lauffeuer wurde der Name durch die Menge getragen, von Mund zu Ohr zu Mund. Und dann, keine zwanzig Fuß vom Tor entfernt, fand sie sich von der Masse eingekreist. Vorher war man bereitwillig beiseitegetreten, jetzt stand sie vor einer undurchdringlichen Mauer.

Ein Mann trat ihr entgegen, die Arme vor der Brust verschränkt.

»Lasst mich durch!«, herrschte Anna ihn an.

Doch der Kerl, der sie um sicher anderthalb Köpfe überragte und Muskeln wie ein Bulle hatte, drehte sich halb zu den Umstehenden um.

»Sie will durch!«, brüllte er, und ein angestrengtes, vielstimmiges Lachen ringsum antwortete ihm. »Und wenn wir Euch nicht durchlassen wollen?«

Die Luft um sie herum vibrierte. Man roch regelrecht die Bereitschaft, Gewalt auszuüben.

Bislang hatte Anna geglaubt, ihr würde in der Situation schon noch etwas einfallen. Aber der Feindseligkeit, die ihr entgegenschlug, hatte sie nichts entgegenzusetzen. »Es ist meine … Fabrique, Herr … Herr …!«

»Oh, das wusste ich nicht. Das ist also Eure Fabrique!« Der spöttische Ton, in dem der Satz ausgesprochen wurde, führte bei den Umstehenden zu Lachern. »Was haltet Ihr davon, sie uns zu übereignen? Damit Ihr auch wisst, an wen Ihr sie weitergebt, ich heiße Feichtner Xaver!«

»Feichtner, Feichtner, Feichtner!«, begann ein Sprechchor, der in Annas Ohren dröhnte.

Das war zu viel. Es war vielleicht auch der Punkt, an dem es in ihr zündete. »Ich werde diese Fabrique an meine Tochter weitergeben. An niemanden sonst. Wollt Ihr wissen, warum?«

Die Sprechchöre verstummten. Der Geselle trat auf Anna zu, noch immer mit vor der Brust verschränkten Armen. »Ja. Das interessiert mich sehr!«, zischte er.

»Weil Ihr keinerlei Ahnung habt, wie man solch eine Unternehmung leitet!«, warf Anna ihm hin.

Ein Raunen ging durch die Menge.

»Aber Ihr wisst es, oder? Eine Frau!«, spottete Feichtner.

Anna bemerkte Schweißtropfen auf seiner Oberlippe, und sie wusste nicht, ob dies der beginnenden Hitze des Tages oder einer sich steigernden Furcht zuzuschreiben war.

Nach dem letzten Sommer ohne Sonne suchten sie derzeit Wellen extremer Hitze heim, die alles, vor allem das frische Saatgetreide, verdorren ließ.

»Jedenfalls ist es mir gelungen, diese Fabrique aus dem Ruin herauszuholen und erfolgreich zu machen.«

»Indem Ihr *uns* in den Ruin getrieben habt. Schaut Euch doch um. Sie haben nicht einmal etwas zu fressen, geschweige denn das Geld, sich eine Familie aufzubauen oder Kinder großzuziehen. Ihr aber ...« Wieder schaute er nach links und rechts, um sich die Unterstützung der Umstehenden zu sichern. »Ihr aber ...«

»Sie geht zum Ballonvergnügen! Das hat mehr gekostet, als ich im Monat verdiene!«, rief jemand in den Tag. Andere bestätigten, und wieder ein anderer, den Anna nicht sehen konnte, ergänzte: »Während mein Kind vor Hunger nicht einschlafen kann. Mit dem Geld des Eintrittspreises wäre es ein halbes Jahr satt geworden.«

Kurz schloss Anna die Augen. Wie oft hatte sie diese Debatte geführt. »Neid war nie ein guter Berater!«, rief sie laut.

Langsam hatte sie nur noch Spott und Hohn für diese Menschen übrig. Sie verdrehten alles. Doch Feichtner verlor offenbar die Geduld. Er packte sie am Oberarm und drückte zu. Seine Hand wirkte wie ein Schraubstock, und Anna ging beinahe in die Knie vor Schmerz.

»Ihr glaubt, dass es hier um Neid geht, Madame Gignoux? Weit gefehlt! Es geht um Nahrung und Obdach. Wer kein Geld hat, sich das tägliche Essen zu kaufen, hat auch nicht das Geld, sich irgendwo einzumieten. Die meisten von uns stehen schon vor den Kirchentoren Schlange und strecken die Hände aus. Betteln ist die bessere Alternative.«

»Was reden wir mit Ihr?«, brüllte jemand.

Plötzlich brach es aus der Menge heraus. Erst warfen sie schimmliges Gemüse. Es stank gottserbärmlich. Dann folgten faule Eier. Schließlich war die Luft gesättigt mit Erde, Gemüse, Kot – alles prasselte auf Anna ein. Sie versuchte, sich mit den Armen zu schützen, stolperte aber unter der Wucht der Dinge.

Irgendwann spürte sie, wie sie hoch- und zurückgerissen wurde. Jemand zog sie beiseite.

Sie hörte die Pfeifen der Stadtgarde. Sie spürte das Gerangel, das von den auseinanderstiebenden Männern verursacht wurde, mehr, als dass sie es sah. Man trat sie, schlug sie, und doch zerrte jemand sie bis zur Tür des Hauses. Schüsse fielen. Jeder einzelne Knall ließ sie zusammenzucken.

Und mit einem Mal war alles still. Der Lärm drang nur gedämpft von draußen herein.

»Wo bin ich?«, fragte sie leise. Sie versuchte, die Augen zu öffnen, aber die waren zu verklebt.

»Ich hab Euch von der Straße geholt, Herrin«, antwortete Hallbacher.

»Was für eine Zeit …«, stöhnte sie. Jeder Muskel tat ihr weh. Was für eine Schnapsidee, mit den Gesellen reden zu wollen!

Für kurze Zeit zog sie sich ganz in den Kokon zurück, den sie sich für solche Ereignisse zurechtgemacht hatte.

Nur von fern hörte sie noch, wie Hallbacher ihrer Tochter mitteilte, dass Feichtner festgenommen worden sei und mindestens zwei weitere Gesellen den Tod gefunden hätten. Die Gesellen wären aufgebrochen nach Friedberg, ins Bayerische, um ihren Forderungen auch dort Nachdruck zu verleihen. Wenn keine Arbeiter in der Stadt verblieben, würden die Kaufleute und Fabrikanten schon zur Besinnung kommen.

Was wohl aus meiner Fabrique wird?, dachte Anna noch kurz, dann sank sie erschöpft in einen tiefen Schlaf.

15

AUGUST 1794

»Meine Hände taugen zu nichts mehr, Hallbacher.«

Anna streckte ihre Hände aus, die in weißen Wollhandschuhen steckten.

»Frau Großmama, warum tragt Ihr Handschuhe? Und wer ist Hallbacher?« Ihre Enkelin sah sie mit großen Augen an. Dann sagte sie zu der Puppe, die sie in der Hand hielt: »Schau dich um, Lena.« Sie drehte den Puppenkörper hin und her und schaute sie dann streng an. Die Puppe schüttelte den Kopf.

Anna betrachtete ihre Hände. Unter dem Wollgeflecht waren sie rissig und die Handinnenflächen bedeckt mit Geschwüren. Das Ergebnis eines Lebens mit Farbe, sagte Doktor Mitterer, der die Hände jeden Morgen einsalbte und ihr dann die doppelten Wollhandschuhe überstülpte.

»Lass Großmama mit diesen Fragen in Ruhe, Feli«, griff Felicitas ein, die am Fenster stand und zum Gebäude der Fabrique hinüberspähte. »Sie sind wieder vor dem Haus, wie vor zehn Jahren!«

»Mit diesen Händen, kleine Feli, mit diesen Händen habe ich all das für euch geschaffen. All das!« Anna deutete ringsum und blickte dann wieder auf ihre Hände, die sie unter den Handschuhen verbergen musste. »Die Farben haben mir ein Leben gegeben, und sie nehmen es mir wieder.« Sie brauchte eine Weile, bis sie sich daran erinnerte, was Felicitas zu ihr gesagt hatte. »Was meint Hallbacher zu den neuen Unruhen?«, fragte sie.

Ihre Tochter seufzte. Sie hatte ihr Kind an sich gezogen, die ihre Puppe aus dem Fenster schauen ließ, und alle drei sahen hinüber zum Eingangstor der Fabrique.

»Diesmal sind es die Meister. Keine Gesellen. Diesmal ist es ernst.«

»Warum weichst du mir jedes Mal aus, Felicitas?«, beschwerte sich Anna. »Was sagt er dazu?«

»Frau Mama. Hallbacher ist vor zwei Jahren gestorben. Ihn haben die Farben ebenso zerstört, wie sie Eure Hände zerstören.«

»Hallbacher ist tot?«, fragte Anna langsam, als müsse sie sich an etwas erinnern. »Aber das ist unmöglich. Ich habe noch heute in der Früh mit ihm den Tag besprochen … oder etwa nicht?«

»Das bildet Ihr Euch bloß ein!«, krähte die kleine Felicitas und kicherte. »Ihr seid lustig, Frau Großmama.« Auch die Puppe bog sich vor Lachen.

Felicitas wandte sich ihr ganz zu. »Wir leisten unseren Beitrag, damit es ruhig bleibt in der Stadt.«

Annas Mund verzog sich zu einem bitteren Lächeln. »Nur Schüle kauft mehr fremdes Tuch ein, als er städtisches bezieht. Wie immer.«

»Nein, Frau Mama. Johann Heinrich Schüle hat sich aus seinem Betrieb zurückgezogen. Seine Söhne haben ihn übernommen. Seit zwei Jahren. Seit seine Frau …«

»Ich weiß«, unterbrach Anna ihre Tochter, ohne den Blick von ihren Händen zu wenden. Unter dem Baumwollhandschuh juckte die Haut. »Catharina besucht mich regelmäßig. Wir haben bald kein anderes Thema mehr. Aber ob seine Söhne die Manufaktur retten können? Ich weiß nicht.«

»Aber Frau Großmama«, krähte die junge Felicitas fröhlich. Sie schaute ernst ihre Puppe an. »Wie soll das gehen? Sie ist doch auch tot. Das weißt du doch auch, Lena. Wir waren auf der Beerdigung.«

Anna konzentrierte sich auf ihre Hände, die unter dem Wollstoff nicht aufhören wollten zu jucken. Sie erinnerte sich noch an Zeiten, in denen diese Hände in allen Farben geschillert hatten und sie sogar einmal einen Salon verschieben musste, weil ihre Unterarme und Hände ausgesehen hatten, als wäre sie ein bunter Papagei. Sie hatte sich mit Johann darüber amüsiert und den so entstandenen freien Abend anderweitig genutzt. »Worüber beschweren sie sich diesmal, Kind?«

Anna horchte in sich hinein, ob sie die Probleme, die hier auf den Tisch kamen, noch in irgendeiner Art belasteten. Doch sie fühlte nichts.

»Sie beschlagnahmen wieder Kattunsendungen aus Ostindien und lassen sie uns doppelt bezahlen«, erklärte Felicitas. »Eine Ungeheuerlichkeit.«

Anna versuchte, aus ihrem Lehnstuhl aufzustehen, doch ihre Beine trugen sie nicht.

»Nicht, Frau Mama!«, griff Felicitas ein. »Eure Hüfte.«

Doch Anna hatte es bereits selbst bemerkt, als ihr der Stich von der linken Seite über das Herz direkt ins Hirn fuhr und sie wieder zurückwarf. »Alter ist eine Strafe für die im Leben begangenen Sünden, Kind«, keuchte sie und rückte sich im Lehnstuhl wieder zurecht. »Lass dir von Hallbacher erklären, warum sie wieder auf die Straße gehen.«

»Euer Werkmeister ist seit zwei Jahren tot«, wiederholte Felicitas. »Ich kann ihn nicht mehr fragen.«

Anna runzelte die Stirn. Sie wusste ganz sicher, dass er heute mit ihr gefrühstückt hatte, wie die letzten zehn Jahre auch. Nun, ins Bett geholt hatte sie den alten Zausel nicht mehr. Schon aus Rücksicht auf Tochter und Enkelin, obwohl ihr so manches Mal der Gedanke durch den Kopf und die Lust in den Schoß geschossen waren.

Er hatte sie beraten. Stets richtig beraten. Auf ihn hatte sie sich verlassen können. Neben ihrem Vater und Johann war er der einzige Mann in ihrem Leben gewesen, auf den sie hatte vertrauen können. Das war das Beste, was sie über Männer hätte sagen können.

Ihre Hände juckten. Am liebsten hätte sie die Handschuhe heruntergerissen und sich die Haut blutig gekratzt. Aber sie wusste, sie würde es bereuen, also ließ sie es sein und konzentrierte sich nur darauf, das Beißen auszuhalten.

»Hat dir Hallbacher gesagt, dass das Verlagswesen das eigentliche Übel ist? Wir kaufen die Tücher zu billig und verkaufen den Webern die Rohware zu teuer. Und wenn die Herren Webermeister dann noch über Gebühr Gesellen beschäftigen – bei manchen sollen es ja bis zu dreißig sein –, rechnet es sich eben nicht mehr. Das ist modernes Sklaventum.«

»Ach, Frau Mama!«, seufzte Felicitas. »Deine Analysen sind immer noch zutreffend, aber Hallbacher …«

Anna hob bedauernd die Schultern. »Ja, schade, dass er heute offenbar nicht kann.« Sie beobachtete, wie ihre Tochter die Augen verdrehte. Was wusste ihre Tochter schon davon, wen sie um sich brauchte?

»Feli, meine Süße. Bringst du mir aus der Ingwerschale einen eingelegten Würfel?«

Sie beobachtete, wie die Elfjährige sich in Sprüngen zu der Schale aus Murano-Glas begab, einen Ingwerwürfel herausnahm, ihn schnell in den Mund steckte, ihrer Puppe einen zweiten anbot, den sie sich ebenfalls in den Mund beförderte, und dann mit einem dritten zu ihrer Großmutter gerannt kam.

Sie hielt ihn Anna so hin, dass diese ihn aus ihren Fingern naschen konnte, ohne die Handschuhe zu beschmutzen.

»Kann es sein, meine kleine Feli, dass du dir ein Stück gemopst hast?«, fragte Anna und sah die Enkelin mit größer werdenden Augen an.

Doch das Mädchen erwiderte ihren Blick mit der unschuldigsten Miene und schüttelte energisch den Kopf. »Aber Frau Großmama, das würde ich niemals tun!«, versicherte sie. Gleichzeitig drohte sie der Puppe mit dem Finger und verschloss ihren Mund.

»Nun, dann will ich dir einfach einmal glauben«, lachte Anna, und die beiden sahen sich verschwörerisch an.

»Der Tausch von Fertigware gegen Rohbaumwolle ist allen Webern ein Dorn im Auge«, sagte Annas Tochter. »Sie wollen das abschaffen. Mehr noch, sie wollen die Einfuhr von Fremdware ganz verbieten – und sie waren im Januar auch erfolgreich damit. Alle fremdländischen Einfuhren sind vom Magistrat verboten worden.«

»Natürlich, wenn der Schnee die Einfuhr verhindert, stört es auch niemanden. Da kann alles verboten werden, weil ein anderer Fall nicht eintreten kann«, entgegnete Anna. »Und wenn dann der Schnee schmilzt, fallen wieder alle Barrieren. Dieses Spiel spielen wir doch schon seit Jahren.«

»Weil wir es spielen müssen. Der Markt ist übersättigt, die Kriege behindern die Absätze. Nicht nur Schüles Söhne, auch Schöppler und Hartmann haben Probleme. Auch wir mussten Frauen entlassen. Andere haben ganz aufgegeben.«

Sorgfältig legte Anna ihre Hände auf die Oberschenkel und betrachtete sie. Was hatten diese Hände alles geleistet. Sie hatten eine Fabrique zusammengehalten. Sie hatten Männer zu sich hergezogen. Sie hatten sie von sich weggestoßen. Sie hatten Farben gemischt und Tücher bedruckt – und jetzt waren sie nicht einmal dazu nütze, sich Ingwerwürfel in den Mund zu stecken.

Die Welt zog an ihr vorbei, und langsam fragte sie sich, ob sie noch von ihr mitgenommen wurde.

Diese verflixte Revolution in Frankreich und ihre vermaledeiten Kriege hatten in ganz Europa den Textilhandel ins Stottern und Stocken gebracht. Das Elsass brach als Absatzmarkt weg, die Rheingegenden, die österreichischen Niederlande ebenfalls. Wie sollte man da noch vernünftige Reaktionen auf die Schwankungen zeigen? Zudem waren die Weber träge, viel träger als die Drucker und Händler. Wem konnte man also verübeln, wenn fremdes Tuch eingeführt und verwendet wurde? Schüle hatte schon immer Tuch aus England und Ostindien importiert. Heimlich oder ganz offen. In den letzten Jahren hatten sie sich die Einfuhren sogar geteilt, um zu überleben. Hallbacher hatte das eingefädelt und sie und Schüle überzeugt. Aber Schüle sollte nicht mehr die Leitung der Kattunfabrik innehaben? Was redete Felicitas da für einen Unsinn.

»Wo bleibt eigentlich Hallbacher? Kannst du sehen, ob drüben bei ihm das Licht brennt?«

Mutter und Tochter sahen sich lange an, bis Felicitas den Kopf schüttelte. »Es ist dunkel in der Wohnung drüben!«, sagte sie.

»Er wird doch nicht wieder mit diesem ... diesem Scheusal Melchior Gräz durch die Kneipen ziehen?«

Felicitas verdrehte die Augen, blieb aber ruhig. »Gräz ist vor vier Jahren verstorben. Ihn hat der Schlag getroffen. Ganz plötzlich.«

»Oh. Das wusste ich gar nicht. Merkwürdig. Hat Hallbacher es schon erfahren?« Irgendetwas sagte ihr, sie sollte sich darüber freuen, dass dieser Wüstling endlich tot war, doch sie konnte nicht sagen, warum dies so sein sollte.

Wieder stemmte sie sich hoch und wollte sehen, ob ihre Tochter auch die Wahrheit sagte. Sie wurde den Eindruck nicht los, diese wolle ihr den Kontakt mit Hallbacher untersagen. Misstrauisch sah sie zu den beiden hinüber. Feli drückte ihre Puppe an die Brust, und gemeinsam klammerten sie sich an Felicitas.

Und dann war da wieder diese unmittelbare Zufriedenheit, die sie erfüllte, wenn sie sah, wie gut ihr diese beiden gelungen waren. Ihre Unruhe, ihr Misstrauen waren wie weggespült von diesem Gefühl voller Liebe. »Es ist ein ewiges Hin und Her, nicht wahr, Felicitas?«

»Das ist es, Frau Mama. Ich weiß nicht, wie lange die Webermeister noch dagegen ankämpfen, dass Augsburger Tuch nicht mehr gefragt ist. Die neuen Spinnmaschinen erzeugen jetzt schon mehr Garn, als unsere Weber verarbeiten können.«

Anna sah ins Leere. Früher hatte man ihnen die bedruckte Ware regelrecht aus den Händen gerissen, und heute konnte man daraus Stoffberge bauen. Es war nicht mehr ihre Zeit. Es war überhaupt keine Zeit mehr, die sie verstand. Zwar stand sie der Manufaktur noch vor, aber die Geschäfte tätigten Felicitas und ihr Mann Georg Koch, seit sie ihr eigenes Gewerbe hatten aufgeben müssen.

Es wurde Zeit. Ihre Unbeweglichkeit, ihre Vergesslichkeit, ihre fehlende Kraft, selbst ihre Stimme schien sich verabschieden zu wollen, zeugten von einer Veränderung, die endgültig sein würde. Zudem spürte sie in letzter Zeit diesen Druck auf ihrer Brust, den sie nicht mehr wegatmen konnte. Als würde sich etwas auf sie setzen und ihr das Atmen erschweren wollen.

Sie rang nach Luft.

»Frau Großmama«, rief Feli und stürzte auf sie zu. Anna versuchte zu atmen und gleichzeitig zu verhindern, dass sich das Kind auf sie warf.

»Es sind die Jahre, die hier sitzen«, erklärte sie der Enkelin, keuchend.

Feli schaute ihren Körper entlang und sagte: »Aber … da sitzt niemand.«

»Auch hinter dir stehen elf Jahre, Feli. Siehst du eines davon?«

Ihre Enkelin schüttelte energisch den Kopf.

»Und doch sind sie da. Glaub mir. Jedes Jahr, das du älter wirst, wiegt schwerer – und wenn du irgendwann einmal in meinem Alter bist, dann wirst du sie auch spüren.«

Ihre Enkelin, immer ihre Puppe in der Hand, sah sie nur mit großen Augen an. »Was Ihr nur alles erzählt, Frau Großmama. Manchmal macht mir das Angst.«

»Du brauchst keine Angst zu haben. Alles ist nur der natürliche Lauf der Dinge. Wir werden geboren, leben, und dann gehen wir von dieser Welt, um irgendwo ein neues, unbeschwertes Leben zu beginnen, das, wenn wir in dieser Welt recht gehandelt haben, ewig dauern wird.«

Feli zog die Nase kraus. »Das ist sehr umständlich, Lena«, sagte sie schließlich zu ihrer Puppe. »Das können sich nur Erwachsene ausdenken.«

Anna musste lächeln.

Das Leben der Erwachsenen war kompliziert. Viel komplizierter, als Feli und Lena es sich vorstellen konnten. Und wenn man einmal ihr Alter erreicht hat, dann blickte man auf eine Stoffbahn an Ereignissen zurück, die sich wie ein Druckmuster über das eigene Leben zog. Nur dass es nicht gleichmäßig war, sondern verworren in seinen Linien, Formen und Farben.

»Wenn Hallbacher kommt, sag ihm, er soll kurz warten«, bat sie ihre Tochter. »Ich bin müde und werde etwas schlafen.«

Felicitas nickte und holte Feli zu sich. »Lassen wir die Großmama ausruhen und ein wenig träumen«, erklärte sie Feli. »Wir kommen zum Nachmittagstee wieder.«

»Bringt mir Hallbacher mit«, flüsterte Anna, der die Augen zufielen vor Müdigkeit. Einer Müdigkeit, die sie so nie gekannt hatte und die sie erst seit Kurzem immer wieder befiel.

16

ZWEI JAHRE SPÄTER · SEPTEMBER 1796

Niemand anderer als der Stadtpfleger Paul von Stetten hatte sich dazu bereit erklärt zu zeugen.

»Hier noch eine Unterschrift – und dort, dann hätten wir es geschafft.«

Wenn Anna gewusst hätte, wie schwer eine Feder zu halten war, hätte sie lieber mit einem Fingerabdruck unterschrieben. Aber der zählte nicht und wäre eine Beleidigung für sie gewesen. Also musste sie sich dieser letzten Mühe unterziehen.

Felicitas war im Schlafgemach, ihr Gatte Georg, die kleine Feli. Als Anna sie gefragt hatte, wo denn Lena geblieben sei, hatte sie empört geantwortet, aus dem Alter, mit Puppen zu spielen, sei sie nun heraus. Schließlich sei sie fast vierzehn. Anna hatte sie zu sich hergewunken und ihr ins Ohr geflüstert, man wüchse niemals aus dem Alter heraus, mit Puppen zu spielen. Sie würden mit der Zeit nur größer. Feli hatte sie nicht verstanden, aber das machte nichts. Die Zeit würde kommen, und sie würde sich an ihre Worte erinnern.

Paul von Stetten, der Stadtpfleger, sammelte alle Unterlagen in der Mappe zusammen und reichte sie an Felicitas weiter. Im Profil fiel seine extrem gerade Nase auf, die beinahe direkt in die fliehende Stirn überlief. Der schlanke Mann, der mit seinen hochgezogenen Mundwinkeln den Eindruck erweckte, als würde er über die Dinge dieser Welt schmunzeln, sah mit gerunzelter Stirn zu Anna herüber, bevor er sich Felicitas zuwandte. »Ich bin froh, dass Eure Frau Mutter die Fabrique wieder in weibliche Hände gelegt hat. Es wird nicht leicht werden, aber Ihr steht sicherlich Euren Mann!«

Felicitas lächelte. »Frau!«, antwortete sie schnell. »Ich werde meine Frau stehen.«

»Oh.« Jetzt erst schien er seinen Fauxpas bemerkt zu haben. »Entschuldigt. Natürlich steht Ihr Eure Frau«, korrigierte er sich umgehend.

Anna hörte nur mit halbem Ohr zu, weil es unerträglich laut zu rauschen begann. Ein Sturzregen ging draußen nieder, und das Pladdern des vom Dach stürzenden Wassers übertönte alles. »Es regnet ziemlich heftig, nicht wahr?«, fragte sie.

Feli löste sich von ihrer Mutter und lief zu Anna ans Bett. »Draußen scheint die Sonne, Frau Großmama. Keine Wolke weit und breit. Trocken.« Besorgt blickte sie ihr in die Augen. »Komm her!«, drängte sie ihre Mutter.

Anna schüttelte den Kopf. Sie wusste, dass ihre Familie sie in den letzten Wochen vor allen Unbilden geschützt hatte. Hallbacher wurde nicht mehr vorgelassen, Catharina Schüle kam nicht mehr, selbst ihre Stubenmagd Magdalena durfte nicht mehr zu ihr. Seit sie aus dem Sessel gefallen war und sich die Hüfte verletzt hatte, lag sie tagsüber im Bett und dachte an die Vergangenheit.

»Freust du dich schon auf das Turamichele?«, hauchte sie ihrer Enkelin zu.

»Natürlich«, antwortete Feli. »Sehr sogar.«

»Obwohl es für Kinder ist?«, neckte Anna.

»Es ist ... ist ... da kommen auch Erwachsene. Auch Hannes von gegenüber!« Den letzten Satz flüsterte sie ihrer Großmutter nur ins Ohr. Doch die verstand ihn nicht mehr.

Anna hatte ihrer Tochter abgerungen, ein letztes Mal dieses Fest zu feiern und mit Feli den Sieg des Guten über das Böse mitzuerleben. Sogar einen schiebbaren Lehnstuhl hatte sie dafür anschaffen lassen. Sie wollten hoch zum Perlach und zusehen, wie der heilige Michael den Drachen zu Boden warf und ihn zur Mittagszeit mit zwölf Lanzenstichen tötete. Ein letztes Mal wollte sie am Michaeli-Tag mitzählen, als wäre sie noch ein Mädchen. Aber es ging ihr nicht so gut. Ihr war schwindlig, und die Schmerzen in der Hüfte waren unerträglich.

Außerdem war das Rauschen ohrenbetäubend, als fiele das Regenwasser direkt in ihren Schädel.

»Jetzt wird wohl nichts mehr draus werden«, flüsterte sie und suchte nach Felis Hand.

Das Rauschen wurde stärker. Es schwoll an, als tobe vor dem Fenster ein Unwetter.

»Was haben wir für einen Tag?«, fragte Anna leise.

»Sonntag. Es ist Sonntag.«

»Oh, das ist ja wunderbar. Dann kommt nachher noch der Herr Pastor und bringt mir das Abendmahl?«

»Ja, Frau Großmama«, sagte Feli und streichelte ihr über die bandagierten Unterarme.

»Kindchen, Feli, versprichst du mir etwas? Versprich es mir«, hauchte Anna.

»Was denn? Ich verspreche Euch alles.«

Anna versuchte Luft zu holen für das, was sie ihrer Enkelin sagen wollte, aber der Druck auf ihre Lungen nahm stetig zu, als presse jemand ihr Herz zusammen.

Feli saß geduldig neben ihr und betrachtete sie.

»Eigentlich sind es zwei Versprechen. Zwei, hörst du?«

Ihre Enkelin nickte, rief aber erneut nach ihrer Mutter, die sich noch immer mit Paul von Stetten unterhielt.

Anna verstärkte den Druck ihrer Hand. »Also, wenn du heiratest, Kind, dann überleg dir gut, ob er dich liebt oder nur dein Geld. Sonst läufst du ins Unglück wie ich.«

Felicitas die Jüngere streckte sich unbehaglich. »Aber Frau Großmama, ich heirate noch nicht.«

Anna nickte. Sie blickte zum Fenster hinaus. Ein Sonnenstrahl verirrte sich ins Zimmer und ließ den Staub im Inneren tanzen.

Felicitas' Mann war jetzt zu ihr und Paul von Stetten getreten, und wieder sprachen die drei ein Thema an, von dem Anna nicht sagen konnte, was es war. Niemand beachtete Feli und ihre Großmutter.

»Und das Zweite?«, drängte Feli, als wüsste sie, dass ihr nicht mehr viel Zeit blieb, die Erklärung zu hören.

»Das Zweite?« Anna musste nachdenken. Was hatte sie eben noch sagen wollen? Das Alltägliche fiel ihr so schwer. Die Wörter entglitten ihr, die Ereignisse holperten an ihr vorbei, und die Erinnerung hielt sich mehr in der Vergangenheit als in der Gegenwart auf.

Von ihrem Arzt hatte sie erfahren, dass sich eine ihrer Hände entzündet hatte und sie sich überlegen sollte, schnell überlegen sollte, sich zwei Finger amputieren zu lassen. Anderenfalls würde sie eine Blutvergiftung erleiden.

»Wenn wir zum Drachenstich gehen, musst du unbedingt Hallbacher Bescheid geben. Ich will ihn noch einmal sehen. Hörst du? Versprich es mir.«

Sie konnte nichts mehr sehen. Etwas Dunkles hatte sich vor Annas Augen geschoben. Undeutlich hörte sie Stimmen und ein Klopfen, als wollte jemand zu ihr ins Schlafgemach.

Anna öffnete die Augen, und da stand Johann. Er lächelte sie an und setzte sich auf die Bettkante.

»Johann!«, sagte Anna. »Wo kommst du her?«

»Du musst mir helfen, Anna. Ich habe da eine Farbe und weiß nicht, wie ich sie intensiver hinbekomme. Schau her.«

Jetzt erst bemerkte sie, dass Johann ein Glasgefäß in der Hand hielt, gefüllt mit einer blutroten Farbe, die so leuchtete, dass sie die Dunkelheit um sie her verblassen ließ.

»Aber sie ist doch intensiv genug, Johann«, flüsterte Anna.

»Gebt noch etwas Alkalisalz hinzu«, riet eine Stimme direkt neben ihr.

Anna drehte den Kopf. Auf der anderen Bettkante hatte sich Hallbacher niedergelassen.

»Aber das hättet Ihr auch gewusst, Herrin!«, sagte er und lächelte sie an. Dann schüttete er ein Pulver in den Glaskolben, den Johann ihm hinhielt.

»Ihr sollt doch nicht immer ›Herrin‹ sagen …«

Plötzlich begann das Rot im Glas sich auszudehnen. Es wuchs und wuchs und bedeckte bald das Zimmer mit seiner Farbe, und dann geschah etwas Unerwartetes. Die Farbe änderte sich an den Rändern und wechselte zu einem Regenbogen.

Johann streckte seine Hand aus und fasste ihre Rechte, während Hallbacher nach ihrer Linken griff, und zu dritt liefen sie den Regenbogen entlang ins Unendliche.

Ende

Nachwort und Dank

»… als ob die Frauens-Personen nicht im Stand
wären, einer Cotton-Fabrique vorzustehen.«
Anna Barbara Gignoux

Als Autor ist man immer zu Kompromissen gezwungen. Weil man ein gelebtes Leben mit all den Ereignissen nicht in einem Buch vollständig beschreiben kann, müssen Schriftsteller verkürzen, exemplarisch erzählen und Ereignisse weglassen oder mehrere Geschehnisse zu einem einzigen zusammenfassen. Wissenschaftliche Biografen haben es da in gewisser Weise leichter. Sie konzentrieren sich auf Dinge, zu denen ihnen Quellen vorliegen. Der Autor hingegen muss Fakten, Antriebe und Motive miteinander verbinden. Er gestaltet aus dem wahren Geschehen Wahrscheinlichkeiten, die das Leben der Hauptfiguren des Romans plausibel machen.

Anna Barbara Koppmair wurde am 16. September 1725 geboren und starb am 11. September 1796, nur fünf Tage vor ihrem 71. Geburtstag. Sie war das älteste von insgesamt sieben Geschwistern, vier Mädchen und drei Jungen. Ihr Vater war Goldschlager, also ein Handwerker, der Blattgold herstellte. Während die Brüder das Goldschlagerhandwerk des Vaters erlernten, mussten die Mädchen wie ihre Mutter wohl im Handwerk mitarbeiten, ohne eine eigene Ausbildung zu erhalten.

Ich lasse Anna im Roman Lesen und Schreiben lernen, was damals in Handwerkerfamilien nicht durchwegs üblich war.

Im Jahr 1748, mit dreiundzwanzig Jahren und fast schon als »spätes Mädchen« – immerhin heiratete die Mehrzahl der Mädchen im 18. Jahrhundert zwischen dem fünfzehnten und einundzwanzigsten Lebensjahr –, ehelichte sie den Sohn des aus Genf 1719 zugewanderten Formschneiders Jean François Gignoux, Johann Friedrich. Dessen

Vater betätigte sich als innovativer Kattundrucker, und seine Söhne Anton Christoph und Johann Friedrich arbeiteten in seiner Kattundruckerei mit, wobei Anton die eher künstlerische Richtung einschlug. Er betätigte sich als Maler und Kupferstecher und spielte hervorragend Kontrabass.

Johanns Interesse galt der Erfindung neuer Farbstoffe sowie der Fixierung derselben auf Stoff. Während der Vater den Ausbau des manufakturellen technischen Kattundrucks vorantrieb, band Johann seine Frau vor allem bei der Entwicklung der Farben mit ein. Dabei stieß die Familie Gignoux immer wieder an die Grenzen der zünftischen Möglichkeiten. Eine Klage gegen die Beschäftigung von drei Produzenten (Vater und Söhne) unter einem Namen und damit unter einer Druckergerechtigkeit musste abgewiesen werden, bevor auf diese Weise die Manufaktur ausgebaut werden konnte. Auch die Mitarbeit von Anna Barbara in der »Fabrique«, wie sie genannt wurde, stieß auf Widerstand.

Trotz dieser Misslichkeiten und der Konkurrenz, die entstand, vor allem durch Johann Heinrich Schüle, einen genialen Chemiker (nach unserer heutigen Vorstellung) und Unternehmer, setzte sich die Familie durch und schuf eine bedeutende Kattundruckerei in Augsburg.

Doch die Arbeit mit giftigen Farben und Materialien hatte ihren Preis. Bereits 1760, nach nur zwölf Jahren Ehe, verstarb Johann Friedrich Gignoux. Es wird berichtet, dass er die Anfeindungen der Konkurrenz, vor allem die des Bankiers Schwarz und dessen Handlangers, Karl Heinrich Bayersdorf, die ein gutes Geschäft mit Schüle hintertrieben, nicht verkraftet habe.

In meinem Roman führe ich den frühen Tod eher auf die Arbeitsbedingungen und die verwendeten Materialien zurück, die häufig giftige Kontaktsubstanzen oder Stäube und Gase enthielten. Bis zu diesem Zeitpunkt war Anna trotz ihrer beiden Kinder Felicitas und Johann in die Geheimnisse der Tuchfärberei, Tuchdruckerei und der Fixierung von Farbe auf Tüchern eingearbeitet und damit Mitträgerin aller Industriegeheimnisse der Familie Gignoux. Vor allem die Farbrezepturen und der Ansatz des sogenannten Papp, eines Mittels, mit dem man verhinderte, dass Tücher Farbe aufnahmen, galten als streng gehütetes Geheimnis.

Als Johann starb, konnte Anna der Weberdeputation abringen, dass sie als Nachfolgerin eingesetzt wurde, bis ihr Sohn Johann mit einundzwanzig Jahren die Volljährigkeit erlangte. Allein dadurch zeigte sie bereits ein erstaunliches Standvermögen gegenüber der Weberzunft.

Dennoch heiratete sie auf Anraten des Bankiers Johann Conrad Schwarz kurz nach dem Tod ihres ersten Mannes den aus Ludwigsburg zugezogenen Georg Christoph Gleich. Diese Ehe wurde zum Fiasko. Während Anna Barbara bei ihrem verstorbenen Mann in der Fabrique mitarbeiten und mitentwickeln durfte und sich so ein profundes Wissen über den Textildruck erwarb, interessierte sich der Ludwigsburger Gleich nur für ihr Know-how und drängte sie aus der Firma. Sie selbst verwies darauf, dass er nur auf die »Arkana«, also auf die Geheimnisse bei der Herstellung der Textildruckfarben und deren Fixierung, aus war, nicht aber auf sie.

Zudem war Gleich übermäßig gewalttätig. Er schlug seine Frau brutal. Von den drei Kindern, die Anna mit ihrem zweiten Mann hatte, überlebte keines. Die verwitwete Gignoux und neu verheiratete Gleich strengte bereits knapp ein Jahr nach der erneuten Verehelichung ein Scheidungsverfahren an. Doch Gleichs Verbindungen und die Seilschaften zwischen dem Bankier Schwarz, dem Unternehmer Bayersdorf und dem damaligen Bürgermeister von Augsburg, Johann Thomas von Scheidlin, verhinderten diese. Gleich präsentierte sich vor den Scheidungsgremien als Hausvater, dem das häusliche Mannsrecht verwehrt würde, weil ihm die Ehefrau (seiner Meinung nach zu Unrecht) die Leitung der Fabrique nicht überlassen wollte. So wurde die erste Scheidungsklage 1772 abgewiesen und Anna Barbara Gleich aufgefordert, einen Vergleich zu schließen. Sie überließ die Leitung der Manufaktur ihrem Ehemann, konnte aber die Kinder in die Pflegschaft ihrer Schwester Susanna geben, offenbar um sie vor seinen Übergriffen zu schützen. Gleichzeitig wurde Georg Christoph Gleich verpflichtet, für Kost, Kleidung und Ausbildung von Felicitas und Johann aufzukommen. Zudem wurde ein Betrag festgesetzt, den er ansparen musste. Dieser sollte an die Kinder ausgezahlt werden, wenn er bei Volljährigkeit von Annas Sohn die Manufaktur zu übergeben hatte. Damit hatte Anna zwar verloren, die Fabrique aber für ihren Sohn vorerst gerettet.

Im Jahr 1764 wollte Gleich mit den damals renommierten Augsburger Textilunternehmern wie Schüle gleichziehen. Er ließ mitten in der Stadt ein Manufakturgebäude erbauen, das Anna zeitlebens nur den »Steinhaufen« nannte. Gleich war aber finanziell zu schwach, um den Bau allein zu stemmen. Man brachte ihn mit jüdischen Finanziers in Frankfurt zusammen, die letztlich bestimmten, wie und was er zu drucken hatte. Die Bedingungen der Frankfurter Geldhändler und die Schulden durch den Bau führten zum Bankrott der Unternehmung. Um einem Konkursverfahren zu entgehen, verschwand Gleich von der Bildfläche.

Anna aber nahm in dieser Situation wieder das Heft in die Hand. Sie verglich sich mit den Schuldnern, was bei einer Schuldenlast von über 200 000 Gulden (umgerechnet auf heutige Finanzen ein mehrfacher Millionenbetrag) eine gewaltige Leistung war, stellte die Produktion um, beschäftigte Billigkräfte statt ausgebildeter Handwerker und schaffte es so, die Verbindlichkeiten innerhalb weniger Jahre zu tilgen und aus dem Betrieb ein wirtschaftlich gesundes Unternehmen zu machen.

Nach dem Tod von Schwarz und von Scheidlin verlor Bayersdorf den Zugriff auf Anna Barbara Gignoux. Gleich blieb verschwunden, und ihr Sohn Johann wurde volljährig, sodass sie ihm die Leitung der Fabrique übergeben konnte.

Doch da traf sie ein erneuter Schicksalsschlag. Johann Gignoux starb unerwartet, und sie musste befürchten, dass Gleich sich die Fabrique wieder aneignen wollte. Obwohl sie fast acht Jahre lang nichts unternommen hatte, versuchte sie erneut, sich scheiden zu lassen. Ein Anwalt wurde beauftragt, den Flüchtigen zu suchen. Tatsächlich gelang diesem das beinahe Unmögliche: Er stöberte Gleich in der Nähe von Dresden auf. Die Tatsache, dass ihr Ehemann als Verwalter einer

Kattunmanufaktur in Großenhain bei Dresden arbeitete, gleich mehrfach die Ehe gebrochen und mit einer der Haushälterinnen, die er angestellt hatte, ein Kind gezeugt hatte, spielte Anna in die Hände. Sie zeigte ihren Gatten an, der letztlich erneut floh, bevor er seines Postens enthoben wurde. Anna, die sich mittlerweile wieder offiziell Gignoux nannte, obwohl sie noch verheiratet war, ließ ihn mit einer Ediktalzitation suchen und herbeizitieren. Mittlerweile war sie sicher, die Scheidung erlangen zu können, da sich Gleich als untreuer Ehemann gezeigt hatte. Als er in einer Funktion als Tuchkaufmann in Leipzig auf der Messe aufgetaucht und erkannt worden war, wurden ihm die Scheidungspapiere ausgehändigt, und er unterschrieb. Am 6. September 1779 wurde Anna Barbara Gignoux geschieden, am 5. November erfuhr sie offiziell davon. Dass sie dabei ungewöhnliche Wege gegangen war und viel Eigeninitiative gezeigt hatte, beweist ihren unglaublichen Willen, Dinge durchzusetzen.

Gelungen war ihr das, weil im zweiten Scheidungsverfahren Frauen zusammengehalten hatten. Sie konnte sich auf die Aussagen der von Gleich betrogenen Frauen verlassen und ihnen und sich selbst so zu ihrem Recht verhelfen.

Dass sie dabei das Instrumentarium der notleidenden Frau zur Gänze ausgespielt hat, darf man ihr nicht verdenken, schließlich war sie durch eine Männerseilschaft in die Abhängigkeit von Georg Christoph Gleich gedrängt worden. Ebenso stellte sie ihre persönliche berufliche Qualifikation der Unfähigkeit ihres zweiten Ehemanns gegenüber, und letztlich verschaffte ihr die moralische Überlegenheit, die sie als letzten Trumpf ausspielte, den Vorsprung, den sie benötigte, um sich zu befreien.

Die komplizierte Materie der Scheidung habe ich im Buch versucht, mit der wirtschaftlichen Situation in Einklang zu bringen, denn zur selben Zeit erlebte die Textilwirtschaft einen Niedergang mit Produktions- und Absatzeinbrüchen. Anna gelang es, diesen Spagat zu bewältigen. Zwar musste auch sie Einbußen hinnehmen, aber die Fabrique florierte weiter. Wie ihr Konkurrent Schüle arbeitete sie mit Fremdtuch in großen Mengen aus Indien und England.

Im Roman habe ich der Unternehmerin eine Figur zur Seite gestellt, die es im wirklichen Leben so wohl nicht gegeben hat. Man darf aber annehmen, dass jemand mit technischen Kenntnissen Anna unterstützt hat. Hallbacher, der Werkmeister und Vorsteher der Manufaktur, blieb ihr bis ins hohe Alter treu, ohne je den Platz eines Ehemanns einzunehmen.

Wer heute die Orte des Wirkens der *Gignoux'* sehen möchte, kann das alte Manufakturgebäude in der Lechvorstadt, den »Steinhaufen«, besuchen. Späterhin hat die Fabrique als Schauspielhaus eine neue Verwendung gefunden, die Anna sicher gefallen hätte. Auch das Wohnhaus, das sie nach der Scheidung gegenüber der Manufaktur aufgekauft und für sich umgebaut hat und in dessen Oberlicht des Tores die Buchstaben *ABG* ineinander verwoben als Akronym in Eisen dargestellt sind, existiert noch. Vor den Toren der Stadt gibt es noch den Gignoux-Garten, allerdings wurde das Gartengut von der Familie Silbermann übernommen. Die dortigen Gebäude wurden in Neubauten integriert. Nur die Anfänge der Textilmanufaktur der Familie Gignoux am Pulvergäßchen sind einem öden Parkplatz gewichen. Keines der Gebäude existiert noch. Dieser Teil musste ausschließlich imaginiert werden. Dafür kann man das Wohnhaus des Vaters von Johann Friedrich Gignoux in der Nähe der Fabrique heute noch bewundern, ein stattliches, hoch aufragendes Weberhaus am Mittleren Lech.

So bot die Figur Anna Barbara Gignoux einen reichhaltigen Fundus an Quellen, die in den Roman einer erfolgreichen Unternehmerin eingearbeitet werden konnten.

Nach ihrem Tod übernahm ihre Tochter Felicitas die Leitung der Fabrique, führte sie erfolgreich weiter und verpachtete sie schließlich 1805 an den Schüle-Sprössling Johann Heinrich Schüle den Jüngeren.

Wer Romane schreibt, sei einsam, heißt es, weil man sich ständig nur hinter dem Computer versteckt und dort seine Ideen entwickelt und zu Papier bringt. Das stimmt nur zum Teil, denn jeder Roman entsteht aus der Summe vieler Zuträger, Gesprächspartner, Lektoratsmitarbeiter*innen, Buch- und Bindetätigkeiten und … und … und …

Romane sind Gemeinschaftsarbeiten. Man steht auf vielen Schultern. Ich kann leider nicht alle aufzählen. Dennoch möchte ich die für mich wichtigsten Menschen erwähnen.

Immer zu tiefstem Dank verpflichtet bin ich meiner Frau Ingrid, die meine Arbeit zuerst liest, kritisiert und mir die nötige Hilfestellung gibt. Außerdem hält sie mir den Rücken frei, um ungestört arbeiten zu können.

Der Arbeit meines Agenten Roman Hocke und seiner Mitarbeiter*innen schulde ich wie immer großen Dank. Die *AVA international* bietet mir jederzeit Unterstützung, um in Ruhe arbeiten zu können.

Ideen müssen auf Menschen treffen, die daran glauben. Meiner Lektorin Dr. Stefanie Heinen verdanke ich diesen Kontakt. Sie ist es, die alle meine Projekte unterstützt und vorantreibt. Herzlichen Dank.

Einen ganz besonderen Dank schulde ich meiner mittlerweile langjährigen Lektorin, Frau Dr. Ulrike Brandt-Schwarze. Ihre Detailarbeit, ihr Gefühl für meine Figuren, ihr sprachliches Können und ihr Herz für die verletzliche Seele eines Schriftstellers geben meinen Romanen immer ihren letzten Schliff. Diese Hilfe ist für mich unschätzbar wertvoll. Vielen lieben Dank.

Zuletzt vielen Dank allen, die durch ihre Hinweise, durch beiläufig erzählte Geschichten, durch die Eröffnung von Recherchemöglichkeiten und oft allein durch ihre Anwesenheit wissentlich und unwissentlich an der Entstehung dieses Buches ihren Anteil hatten. All diesen Menschen, die davon meist nichts wissen, verdanke ich die Geschichten zu dieser Geschichte.

Peter Dempf, Stadtbergen 2022

Glossar

ARKANUM — Geheimnis, Plural: Arkana.

BLAUDRUCK — Färbeverfahren; ein weißes Tuch wird mit einem farbabweisenden Mittel bemalt. Danach wird das Tuch mit Indigo blau gefärbt. Es bleibt das weiße Muster stehen. Das Verfahren wurde Ende des 17. Jahrhundert von Jeremias Neuhofer in Augsburg eingeführt.

BOMBASIN — Köpergewebe, halb aus Seide, halb aus Baumwolle.

CULOTTE — Bis kurz über das Knie reichende, eng anliegende Hose.

DIREKTDRUCK — Farbstoffe, Verdickungsmittel und die zur Fixierung der Farbe auf dem Stoff benötigten Beizen werden mit mechanischen Mitteln im gewünschten Muster direkt auf den Stoff gedruckt.

FORMSCHNEIDER — auch: Formstecher. Handwerker, der sich mit Herstellung von Druckwalzen und -stöcken aus Holz und Druckmodeln beschäftigt. Ihre Erzeugnisse fanden in der Stoffdruckerei, für Papiertapeten usw. Verwendung.

GIG — Einspänniger, zweirädriger offener Wagen mit Gabeldeichsel für ein Pferd zum Selbstfahren.

GÖPELWERK — Maschine zur Kraftübertragung; das Göpelwerk besteht mindestens aus einer meist senkrechten Antriebswelle und aus einem einfachen Getriebe; meist von Pferden oder Eseln betrieben.

MANGEN	Eine Stoffbahn wird zwischen zwei Holzrollen gepresst (ausgedrückt).
MODELN	Hölzerne Schablonen, die von einem Formschneider hergestellt wurden.
MULLEN	»Wollmäuse«, feine Wollfasern, die sich zu winzigen Knäueln zusammengeballt haben.
PANTSCH-MASCHINE	auch: Pansch-Maschine, Punch-Maschine. Mit ihr konnten Stickvorlagen auf den Stoff gedruckt werden.
PAPP	Zähflüssiges Material, das auf den Stoff aufgebracht wurde und verhinderte, dass das Textil Farbe aufnehmen konnte.
QUETSCHEN	Mechanische Hämmer, welche die Goldblätter vorschlugen.
SCHEGGENBLEICHE	auch: Scheckenbleiche. Bleichvorgang mit Kleie und Wasser für teilweise gefärbte Stücke, Schecken genannt.
SCHWÄREN	In Papp einlegen, damit sich in den vollgesaugten Stellen keine Farbe absetzt.
ZITZ	Kattungewebe.